ハヤカワ・ミステリ

NELSON DeMILLE & OTTO PENZLER

ベスト・アメリカン・ミステリ
スネーク・アイズ

THE BEST AMERICAN
MYSTERY STORIES 2004

ネルソン・デミル&オットー・ペンズラー編
田村義進・他訳

TOKYO
HAYAKAWA
BOOKS

A HAYAKAWA
POCKET MYSTERY BOOK

目次

装幀／勝呂　忠

まえがき

　この『ベスト・アメリカン・ミステリ』のシリーズがはじめて世に出た八年前、ホートン・ミフリン社の優秀な編集者が提示した条件はいたって単純だった。ストーリーはタイトルに沿ったものでなければならない。作品はミステリでもサスペンスでもクライム・ノヴェルでもいいが、執筆者はかならずアメリカ人かカナダ人でなければならない。いずれもそれぞれの年に、なんらかのかたちで初めて出版されたものでなければならない。それだけだ。ほかには、なんの指示もルールも指針も、もちろん余計な口出しもなかった。

　おたがいの共通の了解事項は、その年に出版されたもっとも優れた作品を収録すること。作家のネームバリューや、作品の主題や、初出時の掲載媒体などは、いっさい考慮に入れない。問うべきはあくまで作品の質である。

　作品の選考基準は、各年のゲスト編集者とわたし自身の好みを反映し、多少なりとも主観的なものにならざるをえないが、基本的にはホートン・ミフリン社の姉妹シリーズ『ベスト・アメリカン・ショート・ストーリーズ』のそれと完全に一致している。すなわち、人物造形、ストーリーテリングの妙、鮮明なビジョン、文学性である。登場人物にリアリティがあり、話の展開に興味をそそられ、意外な出来事が待ちかまえていて、それが新鮮な語り口で綴られていたら、決まりだ。

誰がそのような理想的な作品をものするのか。それはどこで見つかるのか。もちろん簡単に答えられるものではない。著名な作家が傑作を世に送りだすのは当然だ。現代を代表する偉大な作家ジョイス・キャロル・オーツは、本書収録の「ドール——ミシシッピ川の情事」も含めて本シリーズにこれまで七回も登場している。一九九九年版にはジョン・アップダイクの唯一のミステリ作品が掲載されている。エルモア・レナード、デニス・ルヘイン、ジェイ・マキナニー、ウォルター・モズリイ、マイクル・コナリー、ラッセル・バンクス、ジェイムズ・クラムリーといった作家の作品もとりあげられている。

同時に、知名度では一歩譲るとしても、才能では決して引けをとらない作家の作品もある。そこから飛躍し、より本格的な（場合によってはより質の高い）作家活動に入る者もいる。

トム・フランクリンの処女作「密猟者たち」は、小部数ながら逸品揃いの文芸誌《テキサス・レヴュー》に発表され、本シリーズの一九九九年版に収録された。のちに彼はそれを表題作とする短篇集を刊行し、二〇〇三年には *Hell at the Breech* というタイトルの長篇をウィリアム・モロー社より上梓している。

スコット・ウォルヴンの処女作は、本シリーズの二〇〇二年版に収録された「北の銅鉱」である。彼はスクリブナー社と契約を交わし、優秀な編集者のコリン・ハリスンと組んで短篇集を刊行した。ヴィクター・ギシュラーは本シリーズの一九九九年版に収録の「ルーファスを撃て」でデビューしたあと、ハードボイルド長篇『拳銃猿』を発表し、アメリカ探偵作家クラブ（ＭＷＡ）の最優秀新人賞にノミネートされた。

本書のなかで、読者はいくつかの重要な才能の門出を目にすることになるだろう。とりわけクリストファー・クークの'All Through the House'は、近年まれに見る印象深い、注目に値する作品である。（日本版からは割愛）

そういった優れた作品を探しだすのは容易ではない。その種のフィクションを扱う文芸誌は多いが、その発行部数はきわめて限られている。ありがたいことに、わたしのかけがえのない同僚のミシェル・スラングが、精力的かつ批判的に下読みをしてくれ、思いもよらないところから発掘したものも含めて、百篇の候補作を選んでくれた。世界最高のエージェントであるナット・ソーベルも、本シリーズの開始当初から多くの作品を紹介しつづけてくれている。さすがは卓越した眼識の持ち主として知られている人物だけあり、どれも一読の価値がある秀作ばかりである。また、種々の文芸誌の編集者からも優れた作品を推薦していただいており、大いに助かっている。

本書には、文芸誌に掲載された作品がいままででいちばん多く収録されている。たまたまかもしれないが、私見では、ミステリやサスペンスやクライム・ノヴェルに魅力を感じはじめた純文学系の作家が増えているということのあかしではないかと思う。一読者として、また熱烈なミステリ・ファンとして、この傾向はたいへん喜ばしいものである。ミステリというジャンルにはまだまだ活力と可能性があり、今後も質の高い作品が次々に生みだされることは間違いない。

本書のゲスト編集者ネルソン・デミルは、ストーリーテラーとしての類まれな才能と力強い語り口をあわせ持ち、『誓約』、『ゴールド・コースト』、『将軍の娘』、『王者のゲーム』といった揺るぎなきベストセラー群を世に送りだしている巨匠である。

締切りの過ぎた原稿をかかえながら、五十篇の候補作に目を通し、そのなかから二十篇を選んでくださったことに心から感謝する。また、これを機に、過去のゲスト編集者にもあらためて謝意を表しておきたい。ロバート・B・パーカー、エド・マクベイン（エヴァン・ハンター）、ドナルド・E・ウェストレイク、ローレンス・ブロック、ジェイムズ・エルロイ、マイクル・コナリー。これらの方々のご尽力により、本シリーズは高い質と評価を確保し、維持することができたのである。

さて、ここからは作家、編集者、出版関係者、そして一般読者へのお願いなのだが、これはと思う作品が見つかったら、どうかわたしに送っていただきたい。掲載誌でもいいし、ページを破りとったものでもいい。ただし、それがかの有名な《エラリイ・クイーンズ・ミステリ・マガジン》と《アルフレッド・ヒッチコック・ミステリ・マガジン》に載ったものなら、送っていただいても、時間と郵送費のロスにしかならない。この二誌は毎号端から端まで丹念に精読しているからである。また、それがネット上で発表されたものであるなら、発表された年月日と問いあわせ先の情報を付記して、プリントアウトを送っていただきたい。ただし、返却はしないし、コメントもつけないので、ご了承のほどを。当然のことながら、未発表の作品は選考対象とならない。

二〇〇五年版の候補作を受理する最終期限は二〇〇四年十二月三十一日である。だが、春や夏に発表された作品をクリスマスに送るようなことをしたら、斧を持ってあなたを追いかけることになるかもしれないので、ご注意を。送付時期は早ければ早いほどありがたい。また、一度に十篇以上の作品をお送りになったら、あなたには秀作と凡作を区別する能力が欠落していると判断せざるをえないだろう。作品の送り先は、Otto Penzler, The Mysterious Bookshop, 129 West 56th Street, New York, N.Y. 10019。どうぞよろしく。

——オットー・ペンズラー

（田村義進／訳）

序文

『ベスト・アメリカン・ミステリ』の二〇〇四年版の編者および紹介者として、読者諸兄に歓迎の意を表させていただく。

でも、これ以上はお読みにならなくて、けっこう。さっそく本篇へお進みになってください。そうもいかない？　わかりました。では、できるだけ手短かにすませることにしよう。

さて、本書のまえがきを書いたオットー・ペンズラーは、ミステリ界の伝説的人物であり、同時に説得の名手でもある。ミスター・ペンズラーから本書の編集を依頼されたとき、わたしはそのような大役を引き受けるに値しないと言った。ミスター・ペンズラーはそれに同意しつつも、もうすでにふたりに断わられていて、時間がないという話をした。だとしたら、これまでの借りを多少なりとも返さないわけにはいかないではないか。

わたしは同時代の多くの者と同様、ミステリ雑誌やアンソロジーを貪るように読んできた。ミステリの短篇とともに育ったといっても過言ではない。特に好きだったのは、みんなと同様、エドガー・アラン・ポオや、コナン・ドイルのシャーロック・ホームズ物だった。

短篇小説は手に取りやすい。ミステリは特にそうだ。だが、書く段になると、そう簡単にはいかない。わたしが最初に書いたのは、ふたつのミステリの短篇だった。《アルフレッド・ヒッチコック・ミステリ・マガジン》収録の「生《いき》か息《いき》か」と、廃刊になった《ミステリ・マンスリー》収録の'The Mystery at Thorn Mansion'（未訳）である。

ボツになった短篇の原稿や出版社からの断わりの手紙は、湿った丸太を燃やせるほどある。

短篇はその短さゆえに書くのはむずかしい。ハイスクール時代、わたしは陸上部で短距離の選手だった。百メートルを走ることは誰にでもできるが、十一秒で走るか十・二秒で走るかではトップとビリのちがいがある。ものを書くという点で、わたしは短距離走には向いていなかった。だから、長距離ランナーの途を選び、長篇作家になった。わたしにとっては、そのほうがずっと楽であり、簡単だった。

短篇に鉄則があるとすれば、それは短距離走と同じで、限りなく完璧に近づかなければならないということだ。スタートでつまずけば、巻きかえしは不可能になる。立て直しをはかる時間はない。一歩のミスが命取りになる。

今回、ベスト二十の短篇小説を選び、錚々たる編者のリストに自分の名前を連ねられることを、わたしは光栄に思っている。将来の編者がわたしの名前を挙げることを期待して、これまでの編者の名前をここに挙げておこう。ロバート・B・パーカー、スー・グラフトン、エド・マクベイン、ドナルド・E・ウェストレイク、ローレンス・ブロック、ジェイムズ・エルロイ、そしてマイクル・コナリー。

いずれ劣らぬ超一流の作家ぞろいだが、それでも、わたしと同じく他人の作品を評価するのは容易でなかったにちがいない。

現在、わたしはE・アニー・プルー、ビル・ブライソン、アンナ・クィンドレンとともにブック・オブ・ザ・マンス・クラブの選者になっている。実際のところ、ほかの作家の審査員になりたいと思っている作家はほとんどいないだろう。どうせなら、ワイン・コンテストや美人コンテスト（！）といったものの審査員になったほうがいい。

そんなわけで、オットー・ペンズラーに五十の候補作のなかから二十の作品を選んでもらいたいと頼まれたときに、自分にそのような資格はないと答えたのは、言い逃れでも謙遜でもなかった。作品をふるいにかけながら読むのがいやだっただけだ。

以前、わたしは《ニューズデイ》誌の依頼により、スーザン・アイザックスやロジャー・ローゼンブラットといっしょに、数百人の読者から寄せられたエッセイや小説の審査をしたことがある。テーマはロング・アイランドの歴史で、ノンフィクションとフィクションの最優秀作をそれぞれ一篇ずつ選ぶことになっていたのだが、正直に言って、そのほとんどが箸にも棒にもかからない代物だった。だが幸いなことに、それぞれの分野に数点ずつまともな作品が含まれていたので、選抜はさほどむずかしくはなかった。

けれども、今回は事情がちがう。五十の作品は粒よりで、そのちがいは百メートル十一秒（きわめて印象深い）と百メートル十・二秒（最高）程度のものでしかないのだ。

読むのはとても楽しかったが、選ぶとなると、そうも言っていられない。さんざん思い悩んだあげく、本をもっと分厚くして五十篇を収録しないかとミスター・ペンズラーに申してでたくらいだった。

「無理だよ」という答えがかえってきた。「きみの新作みたいに本を膨れあがらせるわけにはいかない」

それで、あらためて作品を読みかえした。このときの選考基準は、もう一度その作品を読みたいと思うかどうかだった。

　コナン・ドイルのシャーロック・ホームズは、わたしが六回か七回、ものによっては十回近く繰りかえし読んだ唯一の作品だ。ホームズ物なら、いつでも、どこでも、開いたどの箇所でも、はじめて読んだときと同じように楽しむことができる。

　そうすることによって、それ以上は思い悩むことなく、『ベスト・アメリカン・ミステリ』の二〇〇四年版を選ぶことができた。

　どうぞお楽しみください。

　そして、できることなら、このなかから五篇の優秀作を選んでみていただきたい。

――ネルソン・デミル
（田村義進／訳）

赤《レッド》に賭けろ

Bet on Red

ジェフ・アボット　上條ひろみ訳

ジェフ・アボット（Jeff Abbott）はテキサス州ダラス生まれ。オースティンとダラスで育ち、ライス大学卒業後は広告代理店で働いていた。一九九四年のデビュー作『図書館の死体』（ハヤカワ・ミステリ文庫）でアガサ賞とマカヴィティ賞の最優秀新人賞を受賞。以後は同作の主人公である図書館長ジョーダン・ポティートのシリーズを四作、『さよならの接吻』（二〇〇一年／ハヤカワ・ミステリ文庫）からはお気楽判事のホイット・モーズリーのシリーズ三作を発表。最新作 *Panic* では初のノン・シリーズ作品に挑んだ。本作はロバート・J・ランディージ編のアンソロジー *High Stakes* に収録された作品で、アメリカ探偵作家クラブ賞の最優秀短篇賞にノミネートされた。

「おれと賭けをしないか」ボビーが言った。バーボンを飲みながら、ショーンの耳に身を寄せ、軽やかに流れるピアノ演奏や、やむことのないスロットマシンのチャイムの音、たまたま高配当を手にしたギャンブラーたちの甲高い叫び声に負けじと声を張り上げて。

「聞いてるよ」ショーンはそろそろ部屋に引き上げようと思った。ボビーと話すのはもううんざりだ。いいかげん疲れた。ボビーが大笑いしながら、ばかな田舎者のように、すれちがう美人たちにグラスを上げて見せるので、女たちはまるで寄りつかない。実にもったいないことだ。今夜はボビーが女性とすごせる最後の夜なのに、そうなる見込みは薄かった。ショーンは明日ボビーを始末するつもりだった。ヴェガスの外の砂漠に連れ出して射殺し、乾燥した地面深くに死体を埋め、ヴィクの十万ドルを持ってヒューストンに帰り、このところヴェガスには一歩も足を踏み入れていないふりをするのだ。

「おれは賭ける」ボビーはほとんど空になったグラスを上げた。「カウンターの一番向こうにいる、あのいかした赤毛をものにできるほうに」

ショーンは眼をやった。いかしたというのは控え目な表現だった。ゴージャスな女だ。髪はショーンがぐっとくるようなやわらかな赤褐色で、彫像のようになめらかな肌、趣味のいい黒のミニドレスは、引き締まったすばらしい体の線をほのめかしながら、露出はほどほどに抑えられていた。連れはいなかったが、誰かを見ているわけではなく、眼を合わせようともしていなかった。高級娼婦かもしれないし、ちがうかもしれない。クラップスのテーブルにいるボーイフレンドを待っているだけかもしれない。女は白ワインを飲みながら、両手のひらでグラスのステムを包んでいた。飛び立とうとする繊細な鳥を守っているかのように。

「高望みだ」ショーンが言った。

「秘策があるんだ」ボビーは言った。

「あんたにはあれだけの現金があるんだから、一目置いてもらえるかもしれないがな」ショーンは言った。少なくとも今だけなら。ショーンはヴィクの金のことを考えた。明日の朝、手荷物として預けるバッグに隠さなければならない四角い緑色の塊のことを。今にして思えばヴェガスからヒューストンまでは車で行きたいところだったが、そうすれば地獄のドライブが果てしなく続くことになる。ボビーのことは嫌いではなかったし、彼を殺すのは気が進まなかったが、ヴィクにそう言われてそれを聞いた以上、命令は命令だった。

「なあ、ここはヴェガスなんだぜ。ここの空気はいつだって可能性に満ちているし、ルーレットの球がどこに転がっていくかは誰にもわからない。一瞬のうちに一文無しになるかもしれないし、大金持ちになるかもしれないんだ」ボビーは言った。「球はおれのほうに転がってきてるような気がする。彼女はさっきからおれを見てるからな」

「そうともかぎらないぞ」ショーンは言った。「あんたの頭の上にはキーノ（ビンゴに似た賭博）のスクリーンがあるんだぜ、相棒」

「でも、わかるだろ。それがヴェガスってもんさ。一瞬一瞬に可能性がある」ボビーはズボンのポケットから札束を出した。太いブリトーのように巻かれた二十ドル札を見て、ショーンは思った。これだからヴィクはあんたを殺したいと思ってるんだよ、このとんま。

「おれが彼女をものにできるほうに千ドル」ボビーは言った。

ショーンは何も言わなかった。千ドルか。ボビーのポケットに入っている金をちょうだいしたところで、やつが死んだあとそれを持っているせいで罪悪感を覚えることはないだろう。ボビーを撃ってから金をポケットに入れれば、ボスであるヴィクから盗むことになり、賢い行動とは言えない。が、ボビーから現金を勝ち取れば、それはフェアな取り分だ。これ以上フェアなものはない。それに、やつが赤毛美人に言い寄るのはおもしろい見物だし、まかりまちがってボビーが勝っても、それはそれでいい。幸せな気分で死なせてやることができるのだから。別に害はないだろう。ショーンはボビーに奇妙な友情を感じていた。間もなく死ぬというのに、まじめくさった粗野な顔に生気をみなぎらせているボビーに。

「あんたが彼女をものにしたら、おれはいくら払えばいい？」ショーンは言った。

「おいおい」ボビーは言った。「そうなったら、おれはもう配当をいただいてることになるじゃないか」

「それだとフェアな賭けにならない」ショーンは言った。

「じゃあこうしよう。おれが勝ったら」ボビーは言った。「ヴィクとのあいだの誤解を解くのに力を貸してくれ。おれは彼の望むとおりに取引を進めていると言ってほしい」

ヴィクがボビーをヴェガスに送り込んだのは、ドラッグの商売をたたんで残った品物を売り払い、残金の十万ドルをケイマン諸島に振り込んできれいにし、ヴェガスに別れを告げて立ち去るためだった。FBIと地元警察の取り締まりが厳しくて、この街にあまり友人のいないヴィクは、思うように取引ができなくなったのだ。が、ボビーはヴェガスをあきらめたくなかった。そこで、三日間で仕事にけりをつけるかわりに一週間かけ、ヴィクの金で〈キング・ミダス・ホテル〉に滞在し、酒を飲んでギャンブルをする以外は何もせず、大急ぎで商売をたたむこともなく、金は束ねたままにしていた。それがヴィクを激怒させた。

「それはあんたとヴィクとの問題だ」ショーンは言った。「自分でなんとかしろよ、ボビー」

「ああ、そうだが、あんたが言ったほうが話を聞いてもらえる。そうしてもらえるとずいぶん助かるんだ。この前話したとき、おれに少しいらだっているような印象を受けた。金を全部かき集めるのに思ったより時間がかかったことをわかってくれないんだ」

ボビーは愉快なやつだが、切り株よりもばかだった。問題は、実際に金を集めて店じまいするのにどれくらい時間がかかるかではなく、仕事を片づけるのにヴィクがどれくらいの時間を与えてくれるかなのだ。ショーンはビールを飲み干した。ボビーが赤毛をものにする可能性は万に一つもないだろう。死人と賭けをするようなもので、ショーンは見物人だった。「オーケー」彼は言った。「行ってこいよ」

　ボビーは酒を飲み干すと、バーテンダーに合図をしてもう一杯たのんだ。「見てろよ、キリギリスくん」そう言い残し、赤毛に近づいていく。

「幸運を祈ってるぜ」ショーンは感じよく心からそう言うと、フロアショーに備えてもう一杯ビールを注文した。

　二十分ほどでかたがついた。ショーンが見るともなしに見ていると、ボビーは女の隣のスツールに腰を下ろした。女が消えろと言うか、自分の値段を口にするか、ひとりにしてほしいとバーテンダーから言わせるものと思って、ショーンは待った。が、そうするかわりに、彼女はボビーにおだやかなやさしい笑顔を見せ、会話に興じ、最初は少し恥ずかしそうにしていたものの、やがて笑い声をあげ、ワインのお代わりを彼に注文させた。彼女は一度ショーンのほうを見て、自分たちが見られていることを確認した。おそらくさっきまで彼がボビーといっしょにいたのを知っていて、ボビーの首尾をうかがっている友達だということがわかったのだろう。が、ショーンに微笑みかけることなく、すぐに視線を戻した。さきほどの入れ込みようとはうって変わって、今やクールにことを運んでいるボビーのほうに。

　女が二杯目のワインを飲み干すと、ようやくふたりは席を立ち、広大なカジノのフロアに向かった。ショーンの横を通りすぎるとき、ボビーが抜け目なく片方の眉を動かし、腕を下げたままかすかに親指を上げて見せた。ショーンは乾杯するようにビールのグラスを上げた。驚いたことに、赤毛はショーンのほうをちらとも見なかった。

　朝になったら会おう。ボビーが口の動きで伝えた。

　ショーンはふたりがスロットマシンとゲームテーブルの騒音の中に消えていくのを見守り、少しのあいだ微笑んでいた。この世での最後の夜のすごし方としては悪くないじゃないか。天使はボビーの側についたわけだ。ショーンはビールを飲み干すと、ルーレットのテーブルに行き、黒に二回賭け、二回とも球が赤に落ちるのを見た。チップは消えた。ほんとうは賭けは好きじゃない。そのことを思い出すのが少し遅すぎた。

きっと寝ているだろうと思いながら、翌朝早く、七時ごろにショーンはホテルのボビーの部屋に電話をした。やつは人生最後の日の眠りをむさぼっているはずだ。

「はい？」眠そうな女の声がした。だが、礼儀正しかった。けだるく、満足げな声だった。彼女から見ても、ボビーはうまくやったようだ。

「ボビーはいるか？」

「彼はシャワーを浴びてます。折り返し電話させましょうか？」させようか、ではなく、させましょうか。赤毛は育ちのいいレディらしい。

「いや、いいんだ。またあとで電話する」名前を残したくはなかった。

「彼に伝えるので、よかったらお名前を――」彼女はそう言いかけたが、ショーンは電話を切った。おれも急いでシャワーを浴びて服を着なければ。今はとにかく仕事を終わらせたかった。ボビーと金を回収し、哀れな野郎を殺し、家に帰るのだ。

ショーンはもう一度ボビーの部屋に電話をかけた。最初の電話から十五分がたっていたが、誰も出なかった。ボイスメールにメッセージは残さなかった。ボビーの部屋に立ち寄るのはよそう。赤毛にもう一度顔を見られるのは危険だ。ボビーは必ず朝食を食べる男で、安いが種類の豊富なヴェガスの朝食ビュッフェが大好きだったので、ショーンはレストランに向かった。レストランは休暇らしい服装をした旅行中のギャンブラーたちや、数人の退屈そうなティーンエイジャー、会議でこの地を訪れているハイテク企業のくそまじめな社員たち――ポケットに会社のロゴマークがついたゴルフシャツ姿――で混み合っていた。

ひとりにしろ、赤毛を連れているにしろ、大きなオムレツをほおばるボビーの姿はなかった。ショーンは卵とベーコンを載せた皿とコーヒーをとり、サングラスをかけたまま隅のブースに座った。ボビーが入ってきたら、自分はすぐに席を立って、一時間したら部屋に来いと告げ、最後の食事を愉しませてやるつもりだった。

彼らは現われなかった。ボビーは、この〈キング・ミダス・ホテル〉よりもっといい朝食を出すところに、赤毛を連れて行ったのかもしれない。おそらく〈ベラッジオ〉か〈マンダレイ・ベイ〉に。

ショーンは朝食を食べ終え、携帯電話をチェックした。メッセージがひとつ入っていた。ヴィクからだ。

「やあ、相棒」ヴィクは言っていた。「おまえがヴェガスでうまくやってるのかどうか知りたくて電話した」ヴィクらしい。いつものように冗談めかした口調。「大勝ちするのを祈ってるぞ。戻ったら電話しろ」

胃の中で小さなパニックが湧き起こった。ショーンはそれを無視してコーヒーを飲み干し、ボビーのブロンドの髪を捜して人ごみに眼を走らせ、うるさい声が聞こえないかと耳を澄ました。無駄だった。ボビーの携帯電話にかけてみた。出なかった。

ショーンはさらに三十分待ってから、もう一度ボビーの部屋に電話してみたが、得るものはなかった。部屋まで行って、昨日ヴェガスに着いたときにボビーからもらっていた予備の鍵を使った。収穫はなかった。ベッドはくしゃくしゃで、クロゼットにはまだボビーの服がかかっていた。部屋の中はかすかに香水の香りがした。赤毛の女がつけていた、薔薇の花びらとスパイスのような香りだ。が、バスルームはきれいで、シャワーを使った形跡はなく、タオルはメイドがきちょうめんにかけた状態のままだった。

彼はシャワーを浴びてます。が、ここでシャワーを使った者はいなかった。

「くそっ、やられた」ショーンはひとり言を言った。「仏心を起こしたりするんじゃなかった」彼は重い気持ちを抱えて部屋から走り出ると、まっすぐロビーに向かった。

レンタカーを運転して大通り《ストリップ》を進み、サハラ・アヴェニューに出て賃貸の事務所に向かった。二カ月前、ボビーといっしょにヴェガスでの商売に乗り出したとき、ヴィクが借りた事務所だ。ヴィクがＦＢＩに脅威を感じるようになり、ヴェガスで手を広げすぎたことに気づく前のことだ。

ドアには〈プリオリ・コンサルティング〉と表示されており、ヴィクとボビーはこの社名を如才がないと思っていた。コンサルタント業務はどんなビジネスの意味にもとれるし、法律用語には立派で高級な響きがあるからだ。

ショーンは持っていた鍵を鍵穴に差し込んだ。

ドアが開いた。事務所は簡素で、デスクと椅子がひとつずつに、ラップトップ・コンピューター一台しかなかった。壁には〝目標達成〟と書かれたポスターが貼ってあり、夜明けの山頂に立ったばか野郎が、勝ち誇ったように両腕を上げていた。こんなものにショーンかヴィクが感銘を受けるだろうと思っていたのだから、ボビーに職業倫理がないことは明らかだった。ボビーの姿はなかった。ショーンは中に入ってドアに施錠すると、デッドボルトをかけた。

まっすぐに事務所の奥の準備室にある金庫のところに行った。ダイヤル錠をヴィクが教えてくれた番号に合わせて金庫を開けた。番号を知っていることはボビーに知られたくない、この金のことで騒動になるのはごめんだと思いながら。

金は消えていた。大事な緑色の四角い塊は最後のひとつまでなくなっていた。

ショーンは〈キング・ミダス・ホテル〉のバーに腰をすえ、ビールのラベルをはがして細長い紙切れにしながら、ヴィクにつかまったらおれの皮膚はこんなふうになるんだ、と考えていた。

ボビーは消えた。

ショーンは、自分自身の運命をあやつる力が、腕の中から躍り出ていってしまったような気がした。自分もあのぐるぐる回るルーレットの球にはまった負け犬のひとりになり、世界中のあらゆる希望があのいまいましい球の行く先にかかっているとばかりに、赤に落ちるか黒に落ちるか聖なる数に落ちるかと待っているような気がした。仏心を起こしたせいで、今や彼の人生は台無しになろうとしていた。赤毛の女がこのあたりの勤め人か滞在客なら、またここに現われるかもしれない。おそらく勤め人だろう。ひとりでヴェガスに来る女はそう多くない。もしかしたら彼女はボビーがどこに逃げたか知っているかもしれない。だが、シャワーのことではうそをついた。それはまちがいない。ボビーが金を払ってそう言わせたのだろうか。逃亡の有利なスタートを切るために。

いっしょにボビーを探してくれるような知り合いはヴェガスにいなかったし、ボビーに雇われて街でヤクをさばいていた売人たちもひとりとして知らなかったので、バーに戻り、ヒューストンへのフライトをキャンセルし、ボビーにつながる手掛かりがつかめるよう祈るよりほかに、やることは思いつかなかった。

二度、ヴィクに電話しようとして、最後まで番号を押さずに切った。何を言えばいいかわからず、笑い出しそうなほどの不安と、認めたくはなかったがいくぶん恐怖を覚えながら、自分の口から出る言葉を思い浮かべようとした。ボビーが女と寝たがったんですが、うまくいくとは思えなかったので、やつを眼の届かないところに行かせました。おれたちは賭けをしたんですよ。申し訳ない。

酒をウォッカ・マティーニに替え、二杯目もかなり進んだころ、彼女がバーに入ってきて座った。

最初、例の赤毛の女だとは確信がもてず、ショーンは眼をしばたたいた。が、たしかに彼女で、今回はレザーパンツに白いフリルつきブラウスというシンプルながら垢抜けた服装をしていた。落ち着いた様子で、ショーンのほうは見ていない。ピノ・グリージョ（イタリア産の白ワイン）をグラスで注文している。

ショーンは百まで数え、ボビーが女のあとから現われるかどうかわかるまで待った。たのむ、現われてくれ。が、ボビーは現われなかった。ショーンはバーのスツールから立ち上がり、マティーニのグラスを持って、女の隣の席に座った。女がちらりと彼を見た。

「おれはボビーの友達だ」彼は低い声で言った。

「知ってるわ。ちょっと動揺《シェイク》してるみたいね」彼女はマティーニを一瞥して言った。「かき乱される《ステア》というより」彼女の笑みは冷静で、恥じらいも驚きもなかった。彼に会うことを予期しており、そのことをよろこんでさえいるようだった。

「やつはどこにいる?」ショーンは尋ねた。

彼女は上品にワインをすすった。「休んでるわ。快適にね」

「どこで?」努めて落ち着いた声で訊く。

「あなたに見つからないところで」

「おれはべらぼうに眼がきくんだぜ、ハニー。やつがどこにいるのか教えろ。今すぐに」

彼女はグラスのステムに指をすべらせ、たっぷり数秒おいてから答えた。「実際のところ、あなたは命令する立場にないわ」

「混み合ったバーではな」

「どこにいてもよ」彼女は言った。「覚えておいたほうがいいわ。わたしはひとりで動いてるわけじゃない。あなたはどこに行こうと監視されてるのよ」

彼は数秒間黙って考えた。いったいどういうことだ?

そして言った。「覚えておくよ」この女を脅したところで得るものは何もない。クールにいくことにしよう。この場は流して、女がひとりでいるところをつかまえれば、口を割るはずだ。思いどおりにことを運ぶのが好きなようだが、少しばかりお楽しみがすぎる。それはまちがいだとわからせてやろう。

「だから、取引しましょう」赤毛は言った。「ボビーは十万ドルの現金を持っていた。ひとつ罪のないうそをついてくれたら、あなたに一万ドルあげるわ。ボビーは始末したけど、十万ドルは彼がギャンブルですってしまったあとだったとヴィクに言うのよ」

「ヴィクが信じると思うか?」ショーンは言った。

「わかってるでしょ」彼女は言った。「答えはイエスよ。ヴィクはあなたの言うことを信じるわ。もしお望みなら、ブラックジャックとバカラのディーラーの何人かに言わせることもできる。ボビーらしい風体の男が、この一週間で十万ドルすったとね」

「残りの金はどうなる?」

「あなたが気にすることじゃないわ。でも、ボビーはここを出て、どこかほかのところで新しい人生を手に入れる」

「それでも、まだヴィクのことを警察に話す可能性がある。

おれのことも。だめだ」

「ショーン」彼女は言った。「ボビーが刑務所でうまくやっていけると思う?」

ショーンの笑いは彼女と彼自身を驚かせた。彼女が微笑みを返すと、知性がはっきりと顔に現われた。どう見てもヴェガスにごろごろしている頭の鈍いかわいこちゃんではなかった。「まず無理だろうな。やつは刑務所では絶対にやっていけない。五分で死ぬか、誰かにおかまを掘られる」

「だから、わたしたちはふたりとも、彼が警察かＦＢＩのところに逃げ込んで、ヴィクのことを垂れ込んだりしないってわかってる」

「でも、証人保護を要求するかもしれない。刑務所に入らないという条件で」

彼女の笑みが消えた。「それはあなたが背負わなくちゃならないリスクよ。今後は彼に近づかないこと」彼女は言った。「それがわたしの条件よ」

「いつものヴィクのやりかただと」彼は言った。「おれは証拠として指を持ち帰ることになっている」これはうそだったが、女の反応が見たかった。血まみれの指など持って帰ったら、ヴィクに変態だと思われるだろう。

「機内持ち込み用のバッグに入れるの、それとも預ける荷物?」まばたきもせず、彼の発言を怖がってもいない。

「ポリ袋かな」

「セキュリティ・チェックで苦労するわよ。あなたの言うことなんて信じないけど」

「あんたは何者なんだ?」彼は訊いた。

「レッドと呼んでくれればいいわ」

「あんたのやり方には感心したよ。最初からボビーと組んでたのか?」

「彼とはゆうべ初めて会ったのよ」彼女は言った。

「初めてうそをついたな」彼は言った。

「そう思いたければどうぞ」レッドは言った。笑顔をゆがめ、白ワインをひと口飲む。「ねえ、賭けに勝ったらそのお金は何に使うつもりだったの? たしか千ドルよね?」

「やつに聞いたのか?」

「ええ」彼女はバーテンダーが近づいてくるのを見て、首を振った。バーテンダーはカウンターの反対側に戻った。

「釣り道具かな」

「釣り道具」彼女は、〝尿のサンプル〟とでも言うようにその言葉を口にした。「わたしの慎みの美徳には、あなたのバス釣り用ボートの飾りぐらいの価値があるわけね。うれしいこと」

不本意ながら、ショーンは自分が襟元からだんだん赤くなっていくのがわかった。

今度はレッドのほうがずるそうな横目をつかう番だった。

「わたしと賭けをしたくない、ショーン？」

「いや。ここでの仕事を終えたら、あんたには二度と会いたくない」

「傷ついたわ」彼女はいたずらっぽく口をとがらせて言った。

「すぐに癒えるさ」ショーンは言った。

「ボビーが言ってたけど、あなた、軍にいたんですってね」

「ああ、歩兵だった」

「軍人は体面を重んじるものだと思ってたけど」

「重んじてるさ」ショーンは言った。

「わたしにも体面はあるわ。あなたをだましたりしないし、あなたにもわたしやボビーをだましてほしくない。そうすれば、みんなが幸せになれる。これでどう？」

「おれがあんたと取引したがってるとでも？　ふざけるなよ、ハニー。おれがノーと言ったらどうする？」

「死んでもらうことになるわね」レッドは言った。「それならどう？」

ショーンは女の顔を見て、マティーニの最後のオリーヴをかじり、グラスの底に残ったわずかなウォッカを飲み干した。女の顔に虚勢の気配を探したが、何も見つからなかった。「たしかにボビーはこの街に来てから頭が切れるようになった」

「この街では頭が切れなくちゃやっていけないのよ、ショーン」彼女は言った。彼に向けられた微笑は本物のようで、大金や死のからむ話をしていたとは思えなかった。

「おれはまだそこまで行っていない」ショーンは言った。

「あら、あなたはそうとう頭が切れるわよ」レッドは言った。「だから、こうしてほしいの。二時間後に〈ミスティ・ムーア〉ってバーに来て。ストリップを少し外れた、コンヴェンション・センターの近くよ。武器を持たずにひとりで来ること。どちらの約束を破っても、死ぬことになるわよ。そこでお金をわたすわ。そうしたらすぐにヴェガスから出て行ってほしいの。空港まで送ってあげてもいいわ」

彼女は両脚を回してスツールから降りると、バッグから十ドル札を出した。

「あんたのワインはおれのおごりだ」ショーンは言った。

「おれはその別のバーでおごってもらおう」

彼女は紙幣をバッグに戻すと、「ありがとう。じゃあ、またあとで」と言った。「それと、ショーン？」

「なんだ？」

「これはあなたには関係ないことなの。ボビーはあなたが好きよ。わたしもね」

レッドが背を向けて出て行くと、ショーンはあとを追うべきかどうか自問した。二十まで数えてから、カウンターの勘定書の横に金を置き、スツールから下りてバーをあとにすると、人ごみにまぎれるためにカジノに向かった。

彼女が振り返ってつけられているかどうか確認することは一度もなかった。が、さっき言っていたように、ひとりで動いているわけではないというなら、今このときも仲間たちがショーンを見張っているのかもしれない。彼は思い切った距離をとりながら、スロットマシンにさくらんぼが三つ並んで大騒ぎしている人びとのあいだを縫い、聖杯でも運ぶように細心の注意を払いながらコインの入ったバケツを運んでいる、レールのようにやせた婦人を追い越し、ロビーでいちゃついている新婚カップルの横を通り抜けた。彼女は古代ギリシャ人のような服装をしたホテルの案内係たちの前を通りすぎようとしていた。タクシーを待つ人の列はなかったので、彼女はすぐに一台のタクシーに乗り込んだ。そのタクシーのトランクには、眼鏡をかけた一匹のサルが携帯電話で話している無線電話会社の広告がついていた。

円形の車寄せから彼女の乗ったタクシーが出て行くとすぐに、ショーンはタクシーをつかまえ、ナイジェリア人の運転手にストリップをまっすぐ行くように伝えてから言った。「前のほうにいるタクシーが見えるか？　電話で話してるサルがついてるやつだ。あれを追ってくれ」

「は？」

「後ろにつけてる広告だよ。わかるか？」彼女の乗ったタクシーは五台前にいて、その運転手が車線を変えたので、ショーンは口の中にすっぱい銅のようなパニックの味を感じた。「たのむ、追いかけてくれ、見失うなよ。だが、あまり近づきすぎるな」

「だんな」運転手は言った。「トラブルはごめんですよ」

「おれのガールフレンドなんだ」彼は言った。「おれを捨てて亭主のところに戻るつもりらしい。面倒を起こそうっていうんじゃない。たしかめたいだけなんだ。彼女に捨てられたんなら、おれは女房のところに戻るつもりだから」

ナイジェリア人はのどの奥で、「アメリカ人てやつは」のように聞こえる低い音を発したが、それ以上は何も言わなかった。

彼女のシマで会うわけにはいかない。たった一万ドルのために、ヴィクの怒りを買うような危険を冒すつもりはなかった。まっすぐボビーのところまで連れて行ってもらおう。おれたちのささやかなゲームは今夜終わらせる。そして、この街からおさらばするのだ。


レッドがタクシーを乗りつけた小さな家は、すべてのネオンと妖しい魅力から遠く離れた、比較的古くて静かな住宅街にあった。裕福とは言えないが、それほどみすぼらしくもない界隈だ。ショーンは運転手に、彼女の乗ったタクシーが曲がった角のところで下ろしてくれと言い、五十ドル紙幣を押しつけると、ナイジェリア人はしきりに礼を言って、急発進で走り去った。ショーンは全力で走って曲がり角から離れ、彼女の眼が届かないところまで行った。レッドの姿は見えなかったが、彼女のタクシーが走り出したのは、今いるところから見て九軒先の家の前だった。幌馬車の形の装飾的な郵便受けが目印の家だ。

ボビーにとって格好の隠れ家だな、とショーンは思った。おそらくそれほど犯罪が多くなく、年配者たちが互いに気をつけ合っている、静かな界隈。あの女の家なのかもしれない。金のために動いているようではあったが。あるいは、かつては金持ちだったのかもしれない。いっしょにいたときのあの落ち着きと、ひるむことのない自信に満ちた態度、それに二晩ともいい服を着ていたことからすると。

ショーンはボビーにたぎるような怒りを感じた。不思議なことに、今はレッドを悪くは思えず、その反応に自分でも驚いた。彼女のことが気に入っていた。敵にまわらなければヴィクにも気に入られたはずだ。ヒューストンに連れて帰って、ヴィクとのディナーに連れて行きたいと思うような女だった。きっとショーンの見栄えをよくし、いっしょにいることを愉しんでくれただろう。ばかなボビーのせいで、あいつ自身のほかにこのいかした女まで殺さなければならないとは。

ショーンは、レッドの家がある通りと平行して走っている、次の通りに向かった。タクシーに気づいていれば、彼女は用心深くなっているはずだ。彼の姿を見たら、ボビーといっしょに逃げ出すかもしれない。そうなったら金は手に入らず、ショーンもおしまいだった。

ペリカン・ウェイと呼ばれる通りを歩いて——いったいネヴァダ州のどこにペリカンがいるっていうんだ?——家の数を数え、女とボビーに落ち着く時間を与えた。バーで彼と会う準備にとりかからせるためだ。九軒目の家の前で足を止めた。レンガ造りで、車一台分のカーポートがあり、玄関の軒先にはウィンドチャイムがつるされ、外装やよろい戸はペンキを塗りなおす必要がある家だった。

このランチハウス風の家があるのは、レッドの家の真裏のはずだった。計画変更だ。この家にはどこにも明かりがついていないし、せまいドライブウェイには車がなく、カーポートの床のコンクリートには、古いオイル漏れの汚れがついている。隣の家も暗かった。もう一方の隣はポーチにひとつだけ明かりがともっていたが。彼はここの住人であるかのように敷地に入り、何気ない足取りでドライブウェイを進んでいった。カーポートを通り抜け、フェンスの前で止まって、犬の荒い息遣いが聞こえないか確認し、通り口から裏庭に出た。

裏庭には、ぶらんこがひとつと古いバーベキューの道具、ほこりをかぶっていて洗う必要がある庭用テーブルセットをのぞけば何もなかった。ショーンはフェンスに歩み寄ると、手摺りにつかまってつま先立ち、レッドの家の裏庭を凝視した。室内の三カ所に明かりが見えた。キッチンには昔風の出窓がついていた。やがて、電話で話しているレッドが見えた。キッチンテーブルからカウンターに向かって歩きながらボトル入りの水を飲み、またテーブルに戻っていく。彼はまたフェンスの陰に隠れた。一分待った。もう一度見た。

キッチンには誰もいなくなっていた。それを見てから二百数えた。家の中に動きは見られなかった。ふたたび二百数えてから、眼をやった。どこもかしこも静かなままだった。

見張りもいなければ、番犬もいない。レッドが街でドラッグをさばく商売敵の一味で、ボビーはそのために寝返ったのかとも思ったが、そうではなさそうだ。彼女は暴力団タイプには見えない。もしかしたらほんとうにほかでもないあのボビーと組んでいて、自分たちのためだけに金を盗んだのかもしれない。そうであってほしかった。そのほうが仕事がやりやすい。

ショーンはフェンスを乗り越えて体を低くすると、テラスに走り寄った。走りながら、ジャケットの下に隠し持っていたグロックを取り出した。テラスに着くと、引き戸に寄りかかって待った。耳を澄ました。テレビが低いうなりをあげながら、ビデオテープを再生していた。古いジョン・ウェインの映画らしく、抑揚に特徴のあるデューク(ジョン・ウェインの愛称)のセリフが聞こえた。「ああ、そうさ。帰ってきたぜ」

やがて、やさしく、おだやかなレッドの声が聞こえた。「すぐに戻ってくるわ。映画を愉しんでてね」誰に話しかけているにしろ、返事はなかった。

ショーンは引き戸から離れた。右手で玄関扉の開く音が聞こえた。車一台分のカーポートに向かっている軽い足音は、ひとりの人間、一組のかかとの音だった。女の歩き方だ。レッドはひとりだった。彼女は車のエンジンをかけ、ドライブウェイを出ていくと、見えなくなる瞬間にヘッドライトを点けた。車を持っていながら〈キング・ミダス・ホテル〉までタクシーで行ったのは、駐車場に停めた車から足がつかないようにとの配慮だろう。頭の切れる女だ。

ショーンはそこを動かずに百まで数えた。カーポートをまわって玄関扉に手をかけた。施錠されていた。

扉にはまっていたガラスをたたくと、ガシャンと音がして割れた。家の中にいるボビーにまちがいなく聞こえるほど大きな音だった。そこで、ショーンはすばやい動きでドアの内側に腕を伸ばし、手探りでロックを解除しようとした。

デッドボルトはなかった。そのかわり、もうひとつ錠前がついていた。ボビーは両側から閉じ込められていたのだ。妙だった。割れたガラス越しに銃を差し入れ、不法乱入の音を聞いてボビーが飛んでくるのを待ったが、明かりを消した家の中は静まり返り、聞こえるのはささやくようにかすかな、ウェスタン映画のメロドラマ調音楽だけだった。

ショーンは十秒待って、パニックに身体を震わせながら、そこに立ったままボビーがドアを開けてくれるのを待っていても無駄だと判断した。テラスに戻り、ガラスの引き戸を蹴破った。大きな音をたててガラスが割れた。二軒先の家で犬が鋭い声で激しく二回吠え、やがて静かになった。ショーンは二十まで数えた。何も起こらなかった。何事かとフェンスから顔をのぞかせる隣人もいなかった。

取っ手のロックを〝開〟にし、引き戸を開けた。

その部屋はこじんまりとした書斎で、床が一段低くなっており、右手にキッチン、左手には廊下が伸びていた。部屋の中に銃を向けたまま待ち、さらにもうしばらく待った。馬たちが激しく地を駆け、止まる音、ジョン・ウェインが口にする善良そうな脅し文句、ゆったりした役人口調で礼儀正しく返事をする男の声が聞こえた。

陸軍時代に身に着けたやり方で銃を構えながら、じりじりと廊下を進んだ。弱々しい光——テレビからのものだ—

—が、廊下の突き当たりの部屋から漏れていた。息を落ち着かせ、ボビーの動く音に耳を澄ましながら、そこに向かって移動した。そして、すばやい身のこなしでドアをすり抜け、侵入すると、銃を構えたまま部屋の中を見回した。

ボビーはそこにいた。両手は手錠でベッドにつながれ、布を押し込まれてさるぐつわをされた口にダクトテープを貼られ、そのテープが髪の毛の中に伸びていた。片方の眼のまわりに打撲傷があった。上半身裸で、昨日の夜と同じチノパンツしか身に着けていなかったが、前の部分には濡れたしみが広がり、シャワーを浴びたほうがいいようなにおいをさせていた。重ねた枕で頭を支え、起こした状態にしていた。ビデオデッキつきの小型テレビが、みすぼらしい衣装だんすの上に置かれ、ジョン・ウェインの映画が再生されていた。

ショーンは少しのあいだその光景をじっと見てから、首を振った。

ボビーがうめき、さるぐつわの下で哀願するような声をあげた。ショーンはテレビの音を絞ったが、テープはそのまま流しておいた。ジョン・ウェインが偉そうに酒場の中を歩いている。ショーンはベッドの端に腰を下ろした。

「それをはずしてやったら大声をあげるつもりか？」ショーンは尋ねた。「ヴェガスには可能性が満ちているってわけか、ボビー？　たしか、あんたはそう言ったよな？」

ボビーは首を振った。

強力な業務用テープといっしょに髪の毛が何本か引っこ抜けるのも気にせずに、ショーンがテープをはがしてさるぐつわを解いてやると、ボビーが言った。「ああ、助かったよ。ありがとう、ショーン。あんたならきっと見つけてくれると思ってた。早いとここからずらかろうぜ」

ショーンはベッドの端に座ったまま言った。「何が起こったのか話してくれ」落ち着いていた。どういうことなのか知りたかった。この男が拘束されて縛りつけられていたのは予想外だったからだ。

「あのアマだよ、とんでもないやつだ。おれに薬を盛って、縛りつけやがった。ちくしょう、あいつは狂ってる。さあ、これをはずしてくれよ」

「まだだ」ショーンは言った。「あの女は仲間じゃないのか？」

「仲間だって？」ボビーが眼を見開いた。手錠をぐいと引っ張る。「そんなふうに見えるか？」

「あんたの哀れなケツを探して事務所に行ったよ」ショーンは言った。「ヴィクの金が全部消えてる。十万ドルそっくりな」

ボビーの唇――テープのせいでひび割れ、荒れている――が不機嫌そうにゆがんだ。「なんてこった。あの女が取ったんだ！」

「今朝おれが電話したとき、彼女はホテルのあんたの部屋にいた」

「くそっ、あの女はおれの酒に何か入れて、眠らせたんだ。眼が覚めたらここにいた。こっそりホテルから連れ出されたらしい。きっとあそこに仲間がいたんだ。鍵は全部持っていかれたようだから、それで金を手に入れたんだろう。手錠をはずしてくれ、ショーン。なあ、ここから逃げよう」ボビーの声は切羽詰っていた。ショーンは彼が今にも泣き出すのではないかと思った。

「なんてばかなことをしてくれたんだ。救いようがないばかだな、あんたは。彼女は金をここに持ってきたのか？」

「わからない、わからないんだ。いいから手錠をはずしてくれ。たのむ、あの女が戻ってくる前に！」

「急ぐことはないさ」ショーンは腕時計を見た。「彼女はバーでおれと会うために出かけたんだからな。あの女、あんたのために取引しようと言ってきたんだぜ。おれがヴィクにあんたは死んだと言えば、あの金は全部あんたのものになるそうだ」

ボビーは拘束具に抗いながら、枕から頭を上げた。「そんなのうそっぱちだ。おれはヴィクの金を盗もうとなんかしちゃいない！あんたはあの女にはめられたんだよ。なあ、手錠をはずしてくれ。彼女が戻るのを待って、黒幕が誰なのか吐かせよう」

「彼女とは初対面だったのか？」

「ああ、そうだ、まちがいない。誓うよ！」

「だが、彼女はあんたの商売を知っていた。ヴィクの下で働いてることもな。おれの名前も知っていた。事務所に金庫があることも、ダイヤル錠の番号も知っていた。あんたは以前から目をつけられていたんだ」

「いや、それは絶対にない」

「じゃなければ、あんたがべらべらしゃべった相手が、彼女の仲間だったか」

「いや、絶対にない、絶対に」とボビーは言ったが、声のトーンががくんと落ち込んだ。明らかに身に覚えがあるのだ。やってしまっておきながら、今は消し去りたいと思っているあやまちの記憶が。

「ほらな、ボビー。まちがいを犯すからこういうことになるんだ。あんたの話にはほんとうにうんざりさせられるよ」

「なあ、ショーン、悪いのはあの女だ。おれじゃない。金を取り返そう。おれたちふたりで」

ショーンは少しの間なにも言わず、じっくり考えた。ひどい疲れを感じると同時に、進退が窮まったことを感じた。立ち上がって部屋を出ると、家の中をくまなく慎重に点検した。家具はわずかしかない。おそらくここは貸家だろう。

「ショーン？」ボビーが声を殺して呼ばわった。「どこだ？」

「いいから静かにしてろ」ショーンは言った。金の気配はどこにもなかった。ここにはないのだ。ベッドルームに戻ると、ボビーが深い恐怖を宿したうつろな眼でこちらを見ていた。

「ショーン、あんたはおれの友達、ヴィクもおれの友達だ。そのおれがあの女の計画にかんでるわけないだろ」

「わかってるよ、ボビー」ショーンは言った。「やばい女にあたっちまったんだろ？」彼は笑いそうになった。もう心は決まっていた。

「ああ、たぶんな」ボビーは言った。

「それで、彼女はものにしたのか？」何と答えるのだろうと思いながらショーンは訊いた。

「いや」一瞬間をおいてからボビーが言った。

「それなら、賭けはおれの勝ちだな」ショーンは言った。

「あんな賭けはするんじゃなかった」ボビーは言った。

「たしかにその通りだ」ショーンは立ち上がってジョン・ウェインの音量を上げた。かなりの大きさまで。

〈ミスティ・ムーア〉は、おおかたオーナーがミスティという名の女で、そこから名づけられたバーだと思っていたが、ムーアは最後にeのつかない〝荒野〟を意味するムーア(Moor)で、店内に入るとカウンターの上の壁には銀のアザミ(スコットランドの国花)が飾られ、ウェイトレスは頭にタモ・シャンター(スコットランド人が被る、上にふさがついたベレー帽)を被って、ぴったりしたミニのキルトスカートで尻を隠し、壁紙は格子縞だった。レッドは店の奥のまったく人目につかない隅のブースに座って、白ワインを飲んでいた。バーはそれほど混み合ってはおらず、大スクリーンに映し出されたバスケットボールの試合を観戦している十人ほどの会議で訪れた人々と、数人の地元客しかいなかった。ショーンはブースに入り、彼女の向かい側ではなく、隣に座った。

「きみは下《くだ》れ」彼は言った。「われは登らん、行く手はスコットランドなれど(スコットランド民謡「ロッホ・ローモンド」の歌詞のもじり。実際は「きみは登れ、われは下らん」)」

「すてき。スコットランド人の文化はヴェガスに毒されない数少ないもののひとつなのよ」レッドは言った。とても落ち着いている。「だから〝ブレイブハート〟たちはここにやってきてバーを開いたの。酔って暴れると、顔を青く塗られるわよ(一九九五年の映画「ブレイブハート」で、スコットランドの愛国者ウィリアム・ウォレスとその仲間たちは顔を青く塗って戦いに赴く)」

ウェイトレスが近づいてきて、ショーンに注文をきいた。

「スコッチだ」彼は言った。「もちろん」

「何分か遅れたわね」ウェイトレスが立ち去ると、レッドは言った。「幸いわたしは辛抱強いし心が広いけど」

「あんたのいいところはそれだけじゃない」彼は言った。

「さっそくはじめようか」

「あなたの一万ドルは持ってきたわ」彼女は言った。「ヴィクにうそをついて、ボビーを自由にする気はまだある?」

「実は、取引の内容が変わったんだよ、レッド」彼は声を低くしたまま言った。ウェイトレスがスコッチを運んできて彼の前に置き、カウンターに戻っていった。

レッドはぴくりとも動かなかった。「変わった？」

「あんたは十万ドル持っている。あんたの家には男の死体もある。ファルコン・ストリート百十八番地だろ？　ジョン・ウェインの映画を流しっぱなしにしてるのは」彼女の顔の変化を見て、今度は彼の言葉を信じたのがわかった。

「だから、ベイビー、おれはあそこの隅にある電話から警察に通報することができる。あんたかほかのお仲間がボビーの死体を家から引っ張り出して車に乗せる前に、警察はあの家に着くだろう。山ほどの質問に答えることになるぞ」

「あなただって同じよ」相変わらず冷静に彼女は言った。

「いや、おれはちがう。あんたのことはほんとうに知らないし、あんたとおれが知り合いだとは証明できない。おれとボビーが知り合いだということも」

「ホテルでいっしょにいるところを見られてるわ」

「たぶんな。ヴィクがカジノにいる友人に電話したあとは、そいつらも口を閉ざすかもしれない。だが、ボビーの死体はあんたの家にある」

「このところずっと銃は撃ってないわ。硝煙反応の検査をすれば……」

「おれならボビーのために大事な銃弾を無駄にしたりしない。枕で窒息させたんだろう、スイートハート」ショーンは言った。「警察が別の容疑者を探すのはどんなにかたいへんだろうな？」

レッドはほんの少しだけワインをすすった。慎重にグラスを置く。「それで、どうしようって言うの？」

「ここには仲間が来てるのか？」彼は訊いた。

「わたしだけよ」

「ひとりで〈キング・ミダス・ホテル〉からボビーを運び出せるわけがない。うそをつくんじゃない。おれが九一一に電話したくなってもいいのか」ショーンはレッドに微笑みかけると、彼女の手にやさしく触れた。「もう芝居をする必要はないんだよ、美人さん」

二拍おいてから彼女は言った。「カウンターにいるウィンドブレーカーを着た男よ。彼がわたしのパートナー」ショーンはすばやく一瞥した。男は脅しをかけるわけでも、心配するでもなくこちらを見ていたが、ショーンが眼をやるとすぐに自分のビールに眼を落とした。大柄な男だったが、手つきや口元には気弱さが表われており、その不安そうな様子を見て、ショーンは自信を覚えた。

「ボビーと金のことはどうやって知った?」ショーンは訊いた。

彼女はウェイトレスに合図をしてワインのお代わりをたのんだ。どうやら話すつもりらしい。ショーンはそうさせた。「わたしのパートナーはオフィスの備品をリースする会社に勤めてるの。ボビーが事務所を開いたとき、備品を配達したのが彼なのよ。ふたりは初対面なのに話が弾んで、ビールを飲みに行こうということになったの。ボビーは昔からひとりでいるのが苦手で、知り合いの誰もいないこの大きな街に来たばかりだった。ふたりはいっしょに飲むようになり、ボビーはわたしのパートナーが街に来ると、ときどきコカインを少し分けてくれることもあった。ある晩、ボビーは飲みすぎて、いろんなことをしゃべったの。金庫のダイヤル錠の番号も。ボビーったら、番号を書いた付箋紙をデスクの引き出しに入れてたのよ。あんまりおつむがいいほうじゃないわよね」

「そして、都合よく赤毛美人のあんたが登場した」

「生まれつきの赤毛じゃないのよ」レッドは言った。「ストリップにあるすごくお高くとまった美容室で、二百五十ドルかけて染めたの。ボビーは赤毛の女が好みだってわたしのパートナーが聞き出したあとでね」

「よく似合う」ショーンは言った。

「ありがとう」彼女は言った。

ショーンがカウンターを振り返ると、彼女のパートナーも今度は彼を見返した。「あんたの友達は少しナーバスになっているようだ」彼は言った。「何かまずいことでもあるのか?」

「ないわ」

「彼とは友達以上の関係?」

「弟よ」

「おい、よせよ」

「いいえ、ほんとうなの。冗談じゃなくて」

「家族が力を合わせるのはいいもんだ」ショーンは言った。「よし、弟をここに呼べ」

姉に手招きされた弟は、最初は動揺して、見なかったふりをした。が、彼女が立ち上がって、鈴のように澄んだ声で「ギャリー、ここに来てちょうだい」と言うと、ギャリーは席を立ってやってきて、ショーンとレッドの前に座った。口をかたく閉じていた。おびえて、どうすることもできずにいるのだ。

ショーンはにこりともせず、やあとも言わず、手を差し出しもしなかった。「それで、あんたたちはおれをだませると思ったわけか」

「あなたじゃない」レッドは言った。「だますのはボビーとヴィクよ。どうしてあなたは自分の問題みたいに受け取るのかしら」彼女の微笑が温かさを増した。「あなたには関係ないって言ったでしょ」

「そんなことはどうでもいい」ショーンは言った。「あんたの家には死体がある。おれはもらうものをもらっていない。ここに来た目的である、ヴィクの金を。ともあれ、あんたたちのことは認めてやるよ。なかなか賢い手口だった。ボビーを始末して金を手に入れ、ヴィクにはボビーが逃げたと思わせておく。そうすればヴィクは絶対にあんたたちを探しに来ない」

「ありがとう」レッドは言った。

「どういたしまして」ショーンは言った。「十分以内にこのテーブルの上に金を出してもらおうか。さもないと警察に電話して、あんたたちの客用寝室から変なにおいがしていると言うぞ」

ギャリーの顔色が塩のように白くなった。レッドは冷静に白ワインをすすった。

「でも、わたしたちに協力しないなら、あなたが得るものは何もないわよ」彼女は言った。「わたしたちと同じくらいまずいことになるわ。だって、ヴィクはあなたを殺すでしょう？」

「それはないね」ショーンは言った。

「ほんとに？　あなたは役目を果たせなかったことになるのよ。彼がそう簡単に許してくれるかしら」レッドは言った。「彼のことはボビーから全部聞いたし、こっちでも調べてみたわ。ヴィクが部屋に入ってくると、みんなおしっこを漏らすって言うじゃないの」

「ボビーはそうかもな。あいつはすぐにまいっちまうから」ショーンがそう言うと、レッドは初めて笑った。

「彼はあなたにまいってたのよ、ショーン。あなたのことが好きだったわ。ほんとうに」

ショーンは悔恨の痛みを感じ、眼を閉じたくなったが、そうするかわりにきつい眼つきをした。「それは言うな。いやな気分になる」

「もっといやな気分にしてあげるわ」レッドは言った。「わたしたちを刑務所送りにしたら、あなたは手ぶらで帰ることになるわよ。あのお金は二度と手に入らなくなる。わたしたちはあのお金を警察にわたして、あなたとヴィクとボビーのことを洗いざらいしゃべることで取引するつもりだから。あなたはわたしたち同様おしまいよ。さあ、九一一に電話したら、ショーン。わたしたちはここに座って待ってるから」

「なあ、たのむよ……」ギャリーが言った。

「黙って」レッドは言った。「ショーンは考えてるんだから。静かな時間が必要なの」

ショーンが姉弟に完全に支配されていることは、彼がふたりを支配しているのと同じくらい確実だった。膠着状態だ。

「つまり、わたしたちは全員どうすることもできないわけ」レッドが言った。「みんなで力を合わせないかぎりはね。そして、あなたが自発的にヴィクの支配下から抜けないかぎりは」

「おれは彼の支配下にあるわけじゃない」ショーンは言った。

「この世界には二種類の人間がいる」レッドは言った。「ボスと使い走り。ボビーは、少なくともヴェガスにいたあいだはボスだったわ。でも、あなたはいつだってヴィクの使い走りでしょ？ ヴィクはヴェガスで商売を続けてそれをあなたに引きわたし、冒険をさせることだってできたはずなのに。おいしい思いをさせることだって」彼女が身を乗り出すと、シャワーが使われていなかったホテルのボビーの部屋でかいだ、あの薔薇の香水が香った。息はほのかにワインの香りがした。「いつまでも使い走りのままでいるつもりなの、ショーン？」

ショーンは何も言わずに彼女を見つめた。

「つまり、ヴィクがいなくなれば、ヴェガスでの仕事を引き継ぐことができるのよ。ディーラーと客が同じ場所に存在しているっていう基礎構造があるんだから、ボビーよりも頭の切れる人間ならいつでも入り込めるわ。使い走りだったころよりもっとお金が稼げる。わたしが力になるわ、ショーン。ヴィクを消せばいいのよ。力を合わせて。お互いを刑務所送りにするよりずっといいわ」そう言って彼女はゆがんだ笑みを浮かべた。

「ヴィクを殺すことはできない。残された組織のやつらが軍隊を編成しておれを捜すだろうからな」軍隊といっても全部で十人だったが、それでも充分だ。

「このヴェガスで彼の身に何かが起こるなら大丈夫よ。組織から離れたところなら、何が起こったのか正確にはわからないわ。ボビーが巻き込まれたのも同じトラブルだってことにできるかもしれない。敵対するギャングのしわざにね。ヴィクが死んで、ほかのギャングたちよりも先にあなたが事業を引き継げば、あなたはヒーローよ。めでたしめでたし」

「何が言いたいんだ？」そう言いながら、あらたな決断の訪れと湧き上がる可能性を感じたショーンは、彼女の微笑みのなかに回っているルーレットの球を想像した。

「教えて」レッドは言った。「ヴィクは赤毛が好きかしら？」

二日後の晩、〈キング・ミダス・ホテル〉のバーは、ショーンがボビーと最初に訪れた晩よりも静かで、バーテンダーもちがった。今夜は軽いジャマイカ訛りのある黒人女性だ。ヴィクは彼女がカウンターの反対側に歩いていくのを見守った。ふたりは奥のテーブル席にいたが、湾曲したチーク材のバーカウンターはよく見えた。

「カリブ人のやつらめ」ヴィクが言った。「あいつらはどこにでもいる。島で育った人間が、どうしてわざわざこんな砂漠に来たがるのかね」咳をひとつして、ウォッカ・トニックをごくりと飲む。「勘弁してほしいよ」

「ところで」ショーンは咳払いをした。「面倒なことになってしまって申し訳ありません。ですが、ボビーを誘拐したろくでなしどもはかならずつかまえてみせます」

「そいつらの目星はついているのか？」ヴィクはそう言うと、神経質にもうひとロウォッカを飲んだ。

「東に移ってきたロサンジェルスのアジア人です」ショーンは言った。「街のうわさによると」頭の中で練習したので、うそは簡単に出た。いかにももっともらしく。

ヴィクは眉をひそめた。「やつらがボビーを殺しても別にかまわん。どうしておれがやつらに会う必要があるんだ？」

「いいですか、ボビーは殺される前に何もかもしゃべる。やつらはあなたを破滅させる情報を手にすることになるんです」ショーンは言った。「やつらは垂れ込み屋にそれを教え、あなたを皿に載せて警察に差し出すかわりに、自分たちのボスのうち誰がつかまってもお目こぼしをしてもらえるよう取引をする。だから、ボビーは五体満足な状態で取り返す必要があるんです。しかも、やつらは馬鹿じゃない。おれたちに会って、もっと金を手に入れようとしている。今回は欲深さが命取りになりますよ。おれたちでやつらを殺《や》りましょう」

「やれやれ」ヴィクは言った。「やつらが罠をしかけていないのはたしかなのか？」

「たしかです」ショーンはそう言って、レッドがバーに入ってくるのを見た。前と同じ黒のミニドレス姿だったが、今夜の髪は深みのあるコーヒーブラウンで、短いボブカットにしている。ショーンが知っているヴィクの好みと同じように。「それほど頭の切れる連中じゃありませんよ」

「やれやれ」ヴィクは言った。「済んだときにはやつらに死んでいてもらいたいものだな。おい、聞いてるのか？」

「聞いてますよ」ショーンは言った。「さあ、もっとリラックスしてくださいよ。ここはヴェガスなんだ。愉しみましょう。明日やつらに会うまで、おれたちにできることは何もないんですから。まあ、落ち着いて。ショーでも見に行きますか？」

ヴィクは言った。「ごめんだ、二時間も椅子に座っていたら頭がおかしくなる」彼はウォッカを飲み干し、お代わりを注文した。ショーンは待ち、彼に時間を与えた。無理強いはしたくなかった。ようやくヴィクが彼女を見た。

「見ろよ、カウンターにいるあのいい女」ヴィクは言った。

「どの女です？」

「右から五番目のスツールだ。うまそうなブルネットの」

「あなたには無理《アウト・オブ・ユア・リーグ》ですよ、ヴィク。きれいすぎる」そう言ってヴィクのボタンを押してやる。

ヴィクは片方の眉を上げたが、怒ってはいなかった。挑むような微笑を浮かべていた。「おれにとっちゃリトル・リーグだ」

「おれはただ、彼女はひとりで満足しているように見えると言ってるだけですよ」ショーンは言った。「仕事のことでたんまりストレスを抱えた男とは話をしたくないはずだ。愉しい時間をすごすことを考えていない男とは」

「いや、おれはあの女が気に入った。おれならものにできる」

ショーンは微笑んだ。「ほんとうにできると思うんですか、ヴィク？　それならちょっと賭けをしませんか？」

鉄の心臓
Stonewalls

ジェフリー・ロバート・ボウマン　吉田薫訳

ジェフリー・ロバート・ボウマン（Jeffrey Robert Bowman）は一九七九年ジョージア州アトランタ生まれ。タフツ大学で文学と歴史の学位を得たあと、現在はアメリカと南米でフリーライターと英語教師をつとめている。本作は文芸誌《ザ・チャタフーチー・レビュー》に発表された。

歴史的事実　一八六三年五月三日の夜、チャンセラーズヴィルの戦いで南軍のトーマス・J・〝石壁《ストーンウォール》〟・ジャクソン中将は、敵の前線の偵察から戻る途中、味方の誤射により致命傷を負った。

リッチモンドの新聞で日々活字にされていく嘘を排し、わが南部連合に神の啓示を受けた将軍などひとりもいないと言っておこう。性急で、手厳しい見かただと言われるかもしれない。ことに先頃の輝かしい勝利を思えば、私のような俄《にわか》作家が何を根拠にしているのだと。確かに私にはハドソン川の冷たい崖にそびえるウェストポイント陸軍士官学校で四年の歳月を過ごした経験も、レキシントンのヴァージニア軍事研究所で出番を待っていた経験もないが、それでも見極めるに足る能力は備えていると思っている。第一に、私は過去二年間北ヴァージニア軍の将校として仕えた。第二に、私はこの戦争の前に大学で三年間、遠い昔に滅んだ古代ローマや古代ギリシャの書物に向きあわされていた。プルタークをはじめとする先人が遺したパピルスの巻物には、ハンニバルやアレキサンダーといった時を超えて讃えられる不滅の英雄すべての戦いぶりが、カンナエ、イッソス等々の地における勝利の栄光とともに書きつづられている。一八六一年、私はそうした大冊のなかに見た軍人の気概を倣いたいと切に望んだ。そして鞄に本を詰め、教室を出ると、古典的理想を胸に南軍の兵士となった。いつか神さびた白髪の将軍に率いられ、投げ槍の代わりにエンフィールド銃を、短剣の代わりに銃剣を手に戦い、不滅の栄誉に浴するために。したがって、誰もがそうであったように、私はわが愛する南部の土に足を下ろそうとする侵略者を見つけたら、真っ先にこの手で撃ち殺したいと心から望んでいた。

果たして戦争と殺戮はたっぷりと用意されていた。しかし、シーザーに出会えたかと言うと、リー将軍や、あるいはめかし屋スチュアートも、意味のない死の藪にふらふらと入りこんでしまった暗愚な指揮官だった。一八六一年から一八六二年、さらに一八六三年にかけて、我々は北部の無学な農夫や職工の寄せ集めを大量に屠《ほふ》った。マナッサスでは二度、そしてフレデリクスバーグでも、セヴンパインズでも。ヴァージニア州の戦場のあとはどこも移動脱穀機から落ちたもみ殻のように死体が山積みになっていった。敵の死緑の丘陵地帯でとられた戦術はいつも同じだった。敵の死角に行軍し、森から飛びだして、悪魔の雄叫びとともに突撃する。どちらがより愚かだったのだろう。仕掛けた我々のほうか、まんまと引っかかった北軍のほうか。北軍は毎度逃げていった。はるばるワシントンまで逃げ帰ることもあった。それは単に地の利にすぎず、火を味方につければ敵を十分に追い払うことができた。

銃撃がやむと、掘り起こされた土が倒れた兵士やラバの血で染まった泥沼で、我々は味方の死体を埋葬した。北軍の死体は捨てておき、それは腐敗して黒人と同じ色に変わっていった。実を言うと、初めはこうした殺戮行為に大きな喜びを感じていた。野営地でよく酒瓶を片手に冗談を言って笑った。私は桂冠詩人きどりで、北軍兵は臆病でだらしないとか、鯱張《しゃちこば》った青服がマスケット銃の音と雄叫びを耳にしただけで防御線を崩して逃げていったとか、詩に編んで誉められるようになった。

しかし、時が経つにつれ私のペンは勢いをなくし、唯一の真実が明らかになっていった。それは生あるものは血を流すということである。その頃だろう。周囲を見まわすと隊列は薄くなり、親しい者の顔が減っているのを見るにつけ、我々はみな暴力と殺戮に心底嫌気がさしていった。死にはもはや何の道理もないように思えた。弔いの場で墓掘り人がつぶやく冗談に、我々は空の棺のようにうつろな胸から笑声を出していた。

ところが、この苦悩の瘴気《しょうき》から、我々のシーザー、我々のクロムウェル、〝石壁《ストーンウオール》〟・ジャクソンが現われた。

ジャクソンはその階級をしのぐ将軍だった。死の道理をわきまえていた。演説をせず、弁舌に長けた男ではなかったが、栗毛の馬上で背筋を伸ばし、青い瞳を戦場の聖なる炎で輝かせる姿を目にした瞬間、我々は大義と南部の誇りを織りこんだ壮大なタペストリーのなかに引き戻されていった。こうして再び私は南部の若者の甘美な葡萄酒で染まる神聖な戦場を詩に編めるようになり、北軍は卑劣な敵となり、過去の二年間が単なる赤痢と栄養失調以上のものになった——我々は三百人のスパルタ兵であり、ジャクソンはスパルタ王レオニダスであり、南部連合はテルモピレーを築いたのである。ジャクソンの厳格で禁欲的な姿に我々は鉄の心臓と意志を感じとり、それを天与の糧のごとく享受した。

したがって、チャンセラーズヴィルとあそこで起きたことのすべては、我々を栄養失調に陥れるどころか、我々から生命を維持するだけの恵みも奪い去ったと言えるだろう。

チャンセラーズヴィルで、我々は騎兵隊さながらに敵を猛攻した。

敵は逃げに逃げた。

その日は丸一日厳しい行軍を続け、ジャクソンが送った斥候がハワードの野営地の偵察から戻ってきたときにはすでに日没が迫っていた。斥候を率いていたウィリアムズ少佐はカロライナ出身の平凡な農園主の息子で、泥にまみれた制服はいばらや木の枝で裂け、疲れた様子だった。ウィリアムズは私の隊列を見下ろして言った。「敵はのんびり座って、煙草を喫って、しゃべっていた。ドイツ語だった。ジャクソン将軍はまたしても敵の目を欺いた」すると後方から静かに攻撃命令が回ってきた。ウィリアムズが前進し、その先でジャクソンが斥候兵に何か言っていた。前を通りすぎるときに私はジャクソンの言葉をはっきり聞いた。

「……さあ皆殺しにするぞ。ことに勇者を」我々は頭上に軍旗をはためかせ、樹木に足を取られながら、森を駆けぬけた。いばらに顔を斬りつけられても気にならなかった。この一八六三年五月三日という日は、ポトマック軍を叩きのめす期待に胸をふくらませて笑っている者さえいた。誰もが喚声をあげていた。私は大農園、舞踏会の貴婦人、黒人奴隷に思いをはせ、〝南部のために〟とつぶやいた。そして、左右の同胞に「故郷を思おう、故郷を」と声をかけた。我々が森の小さな空き地に飛びでると、ハワード率いるドイツ人兵士たちは秋の夕暮れに猟犬に気づいた鹿のようにその場に凍りつき、雄叫びとともに突進してくる集団を絶望的な目で見つめていた。我々は敵陣の真ん中で、剣を振り、銃を撃ち、威嚇の声を上げつづけた。北軍兵は互いを踏みつけながら逃げまどった。

敵は散弾銃で撃たれたウズラのように倒れていった。私は鮮明に覚えている。ウィリアムズ少佐が前方で羽根飾りの付いた帽子を振り、喧噪をしのぐ声で「やつら這々《ほうほう》の体で逃げていくぞ」と言うなり、頭の半分を吹きとばされてくずおれた。私は上の空で剣を振り、拳銃を撃ち、煙でかすむ人影を倒しながら前に向かって叫びつづけた。一杯の冷たいレモネードで嗄れた喉を潤せるなら、女子供でも殺していただろう。そのときだった。煙のなかから何かが現われ、私を地面にたたきつけた。私は傷を負って倒れたまま血を流していた。傷口が裂けるのが恐くて痛いと叫ぶこともできなかった。痛みに押し潰されそうだった。何とか気を散らそうと、祈りを唱えた。「わが主、ヴァージニアよ、忠実なる僕《しもべ》にこのような仕打ちはおやめ下さい」すると、南部がこの死者は自分のものだと言うように、私は大きな茶色の塊に飲みこまれていった。

……私は夢を見ていた。狂気に向かって坂道を滑りおりるような夢で、気がつくとトウモロコシ畑にいて頭は錯乱していた。あたりには腐敗の段階が異なる死体が散らばっていて、完全な肉体をとどめているのは私だけだった。死体の顔が徐々にわかってくると、どれも知っている顔だった――家族、友人、知人、リッチモンドの裏町で抱いた女までがいて、みんな死んでいた。私は血に染まった葉や茎のなかから立ち上がり、畑を駆けていったが、どの方角に向かっても果てはなく、屑肉を集めたような死体の山が増えていくばかりだった。すると地平線上にうっすらと馬に乗った男の姿が見えた。私は命がけで馬の足元に倒れこみ、震える手で男のマントのすそをつかんだ。男の顔を見て驚いた。腐敗の片鱗もない端整なジャクソンの顔がそこにあった。さらにシーザーやアレキサンダー大王とおぼしき姿や、他にも大勢の血気盛んな英雄たちが陽炎のように見えていた。ジャクソンが口を開き、その声がオルガンとなって死者の野辺に響きわたった。「詩人よ、おまえは心臓の仕組みを知らない」わけがわからないうちに、ジャクソンは厚い灰色のマントを脇に寄せた。するとその胴体は空っぽで、鉄を縫い合わせた巨大な心臓だけがピストンの回転に合わせて震動していた。私はそのおぞましい臓器をジャクソンの身体からもぎ取りたいと思ったが、手が届いたときにはすでにジャクソンは去っており、私は底知れぬ恐怖を覚えながら、差しだした腕が蛆のわいた腐肉と化していくのを見ていた。やがて脚が腐ると地面にくずおれ、血と泥にまみれた顔で悲鳴を上げたところで目が覚めて、世界は一変した……

　地面から顔を上げると、戦場は移っていた。はるかかなたで轟くライフル銃の音が耳障りな長いこだまとなって森から返ってきた。硝煙が野営地に厚いとばりを下ろしていた。たちこめる靄のなかで蛇が地面を這う音が聞こえ、まだ夢を見ているのかと思うと、その正体はあてもなく助けを求めてさまよう負傷兵だった。気がつくと傷の痛みは消えていて、首と制服の胸元が濡れていた。脚のあいだにわずかに澱が残る空き瓶があった。誰がどのように置いたものかはわからない。瓶の口を嗅ぐと、アヘンチンキのにおいが鼻を突き、戻ってきたばかりの彼の地にまた戻されそうになった。明瞭な頭と引きかえに襲ってくる痛みを知っていたら恐怖で気が遠くなっていただろう。私は静かに手袋をはずして、傷に死に至る兆しがないかを調べた。浅い傷が側頭部の髪の分け目あたりにあるだけで、出血はしていたが、〝命拾い〟したことは明らかだった。私は死者が甦るように起きあがり、ふらつく足で地面に立った。

　気を失いそうな感覚は消えていた。周囲の人影の多くはすでに動かなかった。破壊されたテントやうち捨てられた備品のなかに立っているのはどうやら私だけのようだった。前線から煙は漂いつづけ、乾燥したシダの茂みに火がついたらしく樹脂や葉が燃える臭いがしはじめた。戦場での火災はよくあることとはいえ、この日は硝煙でくすぶる空気がますます不透明になり、森に向かう途中で何度も敵や味方の死体につまずいた。ようやく森にたどり着いたときには、もうろうとした頭で安堵した。しかし、まだ森の境にいながら私は意識が混濁してきて方角を見失った。気がつくとひたすら円を描いて歩いていた。道に迷ったらしい男を見つけて、腕をつかみ、ジャクソン将軍の部隊の居場所を訊ねたが、振りむいた男には鼻がなく、弾に穿たれた穴から血がどくどくと流れていた。私は男の腕をはなし、再び戦闘の音がこだまする森に入っていった。

さまよっていた時間はわからない。アヘンチンキでもうろうとした状態から再び抜けでたときには間伐地にいて、蒼白い真珠のような月が木立の上から冴えた光を降り注いでいた。森の奥で炎が宝石のようにきらめいていたが、煙は風に払われていた。散在する茂みを抜ける途中で男が悪態をつく声がした。かすれた苦しそうな声だった。あたりを見回したが、死体とまだ死んではいない負傷兵のほかは誰もいなかった。悪態はまだ聞こえていて、どうやらそれは負傷兵が体の不自由を訴える声ではなく、元気な男が重いものと格闘している声だとわかった。私は足を速め、薄れていく月明かりのなかで声の主を探した。すると樫の木の根元で、闇に溶けこむように、ひとりの男が死んだ馬の前足をつかんで押したり引いたりしていた。近づいていくと、馬の下に潰れかけの男が見えた。馬を引いている男は変わった色の制服を着ていて、敵か味方か判別できなかったが、少なくとも馬の下の男とは同胞で、男を死なせたくないのだと思った。私は本能的に男に手を貸し、二人がかりでようやく巨大な骸《むくろ》の重心を移して、下敷きになっていた男を解放した。

「やれやれ、助かった。もう駄目かと思っていた」馬を引いていた男は言った。闇のなかで目鼻立ちはほとんどわからなかったが、背格好は私くらいで、元気そうだった。胸まで届きそうな豊かなあごひげはきちんと整えられ、頭髪にもポマードがたっぷりと塗られているようだった。シャツは火薬で汚れていたが、上着は真新しく、ポケットのあたりに懐中時計の金色の鎖が鈍い光をはなっていた。私を見る目は好意的で、訛りから察すると南部の身分のある人間のようだった。男がふいに笑って言った。「けがをしてるじゃないか」そして私の側頭部に手を伸ばした。

「何でもない。大丈夫だ」私は言った。傷に触れた手に黒い血のかたまりが付いた。アヘンチンキの作用で指先はまだ麻痺していたが、考えを言うことはできた。「さあ、軍医のところに運ぼう」

男はけげんな顔をした。「誰をだ」

「あの将校じゃないか」私は圧死しかけた男を指さした。すでにこの時には低い声をもらしながら、痙攣のような動作を始めていた。私の指先を追った男の顔に驚きの表情が走った。「これは驚いた……てっきり死んだものだと……」男はつぶやいて、しばらくあたりを見まわし、身をかがめて台尻の端がかけたスプリングフィールド銃を拾った。そして息を吹きかえした将校に近づいていき、私に抗議の間も与えず、台尻を立てつづけに二度振りおろして、この世から葬った。故郷の厨房で使用人がメロンをふたつに割ったときのような音がした。男は銃を投げすて、死んだ将校のポケットを探りはじめた。私は開いていた口をとじて、ものは捨てた。金貨を手につかむと、他のものは捨てた。私は開いていた口をとじて、ら連発拳銃を抜き、撃鉄を引いて、膝をついて狙いを定めた。撃鉄が起きる乾いた音でポケットをあさる手が止まった。

「いったい何のまねだ」男は頭を上げもせず、まるで死人に向かって言うように訊いた。私は男のあごひげの下の右の中ほどに照準を定めた。

「正義の名において止めているのだ」私は答えた。「貴様は殺人罪で絞首刑だ。さあ立って後ろを向け」

男は膝をついたまましわがれた声で笑った。「撃つがいい」男は笑った。「殺人罪ときたか。ではあんたの周囲で起きていることは何だ」男は立ち上がると、背中を向けて去っていった。「さあ、撃て。ご立派な紳士に付きあっている暇はない」

「上等だ」私はつぶやき、引き金をしぼるように引いた。不発だった。すぐに撃鉄を起こしてもう一度引き金を引いた。不発。闇のなかから甲高い笑いが愚弄するように響いてきた。私はサーベルを抜き、遠ざかる男の姿を追った。振りむいた男は銃剣を装着したライフル銃を握っていた。私は手綱を引かれた馬のように止まった。

「落ちつけ、坊や」互いが互いのまわりを慎重に旋回しはじめると男は言った。「どこに傷を負っても同じだ。俺は殺すと言ったら殺す」森の炎が逆光となり、容赦のない決闘の舞台にふたつの影が舞った。敵は旋回を続けながら、片手でポケットを探っていた。私が攻撃の構えにはいると、男は汚れた手で雷管を取りだし、私に銃を向けながら、起こした撃鉄の下に雷管をはめ込んだ。

「弾は入っている。撃鉄も起きている」男は野蛮な笑みを浮かべた。「サーベルを土に刺せ」銃口が方向を示した。

「なぜ弾が入っているとわかる。入っていないかもしれないじゃないか」

「試してみろ」男はまだ笑っている。「撃っても、刺しても同じことだぞ」男は再び銃口で地面を指し示した。

私はサーベルを下ろし、地面に突きさした。

「よし。俺の前を歩け。来た道を戻れ」私は前に出て、ふらつく足で男の横を通りすぎた。その間は一秒が永遠に思えた。いつライフル銃が轟音を発し、弾が私の背中を裂いて胃袋を貫通し、緩徐に着実に死をもたらすことを告げるかと思うと気が気ではなかった。結局そうはならなかったが、振り返って男の様子を見る気にはなれなかった。前方に黒く神秘的に横たわる森はまだ砲撃や銃撃の音の波で満ちており、どちらを向いても死が待ちうけているかと思うとぞっとした。ここに倒れている負傷兵たちもこの顕然たる事実がわかっているのだろう。ひとりの負傷兵が私のズボンの裾をつかんで、哀れな声で訊いてきた。「俺は大丈夫だよな」私は足を止めなかった。数分後、ライフル銃を手に私の後ろを歩く男にその負傷兵が同じ質問をするのを聞いた。振り返ると、男は膝をついて負傷兵の頭を支えていた。水筒の水を与え、顔の汚れを拭いてやっていた。

「俺は大丈夫だよな」負傷兵は繰り返した。

「ほら、気分はどうだ」男は言って、片足を上げた。そしてブーツからナイフを取り出すと、負傷兵に突き刺し、負傷兵は死んだ。財布を探りはじめた男に私は向かっていった。男は気配に気づくと立ち上がってナイフを構えた。私は両手を挙げ、男は目の前の空を切った。

「落ちつけ。変な気を起こすな」

「なぜだ。理由を教えてくれ」私は言った。

一瞬目がうつろになった後、男はまた甲高い笑い声を放った。歯はすき間だらけで、腐って抜け落ちているところもあった。「くだらん」男はせせら笑った。「将校ってのは能なしの役立たずばかりだ」男は再び膝をついて金を数えはじめ、金貨がないと分かると腹立たしそうに財布を投げすて、しゃがんだまま向きを変えて、今度は死んでいる男を引き寄せ、また金を探しはじめた。

「なぜなんだ」私は再び訊いた。

「やれやれ」男はため息をついた。「金が欲しいからに決まってるじゃないか。どれだけの金がここに落ちていると思う。誰も拾わなきゃそのまま地獄に行く金だ。十ドル、いや十五ドルあるかもしれない」

「しかし、殺す必要はないじゃないか」私は訊いた。男は別の兵隊に取りかかった。今度は北軍兵で、肺を撃たれて口から深紅の泡をふいていた。男はそれも突き刺し、痙攣が止むとナイフを抜いた。男は哀れむような目で私を見た。煙で目のふちが赤くなっていた。

「この男があとどれだけ生きられたと思う」男は訊いた。「十時間か、十二時間か。あそこの腕を吹き飛ばされた男はどうだ。四時間ってとこか。医者に切ったり縫われたりしてみろ、この先ずっと不自由な体で生きていかなくちゃならない。涙の谷から栄光の谷に送ってやる手助けをしているだけだ。キリスト教徒の務めだ」

あたりを見まわすと、苦痛で顔をゆがめた兵士が大勢いた。彼らの低いうめき声が聞こえてくるよりもずっと切実なものに感じられた。掘り起こされ、血を吸った大地は浅ましい憂き世の様を呈しており、混乱した頭でも男の論理に不備はないように思われた。それでも、私は引き下がらなかった。

「法廷では殺人とみなされる」私は言った。

男は肩をすくめ、永遠の意見の相違にも屈しない唱道者のように仕事に戻った。「言わせておけ」あとの言葉は闇にでたらめに打ちこまれる砲弾の爆音にかき消された。耳鳴り越しに聞こえてくると、男はどうでもよさそうに言っていた。「……高いところから偉そうなことばかり言っていい気なもんだ。連中の言葉通りなら、この戦争で神はすべてのものの味方だ。俺たちがやっていることは黒人のための戦争だ。てことは金のため、てことは黒人の金のためだ」男は首を振った。「ひどい世の中だ。黒人のために白人が白人を殺すなんて」男はドイツ人の巨体を前にして、正面の私を見上げた。「手を貸すぐらいはできるだろう」男は言った。私はわびを入れて、身をかがめると、男と一緒にドイツ人のかかとを引っぱり森の炎の明かりでポケットを探れる場所まで運んだ。私は気を失いそうになって死体のそばにへたり込んだ。

男は手で金時計の重さを確かめながら話を続けた。「自分のためになるとわかっていることに喜びを感じることだ。国は家から俺を取りあげ、ライフル銃を渡して言った。戦ってこい。俺は言った。いいとも、徹底的に戦って、その間に金持ちになってやる」

男は死体を集めつづけ、私はそれを手伝った。死体の山は膝の高さに達し、切り裂かれた財布とその中身が積み上げられていった。時計や金貨や貴金属が銀色の月明かりとオレンジ色の火明かりを受けて不気味な色を放っていた。ひと休みすることになり、私はその場にへたり込み、男はそのとなりで汗の粒が光るひげの下に笑みを湛えていた。男は取り出したパイプに小さな白い玉を入れ、マッチで火を点けて、深く喫いこむと、私にパイプを差しだした。「やるかい」男は愛想よく言った。私は気を静めるためにパイプを受けとって喫った。すると再びアヘンチンキの色彩がよみがえり、酔っぱらっているような気分になった。「若い頃に船に乗っていたときに中国で覚えたんだ。ヘスの師団にいるニューオーリンズのユダヤ人の医者に金製品を半分持っていくと分けてくれる。そこで切らしているときは足を伸ばし、北軍兵に紛れこんで手に入れる。連中は煙草さえ持っていけば何でも交換してくれる。特にアイルランド人は無類の煙草好きだ。しばらく滞在して儲けが出たらまた戻ってくる。お察しの通り、俺はこの戦争で南北を渡り歩いている。俺にとってはどっちの世界もまるで変わりはない」

　私は再びパイプを喫い、吐いた煙の渦が黒い天空にゆらゆら昇り、冷たく輝く星の角にあたって消えるのを眺めていた。男のナイフで服を切り裂き、胸を切り開き、剝き出しになった心臓が虚空で存分に鼓動しているような気分だった。「私には大きな違いだ」私は言った。

　男はパイプを取り上げ、火皿に火を点けなおして深く喫いこんだ。「馬鹿なやつだ」男は煙を吐きながら言った。「時は与えられ、死は用意されている。そのうちにわかる。南北に違いはないし、制服が灰色でも青色でも至上の喜びは」男は指さした。「ひとつで、同じだ」指の先を追うと、一群の馬に乗った男たちが燃えさかる森を出てきた。こちらに向かってくる動きが間延びして見え、炎のなかから悪霊が出てくるみたいだった。

「騎兵隊か」私は上の空で訊いた。倦怠感が手足に無限に広がり、天上に向かって話しかけているようだった。

「いいや、くそっ、将軍の一行だ。あの輩は南北を問わず御同類だ。死が望みのすべてだ。それ以外の理由は必要ない。連中の充足は流血にしかない。死ぬことにしかない」

「充足だって？」私はつぶやいた。「そんな……まさか……」

　だがそのとき、ひづめが土を蹴る音がにわかに大きくなり、男が悪態を残してネズミのように四つん這いで闇に逃げこむと、ジャクソンと副官が鞍上から私をのぞき込んだ。私は夢心地でそれが誰の顔かわかると我に返り、散乱する財布と一緒に死体の山の上にいることに気がついた。

　将軍が口を開いた。「なんたるざまだ」

「どうやら我々は墓泥棒をつかまえたようです、将軍」両端がはね上がったひげをはやした大佐が、ほっそりとした手でひげの端をいじりながら言った。

「こんなことは初めてだな」将軍は言った。本当に当惑しているようだった。「陸軍でこのような所業を赦しておくわけにはいかんだろう。忌まわしい行ないには懲罰を与えねば。メキシコでもそうだった。明日、その男を撃ち殺せ」将軍は命令を下すと、少し考えて補足した。「衆目にさらせ。シラミやごみと一緒くたにしてやれ。すまんが少佐、その者の手を縛って連行してくれないか」

私は何か抗議の言葉をつぶやいた。頭をはっきりさせる必要があった。

「待て」ジャクソンは言って手袋をはめた手を挙げた。

「言ってみろ」

私は慈悲を請いたかった。救済と査問会議を求めたかった。大声で叫びたかった——あなたのためです。あなたのために私は戦ってきた。まる二年も。ストーンウォールのために！　南部のために！　南部のために！

代わりに私は口にしていた。「私は南部連合陸軍の将校です」

「そうか」ジャクソンは言った。「では絞首刑だ。誰か記録を。さあ行くぞ」

一行は森に入った。私は縛られ、猿ぐつわをはめられ、年齢の変わらない少佐の後ろで鞍に尻を打ちつけていた。馬の喘ぎのほかは何も聞こえず、少佐の汗が五月に咲いたばかりのスイカズラの匂いと混じって麝香《じゃこう》の匂いを放っていた。月が雲に隠れると一行は道に迷い、同じ道を二度も行ったり来たりしながら、味方の前線に戻る道を探した。最終的にジャクソンが小声で命令し、我々は一団となっておおむね南の方角に馬を進めた。月が雲を出て、あたりが一瞬にして銀色に輝いたそのとき、ひとりの歩哨が我々に気づき、大声で警告を発しながら一発の銃弾を放ち、それが私を乗せていた少佐に命中した。少佐が一瞬こわばり、崩れるように馬から落ちると、ほかの歩哨も加わって一斉射撃が始まった。私がなんとか手のいましめを解いたとき、ひげの大佐が叫んだ。「やめろ！　おまえたちは味方を撃っている！」

振り返ると、ジャクソンが上腕を撃たれていた。だが、まだ生きており、私はジャクソンが青い瞳で私の目をまっすぐのぞき込んでいるのを見ながら、猿ぐつわをむしり取って叫んだ。

「誰が言った。そんなのは嘘っぱちだ！　撃ちまくれ！」

私は馬から飛びおり、四方八方から弾が飛んでくる地面を転がった。馬がいななき、一行は次々と落馬していった。歩哨や将校が着の身着のままの格好で野営地から走ってくるのが見えた。私は仰向けに横たわった。「何てことだ。将軍を撃ってしまった」誰かが言った。「動かないぞ」別の男が言った。すぐに私を案じる手が伸びてきた。看護兵が月明かりのなかで不安そうに私の傷を見ていた。

「具合は？　将軍の具合は？」私は訊いた。

「しっ！　静かに……」看護兵は私の髪をなでながら言った。「将軍は大丈夫だ……担架を持ってきてくれないか」

私は将軍が馬から下ろされ、となりに寝かされるのを見ていた。二発撃たれており、顔色は悪かったが、まだ目は鋭く輝いていた。「川を渡ろう……」将軍は誰に言うでもなく言った。

「充足は得られましたか、将軍」私は小声で訊いた。

将軍はうなずき、運ばれていった。私は担架の上から将軍を見送った。涙を浮かべている歩哨もいた。他はただ呆然と見ていた。私があのときに付けた爪痕も、私が授かった知識も彼らには決して理解できないとわかっていた。歩哨たちを恥と怒りのなかに残して私は運びだされていった。戦って死ぬか、あるいは生きるために。野辺に朽ち果てるか、あるいは結婚して子をなすために。

一カ月ほど後にゲティスバーグの戦いが始まったが、私はそこにいなかった。北に向かう行軍の途中で隊を離れ、北軍兵に出くわして初めて足を止めた。それはヘーガーズタウンの街道を悠然と進んでいた義勇騎兵の中隊だった。戸惑う騎兵の眼下で、私はぬかるんだ田舎道に膝をつき、憎しみを覚えるまでになっていた北軍の旗に口づけをし、もはや属していない南軍への忠誠を否定した。効果はなかった。結局私はエルマイラの牢獄に送られ、その二日後、リー将軍はペンシルヴェニアの花咲く野原や果樹園で敗北を喫した。

エルマイラに長居はしなかった。西部で暴徒化した野蛮人の警戒にあたる志願兵を募っていたので、私はエルマイラに着いたその日にインディアンと戦うために名前を登録した。多数の志願兵が西部のダコタやワイオミングに連れてこられた。大半が元南軍で今は青色の制服に身を包んで、新たな敵と対峙している。百戦を経てきた我々はスー族やシャイアン族に対して、東部戦線のために蓄えてあるのと同じ強い嫌悪感を抱き、憎しみを抱いている。アトランタやピーターズバーグの戦いのおかげで、パンや銃弾の補給は滞り、兵力も足りていない。自慢するわけではないが、この供給不足にもかかわらず、我々はよくやっている。毎日、開拓者が鋤《すき》で掘り起こすために土地を解放していっている。東部の新聞は我々のことを〝メッキの北軍兵〟と呼ぶようになり、我々の功績を更生した罪人の仕事のように伝えている。

北軍兵の部分についてはともかく、明らかにメッキはされている。私はこれほど機敏に立ちまわり、微調整された機械のように心身が同調した優れた部隊を指揮したことはない。

西部は秋で、我々は毎晩ダコタの丘の上に血のように赤い中秋の月がのぼるのを眺めている。野蛮人にとってこれはよい前兆で、凍てつく冬を前に狩猟の季節が始まったことを告げているらしい。確かに、冷えこむ早朝に彼らの集落を襲うと、テントには女子供しかおらず、我々はわずかに残った老人の弱々しい抵抗を一蹴する。そして肉体を効率的に使って殺戮を開始する。発砲と悲鳴を気晴らしにしている兵士もいて、囲いのなかのポニーまで殺し、皆殺しと強姦をあたりまえのように積みかさねている。それが済むと、隠れ家を焼きはらい、その炎のそばで暖をとっていると、丘の上に日がのぼり、我々は光が大地に注いで地平線が可能な限り伸びていくのを見ている。先日、北軍のシャーマンとシェリダンが南部に同じことをしたと新聞で読んだ。特に私の故郷の町は〝灰燼《かいじん》に帰した〟とあった。私が町と住民に対して覚えた同情はトロイの略奪に対するそれと同じで、つまりは何も感じなかった。

充足。ジャクソンは生きている間にそれを見いだしていた。それができるものは少ない。私もまた残酷で公正な神に祝福されている。この心臓が鉄の臓器であるために。

汚れのない高み
Height Advantage

ウィリアム・J・キャロル・ジュニア　関麻衣子訳

ウィリアム・J・キャロル・ジュニア（William J. Carroll, Jr.）は一九四七年マサチューセッツ州マルボロ生まれ。ベトナム、タイ、韓国で軍務に就いた後、ハワイに定住し、チャミネイド大学とハワイ大学を卒業。現在もホノルルに在住。軍務で駐在した地を舞台にした本作は、《アルフレッド・ヒッチコック・ミステリ・マガジン》に掲載された。

木の浴槽に横たわっているものを見たとき、はじめはそれが人間とは思えなかった。わたしの知る女性の姿とは、あまりにもかけ離れていた。何かの抜け殻のように茶色く縮み、汚れてねばついた水に浸かっている。屍肉にむらがる鼠や昆虫がたてるかすかな音に気づき、蓋をあけたのだ。

わかっていたのだから、うろたえることはない。

無理だと知りながらも、自分にそう言い聞かせ、浴槽の折れ蓋を閉じて息を吸った。

なんてことだ。哀れなキャロル。

あまりにも動揺したせいで目まいをおぼえ、あとずさりをして、ベンチへ腰を下ろした。死臭が急に耐えがたくなった。逃げだすように、よろめきながらポーチを出て、冷たい雨に打たれながらロッジから離れた。

水のない川のほとりへ行き、大きな岩に腰を下ろし、ただひたすら息をした。

ああ、神よ。哀れなキャロル。


しばらくすると雨脚が激しくなってきたので、庇《ひさし》のあるポーチへと戻り、震えながら戸口の階段に腰を下ろした。まだ目まいがおさまらなかったので、深呼吸をし、降りしきる雨とあたりの深い森へと意識を向け、すぐ近くにある死体のことを考えないように努めた。だが、それはむずかしいことだった。

時間が経つと気分が少しましになり、警察に通報しようかと思ったが、なかなか腰を上げる気にはなれなかった。いずれにしろ、急ぐ必要はないのだ。

顔を上げると、雲に覆われた山へとつづく森が見えた。頭をかすめる蠅を手で払った。ダーティ・ヘアリーはどこへ行ったのだろうか。ひとに危害は加えないと言われていないたのは、本当だったのだろうか。

ようやく気持ちを奮い立たせて、通報しようとポケットの携帯電話を探った。だが、手に触れたのは数枚の写真だった。わたしはそれを取りだし、しばらく眺めた。

写真を撮ったのは昨日のことだった。写っているのはキャロルの描いた素晴らしい絵で、それに導かれてここへたどり着いたのだ。

その絵をはじめて見たのも昨日のことだった。湾にほど近いパイク・プレース・マーケットのなかの、〈ウェルマンズ〉という小さな画廊に展示されていた。

わたしは二週間の休暇を取っていた。特に理由があったわけではなく、軍人としての生活に少々疲れ、気が滅入っていたのだ。年を取ったせいかもしれなかった。毎日毎日、軍の宿舎の狭い部屋で寝起きする生活にも飽き飽きしていた。そういうわけで、しばらくのあいだ任務から離れることにした。そしてシアトルに行き、不在にしている友人のアパートメントで暮らした。特に変わったことはせず、街を散策したり、コーヒーショップに長居をしたり、読書をしたり、写真を撮ったりして過ごした。だが、ある日を境に風向きが変わった。

骨休めも一週間が過ぎた日、魚屋の高値に思わず足を止めたあと、開店前の画廊の前を通りかかった。それが〈ウェルマンズ〉だった。ガラス越しに絵が見える。

四枚の大きな水彩画が目立つように展示してある。四枚とも、レーニア山をさまざまな角度からとらえた絵だった。どこかで見おぼえのあるその描き方に、わたしは興味を惹かれた。近づいてみると、プレートに大きな黒い文字で画家の名前が書かれていた。〝キャロル・ドリン〟。姓がちがうが、名前の横にある額縁入りの写真には、まちがいなくわたしの知っている顔が写っていた。

「キャロル・ドラグニックだ。まちがいない」わたしはつぶやいた。

しばらく立ち止まって考えてから、電話ボックスへ行って電話帳の名前を調べてみたが、ドリンもドラグニックも見つからなかった。それからベーグル・ショップに入ってコーヒーを飲み、〈ウェルマンズ〉が開店するのを待った。

そのあいだ、キャロル・ドラグニックのことを思い出していた。いまは退役しているが、かつての陸軍一等軍曹だった女性だ。

キャロルは小柄で髪は赤毛をしており、活発で陽気な女性だった。わたしたちは五年近くまえに、ベルリンで陸軍情報部第三十派遣隊に属していた。

キャロルとわたしは、よきパートナーとして任務についていた。

あるとき、NATOのテロ対策部門での任務を命じられた。危険分子やテロリストと関わりのある個人や団体を監視するように、とのことだった。つまり、通りやドアや窓を長時間ひたすら監視するという、退屈きわまりない仕事だ。

暇を持て余して、わたしは物思いにふけったり舟を漕いだりしたものだが、キャロルはいつも絵を描いていた。すぐれた観察眼で、目の前をよぎるものを次から次へと描きだしていった。

そうした素描のいくつかは、のちに色がつけられて水彩画になった。そのころでもすでに、キャロルの腕はかなりのものだった。

わたしとキャロルは友人だったが、あくまでも同僚として付きあっていたので、それ以上の関係にはならなかった。ドイツでの任務が終わると、キャロルは早期退役制度を選んだ。それ以来連絡を取らなくなってしまったが、それも珍しいことではなかった。

けれども、かつては一緒に組んで仕事をしていたのだから、再会できたらきっと楽しいはずだ。そう思って、連絡先を訊いてみることにした。

〈ウェルマンズ〉は九時に開店した。その直後に店を訪れ、四枚の絵を近くでじっくりと見た。どれも鮮やかな色使いで力に満ちており、一万五千ドルの値がついている。

キャロルの絵は、わたしの記憶のなかのものよりもずっと素晴らしかった。

やがて、若い女の店員がやってきて、用向きを訊ねてきた。

「とても素晴らしいですね」四枚の絵のほうへ顎をしゃくって、わたしは言った。

「おっしゃるとおりです」

「この画家と連絡を取りたいのですが、電話帳には載っていませんでした。連絡先を教えていただけませんか」

「申しわけありませんが、こちらではお教えできません」

わたしは微笑んだ。「どちらに問い合わせれば教えていただけますか」

店員も微笑んだ。「実を言いますと、それもわからないんです。絵の展示を依頼してきたのは、ミズ・ドリンのまえのご主人でした。その方の電話番号ならわかりますが、それをお教えするのもどうかと思いますし……」

「なるほど」

「支配人のミズ・カーターが参りましたら、何かお力になれるかもしれません」

「何時ごろにいらっしゃいますか」

「午後一時くらいです」

わたしは腕時計を見た。九時五分だ。

「あるいは、ミズ・ドリンのエージェントでしたら何かわかるかもしれません」店員が言った。

「なんという方でしょうか」

店員はいったん奥へ下がり、しばらくして名刺を手に戻ってきた。「ミズ・ドリンはワシントン州内にお住まいだと思います」

「そうなんですか」

「以前にもうちで作品を展示したことがあるんです。いま、とても波に乗っているんですよ」

名刺を受け取って見てみた。〝ジェス・コリア、芸術家代理人〟。事務所はここから歩いて少しのところにある。

「どうもありがとうございます」わたしは言った。

「とんでもありません。もしミズ・ドリンにお会いできたら、ここに大ファンがいるとぜひお伝えください」

わたしはうなずき、絵のほうを振りかえった。

店員も絵を見て言った。「たとえ半分でも、自分にあのひとのような才能があればと思いますわ」

「同感ですね」わたしは言った。

ジェス・コリアの事務所は、四番街にある高級感あふれるビルの三十二階だった。受付は広く、すっきりとしている。緻密に計算されたような雰囲気のインテリアで、絨毯も家具も濃いグレーで統一され、壁には抽象画風のモノクロ写真が飾られている。黒みがかった丸いガラス製デスクの向こうには、プラチナ・ブロンドの髪に長い脚の若い受付嬢がすわっている。

受付嬢は不安げな顔で、わたしに約束があるかどうか訊ねてきた。ないとわかると、ほっとした顔でインターホンを手に取り、上司にわたしの来訪を告げる。それから、すわって待つようにと言ってきた。

腰を下ろすとすぐに、短い廊下から背の高い女が姿をあらわした。飾り気のない黒のパンツ・スーツ姿の女は、わたしを見て言った。「すみませんが、お名前をもういちど……」

「ヴァージニアクです」

「わたしはジェス・コリアです」その目からはなんの感情も読み取れない。

わたしが手を差しだすと、コリアはさっと握手した。

「どういったご用件でしょうか」

「実は、友人を探しています。そちらの依頼者だと思うのですが、キャロル・ドリンという画家です」

戸惑ったような表情が浮かぶ。「キャロル・ドリンですか？」

「ええ。何年かまえに、ドイツで同じ配属先にいたんです。でも、画廊で教えてもらうまでは、同じ州に住んでいることすら知りませんでした。キャロルと連絡を取りたいんです」

コリアは考えを巡らせているようだ。

すらりとした身体が黒いスーツでいっそう際立つ、美しい女だった。形のいい頭に、髪はショートカットでちらほらと白髪が見える。目鼻立ちは整っていて、化粧っ気はない。深みのある青い目には、警戒の色が浮かんでいる。

「怪しい者だと思われるのでしたら、やむを得ません。電話番号を書き残していきますので、キャロルに渡してください」

「それには及びません」コリアはすこしばつが悪そうに微笑んでから、背後の廊下に向かって手を差しだした。「なかへどうぞ。コーヒーはいかがですか」

いただきます、とわたしは言った。

短い廊下の先にある執務室へ案内された。なかへ入ると、その光景に思わず足が止まった。

「すごい」わたしは笑いながら言った。

コリアはわたしの顔を見て微笑んだ。

壁側は全面に鏡が張られ、窓側もやはり全面ガラス張りになっていて、シアトルの中心街と、そこから拡がる街並みが一望できた。一瞬、宙に浮いているかのような錯覚をおぼえる。

「以前、気分が悪くなった方がいらしたんですが、大丈夫でしょうか」コリアも笑いながら言った。

「びっくりしましたよ」


なみはずれた開放感があり、その上家具がとても少なかった。執務用の机がわりらしい大きなガラステーブルに、白い革にクロームめっきの脚がついた椅子が二脚ある。

「高いところが苦手でしたかしら」コリアが尋ねた。

「そうですね、少々」わたしは認めた。

椅子をすすめられたので、ありがたく腰を下ろした。

「高いところにいる感覚が好きなんです。あらゆる物事の上にいると、汚れのない気持ちになります」コリアは言った。

こんな場所にいれば、確かにそんな気分になりそうだ。

コリアはきれいに整頓されたテーブルの上から細い煙草を一本取り、火をつけ、少し身体を前に傾けてわたしを見た。「キャロルのご友人ということでしたわね」

「ええ。でも、しばらく連絡を取っていませんでした」

背後のドアがひらき、受付嬢が小さなガラスのトレーに小さな陶器のコーヒーカップを載せて運んできた。

コリアは受付嬢が部屋を出て行くまで黙っていた。わたしは運ばれてきたコーヒーを飲んだ。

「実を言うと、わたしもキャロルと連絡が取れなくて困っているんです」コリアが口をひらいた。

「そうなんですか」

「それで、すこしばかり心配になってきたんです」

わたしは手に持ったトレーにカップを置き、それからトレーをテーブルに置いた。「心配とは？」

訝るような表情がかすかに浮かぶ。「キャロルとあなたは、けっこう親しかったんでしょうか」

「もちろんです。友人でしたから。それで、なぜ心配されているのですか」

コリアは椅子の背もたれに寄りかかった。「何ヵ月かまえに、キャロルはシアトルのアパートメントを引き払って姿を消したんです。なんの連絡もくれずにいなくなったことには驚きました。キャロルが離婚してから、わたしとはかなり親しくしていたんです」

「結婚していたことも知りませんでした」

「わたしと出会ったとき、結婚して一年でした。でも、結局は失敗に終わって離婚したというわけです」

わたしはうなずいた。

「ひと月まえに、キャロルの別れた夫が四枚の水彩画を〈ウェルマンズ〉に持ちこみ、委託販売してほしいと言ってきました。キャロルが〝レーニアの夏〟と名づけていた連作でした」

「展示してあるのを見ました」

「あれはいちばんの秀作と言ってまちがいありません。わたしは専属の代理人というわけではないので、キャロルが作品をどのように売ろうと文句はつけられません。でも、友人として、絵を持ちこんだのが別れた夫というところが気になりました」

「なるほど」

「キャロルはひどい修羅場を乗りこえて、去年やっと離婚にこぎつけたんです。いっときは夫に接近禁止命令が出されたほどです。だから、キャロルがその夫に絵を託したのかと思うと、驚かずにはいられませんでした。それはおわかりいただけると思います」

「でも、キャロルは夫の姓を使いつづけていますよね」

「単に、そのほうが都合がいいからです。絵が売れはじめたころは姓がドリンだったので、そのままにしてあるんです」

「別れたご主人はどこに住んでいるのでしょう」

「名前はフィル・ドリンといいます」不快そうな顔つきになる。その名前を口にするのもいやだという口調だった。

「農場を持っていて、場所はイートンヴィルの近くだったと思います」

「レーニア山の手前ですね。キャロルの絵はレーニア山が主題でした」

「ええ。それで、別れた夫に電話をかけてみたんです。自分でもそうした理由はよくわかりませんが、とりあえずそこに住んでいるのかどうか訊いてみました。でも、住んでいないと言われました。考えてみたら、住んでいるはずがありません」

「別れたご主人は、キャロルの居場所を知っていましたか」

「知らないと言っていましたが、たぶん嘘だと思います」

わずかに首が振られる。「とても不愉快なひとなんです」

「キャロルとは、いつから連絡が取れないのでしょうか」

コリアは眉をひそめた。「最後に会ったのは八月の上旬で、それからは連絡が取れません」

「三カ月経っていますね」

「ええ。警察に通報しようかと思いましたが……」

「されなかったんですか」

「やっぱり大げさに考えすぎだと思ったんです。どうも悪い癖から抜けられなくて」コリアはわずかに肩をすくめた。

「悪い癖とはなんでしょう」

コリアは笑みを浮かべた。「すぐに最悪の事態を考えてしまうんです。よくありませんわ」首を振って、「きっとキャロルは元気にしているのでしょう。幸せに暮らしていて、創作に励んでいるにちがいありません」

コリアの目を見ると、わたしが言葉を返すのを待っているように思えた。だが、なんと答えていいものかわからなかった。

どう考えればいいのか、それすらわからなかった。

数分後にコリアの事務所を出たときも、まだわからなかった。

コリアは成熟した、信頼のおける女性のようだ。その彼女が、キャロルの失踪を心配するのは大げさだと言うなら、異を唱える理由はない。

それでも、キャロルとの再会を果たせずに落胆しつつ、何か胸騒ぎを感じた。どうにかして、元気でいることだけでも確認したい。だが、どうすればいいのだろうか。

その場で考えていても堂々巡りするばかりなので、レドンドまで車を走らせ、浜辺を歩きながらじっくりと考えることにした。昔の思い出はいろいろと浮かんできたが、今日の出来事をどうとらえるべきかは、いまだにわからなかった。

一時間ぶらぶらと歩いたすえに思ったのは、腹が減ったということだけだった。

〈ソルティーズ〉でサンドイッチを食べてから、外へ出て埠頭の端にあるベンチにすわり、そこでしばらく過ごした。船のうえで、おそらくはカレイを狙って、年配の男が釣りをしている。タグボートが何隻か海上に浮かび、タコマからの貨物船が近づいてくる音がする。浜辺では、数羽のカモメが犬をからかっている。舞い降りて、犬が追ってくるまで待ってから飛びたつことを繰りかえしている。

三時近くになり、それ以上考えるのはあきらめてシアトルへと戻ることにした。

信号で停まったとき、遠くにあるレーニア山が木々のあいだからちらりと見えた。青みがかった地平線の上に、白くおぼろげに浮かんでいる。

それを見て、ある考えが浮かんだ。

本末転倒と言えなくもなかったが、ほかには方法が思いつかなかったので、行動に移すことにした。

ふたたび〈ウェルマンズ〉を訪れ、店員に、キャロルの絵を写真に撮らせてほしいと頼んだ。店員は全体が入るように絵を動かしてくれた。

写真を撮ったあと、アパートメントの近くにある店へ行き、フィルムを翌日仕上げで現像に出してから部屋へ戻った。それから特殊な調査能力に長けた友人に電話をかけて、キャロルの電話番号を調べてもらった。だが、それは州内に存在すらしなかった。つまり、電話を引いていないのだ。

フィル・ドリンの電話番号はわかったが、つながらなくなっていた。だが、住所を手に入れることができた。

それからは出かけずに、裏のバルコニーから夕日を見たり、テレビを見たりして過ごした。その夜は早めにベッドに入ったが、眠れなかった。

頭の片隅で、ずっとキャロルの失踪のことを考えていた。考えまいとしても、意識が自然にそちらへ向かってしまう。自分がどうにかしなくてはならないという思いとあいまって、少しも眠れなかった。

仕方なく、ベッドから出て散歩に出かけた。午前二時ごろに部屋へ戻って、ようやく六時ごろに眠りにつき、八時に目を覚ました。

足もとはふらつき、頭は重かったが、自らのひらめきに興奮し、早く動きだしたくてたまらなかった。これで少なくとも、ただ手をこまねいているだけの状態から脱することはできる。わたしは軍服に着替えた。民間人として数日を過ごすと軍服を着たくなるのだ。そして出かけた。

現像に出した写真を受けとってから、フォード・ブロンコを南東に走らせてイートンヴィルに向かった。昼ごろに、その小さな町に着いた。空は重たげな暗い雲に覆われ、いまにも雨が降りだしそうだった。

コーヒーショップの店員にドリンの農場の住所を見せると、あやふやな知識で行き方を教えられた。何マイルか行ったりきたりし、間違った角を何度か曲がってから、ようやく農場を見つけた。

そこは五エーカーほどのひらけた土地で、未舗装の道が仕切りになっていた。道はなだらかな上り坂になっていて、その先に小さなトレーラーが停めてある。その背後には大きな家が二軒見える。トラクターもあり、ピックアップトラックは二台ある。さびついた古いシボレーと、やや新しいフォード・レンジャーだ。あたりには、さびついたさまざまな車の部品が散乱している。牛が何頭か道の脇に見え、その向かいには薄汚い白い馬が一頭おり、いずれも草を食《は》んでいた。

道沿いに支柱からはずれかけた大きな郵便受けがあり、〝ドリン〟と書かれている。そこで角を曲がった。坂を半分ほどのぼったところで、家の一軒から男が出てきた。車を停めて降り、歩いていくあいだ、男はずっとこちらを見ていた。

「ミスター・ドリンですか」

「ああ」

「わたしはヴァージニアクといいます。あなたの別れた奥さんのキャロルを探しています」

「はあ。それで？」なんの興味もなさそうに言う。

ドリンは大柄だった。巨漢と言ってよかった。身長は六フィート七、八インチ、体重は三百ポンドはありそうだ。胸板は厚く、大きく突きでた腹が汚れたジーンズの上に載っている。

「あなたがキャロルの居場所を知っているかもしれないと聞きました」

「へえ」さらに興味のなさそうな口調になる。

ドリンの頭は大きく、縮れた茶色い髪はてっぺんが薄くなっている。上向きの鼻、薄い唇、赤らんだ頬、斜視がかった茶色の目。その顔には、冷たい表情が浮かんでいる。

「おれは知らん」ドリンは言った。

わたしはうなずいたが、その場を動かなかった。ドリンはわたしをじろじろと眺め、やがて鼻で笑ってから、背を向けてトラクターのほうへ歩きはじめた。

わたしはあとについて歩いた。ドリンはトラクターのタイヤに足をかけ、エンジン部分に身を乗りだして、ファンベルトの軸のナットをレンチでまわしはじめた。

「エージェントのジェス・コリアが、キャロルとはもう三カ月も連絡が取れないと言っていました」

「知ったことか」

ナットがゆっくりとゆるめられていく。やがて外れると、ドリンは言った。「あんた、キャロルのなんなんだ」

「友人です。ドイツで同じ配属先にいたんです」

冷たい視線が返ってくる。「おれは何も知らん」そう言って、ファンベルトを引っぱりはじめる。

薄汚れた白い馬が、興味を惹かれたのか、こちらに近寄ってきた。

「先月、あなたはキャロルの絵をシアトルの画廊〈ウェルマンズ〉に持ちこみましたね」

ファンベルトが外れて投げ捨てられ、新しいものが取りつけられる。

「ミズ・コリアは、あなたがどうやって絵を手に入れたのか不思議に思ったそうです」

ドリンは鼻で笑った。

「警察に通報しようと思ったこともあるそうです」

「あの女め。あいつはおれを嫌っているんだ」ドリンはファンベルトと格闘しながら言った。

取りつけが終わり、軸のナットが元に戻される。疲れきった視線がこちらへ向けられる。

「いま忙しいんだ。帰ってくれ」気だるげな声でドリンが言った。

わたしは相手をじっと見すえた。

「わかったな?」

「どうやって絵を手に入れたんだい、フィル」

ドリンはため息をつき、首を振り、ナットを締めはじめた。

「どうやらあんたは耳が悪いようだな」

「どうやって絵を手に入れたんだい、フィル」

ドリンは手を止め、わたしを見て目をしばたたいた。

「あんた、喧嘩売ってんのか?」

そのつもりはなかったが、しようと思えば喧嘩をすることもできた。この男は気にくわない。だが、余計なことは言わずに黙っていた。

ドリンはわたしをしばらく睨みつけてから、トラクターの操縦席に乗りこみ、エンジンをかけた。すぐ近くまで来ていた馬が、音に驚いて逃げだした。

わたしはトラクターのかたわらに立って待った。

ドリンはしばらくのあいだエンジンを動かしてから切り、

降りてきて、わたしを見て言った。「まだいるのか」

ドリンはトレーラーのほうへ向かって坂をのぼりはじめた。わたしもあとに続いた。

しばらくしてドリンは振りかえり、ぶつぶつと文句を言ってから、また歩きはじめた。わたしもまたあとに続いて歩いた。トレーラーの近くまで来ると、ドリンは足を止めて振りかえり、手に持っていたレンチでハイウェイのほうを指した。

「失せろ！　いますぐおれの農場から消えてくれ！」

わたしはレンチの向けられたほうを見てから、視線を戻して言った。「キャロルはどこにいるんだい」

ドリンは目をしばたたいた。わたしは微笑んだ。

「何度も言わせるな」息が荒くなる。「失せろ！」

わたしはその場を動かず、相手を見つめていた。

ドリンはレンチで自分の胸を軽く叩きはじめた。「一生自由に動けない身体にしてやってもいいんだぞ」

「戯言はもういい」わたしは笑みを絶やさずに言った。

ドリンはまた目をしばたたいた。「いったい何回言わせるつもりだ？　消えろと言っているだろう」

わたしは動かなかった。

レンチが少し持ちあげられる。「さっさと動かないと……」

「そこまでにしろ」

「痛い目に……」

「そこまでだ！」

レンチが振りあげられたので、もぎ取ってドリンを突きとばし、レンチを放り投げた。かなり力をこめたので、トレーラーにレンチが当たるとへこみがついた。

ドリンはあとずさりをし、大きく目を見ひらいた。これだけの巨漢だと、ひとから突きとばされることなどめったにないのだろう。呆然としているようだ。

「そこまでだと言ったんだ」わたしはあらためて言った。

「いったい何様のつもりだと……」

「黙れ」わたしは一歩踏みだした。

ドリンは憤懣やる方なげだが、ただ荒い息をついて顔をしかめるばかりだった。

「さて、答えてもらおうか」わたしは言った。

「あいつの居場所なんて知ったこっちゃない」

「じゃあ、どうして絵を持っていたんだ」

「現金の代わりに受けとった」

「それはどういうことだ？」

ドリンはしばらく息を整えてから言った。「離婚のときの財産分与の一部だ」

その目をじっと見ていると、どうも嘘っぽく聞こえる。

「それはいつのことだ、フィル？」

「さあな。いつだったか、月初めだ」

「キャロルは去年、接近禁止命令を申し立てていたはずだ」

ドリンは鼻で笑った。

「そうなんだろう？」

「あんたは勘ちがいしてる」ドリンは過去を振り払うように手を振った。

「何が勘ちがいなんだ」

「あいつがおれを苦しめてきたんだ」

わたしは黙っていた。

「そのくせ、離婚を切りだしてきた。上等だ、勝手にしろってんだ。でも、そのあとあいつはこすっからい弁護士を雇いやがった。それで、おれの農場を売って、代金を半分よこせって言うんだ。冗談じゃねえ」

「それで？」

気味の悪い笑みが浮かぶ。「それで、あいつに会いにシアトルまで行った。身のほどを思い知らせてやったんだよ」

「どうやって思い知らせたんだ」

ドリンは肩をすくめた。

「レンチでも持っていったのか」

笑みが拡がる。「そんなもんはいらない。女に身のほどを思い知らせるのは得意なんだ。やつらはすぐにつけあがるからな。これが初めてじゃない」ドリンは得意げに言った。

なるほど。

「言っている意味はわかるだろ」ドリンが言った。

もちろんわかっている。それに、体格面ではドリンのほうがわたしよりはるかに優位でも、手加減せずに殴れば一撃で倒せることもわかっている。だが、それがどんなに正しいことに思えても、やはり殴るべきではなかった。

だから、ドリンに歩み寄り、顔を見あげ、胸に指を突きたてるだけにとどめておいた。「キャロルに何かあったらただじゃすまさない」わたしは言った。

ドリンはわたしの顔を見おろすと、そこにただならぬものを感じたらしく、黙っている。

「わかったか、フィル」

言いたいことはそれだけだったので、しばらくその場でドリンを睨みつけながら、さまざまな人々が結婚という道を選ぶことについて思いを馳せた。それから踵をかえし、自分の車へと向かって歩きはじめた。

わたしが道に近づくと、さっきの馬が近寄ってきた。なつこうとしたみたいだが、やはりただならぬものをわたしから感じとり、思いとどまったようだ。

ハイウェイへ戻り、イートンヴィルを抜けてアッシュフォードへ向かった。徐々に幅の狭くなっていく道が延々と続き、ようやく広くなると、道沿いに住宅やコーヒーショップ、食料品店などがまばらに見えてきた。そのなかに、〈アッシュフォード・トレーディング・ポスト――散髪、猟銃、弾薬〉という看板の、観光案内所も兼ねているらしい雑貨店があった。

店の窓には〝ロッジ貸します〟との文字がある。わたしは車を寄せて停め、降りて店に入ろうとしたが、鍵がかかっていた。扉を叩いてみたが、誰もいないようだった。

車へ戻り、道路地図を引っぱり出して見てから、持ってきた写真に写っているレーニア山の絵と、実際のレーニア山を見くらべて、景色を描いた場所を探りあてようとしてみた。

ただし、キャロルがその目で見たものを正確に描いていたのでなければ意味がない。それでも、この方法しか思いつかなかったので、とにかくやってみることにした。そこから見た限りでは、かなり近くまで来ていることは確かだったが、それ以上近づくためには誰かに訊いてみる必要があった。

そのとき、ひとりの男がいるのに気がついた。森のなかからわたしのいる場所の向かいに立っている。森のなかからふいに現われたのだ。浮浪者のようで、髭《ひげ》は伸び放題、髪はくしゃくしゃで、野戦服のジャケットに野球帽という格好をしている。木に寄り添って立ち、こちらを見ている。

「すみません」わたしは声をかけた。

訝るような視線がかえってくる。

「道に迷ってしまったんです」わたしが道を渡ろうとすると、男はうしろに飛びすさろうとして、足をもつれさせて側溝に倒れこんでしまった。

助け起こそうと駆け寄ると、男は倒れたままじたばたと向きを変え、ひどく怯えた目でこちらを見た。

「怪しい者じゃありません。ただ、道を訊きたいと……」両手を挙げて言ってみたが、男は這ったままあとずさりし、立ちあがって、森のなかへと逃げこんでしまった。追われるのを恐れるかのように、振りかえって不安げな目でこちらを見ながら、遠ざかっていった。

やれやれ。

また写真を見るために車へ戻った。誰か通りかからないかと思っていると、ハイウェイから水色のピックアップトラックが降りてきて、店まで来て停まった。

車から、赤毛を束ねあげた、ぽっちゃりとした若い女が降りてきた。片方の手に二歳くらいの男の子を抱え、もう一方の手に小さなライフルを持っている。わたしを見ると、にっこりと笑みを浮かべた。

「こんにちは。もしかして道に迷われたのかしら」女はこちらへ近づいてきた。

「こんにちは。そうなんです」

「こんちは!」男の子が言った。

「ダーティ・ヘアリーが何かご迷惑をかけましたか?」さっきの男が走り去っていったほうへライフルを向けて言う。

「いいえ。でも、なんだか怖がらせてしまったみたいです」

女はまたにっこりと笑みを浮かべた。「ちょっと詮索好きなんです。悪さはしないので、大丈夫ですよ。それで、どちらへ行かれるんですか」

「実は、ひとを探しているんです。友人なんですが、キャロル・ドリンという名前に心あたりはありませんか」

女は眉をひそめ、首を振った。「いいえ」

「いーえ」男の子が真似をする。

「旧姓を使っていたのかもしれません。ドラグニックというんですが」

考えこむような顔つきに変わる。「なんとなく聞きおぼえがあるような気がするわ。このあたりに住んでいる方かしら」

「ここ数カ月のあいだに引っ越してきた可能性があります。住所もわからないし、電話帳にも載っていないんです」

しばらく考えてから、女は肩をすくめ、ふたたび首を振った。「ロッジを貸しだしているから、ひとの出入りが激しくて。やっぱりわかりません」

「友人は画家なんです。レーニア山の水彩画を描いていて、これがその作品です」

写真を見せると、男の子がすかさずそれをつかんだ。ふたりして写真をまじまじと見る。「その景色がどこから見たものなのか、教えていただきたいんです」わたしは言った。

「ブラウン・クリークだわ。あの空き地を下ったところに流れている川です。もう水がないから、川とは言えないけれどね」木々が伐採してある一区画と、その向こうに見えるレーニア山にライフルが向けられる。

「〝駄目ダム〟ができたせいで、川に水が流れなくなってしまったの。それはともかく、その景色は川から見たものにまちがいないわ」

「だめダム」男の子が真似をする。

「駄目ダムとはなんですか」わたしは訊いた。

「そう呼ぶ癖がついてしまって」女は微笑んで、抱えていた男の子を背中にまわした。

「川はイートンヴィル方面に流れていたんですけど、農場に水をまわすためにダムがつくられて、川の水がなくなってしまったんです。この場所は川が売りだったから、わたしも商売あがったりなんです」女は肩をすくめ、男の子がためつすがめつしている写真のほうへ顎をしゃくった。「この絵では、まだ川に水があるから、これはダムのできる九月一日よりまえに描かれたものだと思います」

「川にはどう行けばいいんでしょう」

「絵のなかに、橋が見えるでしょう」

「ええ」

「その橋はけっこう近いんですよ」そう言って、ハイウェイ沿いに南を指す。「それと、あのあたりは道の両側にロッジがいくつかあります。そこでご友人のことを訊いてみるといいわ」

「わかりました」

「その橋に向かう道があるんだけど、そこに出るには七、八マイル戻らなくちゃならないんです。だから、目の前の道をしばらくまっすぐ進んで、小さい公園のところで左折すると、橋が見えるところに出るはずです。車は渡れないから、そこからは徒歩ね」

「トホね！」男の子が言った。

「どうもありがとうございます」わたしはふたりに向かって言った。

「どういたしまして」

わたしは写真と地図をしまって、車に乗りこんだ。

「すみません」女が窓のところに顔を出し、名刺を差しだした。「もし宿をお探しだったら、ものすごく景色のいいロッジがありますよ。軍の方は二割引なの」

「バイバイ！」男の子が元気よく言った。

聞いたとおり、ハイウェイ沿いの道を走っていると、ベンチやテーブルが並んだ小さな公園があった。そこの角で左折すると、狭い道がしばらくつづき、やがて行き止まりになって橋が見えたので、車を停めて歩きはじめた。ほどなく、暗い雲がたちこめていることに気づき、レインコートを取りに車へ戻ってから、橋を渡りはじめた。眼下には、水のなくなった岩だらけの川床が見える。南のほうを見渡すと、キャロルの絵と同じように山が見える場所がほぼわかった。山はわたしのちょうど北にそびえている。橋を渡り終えるところで、雨が降りだした。

雨脚が激しくなり、その冷たさはレインコートだけではしのげそうもなかった。車へ戻って雨が止むまで待とうかと思ったが、なんだか急がなければいけないような気分だった。その気分は、コリアが植えつけ、ドリンが根を張らせたものだろう。わたしは先を急ぐことにした。

足早に歩いていると、誰かに見られている気がした。何度か角を曲がったあと、何気なく振りかえると、ふらふらと動く黒い人影が見えた。それは急に走りだして道を横切り、森のなかへ消えていった。

詮索好きなダーティ・ヘアリーか。

しばらくすると、少し離れた木の陰からまた視線を感じた。振りかえったわたしと目が合うと、それは姿を消してしまった。

悪さはしないダーティ・ヘアリーか。

先ほどとは別の公園を過ぎ、舗装された道へ出てしばらく歩いた。ぼろぼろのトレーラー数台とロッジをいくつか通り過ぎるうち、運に恵まれずキャロルが見つからなければ、このあたりのひとに訊いてみようと思った。

川に近い曲がり角のあたりで、運に恵まれた。

ステンシル文字で〝ドラグニック〟と書かれた郵便受けが目に止まった。降りしきる雨のなか、生い茂る松の向こうに、ロッジが見えた。

だが、運に恵まれたのもそこまでだった。

わたしは悪い出来事が起きるまえに、かならず予感をおぼえる。雨に打たれながら、松の木々越しに見える陰鬱な雰囲気の薄暗いロッジを見ると、この先に待つのがよい出来事でないことがわかった。郵便受けをあけてみると、ちらしや請求書、二号分の《アメリカン・アーティスト》誌などでいっぱいになっている。それを見て、予感は揺るぎないものになった。

未舗装の狭い道を歩いていき、大きなロッジの庇《ひさし》に覆われた正面階段をのぼった。階段の脇には新聞受けがあり、ビニールに包まれたままの新聞が六部ほどある。ひとけはまったく感じられないが、とりあえずドアを叩いてみる。

返事はない。わたしの予感はいっそう強まった。

窓からなかをのぞいてみると、薄暗い室内に家具の輪郭が見える。ドアをあけようとしたが、鍵がかかっている。階段を降りて、風雨のなか、家の裏手にまわってみる。長い庇のついたポーチは、水のなくなった川に面していた。ポーチの端には壊れそうなベンチがあり、反対側の端には大きな木の浴槽があった。

激しい雨が水しぶきを跳ねあげるなか、ポーチに足を踏みいれると、そこには落ち葉や動物の糞が散らばっていた。ガラスの引き戸越しに室内をのぞいてみる。やはり家具の輪郭しか見えなかったが、引き戸に手をかけると、驚いたことに鍵はかかっていなかった。

顔だけなかへ入れて、声をかけた。

「すみません。誰かいませんか？」

返事はなく、屋根を叩く雨の音が響くばかりだった。暗い室内へ足を踏みいれ、おそるおそる息を吸ってみる。死臭はしなかった。

「誰かいませんか？　すみません！」わたしは声を張りあげた。

やはり返事はない。

わたしが入ったのは居間だった。左側に、こぢんまりとした台所と食卓がある。電気のスイッチがあったので押してみたが、明かりはつかなかった。ガラスの引き戸についているカーテンをあけると、つまずかずに歩けるだけの光を入れることができた。

そうしたのは、部屋がひどく荒らされていたからだった。テーブルや椅子はひっくり返され、抽斗《ひきだし》は抜かれて中身が床にばらまかれている。そのほかにも本や新聞などさまざまなものが散らばり、まるで小さな竜巻が家を襲ったかのようだった。

ひどい。アドレナリンが噴きだすのを感じた。

家の正面へ向かうと、寝室も同じように荒らされていた。アトリエにしていたらしい部屋もまた同じだった。隅に叩き壊された画架があり、写真撮影用の機材やカンヴァスが散乱している。カンヴァスは絵を描きかけたものも、真っ白のものもある。くしゃくしゃにされたり引き裂かれたりした素描や、写真も散らばっている。写真は風景や人物が写っていて、キャロル自身のものもあった。

浴室を見てから、クローゼットを次々にあけてみると、服は吊るされたままだった。食品庫にはじゅうぶん食品が置いてある。

だが、キャロルはいない。

ふたたびポーチへ戻り、どうしたものかと考えあぐねていると、視界の隅で何かが動くのが見えた。右のほうの森のなかだ。目をやると、ダーティ・ヘアリーが大きな木の根に腰かけ、こちらを見ていた。

そのとき、急にまわりの風がやんだ。頭の上に蠅が飛んできて、どこか左のほうから、虫が動くようなかさこそという音が聞こえてきた。

そのときはじめて、浴槽の蓋の上に、摘んだばかりらしい野花が置かれているのに気づいた。恐れていた臭いが鼻をつく。キャロルはそこにいる。

蓋をあけると――あけるまえからわかっていたが――そこにキャロルがいた。顔と髪は、かろうじて識別できるくらいにしか残っていない。両手と両足は縛られている。キャロル・ドラグニックは殺されたのだ。

階段にすわりこんでいると、疲労感が押し寄せ、わたしはただ雨を見つめていた。いま受けた衝撃と前夜の睡眠不足があいまって、立ちあがることもままならない。ただじっとして、あたりが少しずつ暗くなっていくのを見つめていた。

疲れ果てて、動くことも、考えることも、悲しむこともできない。まるで軍服を着たゾンビのように、ただそこにじっとすわり続けた。

ふいに、ダーティ・ヘアリーの姿がふたたび見えた。さっきよりも近い。川の向こう岸にある大きな岩の後ろで、野花を手に持ち、かがみこもうとした姿勢のまま、こちらを見ている。

わたしはすばやく立ちあがった。

「おい！」ポーチを降りながら叫ぶ。「あんた！」

川床へと降りていくと、ダーティ・ヘアリーは一度かがみこんでから、立ちあがって逃げだした。

「ちょっと待て！」

とは言っても、止まる様子はない。わたしはあとを追った。

薄暗いどしゃぶりのなか、岩だらけの川床を渡り、森に入った。

「待てと言ってるだろう！　戻ってこい！」

だが、やはり止まる様子はない。怯えているうえに森をよく知っているとあって、どんどん遠ざかっていく。進むにつれて木々の間隔が狭まるなか、つまずきながら十分ほど追いかけたが、とうとう見えなくなってしまったので、あきらめた。

あきらめて、ロッジへ戻ることにした。全身ずぶぬれで、泥まみれで、疲れ果て、惨めな気分だった。そして、ようやく警察に電話をかけた。

はじめに着いたのはイートンヴィルの保安官助手たちで、つぎに州警察の捜査員たちと鑑識班が着いた。最後にようやく郡保安官がやってきた。愛想はないが能力はありそうな若者で、名前はステンダーといった。保安官にも捜査員にも、キャロルを見つけるまでの経緯を何度も聞かれ、同じことを繰りかえし話した。

キャロルの絵のこと、ジェス・コリアが心配していたこと、フィル・ドリンの横柄な態度のこと、ダーティ・ヘアリーと野花のこと。最初は現場で話していたが、キャロルの遺体が運び出されてからは、イートンヴィルの保安官事務所に連れて行かれ、同じことを繰りかえし喋らされた。そうするうちに、日が暮れて、夜も更けて、日付も変わってしまっていた。

ようやく明け方になって、わたしは解放された。

時計は午前四時をまわり、疲労も限界に達していた。なにしろ四十八時間のうち二時間しか眠っていない。それに、ふつふつと怒りがこみあげつつあったので、このままここを去る気にはなれなかった。わたしはシアトルには戻らずに、〈アッシュフォード・トレーディング・ポスト〉に向かった。

当然ながら店はまだ閉まっていたが、隣の小さな食堂があいていたので、朝食を取りつつ時間をつぶすことにした。コーヒーを片手に、うとうとしながら六時まで待った。それから、赤毛の女がくれた名刺に載っている番号に電話をかけた。ありがたいことに電話はつながり、一時間後にロッジを借りることができた。

寝室が一部屋だけの小さなロッジだったが、冷蔵庫に食料があり、心地よさそうなベッドがあった。やっとの思いで服を脱ぎ、倒れこむように眠りについた。


一日じゅう夢も見ずに眠りこけて、目が覚めると夜中の二時をまわっていた。こわばった身体の節々に痛みを感じ、耐えがたいほどの空腹をおぼえ、気分は最悪だった。熱いシャワーを長いことと浴びて、アスピリンを服《の》み、コーヒーとマフィンを腹に入れると、ようやく生きかえった気がした。

コーヒーのおかわりを手に裏のポーチに出て、くたびれた布張りの椅子にすわり、そこで二時間ほど過ごした。暗い空に真っ黒な山がそびえ、見おろされているように思える。

そして、ようやく友を失ったことを悲しんだ。

空が白みはじめたとき、まだ睡眠が足りていないことに気づいた。通常の朝型の生活に戻さなくてはならないので、ベッドに入ってみたが、眠りは穏やかなものとは程遠かった。高い場所から転落する夢を見て、冷たい汗をかき、携帯電話の音で目が覚めた。正午になっていた。

電話はステンダー保安官からだった。

「検事が事情聴取をしたいそうです。明日はまだここにいらっしゃいますか」

目を覚ますために顔をこすり、いると答えてから訊いた。

「ダーティ・ヘアリーは見つかりましたか？」

「いいえ、まだです。捜査員を何人か送りこんで、東の丘陵を捜索させています」

「身元はわかりましたか」

「ええ。本名はマクガウアンといいます。ジョン・マクガウアンです。軽犯罪の前科があります」

「そうなんですか」

「浮浪罪、不法侵入罪、住居侵入未遂罪などです。ひとに危害を加えたことはありません。あの森のなかに何年も住んでいます」

「なるほど」身体を起こし、立ちあがってポーチに出た。

「ドリンとは話しましたか」わたしは訊いた。

「昨日の午後、供述書を取りました」

「なんと言っていましたか」

「殺していないそうです」

「そうですか」

「ほぼ完璧なアリバイがあるんです。被害者の死亡日時は九月の十五日前後と考えられます。十五日の新聞が室内にあり、被害者の血痕がついていたのです。それからあとの新聞は包装をあけられることなく、玄関の近くに置かれていました」

「それはわたしも見ました」

「一週間が過ぎたので、配達が止められたのです。検死官も、死体の状態から死亡日はだいたい十五日ごろと考えています」

「それで、ドリンのアリバイはどんなものなんですか」

「十四日の金曜日、ドリンは飲酒運転でイートンヴィル保安官事務所の者に逮捕されています。逮捕の際に抵抗したこともあって、保釈されたのは結局月曜日の十七日でした」

「だからって、完璧なアリバイとは言えないでしょう。保釈されたあとに殺したのかもしれません」

「もちろん、その可能性も考慮に入れています」

「絵のことはなんと言っていましたか」

「あなたがお聞きになったことと変わりはありません。ロッジが夫婦の共有名義だったので、被害者が夫の持ち分を買い取るために、現金代わりに渡したそうです」

「ということは、キャロルがあそこに住んでいることを知っていたわけですね」

「おっしゃるとおりです。お伝えしておきますが、ドリンを容疑者から外したわけではありません。女性に対する暴行で前科がありますし、被害者自身も何度か通報していました」

「やはりそうですか」

「ですが、いまはダーティ・ヘアリーに焦点を絞っています。広大な森の地理にどんなに詳しいとしても、警察犬も手配しましたので、捕まるのは時間の問題でしょう」

「もう犯人はほぼ確定したように聞こえますよ」

「ロッジのなかから、完全に近い指紋が取れたのです。それに、あの男は死体が浴槽のなかにあることも知っていました。浴槽の蓋からひとりでに花が咲いたりはしませんからね。だいたい現状はそんなところです」

わたしは雲に覆われた山のほうへ視線を移し、そこに見えるはずの山の稜線を思い浮かべた。

「それと、ひとつお伝えすることがあります」ステンダーはおもむろに口をひらいた。


わたしは次の言葉を待った。

「お電話をしたのは、そのことをお話しするためです」ためらいがちに言って、言葉を切った。

「どうぞ話してください」わたしは言った。

ステンダーはため息をついた。「検死の結果がマスコミに漏れたようなので、あなたがニュースから事実を知るという事態は――」

わたしは次の言葉を待った。

「どうしても避けたかったんです」

それはそうだろう。わたしは思った。

「遺体は、両足と片腕に骨折が見られ、頭蓋骨も陥没していました。鼻と頬も骨折していました」

「ひどく殴られたということですね」

「それと」ステンダーの口調は重々しくなった。「浴槽には生きているうちに入れられたようです」

「えっ？」

「手の爪が割れていて、木の浴槽の底にはかなり深い引っ掻き傷が残っていました。ですから、ほぼまちがいないのですが……」

「溺死ということですか」

ステンダーはため息をついて言った。「皮膚組織と肺の分析結果と脳の状態から、ほぼ確実に言えるのですが、被害者は浴槽のなかで……茹《ゆ》でられたようです」

「なんだって」

「水温は四十・五度を越えないように安全装置がついていましたが、それを壊して無理矢理温度を上げてあったのです」

「なんてことだ。なんてひどいことを！」

「まったくです」

「そんな目に遭ったなんて――」

「お気持ちはお察しいたします」

神よ。哀れなキャロル。

「情報が漏れてしまったことはどうにもできません。《タイムズ》の記者が、裏を取ろうと電話をかけてきたので、いちばんにあなたにお知らせすべきだと思いました」ステンダーは言った。

「ご配慮に感謝します」

「別れた夫は別として、被害者に家族はいないようですが、まちがいありませんか」

「家族のことは、わたしはまったく知りません」そう言ってから、ふと思いついた。

「そういえば、エージェントのジェス・コリアという方はキャロルの友人だったそうです。連絡していただいたほうがいいと思います」

「シアトル市警が今日連絡しました。ミズ・コリアは別れた夫が犯人だと考えているようです」

わたしもやはりそう思っていた。アリバイがあろうとなかろうと関係ない。


電話を切ってからポーチに出て椅子にすわり、味わうこともできないコーヒーを飲みながら、キャロルが絶命するまでの数分間を苦悩のなかで想像した。そんなことはしたくなかったが、考えないようにしても無理だった。やがて、週末をここで過ごすなら着替えが必要だと思いたち、午後二時ごろ、シアトルへ戻ることに決めた。

何気なく、戸口から数フィートのところに停めた車に目をやると、フロントガラスの上に何かが見えた。よく見ようと近づいてみると……


運転席側のワイパーに湿った紙がはさんである。四つ折にされた紙をひらいてみると、なかに野花が入っていて、木炭でダーティ・ヘアリーの姿が描かれていた。

メッツの野球帽を被り、顔は伸び放題の髪で陰になり、目が見ひらかれている。細かいところまで正確だ。画家の署名は入っていないが、ひと目でキャロルが描いたものだとわかった。

それ以上指紋をつけないように絵をつまみあげ、室内に戻ってビニール袋に入れてから、双眼鏡を持ってふたたび外に出た。何か動くものがないか、双眼鏡越しに十五分ばかり森のなかを見渡した。

ダーティ・ヘアリーはあたりにいるとしても、うまく身を隠しているにちがいない。そう思って、わたしは携帯電話を取りだしてステンダーに連絡を取ることにした。あいにく外出中だったので、事件のほかの担当者に代わってほしいと頼むと、十五分ものあいだ電話をたらい回しにされ、とうとうわたしはしびれを切らせて電話を切った。いずれにせよ、発見を伝えるのに急ぐ必要はない。

そう思ったのは、紙が湿っていたことを思い出したからだ。雨の降っていた早朝に置かれたということは、ダーティ・ヘアリーはそれを置いて、とっくに遠くへ逃げているかもしれない。同時に、これをキャロル以外の誰かが描いたという可能性はほとんどなきに等しいので、検証してもらうまでもないだろう。

それでも、わたしの考えではドリンのほうがはるかに有力な容疑者だった。その一方で、この絵は捜査が余計な脇道へ逸れるのをとどめることができる。

さしあたっては、それがキャロルの描いた絵であるという確証を得ることにした。ジェス・コリアに訊くのがいちばんいいだろう。

シアトルへ戻り、コリアに絵を見せると、やはり予想どおりの言葉が返ってきた。

「キャロルの絵です。まちがいありません」

「わたしもそう思いました」例の広々とした事務所で、テーブルにダーティ・ヘアリーの絵を拡げ、わたしたちは向かいあって立っていた。

「あの男があなたのところに置いていったんですか」

「そうだと思います。ロッジの近くにいて、わたしがキャロルの遺体を見つけるのを見ていたんです」

コリアは腰を下ろし、大きくため息をついた。「恐ろしい思いをされたことでしょうね」

「確かに、楽しい出来事とは言えません」

コリアはわたしを見すえて首を振った。その目は赤くなっていたが、同時に鋭かった。

「あいつはけだものだわ」

それが誰のことなのかはわかっていたので、わたしは言った。

「ドリンにはアリバイがあるようなんです」

怪訝な表情が浮かんだので、わけを説明した。コリアはわたしと同じ疑問を抱いたようだ。

「新聞のことなんて、なんの理由にもなりません。釈放されてから殺すことだってできたでしょう。十六日以降の新聞が読まれていないのは、キャロルが不在だったことを示しているだけだわ」

「ドリンは容疑者から外されたわけではありません。警察はいま、ダーティ・ヘアリーに焦点を絞っているんです」

コリアは絵を見おろした。「そう。確かに、狂った殺人鬼みたいな風貌だわ。本名はなんというんですか」

「ジョン・マクガウアンです。軽犯罪の前科がありますが、ひとに危害を加えたことはありません」

絵を眺めているコリアの目から、涙が流れおちた。

「キャロルは木炭画の腕を上げていました。最後にわたしのところへ持ってきたのも木炭画だったんです」声がかすれている。

「そうなんですか」

コリアはうなずき、ティッシュで目もとを拭ってから、立ちあがって鏡張りの棚に歩み寄り、扉の端を押した。扉がひらくと、額に入っていないカンヴァスに描かれた絵を取りだし、テーブルの上に置いた。

「これこそがいちばん素晴らしい作品だわ」くぐもった声で言う。

それはレーニア山をロッジに近い川床から描いた素描だった。わたしが行ったときよりもはるかに天気のいい日に描かれたものだ。空は澄み、森の向こうにレーニア山が山頂までくっきりと見える。木の橋があり、水のない川床は岩だらけの敷物のように、描き手のいる場所まで拡がっている。

橋の土台の近くにある、大きな平たい岩を指して言った。

「細かいところまで丁寧ですね」

「キャロルは細かいところに至るまで、何を描くべきなのかよく心得ていました」コリアはそう言って首を振り、

「この絵は家に持ってかえります。絶対に売らないわ」

コリアはわたしの顔を見た。涙を浮かべた目は怒りを帯び、光っている。

「あいつを殺してやりたい。ミスター・ヴァージニアク、わたしは心からそう思います」

〝あいつ〟とは、もちろんドリンのことを言っているのだ。気持ちはよくわかった。キャロル・ドラグニックはコリアの依頼人であると同時に大切な友人だったのだ。キャロルのためにコリアが唯一できることといえば、殺人犯の死を願うことぐらいだろう。

わたしも同じような気持ちだった。持ってきた絵を手にコリアの事務所を出て、アパートメントで着替えを取ってから、アッシュフォードへと向かった。刻々と暗くなる空の下、雨のなかで車を走らせながら、実際にジェス・コリアの願いが現実となるのを想像してみる。

キャロルを殺した犯人が、逮捕されて有罪宣告されるのを思い浮かべた。ワシントン州にはまだ死刑制度があるので、あのような残忍な犯行に及んで有罪判決が出れば、死刑になる可能性はじゅうぶんある。

そう考えることが、やはり大切な友人だったキャロル・

ドラグニックのためにできる唯一のことだった。

だが、ジェス・コリアの目に浮かんだドリンへの怒りに、わたし自身の怒りを垣間見たせいで、イートンヴィルを過ぎるころには、冷静にドリンのひととなりについて考えることができた。その結果、殺したのはやはりドリンではないように思えてきた。

そう思ったのはアリバイのためではない。粗野で乱暴な憎々しい男ではあるが、キャロルをあんなやり方で殺すようには思えなかったのだ。

殴り殺したというのならわかる。だが、意図的に生きたまま茹でたとなると、その行為には用意周到な残忍さや狂気が秘められているように思える。いずれもドリンにはそぐわないものだ。

そのことに思い至ると、アッシュフォードに着くころには、おのずとダーティ・ヘアリーの存在を思い浮かべていた。まだ警察の知らない、キャロルとダーティ・ヘアリーをつなぐ唯一の証拠のことも頭にあった。

ロッジに向かう道へと入りながら、着いたらすぐにステンダーに電話をかけようと思った。

車を停めようとすると、ポーチから黒い人影が飛びだしてきた。ヘッドライトのなかに、ダーティ・ヘアリーの怯えた顔が浮かんだ。

携帯電話を取りだして九一一番へかけながら、車に置いてあった懐中電灯でダーティ・ヘアリーの姿を照らした。走って橋を渡り、向こう岸の舗装された道路を北に向かっていく。その橋は徒歩でしか渡れないので、わたしはバックして車の向きを変え、携帯電話を耳にあてたまま急発進した。半マイル先にある別の橋へ向かって猛スピードで南に進む。そのあいだ、携帯電話からは自動応答の音声が流れ、警察、消防、救急のいずれかを選ぶように言っていた。

2をプッシュして警察への通報を選ぶと、橋を渡り、タイヤをきしませながら横滑りしつつ右折し、北へ向かった。

七十マイルまでスピードをあげ、左右の森を交互に見やりながら、暗がりのなかにダーティ・ヘアリーの姿を探した。携帯電話からは、順番におつなぎしていますので少々お待ちください、との音声が流れている。

そのとき、ダーティ・ヘアリーの姿が見えた。左手に見える尾根の上のほうにいる。前へ向きなおると、とつぜん右側から丸太を積んだトラックが出てきた。毒づき、急ブレーキを踏むと、車は道路からはずれて後ろ向きに土手を滑り落ちた。何かがぶつかるような大きな音がして、やがてぬかるんだ水路のなかで車が止まった。

心臓が早鐘を打ち、冷たい汗が滲みはじめる。数フィート先のぬかるみに、何か黒っぽいものが横たわっている。いったい何を撥《は》ねたのか。懐中電灯を取りだして、車から降り、震える足で暗がりのなかを歩いて、それに近づいてみた。

恐怖にすくみあがっていたせいで、それを見たときはほっとして涙が溢れそうになった。ぴくりとも動かずに横たわっていたのは、大きなアライグマだった。

トラックの運転手がやってきた。落ちた衝撃で携帯電話が壊れてしまったので、運転手に事情を話し、州警察に行ってそれを伝えてくれるように頼んだ。そしてダーティ・ヘアリーを追うことにした。

レインコートを着て、尾根の険しい斜面を登りはじめる。懐中電灯の光で、眼前に拡がる森を照らした。

斜面を登りきると、そこには山査子《さんざし》の茂みが拡がっていた。ダーティ・ヘアリーの姿が見えたところだ。濡れ落ち葉に足を滑らせながら、反対側の斜面を降りた。百フィートほど進むごとに、立ち止まって懐中電灯であたりを照らして見渡し、また歩きだした。

また尾根の斜面を登って降りると、松が鬱蒼と生い茂り、それを囲むように榛《はん》の木がびっしりと生えている。どうやら見失ったようなので、ハイウェイまで戻ろうと思ったとき、姿が見えた。

左手の斜面の高いところで、木々のあいだからこちらを見ている。懐中電灯で照らされると逃げだした。姿が見えたところまでたどり着くと、そこは三角形をした岩場で行き止まりになっており、正面に絶壁が立ちはだかっている。それを登る以外、先へ進む方法はない。

わたしは登ることにした。はじめは階段のように岩が連なっていて楽に登れたのだが、徐々に険しくなってきたので、引きかえそうかと思いはじめた。暗くて下がよく見えないが、すでに百フィートは登っているだろう。高いところは大の苦手なのだ。

それでも気を取りなおして、手で岩につかまりながらよじ登り続けると、ちょうどすわれるくらいの幅がある岩棚にたどり着いた。

そこで休みながら、岩棚のまわりを懐中電灯で照らしてみたが、何も見えなかった。おそるおそる膝立ちになり、岩棚の上を少しずつ、慎重に横に動いてみる。期せずしてダーティ・ヘアリーを追いつめてしまい、やけを起こされたりはしないだろうか。そう思いながら、しばらく進むと、洞窟に行き着いた。

それほど深くはなく、張り出した岩の下にある深いくぼみといった感じだった。脇からのぞきこんで懐中電灯でなかを照らすと、がらくたや寝具、服、箱などが見える。ダーティ・ヘアリーの姿は見えない。それでも、ここが住みかであることは確かだった。

身体を低くして、用心しながらなかへ入る。動く影がないかと目をこらしながら進むが、何もあらわれず、やがていちばん奥に着いた。そこは半永久的な野営地と言ってよかった。石でつくった炉のようなもの、大きな腐りかけたマットレス、さまざまな調理器具、缶詰や水のペットボトル、服の詰まったごみ袋などがあり、さまざま本や雑誌があちこちに積みあげられている。

そして、写真があった。

テーブル代わりらしい大きな平たい岩の上に、古ぼけて黄ばんだ封筒がいくつかあり、そこから写真がはみ出ている。小さな石油ランプがあったので、それを灯し、写真を見た。

ほとんどは知らない人々のものだった。だが、新しいものらしい封筒のひとつには、十数枚にわたるキャロルの写真が束ねられて入っていた。そのなかには裸のものもあった。

そのうち一枚は、キャロルがロッジに近い川のほとりで岩にすわっているものだった。川には溢れんばかりに水が流れている。

それを見て、すでに知っているはずのことにあらためて気づいた。背筋が寒くなる。身体が雨に濡れて冷えていることとは関係がなかった。

そのとき、ダーティ・ヘアリーが帰ってきた。


その夜わたしの感じた怒りは氷のように冷たく、いまでも思い出すと吐き気をもよおすほど強烈なものだった。まるで身体を蝕むウイルスのようで、ひとたび感染したら二度と身体から追いだすことはできないものだ。

静かだが、氷のように硬い怒りだった。その怒りは十二時間近く、朝が来るまでわたしのなかに渦巻いていた。


ベルヴューにある新しいアパートメントの四十階に、ジェス・コリアの自宅がある。ドアを叩くとすぐにコリアが出てきた。待ちかまえていたのかと思うほど早かったが、わたしの顔を見て驚いている。

「ミスター・ヴァージニアク、どうなさったの？」

「ミズ・コリア、朝早くにすみません。どうしてもお話ししたいことがあります」

「ずいぶんお疲れのようですね。どうぞお入りください」ドアを大きくひらいて言う。

わたしはなかへ入った。「昨日は寝ていないんです」

「そんなふうに見えます。コーヒーはいかがですか？」

「いえ、結構です」

コリアは背を向けて、わたしを居間へと案内した。広々としていて、高価そうな家具が最低限の数だけ置かれ、半円形の広いバルコニーが見える。

「仕事に行く準備をしているところでした。おかけになってください」コリアは革張りのグレーの二人掛け用ソファを指して言った。わたしは腰を下ろし、部屋を見渡した。

壁には絵が掛けてあるものと思っていたが、一枚もなく、事務所と同じようにガラスがふんだんに使われていた。ガラスの大きな引き戸があり、その両脇の壁面は全面鏡張りになっている。引き戸があけ放してあるので、風通しがよく、戸外にいるような気分だった。

「本当に、コーヒーはよろしいんですか？」

ふたたびいらないと言った。

コリアは煙草に火をつけた。ジーンズとトレーナーという姿でいながら、それなりにきちんとして見える。だが、はじめて会ったときほど美しいとは思えなかった。

「昨日の夜、ダーティ・ヘアリーを見つけました」

「本当に？」コリアは向かいにあるソファの肘掛けに腰を下ろし、わたしとのあいだにあるコーヒーテーブルに載った《タイムズ》を指さした。「新聞には何も載っていなかったわ。キャロルを殺したことを認めたんですか」

「いいえ。誰のことも殺していないそうです」

「そうなんですか」

「少々変わった男ですが、キャロルとは友達だったそうです。それは本当だと思います」

「まあ」

「ひとに危害を加えるような男ではありません。ただ、キャロルの家から写真を盗みだしていました。キャロルが裸で写っているものでした。それを見て戸惑って、そんなものを他人の目に触れさせたくなかったのだと言っていました」

「そうなの」

「彼はかつて湾岸戦争に派遣された兵士で、そこで目にしたものを自分の心で受けとめきれなかったようです。それで、人生の休暇を取っているんだと言っていました」

バルコニー側のカーテンが風に吹かれ、コリアの身体にまとわりついた。コリアは立ちあがり、カーテンを少しあけてから、ふたたび腰を下ろした。わたしは話を続けた。

「自分の知っていることを話したかったけれども、以前警察に恐ろしい思いをさせられたので、できなかったそうです。ある日、わたしが軍服を着て現われたので、話を聞いてくれるかもしれないと思ったようです。その話はとても長いものでした」そこで腕時計に目をやった。「あと数分もすれば、ダーティ・ヘアリーは州警察に出頭するはずです。だから、わたしたちに残された時間はあまりありません」

「どういう意味でしょう」

わたしはおもむろに切りだした。「どうも気にくわないことがあるんです」

コリアは眉をひそめ、肩をすくめた。

「レーニア山の素描は持ち帰るとおっしゃっていましたね」

「はい」

「見せていただけますか」

「わかりました」コリアは立ちあがって机に歩み寄り、その後ろから絵を取りだした。

わたしも立ちあがって歩み寄り、絵を見て言った。「キャロルが絵をあなたに渡したのは、八月の上旬だとおっしゃっていましたね」

「ええ」コリアは絵を机に置き、ソファとコーヒーテーブルのほうへ戻って、そこに載っていた鞄から小さな紙片を取りだしてわたしに手渡した。「昨日、事情聴取のために警察に行ったときに見せたものです。最後にキャロルに会ったのはいつかと一度訊かれていたので、絵の受領書の写しを出すことにしました」

キャロル・ドリンより受領
一九九八年八月五日
レーニア山の木炭画

「何かおかしなことでもありますか」コリアは言った。

わたしはコリアの顔を見つめた。

「どうなさったの」

「絵のなかの川には水がありません」

「どういう意味かしら」

わたしはコリアの顔を見つめつづけた。

「教えてください」コリアが言う。

「絵のなかの川、ブラウン・クリークは、九月一日までは水が流れていたはずなんです」

コリアの目つきがふいに鋭くなる。

「橋の真下にある、橋台に近い平たい石は、水位の跡よりもずっと下にありました。水がなくなるまでは見えなかったはずです」そこで眉をひそめた。「この絵が九月一日以前に描かれたはずはありません」

考えを巡らせるような表情が浮かぶ。「それは……」コリアは言いかけて微笑んだ。「キャロルは想像力の豊かな画家だったんです、ミスター・ヴァージニアク。水がなくなるまえから、その絵を描くことができたんだわ。いつだってそんなふうに……」

「そんなはずはない。この絵は細かいところまで非常に正確に描かれています。この目で川床を見ましたが、描かれている岩の位置は実際のものとまったく同じです」

長いあいだわたしを見つめてから、コリアは煙草の煙を吐き、両腕を自分の身体にまわした。「そうだとしても、何が問題なのかしら」

わたしは受領書を折りたたみ、ポケットに入れた。「キャロルが絵を描いたとき、川に水はなかった。だから、八月に絵を渡したはずはありません」

ふたつの視線がぶつかりあう。

「つまり、あなたは嘘をついているってことです」

コリアの口から否定の言葉は出なかった。

コリアはしばらくわたしの顔に目をこらした。そこに愚鈍さを探そうとしているようだが、見つからないのだろう。やがて、ため息をついて背を向け、ソファのほうへと歩み寄って煙草を揉み消し、もう一本取りだして火をつけた。そしてわたしに向かって微笑んだ。「あなたはとても頭が切れるのね」

なんという女なのだろう。

「どういう意味だったのかしら」ソファへ腰を下ろして言う。「時間があまりないというのは？」

「もうすぐ警察がやってきます。あなたが逮捕されるまえに、話をする時間がほしいのです」

「逮捕ですって？」コリアは笑いながら言った。「あの受領書は証拠になんかなりません。いま思えば、キャロルが絵を持ってきたのは九月五日だったような気がしてきました」そこで軽く肩をすくめる。「九と八を書きまちがえたんです。それだけのことです」

「何をどう言おうと、あなたがキャロルを殺したんだ」

その言葉を反芻するように間を置いてから、コリアは口をひらいた。「シャツを脱いでくださるかしら」言われたとおりにして、隠しマイクの類を身につけていないことを見せると、問いかけてきた。「理由をお知りになりたい？」

コリアは煙を吐き、何気なく自分の手の甲を眺めた。「キャロルはわたしを裏切ったんです」冷たい声だった。わたしに視線が向けられる。「あれだけ尽くしたというのに、わたしを裏切ったんです」

コリアは背もたれに身体をあずけた。「おわかりでしょうけど、キャロルを見つけだしたのはわたしです。公園のベンチで売っていた十人並みの作品を、世に売り出したんです」

殺しこそ、相手に対する究極の裏切りではないだろうか。わたしはそう思った。

「素質はありそうでしたが、画法が素朴すぎました。だから助言をしたんです。才能を最大限に発揮できる方法を教えました。はじめての個展の準備もしました。わたしたちは友人同士になりました。あのろくでなしの夫からキャロルが逃げだしたときも、いつもそばにいて、支えつづけてあげたんです。わたしはキャロルを愛していました」

最後の言葉にはなんの抑揚もなかった。

「それは本当でしょうか」わたしは言った。

コリアはうなずいた。「キャロルは最初は同性愛を否定して拒んだけれど、わたしは本当の姿を知っていました。ついには、女としての本来あるべき姿を引きだすことができたんです」かすかに苦悩が顔に浮かぶ。「去年の夏、キャロルは去っていきました。もっと広い場所が必要だと言って。引っ越してしまって電話もくれなくなりました。あのロッジにいるのをつきとめたあと、一度はよりを戻せたと思いました。でも……」コリアは肩をすくめた。「結局、キャロルはわたしを拒み、自分の本当の姿をも拒んだんです」陰鬱な笑みが浮かぶ。「そんなことは、とうてい受け入れられませんでした」

わたしは黙っていた。

「それはとてもつらいことでした、ミスター・ヴァージニアク。つらいことは嫌いなんです。とても嫌いなんです」

「だからキャロルを殺したというわけですか」わたしは声を絞りだした。

「そんなに簡単なことじゃありません」そう言って、コリアは煙を強く吐いた。「キャロルは死ぬまえに罰を受けなければなりませんでした」また煙を吐きだす。その目は狂気を秘めて光っている。


上等だ。

「ロッジに行ったあの日、すこしばかり自制心を失ったことは認めます。言い争いになって、火掻き棒でキャロルを叩きのめしたんです。死んでしまったと思ったけど、まだ生きていました。いまから言うことは、ここだけの話です。キャロルの足を折ったとき、わたしはこの上ない喜びを感じました。それから浴槽に入れると、キャロルは何が起きているのかに気づいて、この世の終わりのようにもがき苦しんで叫びました」そこでにやりとする。「それを見るのはとても楽しかったわ」

「あなたなら楽しんでも不思議じゃない」わたしは言った。


悪びれもせずに、コリアは笑みを浮かべつづけている。

「わたしの言っていること、おかしいかしら」

「罪から逃れることはできませんよ」

「受領書は証拠としては不十分です。いまあなたに話したことも、なかったことにするつもりです。わたしがあのロッジにいたという証拠はありません」

「ダーティ・ヘアリー――マクガウアンは、あなたの姿をあそこで見ています」

笑みが消える。

「そのことを話すために警察に出頭したんですよ」

しばらくしてから、口がひらかれる。「どうせ、頭の弱い男が言うことです」

わたしは確信を持って首を横に振った。「あなたの外見を完璧におぼえています。警察に、あのロッジには行っていないと話したところで、嘘はすぐにばれますよ」

コリアは疲れたようなため息を投げやりについた。

「あの受領書は、あなたがもうひとつ嘘をついている証になります。ひとたびあなたに目星をつければ、警察はかならず証拠を見つけだすでしょう。指紋や繊維などの証拠です」わたしは新聞の〝浴槽殺人事件の犯人特定急ぐ〟という見出しを指さした。「あなたが行きつく先は絞首刑です。望むなら、薬物注射による処刑でもいいでしょう。あるいは終身刑かもしれません。いずれにせよ、逃げおおせることはできません」

　コリアは考えに考えを重ねているようだ。

「こんなことを、いままで考えたことはないんじゃありませんか」わたしは言った。

　おもむろに口がひらかれる。「まともな精神の持ち主があんなことをするかしら、ミスター・ヴァージニアク?」するわけがないと思ったが、わたしは黙っていた。

「キャロルにあんなひどいことをするなんて、わたしの精神は異常をきたしていたにちがいありませんわ」しばらく間を置いてから、煙を吐いて笑みを浮かべる。「刑務所よりも、病院に送られることになりそうです」

　わたしは何も言わず、目をこらして相手の顔を見つめつづけた。返ってきたのは、あの狂気を秘めた小さな笑みだけだった。

　しばらくして、わたしは背もたれに身体をあずけた。自分のなかの慈悲深い心が消えていく。

「ここに着くまで、実はまったく同じことを考えていました」相手の顔を見すえたまま言った。あくまでも、優位に立つべきはこちらなのだと知らしめるつもりだった。「あなたの言う病院とは、ティリカムにある州の精神病院になります。そのことはおわかりですか」

　コリアは肩をすくめた。

「なかを見てきたことがあります。あそこはずいぶんと患者を薬漬けにする方針のようですね」

「あら、そう」

「ソラジン、プロザック、セロン、ゾロフト。カクテルみたいに、いろいろと組みあわせて薬を与えるようです。だから、そこで何年も暮らすうちに、身体の感覚は鈍っていくことでしょう」

「それは楽しそうね」そう言って、コリアは怪訝な顔つきになった。「何年もというのは本当かしら?」

「もちろんですよ、ジェス。何年ものあいだです」

わたしの話に退屈したように、コリアは腕時計に目をやった。

「あなたの心の病みかたは半端じゃない。そして、すべてを隠しおおせるほど頭が切れるわけではない」

コリアは、そんな言葉などに取りあうつもりもなさそうな表情をしている。

「あなたはひとりの女性を生きたまま茹でたんだ。火掻き棒で殴って腕と足を折ってから、生きたまま茹でた。それでいて、なんの自責の念も感じていない」

すこしは言葉が効いたのか、表情が変わる。

「自責の念も後悔もない。ただ自分を哀れんでいるだけです。棄てられた相手に自ら罰を与えねばならなかったから」そこでわたしは笑った。「あなたは狂っている」

「なんとでも言えばいいわ」

「言いますよ」わたしは冷酷さを滲ませて笑みを浮かべた。

「犯行そのものよりも、あなたの本質が重視されることでしょう。そうなれば、ティリカムには相当長く入ることになります」

また退屈したような表情が取りつくろわれたが、今度はそれほどうまくはいかなかった。

「でも、薬があるからまだ救われるかもしれませんね。どんな感覚も、あまり気にならなくなるでしょう」

コリアがため息を漏らす。わたしは優位に立っていることをあらためて感じた。

「目覚めたとき、寝小便をしていたとしても気にならない」わたしは肩をすくめた。「治療で薬漬けになると、そういう事態は避けられません」

わずかに唇が引き結ばれる。それでも、たじろいでると言えるほどではない。

「まわりには、薬ですっかり頭のいかれた中毒者か、統合失調症患者か、あなたのような心の病んだ者だけしか話し相手はいない。でも、そんなことも気にならなくなる」

トレーナーに落ちた灰が手で払われる。

「部屋から部屋へ移されるときには、いやらしい看守に身体を触られるだろうが、それも慣れるはずです」

コリアはただこちらを見ている。

「触られるのは好きかい、ジェス?」

沈黙が流れる。

「毎日のように触られていたら、慣れるどころか、それが待ち遠しくなるかもしれません。同じように、狭苦しい独房も慣れれば快適になってくるでしょう」

コリアの目が一瞬だけ、バルコニー側の開け放たれた引き戸のほうへ動いた。

これが一番効きそうだ。

「自分だけの独房が与えられます。八フィート四方の、とても居心地のいい部屋ですよ」

コリアは唇の内側を軽く嚙んでいる。とつぜん怯えはじめたことが手に取るようわかる。

わたしはまちがいなく優位に立っている。

それは気分がよかった。

立ちあがり、バルコニー側の引き戸のところへ行き、カーテンをさらにあけてからコリアを見た。

「ジェス、あなたは高いところが好きなんでしょう」

コリアは自分の腕をこすり、目をそらした。

わたしは笑みを浮かべた。「正直に言ってわたしは大の苦手ですが、あなたは好きなんでしたね。あらゆる物事の上にいると、汚れのない気持ちになるんでしょう。汚れたもののはるか上にいられるから」わたしは首を振った。「残念ながら、今後は開放感や高い場所とは無縁になってしまいますね。それでも――」そこでカーテンを閉める。「閉じこめられていれば、安全と安心を手に入れられます」

コリアの首で脈が激しく打ちはじめる。

「最初は墓地に埋葬されたような気分でしょうが、実際はそれよりもましですよ」

コリアは何気なさを装って首を掻いた。

「土のなかに生き埋めにされるほどではありません」

いらだった視線がこちらに投げられる。

「まあ、想像するほどには……」

「恐がらせようと思っても無駄よ」

「あなたが勝手に恐がっているんですよ。わたしはただ、こんな感じになるだろうと言っているだけです」

「大げさだわ」

「そうでしょうか」

煙草が揉み消され、新たな一本に火がつけられる。

「退屈なら、すぐに警察に電話してもいいんですよ」

コリアは唾を飲みこんだ。「好きにすればいいわ」声がかすれている。

考えこむようなコリアの顔をしばらく見てから、ポケットに両手を入れて部屋を歩きまわり、大きな鏡のまえで足を止めた。

「ひとたび収容されると、もう逃げ道がないというのが問題かもしれませんね」

沈黙が返ってくる。

「そう」わたしは鏡に映った自分を見ていた。「一度収容されたら、ずっとそのままです。あなたが釈放されることはない」

鏡のなかで、訝しげな表情のコリアが顔をあげる。

わたしは笑い声をあげた。「あなたは狂っているんですよ。その顔を見れば一目瞭然です。あなたは他人に対しても、あなた自身に対しても危険だと判断されます。だから、自由になることは決してありません」

コリアはいまの言葉を信じた。恐怖を押し殺すように顔をそむける。

ふたたび、鏡のなかの自分を見た。そこに映っているのが別人のように思える。

「サンディエゴで、麻薬の売人だった知りあいが逮捕されました」

その目はどこかがいつもとちがっていた。

「何度も捕まりそうになりつつも、へまはしないと高《たか》をくっていました。それで、捕まらないように手をまわすことを怠ったのです」

ぼんやりとした、死んだような目だ。

振りかえると、やはり死んだような目をしたコリアがわたしを見ていた。

「困ったことに、ひとたび捕まったら、もはや逃げ道は一切ないのです」

　コリアは肩をひそめた。

「その知りあいは、精神状態はまともでしたが、一挙手一投足にいたるまで監視される日々がつづきました。自殺でもされたら、管理が悪いと言われて警察の面目がつぶれるからです。とうとうそれに耐え切れなくなって、彼は最後に、自分の手首の動脈を嚙みちぎって死にました。あなたは狂っているのだから、なおのこと厳しく四六時中監視されるでしょう。そうなれば……」わたしは肩をすくめ、続きはコリアが考えるにまかせた。

バルコニー側のカーテンが風に揺られる。

わたしはしばらく時間を置いてから、来たときに脱いだ帽子を手に取った。「もうそろそろ、マクガウアンが州警察への報告を終えるころでしょう。自分の見たことと、わたしが話すように言ったことです。事実確認にしばらくかかるでしょうが、シアトル市警はまもなくここにやって来ます。来なければわたしが電話をかけるまでです。一時間待ちましょう」

コリアの目は虚ろだった。

「それまで、通りの向こう側にいます」バルコニーのほうへと顎をしゃくった。

言葉は何も返ってこなかった。わたしも何も言わなかった。


エレベーターに乗り、ロビーへ出る途中で会った警備員に時間を聞いた。六時十五分だった。

ハイウェイを横切ってコーヒーショップに入り、道沿いの窓に近い席にすわった。ジェス・コリアの住むアパートメントの駐車場がよく見える。コーヒーとベーグルを注文して、時間まで待つことにした。

通勤ラッシュで渋滞している道を眺めながら、マクガウアンが滞りなく州警察への話を終えたことを願い、シアトル市警がやって来ないものかと思っていた。

厳しく、冷たく、無慈悲な考えだということはわかっていた。年を重ねるにつれて、この傾向が強くなりつつある。いずれにしても考え直す気はなかった。

コリアは与えられた時間をほぼすべて使おうとしていた。

そのあいだ何をしていたのかはわからない。七時五分になり、支払いを済ませて、結局は警察に電話をかけなければならないと思っていると、誰かが駆けだすのが見えた。男が駐車場から走りだして道を渡り、アパートメントの入り口のドアをあけ、何かを叫んだ。警備員が出てきて、ふたりともまた駐車場に走って戻り、上を見あげる。

ちょうどわたしはコーヒーショップを出るところだった。店を出ると駐車場があまりよく見えなかったが、あえて戻ることはしなかった。

落ちてくるところは見えなかった。

だが、車の騒音が響くにもかかわらず、四十階の高さから落ちて、車の屋根を突き抜けて身体が叩きつけられる音は、大きくはっきりとわたしの耳に届いた。

それは終わりを告げるにふさわしい響きだった。

進化
Evolution

ベンジャミン・キャヴェル
青木千鶴訳

ボストンで生まれハーヴァード大学を卒業したベンジャミン・キャヴェル（Benjamin Cavell）は、大学ではボクシングで活躍し、学生新聞の編集者もつとめた。本作は彼のデビュー短篇集 *Rumble, Young Man, Rumble* に収録された。同書は《エスクァイア》誌が選ぶ二〇〇三年のベストブックに選ばれている。

第一部　セックス

一回目のデートのとき、ヘザー・ゴードンはメリーランド産クラブ・ケーキと赤唐辛子のポレンタを注文した。そして、家まで送っていったおれをベッドに誘った。二回目のデートでは、ポータベロ・マッシュルームとエンダイヴのサラダに、仔牛のテンダーロインのポブラノ・チリソースを平らげたあと、人影の絶えた公園のブランコの上で体を求めた。三回目のデートで、おれと結婚したいと言った。

交際一カ月の記念日にはアパートメントへやってきて、寝室中にキャンドルを灯した。温かい湯と薔薇の花びらをバスタブに満たして、おれの服を脱がせた。三カ月後には、週末におれをパリへ連れていった。そして六カ月目に、父親を殺してほしいと言った。

「最初にしなきゃいけないのは、一線を越えることだ」すべてを打ち明けたおれに、ケリーは言った。

「一線を越える？」

「善人と悪人の境界線を越えるんだ」

「境界線があるのかい」

「もちろんだ。それも、ひとつだけじゃない。段階を踏んで、ひとつずつ越えていく。徐々にレベルアップしていくんだ」

「本か何かで読んだのか」

ケリーは首を振った。「本なんて当てにならない。ぼく自身の経験から言ってるんだ。ぼくらは定められた道を進まなくちゃならない」

「道というと」

「感情を捨て去るための道だ」

「いま考えだしたのかい」

ケリーはふたたび首を振った。「最近の文学作品ではおなじみの題材だよ」

おれはケリーを見つめた。「さっき、本は当てにならないと言わなかったかい」

眉根が寄る。「最近の作品はべつだ」

おれたちは共有するアパートメントのソファに座り、水槽のような形をした高品位テレビを前にしていた。画像がとてつもなく鮮明なため、ひとつひとつの毛穴まではっきり見える。

ケリーは言った。「近頃は、誰もが口先ばかりの頭でっかちになっている。そうならないためには、肉体について知らなきゃならない。肉体について知るには、生と死について知らなきゃならない」

「なあ、ケル。本当にやるつもりなのか」

ケリーは無言でおれを見つめ、しばらくしてから口を開いた。「これこそ、ぼくらが待ち望んでいたことじゃないか」

その部屋は洞穴を思わせた。一面に青い絨毯が敷かれ、小さく仕切られた空間が蜂の巣のように並んでいる。そこでアナリストたちは週に八十時間から百時間も机に向かっている。トレーダーたちは八時半に出社して、五時に退社していく。

天井の隅に設置されたデジタル式の相場モニターに、緑色の文字が流れている。

ケリーとおれは、ガラス張りの会議室の外で、茶色い革張りの肘掛け椅子に座っていた。会議室には、片側に演壇の付いた縦長の桜材のテーブルが置かれている。

おれたちと同年代くらいの、フェラガモの紐靴を履いた青年が、アナリストたちの脇を通りすぎ、会議室の前までやってくる。肘掛け椅子の隣に置かれたワゴンからコーヒーを注ぎはじめる。

ケリーが声をかけた。「コーヒーが飲みたくなるたびに、わざわざここまで来なくちゃいけないのかい」

青年は肩をすくめた。「トレーディング・フロアに置くわけにいかないんです。誰かが蹴飛ばしでもしたらたいへんだから」

「きみもトレーダーなのかい」

「見習いです。そちらは、メリルリンチから？」

ケリーは首を振った。

おれは代わりに答えた。「ちょっと、新しい投資をね……」

青年は眉をひそめた。「わざわざスーツを着て？」

「新規の投資者を探しているんだ」

「うちに売りこみにきたんですか」

「そんなところだ」ケリーが答えた。

青年はひとつうなずいて言った。「やっぱり、洒落た会社名がついているんですか。何かの単語をもじったような通称ですよ。〈ヴェリゾン〉だとか、〈シナジー〉だとか」

「〈エヴォリューション（eVolution）〉だ」おれは言った。

「小文字のeに、大文字のV？」

「そうだ」

青年の顔に笑みが浮かんだ。「それが何をするんですか」

「小文字のeと、大文字のVが？」

「おたくの会社が」

おれは室内を見まわし、キーボードに向かっているアナリストたちや、ワイシャツ姿で受話器に喚き立てているトレーダーたちの様子を窺ってから言った。「じつは、よくわからないんだ」


専用の工具がなくても、車のドアをこじ開けることはできる。ハンガーを直角に折り曲げて、ウィンドウとドアの隙間を塞いでいるゴムのあいだに差しこみ、ロックロッドに引っかければいい。同じメーカーの鍵を使うことが可能なこともある。

車内に入ってしまえば、点火装置を直結して、エンジンを始動させることができる。だがそのためには、キーを差しこむ部分を取りはずして、手で配線を直結させなければならない。失敗すれば、感電する危険性がある。車も壊れる。

それよりはボンネットを開けて、バッテリーのプラス端子から出ているケーブルを、点火コイルのプラス側につなぐほうが簡単だ。点火コイル（赤いコード）のスターター・ソレノイドと、プラス側のバッテリー・ケーブルを、プライヤーでつないでおく。これだけで、エンジンが始動する。ハンドルのロックを解除するには、ドライバーをステアリング・コラムに差しこんで、ロックピンをはずせばいい。

殺人に手を染める前に、死について知っておかなければならない。

死について知るには、生について知らなければならない。

そうケリーは言った。

「家蠅の寿命を知っているかい」

「一日だろ」

「そう、一日だ。たった二十四時間の中に、愛と憎しみと、生と死を詰めこまなくちゃならない」

「家蠅に愛や憎しみがあるとは思えないが」

おれは手を伸ばして、高品位テレビのチャンネルを変えた。ニュース番組で、学校を舞台にした発砲事件が特集されている。

ケリーは溜息をついた。「わかってないな」

おれは肩をすくめた。「第一、家蠅には寿命が短いという自覚はないだろう」

ケリーは顔をしかめた。眉間に皺が寄る。「日の出と日没を一回ずつしか迎えられないんだぞ」

「きみだって、あとほんの数千回じゃないのか」

「数千回ってことはないだろう」

「それもそうだな」

ケリーがうなずく。「そうだとも」

おれたちを乗せたタクシーが走りだした。運転手は緑色のニット帽をかぶり、素足にローファーを履いている。ダッシュボードでスティック・タイプのお香がたかれていて、鼻と口が生温い石鹸の匂いでいっぱいになる。おれはケリーとボスに挟まれて、後部座席の中央に座っている。ボスは麻のスーツを着ている。陽に灼けた肌には、まったくむらがない。

灰色の巨大なウエハースのような超高層ビル群が、窓の外を流れていく。それを眺めながら、おれはボスに言った。

「自分の仕事がよく理解できないのですが」

「何を理解する必要があるのだね」

「プログラマーを連れていったほうがいいのでは」

「それについては、先週説明したはずだが」

頭皮がむずむずと疼きだす。「もっとよく考えてみた結果、専門家を同伴しても困らないんじゃないかと思っただけです」

ボスは溜息をついた。ケリーは首を振っている。ボスは言った。「われわれが相手にする投資家たちは、にきび面の若造ではない」

「どういうことでしょう」

「彼らは昔ながらのやりかたで財をなした。要するに、先代から受け継いだわけだ。ぴちぴちのジーンズを履いて、プラスチック・フレームの眼鏡をかけた変人どもに、その金を差しだすわけがない。肝心なのは、相手を惹きつける魅力であって、知識ではない。だからきみを連れていくんだ」

ケリーはにやにやしながらこちらを見ている。おれはそれを無視して、ボスに顔を近づけ、小声で訊いた。「もしもの場合はどうするんです。技術的な質問をされたりしたら」

「するわけがなかろう」

「ないとは言い切れないのでは」

ボスはおれを一瞥して言った。「適当に答えておけばいい。われわれはあくまでもセールスマンなんだから」

「しかし、何を売りに行くんですか。何もつくっていないのに」

「金をつくっているじゃないか。わたしは経験を売る。ケリーは知性を売る。きみは、その頬骨と、緑色の瞳と、アイビーリーグのアメリカン・フットボール・チームでリーディング・ラッシャーを獲得したという経歴を売るんだ」

「セカンド・リーディングです」

「そりゃすまん」

「でも、おれにはコンピューターのことなんて何もわかりません」

ボスは首を振った。「コンピューターのことなどわからんでもいい。ロックフェラーが石油に関する知識を持っていると思うかね。カーネギーに鉄鋼に関する知識があると思うかね。きみが知らなきゃならないのは、相手が何を欲しがっているか、そして、それをいかにして買わせるかということだけだ」

「相手の欲しいものがわからなかったら」

ボスは肩をすくめた。「訊きだせばいい」


暴力を受けて死ぬと、腸《はらわた》がやらかしてくれる。括約筋の弛緩という現象が起こり、つまりは想像を越えた量の糞尿が流れでる。

ケリーが言うには、ひとつめの境界線を越えたら、次は計画を練る段階になるらしい。

実際には、このふたつを同時に進めることになるという。


居間のソファに座っていると、スチーム暖房の音がやけに耳についた。進化《エヴォリューション》とは、弱者の淘汰を意味するのだと、ケリーは言った。

「人間や動物が持っている性質はどれも、遺伝子の突然変異によって生まれた」

「ああ」

「進化がはじまる前の生物を思い浮かべてみるといい。環境に適応しそこねた生物だ」

おれは目を閉じて、古代の海洋生物を頭に描いた。ずんぐりした胴体と、ワニのような尾を持ち、小さなヒレを懸命に動かして波間に漂っている。仲間が岸に這いあがっていくのを、なすすべもなく見つめている。岸に上がった仲間は、いずれ世界中に分布するようになる。海に残されたものは、鮫の餌食になって命を落とす。運良く子孫を残せたとしても、その子孫もやはり水中生活に適応できないままだ。生まれた途端に溺れ死ぬか、浜に打ちあげられて息絶える。陸に上がった仲間は、ひとつの惑星の祖先となった。それに対して、自分たちが歴史の脚注にすぎない存在だということを、彼らは自覚していたのだろうか。ノアの箱舟に乗るのを許された動物たちが頭に浮かぶ。イエス・キリストの隣で磔《はりつけ》にされた盗人が頭に浮かぶ。

ケリーの声がした。「目蓋もだ」

おれは目を開けた。「なんだって」

「目蓋も、遺伝子の突然変異によって生まれた」

「ああ」

「目蓋のなかった時代はどんなふうだったと思う。もし日中に空を見あげたら、網膜が焼けてしまう。外を歩くときには、顔を地面に突っ伏して、いつも泥の中を泥まみれにしてなくちゃならない。眠るときも、目を開けたままだ」

「ああ」

ケリーはひとつうなずいて言った。「涙管がなかった時代のことも、想像してみないといけないな」

ヘザーの父親は、月曜日から金曜日には、午後六時十八分から五十一分のあいだにオフィスを出る。土曜日と日曜日には、正午から五時まで仕事をする。駐車場までの移動時間は、エレベーターの待ち時間によって、四分から七分の幅がある。乗っている車は、黒のレクサス・セダン。

ブランド物のスーツを着た二人の男が、どこへ行くにもついてくる。オフィスへの行き帰りには車を運転し、仕事中は、プレキシガラスを挟んだ廊下で一日中待機している。そうなると、計画に工夫を加える必要がある。

鉄パイプ爆弾を使うというのも一つの手だ。後部座席の下に、爆弾を仕掛けておいてもいい。ライフルで遠くから狙撃するという手もある。開けた場所に出るときに、かならずボディーガードが（任務に忠実に）周囲を固めてしまうようなら、ライフルでボディーガードを倒しておいて、標的が逃げだしたときのために、追っ手を雇っておく。もちろん、狙撃には二人態勢で臨んだほうがいい。だが、おれとケリーのどちらも、ライフルを撃ったことがない。

首筋に鼻を押しつけると、香水や、シャンプーや、山羊の乳と蜂蜜から作られた一個二十ドルもするという石鹸の匂いがした。その奥に、かすかな体臭が嗅ぎとれる。

ヘザーは、おれのボクサー・ショーツにスポーツ・ジムのTシャツという格好で横たわっている。

おれたちは《2001年宇宙の旅》のDVDを観ている。

おれはヘザーの首から顔を離し、脚を伸ばしてソファに起きあがった。ヘザーはおれの胸に頭をもたせかけてきた。画面の発する光が、周囲を照らしている。

「ローマ帝国の滅亡から、まだ二千年と経っていないんだぜ」

「本当に?」

「ああ。戦車レースをしていた時代からたった二千年足らずで、飛行機や、スペース・シャトルや、映画館のポップコーンが世に生みだされたんだ」

「驚きね」

ヘザーは体勢を変えて、おれの胸に顔をうずめた。

「およそ二万年前まで、おれたちは同じ種《しゅ》でさえもなかった。クロマニョン人だったんだ」

「すごいわ」ヘザーは囁いた。息遣いが、深くゆっくりになっていく。


「つい最近まで、人類は棍棒を手に、洞窟で暮らしていたってことだ」

ヘザーからの返事はない。

おれはテレビに目をやった。キア・デュリア演じるボーマン船長が、暴走したスーパー・コンピューターの電源を落としている。このあとのシーンが、どうしても理解できない。デュリアが空想世界にはまりこみ、やけに風変わりな、精神病院とおぼしき部屋にたどりつく。そこで、自分自身の年老いていく姿と、胎児になった姿を見るのだ。

「ケリーに手伝ってもらって、準備を進めてるよ」おれは言った。

ヘザーは寝返りを打ち、おれに背中を預けて、眠たげな声を漏らした。「なんの準備?」

「なんでもない。きみが話したくないなら、べつにいいんだ」

「きみは、ヤノマミ族に麻疹《はしか》をうつした大馬鹿者だ」ケリーがウェイターに言った。皿に置かれたパルメザンチーズとオニオンのタルトにくしゃみを浴びせられたことで、頭にきたらしい。「ヤノマミ族は、何百年も隔絶された環境で暮らしていた。ところがあるとき、きみのように間抜けな社会生物学者や、自然保護運動家どもがやってきて、村に麻疹のワクチンを持ちこんだ。それまで、その多雨林に麻疹ウィルスはまったく存在しなかったというのに。ところがだ。ワクチンのせいで麻疹を発症した住民が出たとき、きみらは現地に赴いて治療にあたることを拒んだ。あれほど研究したがっていた、外界から完全に遮断された社会へ行くことを拒んだんだ」

ウェイターは困ったように立ち尽くしている。ケリーの両隣に座った男たちは、腹を抱えて笑っている。そのうちのひとりが言った。「まったく、きみはおどけたやつだ。とんでもないおどけ者だ」

もうひとりの男がうなずいて言った。「正真正銘のな」

ケリーがそれに応じた。「鼻の粘液にどれくらいの微生物が棲んでいるかはご存知ですか」

レストランの名前は〈ネオテラ〉といった。店にあるテーブルは種々とりどりの形をしていて、丸いものはひとつもない。おれたちのテーブルは、ライ豆のような、あるいは塩をかけられて身悶えするナメクジのような形をしている。

おれたちとテーブルを囲んでいる五人のベンチャー・キャピタリストは、みな一様にサスペンダーをつけて、ケネス・コールの眼鏡をかけている。一日おきに手入れしてでもいるかのように、やけにもみあげが整っている。おれは全員の名前を度忘れしてしまっていた。仕方がないので、ひとりひとりに適当な愛称をつけることにした。それさえも思いだせないときは、そのとき頭に浮かんだファーストネームを口にした。それに気づいて指摘する者はなかった。

ケリーの隣に座っている男が言った。「平凡がいちばんだ。美しい人間は思いあがりが過ぎるし、醜い人間は用心深くなりすぎる。平凡な人間こそ、どんなことでも成し遂げる」

ケリーは言った。「美しい人間と醜い人間をどうやって見分けるんです」

「見ればわかる」

「しかし、両者を明確に定義することができますか。あなたがある種の顔立ちに肉体的な魅力を感じたとしても、その顔立ちに対する評価は、文化によっても、時には人によってもちがってくる。あなたの遺伝子を、魅力的な肉体を持つ誰かの遺伝子と結合させたいと望むのは、より多くの子孫を繁殖してくれそうな優れた子孫をもうけたいという本能だ。当然そこには、〝卵が先か、鶏が先か〟という、白黒つけ難い問題まで生じてきます。それでもなお、価値観のちがいは説明できない」

男はケリーを見据えている。

ケリーは続けて言った。「瞳孔が拡がる以前の世界を想像してみたことはありますか」

目を開けると、右隣の男が、熱を帯びた口調でボスに話しかけていた。事業プランを見せてほしいとせがんでいるようだ。

椅子の中でボスが身じろぎした。

「当然、事業プランはおありでしょう」男は言った。

ボスは咳払いをしてから言った。「もちろんです。しかし、わが社は産業界に躍りでようというのではない。商品をつくって売りだそうというのではない。尻の詰め物を売って、世界有数の企業になるつもりは毛頭ありません。世界最大のシャッフルボードのウェブサイトを立ちあげて、金持ちから金を掻き集めようとしているのでも、断じてありません。そんなふうにちまちまと金を稼いで、タウンハウスやベンツやいい女を買い、アッパーミドルクラス並みの暮らしを手に入れたところでどうなります。アッパーミドルクラスとは〝負け犬〟のことです。郊外の家など糞くらえ。通勤など糞くらえ。隣人など糞くらえ。われわれが目指しているのは、隣人を持たないほどの金持ちになることです。家の前に立って周囲を見まわしたとき、目に入るものすべてを所有することです。シーズン・チケットなんていらない。コートサイド・チケットもいらない。自分のチームを持てばいいことです。インターネットで百万ドルを稼ぐ？　そんなちんけなことは言いません。億万の富を稼ごうというのです。わが社がご提供するのは、その輪に加わるチャンスなのです」

左隣から、おれが勝手にジルと名づけておいた男が話しかけてきた。「プリンストン大学のフットボール・チームでハーフバックをしていたんだって？」

「プリンストン大学じゃありません」

「そう。身長は六フィートくらい？」

「まあ、そんなところです」

「体重は二百ポンドくらいかな」

「百九十ポンドです」

ジルの顔に笑みが浮かぶ。「四十ヤードのタイムは？」

「四十ヤードのタイム」

ジルはうなずいた。

「わかりません」おれは答えた。

ジルは眉根を寄せた。

「もうフットボールはしていないので」

「そうなのか」

それからしばらくは、無言のままグラスを傾けた。しばらくして、とつぜんジルがこちらを向いた。おれは首をまわして、顔を合わせた。

ジルは言った。「体脂肪率はどれくらいかな」

レストランの化粧室で便器に向かったまま、ケリーは言った。「ただの暴行と加重暴行のちがいは、おおかた怪我の程度によるようだ」

「どれくらいひどい怪我を負わせたら、加重暴行になるんだ」

「主観的な判断によるね」

ズボンのジッパーを上げて、その場を離れると、便器に自動的に水が流れる。

蛇口の下に手を突きだし、感知センサーの前を漂う埃ではないと認識されるのを待つ。

「昨日の晩、人間に寄生する馬蠅のことを本で読んだんだ」ケリーは言った。

「本なんて当てにならないと言ってなかったか」

ケリーはうなずいた。「その原則のことは忘れてくれないか」

「とっくに忘れたよ」

蛇口から水が流れだす。

ケリーは横目でこちらを見た。「いつ」

「始めから」

「どうしてそう言わなかったんだ」

おれは肩をすくめた。「たいした問題じゃないと思ったからさ。映画なんて当てにならないと言うならべつだが」

「もちろんだ。そんなことを言ったら、すべてを否定することになる」

「それで、馬蠅がどうしたって」おれは話の先を促した。

「ああ、そうだった。馬蠅に腕を刺されたとしよう。すると、蚊に刺されたときのような瘤ができる。ただし馬蠅は、腕の肉に穴を開けて、中に卵を産みつける。瘤がそれを覆い隠す。やがて卵が孵化すると、腹を減らした幼虫が肉を食いはじめる。寄生された人間には、そいつが肉を食い荒らしながら、腕を這いあがってくるのがわかるらしい」

蛇口から手を引くと、水がとまる。ハンド・ドライヤーの吹出し口に手を差しだす。

ケリーは続けた。「それから、飲料水の中でも生きられる、小さな寄生虫がいるらしい。そいつが体内に入ると、脚に溜って、痛みを引き起こす。取り除くには、脚を水に浸けて待つしかない。向こうから皮膚に穴を開けて、流れでてくれるのを待つしかないんだ」

二人の男が上機嫌でクラブを出て、千鳥足で歩きはじめた。どこかの友愛会の名前が入った、揃いの白い野球帽をかぶっている。ケリーは言った。「準備はいいかい」

おれはうなずいて応えた。

「深呼吸しろ」

おれはもう一度うなずいた。

野球帽の男たちは、ほんの数フィート手前でようやくおれたちに気づき、立ちどまった。

ケリーは男たちに話しかけた。「あんたたち、運転しても大丈夫なのかい。だいぶ酔っ払っているようだけど」ケリーは黒のロングコートを着て、鉛の鋲が縫いこまれた革手袋をはめている。

男たちは黙りこんだ。

「これはあんたの車かい」ケリーは言った。

「ああ」男のひとりが答えた。

「コルベットじゃないか」

男は鼻を鳴らした。「ランボルギーニにも負けないぜ」

「ほう」

男は目を細めた。「目覚まし時計をかけたほうがいいぞ」

ケリーは微笑んだ。「なぜだい」

「ボンネットにおたくらを乗せたまま、車を出さなきゃいけないようだから」

「ぼくらはそんなに重くない。せいぜい、カメラに十ポンド足したくらいだ」ケリーはくつくつと笑った。

「自分でそこから降りるなら、見逃してやってもいい」男はてのひらを拡げて上に向けた。男は胸板が厚く、逞しい肩をしている。連れの男はさらに長身で、図体もでかい。

ケリーはボンネットを降りた。男はにんまりして、連れの男を振りかえった。首を戻した瞬間、ケリーの右ストレートが命中した。革手袋をはめた拳が、鈍く、くぐもった音を立てて顔の中央にめりこんだ。鼻骨の砕ける音がして、男の顔が血飛沫で見えなくなった。男は膝をついた。連れの男は口をぽかんと開けて、それを見つめている。おれがボンネットを降りたことにも気づいていない。やっと我に返って、ケリーにつかみかかろうとする。おれは渾身の力を込めて、男の股間を蹴りあげた。男は仲間の隣に倒れこんだ。おれたちはふたりに襲いかかった。

おれはでかいほうの男の横に立った。男は股間に手をやってうずくまり、空っぽの反吐を吐いている。白い唾液が顎を伝っている。腎臓のあたりを数回蹴りつけると、男は身をよじって仰向けになった。ブーツの踵で前腕を踏みつけると、骨の折れる感触がはっきりと伝わってきた。男は悲鳴を上げた。胃のあたりを蹴ると、男は大きく息を吐きだし、咽喉を詰まらせた。もはや悲鳴を上げるだけの息もないらしく、げえげえという音だけが口から漏れている。

おれは馬乗りになり、口にめがけてまっすぐに肘を振りおろした。歯が砕けた。男は腕を上げて、顔をかばった。おれは骨が折れたほうの腕を殴りつけた。またも悲鳴が上がった。男が腕を動かすたびに、おれは拳を叩きつけた。男の眉毛と額と頬骨の皮膚が裂けて、その亀裂から、溶岩流のように血が流れだした。汗が顔を滴り、髪が額に張りついた。おれは叫びだしたい衝動に駆られた。

ケリーが言った。「もういいだろう」

おれは立ちあがり、足元に転がった男を見おろした。手首があり得ない角度に曲がっている。口の中の粘膜が切れて、トマトのように腫れあがっている。上唇には、折れた歯が何本も突き刺さっている。

おれは隣に立つケリーを見やり、胸を波打たせながら言った。「財布をもらっていこう」

ケリーは首を振った。「ぼくらが働くのは暴行だ。強盗じゃない」

「一石二鳥ってこともある」

下唇を噛んで、ケリーは考えこんだ。「まあ、いいさ」

そう言うと、男の上着の内ポケットに手を差し入れて、財布を抜きだした。男が呻き声を上げると、肋骨を蹴りつけた。

「車もいただくか」

「だめだ」ケリーは男を見おろし、革手袋をはずしながら言った。「あまり気に病まないほうがいい。ぼくらのほうが、ちょいと先を行ってるってだけのことなんだ。おたくらは首の短いキリンで、鼻の短いゾウなのさ」

「次の段階に進む準備ができたようだ」ケリーは言った。

横目で見やると、流れゆく街灯に照らしだされたケリーの顔は幽霊のように青白く、横顔にワイパーが影を落としている。左手で右の拳を撫でると、皮膚が擦りむけて血が滲み、すでに腫れあがっていた。

「今度は何をするんだい」おれは訊いた。

ケリーは顔を少しだけこちらに向けた。ワイパーの影が斜めにあたって、鼻にジグザグの線をつくった。微笑んだ口元から歯が覗いた。

「誰かを撃ってみるのさ」

ヘザーの赤いドレスは背中が大きく開いていた。左右の裾の長さがちがうデザインで、片方は尻が見えそうなくらい短い。

そこから、バター・スコッチのような黄褐色の太腿が覗いている。

頭上には、巨大なクリスタルのシャンデリアがきらめいている。真紅の絨毯が敷かれた階段には、タキシード姿の男たちが溢れている。ヘザーは左手をおれの右手に絡ませている。

劇場の扉の横に貼られたポスターには、巨大なふたつの目が描かれ、その上に白い文字で〝ギャツビー〟と書かれている。

身動きできないほどの人込みの中で、ヘザーはシンシア・ローウェル・ウェリントンとヴァネッサ・メイザー・コピッジ・ブライソンとのお喋りに興じていた。シンシアの連れは顎の割れた大男で、おれの左、シンシアの真後ろにぬっくりと立っている。ブラウン大学のボート・チームにでも所属していたにちがいない。あるいは、ペンシルヴァニア大学のラクロス・チームかもしれない。やたらに握手を求める癖がある。

今夜ヘザーがレストランで注文したのは、ニューオーリンズ風ナマズのチポトレ・ソース添えだった。

「ブロンザーを塗るなら、保湿効果の高いクリームを一緒に使わなきゃだめよ」ヘザーは言った。

「日焼けどめ効果のあるものを買ったほうがいいのかしら」シンシアが尋ねた。

「そうね。でも、まったく陽射しを浴びないのがいちばんよ。そのためにブロンザーがあるんだから」

ヴァネッサが身を乗りだした。「それって、全身に塗ってあるの」

ヘザーはうなずいた。「白い部分が見えたらおかしいじゃない」

おれはヘザーの耳元に囁いた。「メラニンのない時代がどんなだったか、想像できるかい」

ヘザーは爪先立ちになって、おれの唇の端にキスをした。

ざわめきが起こり、人波が少しずつ進みはじめた。

オーケストラの左上方のボックス席から、おれは舞台を見おろした。照明の落とされた客席に向かって、二人の女が歌っている。プログラムによると歌詞は英語のはずだが、何を言っているのかはまったくわからない。視線が前列の椅子の背面に引き寄せられる。そこに取りつけられたデジタル式のスクロール画面に、字幕が表示されている。

ヘザーはおれの親指をしゃぶっている。

隣の席から、シンシアの恋人のクレイ・ハリソン・アダムズが小声で話しかけてきた。「証券公募はいつ始まるんだい」

「おれたちは、尻の詰め物を売って、世界有数の企業になるつもりはないんだ」

「ほう」

舞台の照明が落ちて、女たちが袖に引っこんだ。入れ替わりに、ダンサーの一団と、色鮮やかな風船が現われた。背景で、小さな緑色のライトが明滅している。

とつぜん、座席の上に飛び乗り、首を反らせて叫びだしたい衝動に駆られた。劇場に来ると、いつもこうなる。整備士がボンネットの中に手を突っこんでいると、エンジンをかけたくなるときと同じだ。あるいは、地下鉄のホームにいるとき、隣に立っている人間を線路に突き落としたくなるのにも似ている。歩行者の列に車で突っこみ、頭蓋骨が砕けて血飛沫が上がるさまをフロント・ガラス越しに眺めてみたいと思うこともある。ロックフェラー・センターのレインボウ・ルームの分厚い窓ガラスを突き破り、六十五階の高さから飛び降りてみたい衝動に襲われることもある。首や背を反らせ、ガラスの破片をきらめかせながら、楽しげに賑わうアイススケート・リンクに落ちていくのは、どんな気分だろう。

「ジョンソン・アンド・ジョンソンみたいなものかな」

とつぜん訊かれて、おれは振りかえった。「何か言ったかい」

「尻の詰め物をつくっている会社さ。世界有数の企業ってやつ」

おれは溜息をついた。「さあ、おれにもわからない」

「ほう」クレイは言った。

クレイをここから投げ落としてやりたい。手足をばたつかせながら最前列に落ちていく姿は、さぞや見物だろう。

こういう衝動に駆られると、まずはイメージが浮かび、そこから想像が膨らんでいく。背筋に快感が走り、アドレナリンが放出され、睾丸がぎゅっと縮こまる。そうなると、どんなことでもやってのけられるような気がしてくる。

だが、実行するわけにはいかない。


幕間になって、ヘザーとおれは鏡張りのエレベーターに乗りこんだ。ふたりきりになるのを待って、ヘザーが非常停止ボタンを押した。インターホンから係員の声がして、異常はないかと訊いてきた。ヘザーはおれのシャツのボタンをはずしはじめた。係員の声が、五分経っても動かないようなら、消防署に連絡すると告げた。ヘザーの舌がおれの胸を舐めあげた。おれはヘザーの腰に腕をまわした。インターホンから、落ち着いて待つようにと指示する声がした。

ヘザーは身体を離して二歩下がり、かすかに微笑みながら、真鍮の手すりにもたれかかった。ドレスの裾がたくしあがって、黒いパンティーの紐が覗いた。おれが近づくと、ヘザーは激しく唇を重ね合わせ、首の後ろから、肩や腕へと、てのひらを這わせてきた。それからおれの手を取って、太腿のあいだへゆっくりと導いた。パンティーはすでに濡れている。それをつかんで引きさげると、紐が肌に食いこんだ。ヘザーの口から吐息が漏れた。おれは湿った布地の中に手を滑りこませ、なめらかで柔らかな肌に触れると、中指をゆっくりと差し入れた。ヘザーは頭をのけぞらせて、喘ぎ声を上げた。首に吸いつくと、香水の苦い味がした。

「いいわ」ヘザーは言った。

おれは膝をつき、太腿の裏側をつかんでヘザーを引き寄せ、乳房に顔をうずめた。

ヘザーはおれの髪を掻きあげながら囁いた。「わたしが欲しい？」

おれはヘザーの腹に顔を押しあてたまま、呻き声を上げた。

　座席に戻っても、指にヘザーの匂いが残っていた。唇を舐めると、ヘザーの味がした。

　舞台上には、何十もの小さなシャンデリアが、天井から長いコードで吊られている。背後の通路で案内灯が明滅し、劇場係員がボックス席の扉を閉めた。コードが引かれ、シャンデリアが天井に向かってするすると浮かびあがった。

「最近のあなた、なんだかおかしいわ」ヘザーが小声で言った。

「どんなふうに」

「ぼんやりしているみたい」

「感情を捨て去るための道を進んでいるんだ」

　ヘザーは眉をひそめた。「ケリーにでも言われたの」

　おれはうなずいた。「目標に向かって、段階を踏んでいるところなんだ」

　ヘザーが口を開けて何か言いかけたとき、またも二人の女が歌いはじめた。女たちは麦藁帽子と白いワンピースを着て、屋外用の長椅子に腰かけている。ひとつの音をあまりに長く引き延ばして歌うので、こちらまでつられて息苦しくなる。またも、叫びだしたい衝動に駆られる。

　目の前のスクロール画面に、白いブロック体の文字が現われた。〈熱い〉という文字が流れていった。〈熱い〉

第二部　バイオレンス

入り口の脇に、ベージュ色のタートルネックと、革のジャケットを着た男が立っていた。男はおれたちの手を壁につかせて、背後から手早く身体検査をした。

ケリーが軽口を叩いた。「まずはディナーに誘ってもらいたいな」

男は溜息をついた。「そういう趣味はねえ」

店の奥にデクスターの姿が見えた。電動椅子に座って、髪を切ってもらっている。理髪師は、胸に〝メッカ〟というロゴの入った、丈の長い白いシャツを着ている。店内にはカカオ脂の匂いが充満し、床には切った髪が散乱している。

傍らに控えている男は、デクスターと同じくらい胸板が厚く、顎に大きなぎざぎざの傷痕がある。服装は、淡黄色のスーツにシルクのシャツ。

ほかにもうひとり、壁際で革張りのソファに座っている男がいる。微動だにせず、目はおれを見据えている。

デクスターは顔を上げて、鏡越しにおれを見た。「よお、元気そうじゃねえか」

おれは笑顔で応じた。「ケリーを覚えてるか」

デクスターは肩をすくめた。「当たり前だ」

「また会えて嬉しいよ」ケリーが言った。

「新しい鞭を手に入れたのか」デクスターが唸った。

「ああ」

「鞭ってのはなんだい」ケリーが小声で訊いてきた。

「車のことだ」おれは答えた。

デクスターは口笛を鳴らした。「驚いたね。ずいぶん羽振りがいいんだな、兄弟」

「おかげさまでね」

「株式を公開する前に、連絡をくれるんだろうな」

「もちろんだ」

デクスターの眉が上がる。「それにしても、いきなりビル・ゲイツ風の車でご登場とはな」

おれは三人のボディーガードを見まわした。「警備が厳重だな」

「用心に越したことはない」

「ディック・バトカスを襲うような人間がいたとは思えないが」

デクスターはにやりとした。「やつはヌビア人の王じゃなかった」

「言い換えるよ。ウィリー・ラニアーを襲うような人間がいたとは思えない」

「時代は変わったのさ。近頃じゃ、そこら中に人種差別主義者が溢れてる。現実を見ろよ、兄弟」

「フットボール選手もたいへんだな」

理髪師がカウンターに手を伸ばし、引出しを開けて、バリカンの刃を替えた。

「プロ・ボウルの試合、観たか?」デクスターが言った。

おれはうなずいた。

「おれみたいな選手は、ざらにはいねえだろ」

理髪師はバリカンのカバーをはずし、念入りにもみあげを整えはじめた。それが終わると、栗色のスモックのスナップボタンをはずして、襟足にバリカンを滑らせた。それから、綿にアルコールを浸して生え際を拭い、タルカム・パウダーをはたいた。

「もういい。面倒な仕上げは省いてくれ」デクスターは言った。

理髪師はうなずいた。

デクスターはさっさとスモックを脱いで立ちあがった。身長はおれよりも一、二インチ高い。白いニットのタンクトップを着ていて、握り締めた拳のような体つきをしている。

「身だしなみを気にしないのはよくないぜ」おれは言った。

デクスターは鼻を鳴らした。ポケットから分厚い札束を取りだし、上から一枚抜いて、理髪師に手渡した。

壁際のソファにいた男が、ふいにこちらへ近づいてきた。いつのまにか立ちあがっていたらしい。

デクスターは言った。「ウィルトンだ」

「ウィルトン？」

デクスターはにやりとした。「いわゆるヤーディーってやつだ」

「なんだって」ケリーが訊いた。

「ジャマイカ人って意味だ」おれは答えた。

ウィルトンはデクスターを見やって言った。「そういう言い方をされると、気取り屋のハリー・ベラフォンテみたいだ」

「おまえにぴったりじゃねえか」デクスターは言いかえした。

ウィルトンは灰色のウールのスラックスに、黒いリブ・ニットのタートルネック・セーターといういでたちだった。

「こいつらのことは、前に話したことがあるだろ」デクスターは言った。

ウィルトンはうなずいた。だが、握手を求めるつもりはないらしい。

「デクスターから聞いたが、以前はマイク・タイソンのところで働いていたんだって？」おれはウィルトンに尋ねた。

ウィルトンは肩をすくめた。

「おれたちが何をしようとしているかは聞いてるかい」

ふたたび肩が上がった。

「進化の段階を進んでいるんだ」

ウィルトンはまじまじとおれを見つめた。

ケリーが言った。「毛づくろいというのは、哺乳類にとっての愛情表現だ。だからぼくは、自分で髪を切ることにしている」

「人間が息絶えるまでには、意外に時間がかかる」ウィルトンは言った。

「どこを撃たれるかによるんじゃないのか」

「そうとはかぎらない」

おれたちは屋外の射撃練習場にいた。緑色の射撃台の横に腹這いになり、石壁の前に並べられた白黒の人形《ひとがた》に向きあっていた。おれはコンクリートの地面に肘をつき、プラスチックの玩具のようなライフルを構えた。

「昔のライフルのほうがよかった」

「どうして」ウィルトンは言った。

「そのほうが、現実味がある」

「頭じゃなく、胴体を狙え」

「防弾チョッキを着ていたらどうする」

「そんなのは映画の中だけの話だ」

「着ている人間だっているはずだ」

「まあな。だが、破壊力のある銃を使えば、胸を一発撃つだけで動きを封じられる。防弾チョッキか何かをつけていたとしても、どでかい弾を見舞ってやれば、肋骨が折れて、肺に穴が開く」

おれは目を細めて照準器を覗きこんだ。十字線を的の中央に合わせた。

「二百ヤードの距離がある場合は、四インチ上を狙え。三百ヤードのときは、十インチ上だ」

「なぜだい」おれは振り向いてウィルトンを見た。

「重力の関係だ」

「三百ヤードを越えたらどうなる」

「失敗する」

おれはうなずいた。

「デクスターとはどうやって知りあったんだ」ウィルトンは言った。

「同じ高校に通っていた」

「一緒にフットボールをやっていたのか」

「そうだ」

眉根が寄る。「彼はクリーヴランド出身のはずだが」

「それがどうした」

「あんたはクリーヴランドの出身には見えない」

照準がずれない程度に、おれは軽く肩をすくめた。「クリーヴランドの近くの出身なんだよ」

「シェイカー・ハイツか」

「そんなところだ」

ウィルトンはにやりとした。「お上品な連中ほど、タフになりたがる」

「スラム街で生まれ育ったら、わざわざタフになる必要はない」

「それはよかった」ウィルトンはケリーに目を向けた。

リーは五十フィートほど右で腹這いになって、玩具のようなライフルの照準器を覗きこんでいる。「あの白人はどうなんだ」

「おれも白人だぜ。どうしてケリーだけそう呼ぶんだ」

ウィルトンは肩をすくめた。「肌の色の問題じゃない」

「よくわからないな。ケリーは大学時代からのルームメイトなんだ」

ウィルトンは大きくうなずいた。「あいつはホモだな」

標的の位置が前もってわかっているなら、同じ高さから狙撃したほうがいい。逆に、標的の動きが予測できない場合は、地面に伏せて身を隠されてしまう可能性も考えて、できるかぎり高い位置を確保することが必要だ。

接近戦なら、拳銃を使うのがいちばんいい。隠し持つことも、扱いもたやすい。ただし、標的との距離が遠くなるにつれて、命中率はぐっと下がる。五十フィート以上離れてしまうと、命中させるのはきわめて難しい。百ヤードを越えると、不可能に近い。


前を行くカートには、ゴールドマン・サックス投資銀行に勤める、タピオカのような肌をした男と、ボスが乗っていた。全員が緑色のセーターを着て、茶色と白のゴルフ・シューズを履いている。

ケリーが運転するおれたちのカートは、未舗装の道にできた轍の上を進んでいる。息を吸うと、前方を行くカートに跳ねあげられた土の匂いがした。ケリーが言った。「どうしてウィルトンには訛がないんだろう」

「努力してなくしたらしい」おれは答えた。

「イエール大学の出身者みたいな喋り方をするじゃないか」

「独学だと言っていたが」

ケリーは鼻を鳴らした。「それがどういうことか、わからないのかい」

「ああ」

「ヌビア人が〝独学〟と言ったら、独房の中で本ばかり読んでいたってことだ」

「刑務所にいたってことか」

ケリーはうなずいた。「きっと、通信教育で学んだんだな」

「そういう偏見はよくない」

ケリーは横目でおれを見た。「きみらは近頃やけに仲がいいな」

「いろいろと教えてもらってるんだ」

「先のこともちゃんと考えてくれよ」

「先のこと？」

「計画を忘れるなってことさ」

前のカートが砂塵を上げて停止した。ケリーはその後ろにカートを停めた。

ゴールドマン・サックスの男がティー・ショットの準備をはじめた。おれたちは、少し離れた木製のベンチに座って待った。

ケリーが言った。「ゴリラの社会には、階級がある。雄ゴリラは、自分よりも地位の高い雄ゴリラの目を見ようとはしない。これはすべての霊長類に言えることだが、視線を合わせるという行為は挑発を意味するんだ。だから、誰もボス猿を見ようとはしない。ボスの座を奪うつもりでなければ。そのつもりもないのに目を合わせたりしたら、手足を引き千切られることになるからだ」

おれはヘザーとその父親に挟まれて、車の後部座席に座っていた。〈洞窟壁画〉とかいう画廊のオープニング・セレモニーへ向かうところだった。ヘザーは窓の外を見つめている。

ヘザーの父親はおれと同じくらいの背格好で、やけに手が大きい。右目の下に、長く白い傷痕が走っている。おれは視線を合わせないように気をつけていた。

ヘザーの父親が言った。「一晩中待っても、人っ子ひとり見かけないこともあった。かと思えば、こういうこともあった。路上の人影に全員が気づいて、一斉に地雷を吹き飛ばし、照明弾を打ちあげ、木々の切れ間に砲火を浴びせる。ところが、近づいてみたら、地面に開いた大穴以外に何も見つからない。そういうことが何度もあった」

「どうやって逃げたんでしょう」おれは訊いた。

「誰が」

「そこにいたやつです」

ヘザーの父親はおれを見やった。「端《はな》から誰もおらんかった。ただの幻覚だったのだ」

「全員が同じ幻覚を見たんですか」

「幻覚は伝染する。ひとりが何かいると指させば、まわりの者にもそれが見えてくる」

「それがわかっていて、なぜ一度でやめなかったんです」

「本当に何かがいることも、時にはあったからだ」

「そういうときは、どういうことが起こったんでしょう」

ヘザーの父親は首を振った。「聞かんほうがいい」

「聞いてみたいんです」

「やがて、わしは偵察隊に異動になり、ゲリラ掃討作戦に携わることも少なくなった。それでも、幻覚は消えなかった」

「そのせいで悪夢を見ることは？」

「悪夢？」

「恐ろしい経験をしたわけですから」

ヘザーの父親は眉根を寄せた。「わしがそんなことを言ったかね」

「おれが勝手に思っただけです。誰だってそうだろうと」

「わしにとっては、人生で最良のときだったがね」

借り物のバンを通りの向かいに停めて、ヘザーの父親のオフィスを見張っていると、ふいにケリーが言った。「ナイフを使うのはどうだろう」

ウィルトンはケリーを見やってつぶやいた。「『ウェスト・サイド・ストーリー』じゃあるまいし」

「段階を踏んで学んでいきたいんだ」

「あんたらは決まってナイフを使いたがるな。そういうことは、よそでやってくれ」

ウィルトンは額に手をかざして、巨大な牛乳パックのような建物を見あげた。「次は中を偵察する。スーツを忘れるな」

「どうしてヒーターをつけないんだ」ケリーが言った。

「大の男三人の乗った車が、一日中エンジンをかけっぱなしにして道路脇に停まっていてみろ。〝張込み中〟って看板をぶらさげるようなものじゃないか」ウィルトンは答えた。

「そもそも、なんだってこんなところにいるんだい。行動スケジュールなら調査済みだ」

「あんたらはな。おれは自分の目でたしかめたいんだ」

「ぼくらを信用してないのか」

ウィルトンはうなずいた。「こういうことは、本では学べない」

「きみは経験から学んだってわけかい」

「そうだ」

「それじゃ、ぼくらが経験を積んだら、対等に扱ってもらおう」

ウィルトンは目の端でケリーを見やった。「今ごろ始めても遅い」

ＡＰ弾かＫＴＷ弾を使えば、鋼鉄製の扉に穴を開け、防弾チョッキを突き破ることもできる。その代わり、なめらかできれいな傷しか負わせられない。

フルメタル・ジャケット弾は普通の弾丸よりは貫通性が高く、ＡＰ弾よりは筋肉組織に与えるダメージが大きい。

ホローポイント弾は貫通性こそ低いが、命中したときに先端が拡がって、大きなダメージを与えることができる。

ダムダム弾にも同じことが言える。

普通の弾丸でも、弾薬の先端に十字の溝を刻んでおけば、ホローポイント弾と同じようなダメージを与えられる。命中すると、溝に沿って先がひしゃげて、筋肉と骨を砕く。

（ただし、手製の弾をオートマチック銃に使うと、弾詰まりしやすいので注意がいる。）

リッツ・カールトン・ホテル九階の一室で、おれは開け放った窓の前に膝をついていた。パブリック・ガーデンの向こうを走るビーコン通りを見つめていると、ウィルトンが言った。「紙袋を抱えた青いスーツの男にしよう」

「了解」ケリーが答えた。

「どうしてあの男なんだ」おれはウィルトンに訊いた。

「さあな。わかりやすいってだけのことだ」

「人目を引くってのは、ろくなことがない」ケリーが言った。

ケリーとウィルトンはおれの隣に立ち、双眼鏡を手にしている。おれは指をほぐし、目をしばたたくと、照準器を覗きこんだ。青いスーツの男が首を掻く姿が、十倍に拡大されて見える。

「できるかどうか、自信がない」おれは言った。

ウィルトンは溜息をついた。「自分が言いだしたことだろう」

「わかってるさ。ただ、あの男の歩くのが速すぎるんだ」

「ぼくがやる」ケリーが言った。

「順番を待て」ウィルトンはそれを遮った。

青いスーツの男が立ちどまって腕時計を見る。

おれはウィルトンに訊いた。「どこから弾が飛んできたか、調べられても大丈夫なのか」

「誰が調べるというんだ」


「さあ。誰かだよ」

「心配するな。真っ昼間の陽射しの中なら、閃光もさして目立たない」

「音はどうなんだ」

「建物に反響して、どこから音がしたかなんてわかりゃしない」

「誰かに見られるかも」

「あんたが撃たなけりゃ、数秒ごとにその可能性が増す」

青いスーツの男は口笛を吹いている。上着のいちばん上のボタンに、おれは照準器の十字線を合わせた。目を閉じて、想像を巡らせる。撃たれた瞬間の男の顔や、絶叫や、肉片が飛び散るさま。地面に転がった紙袋。それから、ようやく目を開ける。

ウィルトンの声がした。「深く息を吸え。引き金を絞って……まだ引くなよ」

青いスーツの男がふいに顔をほころばせて、紙袋を反対の腕に持ち替える。ブロンドの少女が視界に飛びこんでくる。男は腰を屈め、空いたほうの腕で少女を抱えあげて、ぐるぐると回転しはじめる。少女が男の頬にキスをする。

おれは顔を上げた。ライフルを窓の下枠に置いて立ちあがり、首を振った。「娘の見ている前ではできない」

ケリーがおれに顔を向けて言った。「かまうことはない」

「あの娘はショックから立ち直れない」

「立ち直れない人間なんていない。人間を形づくるのは経験だ。きみはいま、この娘の人生を左右するという、またとないチャンスを手にしているんだぞ」

おれは何も答えなかった。

「娘のことがそんなに引っかかるなら、一緒に殺してしまえばいい」

「だめだ。それはできない」

ケリーは呻き声を漏らした。「ウィルトンにやらせよう」

「子供を殺すなんて、しちゃいけない」

「子供だって殺されることはあるし、どうせいずれは死ぬ。それがいつかはわからないがね」

「少なくとも、今日じゃない」

「今日死のうが、明日死のうが、八十年後に死のうが、たいしたちがいはないさ。それを決めるのは、あの娘でもない」

「だが、八十年後なら、自分のしたことを死の間際に思い浮かべられる。いま死んでしまったら、しなかったことしか思い浮かべられない」

「どんなに長く生きても、自分の人生を後悔するだけかもしれない。だったら、幸せな人生を想像するだけのほうがよっぽどましだ。何ひとつ成し遂げられなかったことを思い知らされるよりは。それに、息絶えるまでには数分もかからない。急所を撃ち抜いてやれば、その数分さえもかからない。電気を切ったみたいに一瞬で死ぬ」

ウィルトンが言った。「おれは、ただで殺しはやらない」

「ぼくらが払う」ケリーは答えた。

通りに目をやると、男が少女を地面に下ろし、手をつないで歩きだしている。少女のもう一方の手を、青いカーディガンを着たブロンドのきれいな女が握っている。

ウィルトンも振りかえって、窓の外を見やった。親子が遠ざかっていく。角を曲がり、チャールズ通りに消えていく。

おれは顔を戻して、ふたりに言った。「あの親子には、普段どおりに家へ帰ってもらう。今夜自分たちが人生最大の危機を切り抜けたということも、おれたちの存在さえも知ることなく」

ケリーが言った。「金魚の記憶は三十秒しか持たない。それ以前に起きた出来事は、新たな出来事に消し去られる。つまり、最期の瞬間に金魚が過去を振りかえっても、死にかけていたことしか思いだせないんだ」

ウィルトンがくすりと笑った。ケリーはいきなり背後から拳銃をぶっ放した。ウィルトンは一瞬身体をこわばらせた。それから上半身をねじり、目の端でケリーを見ようとして、窓ガラスに倒れこんだ。胸に開いた大きな穴から血が噴きだした。銃声は想像よりもずっと小さかった。小枝がぽきんと折れたような、乾いた音がしただけだった。

「さっきはすまなかった」ケリーは言った。

「気でも狂ったのか」おれは声を絞りだした。

ケリーは笑みを浮かべた。「狂ってなんかいない。ぼくらの置かれた状況を、完全に理解するに至った。それだけのことだ」

「デクスターのところにいた連中が黙ってないぞ。そのことは理解しているのか。警察だって……」

ケリーは肩をすくめた。「だって、こうするしかないじゃないか」

おれはケリーを見つめた。

ごぼごぼと喉を鳴らすウィルトンの真横に立って、ケリーは言った。「当然のことをしたまでだ。ぼくらは、迷うことなく銃を抜く人間になることを選んだんだから。口の利き方を知らない、傲慢な木偶《でく》の坊にはならないことを選んだんだから」そして、満足そうに笑みを拡げた。

ハーヴァード・クラブの更衣室は、黒みがかった楓材を基調としていた。ケリーと並んでソファに座っていると、ボスの声が聞こえてきた。「貧乏人に金持ちほどの脳味噌があれば、とっくに金持ちになっていますよ」

ボスの隣に座っている男は、全身が贅肉でたるんでいて、髪を赤茶色に染めている。昨年は千百万ドルを稼ぎだしたという。男はくすくすと笑っている。

ボスは続けた。「どの家系にも、それぞれの世代に、大儲けをするチャンスがある。そのチャンスを逃しつづけるようであれば、遺伝子に欠陥があると考えざるを得ないでしょう」

床には緋色の絨毯が敷かれている。壁には、さまざまな名前の刻まれたプレートが、何列にも並んでいる。ケリーとおれは脚を投げだし、足首を交差させて座っていた。服装は、アイビー調の白いポロシャツに、灰色のショートパンツ。膝の上に柄の長いラケットが載っている。

天井から吊るされたテレビには、やけに歯並びのいいブロンドの美人キャスターと、これまたやけに歯並びのいい白髪の男が映しだされている。ふたりはゆるく湾曲したテーブルに並んで座り、その背後には、偽物の空を映した窓があって、コリント式の円柱がそれを挟んでいる。画面の下を、株価の青いテロップが流れていく。

ケリーが小声で言った。「古代の統治者は、農耕技術が発達したおかげで、饗宴を催し、権力を誇示することができた」

「なんの話だ」

「全員が分け前にあずかれるようでは具合が悪いって話だ。そう考えると、古代の農耕技術はあの程度で充分だったわけだ」

おれは無言でケリーを見つめた。

「科学技術が発達したのも、人類全体を進歩させるためではなく、個人の権力を固めるためだってことさ」

「なあ、いったいなんの話をしているんだ」

「感情を消して、欲望を昇華させることについて話しているのさ」

「感情を消すってのは、おれたちが目指しているものじゃなかったかい。たしかきみは、感情を捨て去るための道を進まなきゃならないと言っていた」

ケリーはうなずいた。「そうだ。だが最近になって、ぼくは間違いに気づいた。最初は、ひとを殺すことのできる人間になるためには、進化しなくちゃいけないと思っていた。そのためには、精神から肉体を解放してやらなきゃならないと思っていた。頭でっかちになってはいけないと思っていた」ケリーの口から溜息が漏れた。「ところがだ。最近になって気づいたんだが、すでにぼくらは頭でっかちになってしまっていたんだ。ぼくらの精神と肉体は、すでに切り離されていた。そのために、本能を否定してしまっていた。ひとを殺せるようになるには、進化するのではなく、退化する必要があったのに。コンピューターに取り憑かれた連中を見てみろ。連中は精神世界の住人だ。戦いに身を置いたことなどあるはずがない。戦うことも、ファックすることもできない。肉体としての存在を持たない。ぼくらが目指しているのは、本能を取り戻すことだ。それなら、基本に立ちかえらなくちゃならない」

「でもおれの本能は、あの友愛会の帽子をかぶった男たちや、おれが狙撃しようとした男のことを気の毒に感じている」

「憐れみを人間らしい感情だとみなすのは間違いだ。現実には、きみの生まれ持った本能が求めているのは、自分自身のために最善を尽くすことであり、自分自身の成功を脅かすものを排除することなんだから。きみはきみのために、ぼくはぼくのために、誰もが自分のために行動する。その中で、最上のものだけが成功を収める。じつに数学的だ」

「おれの本能が何を求めているか、どうしてきみにわかるんだ」

「人間の行動は、最初から定められたものだからさ。生まれたときから、遺伝子に組みこまれている。それ以上でも、それ以下でもない」

ボスがパイル地のヘアバンドの位置を直しながら、隣の男に言った。「例えば、石油王のゲティー家ですがね……」

ブロンドの美人キャスターは唇を動かしている。だが、音量が絞られていて、声は聞こえない。その代わり、画面の下に字幕放送の黒いテロップが表示されている。そこには、〈それでは、今日の主なニュースです〉とあった。

始めの二つは戦争関連のニュースだったので、とくに注意は払わなかった。三つ目のニュースが始まったとき、キャスターの肩の上あたりに画像が現われた。夥しい血が飛び散った、リッツ・カールトン・ホテルの大写しだ。そこに、白いブロック体で〝リッツ殺人事件〟の文字が躍っている。

ケリーが言った。「普段なら、黒人がひとり殺されたところで、騒ぎ立てたりはしないのに」

ボスが言った。「場所が場所だからな」

隣の男も口を出した。「惜しいことだ」

ケリーは言った。「惜しいかどうかはわかりませんよ。この被害者は、とても褒められたような人間ではなかったようです。おそらく、大きくて凶暴な犬が、もっと大きくて凶暴な犬に出くわすか何かしたんでしょう。よくあることです」

男は振りかえってケリーを見た。

おれは慌てて男に話しかけた。「壁にある名前の中に、知りあいはいらっしゃるんですか」

「もちろんだとも。ほとんどが知りあいだ」

「それはつらかったでしょうね」

男はケリーから目を離して、おれに向き直った。「何がつらいと言うのかね」

「こんなに多くの友人を失うことがです」

「失う？」

「戦争で」

男は首を振った。「戦死した者の名前はロビーに張られている。ここにあるのは役員の名前だ」

「そうでしたか」

ケリーはおれに顔を近づけて、小声で言った。「人間は、独自の感覚で死を捉えるようになった。ライオンが年老いると、群れから追いだされて、放浪を始める。食い物が欲しくても、狩りはできない。結局は、飢えや病気が原因で死ぬか、飢えや病気で動けなくなって、生きたままハイエナに食われて死ぬ。鮫が傷を負うと、ほかの鮫が何マイルも離れたところからやってきて、そいつに食らいつく。ところが人間だけは、誰かが役立たずになっても、なんとか命をながらえさせようとする。人間は、仲間の死を悼む唯一の生き物なのさ」

「ゾウがいる」おれは言った。

「ゾウ？」

「ゾウも仲間の死を悼む」

「まさか」ケリーは首を振った。

デクスターの家の居間にはペルシャ絨毯が敷き詰められ、ガラスの引き戸から外に出られるようになっていた。コーヒー・テーブルのガラスの天板には、こぼれたコカインを拭ったらしい、白い筋が残っている。テーブルの脇に、脚の長いシャンパン・グラスが三個と、金属製のアイス・ペールが置いてある。

ガラスの引き戸の向こうは、投光照明に照らされたパティオだ。プールと屋外風呂があって、どちらにも水中ライトが据えつけられている。その彼方で、常緑樹の茂る丘が闇の中に浮かびあがっている。

デクスターは、ひとりの女と浴槽に浸かっている。もうひとり、艶やかな褐色の肌をした女が全裸でプールサイドに立ち、かすかに鳴り響く音楽に合わせて腰をくねらせている。笑い声が聞こえる。音楽がどこから聞こえてくるのかはわからない。

ケリーがガラスの引き戸のほうへ顎をしゃくった。服装は黒尽くめで、顔に黒いドーランを塗っている。

「聞こえたらどうするんだ」おれは小声で言った。

「聞こえやしない」ケリーも小声で返した。「それに、聞こえたってかまわないさ。振りかえって家の中を見たところで、明るい場所から暗がりはよく見えない」

「そんなに暗くない」

「この程度なら充分さ」

おれは引き戸のひとつを開けた。敷居に擦れる音が響く。おれは思わず凍りついた。デクスターと女たちの笑い声は続いている。おれは戸の隙間をすり抜けて、スレート敷きのパティオに降り立った。あとにケリーが続いた。おれたちは姿勢を低くして、足音を立てないように注意しながら、ゆっくりと前進した。

プールサイドで踊っていた女がこちらに気づいた。動きがとまり、口が開いた。ケリーは女に銃を見せた。女は無言で立ちすくんだ。

おれはデクスターの背後に近づいて膝をつき、首の後ろに銃口を押しつけた。デクスターの身体が一瞬びくりと震えて、硬直した。隣にはべっていた女が息を呑んだ。女は髪が長く、ミルクコーヒー色の肌をしていた。

「ボディーガードはどこにいる」おれは言った。

「ここにはおれたちしかいねえよ」落ち着き払った声が返ってきた。

「嘘をつくな」ケリーが言った。

「神に誓って、本当だ」

「もし嘘だったら、剃刀で目玉を削いでやるぞ」

「嘘じゃねえ」

「空っぽになった眼窩にガソリンを流しこんで、一枚ずつ爪を剝がしてやる。それから、プールサイドに手を縛りつけておいて、コンクリートブロックで叩きつぶす。仕上げに、剪定鋏で舌を半分ちょん切ってやる」

浴槽に浸かっている女が泣きだした。

ケリーは女に顔を向けた。「こいつは嘘をついているか?」

女は首を振った。

「もしこいつが嘘をついていたら、おまえも同じ目にあわせるぞ」

女は声を上げて泣きじゃくりながら、首を振った。ケリーはおれを見て言った。「信じよう」

おれは立ちあがり、デクスターの前へまわって言った。

「おれだ」デクスターは目を細めて、おれの顔を見つめた。

「おどかすじゃないか。もう少しで小便をちびるところだったぜ」

「さっき言ったことが本気じゃないなんて思うなよ」ケリーが言った。

「目的はなんだ」デクスターは訊いた。

「話がしたい」おれは答えた。

デクスターは肩幅の窮屈そうな白いバスローブを着て、居間の黒革のソファに腰かけている。おれはキッチンから陶製のバー・スツールを運んできて、デクスターと向かいあう位置に座った。ケリーは部屋の反対側で、暖炉にもたれて立っている。女たちは、二階の寝室に連れていって、窓のないウォークイン・クロゼットに閉じこめた。それから、クロゼットの扉の前に簞笥を引きずっていって、重しにした。簞笥が動いたらわかるように、扉とのあいだには鏡を立てかけてある。鏡が割れる音がしたら二階へ駆けつけて、ペンチで歯を引っこ抜き、まっすぐに伸ばしたハンガーを耳の穴に突き刺して鼓膜を破ってやるぞと、ケリーは女たちを脅しつけた。

「ボディーガードはどこへ行った」おれはデクスターに訊いた。

「ウィルトンの姿が見えねえんで、探しにいってる」

「当てはあるのか」

デクスターは肩をすくめた。「おれの知ったことじゃない」

おれは横目でケリーを見やった。ケリーは首を振った。

「そうは思えない」おれは言った。

「知らないものは仕方ない」

ケリーが言った。「もう一度嘘をついたら、尻に一発お見舞いするぞ。そうなったら、もうプロ・ボウルの試合には出られないだろうな」

「言うんだ」おれは返事を促した。

「あいつらは、おまえらがウィルトンを殺《や》ったんじゃないかと考えてる」

「反論しなかったのか」

「したさ。どっちにしろ、あいつらにも確証があったわけじゃない」

「どうしてそんなことを考えたんだ」

「リッツ・カールトン・ホテルで殺された男が、ウィルトンじゃないかと踏んだようだ」

「あの被害者は身元がわからなかったはずだ」

デクスターはじっとおれの顔を見つめた。「ああ、犯人が顔に一発ぶちこんだんでな。歯も何もかも吹き飛んじまったらしい。ついでに財布を抜いて、指の先まで切りとっていった」

「それじゃあ、どうしてウィルトンだと？」

「いまのところは、ただの推測に過ぎない。だからおまえらも、のうのうと歩いていられる」

「ただの推測じゃなくなるまでには、どれくらいかかる」

「さあな。あいつらが何を嗅ぎつけるかによる」

「おれたちを追わないように、言い聞かせることはできるか」

首が横に振られる。「借りを返すまではとめられない」

「いまは何をしている」

「おまえらの周辺を嗅ぎまわってる」

「きみの予想では、どんな結論に達すると思う」

「それについても、ことによるな」

「どんな」

デクスターはおれを見つめた。「おまえらが何をしたかだ」

「きみの直感は？」

「あいつらはプロだ。目を瞑《つむ》っていたって、真相を見抜くだろう。証拠をつかむのに、たいして手間どるとは思えねえ」そこでいったん間を置き、「そうなりゃ、確実にケリーは消される。おまえは関係ないと口添えしてやってもいいが、それが歯止めになるとは思えねえな」

「そうしたら、どうなる」

「おまえも消されるだろうな」

「そうならないためには、どうしたらいい」

デクスターは肩をすくめた。「あいつらに見つからないところへ行くしかない」

「あるいは、連中がさほど優秀でなければいい」ケリーが言った。

「とてつもなく優秀だよ」デクスターは言った。

「ウィルトンはちがった」ケリーは言った。

沈黙がたれこめた。

デクスターがそれを破った。「危険が迫ったら知らせよう」

「なぜそんなことをしてくれるんだい」ケリーが訊いた。

デクスターはおれを顎で示した。「こいつは友だちだ。巻き添えを食って痛い目にあわされるなんて、フェアじゃない」

「ぼくがやったと、すっかり決めつけているんだな」

「ああ」

ケリーの顔に笑みが浮かんだ。「それじゃあ、どうしてぼくがきみにも同じことをしないと思うんだい」

「おれがおまえらの警報器だからさ」

「やつらの居所もわからないのに、どうやって危険を知らせるんだ」

「いまのところは、毎日ここに顔を出してる」ふいに、デクスターは眉根を寄せた。「いまので思いだしたが……どうして警報器が鳴らなかったんだ」

ケリーは笑みを拡げた。「新しいのを買ったほうがいいぞ」

ストレッチ素材のブルー・ジーンズを穿いたヘザーが、試着室から出てきた。セーターの裾をたくしあげると、ちらりと腹が覗く。ジーンズのウエストは、尻が見えそうなほど股上が浅い。

「どうかしら」ヘザーは言った。

「すてきだ」おれは答えた。

「いつもそう言うのね」

「いつもそう思ってるんだ」

ヘザーは鏡に映った自分の姿を、ためつすがめつ眺めた。

「気に入ったわ。ブラウスと合わせてもいいし、ホルターネックにも合うし」

「セクシーだ」

ヘザーは振りかえって微笑んだ。「嬉しいわ」

店内の壁は薄茶色の棚で埋め尽くされている。そこに、香り付きのキャンドルや、キッチン用品や、藁紙張りのランプなどが陳列されている。奥の棚には、三十ドルのTシャツが並んでいる。

ヘザーは試着室の狭い戸口に立った。中を覗きこみ、振りかえって言った。「誰もいないわ」

ヘザーはおれの手を取り、松材の匂いのする試着室へ引きいれた。試着室にはいくつもの小部屋が並んでいて、ドアのひとつが開いている。ヘザーはその中におれを押しこんで、後ろ手にドアを閉め、鍵をかけた。隅に置かれた灰色のベンチの上には、ジャケットが脱ぎ捨てられている。その下には、靴が揃えて置いてある。ドアを含めた四方の壁はすべて鏡で覆われていて、それぞれの鏡にべつの鏡が映り、幾重にも連なる鏡像が無限に続いている。あらゆる角度から見たおれたちの姿が映しだされている。

耳の縁に沿って、ヘザーが舌を這わせてきた。脚のあいだに手が差しこまれた。股間の膨らみがズボンのジッパーにあたった。おれはヘザーの肩をつかんで、そっと押しかえした。ヘザーは訝しげにおれの顔を見つめた。

「最近、おれの行動がおかしくなかったかい」

「ぜんぜん気づかなかったわ」

「大きなプレッシャーにさらされていたんだ」

「仕事の関係？」

「いや、そうじゃない。個人的な問題だ」

ヘザーはおれをベンチに座らせた。それから、向かいあうようにおれの膝に乗り、両腕を首に絡ませてきた。「問題って、どんな？」

「なんと言うか……自分を進歩させようとしているところなんだ」

「人間として？」

「そんなところだ」

ヘザーはおれの髪を撫でた。「結婚したいわ」

「わかってる。三回目のデートのあとに聞いたよ」

「いますぐ結婚したいのよ。あなたを独り占めしたい。あなたに独り占めされたい」

「おれには何もない。せめて、仕事が軌道に乗るまで待ってくれ」

「待つのなんて嫌よ。お金なら、いくらでも父が持ってるわ」

「きみの親父さんに養われるのはごめんだ」

「そうね。わたしもよ」

ケリーの似顔絵は、目が大きすぎて、鼻が丸すぎた。おれの似顔絵は、口髭のないエロール・フリンと、顎鬚のないポール・バニヤンの合の子みたいだった。ふたつの似顔絵は、青空を背景にして、ブロンドの美人キャスターの後方に並べられている。画面の下には、株式相場が表示されている。

　おれたちは居間のソファに座って、それを眺めていた。

　ケリーが言った。「このテレビに変えてからは、以前ほどこのキャスターが好きじゃなくなったよ。化粧が厚すぎる」

「テレビに出るときは、みんな化粧をするものだろ」

「顔が吹き出物だらけじゃないか。あれじゃ、まるでピクルスだ」

　ブロンドのキャスターが、リポーターに呼びかける。リッツ・カールトン・ホテルの前に立つ、唇の薄いブルネットの女がそれに答える。女は雨に打たれながら、しかつめらしい表情で話しはじめる。キャスターのほうも、しかつめらしい表情で話を聞いている。

「ケル、きみは少しも不安じゃないのか」

「似顔絵のことかい。横に並べて見比べてみなきゃ、ぼくらだとはわからないさ。第一、たかが似顔絵じゃないか。ぼくのほうなんて、コメディアンのグルーチョ・マルクスみたいだ」

「身を隠したほうがいいかもしれないな。アパートメントを出るとか」

「気にすることはないさ。あんなものは、誰にだって似て見える。あんな絵ひとつで、警察がぼくらを見つけられるわけがない。すでに目星をつけているならともかく」

「それじゃあ、デクスターのところの連中は?」

「ジャマイカ野郎かい」

「どうしてジャマイカ人だとわかるんだ」

　ケリーは肩をすくめた。「ウィルトンがそうだったからさ」

「なるほど。それじゃ、そのジャマイカ人たちはどうなんだ」

　ケリーは溜息をついた。「重要なのは、ぼくらが任務を続けることだ」

「任務？」

「ヘザーの親父さんのことさ」

「本気で続けるつもりなのか」

「始めたことは終わらせなきゃならない」

うなじがかっと熱くなる。「おれにはわからなくなってきた」

「わかろうとすることはない。やるべきことをやるだけだ」

「おれは間違いを犯したんじゃないだろうか」

「ぼくを信じろ。これですべてが丸く収まる。きみが望んだことだろう」

「気が変わったんだ」おれは言った。

ケリーはうなずいた。

似顔絵は画面から消えていた。キャスターは打って変わって、にこやかな笑みを浮かべている。

ケリーはソファから立ちあがって、ドアへ向かった。

「どこへ行くんだ」おれは訊いた。

ケリーはドアを開けて、廊下に出た。音を立ててドアが閉まった。おれはテレビに目を戻した。

一時間ほどして、電話が鳴った。おれはすぐに受話器を取った。「ケル？」

返事はない。

「どこにいるんだ」

受話器からは、雑音しか聞こえてこない。

「戻ってきてくれ。ちゃんと話し合おう」

受話器を耳に押しつけ、かすかな雑音に耳を澄ませていると、デクスターの声が言った。「来るぞ」

第三部　クライマックス

「顔色が優れないようだが」ボスがおれの顔を見つめて言った。

「昨夜はホテルに泊まらなきゃならなかったんです」

ボスは薄ら笑いを浮かべた。「同居人と喧嘩でもしたのかね」

「いろいろと事情がありまして……」

フリートセンターのクレディ・スイス・グループ専用VIPルームには、一面に大きなガラスがはめこまれていて、そこから数百フィート下のバスケット・コートを眺めることができる。ただし、いくら目を凝らしても、選手は蟻のように小さくて、何をしているのかはわからない。試合の模様が知りたかったら、部屋の四隅に用意されている大画面テレビを見るしかない。

「まったく、昨日は連絡がつかなくて困ったぞ。携帯電話にかけたんだがね」

「ホテルに電波が届かなかったようです」

「今後は、二十四時間連絡が取れるようにしてくれたまえ。それはそうと、われらがグレース王妃はどこにいるんだ」

「わかりません」

ボスは首を振った。「ケリーもきみも、日曜に休みたいなら、郵便局に勤めるんだな」

「おれはこうして働いてます」

若いトレーダーが、テレビに向かって喚いている。連れの男たちは、テレビの前に置かれた革張りの肘掛け椅子から、画面に紙皿を投げつけている。

「あそこにいる連中は、きみの仕事を手に入れるためなら人殺しでもなんでもするだろう」ボスは言った。

「でしょうね」おれは顔を引き攣らせた。

ボスをこのガラスの向こうに突き落としたらどうなるだろう。コートのど真ん中に落ちて、つぶれた身体。手足を拡げて横たわる姿は、色褪せた床板にできた染みのように見えることだろう。

ボスが言った。「どれ、見てみるとするか」

おれはコートの内側から拳銃を取りだし、銃口をボスの眉間に突きつけた。「口を開けろ」

「なんだと？」

おれは拳銃の横っ腹で、額を殴りつけた。ボスは後ろによろめいた。頬に血が滴った。

「膝をつけ」

言われたとおりに、ボスはひざまずいた。

「口を開けろ」

トレーダーたちの喚き声が消えた。部屋中の人間がこちらを見守っている。身動きする者はない。ボスは口を開いた。

「もっと大きく」

おれは銃口をボスの口に押しこんだ。歯が銃身に触れてカチカチと鳴る。

「人間の扱い方を学んだほうがいい」おれは言った。

ボスは身体を震わせながらうなずいた。

おれは声を張りあげた。「あんたは愚か者だ。自分の仕事さえ理解しちゃいない。あんたを責任者に据えた人間の顔が見てみたいもんだ。おれはあんたよりも若いが、あんたよりは優れた人間だ。こんな銃も必要ない。素手でだって、あんたを殺せる」

ボスの薄灰色のズボンの股に、黒ずんだ染みが拡がっていった。涙が頬を伝った。

「あんたには、そんな度胸はないだろうな」

おれは言って、ボスの口から拳銃を引き抜いた。

全員が戸惑った目でおれを見つめていた。数人のトレーダーが拍手をしはじめた。

「どうも」おれは言って、それに応えた。

ボスは床に倒れこんで、呻き声を上げた。おれは笑みをたたえて、室内を見まわした。拳銃をしまい、最後に手をひと振りすると、足早にドアへ向かった。

「廊下にいるあいだにこのドアが開いたら、引きかえしてくるぞ。おまえたちの中から二人ばかり選んで、睾丸を撃ち抜いてやるからな」そう言い残して、廊下に出た。

エレベーターのドアが開くと、中には警備員がひしめきあっていた。全員が銃を抜いていた。

とっさにおれは言った。「あの部屋の中に、頭のいかれたやつが銃を持って立てこもってる。爆薬を詰めたビニール袋を身体中に貼りつけている。誰かが入ってこようとしたら、自爆すると言っていた。やつを撃ったら、このあたり一帯が吹っ飛んでしまうかもしれない。どういうことになるか、想像できるかい。何日もかけて、ばらばらになった遺体を拾い集める。もげた手足がうずたかく積みあげられる。想像するのも恐ろしいよ」

「あとは任せてください」警備員のひとりが言った。

警備員はおれをその場に残して、VIPルームの前に散開した。ひとりが唇に指を一本立てて、ドアに耳を押しあてた。

おれはとまっていたエレベーターに乗りこんで、ロビーのボタンを押した。

フリートセンターを出ると、歩道を歩きながら、近づいてくるサイレンの音に耳を澄ませた。携帯電話を取りだして、ヘザーに電話をかけた。

「サウス・ステーションまで、すぐに来てくれ」

「何かの冗談？」

「いいや、本気だ。この街を離れる。一緒に来てくれるかい」

「行くわ」

おれはコーズウェイ通りを渡った。「どれくらいで来られる」

「荷造りをする時間はある？」

「ない」

「三十分で行くわ」

おれは接続を切り、携帯電話をポケットに戻した。フリートセンターを肩越しに振りかえった。建物の正面に、パトロールカーが集まりだしている。そのときふいに、ジャマイカ人たちの姿が目に飛びこんできた。

通りの反対側の半ブロックほど後方を歩いている。パトロールカーから続々と飛びだしてくる警官を見つめている。ひとりは長身で、図体もでかい。もうひとりは、床屋でケリーとおれの身体検査をした男だ。そのふたりが、おれと同じ速度で歩いている。とつぜん、ふたりの視線がこちらに戻った。おれもすばやく顔を戻した。だが、感づかれたにちがいない。背中に視線を感じ、汗が背筋を伝った。

おれはメリマック通りを渡った。

肩越しに後ろを振りかえった。ジャマイカ人たちは、まだおれと同じ速度で歩いている。同じ距離を保っている。

ケンブリッジ通りで、赤信号に変わる間際に交差点にたどりついた。おれは歩く速度をゆるめ、立ちどまると見せかけておいて、いきなり車道に飛びだした。ブレーキの音が鳴り響いた。おれは動きだしたタクシーのボンネットの上を乗り越え、クラクションに追い立てられながら、交差点を走り抜けた。

ヘザーの父親は、おれを見て立ちあがった。オフィスには黒色の棚が並んでいて、水晶玉や、漆塗りの葉巻入れが飾られている。

「わしがここにいると、よくわかったな」ヘザーの父親は言った。

「と言いますと」

「今日は日曜だ」

「ああ、なるほど」おれは舌の先を歯の裏側に走らせた。「ヘザーから聞いていたんでしょう」

「だろうな」ヘザーの父親はおれを見つめた。

おれはひとつ深呼吸をして言った。「力をお借りしたいんです」それから、窓の外に視線を投げた。「花屋の屋台の横を見てください」

ヘザーの父親は窓辺に近づき、通りを見おろした。「あれは誰だね」

「はっきりしたことはわかりません」

「その道の人間のようだが」

「はい」

「どうして連中はきみに姿を見せたんだね」

「わかりません。気づいたときには、通りの反対側にいました」

「いや、つまりだな、どうして連中は、きみに気づかれるような真似をしたのか」

「おれが気をつけていたからでしょう。やつらが来るのはわかっていましたから」

首が横に振られる。「それだけではあるまい」

「しかし、なぜおれに気づかせる必要があるんです」

ヘザーの父親は肩をすくめた。「おそらく、きみが逃げだすかどうかを確かめたかったのだろうな。やましいところのある人間は、逃げようとするものだ」

沈黙がたれこめた。

おれは七階下の通りを見おろした。図体のでかいほうのジャマイカ人がこちら側へ車道を渡り、歩道を進んで、建物の陰に消えた。

「なぜ中まで追ってこないんでしょう」

「どの階にいるのか、わからんのだろう。警備に引っかかっても困るだろうしな。立場が逆転して、自分たちが捕まるわけにはいかない。屋外で捕まえたほうが、逃げ路を確保できるし、警察を撒くのも簡単だ。出口に張りついて、きみが出てくるのをひたすら待っているのだ」

「そんなことまで、ベトナムで学ばれたんですか」

「この程度のことは、教科書にだって載っておる」ヘザーの父親は手を伸ばし、受話器を持ちあげた。

「どこにかけるつもりです」

「警察だ」

おれは首を振った。

ヘザーの父親は受話器を下ろした。「わしに打ち明けることがあるのではないかね」

おれは何も答えなかった。

ヘザーの父親は窓から離れて、ズボンのポケットから鍵束を引っ張りだし、机のいちばん上の引出しを開けた。そこから大ぶりのオートマチックを取りだし、スライドを引いて、シリンダーを調べた。

「装塡してあるんですか？」思わずおれは声を上げた。

「そうでなければ、役に立たんだろうが」ヘザーの父親は、それをズボンの腰に挟んで言った。「きみが持つかね」

おれはジャケットを開いて、ホルスターに収めた拳銃を見せた。

「腕前のほどは？」

おれは肩をすくめた。

「あの連中を送ってよこした人間に、心当たりは？」

おれはもう一度肩をすくめた。

「あのホモの友人が絡んでいるのではないかね」

「ケリーのことですか」

「ほかにもそういう友人がいるのかね」

「ケリーはホモじゃない。頭がよすぎるだけです」

ヘザーの父親は鼻を鳴らした。「ホモにしては賢いほうかもしれんがな」

「ちがいます。知性はケリーの商売道具なんです。ケリーは知性を売る。おれは頬骨を売る」

ヘザーの父親はおれを見やった。「なんの話やらさっぱりわからん。そんな戯言に興味はない。わしが知りたいのは、こんなところで二人の屈強な男がきみを待ち伏せているのはなぜなのか、それだけだ」

「話せば長くなります」

「かいつまんで頼む」

「あいつらは、ケリーが仲間を殺したと思っているんです」

「事実なのかね」

視線がぶつかりあった。

ヘザーの父親はうなずいた。「さほど意外ではない」

「助けていただけますか」

眉根が寄る。「ひとを殺したことはあるかね」

おれは大きく息を吸いこんでから答えた。「ありません」

「では、わしから離れるな。いざとなったら、姿勢を低くして、敵を倒せ。なんら難しいことはない。相手が倒れるまで、撃ちつづけるだけだ」

「すぐに行きますか」おれは訊いた。とつぜんの息苦しさに襲われた。

ヘザーの父親は首を振った。「人通りが激しくなるのを待とう。混乱に乗じるのがいちばんいい」

しばらくして、そろそろいいだろうとヘザーの父親は言った。「情けは禁物だぞ。手強い相手だからな」

「通りに立っているのを見ただけでわかるんですか」

「もちろんだとも」ヘザーの父親は、腰に挟んだ拳銃のグリップに中指を打ちつけながら答えた。「さて、ひと暴れしようじゃないか」

おれたちはロビーに下りた。グレーのスーツを着た企業弁護士の一団と出くわした。それに歩調を揃えて、巨大な回転ドアを通り抜けた。通りは喧騒に包まれていた。目の前の歩道は、行き交う頭で埋め尽くされていた。おれたちは雑踏に紛れて歩きだした。

おれは首を伸ばして周囲を見まわした。向かいの歩道で、花屋の屋台に寄りかかっているジャマイカ人の姿が見える。人込みに目を凝らし、回転ドアを見据えている。ヘザーの父親もそちらの様子を窺いながら、軽く身を屈めて、おれのすぐ前を歩いていた。

やがて、ヘザーの父親はすこしだけ首を巡らせて言った。

「そこの交差点を渡ろう。向こうに着いたら、すぐにあの男を片づける」

おれはうなずいた。急にすべてが遠のいていった。ぶつかられた肩の衝撃も、背後から踏まれた踵の痛みも感じられない。

F‐四型機がV字編隊で飛んできて、大量のナパーム弾を投下し、あたり一面がオレンジ色の炎に包まれるさまを想像する。勤め帰りの通行人が真っ黒焦げになり、顔が溶けていくのが目に浮かぶ。大地震が発生し、林立する高層ビルのすべてが瓦礫の山と化すさまを想像する。あるいは、ビルひとつない世界で、茂みから飛びだしてきたライオンやトラを前に、人々が身を寄せ合って怯えるさまを想像する。散り散りに駆けだす人々。肺が焼けつき、アドレナリンがほとばしる。顔を真っ赤にして逃げ惑う。子供や、病人や、体力のない者を狙って、ライオンが飛びかかる。脚を嚙み砕き、肉を引き裂く。

地球に大量の隕石が降り注ぐさまを想像する。

交差点の手前まで来たとき、ケリーの姿が目に入った。向かいにある建物の二階の窓から、こちらを見ている。ライフルは持っていない。目が合うとうなずきかけてくる。

「問題が発生したようです」おれはヘザーの父親の耳元で

言った。

「窓のところにいるきみの友人のことかね」ヘザーの父親は振り向きもせずに言った。

「気づいていたんですか」

「建物を出たときから」

「どうして何も言ってくれなかったんです」

「それが問題だとは知らなかった」

「彼はもう味方ではないかもしれません」

「敵だと言うのか」

「ことによると」

今度は振り向いて、ヘザーの父親は言った。「わしに話していないことがあるのかね」

交差点が目前に迫っていた。

「行きちがいや、誤解がありまして……」

「それで？」

「ケリーはあなたを殺すつもりなのかもしれません」

視線が突き刺さる。「なんの目的で、そんなことをする」

おれは何も答えなかった。

「きみが彼に頼んだのかね」

信号が変わって、おれたちは交差点を渡りはじめた。

「最近になって、おれは間違いに気づいたんです」

ケリーがおれの隣に立った。ヘザーの父親は地面に膝をついている。背の低いほうのジャマイカ人は、花屋の屋台の陰に倒れている。顔の中央に穴が開いて、両頬がへしゃげている。背の高いほうのジャマイカ人は、おれたちの足元に横たわっている。その脇で、青筋の浮いた灰白色の腸《はらわた》がとぐろを巻いている。ケリーのホローポイント弾に射抜かれた胴体は、ほぼ真っ二つになっている。顔に外傷はなく、大きく目が見開かれている。

「ここへ来た目的を果たそうじゃないか」ケリーは言った。

「これがヘザーの望んでいることだとは思えない」おれは言いかえした。

「いいや、間違いない。きみが自分で言ったんじゃないか」

「そうだ。だが、おれの思いちがいだったような気がするんだ」

「頭でもおかしくなったか」

「そうかもしれない」

ケリーは肩をすくめた。「まあ、かまわないさ。もともと、ヘザーの言いなりになるつもりはなかった」

「それじゃあ、なんのためにこんなことをするんだ」

「自然に帰るためだ」

ヘザーの父親が口を挟んだ。「わしを殺す必要がどこにある」

ケリーは拳銃を抜いた。「偉そうな口を叩くなよ。あんたの言いなりになるつもりもないんだ」

「ケル、きみはすでに進化を遂げた。こんなことをする必要はない」

「始めたことは、終わらせなくちゃならない」

おれは首を振った。「完全主義にもほどがある」

「それこそが、人間と動物を分かつものだ」

「人間と動物を分かつのは、自分がいずれ死ぬことを知っているかどうかだ」

「いいや、人間と動物のちがいを見極めることができるかどうかさ」ケリーは拳銃を構えた。ヘザーの父親は目を閉じた。ケリーは言った。「口先ばかりで行動を起こさないのは危険だぞ」

おれは目を瞑った。胴体を狙い、力を抜いて引き金を引いた。銃弾を食らったケリーの顔は見えない。ただ頭の中で、ケリーが大きく目を見開き、腕を伸ばして、よろよろと足を踏みだすさまを思い浮かべながら、何度も引き金を引いた。地面に倒れこむ音がするまで撃ちつづけた。

ケリーにはまだ息がある。咳きこむような音が聞こえてくる。地面に横たわり、岸に打ちあげられた魚のように身体を引き攣らせて、苦しげに喘ぐさまが目に浮かぶ。

おれは顔を背けてから、ようやく目を開けた。

おれはヘザーの父親に肩を貸し、何食わぬ顔をしてパーチャス通りを進んだ。肩の傷を隠すために、ジャケットを脱いでヘザーの父親にかけてやった。はずしたホルスターは、フェデラル通りのごみバケツに捨てた。拳銃はズボンのポケットに入れてあった。

そこかしこにサイレンの音が響いている。高速道路の地下化工事による渋滞にはまって、パトロールカーが立ち往生している。歩道は、何も知らない通行人でごったがえしている。おれたちはふたたび雑踏に紛れこんだ。

ヘザーの父親は足を引きずり、肩の傷を庇いながら歩いた。おれたちはどちらも黙りこくっていた。

サウス・ステーション前のタクシー乗り場に、ヘザーのメルセデスが停まっていた。

「乗って」ヘザーは言った。

おれは後部座席のドアを開けた。手を貸してヘザーの父親を座らせ、自分もその隣に滑りこんだ。車が走りだした。

「どこへ行くつもりだ」ヘザーの父親が言った。

「なぜ父がここに？　いったい何があったの」ヘザーが言った。

「話すと長くなる」おれは答えた。「もう家には帰れないな」

「ああ」ヘザーの父親もうなずいた。

「しばらく街を出たほうがいいでしょう」

「道路が封鎖されているかもしれん」

「街中の道路が？」

「あり得んことではない」

「しかし、警察には、何を探せばいいのかさえわからないはずです。どんな車に乗っているかもです」

「運に任せるしかないようだな」

ヘザーの父親は目を閉じて、座席に身体をうずめている。車は子供博物館の脇の橋に入り、検問でとめられている長い車の列についた。

ヘザーの父親は深い呼吸を繰りかえしている。

ヘザーが振り向いて言った。「やるのよ」

「何を」おれは訊いた。

「父を殺すの」

視界が渦を巻いた。口を開けてはみたが、声が出ない。

「どうかしたの」

「思いちがいだと思っていたんだ」

「思いちがいって、何が」

「父親を殺してくれって頼まれたことが」

「どうしてそんなふうに思ったの。あなたが望んだことなのに」

「おれが？」

「わたしを独り占めしたいと言ったわ」

「ああ」

「それなら、父から奪うしかない」

「だから殺せっていうのか」

「わたしとお金が欲しいんでしょ。父はその両方を持っている。つべこべ言わずに、わたしを手に入れて」

「本気なのか」

「ええ、あなたのためだもの。わたしの人生を託せるのはあなただけよ」

おれは首の汗を拭った。

「独り立ちしたいのよ」ヘザーは言った。

ヘザーの父親の声がした。「娘は狂っている。わかるだろう」振り向くと、目は閉じたままだった。

「黙りなさい！」ヘザーはおれに向き直った。「やってちょうだい」

「わからない」おれは言った。

ヘザーの父親が言った。「娘のこういう姿を目にするのは、初めてではあるまい。昔はよく、鳥の餌箱に洗剤を入れたりしておった」

「やって。新しい生活を始めるのよ」

「娘が最初にわしを殺そうとしたのは、十三歳のときだった」

「なぜ、自分のテリトリーを守ろうとしないの。男なら、勝負しなくちゃ。他人に踏みつけられるばかりの人生なんてまっぴらでしょう。自由を手に入れるのよ。ふたりで新たなスタートを切りましょう」

「そうしよう」おれは言った。

「それじゃあ、やってくれるのね」

「ただ街を出るだけじゃ、どうしてだめなんだ」

「すべてのつながりを断たなくちゃ」

ヘザーの父親が言った。「一時間ほどしたら、娘は急にわしを恋しがる。そして、父を殺したと言って、きみを責めるだろう。きみは疑心暗鬼になって毎日を過ごすことになる。娘が今度は誰かに、きみを殺して欲しいとせがむのではないかと、疑いを抱きつづけることになる。躊躇する心。それもまた、人間と動物を分かつものなのだよ」

「後悔も」

「それも然り」

おれは深く息を吸いこみ、ドアのロックをはずした。

「どこへ行くの。逃げなくちゃいけないんでしょ」

「考えなきゃならないことがある」

「この、役立たず！」ヘザーが嘲るように言った。「いつだって誰かに手伝ってもらわなきゃ、何ひとつ満足にできないのね。いいわ、ケリーにやってもらうから。あんたみたいな腑抜けじゃないもの。彼と寝てやってもいいわ」

「幸運を祈ってる。今日おれたちは、シルクのスーツを着た殺人鬼にはならないことを選んだんだから」

おれはドアを開けた。ヘザーの声がした。「あんたはお払い箱よ！」

ヘザーの父親のかすれた声がした。「ありがとう。恩に着る」

おれはドアを閉めて、車を離れた。

もと来た方向へ橋を渡りながら、万物の起源に想像を巡らせた。

美しいご婦人が貴方のために踊ります

Where Beautiful Ladies Dance for You

パトリック・マイケル・フィン　河野純治訳

パトリック・マイケル・フィン（Patrick Michael Finn）は一九七三年イリノイ州ジョリエットで生まれ、同地と南カリフォルニアで育った。優秀な成績でカリフォルニア大学リバーサイド校およびアリゾナ大学を卒業した。これまでに〈サード・コースト最優秀フィクション賞〉など多くの賞を獲得している。本作は文芸誌《プラウシェアズ》に掲載された。

レイ・ドワイヤーは、二十歳になるころにはギャング映画の用心棒みたいな風貌の若者になっていた。仲間からは恐れられるか、崇拝されるかのどちらかだった。仕事はトラックの運転手で、サウス・ジョリエットに無数に存在する採石場のひとつ、タムコから石を運んでいた。休みの日には、ルーズヴェルト・アヴェニューにある〈バスキンズ〉で買った洒落たシャツとスラックスでめかしこんで、可愛い女の子をディナーや映画に連れていくのが好きだった。レイとデートしたがる可愛い女の子が不足することはなかった。その理由は、もって生まれたたくましい肉体と、緑の瞳と、〈ロイヤル・クラウン〉の整髪料でびしっと決めた黒く美しい髪だけではなかった。レイはいつも完璧な紳士だった。デートの最後になってもキス以上のことは求めず、また期待もしていなかった。たとえその日のデートにどれだけ金を費やしたとしても。

レイを知っている男たちは、このことに腹を立てていた。可愛い女の子とデートしてキスだけで終わるなんて、ありえないことだったのだ（たいていの男はボウリングをして、ハンバーガーを食べて、〈ストーン・シティ〉や〈アンディー＆ソフィーズ〉でビールを一、二杯飲んだあと、スカートの裾を持ちあげようとする）。だが、いくら腹を立てても、レイに文句を言う度胸のあるやつはいなかった。数年前にあった採石場のストライキでの出来事を、誰もが知っていたからだ。当時、高校を出てまだ五カ月目だったレイ・ドワイヤーは、三人の警官を素手で叩きのめした。警官たちは、ほかのトラック運転手や重機の運転手たちとともに採石場の門を封鎖していたレイを集団から引き離そうとしたのである。レイは三人を相手に、しかも素手でやっつけた。結局、レイ・ドワイヤーをねじ伏せるのに、さらに十人のパトロール警官が必要だった。その証拠に、レイの黒く美しい髪の奥には、警棒で殴られたときの深い傷痕が隠れていた。だが、レイはその傷痕を誰にも見せようとはしなかった。どんなに酔っぱらっているときでも、武勇伝を語るような男ではなかった。

レイ・ドワイヤーはどうしてそんなに自然に優しく女の子に接することができるのか。誰もがその秘密を知っていた。レイ・ドワイヤーは女四人に男が一人という家庭で育った。採石場の重機運転手で煙草の〈キャメル〉とコンビーフ・ハッシュが好物だった父ジェイムズ・ドワイヤーは、レイがまだ小さい頃に心臓発作で死んだ。以来レイ・ドワイヤーは、家でただ一人の男として、いつも母とメアリー、ケイティ、モーリーンという三人の妹に囲まれていた。同じ年頃の若者がたいていそうであったように、レイも親元で暮らしていた。そして、ちゃんとした女の子と恋に落ち、結婚して家庭をもつまでは、家を出るつもりはなかった。

ドワイヤー家の娘たちはそれぞれ十七、十八、十九歳で、彼女たちをデートに誘おうとする男たちは、おそるおそる兄のレイに前もっておうかがいを立てるのがふつうだった。しかし、男のくせにそんなことでいちいちおうかがいを立てるなんて、信じられないほど馬鹿らしく、かっこわるいことだとレイは思っていた。

「おい、よせよ」レイは〈ストーン・シティ〉でオールドスタイルを飲みながら、おうかがいを立てに近づいてきた男たちにそう言ったものだ。「いちいち俺に許可を取ることなんかないんだ。いずれにしても、言ってくれてありがとうな」そして、安堵に震える相手の肩を親しげにぎゅっとつかんだ。

若い男がレイの妹たちをデートに誘いたがるのは、ごくあたりまえのことだったし、男たちが行儀よく振る舞っているかぎりは何の問題もなかった。それにドワイヤー家の娘たちとデートするときだけは、みんな行儀よくしていたものだ。レイの妹に手荒なことをしようなんて、ちょっとでも考えるやつがいたとしたら、そいつはきっと頭がおかしかったにちがいない。

そんなわけで、ある土曜日の夜に、ジョン・ルーカスという、ジョージアかどこかから来た田舎者で、GAF社の採石場でトラック運転手として働きはじめたばかりの男が、レイに一言の挨拶もなくケイティ・ドワイヤーを映画に連れていったときも、あまり気にとめていなかった。じつのところ、その夜レイ・ドワイヤーは自分のデートに夢中で、ジョン・ルーカスと妹のデートのことなどまったく頭をよぎりもしなかったのだ。その夜レイは、サマンサ・バスキンという、美しい黒髪に完璧な肌をした、ものすごくきれいな女の子とのデートに夢中だった。サマンサは、なぜか真冬でも日に焼けて浅黒い肌をしていた。父親は衣料品店を営んでいて、その晩レイが着ていた糊のきいた白いシャツとチャコール・グレーのズボンも、そこで買ったものだった。最初にダウンタウンのこぢんまりしたフランス料理店へ入った（レイはカエルが出てくるフランス料理はあまり好きではなかったが、サマンサはフランス料理が大好物だった。レイはサマンサにドッグフードを食べてと言われたら、二杯でも三杯でもお代わりしただろう）。そのあと、サマンサの希望でジェリー・ルイスの映画を見にいった。

レイは西部劇のほうが好きだったけれど、馬鹿馬鹿しい映画だとは思いつつ、サマンサが笑うところではいっしょになって笑った。というのもレイはサマンサにぞっこん惚れ込んでいて、サマンサ・バスキンはレイにとって、地球上で唯一、結婚したいと思う女の子だったからだ。けれども一つ問題があった。サマンサ・バスキンはユダヤ人で、レイ・ドワイヤーはユダヤ人ではなかった。レイは結婚をほのめかすような言葉は一度も口にしたことはなかった（どうしてそんなことが言える？）。だがサマンサは、結婚相手は絶対にユダヤ人でなければダメだといつも両親に言われている、とレイに話していた。サマンサがどの教会に通っていようが、そんなことはどうでもよかった。問題はサマンサではなく、両親だったのだ。どっちにしたってサマンサは、教会には年に二回か三回しか通っていなかった。しかしその晩は、あまりその問題については考えなかった。横にいるサマンサに手を握られて、とても幸せな気分だったからだ。ほんとうに最高の気分だった。

レイがサマンサを家まで送ったとき（これが十回目のデ

ートで、次の週末のデートの約束もとりつけていた)、家の中に招き入れられた。両親はこの週末、ミルウォーキーの親戚の家に出かけていて留守だった。サマンサはレイを寝室に連れていき、そこでレイは童貞を喪失した。二人は二時間ほどベッドにいて、キスをしたり、黙って見つめ合ったりした。でもほんとうはレイは死ぬほど訊いてみたかったのだ、近いうちに自分と駆け落ちする気はないかと。けれども、訊くことはなかった。人生最高の時間を台無しにするのが怖かった。目くるめく高みに舞いあがるような気分は、週末いっぱい続いた。月曜の朝、レイが仕事に出かけるまで。

事務所を出て、口笛を吹きながらトラックに向かっているとき、友達のボブ・プラチャーにわきへ呼ばれた。レイが口笛を吹いていたのは、月曜の朝にこれほど幸せで愉快な気分だったことはなかったからだ。「なあ、レイ」とボブ・プラチャーは言った。そして、ささやき声と控えめな手振りで話しはじめた。レイはすでに気づいていた。自分とすれちがうトラックや重機の運転手たちが、いつものように声をかけてこず、ただ同情とも恐れともとれる視線を投げかけてくることに。彼らはボブがこれからレイに伝えようとしていることを知っているらしい。レイ・ドワイヤーは、それが自分の仕事に関することではないかと不安になった。「落ち着いて聞いてくれよ、レイ」ボブ・プラチャーは言い、ジョン・ルーカスのことを話しはじめた。土曜日の夜、ジョン・ルーカスがレイの妹を車で家に送り届けたあと、〈ストーン・シティ〉にやってきた。そして、ウィスキーのビール割りをがぶ飲みしながら、田舎訛り丸出しの大きな声で自慢話を始めた。ケイティ・ドワイヤーをひいひい言わせてきたところだ。今まで抱いたどの女より締まりがよかった。あんないい女がここにいるとわかってりゃ、十年前に来ていたのによ。「おい、落ち着けよ、レイ」ボブ・プラチャーがまた言った。レイは言われたとおり落ち着いていた。ただうなずいて、教えてくれてありがとうと言い、トラックに乗りこんだ。トラックにはロックポートのコリンズ墓石店に運ぶ石が積まれていた。

レイ・ドワイヤーは、ゲート前で出発を待つ車列の最後尾にトラックをつけ、自分の番を待ちながら思いかえしていた。そういえば昨日の日曜日、ケイティはいつになく無口で、なんだか様子がおかしかった。気分が悪いといって教会にも行かなかったし、一日中、部屋に閉じこもっていた。ときどき気分が悪くなるのは、誰にもあることだから、あまり気にもとめていなかったのだが、その意味が今わかった。

ゲートを出たらパターソン・ロードを左へ進み、ロックポートに向かうはずだった。だが、このときは右に進んで、半マイルほど走った。GAFの採石場に着くと、パターソン・ロードの脇にトラックを停め、大股でゲートを通って中に入った。そして、ジョン・ルーカスが自分のトラックにもたれて、コーヒーを飲みながら煙草を吸っているところを見つけた。

「なんだよ」ジョン・ルーカスのまのびしたうつろな声は、質問のようには聞こえなかった。

そしてレイ・ドワイヤーはジョン・ルーカスを殺した——頭をつかんでトラックの側面に何度も叩きつけた。自分の大きな手のなかで頭蓋骨が原形をとどめぬほど砕けるまで。

レイ・ドワイヤーが刑務所から出てきたときには、母はすでに亡くなり、採石場は閉鎖されていた。三人の妹たちもはるか遠くの土地に嫁ぎ、メアリーはテキサス、ケイティは南カリフォルニア、モーリーンはフロリダで暮らしていた。サマンサ・バスキンはどうしているだろう。面会には一度も来なかったし、手紙もくれなかったが、責めるわけにはいかない。いっぽう妹たちはいつも連絡を絶やすことなく、電話や手紙をよこしてくれた。しかし今は誰一人、会いに来ようとはしない。だが、それについてはありがたいと思っていた。刑務所暮らしで変わり果てた姿を見られたくなかった。髪には白いものがまじり、肌も青白い。生まれ育った故郷から三十マイル離れた下宿屋で、毎日ぶらぶら過ごしている。何であれ自分にできる仕事はないかと探しまわっている最中だ。もちろん、故郷に帰ることもできるし、わがままを言わなければ簡単に仕事も見つかるだろう。しかし、昔なじみと顔を合わせるのは嫌だった。一文無しで舞い戻り、床掃除でもやらせてくれと頼みこむような恥ずかしい真似はできなかった。

一カ月以上も職探しを続けたが、どこも雇ってくれそうになかった。指が痛くなるほど応募書類を書きまくり、面接のたびに無理な笑顔を作って、自分がいかに明るい性格で、やる気満々であるかをアピールした。移動のときはバスには乗らず、バス停からバス停を歩いて歩いて歩きつづけた。おかげで足はぱんぱんに腫れ、今まで感じたことのない痺れるような痛みが走った。ブルー・アイランド、ミドロジアン、ハーヴェイ、カリュメット・シティー、ロビンズ、マリオネット・パーク、オールシップ、ホームウッド・フロスムーア、サウス・ホランドなど、シカゴ周辺の街を歩き尽くしたが、結局なんの成果もなかった。だが、雇ってくれないからといって、向こうを責める気はなかった。責めたってしょうがない。自分みたいな人間を、どこが雇いたがる。面接のときレイは、デスクの向こうの採用担当者が、応募書類の一部を見落としているとわかれば、かならず注意を促した。重罪で服役した経験あり。担当者はそれを見たとたん、目をぱちくりさせ、急におろおろしはじめて、一瞬、書類から顔をあげ、それを書いた目の前にいる前科者の大男を一瞥するのだった。

「ありがとうございました、お時間を取っていただいて」

レイ・ドワイヤーは別れ際にはいつもそう言った。握手をするとき、担当者はきまって不安げで、弱々しく、ためらいがちにレイの手を握りかえした。レイは通りへ出たあと、涙がこぼれそうになるのをこらえることもあった。けれども、自分を追い払った相手を責めることは一度もなかった。

おまけにそのころはひどい不況で、国中がどん底の時代だった。ジョージ・カリオティスの店は、特に大打撃をこうむっていた。十年前にギリシアからシカゴへやってきたカリオティスは、ティンリー・パークにレストランを構えていた。単純明快〈カリオティスの店〉という名のそのレストランは、本場ギリシアの子羊料理が十五種類も食べられるとあって、なかなか評判の店だった。誰も聞いたことがないような野菜を添えて供される料理は、三世代前から受け継がれてきた青と白の模様が入った磁気の皿に盛りつけられている。とジョージは言うのだが、ほんとうはダウンタウンの〈マーチャンダイズ・マート〉で買ってきた皿だった。料理の値段は安くなかったが、ジョージ・カリオティスはいつもこう言った。手頃な値段の料理もあるから、若い者が女の子を口説くのにはもってこいだ。琥珀色の薄明かりのなかで二人っきりで食事ができるし、古いレコードで音は悪いがロマンティックなギリシア民謡《レンベティカ》がどこからともなく流れてくる。スピーカーは見えないところに自分で取りつけたのだ。

〈カリオティスの店〉では、二人の料理人と三人のボーイを雇っていた。みんなジョージと同じギリシア人だったが、訛りはきついものの耳障りではない完璧な英語を話すことができた。しかしジョージは、仕事中は絶対に英語を話すな、厨房ではなるたけ大きな声でギリシア語で話せ、ときつく命じていた。ギリシア語を耳にした客は、目の前に運ばれてくるできたての料理を見て、これぞ本場ギリシアの味と思いこむ、というのがその理由だった。景気のよかったころは、こうした工夫はうまくいった。平日の夜でも、テーブルが空くまで一時間待ちということもしばしばだった。《トリビューン》紙や《サンタイムズ》紙のグルメ欄で、〈カリオティスの店〉は大きく取りあげられ、〝旧世界の味と雰囲気を堪能できるティンリー・パークの小さな宝石〟とか、〝本場の美味な料理でギリシアを体験〟と称賛された。ジョージ・カリオティスはこうした記事を誇らしげに、そして丁寧に切り抜いて額に入れ、勘定台の壁の高いところ、パルテノン宮殿の観光ポスターと無表情な曾祖父イオルギオスの黄色く変色した写真のあいだに飾った。

やがて大不況がやってきた。こぢんまりとしたお洒落なギリシア料理の店に足しげく通える余裕のある者はほとんどいなくなった。週末の夜でさえ、一人の客も来ないことがあり、平日は夜の八時には閉店するようになった。そしてついに、料理人を一人、そしてボーイ三人全員をクビにしなければならなくなった。解雇されたテディ・デンドリノスという料理人は、ワインをがぶ飲みして、キッチンでジョージに喧嘩をふっかけた。怒鳴り声をあげて、ジョージをなじり、ののしった。ジョージに長年話せと言われつづけたギリシア語で。やがてテディは泣きだした。そして、訛りのきつい英語で、ひどいことを言ってすまなかったと謝った。

「これからどうすりゃいいんだ」テディは言った。

ジョージはテディの肩に手をまわして言った。「わたしにもわからない。わからないんだよ、テディ」

その後ギリシアに戻ったテディ・デンドリノスは、アテネにある五つ星のホテルに運良く雇われて、高給取りになった。吉報を伝えるテディからの葉書を、ジョージ・カリオティスは勘定台の上の壁に貼った。それからその下にある、額に入れた新聞の切り抜きを悲しげに見つめ、一瞬にして奪い去られてしまった成功と繁栄の時代を思いかえした。

店を救う最後の手段を思いついたジョージ・カリオティスは、自分の預金口座を空っぽにした——つまり全額を引き下ろした。この金でベリーダンサーを二人雇い、いくつかの新聞に〝店内警備員求む〟という広告を出した。ほんとうなら〝用心棒求む〟としたいところだが、ただでさえ少なくなった常連客が怖がってよりつかなくなっては困る。それから、大金をかけて、まわりに青と白のネオンサインがついた新しい看板を注文し、今までのレストランの看板を覆い隠すように取りつけた。看板には〝美しいご婦人が貴方のために踊ります〟とあった。月曜日の午後、レイ・ドワイヤーがバスをおりたとき、最初に目に飛びこんできたのがこの看板だった。レイは新聞で警備員募集の広告を見てやってきたのだが、どうせ採用はされないだろうと思っていた。

ところがレストランの経営者ジョージ・カリオティス、表情豊かで、ちょっとこわもての胡麻塩頭の小男は、レイ・ドワイヤーと握手をしながらじっと目を見て、二言三言、話をしたかと思ったら、すぐにその場で採用を決めたのだ。

「面接試験はないんですか?」レイ・ドワイヤーは訊いた。こんな幸運があるわけがない。何かの卑劣な罠かもしれない。

「面接してもらいたいのか。わかった、じゃあ力こぶを作ってみろ」

レイ・ドワイヤーは腕をまくって力をこめた。ジョージ・カリオティスはレイの上腕を両手で包みこもうとしたが、とても無理だった。カリオティスは一回ひゅうと口笛を吹いて、笑い声をあげた。「こいつは大したもんだ！　合格だよ。それで、レイ、刑務所かどこかに入ってたのか？」

ジョージはまた笑って、ウィンクして見せた。レイ・ドワイヤーはすぐには答えず、生唾を呑んでから、じつは刑務所にいたのだと認めた。すると葉巻の煙の向こうの顔から笑みが消えた。ジョージは心から謝罪した。「すまなかった、レイ」彼は言った。「知らなかったんだ。からかうつもりはなかった。人をからかうのはわたしの仕事じゃない。わたしの仕事はこれさ」ジョージ・カリオティスは言いながら葉巻を振って、暗いレストランの店内を、誰もいないテーブルや椅子を示した。「これがわたしの仕事だ」

そしてジョージ・カリオティスはレイ・ドワイヤーに葉巻をすすめると、それから二時間、自分の店のこと、商売のこと、その他、ここに店を構えて繁盛させるためにやってきた、ありとあらゆることについて語った。スピーカーやレコードやダウンタウンで買ってきた食器を見せ、かつて料理人やボーイがギリシア語で言い争いをしていたキッチンに案内し、新聞の切り抜きとテディ・デンドリノスから来た葉書を見せた。

「あいつをクビにするときは、ほんとうにつらかったんだ」ジョージは説明した。「ボーイをクビにするときだってそうさ」レイと握手を交わしてからずっとしゃべりどおしだったジョージ・カリオティスは、そこで黙りこみ、誰もいないテーブルや椅子を眺めた。それからレイの顔を見て言った。

「約束はできないぞ、レイ。わたしの思いつき、つまり女の踊りを見せるという試みは、うまくいくかもしれないし、いかないかもしれない。いつか、あんたをクビにしなきゃならないかもしれない。来週か、来月か、それはわからない。あるいは永遠にここにいてもらうかもしれない。いいかね」

「ええ」レイは言った。「わかりました」

二人の男は握手を交わし、レイ・ドワイヤーはその晩から働きはじめることに同意した。

レイはなかなか信じることができなかった。こんなことで給料をもらっていいのだろうか。腕を組んで店の中を歩きまわり、美しい女たち、つまりベリーダンサーに客が手を出さないように監視するだけなのだ。手を出す客がいたとしても、たいていへべれけに酔っぱらっているので、あまり手こずることはなかった。

そしてジョージ・カリオティスも、なかなか信じることができなかった。ベリーダンサーを雇うことを、どうして六カ月前に思いつかなかったのか。新しい看板をかけてから一週間もしないうちに、ダンサー目当ての男たちが毎晩ひきもきらずに訪れ、前菜に酒、そして酒、酒、酒にたくさんの金を使うようになった。何人かで連れだってくる客もいたが、一人の客がほとんどだった。彼らが毎晩のようにやってくる理由は、ティンリー・パークにも、オトランド・パークにも、近隣のどの地区にも、食べたり飲んだりしながら美しい女が踊るのを見ることのできる店がなかったからだ。そんな店はほかのどこにもなかった。

「信じられんよ、まったく」ある夜、ジョージが満面の笑みでレイに言った。「つまり、女房子供をディナーに連れていく余裕はないが、彼女を見にくる余裕はあるってことだな」顎をしゃくってリタを示した。リタは年かさで大柄な方のダンサーで、ほとんど布一枚といった感じの紫のシルクを身にまとい、ゆっくりと流れるような一連の動きで観客の目を釘付けにしていた。冷たく、ためらいがちな笑みをうっすらと浮かべ、客を一瞬見つめては、すぐに愛想を尽かしたように目をそらす、というしぐさを繰りかえしている。

もう一人のカリーマというダンサーは、リタよりずっと若く、動きも速かった。からかうように大きな笑みを浮かべて、客の一人ひとりを、もったいないくらいに長く見つめる。カリーマが踊るとき、一時間のうちの十五分から二十分間はとくに目を光らせている必要があった。この女は自分に気があるにちがいないと思いこんでいる男がおおぜいいて、彼女が近くにやってくると立ちあがり、手を伸ばしたり、声をあげたり、口笛を吹いたり、チップをはずんだりするのだ。客がカリーマの身体に触れたときは、レイはただ暗い隅から出てきて、指を左右に振るだけでよかった。そうするだけでどの客も黙って椅子に戻り、閉店時間までずっとおとなしくしていた。

レイはダンサーたちのことをあまり知らなかった。ジョージと同じように外国人で、肌の色は浅黒かった。しかし、どこの国から来たのかはわからなかった。ギリシア人かもしれないが、ジョージと話すときはいつも英語なので、はっきりしなかった。軽く声をかけたことはあるが、なぜか二人ともレイを無視した。

「ねえ、今のは最高だったよ」最初に声をかけたのは、リタが踊りを終えたあとに、それを見ていたレイが感想を伝えたときだった。だがリタは目をぱちくりさせただけで、レイの前を素通りして、キッチンに消えていった。そこがリタの控え室だった。

たくさんのチップを握りしめ、口笛と拍手に送られてフロアからさがってきたカリーマに向かって、銀色のスパンコールの衣裳を褒めたとき、カリーマは不快そうな顔でレイをちらと見たきり、突進するように女性用トイレの中へ消えていった。そこがカリーマの控え室になっていた。

二人のダンサーは、互いを嫌っているように見えることもあったが、まるで姉妹のようにおしゃべりをして笑い声をたてていることもあった。この二人を理解することは不可能だし、理解しようとするのは時間の無駄だとレイは判断した。どうでもいいじゃないか。いい仕事と、いいボスに恵まれた。洒落た服も何着か新調できた。妹たちにもそう手紙を書いた。刑務所を出たときから、三人の妹はみんな、こっちに来ていっしょに暮らさないかと誘ってくれていた。

〝家族といっしょに暮らさないかというお誘いに、どんなに感謝しているか、言いあらわす言葉もない〞と、レイは三人の妹一人ひとりに返事を出した。〝でも俺は、自分に、そしておまえたち三人に証明して見せたかった。自分の足で立つことができることを、自分一人の力で生きていけることを。まだ一歩踏み出したばかりだけれど、ボスはよくしてくれるし、仕事にはネクタイをしめて、スーツを着て出かけている。想像できるかい。この俺が、ネクタイなんかしめて仕事しているなんて！〟

ネズミの糞が転がっていたり、ゴキブリが這いまわっていたり、頭のおかしい婆さんが廊下で小便したりしている下宿のことは書かなかった。そんなことは、誰にも教えていない。だから、レイ・ドワイヤーがそんな肥溜めみたいな下宿で暮らしていることを、誰も知らなかった。仕事を始めて一カ月ほど経ったある晩に、ジョージが車で家まで送ってくれるまでは。

「おい、レイ」ジョージはフロントガラス越しに目を細めて言った。「こんなところに住んでちゃダメだ。まるでゴミ溜めじゃないか」

レイは、これよりいいところに住む余裕はないのだと答えたかった。また、それが事実でもあった。けれども、働かせてもらって感謝しているし、仕事も気に入っていたので、もっと給料を上げてくれとせがんでいるように思われるのは嫌だった。だからレイは肩をすくめて嘘をついた。

「いいんですよ、ジョージ。ぜんぜん気にならないから」

「そうはいかない」ジョージはレイに言った。「こんなゴミ溜めみたいなところに住んでちゃいかん。明日の朝、迎えにくる。九時だ。今晩中に荷造りをしておけ。わたしの家に住めばいい」

「いや、それは困ります」レイは言った。「それはできませんよ、ジョージ」

「寝室なら一つ余分にあるし、わたしは一人暮らしだ。店から一ブロックのところにある。わたしが無駄に広い家に住んで、あんたがこんなところに住んでるなんてのは間違ってる」

レイがいつまでもうんと言わないので、ついにジョージが言った。「なあ、レイ。あんたは誇り高い男だ。それはよく承知している。その誇りを尊重する。何がなんでもただで住まわせようというんじゃない。嫌なら家賃を払ってくれてもいい。それについては明日、話しあおう」

「わかりました」レイはそれでやっと折れた。「じゃあ、明日」

二人は新たな約束の握手を交わし、レイ・ドワイヤーは、翌日引っ越すことに同意した。

数カ月のあいだ、〈カリオティスの店〉はこれ以上ないくらい繁盛していた。シルクのドレスをなびかせて、一瞬だけ意味ありげな笑みを浮かべるリタや、むしゃぶりつきたくなるような若々しく熱い視線を送るカリーマを見にやってくる男たちで、週七日、毎晩、夜の八時から十二時まで、店は満杯だった。

閉店後はたいてい、レイとジョージは家に帰ってから、小さなキッチン・テーブルで、その日の売上を計算した。ジョージは口笛を吹いて、「こりゃ、たまげた」と言った。それからワインを飲んで、葉巻を吸って、空が明るくなるまで、いろいろな話をした。話すのはもっぱらジョージの方で、女の話、とくにダンサーの話がよく出てきた。「ああ、リタ！」ジョージはよく言ったものだ。「レイ、わたしはつらくなって、フロアから出ていくことがある。ものにできない女を見ているのがつらい。ものにしたいという気持ちを忘れるために、キッチンの冷凍室に入ることにしているんだ」

ジョージは、なぜダンサーたちをものにできないかについて説明した。「あの手の女をものにできる男なんて、誰もいやしないんだ、レイ。男たちの熱い視線をことごとく拒絶する、ああいう強い女の気を惹こうなんて、どだい無理な話だ。どうしようもない」

「わたしには見向きもしませんよ」レイは言った。「完全に無視されてます」

「だったら、わたしの言う意味はわかるだろう。あんな女ども、クソくらえだ！」

夜、二人で帰ってきてから、キッチンの壁に貼ってある大きな世界地図を眺めることもあった。ジョージは、アメリカに来る前に訪れた世界のあちこちの国や都市を指さした。世界各地を冒険してきたという。ときには飲み過ぎて、前に聞いた話を繰りかえすこともあったが、レイはそのたびに、熱心に耳を傾け、驚いたり喜んだりしてみせた。まるで初めて聞いたかのように。

「ほらここ、アルバニアだ」ジョージは言った。「ここではアメリカの煙草やチョコレートを闇市場で売りさばいていた。まあ、言ってみりゃ、海賊みたいな仕事だな」

「それから、ここがイスタンブールだ」ジョージが言った。「ハッシッシを密輸しようとして捕まった。ところが、トルコ人がわたしに売りつけたのは土だったのさ。ビニール袋に詰まっていたのは、ぜんぶただの土だった。土の密輸を禁ずる法律はなかったから、警察もわたしを釈放せざるをえなかった。イスタンブールで騙されて、ほんと運がよかったよ、レイ！」

「それから、ここがローマだ」とジョージが言った。「ここで恋に破れた」

モロッコ、エジプト、フランス、ロシア、コルシカその他、どこを指さして話を始めても、かならず最後はローマに行きついて、静かな声で言うのだった。「ここで恋に破れた」ローマで何があったのか、それ以上詳しいことは語らなかった。そこで話を締めくくり、さらにワインを飲み、話題を変えるか、おやすみを言って寝てしまうかのどちらかだった。もちろんレイはもっと詳しく話を聞きたかったが、詮索するのはよくないとわかっていた。ローマでの出来事が、ジョージが一度も結婚していない理由ではないかと思った。なぜずっと一人なのかについて、ジョージは説明したことがある。

「こういう商売をしていると、家族をもつのは難しいんだよ、レイ。忙しくて、女房子供の相手をしている暇がない。そうすると、きっと寂しがるだろう、な？　だから結婚しないのさ。店が妻であり、店で働く者が子供だ、わたしはそう思ってる」

ジョージには何人か愛人がいた。それは間違いない。閉店後、ジョージはシャワーを浴び、服を着替えて、いい香りのコロンを身体に振ってから、レイに「ちょっと出かけてくる」と言うことがあった。そんな日の夜には、レイは時間をもてあました。だだっ広くて、しんと静まりかえった家に一人でいるのは耐えられなかった。毎晩、二人して夜更かしをするのがふつうだったから、そう簡単に早寝はできない。ベッドとタンスと四つの壁とひとつの窓しかない下宿屋にいたときは一人でいても平気だったのに、ジョージの家で一人っきりになると、部屋から部屋へ、煙草をひっきりなしに吸いながら、歩きまわるのだった。キッチンにあるラジオをつけたり、消したり、またつけたりした。ジョージのワインをグラスに注いで、何杯もお代わりをして、酔いが回って眠気を催すまで待ってはみたけれど、こんなに広い家に一人ぼっちでいると、ちっとも眠くならなかった。テレビをつけてもよけい目が冴えるだけだった。映像と音楽とけたたましい音。なぜかテレビを見て楽しいと思ったことは一度もなかった。

結局、夜明け近くなって帰ってきたジョージに、「まだ起きてたのか」と言われて、何気ないふうを装ってあくびをしつつ「お帰り、ジョージ。今、寝ようと思ったところなんだ」と答えるのだった。

しかし、ありがたいことに、ジョージが夜中に外出するのは週に一回か二回だった。それ以外のときは、ジョージの家での暮らしはとても楽しかった。ギリシアのイースター・サンデー（どういうわけか、ふつうより一週間遅かった）の日に、ジョージは店を休みにして、自宅に友人や親戚を招いてパーティを開いた。招かれた人たちは、みんなレイを昔からの友人のように扱ってくれた。誰もがジョージの商売繁盛を喜んでいた。そして、ワインを飲み過ぎたらしいジョージが、ベリーダンサーを雇ったのはレイのアイデアだと言いだした。「レイはわたしの相談役なんだ！」そうジョージは発表した。するとみんながレイに向かって拍手喝采し、乾杯した。レイは顔を赤らめ、笑いを漏らしつつ首を横に振った。自分はただの用心棒で、そんなアイデア、百万年かかっても思いつかないのはわかっていたからだ。

夏になると、店はますます繁盛し、ジョージは新たにテーブル、椅子、グラス、灰皿を注文しなければならなかった。アレックスという名の新しい料理人と、二人の新しいボーイが入ってきた。ジョージはひそかに新しい宣伝文句まで考えていた。〝立ち見の出る人気のギリシア料理店

〈カリオティスの店〉"これは事実だった。ダンサーが踊るスペースを確保するために、ジョージは客を断わらなければならないほどだった。

「まいったな、こりゃ」ジョージは言った。「あの壁を取っ払うしかないぞ。それからこっちも。チケット制にしよう、レイ。で、わたしらは外に出るしかない。まるでお祭りだな」

平日も週末も、いつも超満員だった。レイがある男をつまみ出した夜も、例によって店は満員だった。

レイは最初、その男が入ってきたとき、ほとんど気にとめていなかった。理由は簡単で、かなりしょぼくれた風采の男だったからだ。身体は大きくなかった。小柄で小汚い格好をした男だった。酒は注文せず、一時間のあいだにコークを二杯か三杯飲んだだけだ。カリーマが出てきて踊りはじめたとき、このしらふのしょぼくれた男が一人立ちあがり、カリーマの尻をつかんだ。なぜか指を振るだけではおとなしく引っこまないような気がして、レイは男のテーブルに近づいて言った。「やめてください」すると男はにやりと笑い、「わかった」と答えた。「いや、すまなかった」

だがこの男は、すまないとも何とも思っていなかったらしい。レイが所定の位置に戻ると、またカリーマの身体をつかんだのだ——尻ばかりか、腹や腰までつかんだ。これを見たほかの客は笑いだし、なかには男といっしょになってカリーマの身体をつかむ者もいた。

「つまみ出せ」ジョージは言った。「あの馬鹿野郎を、さっさとつまみ出すんだ、レイ」

レイは男の襟首をつかんで店の外まで引きずっていった。ジョージがすぐあとからついてきた。

「うちの店に二度と来るな」ジョージは男に言いわたした。男は駐車場に立ってこちらを睨みかえした。まるでレイに放り出された拍子に、どこかのネジがゆるんだみたいに、ふらふらしていた。

「おまえら、もう終わりだぞ」男は言った。男は酔っていたわけではない。だからその言葉は、妙に真実味を帯びて重々しく響いた。「おい、聞いてるのか。終わりだって言ってんだぞ」

「帰れ」ジョージが言った。「うせろ！」

するとは男は咳払いをして、青と白のネオンが光る看板に唾を吐きかけた。ジョージがダンサーを雇ったときに注文した看板に。ジョージは拳を振りあげて男に殴りかかろうとしたが、レイはそれを制止して、後ろにさがらせた。

「やめたほうがいい、ジョージ」二人は男が車に乗って走り去るのを見送った。

男は二度と店にやってこなかった。しかし、このことがあってからしばらくして、ジョージとレイは、男について考えはじめた。あいつは誰だ。いったいどこの関係者だ。というのも、男をつまみ出した二日か三日あとに、あの言葉が現実になったからだ。スーツに身を固めた市の職員が二人、昼間の開店前にやってきて、ダンサーについて根掘り葉掘り質問した。レイはそのとき、ジョージのいとこが大型トラックで運んできた新しいテーブルや椅子をおろすのを手伝っているところだった。

「美しいご婦人が貴方のために踊ります、か？」スーツの男の一人が言った。「ストリッパーを出演させているのか」

「ストリッパー？　まさか、とんでもない」ジョージは苦笑しながら説明した。たいへんな誤解だが、一言説明すればすぐに納得してもらえるだろうと思っているようだった。

「ダンサーですよ。毎晩、ベリーダンサーが出演しているんです。殿方にご覧いただくダンスです。ご存じでしょう」

「ストリッパーだ」二人目の男が言った。「地区条例によればそうなる。市の規定からすると、あんたの店にはストリッパーが出演していることになる」

「でも、彼女たちはストリップなんかしてませんよ」ジョージは言った。「ちゃんと服を着てます」

「ほう、すると、きちんとした服を着た女が踊るのを、男が見にくるというのか」

「いやその、衣裳を着てるってことですよ、ね？　ほら、水着みたいな」

「いいか」一人目の男が言った。「水着を着てようが、黒い喪服を着てようが、知ったことではない。ティンリー・パークでは、ダンサーを出演させることはできない。そういうことだ」

二人目の男がジョージに五百ドルの罰金請求書を渡した。

「次は千ドルだぞ」と男はジョージに告げた。

「その次は二千だ」一人目の男が言った。「その次は店の免許を取りあげる。わかってるな。性懲りもなく続けるつもりなら、店じまいすることになるんだ」

役人どもは立ち去る前に、ジョージとレイに指示して、大きな看板をおろさせた。だが、役人が立ち去ったあと、二人は看板をまた元に戻した。

「いいのかな、こんなことして、ジョージ？」

「クソくらえだ！」ジョージは吠えた。「ふざけやがって。ここはわたしの店だ。ダンサーを雇って何が悪い。自分の店にダンサーを出演させたいと思ったら、いつだって出演させる！」

とはいえ、レイ・ドワイヤーが失業の危機に直面しているのはたしかだった。スーツを着た男たちから、このままダンサーを出演させたら店じまいだ、と脅されたとき、市が本気だということがわかった。かりにジョージが役人に言われたとおり、ダンサーをクビにすれば、もう用心棒を雇っておく理由はなくなる。それに、ダンサーがいなくなれば、もはや毎晩超満員の大繁盛というわけにはいかず、何人も人を雇っておく余裕もなくなる。やがてはボーイもクビになり、次には料理人もクビになる。レイもしばらくは駐車場の掃除係か何かで雇っておいてもらえるかもしれないが、クビになるのは時間の問題だった。

だが、ジョージはスーツを着た男たちの言うとおりにはしなかった。ダンサーを出演させつづけ、ほんの数週間のうちに最高額の二千ドルにまで達した罰金の支払いをも拒否した。「クソくらえ！」ジョージは言って、罰金の請求書をびりびりに破いてゴミ箱に捨ててしまった。

ジョージに理屈は通用しなかった。レイは、なんとか事を穏便にすませようと、いくつか提案を出した。「議員に手紙を出すというのはどうだろう。あるいは、市議会に出向いて、ある種の取引を申し出るとか。あんたは頭がいい、ジョージ。何かいい解決法を思いつくに決まっている」

「冗談じゃない」ジョージは言った。「どうしてこのわたしが、やつらにへこへこしなきゃならないんだ」

「だったら、お客全員から署名を集めて、嘆願書を提出するというのはどうかな」

「ダメだ」ジョージは言った。「そんなことしてたまるか。市の連中は獣《けだもの》同然だ。やつらは聞く耳をもたない」

そこでレイは、ジョージのオフィスで見つけた黄色い用箋を使って自分で嘆願書を作り、その晩、店が置かれている状況を客に説明してまわった。すると、みんな喜んで署名してくれた。三十人の署名が集まったとき、ジョージがつかつかと歩みより、レイの手から用箋を取りあげた。

「いったいなんだこれは」ジョージは訊いた。

「嘆願書だよ！」レイは胸を張って答えた。笑みを浮かべ、自分が店の今後を案じていることに、ジョージが少なくとも感謝を示してくれるだろうと確信していた。「こんなに署名が集まった」

「誰がこんなことしてくれと頼んだ？」ジョージは言った。「嘆願書なんかダメだと言ったはずだ。ダメだと言ったらダメなんだ。ここはわたしの店なんだぞ！　こんなくだらんことはやめて、自分の仕事をしろ」ジョージは言って、署名の集まった用箋をゴミ箱に放りこむと、オフィスに入って鍵をかけてしまった。それから三日間、ジョージはレイと口をきかなかった。

それ以来、家でワインを飲みながら二人で語り明かすことはなくなった。ジョージは閉店後も店から離れようとしなかった。毎晩のように、窓の外に何度も目をやりながら、誰もいなくなった店内を歩きまわった。そして、ギリシア民謡《レンベティカ》のレコードを大音響で流しながら、大酒を飲み、レイや自分や、テーブルに坐っている見えない陪審員に向かって、英語とギリシア語の両方で、何やら早口でつぶやいた。そんなジョージの言葉を、レイは聞いていられなかった。

ある晩の閉店後、カリーマがジョージに、車を修理に出しているので家まで送ってくれと頼んだ。泥酔して怒りをまき散らしていたジョージは、レイに向かって、車を貸してやるから送ってやれと命じた。

「わたしは店を離れるわけにはいかん」ジョージは言った。「どこかのクソ野郎が火をつけにくるかもしれん」

カリーマは、店から車で二十分ほどのところのミドロジアンに住んでいた。レイに送ってもらうのが気に入らなかったようで、家に着くまでずっと腕を組んだまま、道を指示するとき以外は黙っていた。「ここを曲がって」と彼女は言った。「次の角を左」と彼女は言った。

ときどき、カリーマの訛りのきつい英語のせいで、よく聞きとれないことがあった。「なんだって？」と訊き返すと、そのたびにカリーマは、声と動作にはっきりと苛立ちを示した。

「あと二ブロックって言ったのよ！」

「ごめん」レイは言った。「ごめん」

カリーマは、レイがアパートメントの前に車を寄せて停めるまで、レイを見向きもしなかった。「着いたよ」レイは言った。だが、カリーマは車からおりなかった。


「あんた、ずっと用心棒なんかやってるの」彼女が訊いた。

「いや」レイは言った。突然、居心地の悪さを感じた。見知らぬ敵の前に引きずりだされ、探りを入れられているような気がした。女と完全に二人きりになるのは、三十数年ぶりだった。「昔はトラックの運転手をしていた」彼は言った。

「トラック」カリーマはオウム返しに言った。それから、黙ってレイを見つめた。

「エンジンを切って」彼女はやっと言った。レイは湿った震える指をキーに伸ばして、エンジンを切った。温かく麻痺したような感覚が身体中を覆い、呼吸も動きも言葉も、その感覚に支配された。

「それから？」カリーマが訊き、レイが答えた。「刑務所。長いあいだ刑務所にいた」

「刑務所！ ふーん、なんで入ってたの？」カリーマが訊いた。「何をして刑務所に入れられたの？」

「人を殺した」

カリーマは息を呑み、口を覆ったかと思うと、それから胸の悪くなるような子供じみた笑い声をあげたので、レイは不快を感じた。刑務所や殺人という言葉に、何も笑うことなど見出せなかったからだ。「人殺し」彼女は言った。「今夜あたしは、人殺しに家まで送ってもらったってわけ」

レイは、ほんとうなら人殺しと呼ばれるのは嫌だったし、そのときもちょっとそう思っていたのだが、なぜか笑みを浮かべてこう言った。「まあ、そういうことだ」そしてカリーマが車をおりるのを待った。

だがカリーマは、坐ったまま動かず、レイの首筋に手を伸ばして、長い爪で撫ではじめた。レイは思わず目を閉じ、ため息をついた。美しい女に触れられるのが、どんな感じのするものか、けっして忘れてはいなかったからだ。彼女のことを思い出さない日は一日としてなく、少なくとも一日に一度は思い出していた。このときほどサマンサ・バスキンを強く、悲しく思い出したことはなかった。自分が愛した、たった一人の美しい女。そのときカリーマが、レイの心を読んだかのように訊ねた。「誰か特別な女の子でもいるの？」

レイは目を閉じたまま言った。「ああ、サマンサ・バスキンという女だ」そんなことを言うつもりはなかった。ほかのこともなにひとつ言うつもりはなかった。いつも自分を無視しているダンサーに、愛した女のことを知る資格などないと、心のなかでは思っていた。カリーマは自分をもてあそんでいる。だが、それでも、言葉が口からこぼれてしまった。どうすることもできなかった。

「サマンサ・バスキン」カリーマが言った。「じゃあ、もしあたしが、あんたと寝てもいいということになったら、殺し屋さん、あたしをサマンサ・バスキンと呼ぶのかしら」

レイは目を開き、口を結んで、隣にいるカリーマを睨みつけた。そこには、美しくも愛らしくもなく、まともでもない、サマンサ・バスキンとは似ても似つかぬ女がいた。レイは、しゃべりすぎたことを後悔した。「いや」と彼は答えた。カリーマのゲームに、レイはむしょうに腹が立ったが、そのあとには悲しみだけが残った。「なんとも呼ばない」とレイは言った。「さあ、おりてくれ」

カリーマはレイに向かって、このオカマ、自分でやりな、と吐き捨てて車をおりると、ドアを叩きつけるように後ろ手で閉めた。レイは車を出した。だが、途中で目に涙がにじんで、わきに寄せなければならなかった。目頭を強く押さえ、涙をこらえた。

翌朝レイは、ベッドのそばに人の気配を感じて目が覚めた。目を開けると、ジョージが立っていた。目は充血し、顔はむくんで、無精髭が伸びており、真新しい業務用ボルト・カッターを振りかざしている。

「起きろ」ジョージが嚙みつくような声で言った。「早く起きろ！　手を貸してくれ」

市はとうとう営業許可を取り消して、店を閉鎖していた。店の扉には閉鎖命令を告知する張り紙があり、取っ手には鎖が巻きつけられ、錠がかかっていた。

「できない」レイは、ジョージに押しつけられたボルト・カッターを握りしめながら言った。「読んでみてくれ。この鎖に触っただけでも刑務所行きになる」

「かまうもんか！」ジョージは言った。「誰も見ていない。誰かに訊かれたら、わたしがやったと答えればいい！」

レイは頑丈な錠前をカッターでしっかりと挟むと、目を閉じて力をこめた。金属がひしゃげる感触があり、錠前が真っ二つになった。ジョージはレイを押しのけて、ドアから鎖を外し、鍵を開け、急いで中に入った。

レイはジョージのあとに続いて中に入る気にはなれなかった。だが、開いたドアの外からじっとジョージを見つめながら、少なくとも、外に出てこいと呼び戻すべきだと考えた。レイはジョージが、誰もいない店の中を歩きまわり、誰もいないテーブルと椅子の数を、声に出して数えるのを見つめた。自分にできることはほとんどないとわかってはいたが、静かに中へ足を踏み入れて言った。「ジョージ、頼むから出てきてくれ。もう終わりだ。やりすぎだよ」

「うるさい。まだ終わりなんかじゃない」ジョージは言った。

「頼むよ」レイはジョージに言った。「ほとぼりが冷めるまで待とう。とにかく帰ろう」

ジョージはレイの提案を即座にはねつけ、追い払うような手つきをすると、また店の中を歩きはじめ、まだ自分のものだと信じている店の備品の数を意味もなく数えつづけた。レイはそんなジョージを気の毒とは思えず、ボルト・カッターをドアの脇に置き、背を向けて出ていこうとした。「レイ」ジョージが言い、レイは立ち止まった。「今夜はここにいろ。仕事がある」

そしてレイは、自分には選択の余地がないことを知っていた。「わかった、ジョージ。今夜はここにいる」

その夜、レイ・ドワイヤーは糊のきいた白いシャツとチャコール・グレーのズボンに身を包み、〈ロイヤル・クラウン〉のポマードを二本の指先につけて、丁寧に髪を整えた。黒い革靴は昨日磨いたばかりだが、もう一度磨いた。トイレの鏡の前に立ち、これだけの年月を経ても、まだハンサムな自分にほれぼれとした。髪には白いものが混じっているが、緑の瞳は昔と変わらぬ澄んだ強い光を宿している。目の下にはしわがあるけれど、五十男にしては、ましな方だという自覚がある。自分には、ほんのわずかなものしか残されていない。数時間後には、それさえも失っているだろう。だから、まだ自分に残されているわずかなもの、洒落た服や、たくましい筋肉や、ハンサムな顔立ちを、鏡に映して悦に入っている自分を、自惚れ屋だとは感じなかった。

その夜、ダンサーを見にきた常連客たちは、まさか自分が不法侵入を犯しているとは知らなかった。ダンサーたちでさえ知らなかった。それでも、カリーマが踊りだすと、客はいつにもまして騒然とした。ときどき、客の一人がカリーマの身体をつまむと、ほかのおおぜいが口笛を吹いたりはやしたてたりして、まるで独身さよならパーティの酔っぱらいの集団のようだった。レイはいつものように目を光らせ、客を落ち着かせるために、指を横に振った。

ジョージも客といっしょになってカリーマに向かって口笛を吹き、騒ぎをあおり立てようとしているみたいだった。カリーマの腰の肉をつまんだうえに、チップの札を差しだして、歯でくわえさせた。その前にジョージは、テーブルを回って客と握手を交わし、大きな声でこう言っていた。「ようこそわたしの店へ！　美しいダンサーたちを、毎晩、見にきてください。いつでも大歓迎です」

ジョージの様子がおかしいことには、どの客も気づいているようだった。ジョージがテーブルを離れると、客同士が横目で視線を交わしていた。それでも客は、何度も酒のお代わりを注文し、カリーマがフロアに出てくると大騒ぎした。

だが、リタが踊りはじめると急に静かになった。リタが踊るときはいつもそうだ。はやし立てもせず、口笛も吹かず、身体に触れようともしない。が、麻薬をやったときのような、気だるそうなとろんとした目で、じっとリタを見つめた。流れるようになめらかな動きを見ていると、レイもくつろいだ気持ちになった。そして、目を閉じて、トイレのドアの横の壁によりかかり、ほんの数カ月のあいだだったけれど、こんないい店で働けてよかったと、ちょっとだけ感謝の気持ちを感じた。と、そのとき、何かが起きた。

はじめに男たちの声が聞こえた。「おい！」「なんだなんだ？」レイが目を開けたとき、何も見えず、あたりは真っ暗になっていて、リタの音楽も消えていた。電気が止められたのだ。ジョージがレイの名を呼んでいるのが聞こえる。だがレイは壁によりかかったまま動けなかった。すぐに明かりが戻った。音楽が再開され、正面の扉が開いて、おそらく二十五人くらいのティンリー・パーク警察の警官が、どっとなだれこんできた。

「ショーは終わりだ！」警官の一人が言った。「みんな外へ出ろ！」

すると誰かがグラスを投げつけ、別の誰かが叫んだ。「うるせえ！」そこから大混乱が始まった。警官たちは懐中電灯と警棒をかまえて押しよせ、それに対抗してテーブルをひっくり返したり椅子を投げつけたりした男たちに殴りかかった。暴れるほどには酔っておらず、ただ帰ろうとした客にも殴りかかった。レイは凍りついた。化石のように動けなかった。ジョージが自分に向かって叫び、何度も名前を呼ぶのが聞こえたとき、恐ろしくなったレイは、トイレに入ってドアを閉めた。

ふつうなら、トイレに入ってきた二人の警官に、軽く二、三発殴られただけですんだだろう。「おい、おまえ。さっさと外へ出ろ」と言われたとき、おとなしく従っていれば大したことにはならなかった。だが、レイには警官の言葉がよく聞こえなかった。警官の口から飛び出した言葉が命令ではなく、恐ろしい恫喝に聞こえ、立ったまま化石のように動けなくなった。

この前、警察と揉め事を起こしたのは――レイ・ドワイヤーが警官相手に乱闘を演じたのは――まだ初々しく向こう意気の強い十八歳のときだった。採石場の組合に所属するトラック運転手として、タムコ採石場のゲートを仲間のトラック運転手や重機の運転手たちと封鎖しているときだ。それは、労働者の口から食べ物を奪い取ろうとする無能で貪欲な経営者に対する抗議のストライキだった。薄汚いスト破りの連中を中に入れるために、労働者たちを排除しようとした警官たちを相手に戦った。そしてレイは英雄になった。留置場から出してくれたのは、地元の偉い人で、その日の午後、パターソン・ロード沿いにある、あの〈ストーン・シティ〉で酒をおごってくれた。その日の午後はおおぜいの男たちが、ひっきりなしに酒をおごってくれた。酔いつぶれたレイは、みんなに担がれて、母と三人の妹が待つ家に送り届けられた。それから何週間ものあいだ、何人もの男たちがレイの背中を叩いてはこう言った。おまえの親父が生きてたら、さぞ自慢だったろう。自分の息子を見て、さぞ誇りに思っただろう。あんなふうに、おまわりに歯向かうなんて、おまえは本物のドワイヤー家の男だ、正真正銘のドワイヤーだ。

しかし今回は、ストライキに参加していたわけではなかった。五人、十人、十五人の警官が、トイレから出ようとしないレイを、よってたかって殴りつけ、引きずり出そうとした。そのときレイはただ混乱し、恐怖を感じるばかりだった。その後の警官たちの証言では、レイ・ドワイヤーが殴りかかってきたことになっているが、正直言って、レイ自身は何も憶えていなかった。

そして、ついさっきまでリタが、その艶めかしくも計算ずくの美しさで、満場の酔客を魅了していたフロアに、警官たちはレイ・ドワイヤーを引きずりだし、警棒や懐中電灯を振りあげて、死ぬ一歩手前まで叩きのめした。

レイの身体は、もはや三十年前ほどには、打撃にもちこたえることはできず、髪の奥に目立たぬ傷が残る程度ではすまなかった。片方の肺はつぶれ、腕が一本折れていた。そして、医者たちが言うには、左目は二度と見えるようにはならないだろうということだった。

レイ・ドワイヤーが病院で意識を取り戻したとき、見える方の目がジョージの姿をとらえた。ジョージはベッドの横にひざまずいて、目を真っ赤に泣きはらしていた。

「レイ」ジョージは言った。「こんなことになるなんて。すまなかった。みんなわたしのせいだ」

レイ・ドワイヤーは口をきける状態ではなかった。口もひどく殴られていて、痛みで笑みを浮かべることさえできなかった。が、自分のボスであるジョージの謝罪を受けいれた。間違いを犯すとは、どういうことなのか、ひどく愚かなことをしたと後悔しながら生きるのが、どういうことなのかをレイはたしかに知っていたからだ。レイは見える方の目でウィンクをして、親指を立てた。それを見たジョージ・カリオティスの顔に、笑みが浮かんだ。

話すことができたら、とレイは心底思った。ジョージの家のキッチンで、ワインを飲んだり、葉巻を吸ったり、話をしたりできたら、どんなにいいだろう。それができるなら、たとえ市が店を閉鎖しても、きっとなんとかなるさ、とジョージに言ってやりたかった。それから、こんな想像をした。ジョージの腕を取って、大きな世界地図のところへ連れていき、三つの場所を指さす。三人の妹が暮らしている場所だ。テキサスのメアリー、南カリフォルニアのケイティ、フロリダのモーリーン。〝いいかい？〟レイは自分がジョージに語りかけているところを心に描いた。〝こんなゴミ溜めみたいな土地を捨てて、どこかに新しい店を開こう。ここか、ここ、それから、ここでもいい。俺は行ったことがないけど、妹たちはみんな、暖かい土地だと言ってる。どうだい、ジョージ？〟

レイ・ドワイヤーは、このすばらしい考えへの同意を求めて、折れていない方の腕を上げ、ジョージ・カリオティスと握手を交わした。もっとも、ジョージにその意味はわからなかったが。レイ・ドワイヤーは自身に誓った。元気になったら、このすばらしい考えを、すべてジョージに話してやろうと。

ウェンディ・タドホープはいかにして命拾いをしたか

How Wendy Tudhope Was Saved from Sure and Certain Death

ロブ・カントナー　田村義進訳

ロブ・カントナー（Rob Kantner）は一九五二年オハイオ州生まれ、ジョージア州北部で成長したのち、デトロイトへ移った。軍務に就いた後、東ミシガン大学を卒業。一九八二年から《アルフレッド・ヒッチコック・ミステリ・マガジン》に短篇を発表し、一九八六年の長篇デビュー作『探偵ベン・パーキンズ』（扶桑社ミステリー文庫）でアメリカ私立探偵作家クラブ（ＰＷＡ）賞の最優秀ペイパーバック賞を受賞。アパート管理人探偵ベン・パーキンズのシリーズの長篇を合計九作発表し、さらに二度ＰＷＡ賞を受賞した。本作も《アルフレッド・ヒッチコック・ミステリ・マガジン》に掲載された。

ニック・ボルトハウス巡査の到着が少しでも遅れていたら、ウェンディ・タドホープは逆上した前夫に撃たれて死んでいただろう。

まさに奇跡であったと、ウェンディは周囲の者に語っている。ボルトハウス巡査があのとき無線連絡を受け、あの瞬間にあそこにやってきたことは、奇跡にほかならない。けれども、ウェンディは何も知らないし、何もわかっていない。

1

ブライアン

金色に輝く大きなレクサスのナンバープレートには、〝SUE〟という文字が入っている。だが、それは所有者の名前ではない。それは営業用のもので、〝訴訟〟を意味している。ブライアンは弁護士である。名刺には、さらにカウンセラー、アドバイザー、仲裁人、訴訟代理人とも記されている。

が、もっとも正確な肩書きは記されていない。弁護士に額面どおりのことを期待するほうが間違っているかもしれないが、じつのところ、ブライアン・マーセラス・ドボジーは何にもまして金の亡者なのだ。去年、国税局に申告した純利益は五十万ドルを優に超える。報酬は時間制なので、その年は離婚訴訟や飲んだくれのトラブルのために五千三百三十三時間を費やしたことになる。それを平年の三百六十五日で日割り計算すると、食事や睡眠や余暇といった日常の非営利活動には、一日あたり九・四時間しかあてられていないことになる。

　ことほどさように、ブライアンの弁護活動は薄利多売の法律バージョンなのである。営業方針ははっきりしている。一　新規の依頼を受けるにあたって考慮に入れなければならないのは、そのとき抱えている訴訟の件数や名声ではなく、依頼人の懐具合である。二　うるさいことを言う者を優先する。三　よくわからない問題は先延ばしにする。四　有形無形を問わず、すべての経費を請求する。五　報酬は絶対に取りっぱぐれないようにする。そういった方針を遵守することが、金儲けの秘訣のひとつであるのは間違いない。それは法律家としての情熱のなさとか、凡庸さとか、抜きんでた法廷戦術の欠如を補って余りある。自分ではほとんど自覚していないが、商売が繁盛しているわけはほかにもある。法廷での押しだしのよさや、ごまかしの技術や、ノリの軽さ、さらにはひとから憎まれてもなんとも思わない図太さや、羞恥心のなさや、十二枚の皿を同時にまわせる類なき才能といったものだ。

　だからこそ、一日に十四・六時間もあくせくと働くことができるのだ。そんなわけで、この晴れた秋の日の朝、ブライアン・マーセラス・ドボジーは金色に輝く大きなレクサスをデトロイトのロッジ・フリーウェイに二十キロの制限速度オーバーで駆りつつ、携帯電話で話をし、ハンドルに立てかけたメモ帳にボールペンを走らせていた。このときもまた離婚訴訟の理由開示の時間に遅れそうになっていた。だが、気にすることはない。依頼人は小心者だし、判事はプードルのように扱いやすい。審理は数週間延期させることができるだろう。

　もちろん、このときはウェンディ・タドホープのことは何も知らなかった。

　この日、自分がウェンディ・タドホープにどのような影響を与えることになるかもまったく知らなかった。

　そして、これからも決して知ることはないだろう。

2　ブライアン、ドナ、ダリオ

ダリオ・ジャネッティもまたウェンディ・タドホープのことをまったく知らなかった。だが、たとえ知っていたとしても、かかわりを持つことはなかっただろう。幸福で満ち足りた女に用はない。

この晴れた秋の日の朝、ダリオはポップコーン判事の法廷の外の廊下のベンチにすわり、たったいま知りあったばかりのドナ・ネノとおしゃべりをしていた。ドナはでっぷりと太っていて、中年の疲労感を実際の年以上に漂わせているが、不器量ではない。といっても、体重や年齢やルックスは関係ない。ダリオには独自の基準があり、ドナはそれにぴたりと当てはまっている。まず、女であること。やっかいな離婚問題をかかえていること。もうすぐ他人になる夫に浮気をされ、捨てられたこと。金に困っていること。孤独で侘しい将来への不安を抱えていること。必死で隠そうとしているが、ハンサムで、話し上手で、まっとうな職業についていると思える男にとつぜん言い寄られたことに、驚きを覚えつつも、舞いあがらんばかりになっていること。

ダリオ・ジャネッティは口八丁手八丁で巧みに口説きにかかり、ドナのためらいがちな質問に対しては、微笑み、相手の目をまっすぐ見つめ、ときおりユーモアをまじえながら、当意即妙に答えていった。お仕事は？　法の執行官です。素晴らしい。このひとは自分が法に従うだけでなく、他人を法に従わせてもいるのだ。銃を持ち歩いているかもしれないと思うと、危険な香りさえする。お住まいは？　プリマスです。申しぶんない。品のいい上流階級の街だ。お子さんはいらっしゃるの？　みな成人しています。完璧だ。ドナの目にはそう書かれている。

ダリオはこれからふたりが取り結ぼうとしている関係（ドナはそれを頭のなかで映画のように観ている）に負担にならないようなかたちで子育ての苦労話をした。自分が魅力的に見えることは最初からわかっている。細身のしなやかな身体。エキゾチックな褐色の肌。上等のコロン。豊かで艶やかな銀色の髪、非の打ちどころがない髪型。これまでの経験から言って、ドナのような女は、ダリオのような男をエンブレムのように身につけたがるものだ。

そう。このざわついた裁判所の廊下では、すべてが順調に進んでいる。ベンチの上で、ふたりの距離は少しずつ縮まりつつある。ドナはときおりさりげなく身体に触れたり、ブロンドの髪をそっと整えたり、冗談にくすくす笑ったりしている。選考試験に見事に合格したということだ。しかも、ダリオはドナのどの質問に対してもひとつの嘘もついていない。自分自身の離婚訴訟のことは訊かれていない。もし訊かれていたら、まばたきひとつせずに嘘をついていただろう。ダリオの離婚訴訟は係争中ではなく、五年前に決着がついていた。ドナ・ネノのような女が裁判所の廊下に大勢いると知ったのは、そのときのことだ。結婚生活の破綻によって心に深い傷を負ったために、それまではずっと平凡で、まっとうで、健全な人生を歩んでいたにもかかわらず、みなダリオのようなナンパ男を膏薬がわりに塗りつけたくなる衝動に抗しきれなくなるのだ。

裁判所へはどのみち仕事で定期的にやってこなければならない。それで、ダリオは月に一度か二度〝低いところになった果実〟を摘むために廊下をぶらついていた。何も起こらないことも多いが、それでもこれまでに八回はナンパに成功し、甘い果実をたっぷり味わうことができた。このときも、ドナの体温を感じながら、もうすでに九番目の女を射とめた気になっていた。首尾は上々だ。いずれにせよ、この日は仕事をする気分ではない。もうしばらくここにいて、ドナが用をすませるのを待ち、甘い言葉でデートに誘おう。〈トレ・ヴィート〉で昼食をとり、ベル・アイルをドライブしよう。そのあと、〈ハーフ・パースト・スリー〉で一杯ひっかけてから、〈セント・クレア・イン〉へ向かい、キャンドルの明かりの下でワインとロマンスを玩味しよう。

ドナは首をまわし、それからダリオの手を取った。「あら、弁護士さんがいらっしゃったわ。行かなきゃ。ここで少し待っててていただけるかしら」

「もちろん」ダリオは愛想よく答え、ドナが誰のことを言っているのかたしかめるために、ドナの肩の向こうに目をやった。グレーのスーツに身を包んだ長身のハンサムな男が足早に近づいてくる。なんてこった。よりにもよって、あの男が。こんなときに。

ドナは立ちあがった。ダリオもそれにならった。

「すぐに終わりますわ」ドナは気遣わしげに言った。

弁護士はふたりのところにやってくると、口もとに皮肉っぽい笑みを浮かべた。

「おはよう、ブライアン」ドナは言った。

「おはよう」ブライアンは答えて、目を細めた。「こちらの方は？」

ドナは微笑んだ。「ミスター・ダリオ・ジャネッティ」

「おはようございます、弁護士さん」ダリオは言い、ドナに見えないよう目配せをした。

ブライアンはそれに気づきながらも、素知らぬ顔をして、ドナのほうを向いた。「行きましょう」

「ええ」ドナは答えて、ダリオの手を握りしめた。「待っていてくださるわね」

「それは無理でしょうね」ブライアンは冷ややかな口調で言った。

「えっ？」

ブライアンは微笑んだ。「行かなきゃならないところがあるからですよ。ちがうかい、ミスター・ダリオ・ジャネッティ」

ダリオは心のなかで憤懣やるかたなげにため息をついた。

「ああ。いま思いだしたよ」

ドナの丸い顔が色を失い、青い目がふたりの男を交互に見やった。「あなたたちはお知りあいなの？　これはいったいどういうことなの？」

「あとで話しますよ。さあ、行きましょう」

ブライアンは大きな手でドナの肘をつかみ、ポップコーン判事の法廷へ向かった。途中、首をまわして、〝失せろ〟という冷たい一瞥をくれた。

ダリオは苦りきり、むかっ腹を立てながら、エレベーターのほうへ歩いていった。ドナがどうであれ、この日は仕事をするつもりはなかった。だが、自分を追い払うことのできる数少ない人間のひとりである糞ったれ弁護士の出現によって、当初の目的を達成しそこなったいまはちがう。

このままではおさまりがつかない。いちばんてっとりばやい憂さ晴らしは、クズどもを何人かとっつかまえることだ。

いずれにせよ、〈バイダウィー・モテル〉にはもう一度行かなければならない。月曜日のガサ入れではパクれなかった者が何人かいる。連中はこれでしばらく手入れはないだろうと高をくくっているにちがいない。

そのとき、隣の州にいたウェンディ・タドホープも、自分のところへやってこようとしている訪問者がいることにまったく気づいていなかった。

3 ダリオ、ホア、ロジャー

チャン・ホアは近々手入れがあることを予測していた。誰がやってくるかも、いつやってくるかもわからないが、そのときが迫っているのは間違いない。ホアのような〝人蛇〟と呼ばれる密航者にとって、日々の暮らしは用心と警戒と緊張の連続で、〝間一髪〟とか〝九死に一生〟とかいった経験も日常茶飯事だ。このまえの月曜日には、武装した私服の捜査官が、やはり武装した制服警官に援護されながら、〈バイダウィー・モテル〉の出入口をふさぎ、いっせいに敷地内に踏みこんできた。それで、彼女と同じようにビザを持たない数人の同僚が逮捕され、ミスター・マックスはまた裁判所へ出頭を命じられた。そのとき、ホアは夜の仕事の準備のためにたまたまシャワーを浴びていた。だから見つからずにすんだのだった。

が、あのときはあのとき。連中はかならずまたやってくる。わかってはいるが、怯えてはいない。この程度のことはもうすでに慣れっこになっている。自分ではどうにもならないことのために仕事を放りだすわけにはいかない。で、この晴れた秋の日の昼どき、ホアは〈バイダウィー・モテル〉の一階の客室の掃除をしていた。夜の仕事に出かけるまえに、あと二部屋をすませなければならない。きつい仕事だが、手は抜けない。一生懸命やっているからこそ、うるさ型のミスター・マックスに満足してもらえるのだ。

ミスター・マックスはそんなに悪い人間ではない。去年、広東省をあとにして以来、まわりにいるのはろくでもない人間ばかりだった。手際よく浴槽をこすっているうちに、ろくでなしどもの顔が次々と頭に浮かんできた。一万ドル相当の頭金を両親からふんだくり、残りの三分の二の借金のカタに家族全員を担保にとった高利貸し。〝蛇頭〟と呼ばれる密出国の斡旋人。無一文とわかっていながら、沖合いからカリフォルニアの海岸まで彼女を運んだ謝礼として千ドル要求したヴェトナム系マフィア。〝隠れ家〟と呼ばれる奴隷工場を経営していた悪党ども。借金をかえすために、ホアはそこで血も涙もない男たちに劣悪な条件でこき使われていた。ある日、隙を見て逃げだすことができたのは、幸運以外の何物でもなかった。

入国帰化局につかまれば、何年もアメリカの刑務所にぶちこまれることになる。ヴェトナムの悪党どもに見つかる危険も避けなければならない。それで、ホアは居場所を転々と変えつづけた。街から街へ東へ向かってジグザグに進み、夜露をしのげる場所を探し、選り好みをせずに仕事をし、立ち去り、たいていは機転と度胸によって、ときには幸運のおかげで幾多のトラブルを切り抜け、英語を身につけ、アメリカ人になりきるすべを要領よく学び、しなければならないことはどんなときでも、どんな手段を使ってもなしとげてきた。

デトロイトはほかのどの街よりも有色人種の数と種類が多く、当分は安全に暮らせそうに思えた。ここでようやく逃げまわるだけの日々から脱却し、普通の生活を営み、将来に希望が抱けるようにさえなりかけていた。たしかに〈バイダウィー・モテル〉のメイドの仕事はうんざりするくらいきつい。〈ハンフリー〉のステージでの仕事も楽ではない。騒々しい音楽や、悪臭や、酔っぱらいや好色な男たちは、ホアのように生真面目で身持ちのいい娘にとっては試練以外の何物でもない。だが、仕事をすれば金になる。ダンサーの仕事は特にいい金になる。異国情緒と器量のよさを売り物に、モテルで得られる一週間分以上の金を一日で稼ぐことができる。稼いだ金の使い途は土曜日に全部決まる。高利貸しへの返済分と中国に住む家族への仕送り分を差し引いて、残った分が家賃と本代と食費に振りあてられる。

このとき、ホアは客室のバスルームの鏡を拭きながら、大きな疲労感を覚えていた。残りの二部屋の掃除をすませたら、まっすぐ家へ帰り、ベッドに倒れこんで、朝までぐっすりと眠りたい。でも、結局は〈ハンフリー〉へ行くことになる。そこへ行くたびに、そこへ行かなくてもよくなる日が一日ずつ近づいてくるのだから。物事はすべてよくなっていく。これまでもそうだった。ここはアメリカなのだ。

部屋の時計に目をやると、三二二号室に十二分もかけていたことがわかった。のんびりしてはいられない。満杯になったビニールのゴミ袋を持って、外に出たとき、右側の私道を地味なブルーのセダンが通り過ぎていった。運転しているのは艶やかな銀色の髪の男で、どうやらモテルの事務所のほうへ向かっているようだ。ホアは好奇心をそそられつつも、清掃用のカートの脇を抜け、客室のドアの前を通って、中庭のはずれへ向かった。角を曲がり、またいくつかの客室の前を通り抜けたとき、ゴミ用のコンテナの手前に白いビュイックがとまっていることに気づいた。ゴミ袋を捨てて、踵をかえしたときには、中年の男がビュイックのタイヤを交換しおえ、どうやら急いでいるらしく、工具をあわただしくトランクに放りこんでいるのが見えた。

なぜか胸騒ぎがする。

三二二号室に近づいたとき、ふたつのことが起こった。ひとつは、月曜日の手入れを指揮した入国帰化局の男が〝艶々した銀色の髪〟だったという話を思いだしたこと。もうひとつは、その男をいまここでまた見たこと。間違いない。あの男だ。角を曲がって、まっすぐこちらへ向かってくる。

ホアは考えることなく振り向いて、急ぎ足であともどりしはじめた。入国帰化局の男もそれを見て、脚を速めたはずだ。隠れなければならない。でも、どこに？　角を曲がり、男の視界の外に出たとき、白いビュイックが目に入った。持ち主の姿はなく、トランクは開いたままになっている。ホアはビュイックに駆け寄り、ダンサーらしい軽やかな身のこなしでトランクに飛びこむと、腰をかがめて、すばやく蓋を閉めた。

トランクのなかは狭く、暑く、暗かった。密航したときに隠れていたコンテナのなかのようだ。ホアは息をひそめ、身体の力を抜いて、時間が過ぎるのを待った。一分、二分、三分、四分。車に何かが当たる鈍い音がして、思わず飛びあがりそうになった。一瞬もう駄目だと思った。が、次の瞬間には、エンジンがかかり、車はバックしはじめた。それで、またしても窮地を脱することができたとわかった。

だが、どこへ向かっているのか。これからどうなるのか。

4 ホア、ロジャー、エリック

ロジャー・トワインは不幸な男だ。

その点では、フォード・エクスペディションを駆って、シンシナティにあるウェンディ・タドホープの住まいへ向かっている男と同じと言えよう。おたがいに一面識もないが、どちらも仏頂面をしている。だが、ウェンディはそのことを知るすべはない。ウェンディは中学校から戻ってきた双子の娘を出迎えているところで、念のために言っておくなら、ロジャー・トワインとはやはり一面識もないし、今後も知りあうことはない。

不幸なロジャー・トワインは、デトロイト・メトロポリタン空港のA五六番ゲートの搭乗ブリッジで、長い乗客の列に対して怒りを募らせていた。ひとつには、自分がパクランティック航空のゴールド・クラブのメンバーであるせいだ。ゴールド・クラブのメンバーなら、どんなに混みあっていても、長蛇の列に並ばされることはない。機内持ちこみの手荷物をひとつに制限されることもない。DC－9の右側の中央の席でラインバッカーにはさまれて、身動きがとれなくなるようなこともない。先を争うようにして搭乗することも、席の上の収納棚を確保しそこなうこともない。たったひとつの手荷物の機内持ちこみを、どうして時給六ドルの係員に恩着せがましく認めてもらわなければならないのか。

そもそも、この四時五分の便に乗ること自体、腹立たしいかぎりだった。本当は二時の飛行機のチケットをとってあったのだ。それに間にあっていれば、綿密に練りあげた計画どおり、妻のエレンに何も気づかれることなく、夕方の五時半にすんなり帰宅できたはずなのだ。

　もっともらしい言い訳を考えだすのは容易ではない。先月の携帯電話の一件があってからは、なおさらのことだ。エレンに疑いを持たれているのは間違いない。

　それもこれも警備員のせいだ。ロジャーは一歩ずつ足を進めながら考えた。全部あいつらが悪いのだ。たしかに時間はいつもより遅れていた。まさかタイヤがパンクするとは思わなかった。二十年にわたって何百台というレンタカーを借りてきたが、タイヤがパンクしたことなど一度もなかった。この日までは。いつもと同じように時間の余裕はないのに、この日は〈バイダウィー・モテル〉でタイヤを交換しなければならなくなった。ロード・サービスを呼ぶわけにはいかなかった。エレンはすべての郵便物に目を通している。

　それでも、二時の飛行機には間にあうはずだった。空港のレンタカー・プラザの安全確保のために設けられたゲシュタポばりの検問所がなければ。もちろん警備も大切だが、返却されたレンタカーすべてを虱《しらみ》つぶしにするのはやりすぎではないのか。もう少し常識的な判断ができないのか。ポロシャツとドッカーズというこざっぱりとした格好をし、高価なノートパソコンを小わきにかかえ、革のキャリーケースを引っぱっている、白髪まじりの人品卑しからぬ中年男のどこがテロリストのプロフィールと重なりあうというのか。

　警備員は子供ではない。みなTVの《特捜隊アダム12》に主演していてもおかしくないくらいの年だ。なのに、常識というものをかけらも持ちあわせていない。レンタカーの両側に立ち、車内を覗きこみ、トランクをあけるよう求めてきたのだ。もちろん、それを拒む理由はなかった。

　やれやれ。

　その結果、ありとあらゆる種類の警察官がやってくることになった。空港にセキュリティ関連の組織が何種類あるのかは知らないが、まるでトム・リッジ国土安全保障省長官以外の全員が集まってきたみたいだった。ロジャーはレンタカーのトランクのなかに若いアジア人の娘がいた理由など知るわけがないと主張し、長い取調べのあと、ようやくその言葉に嘘はないことを納得させることができた。

幸いなことに、娘は生きていたし、怪我もしていなかった。怯えきっていて、口もろくにきけなかったが、自分は勝手にトランクに入りこんだのであって、ロジャーは何も知らないという意味の片言英語はなんとか取調官に伝わったみたいだった。

取調官は連絡先を聞き、必要があれば連絡すると居丈高に告げたのちに、ロジャーを解放した。だが、そのときにはもうすでに二時の飛行機には間にあわず、十六時五分の飛行機に滑りこむのがやっとだった。その結果、エコノミー・クラスの窮屈なまんなかの席で、エレンへの言い訳を考えながら、悶々と一時間を過ごさなければならないはめになったのだ。携帯電話には、エレンからのメッセージが二件入っていた。きっと耳をそばだて、鼻をひくつかせ、手ぐすね引いて待っているにちがいない。

拷問のようなのろさで飛行機に乗りこみ、通路を覗きこむと、ファースト・クラスは本当に満席だった。くそっ。このなかで自分よりも頻繁にこの飛行機に乗っている客はいないだろうに！

エレンには何と言ったものか。もしかしたら、もうすでに会社に電話をかけて、出勤していないことを知っているかもしれない。

ロジャーはキャリーケースを引きずって、ファースト・クラスの通路をゆっくり進んだ。首をのばして、エコノミー・クラスの席の上の収納棚を見やると、後ろのほうはもうすでにいっぱいになっている。だが、ロジャーがすわることになっている十二列目のDの席の上には、まだいくらか空きがある。キャリーケースのひとつくらいは載せられるだろう。

機内は暑く、ロジャーは汗ばんでいた。顔が燃えるように熱い。前方から、赤ん坊の泣き声が聞こえてくる。このときふと思いだした。不運は重なるもので、今日はたしかテッドが出勤する日だ。テッドには、今日はカーライル・ホテルで会議があるので、会社には顔を出さないと言ってある。胃がねじれる。

ようやくファースト・クラスを抜け、エコノミー・クラスのエリアまで来たとき、乗客は手荷物を次々と席の上の収納棚に詰めこんでいた。空きが見る見るなくなっていく。

そのとき、後ろにいた娘がなぜかとつぜん振りかえり、バックパックが背中にぶつかった。なのに、娘は素知らぬ顔をしている。ロジャーはかっとなって、身をこわばらせた。もう少しで暴言が口をついて出そうになった。

もし万が一、エレンの電話をテッドが受け、テッドが会議のことを話し、エレンがカーライル・ホテルに確認の電話を入れていたら、それで一巻の終わりだ。頭のなかに、いくつもの音声つきの映像が映しだされる。問いつめ、非難するエレンの甲高い声。弁護士や判事や会計士。電子メール。チャットの記録。アメリカン・エキスプレスの明細書。ダーレーンやキャロルの証言。ジェニーの証言。ああ、神よ。会社の年金基金を使いこんでいたこともばれる。エレンの莫大な相続財産ともおさらばになる。

ふと目をあげると、十二列目の席の横に、眼鏡をかけ、スポーツ・ジャケットを着たブロンドの若い男が立っていた。大きな銀色のアタッシェケースを収納棚に押しこむと、十五列目の自分の席に戻っていく。

「ちょっと!」ロジャーは言った。「どこに荷物を置いているんだ! どけたまえ!」

まわりのいくつかの顔が振りかえった。ブロンドの男は困惑顔でロジャーを見つめた。

「そこはわたしの席だ!」ロジャーは怒鳴った。「荷物を降ろしたまえ!」

男は冗談を受け流すように笑った。「何を怒ってるんだい。早い者勝ちじゃないか」

十二列目の中央の席は空いていて、その両側の席は埋まっている。その上の棚は、スペースの半分をアタッシェケースによって占められている。どう見ても、ロジャーのキャリーケースが入る余地はない。

「荷物をどかしてくれ。それとも、わたしがどかそうか」

蒸し暑い機内のあちこちから、小さなささやき声が聞こえた。通路の乗客はみな分別くさく見て見ぬふりをしている。

ブロンドの若者はこれまで飛行機に乗ったことがなく、ルールを知らないらしく、涼しい顔で答えた。「冗談じゃない。ほかの空いたところに入れたらいいじゃないか」

「それなら仕方がない」ロジャーは言い、通路側の乗客の上に身を乗りだして、収納棚に手をのばした。アタッシェケースは重く、何かに引っかかっているらしく、まったく動かない。周囲からあがった非難の声を無視して、うなったり、悪態をついたりしながら、押したり引いたりしているうちに、ようやく引っかかっていたところがはずれた。ロジャーはさらに腕に力を入れて、アタッシェケースを収納棚から引っぱりだした。

だが、スティールのケースは思っていた以上に重く、つるつるしていて、手につかなかった。

アタッシェケースは落下した。

いやな音がした。

5 エリック、ミッシー

「どうなったか教えていただけませんか」エリックは携帯電話を耳にあてたまま、車のドアを閉めた。話を聞きながら、〈フェダースピル・ブラザーズ・エンジニアリング〉というステンシル文字の入ったオフィスに向かい、スモーク・ガラスのドアを抜けると、受付嬢に片手をあげてウインクをした。「それはよかった。いや、よかったわけじゃないんですが……ええ、わたしはたまたまそこにいあわせただけです。大事にいたらなかったかどうか知りたかったんです。話を聞いて、ほっとしましたよ」

携帯電話を閉じたとき、来客用の椅子に上品な身なりの女がすわっていることに気がついた。何かを期待しているような、探るような目で見ているので、エリックは女に微笑みかけて、その前を通り抜けた。仕切りのない広いオフィスの空気は、慌ただしい一日を終えて、静寂を取り戻している。空港へ向かうまえに聞いていたとおり、ヴィステオン担当班は急ぎの書類を仕上げるために残業をしているが、それ以外の社員はみな五時半ちょうどに帰っていた。会社の経営者にしては珍しく、エリックは残業というものに懐疑的だった。それが自主的なものであろうとなかろうと、長時間労働は収穫逓減の法則を発動させる。加うるに、ひとには仕事以外の生活が必要であり、誰にでもそれを手にする権利がある。もちろん従業員も例外ではない。

エリックはいつもの習慣から最初に隅のオフィスへ入った。そこでは弟のジェリーがいつものように立ったまま電話をかけていた。ワイシャツにネクタイを締め、髪はクルーカットにしている。得意とする仕事の分野だけでなく、服装や容姿や考え方にいたるまで、エリックとはつねに正反対のところにいる。だが、衝突による創造もビジネスの成功の秘訣のひとつだ。自動車部品の取引業者の増加が示すとおり、フェダースピル・ブラザーズ社は順風満帆だった。DNA以外にエリックとジェリーが共有しているのは、鋭利な知性と心根の優しさだった。

ジェリーはいつものように挨拶もしないで電話を切った。

「どうしたんだい。飛行機に乗り遅れたのかい」

エリックは軽く肩をすくめて、来客用の椅子に腰をおろした。「飛行機がキャンセルになったんだよ。どこかの粗忽者が乗客の頭の上にアタッシェケースを落としてしまったんだ」

ジェリーは大きく目を見開き、信じられないといったようにため息をつきながらも、話を本筋に戻すことを忘れなかった。「でも、商談はどうするつもりなんだい。いつモナハン社に行くつもりなんだい」

「幸運にも、たいした怪我じゃなかったらしい。すぐによくなるだろう」

「モナハン社は？」

エリックはまた肩をすくめた。「明日にでも行くさ。レイニーもそれでいいと言っていた」

「そりゃ、向こうはいいだろう」ジェリーは言いながら、机に積まれた書類の山に手をのばした。「向こうが何かを必要としているわけじゃない。その逆なんだから」

「だいじょうぶ。なんとかなるさ」

ジェリーは舌打ちをした。「わかってるだろ。今回はよほどうまくやらないと、テントの外から小便を引っかけられることになるんだぜ。兄さんにはホームランを打ってもらわなきゃならない」

「それなら、レイニーとトムに会うのは明日じゃなく、明後日にしよう。少しバッティング練習をしておきたい。それでいいね。ほかに兄弟喧嘩の種は？」

ふたりは睨みあった。ジェリーがつねに細部に目を配り、気苦労が絶えないのに対して、エリックはおおらかで、ものごとをありのままに受けいれ、余計なことはあまり考えない。

「わかったよ」ジェリーは指を振った。「もういい。先に帰ってくれ。鍵はぼくがかけておく」

エリックは立ちあがった。

「いや、ちょっと待ってくれ。二次面接が残っていた」

「あそこにすわっている女かい」

「ああ、そうだ。立てこんでいたので、三十分ほど待ってもらっているんだ。さしつかえなければ――」

「いいとも。引き受けるよ。志望部署は？」

「マーケティング部だ」ジェリーは言って、履歴書をさしだした。

「わたしのお眼鏡にかなったら、ろくでもない部署だから、やめておいたほうがいいと忠告しておくよ」

ジェリーはため息まじりに言った。「兄さんが気にいって、向こうがやる気まんまんなら、机に手錠でつないでおいてくれ」

エリックは笑いながら部屋を出て、いつものようにゆっくりと歩いていった。ジェリーとは対照的に、エリックのオフィスは混沌を極めていた。U字形の机の上には、書類や図面が散乱している。部屋の片側には四角いCAD端末機と二台の大型プリンターが無造作に置かれ、もう一方の壁際は会議用テーブルに占拠されている。壁には、ゴヤの『ロス・カプリチョス』の複製画が飾られている。散らかった机の上の壁には、標語入りの額縁がかけられている。

〝楽観主義者に言わせると、グラスは半分満たされている。悲観主義者に言わせると、グラスは半分空になっている。エンジニアに言わせると、グラスは必要な大きさの二倍もある”

机に身を乗りだして、履歴書に目を通しかけたとき、女が入ってきた。「ミスター・フェダースピル？」

エリックは微笑んだ。「エリックでいい。おかけください、ミズ……ボウマー」

「ミリッサで結構です」女は笑みをかえし、来客用の椅子に背筋をのばしてすわった。

年はエリックと同じだが、実際よりずっと老けて見える。丸顔にふっくらした身体つき。淡い色がついた眼鏡の向こうの淀んだ目。後ろでひっつめた黒い髪。白いタンクトップのようなものの上に、紺色のシングルのスーツを着ている。イヤリングも指輪もつけていない。アクセサリーはタトゥーのように見える染みの上のアンクレットだけだ。笑顔はつくりすぎの感じがする。マーケティング部の人間に求められる活力というものが、ほとんど感じられない。無理に明るく振舞っているのがはっきりとわかる。何かあったのか。面接の時間が遅れたせいか。どことはなしに諦念のようなものを感じさせるのはなぜか。月のもののせいか。

第一印象はあまりよくない。だが、それは珍しいことではないし、それが採用を見送る理由になることもない。マーケティング部で手腕を発揮する者が、自分にとって好ましいタイプの人間でないことは、最初からわかっている。だが、今回はそれだけではない。それ以上の何かがある。即座にそう感じた。霧の向こうに何かが隠されている。

履歴書に目を走らせながら、エリックは自分が製図用のスツールにすわっていることに気づいた。いつもとちがって、求職者とのあいだには大きな机がある。いつも面接のときには、場をなごませるため、会議用テーブルを使うようにしているのに。まあいい。仕方がない。エリックは微笑み、求職者の履歴を現在から過去に向けてたどりはじめた。

質問には淀みのない答えがかえってきた。まるでロングラン公演の最終日の役者のような要領のよさだ。ふいに女の輪郭がぼやけ、目鼻立ちがぶれて見えはじめた。物事の本質を見極め、つかみどころのない概念に実体を与えることを生業《なりわい》としている者として、エリックの目と直観はミリッサ・ボウマーのなかにまったくの別人を見てとりはじめた。もしかしたら名前さえちがっているかもしれない。

決め手となったのは微笑だった。昔はその口もとにほとんどいつものように浮かんでいた。いまはときおり見え隠れする程度だが、それは三十年という歳月を経ても、特権を有するエリートという自分のイメージの誤りにいまだに気づいていないことの証拠だ。手動式タイプライターの音と、AP通信のテレタイプの音が、遠くのほうから聞こえてくる。編集室の机の上に腰かけて、脚を組んでいるジーンズ姿の女の姿がまぶたに浮かんでくる。美人ではないが、若い。赤ワインのボトルを抱え、いつもの微笑を浮かべて、エリックに〝現実への順応〟を求めている。

エリックは履歴書を置いた。この時点で質問は大学時代のときのことにさかのぼっていた。「あの部屋に戻ったことは？」

「あの部屋？」

「学生新聞の編集室だよ」

ミリッサは身をこわばらせ、何かを抑えつけようとしているみたいに唇を噛みしめた。「じゃ、覚えていたのね。どっちだろうとずっと考えていたのよ」

「でも、名前はミリッサじゃなかった」エリックは遠い目をして、ひとりごちるように言った。「ミッシーだ。ミッシー……シュラップ」

「嬉しいわ」

「どうして」

また口もとに笑みが浮かんだ。「覚えていてくれたから」

「忘れられるわけがないよ」

笑みが消え、大きなため息が漏れた。「そりゃそうね」

エリックは無言でミッシーを見つめた。表面上は平静を装っているが、心のなかでは、三十年ぶりに再会した相手を前にして激しい動揺を覚えていた。

ミッシーはいらだたしげに髪を撫でつけながら言った。

「ときとして……ときとして何かを決断するというのはとても……とてもむずかしいことだわ」

「ああ。ぼくにも経験がある」エリックはそのとき理解した。いま自分が動揺しているのは、ミッシーと再会したからではない。いままでずっと忘れていた遠い過去を思いだし、臆病で、傷つきやすく、弱々しい自分自身に向きあわなければならなかったからだ。

「じゃ、わかってくれるのね」

「もちろん」嘘ではない。よくわかる。ミッシー・シュラップはこうして姿を現わすだけで、自分をかつての立場へ引き戻し、ふたたび深手《ふかで》を負わせるだけの力を持っている。

ミッシーは目をそらした。「もっといい方法があったかもしれない。ふたりとも若すぎたんだわ」

「かもしれない」

「そうよ」ミッシーはエリックを見つめ。それから言った。「これ以上面接を続けても仕方がないってことかしら」

情け深い性格がゆえに、曖昧な返事をすることを本能は望んでいた。だが、エリックは本当のところを告げた。

「そういうことだ」

ミッシーは一瞬目をつぶり、顔をそむけた。「わかったわ。お時間を割いてくださってありがとう」

ミッシーは立ちあがった。エリックも立ちあがり、礼儀正しく戸口まで送っていった。ミッシーはそこで顔をあげ、エリックと目をあわせた。矜持の念は消えていた。なりふりかまわぬ必死さが伝わってきた。

「どうしても仕事が必要なの」

「お役に立てなくて申しわけない」エリックは取りあわなかった。丁寧な口調にもかかわらず、その言葉はいかにも粗暴で、悪意に満ちたものに感じられたが、かつてミッシーが最後に見せつけた態度に比べたら、ずっと慈悲深い。

「雇ってもらえるなら、死にもの狂いで働くわ。後生だから、昔のことは水に流してちょうだい」

「水に流す?」エリックは穏やかな口調で繰りかえした。

次の瞬間、ミッシーは悟った。エリックはもう何もしゃべらないということを。しゃべりたくても、しゃべれないということを。それで、ぎこちなく頭をさげると、踵をかえして、通路を歩きはじめた。

声が届かないほど距離ができてから、エリックはつぶやいた。「幸運を」

オフィスへ戻ると、エリックは長かった一日に大きな疲労を覚えた。空港での騒動や、先ほどの感情の嵐を反芻しているうちに、探し求めてきた言葉がふいに見つかったような気がした。ひとに何を言われたかや、ひとに何をされたかは問題でない。問題はひとにどんな気分にさせられたかなのだ。

6 ミッシー、タイ、サム

この晴れた秋の日に、レン・スクーリーは制限速度ぎりぎりで黒のフォード・エクスペディションを駆り、インターステート七十五号線の中央車線をワパコネタから南へ向かっていた。ウェンディ・タドホープは、シンシナティ郊外の自宅の書斎でiＭａｃに向かい、聖遺物に関する記事を探してネット・サーフィンをしていた。そこから二百五十マイルほど北に行ったところでは、ミッシー・ボウマーが赤いシボレー・セレブリティのハンドルを握りしめて、大通りを西へ向かい、デトロイトとハムトラミックの市境にあるＧＭのポールタウン工場の前を通りすぎつつあるところだった。頭のなかは真っ白になっていたが、うんざりするほどよく見知った場所なので、車は無意識のうちに運転することができた。

無性に酒が飲みたかった。が、だからどうしたというのか。その欲求は十三歳のとき祖母が地下室でつくっていた干し葡萄酒をこっそり飲んだときから、ずっと続いているものだ。高校の授業の最中も、放課後も、ピアノの発表会のまえも、そうだった。デートのまえも、セックスのあとも、そうだった。二度の結婚のまえも、結婚生活のあいだも、離婚調停の最中も、ずっとそうだった。嬉しいときも、悲しいときも、ひとに囲まれているときも、独りでいるときも、飲みたくて仕方がなかった。グラスからでもボトルからでもいい。正体をなくすまで浴びるように飲みたかった。この惨めで、ぞっとするような二十二日間は、特にそうだった。エヴァンがとうとう最後通牒を突きつけて、家を出ていったのだ。

「遠くへ行くわけじゃない。しばらくマールのところに泊めてもらうだけだ」と、エヴァンは言いながら、プレイ・ステーション2をかばんに詰めこんでいた（それが事態のゆゆしさの何よりの証拠だった）。マールというのはペイント・ボールと改造自動車のマニアで、住まいはデトロイトのボストン－エディソン地区にある。場所はうろ覚えだが、一度そこに行ったことがある。大きな家で、エヴァンから聞いた話だと、その向かいの公園でタイ・カッブは近所の子供たちに野球を教えていたらしい。そこに行かなければならない。行けば、たぶん見つかるだろう。エヴァンに会って、この二十二日間ずっと酒を断っていたことを伝えなければならない。どれだけエヴァンを必要としているかをわかってもらわなければならない。エリック・フェダースピルの話を聞いてもらわなければならない。

また新たな痛手をこうむってしまった。今回も自分に落ち度があったせいではない。こんなことをいったい誰が予測できただろう。それにしても、よくエリックを覚えていたものだと思う。一学年下の、眼鏡をかけた、糞真面目な男で、たぶん寝たこともある。が、だからどうだと言うのだ。エイズ騒動以前のリベラルな七〇年代には、スケート靴をはきかえるのと同じくらい、それはなんでもないことだった。利害関係の絡んでいるところで安易な肉体関係を持つのは、賢明な行為とは言えないかもしれないが、当時の道徳観念はいまよりずっと緩やかだった。

ミッシーは気持ちを切りかえ、道路標識をチェックした。ボストン－エディソン地区は北西の方角にある。ウッドワード通りを行くのがいいだろう。あの公園を見つけられたら、エヴァンがいる家を見つけることができる。

あのころはよかった。学生新聞の輝かしい初代女性編集長として、周囲の男たちを意のままに動かすことができた。男たちは競いあい、取りいり、かしずき、まめまめしく働いた。ミッシーの覚えよろしきを得て、次期編集長の座を射とめるべく、みな必死だった。野心的な男からちやほやされるのは、わけても気分がよかった。男たちは文字どおりどんなことでもした。どんなに忙しくても文句を言わなかった。昼食はいつも誰かのおごりだった。男たちをはりあわせ、罵りあわせ、陰口を叩きあわせるように仕向けるのは容易だった。何もかもが愉しかった。

ウッドワード通りを進み、ＧＭの本社ビルの前まで来たとき、信号が赤に変わった。やはりこの通りであるのは間違いない。しばらく北へ行って、それから左折だ。そうしたら、どこへ出るのか。ヴァージニア・パーク？　とにかく行ってみよう。タイ・カッブの公園はどこにあるのか。思いだせそうで、思いだせない。

記憶にあるかぎり、エリックも取巻きのひとりではあったが、どちらかと言うと、素っ気のないほうで、いまにして思うと、あまり好意を持たれていなかったのかもしれない。言われたことはきちんとやったし、次期編集長の話をすると、喜んでいるようにも見えた。だが、実際のところ、エリックが編集長になれる見こみはなかった。可能性ははじめからゼロだった。三年生では編集長にはなれない。それくらいのことは当然わかっていなければならなかったのだ。だが、エリックは空約束や甘言を真に受けて、ニンジンをほしがるロバのように尻尾を振ってあとをついてきた。

しばらくしてエリックに現実を思い知らせたときには、ひそかな満足感を覚えさえした。だが、驚いたことに（ほんの一瞬だが）、エリックは即座に新聞部を辞めてしまった。もったいない、とそのときは思った。いつかきっと優秀な記者になっただろうに。赤ん坊みたいにふるまうのをやめさえすれば。

ウッドワード通りの信号機はシンクロしていない。車はゴーとストップを繰りかえし、ミッシーはギアをセカンドに入れることもできず、シウォードの交差点でも、やはり赤信号につかまってしまった。エリックのことを考えると心が掻き乱されるが、それがなぜなのかはわからない。いまこうして記憶のぬかるみをたどっているうちに、ふと思ったのだが、実際のところ、あの時代はそんなに素晴らしいものではなかったのかもしれない。考えているうちに、エリックとは一度も寝ていなかったような気がしてきた。そういえば、エリックには冴えないイギリス人の婚約者がいた。エリックはほかの男たちと同じような目で自分を見ていたのではなかったのかもしれない。

ふと気がつくと、ミッシーは酒場の看板を見つめていた。店の名前とビールのネオンサインの下に、〝ピッチャー・ナイト!〟と記されたポスターが貼ってある。それを見た瞬間、想像力が働きだし、頭のなかに、大きなガラスのピッチャーが情け容赦ない鮮やかさで現われた。ガラスの表面は霜で曇り、濃厚で冷たい黄金色のサム・アダムズ・ビールの泡がこぼれそうになっている。タイ・カッブの公園とエヴァンの家は、もう目と鼻の距離だ。エリックのこともある。糞食らえだ。何を迷うことがある。何も迷うことはない。

ビール二杯を飲みほしたあと、ミッシーは店の出口へ向かった。だが、途中で考えを変えて、もう一杯だけ飲むことにした。

7 サム、ファーン

電動ドリルが大きな音を立てて回転し、分厚い木のドアに穴をあけていく。ファーン・クルスカは手に力をこめ、電動ドリルに身体をあずけた。しばらくして、ドアに穴があくと、電源を切り、刃の回転が完全にとまってから、ビニールシートの上に置いた。その横には、光り輝く真鍮の錠前の部品がていねいに並べられている。ファーンは透明なプラスチックのゴーグルを額にあげると、施工説明書を手に取って、居間の大きな張りだし窓の前まで歩いていった。

作業をいったん中断したのは、表向きは、もちろん施工説明書を読みなおすためである。このような錠前を自分で取りつけたことは一度もない。だが、本当のところは、アヴリルの家の私道をもう一度チェックするためだ。やはり、エクスペディションは戻ってきていない。

問題は、そもそもあの車がなぜあそこにとまっていたのかということだ。

一日中、気になって仕方がなかった。人身保護命令が出されたために、レンはアヴリルから百ヤード以内に近づけないことになっている。なのに、今朝の十時頃、ふたりが先月までいっしょに暮らしていた家の私道に、レンの黒いフォード・エクスペディションがとまっていたのだ。出勤時にそれを見たとき、最初に頭に浮かんだのは、警察に通報しようという考えだった。次に考えたのは、アヴリルに電話をかけて無事をたしかめようということだった。三番目の選択肢は、何もせずに成りゆきを見守ろうというもので、結局はその案に落ち着いたのだった。

何事につけ、お節介を焼くのは好きではない。それにアヴリルとは、大の仲良しというわけでもない。新しく越してきた者とはすぐには打ち解けないほうがいいということも、つとに学んでいる。多くの者は、ことにレンやウェンディのように若いひとたちは、由緒あるボストン＝エディソン地区という名前に惹かれ、なかば夢心地でここにやってくる。著名人は死んだあとも有象無象を引きつける。この地区には、かつてドッジやフィッシャーやフォードやゴーディといった名家があった。ここから三軒先の、ヴォイト・パークに面した家には、タイ・カッブが住んでいたこともある。そのころから何十年も経ったいま、新たに越してきた者は、老朽化した屋敷の修繕と維持にどれほどの時間と労力と金が必要になるかを知り、市当局に蔓延する官僚主義と折りあいをつけることができず、多くはすぐに匙を投げて、街を出ていってしまう。

だから、新しい住民とすぐに親しくなることはない。ただ、焼きたてのパンを持って挨拶に行くことだけは忘れないようにしている（以前は息子のジェイサンをよく連れていっていたが、自意識過剰ぎみの夫のラトロイを伴ったことは一度もない）。向かいの家には、これまで二斤のパンを届けた。アヴリルが離婚したばかりのレンとともに暮らしはじめたときに一斤。十年前、レンとウェンディが越してきたときに一斤。アヴリルとウェンディとは仲がよかったが、いまは別の場所で、新しい家庭を持っている。レンは仕事であちこちを飛びまわっていて、しかも無愛想なので、話をする機会はほとんどない。アヴリルはレンとウェンディの中間に位置し、軒先で立ち話をするくらいの仲だ。

ウェンディと同じく、アヴリルもファーンに心を開き、レンとの結婚生活の破綻について事細かに話して聞かせた。

だからレンの浮気のことも知っているし、夫婦喧嘩のことも知っている。人身保護命令の文面も読ませてもらった。泣き崩れるアヴリルに細い肩を貸してやったこともある。愚痴もさんざん聞かされた。ウェンディにはプールをつくってやったのに、ジャクジーがほしいという自分の頼みは聞いてくれないとか。デトロイト市内のトップレス・バーやカジノにかける金額と回数が増えるばかりだとか。石のように押し黙っているかと思えば、とつぜんかっとなって、拳を振りあげるとか。人身保護命令を請求したときには、レンとは二度と口をきかないと真顔で言っていた。ところが、保護命令が出されたあとも、レンはしばしば自宅でアヴリルと一夜をあかしていた。夫婦の関係は破綻しても、お楽しみの部分だけは円滑に機能しているということだろう。

今朝、レンのエクスペディションが私道にとまっているのを見たとき、余計なことはしないほうがいいと思ったのは、それがいちばんの理由だった。車体に露がついていなかったということは、朝食のあとやってきたにちがいない。

夕方近くにパートタイムの仕事から戻ってきたときには、車はなくなっていた。

思いなおして、ファーンは主寝室へ戻った。さっさと錠前を取りつけてしまわなければならない。もうすぐジェイサンが学校から（あるいは、どこか別の場所から）帰ってくる。とにかく、昨日の繰りかえしになることだけは避けなければならない。ファーンは電動ドリルから刃を抜いて、別の刃をさしこんだ。部屋に錠をかけるのもひとつの手だが、それ以上にラトロイに膝づめで説教をしてもらう必要がある。なんと言っても、ラトロイはジェイサンの父親なのだ。

とつぜん表から甲高い衝撃音があがり、そのあとにいくつかの鈍い音と、耳をつんざくような凄まじい金属音が続いた。ファーンは工具を床に置いて、張りだし窓に駆け寄った。通りの向こう側で、アヴリル・スクーリー宅の平穏は一台の車によって切り裂かれていた。赤いセダンが縁石を乗り越え、生垣を突っ切り、錬鉄製のフェンスをなぎ倒したあと、電柱に正面衝突して、蒸気を噴きだしている。

ファーンは走って外に出ていき、前庭を抜けて、通りを横切った。アヴリルの家はしんと静まりかえっている。まわりの家も同じで、動いているのは、犬を連れてヴォイト・パークを散歩している男だけだ。ファーンはポケットから携帯電話を取りだし、九一一にダイヤルして、事故車に恐る恐る近づいていった。運転席のドアが大きく開き、見知らぬ女がシートベルトから車外になかば飛びだしそうになっている。ファーンはそこに駆け寄り、腰をかがめて、生のあかしを探した。意識は朦朧としているが、息はあり、小さな声で〝エヴァン〟という言葉を繰りかえしている。アルコールの強烈な臭いがする。ファーンは電話をかけ終えると、女をシートにすわりなおさせて、サイレンの音を待った。

近隣の住民が穴から頭を出すプレーリードッグのように表に出てきはじめた。だが、アヴリルは出てこない。家からはなんの動きもなければ、物音もしない。ファーンは車と破壊されたフェンスごしに裏庭に目をこらした。しおれた鉢植え、雑草の生い茂ったパティオ、ひっくりかえったガーデン・チェア、緑色に光るプール。

そのプールの水面に、何か黒っぽいものが浮いている。目を細めて、近づくにつれて、輪郭が少しずつはっきりしてきて、完全なかたちになった。小型のスパニエル犬だ。ぴくりとも動かない。死んでいるのは間違いない。身体に黒い大きな穴があいている。アヴリルの愛犬サシャだ。

身をこわばらせて見ていたとき、パトカーがやってきた。ようやく我にかえって振り向いた瞬間、点と点が結びついた。家庭内暴力、人身保護命令、私道にとまっていた黒のエクスペディション、静まりかえったスクーリー宅。

ああ、神さま! ファーンは大慌てでパトカーのほうに走っていった。アヴリル!

8 ファーン、ニック

パトカーから降りかけたときに無線が鳴った。「一一一〇号車、応答願います」

ニック・ボルトハウス巡査は運転席に戻り、肩に取りつけたマイクのスイッチを押した。「こちら一‐一〇号車」

「現在地を教えてください」

これから夕食をとろうとしていたところなのに。「ビーチモント通りとエイト・マイル通りの交差点付近だ」

「ロイスウッド通り一八〇〇九番地で暴力事件が発生する可能性があります。ただちにそちらへ向かってください」

「了解」ボルトハウスは答えて、運転席のドアを閉めた。

「補足します。その周辺に現われると思われる車両は、ミシガン・ナンバーをつけた黒のフォード・エクスペディションです。見つけたら、応援を要請して、運転手の身柄を確保してください」

「了解」ボルトハウスは答えて、イグニッション・キーをまわした。

白と黒のクラウン・ヴィクトリアは爆音を響かせながらビーチモント通りを進み、少し行ったところで左折して、エイト・マイル通りに入った。

ボルトハウスは片手でハンドルを操りながら、もう一方の手で無線の周波数を切りかえた。「こちら一‐一〇号車。当直司令室、応答願います」

「こちら当直司令室。何かあったのかい、ニック」

「それはこっちのセリフだよ。いったい何があったんだい」

車は二車線道路を北に向かって猛スピードで進んでいた。

「今日、デトロイトで殺しがあった。被疑者はレン・スクーリーという男だ。白人、四十一歳、体重二百ポンド。黒い目に褐色の髪。被害者は二人目の女房だ。隣人の話だと、こっちに最初の女房が住んでいるらしい。名前はウェンディ・タドホープ。それで、被疑者がこっちへ向かっているかもしれないと言ってるんだ」

「最初の女房が命を狙われてるってことかい」

「そういうことだ」

「なるほど」

車は赤信号を無視して、クラフ・パイクに入った。

「家に電話をかけてみたんだが、話し中だった」

「あと二分ほどで到着する」

「たぶん何もないと思うんだがね」

「了解」

アンダーソン・ヒルズの分譲地が急速に近づいてきた。ボルトハウスは右に曲がり、それから左に曲がって、ロイスウッド通りに入った。そこが袋小路になっていることは知っていた。その突きあたりが一八〇〇九番地だ。車まわしはからっぽで、前庭では十代のふたりの少女がバドミントンをしている。ボルトハウスは家を見ながら、ゆっくりと奥のほうへ入っていき、突きあたりで車をUターンさせた。少女たちは振りかえりもしない。

ボルトハウスは肩のマイクのスイッチを押した。「こちら一-一〇号車。ロイスウッド通り一八〇〇九番地の状況を教えてくれ。外から見たかぎりでは異常ない。これから近所の聞きこみをしようと思っている。指示を待つ」

通信司令員が答えた。「了解、一-一〇号車。待機してください」

車がロイスウッド通りのほうへゆっくりと向かいかけたとき、大きな角張った黒いSUV車が角を曲がってやってきた。もう少し近づくと、フォード・エクスペディションだということがわかった。フロントのナンバープレートはない。オハイオ州の登録車ではないということだ。エクスペディションは通りの突きあたりまで行くと、とつぜんスピードを落として、一八〇〇九番地の車まわしに入った。「被疑者を発見した」ボルトハウスは報告して、回転灯をつけた。「車を停止させる」

とそのとき、エクスペディションはいきなりバックし、元きた道を後戻りしはじめた。

ボルトハウスはアクセルを踏みながら言った。「訂正する。現在、被疑者はクラフ・パイク方向に逃走中。黒のフォード・エクスペディション。ナンバープレートはミシガンNMN二六……」

レン・スクーリーは複数の管区の警察とカーチェイスを繰りひろげたあと、ケンタッキー州レキシントンの東の放牧場でハンドルを切りそこねて死亡した。

ウェンディ・タドホープの命を救った連鎖反応にそれぞ

れの人生を一度ずつ交差させた者たちは、おたがいになんの関連もない別々の運命をたどった。

ニック・ボルトハウスはシンシナティの東地区のパトロールを続け、つい先日、部長刑事への昇進試験に合格した。ファーン・クルスカはいまも夫のラトロイといっしょにデトロイトのボストン‐エディソン地区で暮らしている。息子のジェイサンは遠方の学校に通うために家を出た。

エリック・フェダースピルは無事にモナハン社の訪問をすませ、弟の希望どおり〝ホームラン〟をかっとばした。いまは新本社の建設にとりかかっている。

ロジャー・トワインの結婚と経歴はだしぬけに終焉を迎えた。現在はウェストランド交流発電機の販売員をしている。

チャン・ホアはフィラデルフィアで暮らしている。二日後には、法輪功の信者として政治亡命を申請するために弁護士と会うことになっている。

ダリオ・ジャネッティは最近ひっかけた女の言葉を鵜呑みにし、離婚係争中の夫はさほど嫉妬深くはないという思いちがいをしている。

ドナ・ネノは独身生活を楽しみ、相思相愛の恋人とデートを重ねている。

ウェンディ・ウィルトン・スクーリー・タドホープ自身は、夫と娘たちとともにシンシナティで幸せに暮らしている。

9　ほかのふたり

ミッシー・ボウマーは名前を呼ばれて、身体を起こした。視界がはっきりしてくると、警官が鉄格子の扉に身を乗りだしているのが見えた。

「行くぞ」警官は言った。

「弁護士はどこにいるの」ミッシーはよろめきながら立ちあがった。頭がずきずきし、目がまわる。ああ、神さま。自分はひどい臭いを放っている。

「法廷で会えるさ。さあ、行こう」警官はミッシーの腕をとり、監房の外へ連れだして、手錠をはめた。通路を進み、何度か角を曲がって、いくつかのドアを抜けると、混みあった広い部屋に出た。

「ここでいい」警官は言って、手錠をはずした。「名前が呼ばれるのを待っていろ」

審理が行なわれている法廷はざわついていた。木製の手すりの手前には、数人の被告人がひとかたまりになって立っていた。しばらくして、傍聴人席にいる弁護士の姿が見えた。弁護士のほうもミッシーに気づいて、こくりとうなずきかけた。口が渇いて仕方がない。予想される刑はわかっているが、それでも不安を抑えきれない。

「被告人ミッシー・ボウマー」判事の声が響き渡った。「前へ」

ブライアンは壇上に進みでて、ミッシーを手招きした。ミッシーはそこへ歩いていくと、振りかえって、裁判官席の判事と向かいあった。黒いローブをまとい、いかめしい顔をしたブロンドの女だ。

書類をめくる音がし、マイクが甲高い音を立て、書記官が訴状を読みあげた。「ミリッサ・シュラップ・ボウマーを以下の罪で告発する。飲酒運転。無謀運転。および、五千ドル以下の器物損壊」

「罪状に相違ありませんか」判事が言った。

「ありません」ブライアン・ドボジーが答えた。

判事は判決を言い渡した。量刑はブライアンから前もって聞かされていたとおりだった。すぐに次の被告人の名前が呼ばれた。ブライアンはミッシーの背中に大きな手をまわし、法廷を出て、ロビーまで歩いていった。「いかがです。判決に不服はありませんね」

スネーク・アイズ
Snake Eyes

ジョナソン・キング　青木千鶴訳

ジョナソン・キング（Jonathon King）はミシガン州ランシング生まれ。二〇〇二年のデビュー作 *The Blue Edge of Midnight* でアメリカ探偵作家クラブ賞の最優秀新人賞を受賞した。その後、同作の主人公である私立探偵マックス・フリーマンのシリーズを四作まで書き継いでいる。本作はロバート・J・ランディージ編のアンソロジー *High Stakes* に収録された。

やってくる。高く生い茂った草地の彼方で、砂煙が地平線に舞いあがり、真昼の炎天下に立ちのぼる。まぶしい陽射しに目を細めながら、砂煙の移動する速度を計る。車だ。おそらく二台。西の空を振りかえると、底の平らな鉄床《かなとこ》雲がそびえ立ち、エヴァーグレーズ湿地から海のほうへと流れていく。次第に湿気を孕み、形を崩しながら、黒みを増していく。麻袋の口を握りしめる。中に収められた生き物の太い筋肉のうねりが伝わってくる。

鍔広の帽子を脱ぎ、額の汗を拭う。傍らに視線を落として、ノコギリ椰子の茂みを見つめる。蛇は少しの油断も見逃さない。世に言われていることも当てにならない。ガラガラ蛇が攻撃の前に、かならずしも尾を振り鳴らすとはかぎらない。開けた丘陵地の一角に立ったまま、砂煙をたなびかせながら近づいてくる人間と、茂みに隠れたインディゴ蛇の巣穴の両方に注意を払う。ここ南フロリダに来てそれなりの時間を過ごし、そのどちらもが面倒をもたらしかねないことはわかっている。ギャンブルと同じく、つねに先を読み、すばやい判断を下すことが肝心だ。

四日前、マイアミの街外れの未舗装路にたどりついたとき、手には一枚のビラを握りしめていた。〝求む——蛇やその他の爬虫類を恐れぬ者。現金払い！〟ビラに印刷されていた集合場所には、二十人以上の男が集まっていた。多くは二十代から三十代で、不安げな面持ちでそわそわと足を踏みかえたり、嚙み煙草の包みや煙草をいじったりしている。陽に焼けて褪色し、襟や袖口の擦り切れたツイードのスーツを着ている者もいる。サスペンダーをつけ、野球帽をかぶっている者もいる。だがいずれも、足にはくたびれた硬い革靴を履いている。街路を歩くための靴。都会の靴だ。

オハンロンがマイアミに来て、まだ一週間もたっていなかった。住み慣れたブルックリンを離れ、列車に飛び乗ってから間もなかったが、〝バインダー・ボーイ〟と呼ばれる男たちの見分けはついた。フロリダの好景気に飛びついた、若くて口先のうまい都会出のペテン師たち。太陽の楽園に一儲けのチャンスがあると、凍てつくような北の街角で聞きつけてきた。厚紙製のスーツケースに荷物を詰めこみ、ありったけの金や、家族や友人から掻き集めた金を携えて、南へやってきた。地価が高騰している地域へ向かい、見たこともない広大な土地を買って、数日後、まだ支払いも済ませないうちにそれを売り払う。その土地の権利書《バインダー》は、幾人もの人手に渡り、最後に貧乏くじを引いた者が、次の買い手を見つけることができなくなって、膨れあがった請求書を押しつけられる。

それは伸《の》るか反《そ》るかのギャンブルであって、まっとうな投資などではなかった。オハンロンはその話を、宿泊している安宿の前にいた靴磨きの少年から聞いた。この一九二五年の晩秋までに景気は破綻するだろうとも、少年は言った。早々とやってきて、それなりの軍資金を持っていた者たちが、富をさらっていってしまったのだ。ヨンカーズからやってきた無名の青年が運に見放され、無一文になるのも当然のことだった。だが、いまではほとんどの者がオハンロンと同じ程度にまで落ちぶれて、食うにも困り、どんなに怪しげな仕事にも群がるようになっていた。

あの朝、集合場所に集まった男たちを、オハンロンはつぶさに眺めた。手の動きを見守り、周囲の者に話しかけているときの目を、とりわけ会話が途絶えたときの目を観察した。

「手と目を見れば、どんな人間かがわかる」父はそう言っていた。「リングに上がるのを待つまでもない。恐れは目に表われる。弱さは手に表われる」

デラコート通りにある父のボクシング・ジムで、その言葉を何百回と聞かされてきた。オハンロンはそのジムで育った。夢を抱いた男たちや、野心や決意や絶望に駆り立てられる男たちを間近に見てきた。目的を見失う者、挫折する者を目にしてきた。素質のない者や、努力を怠った者の多くは、無傷のまま去っていく。実戦に臨むこともなく、自尊心を傷つけられることもない。実力のある数少ない者たちは鍛錬にいそしみ、腕を磨き、可能性を拡げていく。だが、オハンロンが目にすることのできたチャンピオンはひとりだけだった。そのただひとりのチャンピオンも、興行主やトレーナーや賭博師の食い物にされて終わった。金持ちはさらに肥えていく。貧乏人は働くだけ働いて、指をくわえるだけなのだ。

あの朝、古ぼけたT型フォードのトラックが街角にとまったときも、父の教訓はまだオハンロンの胸に刻まれていた。赤いサスペンダーをつけ、白髪混じりの顎鬚を生やした老人が運転席から降りてきて、荷台に跳び乗った。老人と紙巻き煙草のためにしわがれた声で、老人はラトルスネーク・ピートと名乗った。その手に目をやると、指は節くれだってねじまがり、そのうちの二本は先端から半分がなくなっていた。それでも、弱い手ではないことは見てとれた。

「あんたらの中で、蛇を捕まえたことのあるもんはおるかな」アラバマ訛まるだしの間延びした口調でピートは言った。男たちがトラックの周囲に集まりだしたが、返事をする者はなかった。ピートも、わざわざ顔を上げて、うなずいている者や誇らしげにしている者を探そうとはしなかった。荷台の床をじっと見つめていたかと思うと、ふいに屈みこんで、麻袋を持ちあげた。

「あんたらには、十エーカーの土地からガラガラ蛇を退治する仕事を手伝ってもらう」ピートは言いながら、袋の口を開いた。五、六人は、目を細めて老人の手元に見入った。ほとんどの者はそれとなく後ずさった。

「一匹捕まえるごとに、五十セントじゃ。豆を摘むより実入りはよかろう」ピートは麻袋を見つめたまま言うと、とつぜん袋の中に手を突っこんだ。「もちろん、こいつは豆なんかじゃねえがな」手を引きだすと、細長く艶やかな生き物が身をくねらせていた。

さらに五、六人が大きく二歩後ずさった。まったく動かずにいたのは二、三人だけだった。だがそれも、ずば抜けて度胸があったわけではない。一匹につき五十セントの報酬に惹きつけられていたにすぎない。ピートは男たちに視線を戻して、ひとりひとりの目を順に見ていった。それから、前置きも警告もなしに、手にしていた蛇を下に放ってよこした。二人ほどがさらに飛びのいた。蛇はトラックのバンパーの陰でとぐろを巻き、尾を振って音を立てはじめた。

「よし、いいかね」歳のわりに滑らかなしっかりした動きで、ピートは荷台から降りた。「わしの教えるとおりにやれば、危険なことはねえからな」

近くに踏みとどまっていた三人の男と共に、オハンロンはピートの動きを食い入るように見つめた。とりわけ、蛇にもっとも近い位置にある、足の動きに注目した。ピートは蛇の頭を見据えたまま、ゆっくりと膝を曲げた。

「蛇を見つけたら、とにかく注意を引きつけるんじゃ。蛇は頭が悪い。食い物のこと以外は何も考えちゃおらん、低俗な生き物じゃ。だが、あんたらが餌にはでかすぎるってことくらいはわかっとる」

ピートは蛇からほんの一ヤードほどのところに片膝をつき、左手を上げた。目蓋のない蛇の目が、その手を追う。ゆっくりした手の動きに合わせて、蛇の頭が旋回する。隣の男の深い息遣いが聞こえてくる。背後では、遠巻きにしていた男たちが恐る恐る近づく足音がする。ピートは蛇の注意を左手に引きつけながら、右手をさらにゆっくりと動かして、蛇の背後にまわした。

「手品やカード賭博でおなじみのやりかたじゃよ。片方に相手の目を引きつけておいて、もう一方でペテンを働く」

ピートは蛇の頭を見据えたまま、左手を引き離した。蛇がその動きについてこない場合は、右手を動かさずに、蛇の視線が左手に戻るのを待つ。それを繰りかえしながら、徐徐に右手の距離を詰めていく。隣から聞こえていた息遣いがとまった。あるいは、オハンロン自身の息遣いだったのかもしれない。

「あとは言わんでもわかるじゃろう!」ピートは鋭い一声を上げると、右手を一気に十インチほど滑らせ、スペード形をした蛇の頭をつかんだ。「まあ、ざっとこんなもんじゃ」

ピートは立ちあがって、腕を突きだした。拳から蛇が垂れさがっている。狂ったように身をくねらせ、威嚇するように大きく開いた口が白く輝いている。

オハンロンの隣にいた男は感嘆したように首を振り、背後からは低いざわめきが起こった。

「たった五分で五十セントじゃ」ピートはなぶるような光を目に滲ませて言った。「やる気のあるもんはトラックに乗ってくれ」

三人が前に進みでた。ラトルスネーク・ピートはなおも淡々と説明を続けた。蛇の巣穴に灯油を流しこんで、まぶしい日光のもとへ蛇をおびきだし、目を眩ませる方法も伝授した。柄が長くて先端の狭まった熊手を、武器として希望者に与えた。ピートは、マイアミの北と西に位置する低木地帯から、ガラガラ蛇を根絶やしにするために雇われたという。その土地を買った人間は、レキシントン以南で最高となる競馬場の建設をもくろんでいて、サラブレッド種のまわりを蛇にうろちょろされては困るらしい。

早朝の太陽が、早くも、肩や顔をあぶりはじめていた。

オハンロンは土地の観察からとりかかった。経験を積んだ古参の男たちは、地勢や、獲物が簡単に見つかる場所——大きな陸亀の巣穴など——を知り尽くしていて、さっさと別行動をとっていた。まず最初にオハンロンは、蛇が日陰を好むという通説をかなぐりすてた。蛇が陽射しを避けたがるというのは、一見もっともなように思える。亜熱帯気候の太陽は、あまりに強烈に、容赦なく照りつけてくる。だがじつは、変温動物は体温を保つために太陽を必要としていた。最初に見つけた蛇は、灰白色をした石灰岩の上でなかばとぐろを巻いて、その独特な菱形模様の表皮いっぱいに陽射しを浴びていた。また、オハンロンは、ほかの男たちを真似て、一本の硬い針金で鉤針をつくり、それを熊手の柄の先端に取りつけた。ゆっくりと近づきながら、蛇がこちらを向いて尾を振っているあいだに、鉤針を胴の下に通す。熊手を持ちあげて蛇を宙に浮かし、攻撃を仕掛けるための足場を奪う。頭の動きに注意しながら、口を開けておいた麻袋に詰めこむ。そうして、フロリダに到着して以来はじめての稼ぎを手に入れたのだった。

オハンロンは、三日のあいだに十四の蛇を捕らえた。十数名の先達たちにも引けをとらない数だった。正午になると、付近にある樫の木陰に集まって、ピートがトラックで運んできた昼食を食べた。ふるまわれるのは、一日経った硬いパンや、大きな円盤形の塊から切りとった厚切りのチーズや、食いきれないほどのオレンジばかりだった。そうしたある日の休憩中、ある話題が上がった。オハンロンたちが捕らえた蛇一匹につき一ドルの金を、ピートは依頼人から受けとっているという。その金持ちには麻袋も引き渡してはいるが、実際には、ピートの報告した捕獲数がそのまま記録されているらしい。それなのにピートは、数を水増しして報告するとか、無傷の蛇を逃がしてやって、もう一度報酬をいただこうとはしない。そんなことは思いつきもしないのだろうと、ひとりの男が仄めかすと、数人が物知り顔でうなずいた。

「あの金持ちのご老体は、おれたちのポケットに手を突っこんで金をふんだくることはあっても、麻袋に手を入れて、蛇を数えるような真似は絶対にしないだろうにな」べつの男が言うと、周囲から笑い声やうなずきが起こった。

「おれたちみたいな学のない人間が相手なら、そんな必要もないんだろうよ」ひとりが言った。その言葉に、陰鬱な沈黙がたれこめた。作業頭が集合の合図をかけたときにもまだ、全員が草地に座りこんで、地面を見つめていた。男たちと共に、オハンロンは立ちあがった。稼いだ五ドルは、ブーツの底に押しこんであった。

オハンロンは顎を引き、帽子の鍔越しに目を凝らして、近づいてくる車を観察した。車は灌木のあいだを抜けて、開けた草地を突っ切ってくる。数分もしないうちに、咳きこむようなエンジンの音と、荷台の揺れる音が聞こえてきた。ピートのトラックの音だ。だが、淡黄色のオープンカーのほうには見覚えがない。十ヤードほど離れたキャベツ椰子の茂みの傍らに車が停まると、オハンロンはようやく顔を上げた。マクガヒーという名の作業頭が、両手をポケットに突っこみ、フェルトのソフト帽を後ろに傾けて、トラックの運転席から降りてきた。

「調子はどうだい、アイリッシュ」

「今日はまだ一四だけだ」オハンロンは軽く麻袋を持ちあげてみせた。

だが視線は、ピアース・アローのオープンカーに据えたままだった。フロリダの太陽がクロムのバンパーに反射して、光輝くボンネットに溶けこんでいる。ドアが開いて、運転手が車を降りた。身長は六フィート強、体重は百九十ポンドほどもありそうだが、体つきは引き締まっている。通りに集まっていた男たちと同じように革靴を履いているが、こちらはまだ真新しくて、ぴかぴかに磨きあげられている。暗い色のスーツも同じように真新しいが、生地は目が粗い。運転手は上着のボタンを外しながら、じろじろとオハンロンを眺めた。視線がぶつかりあったが、どちらも逸らそうとはしなかった。そのとき、後部座席にいた男が立ちあがった。運転手は振りかえって、ドアを開けに向かった。

カーネルは白い麻の三つ揃いを着ていた。でっぷりした腹の上で、ベストが伸びきっている。頭には、黄色と黒の飾り紐が付いた麦藁のカンカン帽が載っている。カーネルは車から降りるそぶりも見せず、その場に立ったまま、大きな頭をゆっくりと動かして、あたりを見まわした。陽射しを受けて、白いスーツが輝いている。カーネルは大きな葉巻を口元に運んで、これ見よがしのポーズをとった。

「このあたりの水捌《は》けはどうなのだね、ミスター・ピート」カーネルが尋ねると、ピートはトラックの後部をまわって進みでた。

「土地が隆起しとるもんで、このあたりの土壌はかなり乾燥しとります。雨季のあいだでも、たいした手間をかけずに水が捌《は》けてくれますです」カーネルは黙りこんでいた。男たちはやるかたなく立ち尽くした。エンジンを切ったあとの、はぜるような音だけがあたりに響いた。

「十月だというのに、やけに暑い。馬にはきついかもしれんな」ようやくカーネルは言い、運転手が開けたドアから車を降りた。地面に立つと、背丈は目減りして見えた。だが、身のこなしには際立った風格がある。糊のきいた襟が首の贅肉に食いこみ、丹念に整えられた太い口髭が、古きよき時代の英国人のような雰囲気を醸しだしている。カーネルは曇りひとつないブーツの先で地面を掻いて、土壌を調べた。それから、オハンロンに近づいてきた。

「お若いの、このあたりでは一日にどれくらいの蛇を見かけるかね」

オハンロンは顔を上げて、カーネルの目を見た。透きとおった薄墨色と、何も映していない淡い色合いに思わず見入る。指はずんぐりとして先端が丸く、平らで角張った爪は短く切り揃えられ、磨きあげられている。ないがしろにできない人間の手だ。

「探すのがうまくなればなるほど、見かける数は増えます」オハンロンは答えた。

「だろうな」カーネルは言い、ピートを振りかえった。ピートは帽子を脱ぎ、禿げかかった頭を掻いていた。マクガヒーは目を逸らして首を振った。

カーネルはふたたび爪先で地面を掻いた。午後の静寂《しじま》があたりを包んだ。長身の運転手が無言のまま、主人の傍ら近くに寄った。オハンロンは肩がじりじりと焼けるのを感じた。ひとすじの汗が肩胛骨のあいだを伝った。カーネルは屈みこんで、染みひとつないズボンの脚から草を払いはじめた。オハンロンは、カーネルが口を開くのを待った。

そのとき、ガラガラ蛇が尾を振るときに発する、あの乾いた音が聞こえてきた。はじめは、麻袋の中から聞こえてくるのだと思った。だが、その音はくぐもってはいなかった。はっきりと鮮明に、すぐ右側から聞こえていた。音量が増すにつれて、五人の男たちは凍りついた。オハンロンはキャベツ椰子の木陰を振りかえった。何かが動くのが目に入る。蛇が攻撃の体勢をとっている。鱗《うろこ》が岩肌に擦れる音がする。

ガラガラ蛇の毒牙は、カーネルの大きく伸ばした腕からわずか一フィートほどの距離に迫っていた。オハンロンはとっさに手を突きだした。頭の後ろをつかみ、胴体をひねりあげる。反動で、蛇の尾がカーネルの脚にあたる。その瞬間、左から轟音が上がった。オハンロンは思わず目をしばたたいた。蛇の頭が砕け散る。全員が目を見張り、立ち尽くしている。切断された蛇の首からは軟骨が覗き、腕には血飛沫が飛んでいる。振りかえると、運転手の手に握られた拳銃から硝煙が上がっていた。運転手は腕を突きだしたまま、なおも拳銃を見据えていた。銃声に、すべての音が呑みこまれてしまったかのようだった。鳥のさえずりも、風の音も、椰子の葉擦れも消えていた。太陽の熱も感じられず、息をすることさえ忘れさせた。

「まったく、たまげたもんじゃな、おめえさんたち！」やがてピートが静寂を破った。

カーネルは身体を起こして、オハンロンの手に握られた真っ赤な肉の塊に目をやり、次に運転手の四五口径に視線を移した。たるんだ喉を震わせて咳払いをすると、二本の指で右耳をさすりながら、ピートの言葉を繰りかえした。

「まったく、たまげたものだな、きみたち」

車やトラックが通りを駆け抜けるたびに、オハンロンはてのひらを皿にかぶせた。海風に運ばれてきた砂塵が黄色い靄となって舞いあがり、皿の中身に襲いかかる。この日オハンロンは十二セントの金を奮発して、鍋いっぱいの牛肉入りスープを買った。肉を口にするのは、こちらへ来て以来のことだった。ちょっとしたお祝いのつもりだった。鍋を宿の前まで運び、靴磨きの少年にも分けてやることにした。オハンロンは客用の椅子に座っていた。名前も知らない、その黒人の少年は、いつも腰かけている箱の上に胡《あぐ》座《ら》をかいていた。

「カーネル・ブラッドフォードに仕事をもらったとはねえ」少年はふたたび言うと、スプーンを口に運んだ。スープと、心地好い空想の両方を味わっているようだった。

あの銃声のあと、カーネルは新しい葉巻に火をつけて、馬を値踏みするかのごとく、オハンロンをつくづくと眺めた。運転手よりも、背丈は二インチほど低い。体重も五、六ポンドは軽そうだが、前腕の強靭な筋肉や、ハンガーのように広い肩から推しはかるのは難しい。濃褐色の髪と、漆黒に近い瞳は、移民の血を窺わせる。片方の手は麻袋の口を軽く握り、もう一方の手は血にまみれたまま、蛇の残骸をつかんでいる。震えや動揺はまったく見られない。

「器量のいい若者を、うちのクラブで雇いたいと思っていたんだがね」カーネルはとつぜん言って、大きな頭をわずかにピートに向けた。

ピートは前に進みでると、オハンロンに向かって片目を瞑《つむ》ってみせた。「へえ。この男は、いちばんの働き手でして。ご覧のとおりのすばやさですからなあ。手放すのは惜しいことです」

カーネルはにやりとした。

「そうだろうな、ミスター・ピート。だが、わたしなら、週に二十五ドルの金を払ってやれる。そうすればこの若者は、この荒れ果てた土地で日がな一日太陽にあぶられることもなくなる」カーネルはベストのポケットから名刺を取りだし、オハンロンに手渡すと、踵を返して車に乗りこんだ。「明後日、そこにある住所まで来なさい。午前七時きっかりだ」

その日が、ピートのもとで働く最後となった。日暮れになると、あの肉片と化した一匹も含めて、その日捕まえた三四分の報酬を受けとった。夕闇迫るころ、男たちを乗せたトラックは街角にとまった。ピートは運転席の窓から、オハンロンを呼びとめた。オハンロンが近づいていくと、ピートは顔を寄せ、さらに声を落として言った。

「坊主、おめえの目には何かがある。それが何なのかはわからねえがな」ピートは帽子の鍔の下を覗きこんだ。「カーネルんとこへ行ったら、そのことをようく考えるこった。そのすばしっこい手と賢い頭で、誰かを出し抜いて金を頂くつもりなら、あそこはその場所ではねえぞ。カーネルから盗みを働いて、ぶじに逃げおおせた人間はいねえ」

オハンロンは顔を上げて、戸惑いの表情を浮かべた。この老人にもひとの心を読みとる力があるのだろうかと訝りながら、その目を見つめた。

「ありがとうございます」ようやくオハンロンは言った。じかに口を利くのははじめてのことだった。「ご忠告は忘れません。肝に銘じておきます」

父から言われるまでもなく、ダニー・オハンロンには、自分がボクサーとして大成しないだろうことはわかっていた。十七歳のときにそう悟った。技術や戦術を正確に記憶する能力や、相手の攻撃を見極める能力や、パンチやフットワークの敏捷さだけでは、充分ではないのだ。何時間でもサンドバッグを叩きつづけることはできた。まるでスネアドラムのように、パンチング・ボールを鳴らすこともできた。いくらでもスパーリングを続けられるだけの体力もあった。だが、ダニーには執念が欠けていた。貪欲に勝利を求め、荒々しく相手を叩きのめすような、命知らずのボクサーにはなれなかった。アマチュアの試合では、いい線を行っていた。だが、あるプロの試合で父と共にセコンドを務めたとき、戦いしか知らず、戦いしか求めない男たちの魂を目の当たりにした。また、三列目に陣取りながら、大きな喚声を上げることもなければ、猛り狂って拳を振りまわすこともなく、ただじっと試合の行方を見守っている金持ちたちをも目の当たりにした。金持ちは、苦もなくさらに金を得る。ボクサーの魂が血を流すのを、ただ眺めているだけでいいのだと知った。

上等なスーツや、きらびやかな女たちに見入っている息子に気づくと、父は言った。「息子よ、おまえはけっしてあの仲間には入れない。生まれってやつだ。忘れなさい」

ダニーはリングに顔を戻したが、忘れることはなかった。二十歳の誕生日に、ダニーはニューヨークを離れた。ボクサーへの道を捨て、南行きの列車に乗った。そして、ひとりの金持ちと出会い、その目と手を見たのだ。

「パームビーチのブレーカーズ・ホテルで働いてる従兄がいるんだ」靴磨きの少年が、せっせとスープを口に運びながら言った。「一年近く前から、仕事の空きがないかどうか、おいらのために探してくれてる。あそこには、国中の金持ちが集まってくるらしいんだ」

噂は聞いたことがある。鉄道王ヘンリー・フラグラーがパームビーチの島に建てたというホテルの話は有名だった。ボクサーやその取巻きたちも、更衣室でこう話していた。冬になって金持ちが街を離れると、札束も一緒に南へ向かうのだと。

オハンロンと少年は口をつぐみ、それぞれに思いを巡らせながら、深まる夕闇に目を凝らした。牛肉の欠片《かけら》と、想像の中の札束をゆっくりと噛みしめていた。

「おいらの従兄の話じゃ、カーネルはそのパームビーチの島に、フロリダでいちばん上等のカジノを持ってるんだってさ」少年が言った。

「フロリダでは、ギャンブルは禁じられているんじゃなかったか」オハンロンはつぶやいた。とは言うものの、こちらへ来てからも、ギャンブルに興じている男たちの姿は何度も目にしていた。

「これだからなあ、アイリッシュの兄ちゃんは。払うべき金を払えば、しちゃいけないことなんて何もないのさ。従兄が言うには、ある得意客がいてさ、ポインシアナ・ホテルに滞在してるあいだは、毎晩のようにカーネルのカジノに通いつめてるらしいよ。靴をぴかぴかにしてやると、そのたびに一ドル銀貨をくれるらしい。幸運のしるしだって言ってさ。信じられるかい、兄ちゃん」

オハンロンはスープ皿から、最後の一匙をすくいとった。金属と金属の擦れあう音がかすかに響いた。

「幸運のことなんて、おれが知るわけないだろう」

「何言ってんのさ。カーネルのところで働けるんだろ。幸運を手に入れたじゃないか！」


その晩、オハンロンはふたたび海へ向かった。海岸を走るA1Aのバスに乗り、浜辺に下りたときには、すっかり暗くなっていた。風のない夜だった。さざ波の音だけが耳に響く。打ち寄せる波が、一瞬だけ黒い跡を砂に残しては、また消えていく。オハンロンは下着一枚になって、暗い水の中を一歩ずつ進んだ。肩の高さまで来たところで振りかえり、目印になる街灯を選んだ。潮の流れは緩やかに北へ向かっている。オハンロンは沖へ向かってまっすぐに泳ぎはじめた。頭の中で、一定のリズムで拍子をとる。それに合わせて三百回水を掻いては、顔を上げて、海岸を振りかえる。立ち泳ぎをしながら、街灯の位置を確認し、進む方向を修正する。それを二回繰りかえすと、筋肉がこわばってくる。だがそこから先は、ひと掻きごとにほぐれていくのがわかる。口の中に塩の味が拡がる。コニー・アイランドですごした夏の思い出がよみがえる。教えられたわけでも、練習したわけでもないのに、大西洋の荒波を泳いでみせた六歳のオハンロン。そんな些細な才能を、手放しで喜んだ父。三百回水を搔いては休み、それを十回繰りかえして振りかえると、海岸の街灯は遥か彼方に消えていた。それでもオハンロンは泳ぎつづけた。かつて、コニー・アイランドの監視員が言っていた言葉を思いだす。〝どこまでも泳いでいくことはできない。引きかえすよりほかはないのだから〟二十一回目に海岸を振りかえったとき、オハンロンはそのまま仰向けになって、水面に浮かんだ。肺が悲鳴を上げる。星を散りばめた黒い椀のような夜空を見あげる。心臓の鼓動のほかに聞こえるものはない。大波がほんの数インチ身体を持ちあげては、もとに戻す。その穏やかなうねりのほかに感じるものはない。水の中に何があるかなど、考えたことはない。鮫や、腹を空かせた大魚に襲われるのではないかと案じたこともない。ただ波に身を任せ、意識を集中して、今後の計画を思うだけだった。耳まで水に浸かって、星空を眺めながら、計画の道筋を立てる。納得がいくまで、何度もさらいなおす。考えがまとまったところで、岸に向かって泳ぎはじめる。海岸の灯りを目指し、残された体力を振りしぼる。なんとか砂浜にたどりつくと、ふたたびやり遂げられた自分に自信を取り戻すのだ。

東の空はまだ薄墨色に霞んでいた。列車がウェスト・パームビーチ駅の手前で速度を落とす。オハンロンは近づいてくる灌木の茂みをめがけて、列車から飛び降りた。持ち物すべてを詰めこんだ防水布の雑嚢を抱えて、膝で着地の衝撃を受けとめ、片方の肩を下にして転がった。

灌木の下に横たわり、石炭殻や枯れ草の匂いを嗅ぎながら待った。叫び声も、警笛の音もしない。聞こえてくるのは、マイアミで夜半過ぎに貨物列車に飛び乗ったときから耳を聾していた、金属の軋む音と、蝶番でつながれた木材の振動する音だけだった。やがて脚の痺れが取れると、オハンロンはズボンから土や草を払い落とし、街へ向かって歩きだした。人目を避けるために裏通りを選び、倉庫や商店の軒下に身を潜めながら、東へ七ブロックほど進んだ。それから大通りに出て、方向を確認した。

靴磨きの少年から、島への行き方は聞いていた。街中でひときわ高い、白い化粧漆喰塗りの建物を探す。そこから、入江を渡る橋が真東に延びているらしい。夜のうちに列車に乗ったほうがいいと言ったのも、あの少年だった。

「駅からも、まだ歩かなくちゃいけないんだ。早めに行ったほうがいいよ、アイリッシュの兄ちゃん。カーネルを待たせるわけにはいかないだろ」

白みかけた空を目印にして、オハンロンは東へ進んだ。道沿いに、小さな民家が立ち並んでいる。屋根の傾斜が異なる以外は、どれも代わり映えがしない。ランタンの灯りが窓から漏れだしている家もある。夜明け前に起きだして、一日の支度に取りかかっているのだろう。しばらく進むと、小さな民家に代わって、商店や自動車修理の工場《こうば》が軒を並べる。そのあたりから舗装道路がはじまり、商業地域であることを窺わせる。牛乳配達のトラックが追い越していく。ときこぎれいな上着をはおった男が犬を散歩させている。とおり、建設途中の敷地が目に留まる。マイアミでも、同じような光景をたびたび見かけた。基礎工事は終わっているが、外壁が未仕上げのまま放置され、土を盛った箇所には、すでに雑草が生い茂っている。先行きを案じた投資家が、とつぜん事業を中止したのだろう。岸辺にたどりつくと、十階建ての白い建物の上半分が、暁光を浴びて輝いていた。一方入り江のこちら側で目を引く建物はそれだけだった。一方の対岸では、早朝の薄闇の中でも、ヘンリー・フラグラーの建てたロイヤル・ポインシアナ・ホテルの白い外観が見てとれた。けだるげな貴婦人が横たわっているかのような、高貴なたたずまいに目を奪われた。爽やかな海風がいちばんに吹き寄せるのは、あの場所なのだ。あの島こそ、苦労を知らない金の集まる場所なのだ。

橋の西端の番小屋では、まるまる一分も足どめを食った。番人はさかんに目をしょぼつかせながら、カーネルの名刺や、オハンロンの顔や、質素な服や、腕に抱えた雑嚢をためつすがめつ眺めた。

「カーネルに雇われたのか」

オハンロンはうなずいた。番人はもう一度雑嚢に目をやってから、顎をしゃくって東を指した。

「ホテルの北だ。ほかの場所には立ちいるなよ」

オハンロンは名刺を受けとって、橋を渡りはじめた。向こう端までの歩数をかぞえながら、澄んだ水を見おろし、深さと速さを推しはかった。

橋を渡り終えるころには、まばらに植えられた椰子のあいだから、太陽が顔を覗かせていた。早くも汗が滲みだし、背中にシャツが張りついた。

ホテルやカーネルのクラブへと続く小道を挟んで、分厚い芝の絨毯と、兵隊のように整列したダイオウ椰子の列が続いている。道から奥まったところには、真新しい邸宅が点々と建っている。地中海様式を模した、白い化粧漆喰のアーチやテラコッタのタイルが垣間見える。

カーネルのクラブは、それよりはこぢんまりしていた。白を基調とした二階建ての家屋が、入り江に面して建っている。窓やバルコニーの上には縞模様のキャンバスが張ってあり、玄関部分には、ピラミッド形のこけら葺きの屋根がそびえている。そこから、換気用の鎧窓のついた小さな丸屋根がいくつか突きでている。正面には、道路と隔てて、高さ五フィートのコンクリート塀が巡らされている。店の正面に人影はなかった。トラックのエンジン音や話し声をたよりに、オハンロンは建物の横の路地へまわった。三人の男たちが、トラックの荷台から野菜や果物や、穀物の箱を下ろしている。オハンロンはそちらへ歩いていった。カーネルへの取次ぎを頼もうとしたとき、聞き覚えのある声が頭上のバルコニーから聞こえてきた。

「よお、スネーク・ボーイ。仕事にありつきにきたか」

見あげると、あの運転手がいた。改めて眺めてみると、〝ガンマン〟としか形容のしようのない顔貌だった。一斉に顔を上げていた男たちは、自分たちが返事をする必要はないとわかると、すぐに荷下ろしの作業に戻った。

「カーネルに会いにきました」オハンロンは言った。

「〝仕事をもらいにきた〟の間違いだろ、スネーク・ボーイ。だったら、そんなところで突っ立ってないで働け。次のトラックが入ってきたぞ。ぐずぐずするな」

オハンロンは杭垣の根元に雑嚢を投げだすと、男たちの列に加わった。食料品の箱や、密造酒のケースを、受けとっては次に渡して、調理場の中へ運びいれた。声をかけてくる者はなかった。ときおり男たちの発する唸り声や、荒い息遣いだけが路地に響いていた。徐々に陽が高くなり、路地の気温が上がっていった。また次のトラックがやってきた。

トラックから荷を下ろしたり、邪魔な椰子の根っこを掘り起こしたり、そこに熱帯植物を植えなおしたりするうちに、三日が過ぎていった。夜になると橋を渡って、ほかの使用人と共同で借りた安い貸間へ帰った。一週間もすると、あの運転手はブラッシャーという名前で、警備隊長を務めていることがわかった。毎日夕食時を過ぎるころになると、四人の男たちが黒いスーツ姿でやってきて、無言で使用人たちにうなずきかけては、店の中へ消えていった。そのあと姿を見せるのは、二階のバルコニーを巡回したり、手すり越しに表の様子を窺うときだけだった。ブラッシャーの傍らにはつねに部下のひとりが控えていて、指示にうなずいたり、ときおり手帳に何かを書き留めたりしていた。

ある朝、オハンロンたちは珊瑚の岩を砕いて、主家《おもや》へ用水を通す作業にあたっていた。そのときとつぜん、トラックの荷台に縛りつけていた縄がほどけて、大きな珊瑚の板が滑り落ちた。鋭く尖った珊瑚が、モーリシオという年嵩の使用人の脛《すね》を削ぎ、くるぶしを押しつぶした。モーリシオの悲鳴に、ブラッシャーと警備員のひとりが駆けつけてきた。何人もで力を合わせて珊瑚を取りのけてみると、モーリシオの革のブーツが直角にねじまがっていた。全員が吐き気をこらえて立ちすくむなか、オハンロンはモーリシオにすばやく駆け寄って、血に染まったズボンを剝いだ。切り裂かれた真っ赤な筋肉のあいだから、艶やかで真っ白な骨が覗いていた。ディメットという名の警備員がはっと息を吞んだ。ブラッシャーさえ、わずかに一歩後ずさった。オハンロンはそれを見逃さず、心に留めた。それから、肉がむきだしになった傷を左手で締めつけて塞いだ。指のあいだから血が溢れでた。

「タオルを持ってきてくれ！　清潔なものだ！」誰ともなしに叫ぶと、使用人のひとりが駆けだしていった。

「救急キットはありますか」オハンロンはブラッシャーを見あげて訊いた。ブラッシャーの困惑した表情を見てとると、こう付け加えた。「包帯や消毒剤がいるんです。菌に感染したら危険なのは、わかるでしょう。それくらい傷が深い」

ブラッシャーは首を振り、二階のバルコニーを見あげた。警備員のひとりがライフルを手に騒ぎを見守っていた。

「カジノまで行ってこい！」ブラッシャーはその男に命じた。「クローク・カウンターの裏から、救急箱を取ってくるんだ！」男は慌てて走りだした。さきほどの使用人が、調理場からタオルを抱えて駆け戻ってきた。オハンロンはタオルを受けとると、一枚を傷に押しあて、その上からもう一枚を巻きつけた。

「ベルトをください、隊長」オハンロンは言った。ブラッシャーはバックルに手を伸ばしかけて、ふいに動きをとめた。そしてディメットを振りかえると、指を鳴らした。ディメットはベルトをはずして、腰のホルスターに入れていたコルト・リボルバーを手に持ち替えた。オハンロンは、その様子をじっと見守った。それからベルトを受けとると、真っ赤に染まったタオルの周囲にきつく巻きつけた。モーリシオの目を覗きこむと、瞳孔が拡がり、ショック症状を起こしかけている。

「ホテルの医者のところに連れていきましょう」ブラッシャーを見あげて言うと、ためらいの色が見てとれた。「急がないと！　脹脛《ふくらはぎ》の動脈が切れていたら、出血多量でたいへんなことになる」

ブラッシャーはふたたびタオルに視線を落とした。

「橋の向こうまで連れていけ。クレマティス通りの薬局の隣に病院がある」

「ブラッシャー、昨日の晩、客の女性が倒れたときには、ホテルの医者が五分で駆けつけたじゃありませんか。ウェスト・パームまでこの男を運んでいたら、三十分近くかかってしまう」

ほかの使用人たちは顔を伏せたまま、余ったタオルを運びだした。それをトラックの荷台に敷きつめて、寝台をつくった。

「だったら、急いだほうがいいぜ、スネーク・ボーイ。ホテルへ行っても、手当てはしてもらえないからな」ブラッシャーは言い、モーリシオをトラックに乗せるようディメットに指示した。

オハンロンはブラッシャーを見据えた。視線が絡みあった。しばらくしてからようやく目を逸らすと、上半身を抱えあげられているモーリシオのもとへ近寄って、脚を支えた。モーリシオを荷台に横たえると、ディメットが運転席に乗りこみ、無造作に拳銃を助手席に置いた。オハンロンはそれを、荷台の仕切り窓から見ていた。

島へ戻ったとき、時刻は午後五時をまわっていた。その帰りをブラッシャーが待ち受けていた。

「カーネルの命令だ。今日からは正面玄関で駐車係をしてもらう」ブラッシャーは言って、スーッと真新しい靴を渡してよこした。「運転はできるな」

「できます」オハンロンは答えた。

「よし。シャワーを浴びて、何か腹に入れたら、七時に正面玄関のポーチへ来い」

その晩、オハンロンは努めて慇懃に客人たちを迎えた。上品な夏の装いに身をつつんだ女や、伝統的な仕立てのダーク・スーツを纏った男たち。車はいずれもセダン型の高級車や、オープンカーばかりだった。誰もが芳しい香水や、ヘアートニックの香りをさせていた。オハンロンは一度だけギアを入れ間違えて、ほかの駐車係たちにからかわれた。

夜も更けたころ、二歩後ろにブラッシャーを従えたカーネルが、最後の客を見送りに表へ出てきた。オハンロンは指示を受けて、コリングズワース夫妻のクライスラー・B七〇を玄関前まで運んだ。カーネルは夫人のために助手席の扉を開け、オハンロンはコリングズワースのために運転席の扉を開けた。車が走り去ると、オハンロンが歩道まで戻ってくるのを待って、タキシード姿のカーネルが話しかけてきた。

「今日、仲間の命を救ってやったそうだな、ミスター……

……」

「オハンロンです。ダニー・オハンロン」

「アイルランド人かね」

「はい」

「出身はニューヨークか」

「シカゴです」オハンロンは嘘をついた。横目でブラッシャーの表情を窺った。

「従軍するには若すぎるな。どこで医術を学んだ」

「父に教わりました。ボクシングの試合で、父と一緒にセコンドをしていたので」今度は本当のことを答えた。

「ボクシングか」カーネルは苦々しげに言うと、キューバ産の葉巻を喫った。「野蛮な商売だ」

オハンロンは何も答えなかった。とつぜんカーネルが腕を伸ばして、オハンロンの手に十ドル札を滑りこませてきた。思いがけない報酬に驚いて、オハンロンはそれを見つめた。

「ありがとうございます」

「おまえが自分で稼いだ金だ。今週はこの持ち場で働きなさい。ブラッシャーの指示に従うようにな」

カーネルはふたたび深く葉巻を喫うと、椰子の葉越しに月を見あげた。

「今宵の楽園も美しいな」カーネルは独りごちるように言った。「だが、仕事は終わらない。さっさと勘定を済ませて、今夜の客がどれくらい金を落としていったか見てみるとしよう」

オハンロンは身じろぎもせずに、ブラッシャーの視線を受けとめた。ブラッシャーは玄関の扉を開けてカーネルを通すと、自分も中に入って扉を閉めた。金属の錠が下ろされる音が、夜の静寂《しじま》に鋭く響いた。ようやくオハンロンはその場を離れ、南へ向かって歩きだした。橋の上から水面《みなも》を眺め、それから顔を上げて、遥か上方に輝くウェスト・パームの街明りを目指した。

カジノの内部を見る機会は、翌週になって巡ってきた。店にやってきた客の車が、ほかの客の車に追突して、後部バンパーを破壊した。ぶつけられた車を預かった駐車係は、所有者の名前を思いだせなかった。オハンロンは持ち前の記憶力で、即座に〝ミスター・リード〟の名前を挙げた。そしてブラッシャーに命じられて、その人物のもとへ報告に向かったのだった。カジノに入ると、オハンロンはフロア・マネージャーに声をかけた。

指差された方向を見ると、ハザードの台に向かっているリードの姿が見えた。ホールには、趣味のよい飾りつけがなされている。紋織りのソファ、丈の高いランプ、磨きあげられた家具調度。ルーレットや、ブラックジャックや、さまざまな賭博台のまわりに男たちが群がって、折り目正しく言葉を交わしている。カードやルーレット盤には、さほど関心がないようにふるまっている。たまに熱の入りすぎた者がいると、夫人たちの非難に満ちた冷ややかな目が向けられる。ニューヨークの更衣室で行なわれていたポーカー賭博では、騒々しく背中を叩きあったり、罵声が飛び交ったりしていた。そこまでの喧騒は予想していなかったが、あまりに静かで厳粛な雰囲気に、はじめは落ち着かない気分にさせられた。だが、それもほどなく収まった。ホールにいる誰ひとりとして、オハンロンに目をくれる者はなかった。目に入っていたとしても、見て見ぬふりをしているようだった。オハンロンはリードの傍らに立つと、数秒の間をとった。賭博台から集められた金が引出しへ仕舞いこまれるのを目で追い、ホールをざっと見渡して、事務室の扉や、目立たない場所にいるはずの警備員の姿を探した。それから、ようやくリードに声をかけた。リードは振りかえって話を聞くと、まとわりつく蚊を追い払うかのように、なおざりに手を振った。「そのまま駐めておいてくれたまえ。明日にでも見てみるから」

オハンロンは後ろで両手を組んだままうなずき、低い声で言った。「美しい車でした。とても残念です」

リードは急に興味を引かれたように、まじまじとオハンロンを見つめてから言った。「また美しさを取り戻すだろう。ほんの少しの運さえあれば」それから、賭博台に顔を戻した。

オハンロンは踵を返した。出口へ向かうあいだも周囲を観察し、間取りや、廊下の長さや、階段の位置などを頭に入れた。「ほんの少しの運か」オハンロンは独りごちた。

とりわけ忙しい金曜の夜を選んだ。月のない、澄み渡った夜だった。穏やかな南東の風が、海のほうから吹いてくる。オハンロンは店を出る客を数えながら、最後の車の担当がまわってくるように仕向けた。果たしてそのとおりになり、最後の車を玄関先まで運んでくると、ほかの駐車係はすでに引きあげていた。客が車に乗って走り去ると、あたりは静寂に包まれた。オハンロンは数分のあいだ壁際に身を潜め、カーネルやブラッシャーが売上げを回収して、事務室へ運びこむまでの時間をつぶした。それから玄関の鍵をこじ開けて、壁から離れ、ディメットが最後の見回りのためにバルコニーへ現われるのをたしかめた。ディメットは、いつもどおり三十秒から三十五秒で廊下に戻るはずだ。オハンロンは屋外灯の下で携帯用の酒瓶を取りだし、ウェスト・パームの肉屋で仕入れておいた一パイントの豚の血を、ズボンの腿のあたりに垂らした。粘り気のある真っ赤な液体を手でのばし、頬にもなすりつけた。

二十八秒まで数えて、よろめきながら玄関ホールに駆けこんだ。階段を見あげ、呻き声を漏らしながら、二段目まで這いのぼった。階段を下りようとしていたディメットが息を呑んだ。「どうした!」

「車に当てられた! あのクライスラー・B七〇だ!」オハンロンは声を絞りだした。両手で腿を握りしめると、指のあいだから血が溢れでた。ディメットは慌てて階段を駆けおりてきたが、それを見るなりすくみあがった。

「ベルトをくれ! 動脈が切れたみたいだ!」オハンロンはいかにも差し迫ったように、押し殺した声で言った。ディメットはすっかり度を失っていた。バックルをはずしてベルトを緩めたとき、リボルバーが背後の踏み板に転がり落ちた。だが、その音も耳に入らない様子で、膝をつき、オハンロンの腿にベルトを巻きつけはじめた。オハンロンは腕を伸ばしてコルトを拾いあげると、握把をディメットの後頭部に叩きつけた。くずおれたディメットの身体を受けとめて、そのまま一分ほど耳をそばだてた。邸内は静まりかえったままだ。まずは計画どおり。

オハンロンは立ちあがって、コルトをズボンの腰に差しこむと、ディメットを肩に担ぎあげた。廊下を進み、カーネルの事務室へ向かった。扉の前に立つと、ディメットを戸枠にもたせかけ、てのひらの付け根で扉を叩いた。中にいる人間にだけ聞こえて、カジノに残っている連中の注意は引かないように、強さを加減した。足音のあとに、ブラッシャーの声が聞こえた。

「誰だ」

「ディメットです。ディメットが車に轢かれました」

「オハンロンか。規則は知っているだろ。店を閉めたあとは、誰もここには入れねえよ」

「そんな場合じゃないんです、ブラッシャー！　ひどい怪我だ。客の車に轢かれて……」扉越しにカーネルの太い声が聞こえたが、何を言っているかまではわからない。鍵の開く音がした。ブラッシャーが扉を数インチだけ開けて、意識を失ったディメットの顔と、血に汚れたオハンロンの頬をまじまじと見つめた。「ひでえな」ブラッシャーは言って、扉をさらに大きく開けた。

オハンロンはタイミングを見計らっていた。優れたボクサーは、向かってくる相手の反動を利用して、攻撃を仕掛ける。ブラッシャーが後ずさった瞬間に、オハンロンはディメットのぐったりした身体を抱えあげ、四五口径を握っている左手をめがけて押しやった。ブラッシャーはその腕を伸ばして、ディメットを受けとめた。それと同時に、オハンロンは銃身をつかんでひねりあげた。引き金に掛けていた指の関節が砕ける音がして、ブラッシャーの膝が床を打った。オハンロンは奪いとった四五口径をブラッシャーの顔に突きつけ、もう一方の手に握ったコルトを、部屋の奥にいるカーネルの胸に向けた。カーネルとブラッシャーは凍りついた。

「さて、みなさん」オハンロンは静かに言った。「強盗にまいりました」

オハンロンは四五口径をカーネルのこめかみに向けたまま、ブラッシャーに指示を与えた。ブラッシャーはオハンロンの雑嚢から生皮の紐を取りだし、カーネルとディメットを縛りあげた。そこまで五分もかからなかった。下種な盗人だの、愚か者だのと罵るカーネルの口に、オハンロンはスーツの胸ポケットに差してあった繻子織りのハンカチーフを押しこんだ。ブラッシャーは無言のまま、憎悪に燃えたぎった、獣のような目でオハンロンを睨んでいた。最後にオハンロンは、背もたれがまっすぐで頑丈そうな椅子にブラッシャーを縛りつけた。

机の背後の金庫は、まだ開けられていなかった。あるいは、ノックの音がしたときに慌てて閉めたのかもしれない。だが、そこまで欲をかくつもりはない。机の上に積みあげられた今日の売上げ、三十万ドルの現金だけで充分だった。オハンロンは札束を防水布の雑嚢に押しこんで、口を閉めた。

「カーネルから盗みを働いて、ぶじに逃げおおせた人間はいねえ。かならずとっ捕まえてやるからな、スネーク・ボーイ」ブラッシャーが言った。

オハンロンは首を振り、ブラッシャーの口に布切れを押しこんだ。扉へ向かいながら、廊下で物音がしないかと耳を澄ませた。

「警察の協力を得ようにも、説明に困るでしょうね。盗まれた金の出所が、違法なカジノ経営からの収益とあっては」オハンロンは芝居がかった口調で言い、その余韻を楽しんだ。そして最後に言った。「これが〝ピンぞろ〟《スネーク・アイズ》ってやつだ、ブラッシャー。人生はまさにギャンブルだ」

扉を閉めるや否や、床に椅子が擦れる音が聞こえだした。カジノを抜ければ、裏口に出られる。オハンロンは足早に廊下を進んだ。厨房の扉は開きっ放しになっていた。料理長が調理台の上で何かを切り分けている。傍らで、ふたりの警備員が夜食を待っている。オハンロンは姿を見られないように腰を屈めて、その前を通りすぎた。表に出ると、スレート敷きのパティオを突っ切り、椰子の葉やハマベブドウの葉に紛れて、裏門へ向かった。門扉の掛け金を下ろし、隣家の庭に足を踏みだしたとき、鋭い叫び声と、慌ただしい足音が聞こえてきた。オハンロンは背後に迫る投光照明を振り切って、路地に飛びこんだ。後ろを振りかえることも、慌てることも、けっして足をとめることもなく、ひたすら東へ向かい、ついに水際にたどりついた。

体内で、もうひとりの自分が膨れあがる。上げては戻すを繰りかえし、外に出ようともがいている。だが、まだ力が足りない。オハンロンはゆっくりしたペースで水を蹴りつづけた。先刻、真っ暗な浜辺で、自転車のタイヤふたつに空気を入れて、雑嚢の中に詰めこんでおいた。そこに脱いだ服を押しこみ、雑囊の口をしっかりと閉じて、海へ泳ぎだしたのだった。これが島のいいところだ。脱出するには橋を渡るしかないと、あの島の金持ちどもは思いこんでいる。貧乏人を締めだしておくための最善策だと思っている。その裏をかくことができる。ブラッシャーは手始めに橋を封鎖するにちがいない。海岸線にも追っ手を向かわせるだろう。ことによると、あの浜辺にたどりつき、オハンロンが海へ出たことを知るかもしれない。だがそのころには、南東からの潮流に乗って、遥かに岸を離れているはずだ。日の出までに三、四マイルは進めるだろう。

三百回水を掻いては休み、それを三回繰りかえしたところで、仰向けになって両腕を雑囊にもたせかけた。動かしつづけた筋肉が熱を帯びる。口の中に塩の味が拡がる。遠い浜辺に消えかかった、ブレーカーズ・ホテルの明かりを見つめる。心臓の鼓動のほかには、何も聞こえない。大波がほんの数インチ身体を持ちあげては、もとに戻す。その穏やかなうねりのほかには、何も感じない。星を見つめながら、計画の道筋を立てる。考えがまとまったら、また岸を目指して泳ぎだそう。どこまでも泳いでいくことはできない。引きかえすよりほかはないのだから。

ハーヴィーの夢
Harvey's Dream

スティーヴン・キング　深町眞理子訳

スティーヴン・キング（Stephen King）は二〇〇三年に実際に本作と同じような悪夢を見た。ベッドから跳ね起きた彼は、ワードプロセッサの前に駆けつけて、一気に書き上げたという。本作は《ニューヨーカー》に掲載された。

ジャネットはなにげなく流しの前から向きなおる。と、ぎくっ、いきなりだ――結婚して三十年近くになる夫が、白いTシャツにビッグドッグのボクサーショーツというういでたちで、キッチンテーブルにむかってすわり、こちらを見つめている。

このところ、こういうことがとみにふえている。ウィークデーにはウォール・ストリートの大物で通っているこの男が、土曜の朝にはいまとまったくおなじ身なりで、いまとまったくおなじ場所にきているのを見いだすということが。がっくり落ちた肩、うつろな目、頰に浮いた白い粉、乳首がTシャツの胸もとをたるませ、後頭部の髪はつったって、まるでテレビの《ちびっこギャング》に出てくる悪童アルファルファが、だらしなく老いて、ぼけてしまったかのよう。最近ジャネットは、友達のハナとアルツハイマーに関する情報を交換して（ちょうど少女たちがお泊まりパーティーで怪談を聞かせあうように）、たがいにおびえた目を見かわすことがよくある。たとえば、もはや長年連れ添った妻の顔も見わけられなくなった男とか、もはや自分の子供たちの名前さえも思いだせない女とか。

もっとも、ジャネットにしても、本心からそう信じているわけではない――こうして土曜の朝に無言でのそりと姿を見せることが、早すぎるアルツハイマーの始まりだとは。ウィークデーの朝であれば、必ず六時四十五分には身支度を終え、一刻も早く家を出たいとうずうずしているハーヴィー・スティーヴンズなのだから。外出用のスーツなら、どれを着ていても五十歳には（いや、まあ五十四歳ぐらいには）見える六十歳の男――いまでも平然と得意先を切り捨て、証拠金取引をし、これと見込んだ銘柄ならば空売りもする、そんなことのできる男。

　そう、これはたんに老いるということに慣れるかどうかの問題なのだ。ジャネットもそうは思うが、そのこと自体は厭わしい。いずれ夫が第一線を退いて、これが毎朝の習慣になってしまったら、どうしよう。こちらがオレンジジュースのグラスを手わたし、シリアルを食べるか、それともトーストだけでいいかと（自分でもおさえきれない苛立ちをつのらせながら）訊くまでは、ともかくもこういう状態がつづくのだ。朝、手もとの仕事の途中でふとふりかえり、夫がそこに、明るすぎるほどの朝の日ざしを浴びてすわりこんでいるのを見いだす、そんなのが常態にでもなったら、どうしよう。起き抜けのハーヴィー。Tシャツとボクサーショーツのハーヴィー。脚をだらしなくひろげているので、胯間の貧弱なふくらみ（といっても、いまさらそれが気になるわけでもないが）が見てとれるし、足の親指の黄色いたこも目につく。その姿を見るたびに、きまって連想するのは、「アイスクリームの皇帝」を詩作ちゅうのウォーレス・スティーヴンズ。これまでのように、きたるべき一日にたいして心の準備をし、一刻も早く修羅場に出てゆこうと身構えている姿ではなく、いまいる場所にぼんやりと、声もなく、うつけのようにすわっているさまを見せられるなんて。やれやれ、どうかこんな想像がまちがっていますように。それでは人生があまりにも空疎すぎる。なぜかあまりにも愚劣すぎると感じられる。そんなもののために、わたしたち夫婦は苦労してきたのかと、つい自問自答せずにはいられない。そんなもののために、三人の娘を育て、結婚させ、中年期にはつきものの夫の浮気をのりきり、遮二無二働いて、そしてときには（そう、それを直視しよう）、ほしいものを強引につかみとりもしてきたのだろうか。もしそうだとしたら、もしもその暗く奥深い森から出てきたところが、この……この殺風景な駐車場だとしたら……そもそもひとはなんのために努力などするのだろうか。

　とはいえ、それに答えるのはたやすい。こうなるとは知らなかったからだ。ひとは人生の途上で大半の虚妄をしりぞけ、たったひとつのものにしがみつく——人生には意義があると語る虚妄に。たとえば、一冊のスクラップブック

——もっぱら三人の娘たち用の。そのなかでは、娘たちはまだ若く、まだ自分たちの将来の可能性に関心を失っていない。長女のトリシャは、シルクハットをかぶり、コッカースパニエルのティムの頭上で、アルミフォイルでつくった杖をふりまわしている。二番めのジェナは、スプリンクラーから噴きだす水のなかを駆け抜ける途中で、ジャンプした姿勢のまま固まっている。彼女の麻薬常用癖も、クレジットカード濫用も、父親ほども年齢のちがう男たちとの交際も、すべてはまだ遠い先のことだ。末娘のステファニーは、郡主催の綴り字競技会でのスナップ。この競技会では、〝cantaloupe＝カンタループ〟というメロンの名が、彼女の決定的敗因となった。これらのスナップ写真の大半には、ジャネットと彼女の結婚した男とが、どこかに(たいがいは後景に)写っている。どの写真でも、夫婦はにこにこ笑っている——まるで、笑うこと以外のことをするのは、法に違反するとでもいうように。

そうしてある日、ひとはなにげなく肩ごしにふりかえるという誤りを犯す。そして気づくのだ、娘たちがいつのまにかおとなになってしまっていることに。これまでなんとか結婚生活を維持しようと苦闘してきたその相手が、脚を——なまっちろい脚を——だらしなくひろげ、うつろに日ざしを見つめてすわっていて、しかも、ああ、なんということか、外出用のスーツならどれを着ていても五十四歳に見えるだろうその男が、キッチンテーブルにそうしてすわっているところは、七十歳にも見えるというその事実に。いや、もっと悪い——七十五歳にさえ。実際、そのようすたるや、テレビの《ザ・ソプラノズ——哀愁のマフィア》とかいうドラマで、やくざたちが〝ふさぎ屋〟と呼んでいる人物にそっくりだ。

ジャネットはふたたび流しのほうに向きなおり、たてつづけに一度、二度、三度と、上品にくしゃみをする。「けさはどうだ、調子は?」夫がたずねる。彼女の副鼻腔炎のことを、アレルギー性鼻炎のことを言っているのだ。答えは、〝はかばかしくない〟だが、よくないことというのが多くの場合そうであるように、彼女の夏のアレルギー症状にも、それなりに明るい面がないではない。夏になれば、もはや夫と同衾しなくてもいいからだ。同衾して、夜中に彼と掛けぶとんを奪いあわなくてもすむし、彼がより深く眠りにはいろうとがんばっているとき、しばしば漏らす音のないおならを聞かされることもない。夏のあいだは、毎晩たいがい六時間、ときには七時間も眠れるし、それだけ眠れれば御の字というもの。そのうち秋がきて、ハーヴィーがゲストルームから寝室にもどってきたら、それは四時間に減るだろうし、その四時間も、なにやかやで妨げられることが多くなるはずだが。

そうしてやがて、秋になっても彼が寝室にもどってくることのない年がやってくる。そうなったら、さぞかしほっとするだろう。もっとも、彼にそうは言いたくないけれど。言えば彼の感情を傷つけることになるし、彼女はいまでも彼の感情を傷つけたいとは思っていない。それがふたりのあいだでいま現在、愛として通用しているもののかたちなのだから――すくなくとも、彼女のほうから彼に向けての愛としては。

ジャネットはそっと吐息をつき、流しのなかの鍋に手を入れる。鍋のなかを手さぐりする。それから、「そうひどくもないわ」と言う。

そしてそのとき、まさに彼女が、この人生にはもはやなんの驚きもない、夫婦間の底知れぬ深みなどというものは存在しないと（けっしてこれがはじめてではないが）思いかけたそのとき、夫が妙にくだけた調子で言いだす。「ゆうべはきみがいっしょに寝ていなくてよかったぜ、ジャックス。悪い夢を見たんだ。実際、うなされて、悲鳴をあげて、自分の声で目がさめちまったくらいさ」

ジャネットは驚く。ハーヴィーからジャネットとかジャンではなく、ジャックスの名で呼ばれるなんて、なんと久しぶりだろう。ジャンというのはニックネームだが、彼女は内心この名を嫌っている。つい思いだしてしまうからだ――幼いころにテレビの《名犬ラッシー》で見た、やたらにべたべたと甘ったるい女優を。小さな男の子（ティミーとかいう子――そう、ティミーという名だった）がいて、しょっちゅう井戸に落ちたり、蛇に嚙まれたり、岩にはさまれて動けなくなったりする。それにしても、あんなに幼い子の命を、こともあろうにコリーごときの手にゆだねるとは、いったいどういう親なのだろう？

最後の卵が一個だけ残っている鍋のことも忘れて、ジャネットはもう一度、夫のほうをふりかえる。鍋のお湯も、火からおろしてずいぶんたつので、とうにぬるま湯になってしまっている。夫が悪夢を見たって？　このハーヴィーが？　ハーヴィーがどんな夢であれ夢のことを口にするなんて、ついぞなかったことだ。およそ聞いた覚えがない。かろうじて思いだせたのは、まだふたりが恋人同士だったころ、ハーヴィーが「きみのことを夢に見た」とかなんとか言ったことぐらいだ。あのころは彼女自身も若かった。だから、その台詞をすてきだと思いこそすれ、クサい台詞だなどとは思いもしなかったものだ。

「うなされたんですって？」

「自分の悲鳴で目がさめたんだ」と、ハーヴィー。「聞こえなかったか？」

「ええ」まじまじと夫を見つめる。からかわれているのでは？　なんらかの悪趣味な朝のジョークなのでは？　けれどもハーヴィーはジョークを言うような男ではない。彼のユーモアのセンスといったら、せいぜいディナーの席で、若き日の軍隊時代の逸話を語ることぐらい。それらの逸話ならさんざん聞かされている――最低でも百回ぐらいは。

「なにか叫ぼうとしてるんだ。だが実際には言葉が口に出てこない。あれはまるで……さて、なんて言うか……ただあわあわ言うだけで、口をとじようにもとじられないんだ。ちょうど卒中の発作でも起こしたみたいに。しかも、声が普段の声より低い。ぜんぜん自分の声じゃないみたいで」一呼吸する。「とにかく、自分の悲鳴が聞こえて、どうにかそれをおさえた。ところが全身ががたがたふるえて止まらない。それで、しばらく明かりをつけなきゃならなかった。小便をしようとしたが、それも出ない。近ごろは、なんだかしょっちゅう小便が出たいんだが――ちょっとだけだ、どっちにしろ――それがけさの二時四十七分にかぎって、出ないときてる」彼は口をつぐむ。さしこむ日ざしのなかで、じっとすわったままだ。塵の粒子がその光線のなかで躍っているのが見てとれる。それがなんだか彼の頭のまわりにさした後光のようだ。

「で、見たのはどんな夢だったの？」そうジャネットはたずねる。だが妙なのはここからで、それというのも、たぶんここ五年間ぐらいではじめてだろうが――そう、あれはふたりが手持ちのモトローラの株を持ちつづけるか、それとも売るかで、夜中まで眠らずに議論した（結論は売り）、あのとき以来ではなかろうか――彼女は夫の言おうとすることに興味を持ったのだ。

「さて、きみに話す気になれるかどうか」彼にしては珍しく、どこか気恥ずかしげにハーヴィーは言う。それから向きなおり、胡椒挽きを手にとると、それをお手玉よろしく片手から片手へ往復させはじめる。

「夢って、ひとに話すとそれが正夢にはならないそうよ」ジャネットは言う。そしてここからがまた〈妙なこと〉ナンバー2だ。とつぜん、目の前にすわっているハーヴィーが、これまで長らく彼女の見てきた夫とは別人に見えてくる。オーブントースターの上の壁に映る彼の影さえも、なぜか本物以上に大きく見える。彼女は思う――なんだか彼、重みが出てきたみたい。でも、どうしていまさら重みが出なきゃならないの？　どうしていま、人生は空疎だとわたしが思いはじめたこのときになって、それが重みを持って見えてこなきゃならないの？　いまは六月下旬の夏の朝。わたしたちはコネティカットにいる。毎年六月には、コネティカットで過ごすのが決まりだ。もうすこししたら、わたしたちのどちらかが新聞をとってくるだろうし、その新聞は、カエサルの言うガリアじゃないけれど、〝三つに分かたれる〟ことになるはずだ。

「えっ、そうなのか？」ハーヴィーは眉をつりあげて考えこむ（ジャネットはまたもやその眉をひっぱりたくなる。あのおかしな表情になりかけているからだ。だが本人はぜんぜんそれに気づいていない）。考えこんで、手から手へ胡椒挽きを往復させている。やめてちょうだい、とできれば言ってやりたい。その動作は彼女の神経をささくれだたせる（ちょうど、壁に映る彼の影の、ばかにどぎつい黒さがそうであるように。ちょうど、彼女自身の心臓の、激しい鼓動――それはいま、なんの理由もなく、とつぜんリズムを速めたのだ——がそうであるように）。けれども、ここで口をはさんで、彼の気をそらしたくはない——なんであれ、いまここで、彼の土曜の朝の頭のなかで、進行していることから。だがその前に、どっちにしても彼は胡椒挽きを下に置く。彼女にしてみれば、ほっと一安心のはずなのだが、なぜかそうはならない。というのも、それにも影があるからだ——その影がテーブルの上に、まるで特大型のチェスの駒よろしく、長く伸びている。テーブルにこぼれたトーストのくずまでが、それぞれに影を持っている。そして彼女自身、なぜそれがこわいのかわからないのに、それでもその影がこわい。ふと頭をよぎったのは、チェシャー猫がアリスにむかい、「ここじゃみんな狂ってるんだ」そう言っている場面だ。と、ふいに、もうハーヴィーのばかげた夢のことなど聞きたくないという気がしてくる。彼が自分の悲鳴で目をさましたり、卒中の発作を起こしたみたいに、あわあわ言ったりする夢の話など、聞きたくもない。いま急に、人生など空疎なままでいい、それ以外のものは望まない、そんな気持ちがめばえてくる。いまのままでオーケー、空疎で結構。疑うのなら、映画のなかの女優たちをとくと見るがいい。

何事も主張したり、断言するのは禁物、そう彼女は熱っぽく考える。そうなのだ、まさに熱に浮かされたように。まるで更年期のほてりのようだが、はっきり言って、更年期などというものは、二年も三年も前に卒業している。何事も主張するのは禁物。いまは土曜の朝、何事も断言してはいけない。

彼女は口をひらきかける。さっき言ったのは、じつは逆だった、夢のことをひとに話すと、それが正夢になるというのが正しい、そう言おうとしたのだが、もう遅かった。彼はすでに話しだしていて、ふいに彼女は思いあたる。これはわたしへの罰なんだ。人生を空疎なものとかたづけてしまったことへの罰。人生は実際にはジェスロ・タルの唄のようなもの。煉瓦のようにがっちり中身の詰まったもの。どうしてその逆のもののように考えてしまったのだろう？

「夢のなかでは、朝だった。おれはキッチンへ降りてきた」ハーヴィーが言う。「ちょうどいまとおなじで、土曜の朝なんだ。ただ、きみはまだ起きてきていなかったけどね」

「わたしはいつだって土曜の朝には、あなたより先に起きてるわよ」彼女は言う。

「わかってる。だけどこれは夢の話なんだ」彼は辛抱づよく言う。彼の腿のあいだの白い毛がちらりとのぞく。腿の肉が痩せて、落ちてしまったせいだろう。かつて彼はよくテニスをしたが、いまはそれも過去のことだ。彼女は内心でつぶやく——およそ彼女には似つかわしくない意地悪さで。ねえおじさん、あなた、きっと心筋梗塞を起こすわよ。きっとそれが命とりになるわ。《タイムズ》では、たぶんあなたの死亡記事を出そうという運びになるでしょうけど、たまたまその日に、五〇年代に活躍した二流の映画女優とか、四〇年代にそこそこ有名だったバレリーナが死んだりすれば、それもお蔵入りになるでしょうね。

「とにかく、いまとそっくりおなじなんだ」と、ハーヴィーがつづける。「つまり、朝日がこんなふうにさしこんでいてさ」手をあげて、頭のまわりの塵の粒子をかきまわし、活気づかせる。やめて、とジャネットは金切り声をあげたくなる。せっかく秩序を保っているこの世界をそんなふうに乱さないでちょうだい。

「フロアにおれの影が落ちてるのが見えるんだが、それがいままで見たこともないほど明るくて、濃いんだ」いったん口をつぐみ、それから彼はほほえむ。そのくちびるがひどくひびわれているのを彼女は見てとる。「〝明るい〟ってのは、影を表現するのには妙な言葉だな。〝濃い〟というのも、そうだ」

「ハーヴィー——」

「おれは窓ぎわに行った。そして外を見て、フリードマン家のボルボの横っ腹に、へこみができてるのを見つけた。とたんにぴんときた——なぜかしら直感したんだ——ははあ、フランクのやつめ、ゆうべ飲み歩いて、帰りにあの傷をこしらえたな、って」

ふいに、ジャネットは気が遠くなる心地がする。じつは彼女自身、フランク・フリードマンのボルボの横腹に、へこみがあるのを見ているのだ。朝刊はきていないかどうかと（きていなかった）、玄関先まで見にいったときに。そしておなじことを考えた——フランクがゆうべ〈ゴード〉の店にでもくりだして、駐車場でなにかをこすったらしい、と。正確には、彼女の考えたのはこうだった——相手の男は、どんな顔をしたかしら。

ハーヴィーもやはりあの傷を見たのだ、とここで彼女は思いつく。そして彼なりのなにか風変わりな理由から、わたしをからかおうとしているのだ、と。たしかにこれはありうること。彼が夏のあいだ寝室にしているゲストルームからは、斜めに通りが見通せるのだから。ただ、ハーヴィーはそういう人間ではない。〝からかう〟というのは、およそハーヴィー・スティーヴンズの〝柄〟にはないことなのだ。

いまや彼女の頰にも、ひたいにも、うなじにも、汗がじっとりにじみでている。感触でそれがわかるし、いっぽう心臓は、ますます狂おしく鼓動している。じつのところ、なにか不吉な影がぬっと前途に立ちはだかっている、そんな気がしてならないのだが、それにしても、なぜいまのいま、そういうことが起こらねばならないのか。なぜいま、なべて世に事もなく、これからも平穏がつづきそうなこのときに？ もしもこうなったのがわたしのせいだったら、ごめんなさい、謝ります、彼女は内心でそうつぶやく……いや、ことによると、じつは祈っているのかも。どうかいっさいをもとにもどしてください。お願い、どうかもとどおりにしてください、と。

「それからおれは冷蔵庫へ行った」ハーヴィーが言っている。「そしてなかをのぞいて、サランラップのかかったデビルドエッグの皿を見つけた。小躍りしたよ——まだ朝の七時だってのに、昼飯が食いたくてたまらないんだ！」

彼は声をあげて笑う。ジャネット——またの名ジャックス——は、流しのなかの鍋をのぞきこむ。鍋に一個だけ残っている固茹で卵を見る。ほかのはすべて殻をむき、きちんと半分に切って、黄身をかきだしてある。それらは水切り台のそばの深皿に入れてある。そして皿のそばには、マヨネーズの瓶も。昼食にデビルドエッグを出すつもりだったのだ——グリーンサラダを添えて。

「それ以上は聞きたくないわ」彼女は言う。だがその声はあまりにも低く、彼女自身にもよく聞きとれないほどだ。かつて彼女は演劇クラブで活動していた。なのにいまは、このキッチンの向こうにすら声を届かすことができない。胸の筋肉がすっかりゆるんでしまっている感じだ――ちょうどハーヴィーがテニスをしようとすれば、彼の脚の筋肉がそうなるだろうように。

「しめた、ひとつつまんでやろう、そう思った」ハーヴィーがつづける。「だがそこで思いなおした。いや、いかん、つまみ食いなんかしたら、きっと女房に叱られる。そのときなんだ、電話が鳴りだしたのは。おれは大急ぎで電話に駆け寄った――ベルの音できみが目をさますといけないからね。さて、いよいよここからなんだ、この話のぞっとするところは。どうだ、きみ、この話のいちばんぞっとするところ、聞きたいかい?」

いいえ――ジャネットは流しの前でそう考える。聞きたいものですか、そんなぞっとする話なんて。だがいっぽうではまた、そのぞっとする話を聞きたいとも思っている。だれだって、話のいちばんこわいところは聞きたがるはずだ。ここではみんな狂っているのだから。それに、母からはほんとうにそう聞かされたのだ――ひとに夢の話をすれば、それが正夢になることはない、と。ということはつまり、悪夢ならばひとに話して聞かせるのがいいし、いい夢ならば自分だけの秘密にして、隠しておくのがよいということ――ちょうど抜けた歯を枕の下に隠すように。ハーヴィーとのあいだには、三人の娘がある。そのひとりは、おなじ町内の、つい目と鼻の先に住んでいる。陽気な離婚女性ジェナ――この名はブッシュの双子の娘たちのひとりとおなじだが、本人はそれをいやがること、いやがること。近ごろでは、だれにでもジェンと呼んでほしいと言っている。娘が三人。これはつまり、あまたの歯があまたの枕の下に隠されたということだし、車から娘たちに乗っていかないかとか、お菓子をあげようなどと誘いをかける男どもについて、山ほどの心配をせねばならぬということ、そしてまたこれについては、いくら用心してもしすぎるということはない。だから、ああ、願わくは夢についての母の見解があたっていますように——悪夢について語ることは、吸血鬼の心臓に杭を打ちこむのとおなじだという、あの言葉。

「おれは受話器をとった」と、ハーヴィーが言う。「かけてきたのはトリシャだった」トリシャはふたりのあいだの長女、男の子とつきあうようになるまでは、フーディーニやブラックストンがアイドルだった娘だ。「はじめはただ、『パパ』としか言わなかった。だけどおれにはすぐトリシャだとわかった。いつだってそれぐらいはわかるってこと、きみだってわかるだろ？」

わかりますとも。いつだってそれぐらいはわかるってことは。わが子の声ぐらい、はじめの一語を聞いただけでわかる——すくなくとも、子供が成長して、親のものではなくなるまでなら。

「で、おれは言った——『やあトリッシュ、なんでこんな朝っぱらからかけてきた？　おかあさんならまだ寝床のなかだ』って。ところがはじめのうちしばらく、ぜんぜん答えがない。切れちまったのかと思ったんだが、そのうち、なにやらささやくような、しくしく泣くような声が聞こえてきた。言葉にならない、不明瞭な声。なにかしゃべろうとしてるのに、言葉が出てこない。しゃべるだけの気力が奮い起こせないか、息がつづかないか、なにかそんな感じで。そのときだったんだ、なにやら不吉な予感がしてきたのは」

あらまあ、やっと？　ずいぶん遅いじゃない？　というのもジャネットは——サラ・ローレンス大学ではジャックスだったジャネット、演劇クラブでも、またジャックス、正真正銘のフレンチキスの名手ジャックス、ジタンをふかし、テキーラのカクテルを好んで飲むジャックス——そのジャネットは、すでにだいぶ前から、じつのところ、ハーヴィーがフランク・フリードマンのボルボの横腹の傷のことを言いだすその前から、不吉な予感におののいていたのだから。そしてそのことはさらに、ほんの一週間たらず前の、友人のハナとの電話のことを思いださせる——例の、最後はアルツハイマーがらみのゴーストストーリーになってしまった、あの会話。ハナはニューヨーク市内、ジャネットは居間のウィンドーシートに丸くなって、避暑地ウェストポートに所有する一エーカーの土地を見わたし、その土地に生長するあまたの美しいものたち——それらは彼女にくしゃみをさせ、目を涙目にさせるのだが——をながめている。そして話題がその最後のアルツハイマーのことに及ぶ前に、まずふたりはルーシー・フリードマンを話の種にし、ついでフランクのことをあげつらったのだが、さて、あれはどっちが言ったことだったか。ふたりのうちのどちらが、「飲んで車を運転するというあの悪癖を改めないかぎり、そのうち彼、だれかを轢き殺すことになるわよ」そう言ったのだったろう？

「そうこうするうち、トリッシュがなにか言った。〝リース〟だか〝リースト〟だか、そんなふうに聞こえる言葉。だが、夢のなかではおれ、ちゃんとわかった。彼女が——ええと、〝音を省略《イライド》する〟？——この言葉でいいのかな？彼女が最初の音節をイライドしてて、ほんとうに言おうとしてるのは、〝警察《ポリース》〟なんだってことが。警察がどうした、とおれはたずねた。警察について、なにが言いたいんだ、って。そしてすわりこんだ。あそこにだ」ふたりが電話室と呼んでいる小部屋のなかの椅子をゆびさす。「そのあと、またしばらく中断があった。それから、もう一度さっきとおなじ言葉にならない言葉、ささやくようなとぎれとぎれの声が聞こえてきた。じっさい、じりじりしてきてさ、やれやれ、あいかわらずドラマの女王気どりかよ、そう思った。だがそのとき、彼女が〝番号〟と言った。これだけはじつにはっきりしてて、聞きまちがえようがない。とたんにおれは気づいた——彼女が〝警察〟と言おうとしてるのに気づいたのとおなじにだ——彼女は、警察がわが家の番号を知らないので、彼女のところに電話してきた、そう言おうとしてるんだ、って」

ジャネットは力なくうなずいてみせる。二年前、ふたりが自宅の番号を電話帳に載せないことに決めたのは、マスコミがエンロン事件のことでやたらにハーヴィーに電話してくるからだった。それもたいがいはディナーの時間に。エンロン事件そのものに、ハーヴィーはなんの関係もないが、エネルギー産業の大会社となると、彼の専門分野のようなものだ。事実、数年前には大統領の諮問委員会に籍を置いたこともある――ちょうどクリントンが祭司長《ビッグ・カフーナ》を務め、世界がまだ（はばかりながらジャネットに言わせてもらえば）いくらかましな、いくらか安全な場所だった時代に。それに、このところハーヴィーのことでは、彼女がちょっと敬遠したいようなことがしだいにふえてきたとはいえ、ひとつのことだけは確信を持って言いきれる。つまり、ハーヴィーはその小指一本のなかに、エンロンの破廉恥経営者ども全員を集めてもかなわないほどの廉恥心をそなえている、と。ときとして、そのあまりの清廉さには憮然とさせられることがないでもないが、それでも、そういうものが得がたい資質であるぐらいのことはよくわかっている。

それにしても、警察ならば電話帳に載っていない番号だって、つきとめる手だてがあるのでは？　それとも、ないのかも――急な用件でなにかを探しだすとか、なにかをだれかに伝えようとするときには。のみならず、夢というのはそもそも非論理的なもの。潜在意識から生まれた詩、それが夢なのだ。

そしていま、もうそれ以上はただじっとしていることに堪えられなくなり、彼女はキッチンの戸口へ行くと、戸外の明るい六月の朝を、庭の向こうのソーイング・レーンを見わたす。これがわたしのアメリカンドリームと見なすものの、その小さな分け前なのか。いまなお芝生に幾千億もの朝露がきらめいて、なんとまあこの朝のたたずまいの静謐なることよ！　にもかかわらず、心臓は依然として胸のなかで激しく鼓動しているし、汗は顔をしたたりおちる。そして彼女は夫に話をやめさせたいと願う。夫の見た夢の話、その恐ろしい夢の話など、もうやめてほしいと言いたい。次女のジェナが通りのすぐ先に住んでいることを、すぐにも夫に思いださせてやらなければ。ジェナ、つまりジェンだが、彼女は近くのビデオショップで働き、週末ともなれば、きまって〈ゴード〉のような店へ出かけて、フランク・フリードマンのごとき男、彼女の父親と言ってもいいほどの年配の男と飲み歩く。きっと、相手がうんと年嵩だという事実、それ自体が彼女には魅力のひとつなのだろう！

「話はずっとそのささやくような、声にならない声でつづいていた」ハーヴィーがなおも言っている。「しかも彼女はいっこうに声を高めようとしない。だがそのうち、〝車にはねられた〟と言うのが聞こえて、おれは娘たちのうちのだれかが死んだのをさとった。たんにぴんときただけだ。死んだのはトリシャじゃない。トリシャ本人が電話に出てるんだから。だったら、ジェナかステファニーかのどっちか。とにかくおれは、すっかりふるえあがった。正直な話、あそこにすわりこんだまま、どっちならばいいんだ、なんて考えてるだけだった――例のくそいまいましい《ソフィーの選択》だかなんだかみたいにだ。そのうちとうとう、トリシャにむかって叫びはじめた。『どっちなんだか言ってくれ！　どっちなんだか言ってくれ！　後生だからトリシャ、どっちなんだか言ってくれ！』って。そこではじめて、現実世界がじわじわとにじみでてきた……まあ、かりにもそういうことがありうるとしてだが……」

ハーヴィーは短く笑う。そしてジャネットは、戸外の明るい朝の日ざしのもとで、フランク・フリードマンのボルボの横腹のへこみのまんなかに、一筋の赤いしみが付着しているのを認め、さらにそのしみの中心に、泥とも、いや、見かたによっては頭髪とさえ見える、黒っぽい汚れがこびりついているのに気づく。フランクが夜中の二時に、歩道の縁石にむかって斜めに車を乗りあげるようすがまざまざと目に浮かぶ。泥酔して、ガレージに車を入れるどころか、庭先のドライブウェイに入れようと試みることすらできない――まこと、聖書の言うとおり、命に通じる門は狭く、その道は細い。フランクががくりと首をたれ、鼻で荒い息をつきながら、玄関のほうへふらふら歩いてゆくようすも目に見えるようだ。美酒よばんざい、うーい。

「そのころには、自分がまだ寝床のなかだってことはわかってた。なのに、さっきも話したあの低い声、あれはまだ聞こえてる。とうてい自分の声とも思えない、まるで他人の声みたいな声。しかもその声がさかんになにか言ってるのに、なんと言ってるのか、一言も聞きとれない。『エルイー・イッチャン、エルイー・イッチャン』って、そんなふうに聞こえるだけ。『エルイー・イッチャン、イッシュ

!』って」どっちなんだか言ってくれ《テル・ミー・ホイッチ・ワン》。どっちなんだか言ってくれ、トリッシュ。

ハーヴィーが黙りこむ。考えこみ、思案にふける。塵の粒子が彼の顔の周囲で躍っている。日ざしが彼のTシャツをまばゆいほどに白く見せている。洗剤の広告に出てくるTシャツそのままの白さだ。

ややあって、ようやく彼はつづける。「そのままおれは、横になったきり、きみを待った。なにがあったのかと、きみがあわてて駆けこんでくるのを。じっと寝ていても、全身が鳥肌だって、ふるえが止まらない。それをこらえながら、なに、いまのはただの夢なんだ、よくあることだ、そう自分に言い聞かせようとするんだが、いっぽうではその夢がとびきりリアルだったってことも頭にある。なにかまがまがしい、そのくせすばらしく鮮烈な夢だった、って」

ここでまたハーヴィーは口をつぐむ。つぎに話をどう進めるべきかと思案し、妻がもはやそれを聞いていないことには気づかない。またの名ジャックスはいま、全精神力をふりしぼり、すくなからぬ思考力をも動員して、自らに信じこませようとしている――いま見えているボルボのあのしみは、血痕なんかではなく、車体をこすったときに塗装が剝げて、下塗りがのぞいただけのものだと。〝塗装の下塗り〟――それこそは、彼女の潜在意識が、さいぜんからなんとか掘り起こそうとしてきた言葉だ。

「それにしても驚くよな、ひとのイマジネーションがどこまで深くひろがってるものか」しばらくして、やっとハーヴィーは先をつづける。「ああいう夢って、あれは詩人が――だれかほんとうに偉大な詩人が――詩の言葉を見つけるときと似てるんじゃないかな。あらゆる細部が、一瞬にしてありありと見てとれるんだ」

ハーヴィーは沈黙し、キッチンは太陽と、躍る塵の粒子とに支配される。戸外では、世界が〝保留〟の状態で静止している。ジャネットは通りの向こうのボルボに目をやる。それはさながら煉瓦のようにずしりとして、彼女の目のなかでずきずき脈打つかのようだ。やがて電話が鳴ったとき、もしもそれだけの息を吸いこむことができれば、きっと彼女は悲鳴をあげていただろうし、もしも両手を耳まであげられれば、きっと耳をおおっていただろう。二度めにベルが鳴り、やがて三度めが鳴ると、ハーヴィーが立ちあがって、電話室へと歩いてゆく気配がする。

どうせまちがい電話よ、とジャネットは思う。きっとそうに決まってる。なぜかといえば、夢のことをひとに語れば、それが正夢になることはけっしてないのだから。

ハーヴィーが言う。「もしもし?」

家宅侵入
Smash and Grab

マイケル・ナイト　吉田薫訳

マイケル・ナイト（Michael Knight）はアラバマ州生まれ。一九九六年に《プレイボーイ》誌のコンテストで優勝し、注目を浴びた。《エスクァイア》《ニューヨーカー》などに作品を発表している。長篇デビュー作は一九九八年の *Divining Rod* で、ほかに二冊の短篇集も刊行されている。本作は《ストーリー・クォータリー》誌に掲載された。

左側の一番奥の家は芝生に警備会社の看板も立っていなければ、裏庭に犬もいなかった。キャッシュダラーは勝手口のガラスをひじで突きやぶり、腕を差し入れて、中から錠を開けた。この家の主が外出するところを見ていたので、九十九パーセント留守だという確信はあったが、敷居にかけた足を止めて耳を澄ませた。何も聞こえない。安心してアーチ形の戸口を抜けてダイニングルームに進み、銀食器を納めた箱を見つけ、持参した枕カバーに中身を空けた。主寝室を探しながら廊下を進み、大晦日の夜会に急いで出かけた女主人が宝飾品を出しっぱなしにしてくれていることを願った。そのときだった。白い稲妻が光り、頭がのけぞり、顔面の骨が燃えるように熱くなった。よろめきながら、膝をつく。若い女が力む声と再び炸裂する痛みを記憶の最後にとどめて、キャッシュダラーは闇に包まれた。

意識が戻ると、はしご状の背もたれがついた椅子の肘掛けと脚に、手首と足首がそれぞれ粘着テープで固定されていた。頬がずきずきする。鼻はきっと腫れ上がっている。向かい側で十代の娘が同じ椅子に座って、左手の指に息を吹きかけている。娘の膝の上には血が点々と付いた陶製のトイレタンクのふたがのっている。その上には小さなハサミ、マニキュアの瓶、コットン、爪やすりが並んでいる。娘が上目づかいにこっちを見た。意識が戻ったことを喜んでいるようだ。

「顔の具合はどう」娘は言った。

手足が長く、体は細いがやせすぎではなく、胸に〈聖ブリジット・バレーボール〉というロゴが入った淡い色のチェック柄のスウェットシャツを着ている。髪をふたつにくくって、フランネルのボクサーパンツとピンクの毛糸のソックスを履いている。

「猛烈に痛い」鼻の穴が血で詰まり、行き場を絶たれた声が頭のなかで響いた。

娘は同情するように顔を曇らせた。

「ひとがいるとは思わなかった」キャッシュダラーは言った。

「下見してあったのね。下見って言うんでしょ」

キャッシュダラーがうなずくと、娘は計画を頓挫させたことをわびるような目を向けた。

「わたしは寄宿学校にいるの。今日の午後、飛行機で帰ってきたのよ」

「明かりが見えなかった」

「窓に遮光フォイルを付けてあるから。真っ暗じゃないと眠れないの。ドアの下とか、隙間は全部ふさいである」

「警察に通報したかい」

「殴ってすぐに。あなたのことが恐かったから住所を叫んだだけで切ったわ。目を覚ましたら、殺されると思ったの。粘着テープはそのためよ。あまり遅いようなら、もう一度かけるわね」最後の言葉は待たせてすまないとでも言うようだった。娘は手の指を振ってみせた。「右の小指を塗っているときに、ガラスが割れる音を聞いたの」

娘がキャッシュダラーを廊下から引きずってきて、縛り上げるまでに十分はかかったはずだ。ということは、もう警察が来る頃だ。これまで七つの州で家に侵入し、その家の主のおすそ分けにあずかってきたが、逮捕されたことは一度もなかった。逃げ足は速い。手を抜かず、欲を搔かず、暴力には訴えない。しかし、十代の娘にトイレタンクのふたで殴りたおされて気絶し、粘着テープで縛り上げられるなんてこともなかった。

「きみの寄宿学校はクリスマスには帰らせてくれないのかい」

「クリスマスはママと過ごすの」

話の続きをしばらく待ったが、娘は黙っている。どうやら懐柔の糸口をつかめたようだ。まだ時間はあるだろうか。娘に話をする気がないとわかると、キャッシュダラーは水を向けた。「離婚はつらいな」

娘は肩をすくめた。「離婚なんてみんなしてるわ」

「じゃあ、わたしが見かけた女性は――」キャッシュダラーは言葉尻を上げて問いかけた。

「父の彼女……のひとり」そう言って、娘はあきれたように目をぐるりと動かした。好奇心の強そうな蛍光色に近い緑の瞳だった。「父はフリーセックスの最後の信奉者」

「その女性のことは好きかい。いいひと？」

「よく知らない。看護婦よ。父のところで働いているわ」

娘は顔の前の虫を追いはらうように手を振った。「真実なんて訊くだけ野暮」

ふたりはダイニングルームにいた。銀食器を枕カバーに詰めていたときにはよく見なかったが、あらためて天井の回り縁を見た。壁の絵も見た。犬や死んだ鳥の油彩画で、高価だが転売価値はない。ここは医者の家なのだ。見かけた女性の解釈を誤ったことが腹立たしかった。捕まったことよりも腹が立った。キャッシュダラーは三十六歳だった。そろそろ年貢の納めどきが来たのかもしれない。

「今夜、デートがないなんて驚きだな。きみみたいな可愛い女の子が大晦日にひとりで家にいるなんて」

見えすいた世辞を言うのはどうかと思ったが、娘は軽く受けながした。

「さっきも言ったけど、今日帰ってきたところだし、一年の大半は学校にいるの。それに、父よりカリフォルニアの母と過ごすほうが多いから、ここに知り合いなんていないのよ」

「名前を教えてくれないかい」

娘はためらった。「それはどうかと思うわ」

「きみが教えてくれたら、わたしも教える。そしたら、ここに知り合いができるじゃないか」

「そんなことないわ」

キャッシュダラーは目を閉じた。幸い、泥棒らしい格好はしていない。黒のスウェットスーツやスキーマスクより普通の外出着のほうが目立たないと思っている。今夜選んだのは濃い緑色の半コートと紺色のタートルネックとカーキ色のズボン、それにボートシューズ。手袋もはめない。これだと恐そうには見えていないはずだし、今考えている質問をしたら、普通の人間が頼みごとをしているように思ってくれるかもしれない。

「単刀直入に訊くよ。きみがわたしを逃がしてくれる可能性はどれくらいあるかな」娘は口を開きかけたが、キャッシュダラーが強引に話をすすめたので、しかたなく椅子にもたれて話が終わるのを待った。「もう警察が来ると思うけど、わたしは刑務所には行きたくない。だから約束する。きみがそうさせてくれたら、わたしは入ってきたようにここから出ていって、きみの人生から永遠に消える」

娘は黙っている。忍耐強く、冷静に、キャッシュダラーが言いたいことを言い終えたか確認しているようだった。冷蔵庫がキッチンでうなっている。頭の上で蛾がシャンデリアをつついている。破ったガラスから入ってきたのだろうか。娘はマニキュアの瓶のふたをしめて、色々並んだトイレタンクのふたをそっと膝から持ち上げ、椅子の横の床の上に置いた。

「ごめんなさい、本当に。でも、あなたはこの家に侵入して、父の銀食器を自分の枕カバーに詰めていた。わたしが頭を殴らなかったら、ほかの物も盗っていたわ。お望みなら、警察に電話して、あなたはとってもいい人だったって言ってあげる。でも、あなたをこのまま行かせるのはよくないと思う」

言いかたは穏やかだったが、いや、そのせいでキャッシュダラーの心臓は異常をきたし始めた。分厚いゴム製の湯たんぽが胸のなかで暴れ始めたみたいだった。キャッシュダラーは息を止めて、肘掛けに固定された腕を持ち上げた。椅子が跳ね上がるほどの勢いで一回、二回。だが、粘着テープはびくともしなかった。キャッシュダラーは息を切らして、あがくのをやめた。

娘は言った。「訊きたいんだけど、たとえば、わたしが眠っていたか、テレビを見ていたかして、窓が割れる音を聞かなかったとしたら。たとえば、先にあなたがわたしを見つけていたら――どうした？」

答えは考えるまでもなかった。「きびすを返して、立ち去っていた。ひとを傷つけたことはない」

娘はしばらくキャッシュダラーを見つめると、広げた指に目を落としてマニキュアの出来ばえを見た。まずまずといったところのようだった。そして、手の甲に向かって言った。「あなたを信じるわ」

娘が読みあげる判決文に句読点を打つように玄関の呼び鈴が鳴り、続いて扉が四回ノックされ、警察の到着が告げられた。

待つあいだ、キャッシュダラーは刑務所のことを考えた。投獄の可能性は絶えず人生につきまとっていたが、あれこれ考えるのは時間の無駄だと思ってきた。少なくとも誰かを残していくわけではないし、誰かの人生を破滅させるわけでもない。だが、頭のなかをそうした安心材料で満たしてみても、所詮はごまかしだった。現に耳は脈打ち、胸は締めつけられている。ペンサコラの家に侵入したときだった。さびた蝶番《ちょうつがい》や床がきしむ音で、家の主が目を覚ました。寝室は暗かったので、主には戸口に立つキャッシュダラーが見えない。「ジョイス？」主は言った。「ジョイスなのかい」声にこめられた悲しみと思慕から、ジョイスは二度と帰らぬひとであることがわかった。その男を気の毒に思ったことは言うまでもないが、窓の外から男を眺めているようでもあった。自分は外からのぞき込んでいるだけで、男に重くのしかかる世界を共有しているわけではなかった。情けない思いでその家をあとにした。久しぶりにその男のことを思い出した。隣の部屋から声が聞こえてくる。話の内容まではわからない。時間がかかり過ぎているように思うが、絶望的な状況に立たされると時間は進まないものだ。

娘が制服の警官を二人従えてダイニングルームに入ってきた。一人目は白人の男だった。いかにも警官といった巨漢で、シャツをくしゃくしゃにズボンに入れ、ベルトは腹の下にずり落ちている。二人目は黒人の女で、小柄だが肩幅が広く、編み込んだ髪を帽子のなかに入れている。「友達の――」娘はひと息ついて、キャッシュダラーに意味ありげな視線を送った。「――パトリックです。ダイニングルームで泥棒に襲われて、トイレのあれで殴られて、テープで縛り上げられました。パトリック、こちらは警察のヒルデブランさんとプルーイットさん」娘は頭を右に、そして左にかしげて、男と女を紹介した。

プルーイット巡査はキャッシュダラーの椅子の後ろを見てまわった。

「泥棒はトイレタンクのふたで何をしてたんですか」

「謎です」娘は言った。

「どうしてテープを切ってあげなかったんです」

「切ったらいけないかと思って。けがはたいしたことなさそうだったし、犯罪現場を荒らしたくなかったんです。テレビだと、なにひとつ動かさないようにするでしょ」

「わかりました」プルーイット巡査はまるで納得いかないようだ。「それで、あなたは時間つぶしに爪のお手入れをしていたんですね」そう言って道具一式を指さした。

娘は眉も唇も総動員して馬鹿づらを作ってみせ、耳の横で指をくるくる回した。ヒルデブラン巡査は窓辺に歩いていき、外を見ながら言った。「率直に言って、ミス・シュネル――」

「ダフニです」娘は言った。キャッシュダラーに暗に伝えるために口を挟んだようだった。

ヒルデブラン巡査は振りかえって微笑んだ。「率直に言って、ダフニ。盗られた物を回収できる見込みは――」

「何も盗られていません」娘は言った。

ヒルデブラン巡査は眉を上げた。「盗られていない？」

「慌てていたんでしょう」ダフニは言った。

枕カバーはどうなっただろう。殴られた廊下にまだあるかもしれない。キャッシュダラーは警察が廊下を調べに行かないことを願った。プルーイット巡査が身をかがめてキャッシュダラーの脚の粘着テープを間近で見ている。

「大丈夫ですか」巡査は訊いた。

キャッシュダラーはうなずいて、咳払いをした。

「このテープはどこにあったんですか」

「わかりません。気を失っていましたから」

「ともかく」ヒルデブラン巡査がダフニに言っている。「目撃者がいないことには――」

プルーイット巡査がため息をついた。「目撃者ならいるわ」プルーイットはキャッシュダラーの殴られた顔を見上げた。

「そうだったな。面通しで確認できそうですかね」ヒルデブラン巡査が訊いた。

「あっという間のことでしたから」キャッシュダラーは答えた。

それからは熱にうかされた夢のなかのように、現実にはなかったことがありありと語られていった。警官が質問し、キャッシュダラーが答え、警官が質問し、ダフニが答える。ダフニはひとに疑いを抱かせるようなタイプでも、ひとの信頼を得られないようなタイプでもなかった。ヒルデブランとプルーイットはおおむね満足すると質問を終えた。けがが軽いことや、盗られた物がないことで丸めこめたようだ。プルーイット巡査がカッターナイフで粘着テープを切ると、キャッシュダラーは勝手知ったるわが家のように二人を玄関まで見送った。でたらめの連絡先を伝え、午前中に顔写真のファイルを見に行くことを約束した。何がダフニの気持ちを変えたのかは知らないが、こうして警官は去っていき、キャッシュダラーの人生からも出ていくのだから、それはどうでもいいことだった。キャッシュダラーはドアを閉めると訊いた。「ダフニっていうのは本名かい」娘のほうに向きなおったと同時に、トイレタンクのふたが再び襲ってきた。

キャッシュダラーは再び同じ椅子の上で、手首と足首を縛られて目を覚ました。ダフニのほうは床にあぐらをかき、背中を反らせて両手を床についている。もやがかかっているような、汚れたレンズを通して見ているような感じだったが、首は長く、腿の内側の肌はなめらかだった。

「そうよ」ダフニは言った。

「何がだい」

「ダフニは本名だってこと」

「ああ、そのことか」

頭のなかに砂が詰まっているみたいだった。

「また殴ってごめんなさい。自分でもわけがわからないの。とっさの思いつきでおまわりさんに嘘をついたら、粘着テープを切られちゃって、でもわたしはあなたのこと何も知らないわけだし、そう思ったら恐くなったの」ダフニはひと息つくと訊いた。「あなたの名前は?」

どこか高い場所から自分の体のなかに下りてきたような感じがしていた。自分の体で生きる術を徐々に思い出していた。自分で何を言っているのかよくわからないうちに、ダフニに正直に答えていた。

「レナード」

ダフニは吹きだした。「予想もしなかったわ。レナードなんて名前をつけたり、つけられたりするひとがまだいたなんて」

「わたしはきみよりずっと年上だ」

「そんなに年じゃないでしょ。いくつ、四十歳？」

「三十六だ」

「あら、そうなんだ」ダフニは言った。

「脳震盪を起こしたみたいだ」キャッシュダラーは言った。

ダフニはすまなそうに鼻にしわを寄せ、立ち上がって手をはたいた。「すぐに戻るから」ダフニはキッチンからグラスを手に戻ってくると、キャッシュダラーのあごの下に差しだした。スコッチの香りがしたので、口元に持ってこさせてひと口含んだ。上物の味がした。

「よくなった？」ダフニは訊いた。

キャッシュダラーは答えなかった。恩に着る気持ちはあったが、この先どうなるのか見当もつかなかった。キャッシュダラーは床に座っているダフニがグラスの酒に口をつけるのを見ていた。ダフニは吐きそうな顔で身震いをしてみせた。

「寮で咳止めシロップを二本飲みほしたことがあるの。クリムトのポスターが動きだす幻覚を見たわ。すごくエッチだった。ルームメイトが救急車を呼んだわ」

「本当かい」キャッシュダラーは言った。

「父はそのとき南米のアルーバ島にいたの。ファリーナ・ホイルっていう医師会のひとと一緒に。ファリーナ・ホイルなんて名前の女とよ。でも、父は彼女を島に残して、はるばるわたしの無事を確かめに戻ってきてくれた」

「よかったじゃないか」キャッシュダラーは言った。

ダフニはうなずき、お茶目な、それでいて何か含みのある笑みを向けた。なぜそんなふうに見えるのかわからなかった。「事実ならね。ファリーナ・ホイルは事実。アルーバ島も事実」

「わたしをどうする気だい」キャッシュダラーは訊いた。

ダフニはグラスをのぞき込んでいる。

「わからない」ダフニは言った。

ふたりはしばらく黙っていた。ダフニはウィスキーを回している。キャッシュダラーは背中がかゆくなって、椅子にこすりつけた。それを見たダフニが椅子の後ろにまわってきたので、キャッシュダラーは搔きやすいように体を前に倒した。ダフニの手が触れると肌が粟立ち、神経が馬のように飛びはねた。

「結婚はしてるの?」ダフニが訊いた。

「いいや」

「離婚したとか?」

キャッシュダラーは首を横に振った。ダフニの手はまだ肩甲骨のあいだに置かれている。グラスに歯が当たる音がした。

「かわいそうな人ね。恋をしたことないの?」

「わたしを解放すべきだと思うよ」キャッシュダラーは言った。

ダフニは前にまわりこみ、キャッシュダラーの膝の上に座って、肩に腕をまわしてきた。

「しょっちゅうこんなことしてるの? 泥棒のことだけど」

「金が必要になったら」

「この前はいつ」ダフニは酒のにおいがわかるほど顔を近づけていた。

「しばらく前だ。もうひと口飲ませてくれないか」キャッシュダラーが言うと、ダフニはグラスを口にもってきた。スコッチが目の奥に染みわたる。「二カ月前だ」実際は先週、集合住宅に入っている。入口で扉が開くのを待って中に入り、留守宅の錠を破った。入ってから出ていくまで一時間もかからなかった。しかし、今は真実を語ることに勝算は見込めない。「カントリークラブのそばの屋敷に入った。わたしは金持ちからしか盗らないし、盗った金の半分は難病の子供たちに寄付している」

ダフニはキャッシュダラーの胸をこぶしで殴った。

「なるほどね」ダフニは言った。

「きみが聞きたいように答えたんだ。ちがうかい。わたしを逃がす理由を探しているんだろ」

「どうかしら」

キャッシュダラーは肩をすくめた。「嘘だなんて誰にわかる」

「難病の子供たちよ」

ダフニはにっこり笑い、キャッシュダラーも笑って返した。こんな娘を好きにならずにいられるだろうか。頭の回転ははやいし、キャッシュダラーを怖がる様子もない。警官にでたらめを言う度胸もある。

「なるほどね」キャッシュダラーは言った。

ダフニはスコッチの残りを一気に飲みほすと、出窓に向かって堅木張りの床の上を靴下で滑っていった。

「車は？　見えないけど」ダフニはカーテンを開けて見ている。

「角の向こうに停めてある」

「どんな車」

「ホンダ・シビック」

ダフニは眉を上げた。

「目立たないからね」キャッシュダラーは言った。

ダフニは床を滑って戻ってくると、キャッシュダラーのポケットに手を入れて、鍵を探った。キャッシュダラーは思わず体を引いた。キーホルダーにはたった二本しか鍵が付いていない。車と自宅の鍵。それがなんとなく格好悪かった。

「ほんとにホンダだ」ダフニは言った。

部屋の隅に大きな置き時計があったが、八時半を指したまま止まっているし、腕時計は粘着テープで覆われて見えなかった。キャッシュダラーは時間が気になり始めた。ダフニが出ていって二十分ほど経っている。ここにいても十二時過ぎまでは心配ないだろう。父親と愛人は新年を迎えてから帰ってくるはずだ。今は十一時前後だと思われたが、確信は持てなかった。おそらくダフニはキャッシュダラーの車で出かけたにちがいない。大晦日のパーティーなんて何が起こるかわからない。荒れたり、飲み過ぎたり、恋にのぼせあがって家に着くまで待てなかったり。とりとめもなくそんなことを考えているときに、ガレージのドアが開いたような音がした。頭のなかが真っ白になった。研ぎ澄まされた聴覚がすべての音を拾っていく。何も聞こえない。だからと言って安心できないことは経験済みだ。すると、キッチンのドアが開いて、ダフニが入ってきた。

「なかなか見つからなかったわ、あなたの車」ダフニは言った。服を着替えていた。フードの内側に毛皮がついたブルーのパーカーに、白のスパッツとボア付きのロングブーツを履いている。

「今何時だい」キャッシュダラーは訊いた。

しかし、ダフニは足を止めずに、隣の部屋に消えた。

「もう行かせてくれ」

ダフニは再び現われると、ステレオのスピーカーを重そうに抱きかかえて、キッチンに消えていった。戻ってきたときには息を切らしていた。テーブルに両手をついて、息が整うのを待っている。

「失敗したわ。小さいものから始めればよかった」

キャッシュダラーはダフニをまじまじと見た。「何のことだい」

「ハッチバックの車でよかった」ダフニは言った。

それからの半時間、ダフニは家とガレージを往復して値の張る物を運んだ。ステレオセットの残りに始まり、テレビとビデオデッキ、銀食器が入った枕カバー、腕いっぱいの高そうなスーツ。もうこれ以上は積めないだろう。それでも、ダフニは止まらなかった。バーベル、ゴルフクラブ、仔牛皮の旅行鞄一式、骨董品の拳銃一対、ほこりをかぶったクラシックギター、死んでしまった有名選手がサインした野球ボール。時間が一分経つごとに、キャッシュダラーの胃は締めつけられていった。黙ってやらせておくしかなかった。これはダフニの問題であって、自分には関係のないことなのだ。小さなホンダが他人の人生の蓄財で膨らんでいく。自宅のさまが頭をよぎった。乱れっぱなしのベッド、居間に置かれた屋外用の安楽椅子、流し台のマグカップ。ひとに盗まれそうなものには執着しないようにしてきた。キャッシュダラーの家にはなくなると困るものや、ないと生きていけないものはひとつとしてなかった。ダフニが戻ってきた。へとへとに疲れて、汗で顔を光らせている。

「できたわ」ダフニは目にかかった髪を息で吹きとばして、パーカーのフードを下ろした。

「きみはいかれてるよ」キャッシュダラーは言った。

ダフニは手を振っていなした。

「わかってないわね。わたしなんてごく平均的な女子高生よ」

「警官に何て言うつもりだい」

「ストックホルム症候群の線で行きたいところだけど、あなたに殺すぞって脅されて嘘をついたことにしたほうが信じてもらえそうね」ダフニはパーカーを脱いで椅子にかけると、スウェットシャツのすそを引き上げて顔をぬぐい、腹とあばらをむき出しにして、右目、そして左目と、涙を抑える仕草をした。

「なるほどね」キャッシュダラーは言った。

「ハサミを取ってくる」

ダフニは再び部屋を出て、再び戻ってきた。粘着テープが枯葉のように落ちていった。キャッシュダラーは再び手首をこすって立ち上がり、ダフニと向き合った。ダフニの瞳は数年前に盗んだ翡翠《ひすい》のペンダントの色だった。そのペンダントは七百ドルで質に入れた。ダフニにキスをすべきだろうか、させてくれるだろうか。ふとそんな考えにとらわれたが、思いとどまった。十代の少女にキスはできない。すると、その考えが読めたかのように、ダフニはキャッシュダラーの顔を平手打ちにした。キャッシュダラーは頬をさすり、痛みで目をしばたたきながら、親指を拳のなかに入れてボクシングのまねごとをするダフニを見ていた。

「わたしを殴って」ダフニは言った。

「よしてくれ」

「意気地なし。わたしは二度もあなたを殴りたおしたのよ」

「もう失礼するよ」

その瞬間、ダフニはキャッシュダラーの鼻を拳で殴った。トイレタンクのふたで殴られた後でなければたいした痛みにならなかったかもしれないが、涙はあふれてくるし、目の前が小さな火花でいっぱいになった。キャッシュダラーはとっさに拳を握って、ダフニの口を殴っていた。強く殴ったわけではない。反射的に手が出て、ダフニは尻もちをついただけだ。それでもすぐに自分がしたことに胸が悪くなった。キャッシュダラーは車を止めようとするみたいに手のひらを見せて腕を差しだした。

「殴るつもりじゃなかった。無意識だったんだ。女性を殴ったことはない。人を傷つけたことはない」

ダフニは下唇に触れて、指先に付いた血を見つめた。

「これを見たら父の心も痛むわね」

ダフニはにっこり笑った。歯のすきまに血がにじんでいる。そのせつない光景にキャッシュダラーはめまいを覚えた。愛と痛みはなんと密接に結びついているのだろう。ダフニはたおやかに淑女のように手を差しだした。爪は完璧だった。

「さ、わたしをその椅子に縛り上げて」ダフニは言った。

バンク・オブ・アメリカ
Bank of America

リチャード・ラング　吉井知代子訳

リチャード・ラング（Richard Lange）は《サン》《サザン・レビュー》《アイオワ・レビュー》などに作品を発表している。ロサンゼルスに住み、現在は長篇小説に取り組んでいるという。本作は《ストーリー・クォータリー》誌に掲載された。

銀行に攻めいり、警備員を黙らせたら、わたしの仕事がはじまる。モリアーティーがカウンターを乗り越えて現金を根こそぎちょうだいするあいだ、客を見張るのだ。どうしてこれがわたしの担当になったのかはよくわからない。わたしは見るからにものすごく悪いやつというわけではない。鏡の前で姿勢や身ぶりを研究し、邪悪な目つきや怖がらせるような顔のゆがめ方を練習してきたが、それでも本当の姿を見透かす人がいるのではないかと不安だ。

　銃は助かる。銀色に光る大きな忌むべきこいつは有無を言わさない。とはいえ、銃がもたらす力を乱用しないように気をつけてはいる。映画でよくアブナいやつらが銃を振りまわしているけど、そいつらが痛い目にあうとうれしいものじゃないか。そもそも、わたしは銃口を向けられた経験もある。LAに越してきてまもないある夜のことだ。だから、どんな心地がするかはわかっている。その夜、酒屋から出たところに、ガキが二、三人駆け寄ってきて、銃をのぞかせた。ポケットの財布はあっというまにそいつらの手のなかだ。何週間も震えが止まらなかった。その場で歩道に吐いた。このときのことはわたしたちの仕事中も忘れはしない。やりすぎる必要はないということだ。

　きょうは特別な日だ。モリアーティーがポケベルや携帯電話の商売に使っている狭苦しいオフィスに集まり、最後の仕事に向けて彼のたてた計画を確認する。モリアーティーは参謀だ。彼の指示で、三年間に二十七件もの銀行強盗をやってのけた。ジェシー・ジェイムズ以上だ。そして、その間一度も捕まらず、一度も警察に追われず、一度も銃を発砲することもなかった。

　外の気温は千度はあるにちがいない。扇風機をふたつまわし、すべての窓を開けているのに、空気は動かない。べーコンから出る油のように熱くて濃い空気。階下のハリウッド大通りでは年老いたアルメニア人の女が泣いている。頭に黒いスカーフをまいたその女はバス停のベンチに腰かけて体を前後に揺さぶっている。泣き声のせいで、話に集中できない。モリアーティーになにかきかれたが、よく聞いていなかった。

「おい！　こら！　ちゃんと聞け」

「聞いてる、聞いてる」

窓辺から腰を上げ、コーラの自動販売機に行く。モリアーティーはここにコーラではなくビールを入れている。冷たい汗で光る缶を、わたしは首のうしろにあて、話を続けるように手でうながす。

前回、そして前々回と筋書きはおなじだ。われわれレベルだと、特別な技術は必要ない。金庫を吹き飛ばすわけでもなければ、ハイテク警備システムを突破するわけでもない。基本はヒットエンドラン。警報を鳴らされるまえに、現金をつかめるだけつかんで、逃走用の盗難車まで必死で走る。モリアーティーはいつも素人っぽくみせたがった。そのほうが警察の注意をあまりひかないというのが彼の理論だ。ほかにも用心していることがある。二十マイル以内で二回仕事をしないこと、変装をいろいろ変えること。目出し帽、ストッキング、かつらにつけひげ。宇宙人のかぶり物をしたこともある。灰色のだ。ちょっと遊んでみようということで、ターバンをまいて靴ずみを塗ったこともあった。

モリアーティーはわたしに進路を最初から最後まで指でなぞらせると、地図をまるめて灰皿で燃やす。この周到さには感心する。仲間であることを誇りに思う。ついでに言えば、モリアーティーの自己管理能力はすごい！　日常生活のこまごましたことまでルールがある。毎日、朝食にはバナナ、昼食にはツナサンドイッチを食べる。毎日だ！　そして判で押したような一週間をくりかえす。木曜の夜は〈スモッグ・カッター〉で九時から十一時までビリヤード、ビールを二杯。増えも減りもしない。土曜日は映画、射撃の練習、瞑想を一時間、そして夜は歴史の勉強。日曜日は朝六時に起き《ニューヨークタイムズ》と《ロサンゼルスタイムズ》をすみからすみまで読む。こういう生活をしていると考える時間ができるというモリアーティーの言葉に納得する。とても筋が通っているじゃないか。彼は高速の列車で、こなしていく日課は線路なのだ。つまり前に進むことだけに専念すればいいわけだ。とはいえ、モリアーティーも完璧な人間というわけではなくて、いまだに母親といっしょに住んでいるし、銃のことになると興奮してつばを飛ばしながらしゃべるし、ウェイコのブランチ・ダヴィディアン事件は単なるはじまりにすぎないと真剣に信じている。しかし、とにかく意志が強い！

「みんなわかったな。騒ぎも揉めごともなしだ」

「了解。指揮官殿」

この返事はベルーシ。三人目の仲間だ。長いすに寝そべって、また煙草をすっている。

モリアーティーは立ちあがると机の前にまわり、冷蔵庫を開ける。ポップシクルをベルーシとわたしに放ってよこす。三人そろってすわり、黙ってアイスをなめる。アルメニア人の女はまだ泣いており、階下から響くその声にみんながいらいらしはじめる。まずベルーシが切れ、うなるように言う。

「ちくしょう。音楽かなにか鳴らせよ」

モリアーティーがラジカセにカセットを入れると《ホール・ロッタ・ロジー》がスピーカーから大音量で流れだす。

「下におりて、どうかしたのか、みてきたほうがいいんじゃないか」わたしが持ちかける。

「どうかしたのか、おれが教えてやるよ」

ベルーシがからんだ痰をのどでごろごろいわせながら含み笑いをする。

「クソ暑いし、空気は最悪、この世は腹黒いジジイどもが動かしている。目玉をえぐりだしたって、涙は出てくるってもんさ」

ベルーシは筋金いりの悲観論者だ。あだ名の由来でもあるが、ヤク中で、そしてこれまでに会っただれよりも金のことをよくわかっている。噂では裕福な家の出らしいので、おそらく血すじなのだろう。いままでの三人の仕事で、べルーシは運転手と会計士の役目をしてきた。仕事をはじめるときに決めた目標額はひとり頭二十五万ドル。べらぼうな金額だろう？　そして現在、スイス銀行のわたしの口座には二十四万八千三百二十ドル入っている。いま目の前でだらりと寝転がり、黄ばんで欠けた歯を見せて笑っている姿からは想像できないだろうが、ベルーシは三人でもうけた金を全部使って、国外でちょいとアヤシい取引をして、三倍以上にした。というわけで、今回が最後の仕事だ。目標よりすこし多くなるかもしれないが、あくまでも計画どおりに進めなければならない。「計画どおり」こそが、ここまでやってこれた勝因なのだから。

モリアーティーが年代物の〈ミズ・パックマン〉のプラグをさしこむと、いきなり電子音が鳴りだし、ゲームがはじまる。見る見るとけていくポップシクルのねっとりしたしずくが画面に落ち、モリアーティーは親指でふきとる。

「ところで、あっちのほうはどうだ？」モリアーティーがベルーシにたずねる。またはじまった。

「おまえには関係ない」

「女を買ったたって問題ないこと、知ってるんだろう。〝被害者なき犯罪〟ってやつだ」

「おまえとかかわりを持った女たちに言わせると、それは違うらしいぞ」

「お袋さん、またおれの悪口を言ってるのか？」

ベルーシは腹をかかえて笑うふりをして、細長い腕と脚を引っこめ、長いすから体を起こす。一年で一番暑い日に、全身黒ずくめだ。

「じゃあ、木曜日にな」

ベルーシがドアを閉めると、モリアーティーは首をふる。

「あいつときたら、まったく変わってるよな」

「特別なんだよ」とわたしは答える。

ミズ・パックマンの側面には、終わりのないわたしたちの勝ち抜き試合のスコアを書いた紙がはってある。モリアーティーはそれを見てから、ゲームをはじめる。わたしは窓辺にもどって、ビールを飲み、風にあたろうとする。すると、ベルーシが建物を出てアルメニア人の女に近づくのが見える。音楽のせいで声は聞こえないが、女はまだ泣いている。ベルーシが女になんと言っているのかも聞こえないが、なんにせよ激しく体を揺すっていたのが止まる。するとベルーシはポケットに手を入れ金を出し女にやる。ベルーシは両手でベルーシの手を包みキスをする。ベルーシは女の背中を軽くたたき、足早に去っていく。

たしかに。あいつは本当に変わっている。

ベルーシとモリアーティーはわたしをジョン・ドーと呼ぶ。あまりにもふつうの男だからだ。妻がいて子供がいて、家族がなんとか暮らせるように、現金を調達する手段を毎朝かけずりまわって探している。この最後の仕事が終わり、目標を達成し、三人でした約束どおりに金を手に入れたら、ベルーシはアムステルダムへ飛んで麻薬中毒者の登録をして無料配布の合法ヘロインを手に入れる。モリアーティーはついにひとり暮らしをはじめるつもりで、彼にとってはアメリカ最後の自由の地とも言えるアイダホへ移る。そしてわたしは、いい学校のあるどこか静かな場所で〈サブウェイ〉のフランチャイズ店でもはじめられればそれでいい。寝室が三つあるカウフマン&ブロード社の家とそこそこの車。銀行強盗は人生の階段をすこしのぼらせてくれるオイシい手段なのだ。言いたいことはわかるよ。だけど、金のあるところへ行けとよく言うじゃないか。その気になれば、どんなことにだってそれなりの意味をもたせられる。

家に帰ると、台所でマリアが得意のフレンチフライを作ろうとジャガイモの皮をむいている。わたしがこれからバーベキューで焼くハンバーガーのつけあわせにする。ペンキ塗りの仕事の入札に行くと言って出かけていた。マリアが〝どうだった？〟とたずねる。

「よさそうだよ。大きなところなんだ。一カ月ぐらいは忙しくなるんじゃないかな」

「やったじゃない」

「まあ、ようすを見ながらだね」

マリアは包丁でジャガイモを細長く切り、水をはったボウルに入れる。

「おとなりにだれかが押し入って、テレビを盗んでいったのよ」

「冗談だろ」

「ぐっすり眠っていたから、物音ひとつ聞かなかったんですって」

「なんてことだ、まったく」

「そうでしょう。こわいわ」

　マリアに責めるつもりなどないのはわかっているが、わたしは悔やんでいた。もっと早くにマリアとサムを連れてこのあたりを出るべきだった。何年もまえ、落書きがはじまったころ、はじめて車上荒らしがあったころに。事態はよくなるとずっと考えていた。かつてのわたしはそうだったのだ。どんなものにも希望がある、けっしてあきらめるな。しかし、いまはもう無理だとわかっている。そして木曜日に〈網の目かいくぐり強盗団〉の最後の仕事が終われば、運のなさにもお別れだ。

「どこか引っ越し先をさがそう」

　マリアのうしろにまわって抱きしめ、髪に顔をうずめる。この髪が好きだ。これまでもこれからもずっと。

「たとえば、グレンデールのあたり？」

「もっと遠くはどうだい？　山のほうとか。ここから完全に離れよう」

「冗談はやめて」

「本気だよ。もう潮時だ」

　マリアはふりかえってキスをする。わたしの顔にぬれた手がふれ、ジャガイモと土のにおいがする。マリアは褐色のなめらかな肌をしたキューバ人だ。彼女の両親は頼むからわたしとは結婚するなと言った。家族の友人の医学生といっしょにさせたかったのだ。しかしマリアはいまもそうだが頑固だった。

「わかったわ。山ね」

「山だ」

　しばらくよりそっていたが、マリアは笑いだし、わたしを押しはなす。

「ああ、もう、あなたはどうかしてるわ。採点しなきゃいけないテストを持ってかえってきたの。サムの様子を見てきてちょうだい。そしてわたしに仕事をさせて」

　ドアのところに立ち、マリアがテーブルについてペンを持つのを眺める。うしろのカーテンが夕風に吹かれてふくらみ、揺れている。冷蔵庫とトースターの影がだんだんのび、ひんやりとしていく。マリアはひたいに手をあて、微笑んだ。人がなぜ死を恐れるのかようやくわかった。彼女と永遠にいっしょにいたい。

「パパ。ねえ、パパ、見てよ」

サムの声がする。

わたしは夢もみない深い居眠りからはっと覚める。いきなりもどってきた風景が目を刺す。一分ほどぼんやりと居間の窓から見える、落ちそうに垂れさがっている椰子の葉を眺めていたが、またふっと意識が遠のいた。年から年中眠くていやになる。

「もう！　パパ！」

サムはもうすぐ五歳。先週は、大きくなったら医者になって、壊れた心臓《ブロークンハート》を治すんだと言っていた。しかし、今夜はせっせとアクションヒーロー人形の体をばらばらにし、別のものを組みあわせ、新種の生命体を作っている。そのなかのひとつをわたしに見せようとコーヒーテーブルに置いてよこす。

「こいつは自分がロボットだってわかっちゃったんだ」サムが説明する。「鏡の前で顔をはがしたら、その下にロボットの頭があったの。いまはオイルしか飲めなくて、とってもとっても悲しいんだよ。それでときどき怒って、物を壊すんだ」

「こいつに友だちはいないのか？」

サムは唇をすぼめ、考えている。

「こいつはすごくおっかなくって、すごく悲しいんだ。いっぱい泣くんだよ。お金があったら新しい頭を買うんだけど、持ってないんだ」

「新しい頭はいくらするんだい？」

「十ドルくらいだと思うよ」

「ほら」わたしはロボット男にわたすふりをする。「十ドルだよ。新しい頭を買っておいで」

「聞こえないよ。耳もロボットなんだもん」

サムがビニールプールで水しぶきをあげているあいだに、わたしはグリルを用意し、炭をおこす。ならびの平屋建ての家でも外で料理をしている。家のドアが開けはなたれている中庭でたがいに手をふりあう。日陰はもうたっぷりある。太陽は地平線まで下り、木々の葉一枚一枚を蜂蜜色に染める。鳥たちは思わぬごちそうに夢中になっている。種をまいたばかりの芝生にむらがっておりてきては、にぎやかな甲高い鳴き声をあたりにひびきわたらせる。

「パパ、見ていて」

サムは腹ばいになって顔を水につける。泡がぶくぶくと頭のまわりに出る。顔を上げて、わたしが笑顔でうなずくのを見ると、また水につける。近所のだれかがラジオをつけ、メキシコ音楽が鳥の鳴き声と競うように流れだす。山に引っ越したら自分で家を建てよう。木のドームハウスなら設計図を注文できる。未来の丸太小屋とでもいうような、そんなものだ。のこぎりで板を切り、釘を打つ自分を想像する。これならできる気がする。

ポーチで夕食をとる。虫よけにシトロネラキャンドルを灯すと、夜がいっそう濃くなっていく。ハンバーガーとマリアのフレンチフライ、アボカドと熟したトマトのスライスをもったサラダに油と酢とたっぷりの胡椒のドレッシングをかける。サムはぬれた髪をひたいにはりつかせ、マリアにふいてもらったタオルをまだ肩にかけている。げっぷをしたサムをマリアがたしなめるが、すぐにわたしもげっぷをする。マリアは鼻にしわをよせ、アイスティーのおかわりを注ぐ。鳥の声はしなくなっており、遠くでかすかにパン、パン、パンと銃声がする。マリアとサムを見るが、変わったようすはない。これは音が聞こえなかったからであって、ふたりが銃声に慣れてしまったからではないと自分に言い聞かせる。

その後、古い怪獣映画を観る。巨大タランチュラが砂漠で狂ったように暴れる映画だ。わたしは飲みものをアイスティーからビールにかえる。サムは枕を抱えてテレビの前の床に丸くなり、わたしはマリアとソファーで寝そべる。一日の疲れがおもりのようにのしかかり、まぶたが耐えられないほど重くなってくる。女が叫ぶ声を聞きながら眠りに落ちる。真夜中すぎに目が覚めると、マリアはサムの横に移動していて、床でふたりならんでぐっすり眠っている。サムを抱き上げてベッドへ運び、そっとマリアを起こす。マリアはふらふらと洗面所へ行く。

テレビでは有名人のだれかがなにやら安物を売っている。

「ばからしい」

わたしはつぶやき、テレビを消す。玄関の外でなにかがこすれる音がして、体じゅうが締めつけられたみたいにかたくなる。電気を消し、窓辺による。カーテンをすこし開けポーチをのぞくが、そこにはなにもなく、片づけ忘れたナプキンがあるだけだ。バスローブに着がえてもどって来たマリアが、どうかしたのとたずねる。なんでもない、となりの家のことがあったからちょっと神経質になっているだけだ、と答える。グラス一杯の冷たい水をふたりで飲み、寝る。

朝になると、サムのビニールプールがなくなっていた。

モリアーティーに呼ばれて、レイク・ハリウッドへ会いにいく。湖《レイク》と呼ばれているが、実際は映画スターたちが住んでいる丘の、人目につかないところにある貯水池だ。コンクリートの池で、まわりに金網のフェンスが張られている。見るときに目を細めさえすれば、悪くない光景だ。モリアーティーはこの周囲の道を毎日六マイル走る。何周も何周も、雨の日も晴れの日も。彼といると自分が怠け者に思える。

言われた場所に車を止め、フェンスまで歩く。よどんだ黒い水面はほこりに覆われ、日の光に輝いている。濃いもやがかかり、はなれた対岸の木々はほとんど見えない。見上げると、丘から大きな家が張り出し、数本の細い木の柱だけで支えられている。十月か十一月になって空気がもっと澄めば、ベランダからの眺めはさぞかしすばらしいにちがいない。はるか海までが見え、住人たちは毎日夕方になるとベランダに出て手すりにもたれ、日の入りを眺めるのだろう。

モリアーティーは全速力でわたしの横をすぎ、百ヤードほど走ってから、こちらを向く。そしてパンチをくり出しながら、ゆっくりした速度でもどってくる。

「やあ」息が弾んでいる。「元気か?」

「ああ、元気だよ」

モリアーティーはTシャツをたくし上げて顔の汗をぬぐう。別のランナーが横を通ると、たがいに軽く頭を下げる。

「トラックで待っていてくれ」

わたしは道をわたり、とめておいたニッサンにもたれる。頭のうしろで指を組み、貯水池に目をやり、水面を漂うほこりの膜が金色に光るのを見つめる。この貯水池はあまり衛生的ではないな。マリアがミネラルウォーターを買えとしつこく言っていた理由がやっとわかってくる。もしうちの蛇口から出る水もここから来ているのだとしたら、どんなおぞましいものが混ざっているかわかったものではない。

モリアーティーはすこし先の道路わきに車をとめていた。ダッフルバッグを出してから、音をたててトランクを閉める。こちらに来るモリアーティーが口笛で吹いているのはわたしの知っている曲。父さんが下品な歌詞をつけていた行進曲だ。

サルが旗ざおに
しっぽを巻きつけた
草が生えるのを見るためさ
ケツのすぐそこにね

たしかそんな歌詞だった。子供だったわたしは死ぬほど笑ったものだ。

モリアーティーはかばんをトラックの荷台に置き、ジッパーを開け、銃身を切り落としたショットガンを見せる。

「弾も一箱入っている」

「ありがとう」

「子供の手の届かないところにしまっとけ。ばかな真似はするなよ」

「あたりまえだ」

「使い方はわかるか? たぶん使わずにすむはずだけどな。普通の強盗なら、弾が装塡される音だけでたんまりいただいておさらばできる。だが、万一ってこともあるから」

「そんなに難しいとは思えないが」

モリアーティーはにやりと笑い、かばんを閉める。「ねらって、撃つ。それだけだ」

老婦人が車からおりて、大声で呼ぶ。

「スチュアート、遅れちゃうじゃない」

「ああ、母さん、わかってるよ」モリアーティーが叫び返す。「教会だ」と言って、目をぐるりとまわして見せる。

「じゃあ、木曜日にな」

「了解」

握手をかわし、モリアーティーは小走りで車にもどる。

わたしはまた大きな家を見上げる。どうしても見てしまう。嫉妬とでもなんとでも、好きなように言えばいい。大地震が起きて、支柱がつまようじのようにぽきりと折れ、あの高級な家が丘をすべり、フェンスをつき破って、毒々しいレイク・ハリウッドの水底へまっしぐらに落ちていくときの、家主の驚きおびえる表情をつい想像してしまう。

モリアーティーに出会った頃のわたしは、最悪の状態だった。あまりにも苦しくて、胸いっぱいに呼吸することすらできないときがあった。フリーウェイを運転しているときや、スーパーマーケットのレジにならんでいるとき、火星でヘルメットをはずされた宇宙飛行士のように空気を求めてあえいでいるのがわかった。その一年前、給料の小切手が三度続けて不渡りでもどってきたので、契約していた業者にふざけるのもいい加減にしろと告げ、貯金を全部おろして個人で仕事をすることにした。家のペンキ塗りは好きな仕事ではなかったが、しばらくすれば資金ができ、手入れされていない物件を買いとって改装し、利益を上乗せして転売できるだろうとふんでいた。しかし、十二ヵ月たっても仕事は四件しかなく、しかもその仕事を手に入れるためにはひじょうに低い金額で入札しなくてはならず、結局もうけはないも同然だった。一晩に一本だったビールが三本になり、やがて六本になった。「おまえが結婚したのはどんなバカ野郎だ？」よくマリアにそうたずねね、マリアは優しいことを言ってくれたが、それはわたしの聞きたい返事ではなく、しつこく「おまえが結婚したのはどんなバカ野郎なんだ?」と問いつめ、マリアを泣かせてしまっていた。

モリアーティーがわたしを見つけたのはハリウッドの職業斡旋所だ。最初、わたしは無視していた。なにしろ、そこに来るやつはヤク中やいかれたやつばかりだと思っていたので、ゆがんだ笑みを浮かべるこのブロンド野郎がなにをたくらんでいるかわかったものではなかった。その朝のわたしの信条は、邪魔されず用紙に記入して帰る、それだけだった。だが、彼はつきまとってきた。新聞を見せてくれと言い、道のわきにとまっていた屋台のトラックまでついて来て、結局そこでわたしたちは立ったままコーヒーからのぼる湯気ごしにおたがいを探りあうことになった。

その瞬間にこの男だとわかったとモリアーティーは言うが、わたしにはなぜだかよくわからない。思い返すと、最初の会話は見知らぬどうしにお決まりのくだらないことを言いあったにすぎなかった。軽くスポーツの話をし、軽く音楽の話をし、そしておそらくすこし力をこめて、自分は列にならんで手に入れる週二百ドルの仕事よりも価値があるということを相手にわからせようとしていた。わたしの考えでは、もっと後になって、午前中に受けたはずかしめをのどから洗い流そうとバーに入ったあたりで、彼という男がわかりはじめた。モリアーティーは祈っているかのように両手でビールを包み、ため息をついて、「実のところ、こんなぎりぎりの生活には耐えられないんだ」と言った。その瞬間、わたしたちにはどこか似ているところがあるかもしれないとはじめて思った。

ハリウッドの同じ地域に住んでいることがわかると、週に一度くらいはいっしょに飲みに行くようになった。銀行強盗は最初から何度も出た戯れ言だった、というか、すくなくともわたしはそう思っていた。「おれは本気だ」モリアーティーが言うと、わたしは笑ってこう返した。「もちろんさ」わたしにとっては「映画を作ろう」とか「ピザ屋を開こう」と言うみたいなものだった。照れくさく、心のうちを明かすのが不安で、楽しいからいっしょにいるということを認められない男たちが口実にする夢物語のひとつにすぎなかった。つまり「ただ、酒を飲んでいるんじゃない。大事な話をしているんだ」という言いわけだ。いっしょに夢を見て、これからもうける金の使い道を話しあい、ちょっとばか騒ぎをする。

モリアーティーの大学時代の友人ということで、ベルーシが加わったときですら、またモリアーティーが母親から金を借りてアヤシいポケベルの商売をはじめたときですら、それから人前でいっしょにいるところを見られてはまずいといって、バーではなくモリアーティーのオフィスで会うことにしたときですら、わたしはまだ真剣に受けとめていなかった。あたりまえだろう？　なにしろ、三人で——このわたしたちがだ！——丸くなってすわり、ピストルを持って重さを確かめ、モリアーティーが下見をして描いたあちこちの銀行の地図をじっくり見ながら、タイミングについて話しあうんだ。愉快じゃないか。はじめて本当に車を出して逃走ルートの下調べをしたときは思わず笑ってしまった。だって、一時間後には家に帰ってサムとクレイジー・エイツをして遊び、マリアを手伝って風呂掃除をするのだ。それが現実だった。わたしの本当の生活だったのだ。

だから、その後の展開をどう説明したものか。説明はしない。できないんだ。ジャーン！　わたしの登場。おもちゃのスリンキーみたいに震える脚で、下調べをした銀行に立っている。手には銃を持ち、頭にストッキングをかぶって、「床に伏せろ！」と叫ぶ。その声は雷雲からとどろく神の声かと思うことだろう。客たちがわたしの足もとにひれ伏すのだ。わたしはつねに、ある一線を越えるときはその瞬間がわかるものだと思っていた。だがそれは広い海で赤道を越えるようなものだった。だまされてはいけない。こちらからあちらへ行くのは大したことではないのだ。

月曜の朝早くボスから電話があり、三日ほどかかるロス・フェリスの家のペンキ塗りを引き受ける。ボスはニカラグア軍の大物だったが、革命のあとでおはらい箱になった。いまはここでしがない塗装業を営んでいる。受注する仕事のほとんどは、郵便受けに入れたり車のワイパーにはさんだりしたチラシを見た人からのものだ。ボスは白人から受けた仕事のときは、わたしに声をかける。白人相手のときは値段をつりあげるのだが、おなじ白人の塗装工がいれば客もあまり文句を言わないと思っているのだ。とくに、白人の女は塗装工のなかに白人がいたほうが安心する。ボスに言わせると「おれたちが盗みやレイプをしないか目を光らせる」ということらしい。わたしとしても一日あたり非課税で百ドルかせげて、銀行強盗のことを考えずにすむ。

二階建ての大きいスペイン風建築のその家を、淡い褐色からもうすこし濃い色に塗りかえる。仕事をするのはわたしのほかに小柄で無口なグアテマラ先住民が数人、ボスは葉巻をすって携帯電話をかけながら現場監督だ。ペンキ塗りのいいところは、刷毛を動かすあの一定のリズムにのせて心を漂わせられること。今朝は山に越してはじめて迎えるクリスマスを想像する。ぼんやりと浮かんでいた光景がだんだん焦点をあわせてはっきりと見えてくる。砕けたガラスのように輝く新雪、暖炉で燃えさかる薪がはぜる音、サムといっしょに切り倒し、冬の森を家まで引きずってきたツリーの香り。あまりにも心地いい眺めなので、太陽が首のうしろにじりじりと照りつけてもまったく気にならず、それどころか昼食の時間になっても刷毛を置いて梯子段をおりたくないと思うほどだ。

トラックの荷台に積んだクーラーボックスからマリアが持たせてくれたサンドイッチと、レモネードの入った水筒をとりだし、道路と歩道の間の芝生に植えられた椰子の木陰に腰を落ちつける。グアテマラ人たちはすこし離れたところで歩道のふちにすわり、ブリトーのアルミフォイルをむきながら静かにしゃべっている。彼らとは午前中に一言かわしたぐらいだが、こういう仕事ではそういうものだ。彼らはボスがどうしてわたしを連れてきたのか、おそらく知っているだろう。だからわたしも、ふらりと横にすわり「おなじ仲間どうし」なんてことをいうつもりはない。実際おなじ仲間ではないし、彼らもそれをわかっているからだ。

ボスがへこんだBMWからおりてくる。それまで三十分エアコンをきかせてすわっていたのだ。ボスがグアテマラ人たちになにか言うと、彼らは頭を下げうなずくが、目をあわそうとはしない。ボスは庭を横切って、仕事の進みぐあいを見にいく。習慣からだと思うが、いまでも軍人のような歩き方をする。背中をまっすぐに伸ばし、肩をいからせ、片手はいつも腰にある。その手の位置は、軍服を着ていれば武器をつけているあたりだ。体はたるみ腹が出ているのに、こんなふうに気取って歩いているのは見ていておかしいが、あの狂気じみた目つきと過去があるかぎりは笑わないようにしている。

ボスは裏庭へ行くと数分でもどってきて、手首をすばやく動かし、わたしを呼んだ。ボスについて石畳をそっと歩いていくと、屋根つきの中庭に出、そこから家よりも低い場所にあるプールを見下ろす。ならんだ長いすの上で、裸の男がふたり日光浴をしている。ひとりが立ち上がり、もうひとりにキスをして、プールに飛びこむ。

「クソったれのホモ野郎」ボスがつぶやく。空想のライフルを肩にあて、男たちにねらいを定めている。

「たいしたことじゃないだろう？」

「吐き気がするんだよ。ああいうホモ野郎には」ボスはミラーサングラスをはずし、てのひらで目のまわりの汗をぬぐう。「マナグアじゃ、あんなクソったれは皆殺しだ」

わたしは肩をすくめる。「なんといっても自由の国だからね」

「じゃあこれが自由だっていうのか？　男が男とヤルことが？」

「だれでもヤリたい相手とヤルことがだろう。なにがいけない？」

「なんだと？」ボスは嫌悪感いっぱいにわたしを見つめる。

わたしはこれ以上深入りしたくないので前庭へもどり、午後の仕事をはじめる準備をする。だがボスは頭に血がのぼってしまい、ほうっておいてはくれない。わたしのあとにつきまとう。

「この国はおかしいぞ」

「ああ、そうだな」短く答える。「だが、あんたたちだって昔は牛追い棒とペンチでずいぶんなことをしてきただろう。いま忙しいんだよ。もういいな？」

ボスにこんな口をきいたのははじめてだったので、顔を上げて反応を見られない。汗がひたいや鼻、ほほをつたい、かき混ぜているペンキの缶に数滴落ちる。しばらくして彼の影がそっと去り、芝生を横切っていく足音がする。BMWにもどったボスが呼びかける。

「おい、白人《グリンゴ》」

わたしは立ちあがり、ボスに向かって挑戦的な姿勢をとろうとする。

「おれのことを悪人だと思うか？」

ボスは悲しそうにも、恥じているようにも見えるが、引き下がるわけにはいかない。「悪いことをしてきたとは思うよ」

椰子の木から熟れていない実がボスの車に落ち、屋根のうえで跳ねて大きな音をたてる。その音に彼はすこしびくりとして身をかたくするが、すぐに力を抜いて言う。「われわれを裁くのが神のみでよかったな」

わたしが答えを探しているあいだに、ボスはさっと敬礼をすると、車に乗りこみ走り去る。仕事が終わる時間に酒くさい息でもどってきて、いつもどおりわたしたち一人一人に賃金を入れた封筒を手わたす。受けとった封筒を帰り道の一時停止標識のところで開けると、二十ドル札のあいだに五十ドル札が余分に一枚入っている。信じてもらえないかもしれないが、誓ってもいい、わたしはその五十ドル札をセブン・イレブンの前でよくうろついている臭い年老いた浮浪者にくれてやる。

寝室は暗い。だれかがドアをふさぐように立っているせいで余計に暗い。腕と脚を伸ばしてすわろうとしても、床におりようとしても、叫ぼうとしても、うまくいかない。男はゆっくりとベッドまで歩いてくると、ピストルの銃口をわたしの口に押しこむ。唇と歯のあいだにねじこみ、引き金をひく。クソ恐ろしい夢。目覚めると、耳鳴りがして、心臓は罠から逃げようともがく動物のように肋骨のなかで暴れている。口のなかは火薬と油のまざった金属の味がし、まだ世界がはっきりとしないが、床に足をおろして立つ。モリアーティーに借りたショットガンと弾薬はクローゼットのなかの上の棚にジム用の古いかばんに入れて隠している。居間へ持って行き、ソファーにすわる。

ポーチの明かりがカーテンをオレンジ色に染めている。カーテン越しに蛾の大きな影がはためいている。部屋のなかは明るく、テレビやビデオデッキ、ステレオなどすべての場所がはっきりわかる。裸でこの部屋に入ったことはなかった。冷たいビニール製のソファーにすわると、睾丸が妙な感じがする。銃を鼻に近づけると、においで悪夢がよみがえる。震えが走る。

足がとがったものに触れる。かがみこんで見ると、サムのおもちゃで、自分がロボットだと気がついた男だ。この男に望みどおりの新しい頭をやって助けるのは大事なことのように思える。つけ替えて、サムが明日の朝気がつくように置いておこう。魔法というわけだ。ほかの人形も落ちているはずだと思い、床に腹ばいになる。洞穴のように暗くてほこりっぽいソファーのしたに手を入れくまなく探すが、ソーダ用の古いストローとペニー硬貨しか見つからない。

「あなた?」

その声に驚き、仰向けになって、ショットガンをつかみ、マリアに向ける。そして自分のしたことがわかると、あわてて銃を下げる。なんてことだ! チクショウ、なんてことだ。

「いったいどうしたの?」

「なんでもないよ」

「いまのは銃なの?」

台所で冷蔵庫が押し殺したような低い音をたてている。わたしはばかみたいにうなずき、これですべての説明がつくかのようにひとこと言う。「夢を見たんだ」

ソファーにすわろうとして、弾薬の箱をひっくり返す。弾がひとつずつ床に落ちる。ゴツン、ゴロゴロ、ゴツン、ゴロゴロ。マリアがオレンジ色の明かりのなかに入ってくる。ローブの前で腕を組み、不安げな顔に弱々しい笑みを浮かべている。怖い思いをしているはずなのに、横にすわって片手をのばし、その手をわたしの肩にそっとかけたとき、わたしはただただ猛烈に恥ずかしくなる。彼女の唇がほほに触れると、自分が虫食いの果物のように頼りなく汚く感じる。ロボットだと気づいた男を強く握りすぎ、てのひらを切る。ふつうの人たちは失敗を重ねながらどうやって生きているのだろう。

水曜日の仕事帰り、牛乳と卵を買うためにスーパーマーケットに寄り、そこでなんとベルーシを見つける。香辛料コーナーのケチャップ売り場のあたりで、ひたいにしわをよせ、こめかみを人差し指で押さえ、うつむいて立っている。黒ずくめの体が風に吹かれる木のように揺れている。近くに住んでいることは知っていたが、これまで出会ったことは一度もなく、おまけに彼がほかの買い物客に比べてあまりにも異質だということに驚く。大きな球面レンズのサングラスで目は隠れ、ヒョウ柄のタトゥーがTシャツの袖からのぞいており、そのTシャツには〈ムスタッシュ・ライド1回5セント〉の広告がおどっている。

わたしにはない。こんなふうに自分を目立たせる度胸がないのだ。一度耳にピアスをしたことがあったが、そのとき働いていた仕事場で一人の大工にからかわれるまでの一週間しかもたなかった。

「よう」じわじわ近づき、声をかける。

ベルーシはこちらを見ると、驚きもせず微笑む。

「バーベキューソースが二十五種類。しかも全部マスタードだってよ」

彼の言葉は早口でわかりにくく、口からは太いよだれがたれている。

「買うのかい？」

「いいや。タバコを買いに来たんだが、気をとられちまってな」

ベルーシはバランスを崩して、あやうくひっくり返りそうになる。通路の端で警備員がじっとこちらを見ている。

「本当のところ、かなり酔っぱらってるんだ。家まで送ってくれないか？」

ベルーシのアパートメントはほんの数ブロック先で、いいところだった。うちより数段いい。モリアーティーがベルーシは金持ちの出だといっているのはどうやら本当らしい。ビールを飲んでいかないかと誘われ、もちろんと答える。どう見ても玄関までたどり着くのに助けがいるようだから。

エレベーターの壁と天井は小さな鏡をうめこんだモザイクになっている。しゃがんで猿の顔まねをすると、何千もの小さなテレビに自分が映っているみたいだ。家に着くとベルーシはよろけながら台所へ行く。部屋にはコンピュータと大型スクリーンがあり、エレクトリック・ギターが二、三本無造作に置かれている。ソファーはなく、大きなクッションが低いテーブルのまわりにならべてあり、そのテーブルにはメキシコ系の店で売られている宗教的なろうそくがたくさんのっている。

ベルーシはハイネケンの瓶を手にもどってきて、こちらによこすとクッションに倒れこむ。わたしには不似合いな気分だが、ベルーシにつきあうことにする。窓を開けるか、せめてブラインドをすこしひねって日光がさすようにしてくれればいいのだが。動物の巣か、暗い道の行き止まりにいるようだ。暗がりに骨やとがった岩、古い燃えた木があるような気がする。ベルーシは紫色の水パイプを音をたてて吸い、高い絞りだすような声で、明日の仕事が気がかりかときいてくる。

「もちろんだよ。そっちはどうなんだ?」

「おれはもうめちゃくちゃ」ベルーシは微笑む。「おまえのかみさんはこんなこと、まったく知らないんだろう?」

「知ってるわけないだろう。知ったら失神するよ」

「手に入った金のことは、どう説明する気だ?」

わたしは答えずただ肩をすくめる。このことはずいぶん考えてきたが、教える必要はない。わたしを笑いものにする話題なら山ほどあるだろう。

「モリアーティーとはずいぶん前から友だちなんだろう?」わたしがきく。

ベルーシは煙草に火をつける。灰皿は赤いラインストーンの目をしたとぐろをまいているガラガラヘビだ。

「ああ。古いつきあいだ。あいつは大親友の火星人さ。おれたち二人、おなじ宇宙船にこの牢獄の惑星に置き去りにされちまって、それ以来脱出するチャンスをずっと待っているんだよ」

「そうなのかい?」

「そうだ」ぶっきらぼうな返事。

「これはできるかい？」わたしはスタートレックのバルカン人の敬礼をして見せる。

ベルーシは笑いながら、「そうしたまえ」と返す。リモコンをとりあげ、ステレオをつける。奇妙な音楽が部屋を埋める。チャカチャカとなる単調なドラムの音に、きしむようなギターの音が何重にもかさなっていく。ハリケーンで工場が壊れる音みたいだ。ベルーシはこぶしでひざを軽く叩いて拍子をとっている。壁には法王がナチといっしょに行進しているポスターがはってある。

「おまえの考えていることはわかっているさ」ベルーシはテレビやギターやそのほかいろいろなものを指さして言う。

「だが、おれもおなじくらい金が必要なんだ」

「わかっている」わたしは答える。わかっているのだと思う。惨めさはひとつだけじゃない。

「これが終わったら寂しくなるな」ベルーシが言う。

　不意打ちを食らった気分だったが、わたしもうなずく。

「こっちこそ寂しくなるよ」

　マリアにいれたコーヒーをドレッサーの上に置く。マリアはドレッサーに向かって仕事に行く準備をしている。わたしがそばにしゃがんで、肩にあごをもたせかけると、マリアは鏡ごしに微笑みかけてくる。手をナイトガウンのなかにすべらせ、胸を包む。首を見つめ、ほくろを舌でなぞり深く息を吸いこむ。すべてを覚えておきたい。なにかまずいことになるかもしれないから。

「くまができているわよ。また眠れなかったの？」

「大丈夫だよ。心配しなくていい」

　ついにこの日がやってきた。きょうの夕方には金持ちになっているか、死んでいるか。予測がつかずどうしようもない気持ち。うまく説明できない。

　サムは居間のテレビの前でシリアルの入ったボウルをひざにのせて床にすわっている。目はテレビ画面に釘づけだ。アニメの宇宙船が炎をあげて落ちていく。

「インベーダーX、操縦不能」サムがバイザーヘルメットをかぶったヒーローの声を真似して言う。

子供のとき、こんなふうに夢中になると楽しかったのを思い出す。なんと幸せなんだろう。サムを抱きあげて邪魔してしまいたい衝動を抑え、ソファーにすわって離れたところから愛しい思いで眺める。

三人そろってアパートメントを出て、セントラにマリアとサムが乗るのを見送りに行く。マリアが学校に行く途中、サムを幼稚園へ送り届けるのだ。ふたりにキスをし、車がきちんと発進するまで待つ。最近あまりバッテリーの調子がよくないから。今朝はふたりを行かせたくない。目に涙をためて見ていると、車は丘をのぼりつめ、日陰から強烈な日差しのなかへと進んでいく。

計画では、三時に銀行から数ブロック離れている小さなショッピングセンターの駐車場で落ち合うことになっている。それまでは普段どおりだ。ロス・フェリスの家に着いたとき、グアテマラ人たちはもうはしごにのぼって仕事をはじめている。ボスがBMWをおりて、わたしがトラックから荷をおろすのを見つめる。葉巻をすいながら、一クォートパックのオレンジジュースを飲んでいる。

午前中は軒のすぐ下を塗る。日光を避けられて助かるが、蜘蛛のせいで地獄のようだ。わたしが請け負った仕事なら、前日に庭のホースで水をかけて蜘蛛の巣を落とし、夜のあいだに壁を乾かしておくのだが、ボスは下準備をしたためしがないので、わたしがブラシで蜘蛛の巣を払わなければならない。綿のように分厚くなった巣もあり、巣のあちこちに引っかかって乾いたハエが飛び散り、音をたててばらばらになる。落とした巣が体じゅうにまとわりつき、顔にも気持ち悪いほどぴったりと張りついて、息を吸うと肺まで滑りこんでくるようだ。糸をつむいだモンスターたちももちろんいるぞ！　でっぷりとした真っ黒な蜘蛛が汚染された雨のように降ってくる。腕や首に引っかかってもがく蜘蛛をはたき落としていくが、あまりにも多すぎる。一休みしようと芝生にすわり、頭をひざのあいだに落とす。

昼食が終わると、そろそろ指をのどにつっこむ準備をする。吐いてから体調が悪くて仕事を続けられないと言って帰る。蜘蛛にかまれたせいにしよう。新しいペンキの缶をてこで開けようとしていると、ポケベルが鳴った。わたしが独立して仕事をはじめたときに買ったものだ。仕事はうまくいかなかったが、ポケベルは緊急の場合のためにそのまま持っておくことにしていた。画面にはマリアの学校の番号、その後に続いて911と出ている。

「ボス！」車に駆けよりながら叫ぶ。「電話を使わせてくれ」

ボスは車の窓を開ける。冷えた空気が波のようによせてくる。「携帯電話は高いんだぞ」

「妻にかける。何かあったらしいんだ」

「金は払うんだろうな？」

奪うようにボスの手から電話をとってかけると、マリアが出る。不安げな声。サムが幼稚園で転落して脚の骨を折ったかもしれない。すぐには学校を出られそうにないので、かわりにサムを迎えに行って病院まで連れて行ってくれない？　もちろんだ。落ち着くんだぞ。大丈夫だから。

「帰らなくちゃならない」わたしはボスにいう。「道具はあとでとりに来る」電話をひざに放って返し、トラックに駆けこむ。運転しはじめてからようやく時計を見る気になる。一時十五分。腹をすえて銃を持つことになるまで、あと二時間もない。

サムは保健室のベッドに仰向けで寝ている。動くのがこわいのだろう、じっと天井を見つめたままで、顔は蒼白、汗ばんでもいる。

「けがしちゃった。でも血は出てないよ」

わたしが抱きあげると、サムはべそをかきながら看護婦に脱がせてもらっていた靴をほしがる。看護婦にわたされた靴を、サムは靴ひものあいだに指を入れしっかりと握る。日光をさえぎってサムの目にあたらないようにしながら、駐車場まで抱いて行く。うしろで鐘が鳴るとドアがシューという音をたてて開き、子供たちがたくさん大声をあげて運動場へ駆けていく。

サムはトラックの座席に横になる。頭をわたしの太ももにもたせかける。わたしが運転するのを見上げているが、下唇をぎゅっとかんだままだ。痛いだろうに一度も泣きごとを言わない。それなのに、トラックは道路のでこぼこを通るたびに酒のきれたアル中のように揺れやがる。

「音楽をかけようか？」

普段は触らせないのだが、笑顔が見たい。わたしはラジオをつけて言う。「さあ、どうぞ」

だまされているかもしれないというように、サムはおそるおそる手をのばして一つのボタンを押し、局をかえる。怒られないとわかると、夢中で触りだす。ラップ、イーグルス、ニュース、メキシコの放送局などをちょっとずつ聞いたかと思うと、またもとの局にもどり、ボタンで作りだす不協和音に笑い声をあげる。わたしはこんなに楽しいものを奪っていたことを、ラジオにのばす手を叩いたり、「やめろ」と怒鳴ったりしたことを、これからもずっとすまないと思う。

こうしているあいだも相棒たちが待っている。腕時計の音が一秒ごとに大きくなっていく。もしわたしが現われなかったら、きょうは中止になるが、わたしはモリアーティーという男を、つまりモリアーティーの完全主義をわかっている。また計画をたてるだけだろう。だがそれはだめだ。もう終わらせたい。ふつうの市民にもどりたい。あの金を使いたいのだ。

手をサムの胸に置く。心臓がわたしとおなじぐらい早くうっている。

「歌を教えてやろう。〝サルが旗ざおにしっぽを巻きつけた……〟」

サムがレントゲンをとりに連れていかれたあと、公衆電話から学校にいるマリアに電話をかける。事務の女が電話を保留にし、またもどってくると、ミセス・ブラックバーンはいま電話に出られないので伝言を残したいかとたずねる。

「わたしは夫です。息子をハリウッドのカイザー病院に連れて来たと伝えてください」

「念のため書かせてくださいね。あなたはご主人でいらっしゃって……？」

こんなことにつきあっている暇はないので、電話を切り、モリアーティーと連絡をとる唯一の方法、ポケベルの番号を鳴らす。公衆電話の上に、この電話は受信できません、と書いてあるが、とりあえず番号を残しておく。それからもう一度学校にかける。おなじ女が電話をとったので、わたしは乱暴に受話器を置く。

きつく食いしばっていたせいで、歯が痛い。いまにもわたしのなかのなにかが爆発しそうだ。壁にもたれ、目を閉じ、深呼吸するが、廊下の空気は小便と薬の悪臭がして、よけいに気分が悪くなる。どこかでテレビがついている。女がたずねる声。「わたしのことを愛している?」男が答える。「いまはわからないんだ」「愛してる?」女の声が大きくなる。わたしはゆっくりと廊下を前に十歩、後ろに十歩あるく。世界はせばまっていき、いまや青洟《あおばな》のような色のリノリウムの細長い廊下だけになり、それをわたしは完全に支配している。いつもこんなふうに簡単であればいいのに。

マリアが着く。ほおを紅潮させ、てのひらは汗ばんでいる。ほかの教師が授業を代わってくれたので、学校を早退できたらしい。サムの脛骨にとても細いひびが入っていると医者に告げられる。深刻なものではないが、ギプスをしなくてはいけない。二時三十分。いまならまだ待ち合わせにまにあう。

「じつは、仕事先に道具を忘れてきてしまったんだ」マリアに切り出す。「きょうのみんなの仕事が終わるまえにとりに行かなくちゃ」

「わかったわ。行ってきて」

「ひとりで大丈夫だね?」

「ええ。家で待ってる」

ほおにキスをし、マリアの視界からはずれるまでは、わざと歩く。

ジャーン! さあ、はじまりだ。街の暑さと喧噪から飛び込んだ銀行で、エアコンのきいた穏やかな静けさを壊す。きょうはメキシコのプロレスラーのマスクをかぶり、スマイルの絵のTシャツを着ている。これが最後の銀行強盗を記念するパーティー衣装だ。

「伏せろ」わたしは銃をちらつかせながらは叫ぶ。「床に伏せるんだ」

一人、二人、三人。客たちは落とし戸が真下で開いたかのように伏せる。モリアーティーがまっすぐ警備員のところに向かうと、警備員はおとなしく手を出し手錠をかけられる。一人、二人、三人。客は全員動かない。すみにある植物は、本物だろうか、プラスチック製だろうか。首がなんだかくすぐったい。手をやると、長い黒髪に触れる。マリアのだ。髪を唇にあてていると、モリアーティーはカウンターを飛びこえ、窓口係がならんでいるところへ近づく。問題なし。窓口係は抵抗しないように教育されている。無音の警報装置を押すと、うしろに下がるのだ。そう、無音だ。警告がウォッシュボードをこする指貫のように背骨を駆けのぼり、体じゅうの毛穴が悲鳴をあげる。一人、二人、三人。年配の女、太った男、若い男。一秒一秒がその前の秒と結びつかず、首飾りが千切ればらばらになった真珠のようにあたりを跳ねまわる。モリアーティーが終わった。ドアに向かい、肩からはカバンがぶらさがっている。わたしもあとについて銀行を出、車に飛び込むと、ベルーシが手でハンドルを叩き、叫ぶ。いいぞ！　ベルーシが車を出し、往来に入ると、ゆだるように暑い街の胃袋に飲みこまれていく。わたしたちは永久に消える。

ボスとわたしをおなじ神が裁くというのが本当なら、これも記録にとどめておきたい。結局のところ、わたしは妻に嘘をつかなかった。金のことに疑問を抱かれたとき、すべてを打ち明けた。そうするつもりはなかったのだが、そうなった。

「お金、どこで手にいれたの？」

「銀行を襲った。たくさんの銀行をね」

わたしたちはベッドにいた。マリアはわたしの腕のなかで身をかたくし、こちらに向きなおって顔を見た。

「捕まるの？」

「いいや」

話しあいは一晩中かかった。マリアはわたしが家族の未来を危険にさらしたと思い、質問ぜめにし、答えを求めた。

どの質問もそれまでわたしがあえて自分に問いかけなかったものばかりだった。問いかければ、その答えがわたしを立ち止まらせ、しなければならないことをする力を与えてくれる冷酷な勢いをくじくのではないかと恐れていたのだ。わたしは精一杯説明し、マリアは泣いたり怒ったりをくりかえした。夜明けには、ふたりとも精根つきて無言で台所のテーブルにつき、ポットに入ったコーヒーを分けあった。壁が朝日の熱を吸って小さな音をたて、生まれたての光が前にあった地震でできた漆喰のひび割れを照らす。マリアは結論をさりげないしぐさで伝えてきた。テーブル越しに手をのばし、わたしの手を包みこんだ。これからもいっしょよ。

わたしはソファーにすわり、サムのギプスにマジックマーカーで宇宙人の絵を描いている。サムは前のめりになってわたしの手元をじっと見ていたが、出来ばえには不満のようだ。

「ちがうよ、パパ。そんな体じゃないよ」

電話がなり、マリアが台所でとった。また不動産屋だ。土曜日に車でビッグ・ベアへ家を見にいった。銀行強盗からたった一週間で、すでにいろいろ変わりはじめている。たくさんの選択肢に、たくさんの決断。正直なところ、すこしめまいがする。犬がやっとのことでフェンスを飛び越えたものの、一心不乱に走りまわるわけでもなく、門の前にすわり主人がなかに入れてくれるのを待っているみたいだ。

サムは自分で宇宙人の絵を仕上げるからペンをくれと言う。絵はサムにまかせて、台所へ歩いていくと、マリアは受話器を肩ではさんで耳にあて、リーガルパッドにメモをとっている。今夜のわたしはこの家には大きすぎると感じる。素早く動くと物を壊しそうだ。

「出かけてくる」小声でいい、ドアのほうを指さす。

マリアは顔をしかめ、電話が終わるまで待ってというように手をあげる。洗いたてのシャツに着がえて寝室から出てきてもまだマリアは電話中だったので、手をふり、出かける。サムは絵を描くのに夢中だ。行ってくるよと言ったが、聞こえていない。

〈スモッグ・カッター〉に寄る。カラオケからはカントリーミュージックが流れ、浮かれた男が歌っている。わたしはスツールに腰かけ、モリアーティーがいつもどおり木曜の夜のビリヤードに現われるのを待ってみる。あの銀行強盗の日以来わたしたちは会っていない。ベルーシに銀行の口座番号をわたされて、わたしたちの関係が終わったあの日以来。安全のためその後は別々の道を行こうと三人で決めたのだったが、挨拶ぐらいしたくなる。よう、どうしてる？

やろうと思えば、店じゅうの人に一杯おごり、五分間みんなの親友になることもできる。考えるとおかしくなる。なんて簡単で、なんてあっけない。

九時になり、時が過ぎ、十時になったがモリアーティーは現われない。日課を変えたにちがいない。あーあ、もうアイダホにいるのかもしれないな。ベルーシも家にいない、というかすくなくともアパートメントのインターホンを押しても応えがない。ちくしょう、しかたがない。

「わたしたちに乾杯」

わたしは酒屋の駐車場でバーボンの一パイント瓶をかかげる。唯一の救いは、こんな寂しさは今後生きているあいだにもう味わうことはないだろうとはっきり思えることだ。

モリアーティーが貸してくれたショットガンはトラックの荷台の工具箱のなかに鍵をかけてしまってある。マリアが家のなかには置かないでと言ったからだ。ずっと捨てようと思ってきたが、いまこそその時のような気がする。

レイク・ハリウッドへと車を走らせる。貯水池のまわりの丘に建つ大きな住宅からもれる光が真っ黒な水面に反射している。わたしは金網のフェンスに顔を押しつけ、まえに来た時に気になっていた支柱で支えられた家を見上げる。なかでだれかがピアノを弾いている。バーボンをもう一口飲み、ショットガンをふりあげ空に向けて二回発砲する。銃声が貯水池をわたり、こだまする。

ショットガンをフェンスの向こうへ投げる。音をたてて水に落ち、沈んでいって見えなくなる。ピアノの音が止まり、人影がベランダに現われ、わたしを見ている。もっと怖がらせたくて、わたしもその男を見上げもう一度バーボンを傾けるが、そっとその場を離れるときにはヘッドライトを暗くして男にナンバープレートが読めないようにする。

家に帰る途中、襲ったことのある銀行を通りかかると、わたしのなかでなにか熱いものがこみあげる。ジャーン！満月が山のうえに出ている。オレンジ色のスマイルだ。無意識のうちに引き金をひく指をあげ、その形を空になぞる。

隣人
Lids

トム・ラーセン　坂本あおい訳

ニュージャージー州ランバートヴィル在住のトム・ラーセン（Tom Larsen）の作品は《ニューズデイ》《コットンウッド》《ミックスト・バッグ》《クリストファー・ストリート・マガジン》などに発表されている。本作は文芸誌《ニュー・ミレニアム・ライティングズ》に掲載された。

ティモシー・〝垂れまぶた《リッズ》〟・ピッコーネは、むかしからあのにおいは好きだが、この男の場合は度が過ぎている。肺の中身を思い切り吐きだす音が、日に何度も聞こえてくる。その数分後には、壁のむこうからあのにおいが漂ってくる。スタンリーは男のことをマリファナ野郎《ポットヘッド》と呼んでいる。または、端折《はしょ》ってポット。ピッコーネには、あの男がどうしてふつうに機能していられるのか、わからない。だがともかく機能している。

壁はやたらと薄く、聴診器でどんな音も拾うことができる。聞きたくないものまで聞いてしまうこともある。ポットヘッドは、すっかり自分の役になりきっていた。派手な服、派手な車。彼のオーディオセットは生体器官に損傷を与えかねない。おかげで、耳栓をしないと眠れないこともある。

ピッコーネがここへ越してきてから、三週間がたつ。敷金を提供したのはスタンリーだが、家賃はピッコーネのポケットから捻出される。それだけの価値はあるはずだ。毎週金曜日の晩になると、ポットヘッドは空のダッフルバッグをさげて出ていき、満杯にして帰ってくる。そのあとの日々は、昼も夜もなく人がさかんに出入りする。たいていはヤッピーか学生だ。今どきの運び屋は、それっぽく見えないところが面白い。ただしモーリスという例外もいる。いかにもなドレッドヘアにチンピラ風サングラス。ピッコーネと同じで、まぶたが垂れている。垂れまぶたは、モーリスを危険な男に見せる。ピッコーネの場合は、ただ眠そうに見える。いろいろ考えあわせれば、そのほうがましかもしれない。

モーリスはいつもお供を引き連れて、トカゲ革のアタッシェケースを手にやって来る。〝薬《ヤク》の売人〟と宣伝して歩いているようなものだ。ラッチのカチャッという音は、壁のこちら側まで響いてくる。ポットヘッドの玄関の扉と窓には防犯装置がついていて、寝室には埋め込み式の金庫がある。錠が回るカチッという音を何度か聞いたことがある。スタンリーによれば、ポットヘッドとモーリスは、大きな取引を計画している――キロ単位のコカインだ。やるならとっととやってほしい。

マッターホルンを組み立てながら、ツナサラダの残りを平らげる。完成した七枚のパズルが、歩く場所をあけてリビングルームの床に並べてある。ピッコーネはパズルをしながら、ラジオから流れるクラシックに耳を傾ける。注意は真っ二つになっている。

パズルに入れ込むようになったのは、ローウェイの刑務所に入っていたころだ。一時期は独房の壁一面をパズルで飾っていたのだが、所持品検査に来た看守に、バラバラに壊されてしまった。その後、他の囚人らが、わざわざ嫌がらせのためにパズルのピースを盗むようになった。馬鹿な話だが、ゆっくりと落ち着いてパズルに取り組むには、出所を待たなくてはならなかった。

どのパズルもすっかり頭に入っていて、それぞれが彼のべつの感情を刺激する。焦点の合わない、幼き日々の情景。経験したことのない情事。前景にある松の樹皮の模様をじっくり観察する。山の風景と、ヴァイオリンの弾むような調べが一緒になって、涙をさそう。あとはきっかけさえあれば、いつでも泣ける。

世界を旅して、パズルの場所に実際に行ってみたいと思うこともある。ピッコーネがニュージャージーから一番遠く離れたのは、二年前にひと仕事するために訪れたラスヴェガスだ。カジノのみやげ物屋ではラスヴェガスのパズルを見つけた。夜のストリップの上空写真だ。だが、古い写真だった。サミー・デイヴィスがまだ〈サンズ〉にいたころだ。

一番のお気に入りは、霧に浮かぶゴールデンゲートブリッジのパズルだ。何時間見ても飽きない。霧がものすごく濃くて、手ですくってポケットに入れられそうだ。撮影者がどうやって事前にこのタイミングを知ったのか、ずっと疑問だったが、サンフランシスコではいつもこんなふうに霧が出る、とスタンリーに教えられた。スタンリーはあのあたりに住んだことがある。二人が出会ったのは刑務所だった。実際スタンリーは、パズルのピースを盗んだうちのひとりだ。彼は、そんなものをやっているから、おまえの頭が変になるんだと言ってはばからなかった。スタンリーがこれを見たら、どう思うことか。

ポットヘッドがテレビをつける。壁のむこうから《ヤング・アンド・ザ・レストレス》のピアノの音色がポロポロと聞こえ、一分以内にハッパのにおいが漂ってくる。時計のように正確だ。そして一時間後には、肉付きのいい娘がブレスレットをじゃらじゃらいわせながら登場し、続いて、ビジネススーツを着込んだ三人組のヤッピーがあらわれる。ドアマンがいるにちがいない。

午後になり、ピッコーネはナンバー賭博をやりに外へ出る。家に戻る途中、建物から出てきたポットヘッドにばったり出くわす。二人は、笑顔と会釈を交わす。

「おたく、三二二号室に越してきた人でしょう」ポットヘッドが言う。

「そうだが」

「ジャック・マーサーだ」彼は手を差しだす。「隣に住んでる」

「ルー……ルー・ドーシーだ」

「ちょうどよかった。伝えたいことがある。もし、うちがうるさかったら、遠慮せず壁をたたいてくれ。何しろ、あの壁の薄さだからな。きみの前の住人は、オウムを何羽か飼ってた。まるでアマゾンかと思ったさ」

「気にしなくていい。耳があまりよくないから」

「そいつはよかった！　いや、こっちにとって、という意味だ。そうだ、今度うちに来ないか？　ビールでもどうだ」

「そりゃ、どうも。そのうちお邪魔するよ」

「じゃあ、きまりだ。ルー、おれはもう行かないと。困ったことがあったら、いつでも言ってくれよ」彼はふたたびピッコーネに手を差しだす。

「そうさせてもらう」

モーツァルトとマッターホルン。ピッコーネは、山に臨むキャビンにいる自分を想像する。アウトドアが好きなわけではない。最初で最後のキャンプのときに、椎間板をおかしくして牽引する羽目になった。松の木の部分をつなぎ合わせたピースを正しい位置にはめて、タバコを胸いっぱいに吸い込む。パズルの箱には、べつの山のパズルの宣伝がある。一つはサウスダコタのラシュモア山だ。頭に地図を浮かべてサウスダコタをさがそうとするが、あのあたりの州はどうもごっちゃになる。まだ小さかったころ、父親が保釈中に逃亡し、家族ともどもオハイオ州に数カ月引っ込んだことがあった。いつも雨が降っているような町だったのは憶えているが、どうしても名前が思い出せない。

スーザのマーチを流す毎日の番組のあいだは、ピッコーネはラジオをオフにする。数分後には、エレベータの扉がひらき、隣の家の前で鍵がガチャガチャ鳴るのが聞こえてくる。ポットヘッドが全部の鍵をあけるまでには、けっこうな時間がかかる。中に入ると、今度はいくつもの錠をかけ、鍵を回す音がする。とんだお笑いだ！　こぶしで簡単にドアを突き破ることができるというのに。

その日の朝方、ピッコーネは郵便受けにあった自分の名前を、ルー・ドーシーに変えた。わざわざ疑いを買う必要はない。

よがり声のうるさい女がやって来て、その日の午後中、ポットヘッドが女をベッドのヘッドボードに打ちつける音を聞かされる。あの声は演技だと思うことにしている。行為が小休止にはいると、ピッコーネは茶を沸かし、電子レンジにピザをいれる。空っぽの部屋ですることもなくぶらぶらと過ごしていれば、たいていの人は気が変になるだろうが、彼は平気だ。ポットヘッドのように他人と交わりを持てるのはえらいと思うが、うらやましいとは思わない。一番親しい友人のスタンリーでさえ、目の前にいるだけで我慢がならない。

キッチンの窓辺に立って、ピザをほおばる。長く伸びた建物の影は通りを横切り、交差点の真上の信号がかわる音が鳴る。食料品店のアジア人女性がニンニクを窓辺に陳列している。かつてはイタリア人が多かったこの界隈も、今では韓国人やベトナム人で占められるようになった。同胞の連中は残念がって文句を言うが、この土地に執着するなら、最初から売らなければよかったのだ、とピッコーネは思っている。

丘の上のほうにある聖アントニウス教会から、四時を告げる鐘の音が響いてくる。さらに上には、むかしの漂白工場の給水塔が見える。小さいころ、ピティ・ファルコーネに上まで登らされたことがあった。ピティは下の芝生に手足を投げ出して寝そべっていて、ピッコーネが梯子を一段あがるごとに、その姿はぐんぐん小さくなっていった。てっぺんからは街が一望でき、眼下に広がるさびれた景色に驚いた。何一つ、ましなことが起こらない場所。樹々すらも、うす汚れて見えた。彼は狭い足場の上を一時間近くぐるぐると回った。ようやく下におりると、ピティの姿はもうなかった。以来、ピッコーネがあの場所を訪れたことはなかったし、その後の三十年間、ましなことは何も起こらなかった。

突然のノックに、夢想が蹴散らされる。ポットヘッドだ。麻のパンツにシルクのシャツという、リラックスしたいでたちをしている。

「よう、お隣さん。入ってもいいかい?」

「ちょっと、忙しいんだ。べつのときにしてくれるとありがたいんだが」

「ああ、もちろんだ。あのな、ルー。今晩、遅くに友達が遊びに来るんだ。だから、一緒にどうかと思ってさ」

「正直言うと、このところ、あまり調子が良くないんだ。医者にも養生するよう言われてる」

「そいつは気の毒だ」ポットヘッドが部屋の中を覗こうとするので、ピッコーネは前に立ちはだかる。「そうか、そういうことなら、うち以外の場所で集まれないか検討してみるよ。たまには静かに休ませてやらないと悪いからな」

「いや、いいんだ。そんな必要はない。おれは、どんなにうるさくても眠れるタイプなんだ」

「まあ、遠慮するな。たいしたことじゃないさ。こういう機会でもないと、仲間の部屋はいつまでたってもゴミだめだからな」

「親切はありがたいが、気をつかわないでくれよ。どっちだってこっちには大差ないから」

ポットヘッドがため息をつく。「おれだったら、テレビの前で一晩でもゆっくり眠れるんなら、なんだってするのにな。時々、何もかもが嫌になるんだ」

ポットヘッドは一瞬、本当に何もかもが嫌になった表情をするが、すぐに我に返る。ピッコーネを相手にポーランドのジョークを言い、七階に住んでいるバーニーという人物についての噂話をする。ピッコーネは、廊下につっ立っている自分が、馬鹿みたいに思えてくる。ポットヘッドは何かを言いたそうにしているが、それがなんだかわからない。ただの変なやつか？　それとも、何か疑っているのか？

「ルー・ドーシー……すげえ名前だよな。映画スターみたいだ。おれの本名は――驚くなよ――アンガスだ。親ってのは、残酷だよな。ただでさえ、人生は厳しいってのに」

「アンガスっていう感じじゃないぜ」ピッコーネが慰める。この男は何かを疑っている。だが何を？　ピッコーネはここ数日間、最低限のものを買いに行く以外、外出していない。きっと、そのことだ。ポットヘッドのようなやり手の男には、妙に映るにちがいない。たしかに妙なことではある。

「なあ、ちょっと顔色が悪いな、ルー。ビタミン剤は試してみたか？　おれは冬のあいだずっと飲んでいて、風邪一つひかなかったぞ」

「手術してから、ちょっと体力がなくなったみたいなんだ」

「そうなのか、ルー！　そうなら、そうと言ってくれればいいのに。決めたよ。パーティはグリータの家でやる」

「いや、ほんとにいいんだよ」

「べつに、たいしたことじゃない。彼女んちは、ここからたった三ブロックだ。家でじっとしてるのがどんなに苦痛か、おれにもわかる。去年、スキーで足を折ったんだ。三カ月も部屋の中で足を引きずっててさ、頭が変になるかと思った」

ピッコーネは話を打ち切ろうと一歩さがってみるが、ポットヘッドはしゃべりつづける。身体で扉を半分押しあけるが、ポットヘッドがさらに距離をつめる。

「試してみろよ、ルー」細いマリファナタバコを差しだす。「病気は治らないかもしれないが、それを忘れるくらい気持ちよくなれる」

ピッコーネは手を振って断わるが、ポットヘッドが手を伸ばしてきて、それをシャツのポケットにぽんと落とす。

「あとで気が変わるかもしれない。とにかく、これをやればよく眠れる。それに、どんなテレビ番組だって楽しく感じるぜ」彼がウィンクをよこす。「ただし、ビデオの録画予約をしようなんて気はおこすなよ」

ピッコーネはドアノブに手をかけ、ポケットに目を落としてマリファナの捻った先っぽを見る。

「ありがとう。いいかな……話すのは、また今度にしよう」部屋にすべり込んで急いで扉をしめる。

スタンリーが電話をよこす。

「リッズ、金曜の夜に決行だ。ケレハー夫婦は週末には娘のところに行ってるから、気にする必要はない。マーサーとニガーは、取引を終えたら〈クラブ・カバーナ〉で明け方までパッと騒いでるはずだ」

「金をここに置いていくとはかぎらないだろう?」

「少なく見積もっても五万五千ドルの話だぞ! それだけの金を持ち歩くと思うか?」

「モーリスのところに置きにいくかもしれないだろ?」

「あのニガーは物騒な場所に住んでる。それに、マーサーはわざわざ金庫をとりつけたんだ。使いたくないはずがないだろう」

「ビールを飲みに来ないかって誘われたぜ」

「やっとしゃべったのか?」

「駐車場で呼び止められて、あっちから名乗ってきた。しかたないだろ」

「まったく上出来だよ。で、今度おたくに盗みに入ります、とでも言ったのか？」

「名はルー・ドーシーで、ちょっと前に手術をしたと自己紹介した」

「冗談だろ。いいか、もうそれ以上、聞きたくねえ。とにかく、金曜の夜だ。ケレハーは留守だ。時間は朝まである」

「教えてくれ、スタン。どっから情報を仕入れてるんだ？いきなりＣＩＡみたいになりやがって」

「ある筋からだ。リッズ、人脈ってのは大事なんだよ」


外で夕食をとって戻ってくると、マーシャ・ケレハーが外に待たせたタクシーから食料品を運んでいる。ピッコーネは脇をすり抜けようとするが、入り口のところで老婆と鉢合わせになる。

「運ぶの、手伝いましょうか？」ピッコーネは言う。

「まあ、ご親切にありがとう。あのドアマンったら、わたしが入ってくるのを見たとたんに隠れたにきまってるわ」おばあちゃんという感じの温かい声。ピッコーネは両手に均等に袋をさげ、後ろからついてエレベータに乗る。

「三階に住んでるんですよ」

「知ってますよ。新しく隣に越してきたルー・ドーシーです」

「じゃあ、あのワーグナー好きはあなたなのね」マーシャが彼の手首をポンポンとたたく。「前の住人から解放されて、どれだけほっとしていることか。ねえドーシーさん、あなた、まさか鳥好きじゃないでしょうね？」

「わたしはちがいます」ピッコーネはボタンを押すのに手こずる。「うちのドーベルマンが喜ぶとは思いませんし」

ケレハー夫人が固まる。

「冗談ですよ」ピッコーネは歯を見せる。

いつもの習慣はどこへいった？　ここ何週間、せいぜい食堂のウェイトレスとしか口を利かなかったのに、今になって突然近所の人たちとおしゃべりをしている。スタンリーが知ったら、いい顔をしないだろう。

「主人はワーグナーが嫌いなのよ。でもたしかにワーグナーはちょっと大げさだと思うわ」ケレハー夫人の笑顔は、若かりし日の美しさを想像させる。

「あれはラジオですよ」彼は告白する。「特に音楽通なわけじゃないんです」

二人はエレベータをおりて、マリファナの煙の中に入っていく。

「まあ、ひどいこと!」夫人が顔の前で手をふる。「主人はほっとけって言うんだけど、それにしても、なんて恥知らずな男かしら!」

「そんな悪いもんじゃないですよ。これを嗅ぐと青春時代を思い出します」

「まあ、ご冗談を」夫人はふたたび、彼の手首をたたく。「あんなものとは無縁な人だって、誰が見てもわかりますよ。あなた、ぜひうちに寄ってちょうだい。主人に紹介したいわ。ドーベルマンの話でもしていって」

「いいえ、電話がかかってくる予定なので――」

「何を言ってるの。部屋はすぐ隣じゃない」夫人はドアノブの前にかがみこんで、辛抱強く鍵を鍵穴にさしこむ。扉がわずかにひらくと、鉄のフライパンを手にした白髪の痩せた男が、玄関のところにうずくまっている。

「あら、ウォルター、そこにいたの! 扉をあけてくれればよかったのに」

「強盗に襲われてるのかと思ったのさ」彼はばつが悪そうに言う。フライパンが手から滑り落ちて、両足のあいだの床に落下する。

「それで何するつもりだったの?」夫人が彼をよけて中に入る。「オムレツをつくって、慰めてくれるの?」

「何を言うか。これで跳びかかってやろうと思っとったんだ」

「ウォルター、あなた、まるでハイジャック映画に出てきた、あのおじいさんだわ。勇敢な老人、憶えてるでしょ? 蠅をたたくみたいに、あっという間にテロリストにやられちゃうのよ」

ピッコーネには、なんともコメントのしようがない。何年か前に、場当たり的な押し込みをしたときに、ちょうど同じようなフライパンで打ちのめされた経験があった。相手は八十代の老人だった。ピッコーネは買い物袋をカウンターにおいて、後ろにさがる。

「ほんとに帰ります」

「お茶ぐらいいいじゃないの」マーシャは手を振って、出口のそばからピッコーネを追いはらう。「ウォルター、こちらのお若い方が、この前の晩に《ワルキューレ》をかけていた人よ。新しいお隣さんの、ルー・ドーシーさん。ドーシーさん、こちらがウォルターよ」

「はじめまして、ケレハーさん」ピッコーネは手を差しだす。老人がフライパンをまたいで握手に応じる。

「お近づきになれて、嬉しいよ。えらい歓迎をしてしまって、申し訳ない。マーシャが見知らぬ若い男前を連れてくるなぞ、あり得るわけがないと思ったもんでな」ウォルターが茶化して笑う。「このフライパンでどうするつもりだったのか、自分でもわからないが、全員がとんだ物笑いの種になるところだった」

「ウォルターは、身体がきかないのよ」マーシャが話をひきとって、説明する。「歩行器なしで台所まで歩けたなんて、驚いたわ」

「家内は話をつくっとる——少なくとも歩行器うんぬんは、嘘だよ」ウォルターが腰をたたく。「まあ、ガタがきてるのは、認めんわけにはいかないがね」

「もう、いつくたばっても、おかしくないわ」マーシャがピッコーネの腕を取る。

ケレハー家は、ピッコーネの部屋とは対照的に家具であふれている。書棚と飾り棚が壁にそってずらりと並んでいる。一同は食器棚や長椅子をまわって、向かい合わせのソファのある場所へ移動する。ウォルターとピッコーネはそれぞれソファに腰をおろす。マーシャは一瞬迷ってから、夫の隣に座る。

「ペットはいるのかね、ドーシーさん」

「鳥は飼ってないわ。それは、もう確認したの」マーシャが答える。「ドーシーさん、さっきの話をしてやってちょうだい」

「ああ、ちょっとシャレたことを言おうと思っただけですよ」ピッコーネが顔を赤らめる。

「鳥がいると、飼い犬のドーベルマンたちが嫌がるんですって」

ウォルターが不満の声を押し殺す。

「冗談を言ったのよ」マーシャが膝をたたく。

「ウォルターとわたしは、オランダの出身なの。わたしが十八歳のときに、駆け落ちしてアメリカにやって来たのよ。ルー、わたしたちはね、つねに前を向いて歩いてきたの」

マーシャが力強く頷く。それぞれはブランデーの二杯目に突入し、ハイドンの調べが会話の上でほんのりと優しく響いている。ピッコーネは、お茶はどこへいってしまったのだろう、と考える。

「オランダが好きじゃなかったんだろ？」ウォルターが尋ねる。

「いい国だと思うわ。でも、わたしたちは若くて、夢があった。ウォルターはタクシーを乗りまわしてニューヨークを楽しむ自分を想像したし、わたしは一生買い物をして過ごそうと思ったわ」

「実際、そうだったじゃないか」ウォルターが過去を掘り返す。「ここへ初めて来た人は、みんな、大きな家から引っ越してきたんだと想像するんだ。だからこんなに家具であふれかえってるんだって。ところが、実際はちがう。マンハッタンのアパートは、ここよりも狭かった。マーシャは、部屋は埋め尽くすものだと勘違いしとるんだよ」

「いつか、立派な家に移るだろうと思ったのよ。でも、ついにならず……」

「オランダの人に会ったのは、初めてだな」ピッコーネが言う。

「オランダ人は溶けこむのがうまいんだ」老人が優しく訂正する。「気づかんだけで、まわりにも、きっと何人もおるはずさ」

「風車小屋の近くに住んでたんですか？」彼はパズルを思い浮かべる。

「それが、そのとおりなのよ」マーシャはソファの端につめて座りなおす。「ウォルターとわたしは海の近くに住んでいたの。ウォルターの家があったのは、うちから十二マイル離れた町で、毎日夕方になると、自転車にのって風車のあいだを走って飛んできたものよ」

二人は頭の中に風景を思い描いて、穏やかに微笑む。愉快な老人たちだ。

「きみはなんの仕事しとるんだ、ルー？」ウォルターが片眉をあげて尋ねる。

「レストランに食材を卸してます」ピッコーネはいつもの答を言う。盗みの仕事をしたり、服役したりしていなければ、きっとこの手の仕事をしていただろう。それに、こう答えておけば、ボロが出そうになっても適当なことを言ってすり抜けられる。従兄弟のドムが卸の仕事をしていて、始終愚痴を聞かされている。

「危険な感じね」マーシャは服の裾をひっぱる。

「危険？」

「だって、新聞に書いてあったわよ。レストランはマフィアが経営してるって。フィラデルフィア系のギャングよ」

「新聞に言わせると、なんでもかんでもマフィアが経営してるってことになりますよ。この仕事は、あまり足を使わなくてすむんです」ピッコーネは従兄弟の受け売りを言う。

ウォルターの頭の上に、真鍮のランプに照らされた絵がある。夜の情景――月明かりの空を背景にして、古びた納屋が黒く描かれている。ピッコーネの座る位置からだと、月が発光しているように見える。立ちあがって近寄って見てみたが、近くからでも遠くからでも、同じように光って見える。

「カドミウムだよ」ウォルターがソファに備えつけられたラックからパイプを取る。

ピッコーネは顔を近づける。「塗料に含まれてるんですか？」

「人気はあるかもしれんが、無謀な実験的芸術だよ。この絵描きは、毒にやられて死んだという話だ」

ピッコーネは後ずさる。カーテンの隙間から、細く切り取られた日暮れの街が見える。自室から見るのとはやや角度の違う眺め。化粧台と棚と箪笥、それにお馴染みの壁のむこうには、まったくべつの世界が広がっている。ピッコーネの世界。空っぽで荒れている。家具が欲しいという気持ちが、ピッコーネの心にむくむくと湧き起こる。自分は四十八歳にもなって、カウチの一つも持っていない。それは何をあらわすのか？　敗者。前科者。ランプもなければ、絵画の一枚もない。ここへ来る前には、二年間ほど安宿を住みかにしていたが、そこに家具を置いたようすを想像しようとしてみても、ぼんやりとしたイメージと、大雑把な配置しか浮かばない。

「わたしの祖父母は、一九二四年にパレルモから移ってきました」自分が言うのが聞こえる。

「だったら、エリス島から入ってきたんだな。ちょうど十六年後のわたしらみたいに」ウォルターは、道具を使ってパイプの底を掃除する。

「祖父は葬儀屋だったんです。ダッチ・シュルツとフィオレッロ・ラガーディアの遺体も手がけました」

何を考えている？　なぜ、そんなことをしゃべる？　どれも真実だ。ピッコーネの母親は死体がゴロゴロしている家で育った。祖父は九十代になるまで仕事をしていたが、晩年になり、自分の身体が衰えると、遺族を慰めるどころではなくなってきた。ピッコーネの父は、義父の跡を継がずに犯罪に走った。祖父はついには会社を売りはらい、得た金を教会に寄付した。新しい経営者は、店の看板をそのまま残した。ヴェヌート葬儀店。ピッコーネは、今も店の前を通るたびに、嫌な気分になる。

「ウォルターとわたしは、その時がきたら、火葬にしてもらうと決めているの」マーシャが言う。「娘とも話がついてるわ。屋根裏の暖房の上に棚があって、そこに遺灰を置いておいてもらうの。身体が腐るのを待つなんて、まあ、なんて気持ち悪いんでしょう」鼻にしわを寄せる。「この老体はずっと健気に尽くしてくれたのに、寿命がきたとたんに穴に放り込むなんて、野蛮とは言わないまでも、あんまりじゃない」

「歳をとると、葬式に出る機会も年々ふえる」ウォルターが話をつぐ。「ここ二年ばかりのあいだに、両手にあまるほどの葬式に出たが、土の中に棺をおろすところは、何度見てもぞっとするね」

「まったくだわ。どうしてあんなことができるのかしら」

「少なくとも、自分の身体が下等生物の餌になると考えたところで、わたしにはちっとも慰めにならんね」ウォルターがぶつぶつと言う。「そりゃ自然かもしれんが、それじゃあ虫けらと変わらない」

「おそろいの七宝焼きの骨壺にいれてもらうのよね、ウォルター?」

「人間らしくな」

マーシャがショートブレッドクッキーの缶をあけて、ピッコーネに差しだす。暗くなってきたので、彼女は部屋を横切り、おっとりとした物腰で書き物机や角に置かれていないコーナーキャビネットのあいだを転々としながら、さまざまな形のステンドグラスのランプに明かりをつけてまわる。柔らかな光に、ピッコーネは靴を脱ぎたい気分になる。

「わたしの祖父は、死人に話しかけてましたよ」ピッコーネはもごもごとしゃべる。「作業をしながら死体に名前で呼びかけて、質問をしたあとには、いちいち相手が答えるだけの間をおくんです」すべて本当のことだ。「この世には、あまり関心がなかったんですよ。実際、経営をしていたのも、祖母だし」

「死体を片付ける仕事か。儲かる商売だ」ウォルターがコメントする。

「でも、お母さんは気の毒だったこと。葬儀屋で育つなんて、いい影響があるとは思えないわ」マーシャは自分の襟に手をやる。ピッコーネは、祖父の家に身を寄せたときのことを思い出してみる。死体を見たことは一度もなかったが、すぐそこにあることは知っていた。死体は屍衣にくるまれて、地下室に安置されていた。ピティ・ファルコーネが白血病で死んだとき、ピッコーネの祖父がじきじきに防腐処理を施した。遺族に気をつかって、生きているときよりも見栄えがするように仕上げた。

「わたしは、思うんですよ。死んだら、他人が自分をどう扱うかなんて、どうでもいいことじゃないかって」ピッコーネは肩をすくめる。「もはや自分じゃないんです。ただの肉の塊です。忘れちゃならないのは、火葬にするにしても、けっこうな時間がかかるということです。オーブンにいれて、はい、一丁あがり、っていうもんじゃない。じわじわと二時間ぐらい焼くんですよ」

マーシャがたじろぐ。「ほんとなの、ウォルター？」

「そう思うよ。なんといったって、かなり大きな、その……肉の塊だから」

「具体的にどうするのか、考えたことなかったわ……」表情が一瞬だけ翳《かげ》る。「まあ、いいことにしましょ。どうせ感じないんだから」

「どうしてわかるんだ？」

「やめてったら、ウォルター。わたしがこのことで、どれだけ気を揉んでいるか、知ってるでしょうに。それに骨壺も、もう買っちゃったわよ」

「おや、そいつは驚きだね」

「あら、もっと真面目に考えたほうがいいんじゃないの。棺おけに片足を突っ込んでいるのは、あなたのほうなんですから。とりあえず、あなたを火葬して、どんなようすか見ることにしようかしら」

「それは賢いやり方だな」

「冷凍するっていう方法もありますよ」ピッコーネが提案する。

「それだけは勘弁して！」マーシャはその考えに身震いする。「要するに、寒いのが嫌なのよ。気持ちよく過ごしたいわけ、わかるでしょ？」

ウォルターがパイプに火をいれ、少しのあいだ、彼の顔が煙の中に消える。

「永久に壺の中にいるっていうのも、骨が折れることかもしれんぞ」彼が指摘する。

「内側にサテンを張ったの。あなたの古いヴァイオリンのケースの裏張りをつけたのよ」

その話からウォルター・ケレハーが交響楽団のヴァイオリン奏者だったことがわかる。彼は関節炎をわずらうようになり、家具つきの家に隠居した。その後の一時間、ウォルターはピッコーネのような人間には縁のない生活について、つらつらと思い出を語る。旅、文化、芸術、芸術家。楽団の変わり者や社交界の偏屈爺にまつわる面白おかしいエピソードを紹介し、世界中の立派なコンサートホールについて、細部にわたり生き生きと語る。

「きみはワーグナー好きのタイプには見えんのだが」ウォルターは、持っていたパイプをピッコーネにむかってぐいと突き出す。

「あれは、ラジオ番組ですよ」

「あの男はファシストだ。この世に存在した中で、もっとも鼻持ちならないエゴイストだった」

「ですから、あれはラジオです」

一同の酒はスコッチに進み、マーシャの頬ははっきりと赤くなった。この年寄りたちは、実によく飲む。ピッコーネは帰る潮時だと思うが、立てるかどうかすら自信がない。ウォルターが造作もなく腰をあげて、額入りの写真を取ってきて、ピッコーネに手渡す。堂々たる煉瓦の建物の階段のてっぺんで、若かりし日のマーシャがポーズをつくっている。

「フィラデルフィアの〈アカデミー・オブ・ミュージック〉だよ」ウォルターが言う。「この写真を撮った日の晩、ピンカス・ズッカーマンは、ヴァイオリンの弦が切れて、目をやられそうになったんだ。マーシャとわたしが、ここへ越してきたばかりのころだ。それから、こいつが……」彼は写真の隅に写る、風を切る白いテールフィンを指差す。「愛車のキャデラックだ。一時は、わたしがここいらの車の流行をひっぱっとったんだよ」

「どのくらい前の話です?」

ウォルターはマッチに火をつけ、パイプに寄せる。

「さてな。越したのが一九六八年だから、二十八年前ということか。もちろん、近所の顔ぶれはすっかり変わったよ。最初はアジア人が入ってきて、今では名士やお偉方だ。知ってるかい? あの連中は、この建物を分譲アパートにしようと企んでおるらしいぞ」

「それは、知りませんでした」

「この歳でローンを組むなんて、ひどい話じゃない?」マーシャは信じられないという目をする。「どうしても買えって言われたら、ここを出ることに決めてあるの。引越しなんてしたら、ウォルターはきっと参ってしまうでしょうけど」

「全部を売っぱらって、数年は子供のところに厄介になるつもりだよ」ウォルターが写真を元の場所に戻す。

「おやおや、数年ですか。じゃあ、その後はどうするの、ウォルター？」

「さあね。アラスカで隠居生活はどうだい？」

「アラスカ？　寒いのだけは避けようとしているのに」

「それは、おまえ、死んだあとの話じゃないか。まだ息のあるうちは、老人医学の先生方とはなるべく距離をおいていたいものだね」

ピッコーネは、ふたりのテンポの良いやり取りに感心する。彼の知っているほとんどの老人たちは、ユーモアのセンスをとうに失っていた。彼はオランダや交響楽の話をもっと聞きたいと思う。それに、娘の話ももう少し。何枚もある写真から察するに、娘は母親をそのまま若くした人物のようだ。だが、靴を足からするりと脱ぎ捨てたとき、自分の部屋で電話が鳴りだす。

「もう行かないと」ピッコーネは重い腰をなんとかあげようとする。すっかり立ちあがるより前に、電話の音がやむ。中腰のまま目をあげ、微笑み、またソファに腰を沈める。ウォルターがおかしそうに笑い、手でパイプをもてあそぶ。

「ねえ、ルー。ウォルターはまだあのキャデラックを持ってるのよ」マーシャが沈黙を破る。「もう十五年近く、駐車場にいれっぱなし」

「すっかり惚れこんでしまったのさ。よくある話だ。わたしとキャディーは、もう離れられんよ」ウォルターは頭をふる。「本当は、オーバーホールするつもりだったんだが、トランスミッションがいつの間にか壊れて、そのまま十年もたってしまってな。それでもマーシャを乗せて、未知の土地をめざして荒野を突っ走るのを、今でも夢見ておる」

「主人は、こういう人なのよ。わたしは運転できないし、ウォルターはもうあと一歩で脳出血だっていうのに。ひとくちに荒野ったって、どこがいいの、ウォルター？」

「考えていたのはデスヴァレーだ。春には野生の花が咲きみだれる。男が歳をとって自分の限界が見えてくると、あんな場所に憧れるようになるんだよ」

「緑の錠剤を飲むといいわ、ウォルター。気分がよくなるから」

十一時近くになり、ピッコーネはようやく腰をあげる。マーシャが玄関まで見送り、爪先立ちになって頬にキスをする。

「どうもありがとう、ルー」マーシャが小声で言う。「最近ではお客さんも滅多にないの。あんなに生き生きしたウォルターを見たのは、もう、何年ぶりかしら」

「ミセス・ケレハー、知り合いで、キャデラックを欲しがりそうなのがいるんですけど」

「まあ、そんなこと言ったって。ウォルターがあれを手放すとは思いませんよ」

「そいつはキャデラックに目がないんです。コンディションによっては、かなりの額を出すと思いますよ。どうでしょう、置いてある場所を教えてもらえませんか？　ようすだけでも見てみたい」

マーシャは肩越しに後ろを見やり、廊下に踏みだす。

「ウォーカー通りの二二七番地よ。もう何年もそのままだから、たいして値段なんてつかないと思うわ」

「わかりませんよ。何しろ、そいつは金持ちだから」

一時間後、よがり声の女がポットヘッドの家を訪ねてくる。覗き穴から、女がそわそわと歩き回るのが見え、チューインガムをしきりに鳴らす音が聞こえる。ポットヘッドがワインレッドのキモノ姿で女を迎える。気色の悪いやつだ。二人が大声で睦言を交わすのを耳にしながら、ピッコーネはふたたびマッターホルンに取りかかる。二人の盛んなさまが、ピッコーネの孤独をじわじわと募らせ、パズルをする気が失せてゆく。ぎざぎざの山頂部分がうまくはまっても、興味は戻らない。他にやることもないので、キッチンへ行ってサンドウィッチをつくることにする。マヨネーズをさがそうと腰をかがめたとき、小さく巻いたマリファナがポケットから落ちて、冷蔵庫の下に転がる。一瞬迷ったあと、膝をついてそれを拾う。

窓からはストランド劇場の古い入り口が見える。父が車を走らせながらむかしの街並みについて語って聞かせてくれたときのことを思い出す——かつてのダンスホールはタイヤの安売り屋になり、ドライクリーニング屋がある場所は、以前はシガーを売る店だった。あのころは、古いものが壊され、つぎつぎに新しくなった。今は、過去を塗り替えるものは何もない。過去はしつこくそこに留まり、人々はそれが崩れていくのをただ見るのみ。ストランド劇場は営業していたよりも長いあいだ板で囲われている。ドライクリーニング屋とタイヤの安売り屋は、ずいぶん前からう人の手が入っていない。抜け殻になった両隣の建物にくっついているせいで、建物は荒れ果てても倒れずにいる。ピッコーネは夜にこの界隈を歩きまわり、亡霊のように暗い影のあいだをさまよった。小さいころはいつも怖くなったが、今ではがっかりするだけだ。

むかし、仲間と一緒に四丁目の建物に忍び込んだことがあった。入ってみると、そこは何かの集会所で、ピッコーネたちは制服や奇妙な形の帽子を発見し、さらには奥の部屋で、なんと、ぴかぴかのサーベルがぎっしりつまった旅行用トランクを見つけた。彼らは何週間も、ベイカー通りの橋の下で海賊ごっこに熱狂したが、ついにダニー・バーンズの母親が警察に通報した。新聞から〝ベイカー通りの海賊〟という名をもらい、ベルトに剣をさしたダニーの写真が載った。集会所は、ピッコーネが服役しているあいだに火事で焼けた。ダニー・バーンズは十年前に警察を退職した。

水頭症患者の番組を見る。ナレーターが、脳は頭蓋骨に圧迫されても機能しつづけると説明している。それを証明するためのCG映像が用意される。ピッコーネはナレーターの一言一句に聞き入る。代替エネルギーの番組にチャンネルをかえ、その説明に感心する。CNNのビジネス・リポートは、非常に説得力がある。

朝になり、スタンリーがようすを聞きにやって来る。玄関からパズルを見渡し、ピッコーネを押しのけて、狭い足場をつたって部屋の真ん中へ入っていく。

「まったく、信じらんねえ！　この目で見るまでは、こんなことになってるとは思わなかったぜ」

「自分でもやめようとは思ってるんだ」ピッコーネは頭を掻く。「でも、ここにいると、やることがないからな」

「こいつはなんだ？」スタンリーが靴でパズルを指す。

「見憶えがある」

「ポンピドゥーセンター。言ってみりゃ美術館だ」

「裏表がひっくり返ったみてえな建物だ」

「フランスにある」

「要するによ、こいつを見てると心配になるんだよ、リッズ。隣のトンマと無駄話をしたと思えば、今度は床中にパズルを並べてる。全部に指紋をつけて、おまえ、平気なのか」

「おい、おれがこれを部屋に残しておくとでも思ってるのか？」

「さあ、どうだかね。いっそのこと、壁に自分の名前と住所をペンキでスプレーすりゃあいいさ」

「おい、スタン、そう興奮しなさんな。とりあえず、自分の心配だけしてろよ。おれが空っぽの金庫をあける羽目にでもなったら、全部おまえのせいだからな」

スタンリーはローマのコロッセオをまたいで、窓辺に立って外を眺める。

「よくある話だろ、リッズ。地元でちまちまやってるヤツはパクられる。おれには評判ってもんがあるんだ。そこんとこ、忘れるなよ」

「じゃあ、千ドルもらって、全部、白紙にしようじゃないか。おれにとっては、どっちだって同じだ」

スタンリーは窓を背にし、コロッセオの上端に足先を差し入れて、パズルのピースを飛ばす。

「プロとしての自覚の問題だ。わからねえか？」横向きでグランドキャニオンをまたぐ。「カモと親しくなるなんてのは、プロのやることじゃねえ。こいつも……」グランドキャニオンを天井にむかって蹴りあげる。「プロのやることじゃねえ」

ピッコーネは動じない。スタンリーの凶暴性は証明済みだ。肉厚な図体の前科者はアクロポリスの破壊にかかり、ピッコーネは隅に引っ込んでそれを見守る。

「白紙にするのは、こっちのほうだ」スタンリーが神殿の部分を丸ごとピッコーネめがけて蹴飛ばす。「金曜の晩、おまえはひと仕事する。終わったら、空港のホリデーインにチェックインするんだ。土曜の朝に、おれもそこへ行く。どこをとっても簡単な仕事だろ、リッズ。これがうまくいったら、もっとでかいヤマにかかるぞ」

「ボス、他には？」

「ああ、部屋中を磨いとけ。取っ手、ドア、隅から隅まで拭くんだ。こっから一つでも指紋が出たら、おまえはローウェイのムショにも戻れないぞ」

「そりゃどういう意味だ？」

「こいつはおれだけの問題じゃないんだ。おれには仲間がいる。連中が金よりも好きなのは、おまえみたいなヤッとやることよ」

「仲間だって？　中からいくら出てくると思ってるんだよ？」

「とにかく中にあるものを、そっくり持ってくるんだ。よお……」スタンリーがピッコーネの隣にしゃがみこみ、親指の付け根で踏んばってバランスを取る。「なあ、リッズ、おれたちは長い付き合いだ。おまえが信用の置けるヤツだってことは知ってるが、おまえはたまにおかしなことをする。要するに、心配なんだよ」

ピッコーネは部屋の隅で頭を垂れる。

「仲間がいるんだったら、どうしておれのふところから八百ドルを出す必要があった？」

スタンリーは立ちあがり、ズボンのしわを気にする。

「投資だと思え、リッズ。土曜がくれば、うなるほどの金を手にしてる」

ウォーカー通りにはコンクリートブロックの建物があって、塀で囲まれ、鉄条網がめぐらされている。中に入ると、制服を着た五、六人の修理工が、部品をはずした車をぞんざいに修理している。ピッコーネは、下唇にタバコをくっつけた痩せたアジア人に近づく。アジア人はピッコーネを立派な頬ひげをつけた太った男のところへ連れて行く。

「ケレハーだって？」太った男がふり返る。「あのボロキャデラックのことかい？ あれが欲しいんなら、遠慮なくもってってくれ」

「修理にいくらかかるのか、教えてほしい」

「ケレハーね。今頃は、もう八十ってとこだろうよ。いよいよ、子供がえりでもしたかね？」

「本人は何も知らない。驚かせてやろうと思ってる」

「それでなくても驚きだ。とっくに処分したっていいのに、あの爺さんは保管代として、毎月、金を送って寄こすんだよ」

「額は？」

「六十ドル。まあ、高いと言われりゃそうかもしれないが、べつに足元を見てるわけじゃない」

「修理にはいくらかかる？」

「調べてみないと、なんとも言えないな」

「一万ドルあればどうだ？」

「それだけあれば、なかなかの仕事ができるよ。大金とは言わないが、まあけっこうな額だ。ところでおたくはいったい誰なんだい？ ケレハーの息子か？ おい、リー……」アジア人に呼びかける。「ケレハーに子供がいたなんて話、聞いたことあるか？」

リーはタバコの灰を少しも落とさず、ぼそぼそと汚い言葉を返す。

「ただの友人だ」ピッコーネが言う。「車はここにあるのか？」

「ああ、奥においてある」

ピッコーネは太った男のあとについて、奥の部屋に入る——彼はそこを〝死体安置所〟と呼んでいる。ガソリン喰らいの年代ものが数台、埃をかぶっている。キャデラックは一番奥にある。車体には目立つ傷もなく、さびも出ていない。

「教えてほしいんだが……」ピッコーネはポケットの上部に書いてある名前を盗み見る。「ヴィンス、たとえばだ、一万五千ドルあれば、外で運転できるくらいにはなるかい？」

「一万五千あれば、新車同様のキャデラックだって買えるよ、ええと」

「ドーシーだ。ルー・ドーシー。それでヴィンス、いつから修理にかかれる？」

太った男は頭をふる。「正直なところを言うと、二カ月先まで予約で埋まってる。腕利きを何人もひっぱってきたが、手いっぱいな状況でね」

ピッコーネは部屋の端から端までをゆっくりと歩き、足音を刻んで静寂を強調する。五七年製のくたびれたシボレーのところで足を止め、ポケットに両手を突っ込んで、大げさなため息をつく。緊張が十分に高まったところで、太った男のほうをふり向き、コルレオーネの流儀を真似て、丸めた両手を胸にあてる。

「あんたもさっき言っただろ、ヴィンス。ミスタ・ケレハーはあと何年生きられると思うか？　ところで、支払いは現金ですると伝えたかね？」ピッコーネはふたたび手をポケットにしまい、自分の足跡を逆にたどって、汗をにじませる太った男の正面にふたたび立つ。「あと千ドル出したらどうなる、ヴィンス？」

「あと千ドルなら、修理待ちリストのトップに繰りあげです、ミスタ・ドーシー」

「その言葉、たしかに聞いたよ」ピッコーネは太った男の手をとって、たっぷり力を込めて握る。「土曜の朝に来る。ここは何時にあくんだい、ヴィンス？」

「だいたい八時半とか、九時十五分前とか」

「じゃあ、九時だ。いいね、ヴィンス？　……チャオ」


金曜の夜。

モーリスがアタッシェケースの代わりにスーツケースをさげてやって来る。欲で鼻の穴を広げながらポットヘッドにむかって頷きかけ、わざわざ握手をしてから家に入る。最初、ピッコーネには彼らの会話がほとんど聞こえない。壁にそって聴診器をあてながら、彼らを追ってリビングルームから寝室のほうへ移動する。いくつもの錠の音、鍵の落ちる音、ブツブツ言う声。ようやく彼らは部屋の中に入る。

「いいから、早く見せろよ」ポットヘッドがまくし立てる。

スーツケースのラッチのカチャッという音のあとに、押し殺した叫び。続いて二人分の叫び。スタンリーはいよいよ窮地に立たされる。

「ダメだ、そいつにさわるな」モーリスが悲鳴まじりに言う。「手を出すな。しまえよ」どうやらモーリスのオーバーアクションが、ポットヘッドの爆笑を買っている。

「おれたちは金持ちだ。超金持ちだ」二人が声をひそめて興奮気味に言う。

ピッコーネは彼らが湯気を吐き出しているあいだ、サンドウィッチをつくる。

ニガーが行ったり来たりしている。ピッコーネはカーペットに寝そべり、たてつづけにタバコを吸いながら、夢や妄想の誘惑に耐える。それらは最後には決まって、モーリシャスの島でセクシーな女たちをはべらしている図にいきつく。下半身がふたたびうずうずしてきたとき、ポットヘッドが電話で〈クラブ・カバーナ〉までのタクシーを呼ぶのが聞こえてくる。回転錠に続いて、いくつもの鍵や錠の音。そして興奮冷めやらぬ笑い声が、廊下のむこうの夜の中に消えてゆき、ピッコーネは十五分待ってから、クローゼットに道具を取りにいく。

膝をつき、ゆったりと弧を描くように、カッターの刃で壁の石膏ボードに切り込みをいれる。音を聞かれない程度に、深すぎず、浅からず。線のついたところを何度も左から右へなぞる。二十回ほどなぞったところで、刃を替えて、今度は右から左へとなぞる。ゆっくり、丁寧に。カーペット、ちらばったパズルのピース、靴の先に、うっすらと粉塵が積もる。替え刃の二パック目にはいるころには、削っている部分がぐらぐらしてくる。さらに何度かなぞると、一番上のあたりで刃が壁を突き抜ける。音を立てないように慎重に、切り出した石膏ボードを手前に引き抜く。間柱の間隔は三十センチほどある。十分だ。壁と壁のあいだに、毛布を詰め込み、横桁を直定規にして壁に平行な線をいれてから、横桁にそって刃をいれて二本をつなぐ。キャッチャー座りをし、あいた手でバランスを取りながら作業をすすめる。こうした経験は初めてではない。肝心なのは、忍耐だ。
紙一枚の薄さのところまで切り込みをいれると、ピッコーネはいったん身体を後ろに引いて、足でみごとな四角形を蹴りだす。四角形は、軽い音とともにポットヘッドの寝室に倒れ込む。目当ての金庫は、反対側の壁の真ん中の、ふつうなら絵をかけるあたりに四角く収まっている。数字合わせの錠のついたおもちゃ。ピッコーネは隙間にバールを突っ込んで、ぐいと扉をこじあける。

午前二時、スタンリーが電話をよこす。ブレーキを鳴らしながら通り過ぎるバスの音が聞こえる。

「おい、リッズ、何やってんだ？　どうにかなりそうだぜ」

「まだ始めたばかりだ。連中が出て行ったのは、ほんの一時間前だ」

「ちょろい作業《ケーキウオーク》じゃないか、リッズ」スタンリーが食い下がる。ピッコーネは、札束を指でいじりながら、〝ベティちゃん〟の脚の生えた、砂糖衣のケーキを想像する。

「いいから、寝てろよ、スタン」

「明日の今ごろには、おれたちはアトランティックシティにいるはずだ。目に浮かぶぜ、リッズ。はっきりと目に浮かぶからこそ、怖いんだ。どういうわけだか知らねえが、いつも今みたいにあと一歩ってとこでダメになる。何もかも順調だって言ってくれ、リッズ。おまえの口から聞きたい」

「ちょろい仕事じゃないか。自分で言っただろ」

「すげえ、胸焼けがする。気楽に寝てるどころじゃない。居ても立ってもいられないってやつだ。たまに思うんだ、リッズ。ムショん中のほうがよかったって。あそこじゃ、なんのプレッシャーもない」

「リラックスするんだ、スタン。風呂でも入れ。一杯やりながら、ゆっくり浸かるといい。おれにはそれが効く」

「そうだな。何かで気を紛らわせたら、心配を忘れる。すると、厄介なことに陥る。おい、このままじゃ、気が変になる」

「ここへ来て手伝ってくれたっていいんだぜ」

「そっちで姿を見られるわけにはいかない。電話だってほんとはマズい。壊れてない公衆電話を見つけるのに、どれだけ歩いたと思う？」

「作業に戻っていいか、スタン？」

ピッコーネは地図をひらいて、高速道路、有料道路を経て、そこから州間高速道路に出るルートを指でなぞる。町の名が、まるで朝の交通情報のようにつぎつぎに流れてゆく。子供のころに修学旅行でヴァリーフォージへ行ったこと、両親とオハイオにむかう途中にハーシーパークに寄ったことを思い出す。デイトン。そうだ、そんな名前の町だった。オハイオでの記憶といえば、父の運転する車とステーションワゴンが接触し、母がなだめるのも聞かず、父が相手の運転手をこっぴどく怒鳴りつけたことくらいしかない。ピッツバーグまで出れば、あとは飛行機でサンフランシスコへ飛べばいい。そして、ゴールデンゲートブリッジの見える、すてきな住まいを見つける。ピッコーネは目を閉じて、家具に囲まれた未来の図を頭に描く――隠し収納と小さな鍵のついた蓋つきの机、どっしりとしたマホガニーのチェスト。

家を出るとき、ピッコーネはポットヘッドの家の扉にメモを貼る。

「スタンリーをさがせ。車は黒のレクサス。空港のホリデーインに午前八時。愛を込めて、ルー」

「どんなふうに見える？」

「とびきり、いかしてるわ！」マーシャは腕を伸ばして、銀髪のもみ上げをなでる。お世辞ではない。ツイードの帽子にレイバンという格好のウォルターは、まさに粋な老人の見本だ。マーシャが頑張るので、白いアスコットタイとシガレットホルダーは断念したが、それまでのウォルターは、服選びについてはすっかりマーシャの言いなりになっていた。

「歳とったフランクリン・ルーズベルトみたいよ」マーシャが言う。

「まったく生まれ変わったみたいだ。元気盛んな気ままな流れ者の気分だよ」彼はマーシャの手を取り、唇に押しあ

かって突き進んだ。

てる。「これは奇跡としか言いようがない。ルー・ドーシーという天使が、人生が幕切れになる前に届けてくれた」

「まったく驚きだわ」

「よりによってこのタイミングだよ、マーシャ！　人生のしめくくりにこんなことが待っているとは、なんとも絶妙じゃないか。正直言うと、最初は、過ぎ去った日々が悲しく思い出されて、手放しに喜べなかった」

「さて、どうかしら。猿みたいに跳びまわってたわよ」

「でも今では、しっかり生き抜いた一生にふさわしい結末だと思っとるよ。華やかなグランドフィナーレだ」

「ルーが厄介なことに巻き込まれていないといいんだけど」

「あの男は馬鹿じゃない、マーシャ」ウォルターはハンドルをたたいて力強く言う。「それにしても、今どきあんな人物がおるとはな」

車はぐんぐん先へ進み、やがて二人は無言になる。フリーウェイのインターチェンジを過ぎたところで、ウォルターは左にハンドルを切り、愛車のキャデラックで夕陽にむ

あばずれ
Low Tide

ディック・ロクティ　木村二郎訳

ルイジアナ州ニューオリンズ生まれのディック・ロクティ（Dick Lochte）は、探偵社、旅行代理店、雑誌での映画評などの仕事を経て、南カリフォルニアに移住後、ジャーナリスト、脚本家、作家としてのキャリアを積んできた。デビュー作の『眠れる犬』（一九八五年／扶桑社ミステリー文庫）は、アメリカ探偵作家クラブ賞をはじめ、シェイマス賞、アンソニー賞にノミネートされ、ネロ・ウルフ賞を受賞した。その後も続篇の『笑う犬』（一九八八年／扶桑社ミステリー文庫）など八作の作品を発表している。本作はマックス・アラン・コリンズとジェフ・ゲルブが編纂したアンソロジー *Flesh and Blood* に収録された。

シェイは客の運転免許証を確かめた。約二年前にカリフォーニア州が発行したものだ。それによると、カウンターのむこう側に立っている女の名前はノリーン・ウォルドマンといい、十八年前に生まれたらしい。陸運局のカメラの前でポーズを取ってから、ノリーンがいくつかの変貌《へんぼう》を遂げたことを、その写真は物語っていた。短く切り揃えたブルーネットの前髪とバラ色の頰は、プラチナ色のトサカ刈りと胡粉《ごふん》を塗った顔に取って代わり、漆黒の眉毛と紫色がかった黒の口紅でアクセントをつけている。アイロンをかけた女学生のブラウスではなく、ブティックで売っているずたずたに裂けたTシャツを着て、格子柄の黒いスパンデックス製タイツをはいていた。

その銀行はLAのサンセット・ストリップにあった。この地域は保守的な服装で知られてるわけじゃないけど、この女は図に乗ってるわ、とシェイは思った。それに、その女の麝香蘭《じゃこうらん》のにおいは下水ガスと同じくらい有害だった。

でも、その女はいいボディーをしていた。

「それ、いけてる花じゃん」ノリーンはシェイのブラウスにピンでとめてある紫色の花を黒い爪で示した。「見てるだけで、いきそうになっちゃう」

シェイは素っ気ない愛想笑いで応えた。運転免許証を大理石のカウンターに置き、ノリーンが現金化してもらいたいという小切手をつかみあげた。《アリストー・エスコーツ社》が合計一千五百ドルと零セントを〝ナスティー・ウォルド〟に振り出した小切手だ。シェイはその女を見て、不審げに片眉を吊りあげた。

「ビジネス・ネームよ」その女が言った。

再び襲ってくる麝香蘭のにおいを無視しようと努めながら、シェイは小切手を裏返した。ちゃんと裏書きがしてあった。「どういたしましょうか?」

「あたしの手の上に置いてちょうだい」

「紙幣の額面のことです。小額紙幣ですか、高額紙幣ですか?」

「あたしの男たちみたいに、でっかくて、硬いのにしてちょうだい」

シェイは血が顔にのぼるのを感じた。現金用引き出しをちらっと見ると、百ドルより額の大きい紙幣はなかった。その銀行では出納係が引き出しに保管してもよい最高金額を事前に決めてある。高額紙幣は下の引き出しにはいっている。カーペットの近くだ。シェイは屈んで、三枚の五百ドル紙幣を取り出した。

ナスティーは大理石のカウンターに置かれた紙幣を見つめた。「その下にグローヴァー・クリーヴランドはないの?」

苛立ちを隠そうと努めながら、シェイは五百ドル紙幣を二枚つかむと、また屈み、下の引き出しから出した一枚の一千ドル紙幣《クリーヴランド》と交換した。

ナスティーはほほえみかけると、二枚の新札を一度折ってから、もう一度折った。自分を見つめているシェイを見つめながら、ナスティーはその紙幣をタイツの前面内側にすべり込ませた。「あたしの金庫箱よ」ナスティーが言った。「でっかい札はいい具合に引き締めてくれるの」そして、自分自身に触れた。「さわってみたい?」

シェイは返答もせずに、無表情でナスティーを見つめた。

「まあ、それが現実ってもんよ」ナスティーは蘭のにおいのする投げキスを送った。

シェイは女がドアのほうへ得意げに歩いていく姿を目で追った。

「大丈夫かい?」

ピストルを腰のホルスターに携帯している警備員のテイラーがグレイのユニフォーム姿でカウンターの前に立っていた。ハンサムと言えなくはない平凡な顔には懸念の表情を浮かべている。

「大丈夫よ」

「あのアダムズ・ファミリーのモーティシャと問題でも

？」

「いいえ」

「二十五セントの売春婦みたいなにおいをぷんぷんさせていたな」テイラーが言った。

「彼女はそれよりも少し高いわよ」シェイが言った。

「まったくもって漂着ゴミみたいだ」テイラーが言った。「ほらっ、シェイが反応を示さないので、彼は付け加えた。引き潮で浜辺に残ったゴミを——」

「わかってるわ」シェイが言った。

テイラーはシェイを神経質にさせた。銀行の規則書にそういう文言《もんごん》を見たことがないが、就業時間中に出納係が警備員とおしゃべりをすることを、あの意地の悪い支店長がそれほど喜ばないだろうと思った。

「その花は蔓《つる》についているよりも、きみの胸についているほうがきれいに見えるよ」

「やさしいのね」

「プリンセスという名前なんだ」彼が言った。「お昼にタコスでもどうだい？」

彼女はそのサンセット支店でまだ八日しか働いていない。二日目に、通りの先にある《ムーチョ・タコス》のテーブルにテイラーを同席させるという間違いを犯した。彼が銀行の同僚やシルヴィア・バーグ支店長についてのゴシップを聞かせてくれると思ったからだ。でも、テイラーは銀行内の権力争いにまったく無関心なようだった。四十代半ばの逞《たくま》しい男で、パートタイム警備員としての給料で軍人年金を補っている。

神と国家を敬うタイプの男で、名誉とか高潔さとかそういうお目出度いたわ言についてべらべらしゃべりまくる。でも、彼女に気があるようだった。その日の朝、彼女に花を持ってきてくれたのだ。誇り高きパートタイムの警備員だ。まったく！

「きょうはタコスを食べないのよ、テイラー」彼女が言った。

「あしたは？」

「さあね」

彼女は彼がしぶしぶ入口ドア近くの持ち場へゆっくり戻

るのを見守った。そのとき、ティラーよりもかなり魅力的な人間が彼女の目をとらえた。年は若く、着ている高級スーツは腰まわりが細く肩幅の広いイタリアン・スタイルで、ココア色をしている。肌はよく日焼けしていて、うしろにまっすぐ梳《す》いた金髪は黒いシルク・シャツの襟をこするぐらい長い。目を隠している非常に濃いサングラスのレンズはあまりにも細長く、なめらかに湾曲しているので、泥棒のかぶる仮面に似ていた。

　彼女はその全体的な効果を面白がった。遣り手のビジネスマンってとこね。

　その男は彼女のほうへ向かっていたが、いきなりひげ面の男が預金票と札束を手につかんだまま、金髪男の前に割り込んだ。遣り手ビジネスマンは肩をすくめて、彼女の右側の出納係のほうへ移った。グレッグ・なんとかという出納係だ。神経を集中させたら、その出納係の名字を思い出せるんだけど。

　でも、目の前の新しい客が彼女に神経を集中させる余裕を与えなかった。その男は札束と預金票を彼女のほうへ突き出した。「急いでくれ、ハニー」男が言った。「これから会うところがあるし、行く人間がいるんだ」

「承知しました」

「シェイ」

　グレッグ・なんとかという出納係が彼女の名前を呼んだ。彼は顔面蒼白だった。そして、無言でメモ用紙を彼女に見せた。彼の客である遣り手ビジネスマンが彼女ににこっと笑いかけている。

「〝急いでくれ〟の何がわからないんだ？」彼女の客が意地悪く尋ねた。

「は、はい。少々お待ちください」

　きちんとタイプで打たれたメモ用紙にはこうあった。

『相棒が拳銃を持って見張っている。下の引き出しから五百ドル紙幣を二束出して、カウンターに置け。警報器を鳴らさなければ、危害を加えない』

　グレッグはその要求に応えて、彼の下の引き出しに手を伸ばしている。

　シェイは銀行内を見まわした。いつもどおりだ。ティラーは入口ドアのそばに立ち、プラットフォームと呼ばれるところを客の一人に指し示していた。そこは銀行の顧客相談員たちがすわるところだ。支店長のシルヴィアはいなかった。たぶん裏の横丁で煙草を喫《す》ってるんでしょ。素敵なタイミングだこと。

シェイは屈み込んで、五百ドル紙幣の札束を二つ見つけた。二十五枚ずつきつく束ねてある。二束で二万五千ドルだ。

「なあ、ハニー」彼女の客が言った。「いったい何をしてるんだよ？　急いでるって言っただろ。さあさあ」

するとそれよりも穏やかな声が聞こえた。ささやき声に近かった。「そのひげだらけの口からこれ以上の声を出したら、おれの相棒がおまえのくそったれのドタマを吹っ飛ばすぞ。わかったか？　よし、聞き分けのいいやつだ。さて、それをおまえの手からいただこうか」

シェイは体を伸ばした。遣り手ビジネスマンは背中で自分の動きをティラーの目から隠しながら、彼女の客のそばに立っていた。銀行内のほかの誰も、強盗が進行中であることに気づいていないようだ。ひげ面の客は目を大きく見開き、凍《い》てついたまま立っていた。金髪男はその客の紙幣をシェイの札束に加え、その両方をコートの内ポケットにすべり込ませた。そして、横に一歩動き、グレッグの札束をつかみあげた。

「ご協力を感謝する」その男が静かに言った。「五分間じっとしていろ。そのあと、相棒が出ていくから、誰も血を流さないですむ」

男はむこうを向いて、冷静に入口ドアのほうへ歩いていった。途中でよろめくと、ティラーがつかみ、バランスを取り戻すのに手を貸した。金髪男は感謝の笑みを浮かべた。その男の口が「ありがとう、どうも」と言うような動きを示しているのが見えた。

そして、男はいなくなった。

シェイとグレッグとひげ面の客は一分ほど彫像のように立っていた。緊張がだんだん耐えられなくなってきた。すると、ひげ面の客が体を床に投げ出して、叫んだ。「強盗だ、畜生！」

ほかのみんなの顔がそっちを向いた。初めに反応を示したのはテイラーだった。手をホルスターの上に置いて、駆け寄った。床の上で胎児のように丸まっている客をにらみつけた。

「茶色のスーツを来たあの男だ」グレッグがあわてて言った。「サングラスをかけている」

「相棒が銃を持って、ここにいるわ」シェイが言った。

テイラーは散らばっている客たちの怯え警戒した顔を見まわした。「いや、いそうにないな。警報器を鳴らせ」

「よし」そして、グレッグは入口ドアのほうへ走っていくテイラーに叫んだ。「あいつは着色パックを持ってるぞ」

着色パック。シェイには信じられなかった。グレッグのことをまったくの意気地なしだと決めつけていた。でも、彼は本物の札束と一緒に着色パックをあの遣り手ビジネスマンに渡す度胸を持ち合わせていたのだ。銀行の出入口で極超短波にさらされたあと二、三分で、着色パックは破裂して、あの遣り手を赤いペイントでおおい、あの長い金髪を赤く染め、あの高価なサングラスの奥に催涙ガスを送り、もしかしたらあの高価なスーツを焦がすかもしれない。

もはや危険はないと納得して、ひげ面の客が立ちあがった。そのとき、支店長のシルヴィア・バーグが銀行の奥から近づいてきた。「何があったの？」彼女が問い質《ただ》した。

「強盗に遭ったんです、シルヴィア」シェイが言った。

「畜生」支店長はぐるっと一回転して、警戒している客たちの顔を見まわした。「警備員はどこなの？」

「強盗のあとを追ってます」グレッグが言った。

シルヴィアは口を尖《とが》らしてから、シェイのほうを向いた。

「あなたの窓口で？」

「グレッグの窓口でも」

「いくら？」

「二万五千ドル」シェイが言った。

「一万二千五百」そう言ってから、グレッグは気取って付け加えた。「そして、着色パック」

「そんな高額を持ってたの？　銀行の方針は――」

「下の引き出しから出すように、強盗が指示したんです」

「強盗は下の引き出しのことを知ってたの？　マイスナー

に連絡しないといけないわ」ジョゼフ・マイスナーは銀行の警備部長だ。

ひげ面の客が言った。「あんたが責任者か？」

「はい。支店長のシルヴィア・バーグです」

「そうか、シルヴィア。銀行はあと九百ドル盗まれたぞ。あいつがおれから盗んだ金の額だ」

「強盗があなたのお金を取ったんですか、ミスター……？」

「カルージャ。チック・カルージャだ。ああ、あいつはおれの現金を取りやがった。それも、このアマのせいだ」

シルヴィアの瞬きをしない鳥のような緑色の目がシェイのほうを向いた。

「わたしのせいですって？」

「あんたがさっさと動いて、おれの現金を預け入れてくれてさえいたら、おれはずっと昔にここから出ていっていたはずだ」

「シェイ？」シルヴィアが尋ねた。

「申し訳ありません。この〝紳士〟が預金をこちらに渡そうとしたときに――ところで、金額はたったの六百ドルでしたよ――この強盗が……」

「ごめんよ、姉ちゃん。あんたは時間給で雇われてるみたいに動いていた。おれはここにくそったれ十分も立って、あんたが動き出すのを待ってたんだ。それに、金額はくそったれ九百ドルだからな」

「シルヴィア、そうじゃ――」

「あとで話し合いま――」

シルヴィアの言葉はサンセット・ストリップから聞こえる銃声のせいで途切れた。客たちは好奇と恐れの表情で入口ドアのほうを向いた。

一人の若者が入口ドアに体をぶつけて、うしろに下がり、もう一度ぶつけてみた。髪は逆立ち、腕はタトゥーにおおわれている。今度はドアがあいた。「警察を呼べ」その若者が叫んだ。頭を下げ、両手で部分的に剃った頭を防御している。「通りで男が銃を振りまわしてる。いかれてる。体じゅうが赤いペイントだらけだ」

シェイの心臓がとまりそうになった。

シルヴィアとひげ面の男を無視して、彼女は出納係のゲートへ駆け寄ると、それをぎこちなくあけて、入口ドアに向かった。シルヴィアが彼女の名前を呼ぶ声が聞こえた。くたばっちまえ。

シェイはぎらぎらと明るく、驚くほど静まったサンセット・ストリップに出た。車の流れがとまっている。通行人たちはビルディングの外壁に体を押しつけていた。みんなは赤いペイントでおおわれたまま通りの真ん中ですわっている人間を見つめているようだった。痛々しくひざまずき、両手で涙ぐんだ目を押さえている。手から放した拳銃は体のそばにあった。

それは銀行警備員のテイラーだった。

目がちくちく痛むので、テイラーの頭は働いていなかった。胸の片側が燃えているようだった。目は酸をかけられたように感じる。自分が打ち負かされて、厄介な立場にいることを悟った。ただ、何が起こったのか把握できなかった。撃たれたのか？　刺されたのか？　ひょっとして、目をあければ、わかるかもしれない。だが、目はすごく痛い。それよりも厄介なのは、自分がドジを踏んで、自分で自分を辱《はずかし》めたことだ。

彼の名前を呼ぶ女性の声で現実らしきものに戻された。その声に聞き覚えがある。美人の出納係。シェイだ。

「あなたをこの通りから連れ出さないといけないわね」

車の警笛が響き始めた。

彼はうなずいた。

彼女は彼の横に屈み、彼の腕を取って、自分の肩を抱かせた。「さあ、立って」

二人が必死に立とうとしているあいだ、彼は痛みと混乱にもかかわらず、彼女の体が自分の体をこすっていることに気づいた。やがて、彼は立ちあがった。まだちゃんとバランスは取れていないが、とにかく立ちあがったのだ。彼女は彼の腰を抱きかかえた。彼をゆっくりと銀行のほうへ歩かせるあいだ、彼女の堅い乳房が彼の腕を押した。目は涙で濡れ、まだ焼けるようだったが、彼は現状を把握し始めた。「おれの銃が」彼が言った。

「通りにあるわ。すぐに取ってくる」

「畜生！　誰かを撃ったかな？」

「見たところ誰も」彼女は彼を銀行の正面にもたれさせた。

彼は涙の目をしばたたきながら、彼女のぼやけた姿が通りに戻り、屈んで、彼の拳銃をつかみあげるのを見た。なんて女なんだ！　それに、おれはなんて恥さらしなんだ。

もちろん、彼はクビになった。


テイラーの胸は着色パックのせいでひりひりしたが、皮膚は切れていなかった。近所のディスカウント眼鏡屋の検眼士が彼の目を診て、ある種の液体で洗浄した。

焼けるような痛みが消えかけたときに、銀行の警備部長ジョゼフ・マイスナーがジョン・ピネラと一緒に現われた。ピネラはテイラーが勤めている《アメリカン警備サーヴィス》の社長だ。マイスナーは盛りのすぎた大学フットボール選手のように見えた。大柄で、頭が禿げ始めていて、顔が赤い。その半分ほどの大きさのピネラは、小ぎれいで、オリーヴ色の肌をした男だった。しわにならないピンストライプ・スーツを着て、かすかに楽しそうな笑みを浮かべている。

テイラーが銀行の会議室で静かにすわっているあいだ、シルヴィア・バーグとその二人の男はテイラーの強盗へのお粗末な対応について話していた。三人とも同じ意見のようだった。テイラーはどうしようもないドジを踏んだ。テイラーもそれには反論できなかった。

銀行の社員二人がＦＢＩ捜査官たちと〝会談〟するためにそこを出ると、ピネラはため息をついて、首を横に振った。「おまえはまさにドジったな、おい」

テイラーは両手についた派手な汚れを見おろした。あごの下にも汚れがついている。「だから、わたしの顔がこんなに赤いんでしょうね」

「発砲の理由がわからないんだ」ピネラが言った。「ＭＰのときにも同じことをしたのか？　まず最初に撃つのか？」

その質問はテイラーを動揺させた。だが、彼がＭＰのときにどんなことをしたのか、ピネラにはわからない。生きている人間の誰にもわからない。「胸と顔に着色パックをまともに受けたことが以前にはありませんので」ティラーが言った。「まさに車にはねられたようでしたよ、キャップ」ピネラは部下に〝キャップ〟と呼ばれることを好んだ。「ほかにもあるぞ。くそったれ犯人が着色パックをおまえのジャケットのポケットに入れるのに気づかなかっただろ」

そのとおりだ。そのことがティラーをひどく苛立たせた。あの野郎は彼を馬鹿にしたのだ。クウェート・シティーでのあの夜彼を馬鹿にしたタオル頭の野郎と同じように。だが、彼はそのアラブ人ペテン師をもう一度見つけ、自分の自尊心を取り戻した。怒りが沸きあがってくるのを感じたが、ここはそれにふさわしい場所ではない。深く息を吸って、こう言った。「わたしが馬鹿にされることを喜んでると思いますか、キャップ？」

ピネラの顔が少し和らいだ。「いや、思わない」

「ここから出られたらいいんですがね。ベッドに横たわり、傷の手当てができれば」

「それは無理だぞ、おまえ。しばらくのあいだはな。警察に話をしないといけないし、FBIとも話をしないといけない。それに、これまで見たこともない書類の作成も。誰も怪我をしなかったのが幸いだ」

「わたし以外はね」ティラーが言った。「もしかしたら、わたしは弁護士に相談すべきかもしれない」

ペネラは顔をしかめた。「わたしを怒らせないでくれ、ティラー。おまえはすでにわれわれを厄介な立場に追い込んでいるんだ。おとなしくしていたら、ほかの仕事を見つけてやるぞ。夜警とか何とか」

畜生め。くそいまいましい夜警だと。もしもこのくそったれ伊達《だて》男に飛びかかれたら、おれは……いや、どうでもいいか！

ティラーは会議室からよろよろと出て、警察とFBIを捜した。やるべきことを早くすませて、銀行から遠くに離れたくてたまらなかった。屈辱と失敗の場所から。

シェイに会ったらどう感じればいいのかわからなかった

が、その心配は無用だった。彼女は窓口にいなかったのだ。たぶんどこかで質問を受けているんだろう。〝ディブリーフ〟と呼ばれる極秘報告会議だ。彼はそういう専門用語が嫌いだった。ＭＰ時代の思い出したくないものの一つだ。

シェイは銀行で一日じゅう拘束されるものと覚悟していたが、午後三時には帰らされた。また自由になった。自業自得だった。供述をするために、一時間ほど待たされた。そして、法と秩序の代理人たちが彼女を帰すまで、だいたい一時間かかった。その時点で、彼女とシルヴィアはチック・カルージャの預金額について言い争っていた。

「強盗がミスター・カルージャのお金と一緒に預金票も奪ったから」シルヴィアがシェイに言った。「あとはあなたの話か彼の話を信じるしかないのよ」

「それで？」

「それで、銀行は九百ドルをミスター・カルージャの口座に振り込むことにするわ」シルヴィアが言った。「そして、ミスター・カルージャによる銀行への訴訟の可能性を最小限に食いとめるために、彼が受けた迷惑行為と侮辱に対して、あなたは個人的に彼に謝罪するの」

「そうは思いませんわ」シェイが言った。

「これは討論じゃないのよ。もしあなたがこの銀行でこれからも働きたいのなら——」

「こんな銀行なんか、くそくらえ」シェイが答えた。「ミスター・カルージャなんか、くそくらえ。それに、シルヴィア、とくにあんたなんか、くそくらえよ」

シェイは午後の街を車で走っているとき、驚くほどの生命力を感じていた。その家に近づいたときに、紫色がかったブルーのマツダ・ロードスターとすれ違った。その車を運転している女に見覚えがあった。その女は短いプラチナ色の髪を風になびかせていた。

シェイがナスティー・ウォルドとその日に二度も出会う可能性を検討するのに数秒かかった。偶然の一致というものをあまり信じてはいなかった。

テイラーが自分のカウチで下着のまま横になりながらT

Vを観ていると、ドアのブザーが鳴った。彼は一時間ばかりそこにいて、半ガロン入りのプラスティックびんから直接にウォッカをちびちび飲みながら、屈辱の味を忘れようと努めていた。小さなTV画面では、ピアスをした臍《へそ》まであいているドレスを着た女が歌っているらしく、上半身裸の筋肉むきむき男が電話帳サイズの手をその女の引き締まった太腿に走らせている。テイラーは音量をできる限り小さくしていた。彼はコンテンポラリー・ミュージックが嫌いだった。だが、ミュージック・ヴィデオの大ファンだった。

彼はこのヴィデオを以前にも観たことがある。筋肉むきむき男の愛撫か何かが原因で、歌手の乳首がガーゼのようなドレスの下で強《こわ》ばりそうになることを知っている。ドア口にいる人間がノックした。

苛立って、彼は叫んだ。「帰ってくれ」

「わたしよ、シェイよ」

テイラーはリモコンをつかんで、乳首のクローズアップの最中でTVを消してから、カウチから立ちあがった。

「待ってくれ」体を見おろすと、下着のあいだからイチモツが突き出していた。ベッドルームへよろよろと行き、二日前に脱ぎ捨てたみすぼらしい縞柄のバスローブを床からつかみあげた。入口ドアへ行ったが、スライド・ロックをあけるまでに、ずいぶん骨が折れた。

すると、彼女がドア口に立っていた。廊下の薄明かりに縁取られた彼女の体の輪郭は、彼が思春期の悩みに初めて対処しているときに映画に出てきた女たちの姿を思い出させた。アンジー・ディキンソン風の金髪女だ。豊満な体に、金色の髪。逆光が街灯のように、たまらなく魅力的な雰囲気を添えている。

彼女はさっき銀行で着ていたのと同じ服を着ていた。だが、ブラウスの張りは失われ、一番上のボタンは外れていた。脚はストッキングをはいていなかった。「はいってもいい？」

「何だって——ああ、もちろん。どうぞ」

彼はその場所を恥じた。ひどい地区の安い家具つきアパートメントだった。だが、どちらにせよ、彼女はその環境に構わないようだ。「あなたのことを心配したのよ」

「おれは大丈夫だ」彼は朝刊を脇に蹴って、カウチまでの歩く道を作った。「すわれよ。何か、ええっと、飲むかい?」

「たぶんあとでね」彼女が言った。「今すぐあなたは服を着て、わたしと一緒に来るべきよ」

「何だって?」

「ラリってるの、テイラー?」彼女が尋ねた。叱責しているわけではなく、ただ知りたいだけだ。

「おれは大丈夫だ」彼は少し弁解気味に言った。

視線を彼の股ぐらに移して、彼女はほほえんだ。「わたしに会えて、嬉しいみたいね」彼のイチモツがローブのあいだから突き出していた。

恥ずかしくなって、彼はそれを中にしまった。

すると、彼女が近寄ってきて、手をその勃起したイチモツの上に置いた。彼は驚きと喜びを覚えた。「これで堅苦しい雰囲気が和らいだわね」そして、彼女は爪先で立って、彼にキスをした。彼女の唇は柔らかく湿っていた。彼女の舌が出てくるときにその唇が開くのを、彼は感じた。

彼女の下腹部が彼の下腹部をこすり、彼女の舌が彼の口の中をまさぐると、彼の痛めつけられた体が震えた。そして、彼女は荒い息をしながら、体を離した。「幕開きとしては……悪くないわね」

彼は彼女のほうへ手を伸ばしたが、彼女はよけた。「まだよ。片をつけるべきもっと大事なことがあるの」

「そうは思わないね」テイラーはまた彼女のほうへ手を伸ばした。

「あいつの居所を知ってるのよ」彼女が言った。「今いるところを」

テイラーの酔って性的に興奮した頭は話題の変化についていけなかった。「あいつって?」

「銀行強盗をした男よ」

彼は目をぱちくりさせた。「あいつを見つけたのか?どうやって?」

「あいつの直前に来た化け物女。あなたが漂着ゴミと呼んだ女。あの女がちょっと前にわたしと車ですれ違ったの。

それで、わたしは考えたわ。あの女はわたしの窓口の下の引き出しをあけさせた。それから、あの野郎が現われた。高額紙幣を保管しているところを知っていた。とにかく、あの女とすれ違ってから、わたしはあの野郎のところまで、あの女のあとをつけていったわけよ。

警察に通報するつもりだった。でも、わたしもきょうクビになったの。だから、あのお金のことも銀行のことも構わない。でも、あなたのことは構うわ。あなたがあんなふうにコケにされたことが気に入らないのよ。あなたは名誉と誇りのことばかり話してるので、自分で片をつけたいタイプの男性だと思ったわけ」

そのとおりだ。畜生。だが、彼女は稀《まれ》に見る女だ。「そいつらは今どこにいるんだ?」

「あなたが服を着たら、連れてってあげるわ」

その瞬間、テイラーは自分自身について目新しいことを発見した。復讐よりも彼女の体を欲したのだ。「そいつらは待てる」彼は彼女を手前に引き寄せた。

「そんな時間はないわよ」彼女はそう言ったものの、その抵抗は中途半端だった。キスをすると、彼が感じていた情熱は彼女にも伝わったようだ。彼の手が彼女のスカートの中へ伸びると、彼女の手は彼のローブを横に広げた。

カウチはたった数フィート離れているだけだが、二人はそこまで行かなかった。二人は堅い床の上で愛を交わし、投げ捨てられた朝刊が二人の体の下でかさかさと音を立てて裂けた。彼女はスカートの下に何もはいていなかった。彼はすぐに彼女の中へはいった。

テイラーは狂喜した。あとで振り返ってみると、その陶酔感の一部はあのくそったれ気取り屋銀行強盗をつかまえられるという期待のせいではないかと思った。

「あいつらが消えていたら、どうするの?」えんどう豆色をしたテイラーのおんぼろシェヴィーがフリーウェイをがたがた走っているときに、シェイが言った。

「そのときは、もう一度捜す」彼は彼女と一緒にいることが好きだった。彼女については何もかも好きだった。だが、セックスが終わったあと、ロマンティックな気分は復讐心との争いに敗れた。たとえ彼女の手が彼の膝の上にあっても。

その手が動くと、彼はイチモツが興奮するのを感じた。だが、彼女がさわったのはベルトの中に収めたベレッタ・センチュリオンだ。「これは同じ拳銃じゃ……」

「銀行で持っていたやつと？　まさか。あの銃はどっかの証拠室の袋の中だ。これはおれが海外で見つけてきた銃だ」

「前に……使ったことは？」

「その昔、あることが起こった。きょう銀行であったようなことだ。このクウェート人野郎がおれをペテンにかけやがった」

「何をしたの？」

「おれを辱めようとしやがった。おれから男らしさを奪おうとな」テイラーは詳細を彼女の教えるつもりはなかった。

「ここで曲がって」シェイが言った。

峡谷の道路は急な角度で曲がり、のぼり坂になった。その道路を走り続けると、夕食時の車の流れはだんだん少なくなり、やがてほとんどなくなった。上のほうにあがればあがるほど、道路沿いの家が少なくなっていく。たまに現われる街灯は闇をうまく追い払ってはくれなかった。

車の中では、あまり会話がなかった。

「あそこよ」突然、シェイは峡谷の岩壁の裂け目に収まった暗い二階建ての木造家屋を指さした。ぴかぴかの黒いポルシェ・ボクスターが地面より高い入口に続く木製階段のそばに駐車してあった。家の奥にライトがついている。

テイラーはスナップ写真のようにその家に一瞥《いちべつ》をくれてから、家から見えないところまで峡谷をのぼっていった。峡谷の岩壁に車を寄せ、注意深いドライヴァーならすれ違えるほどのスペースをあけた。「ポルシェだけだ」彼が言った。「女の車は？」

「女はマツダ・ロードスターを運転してたわ。あいつは一人きりのはずよ」

「もしくは、二人は女の車で出かけたか」

「そうは思わないわ」シェイが言った。「もし二人が一緒にどっかへ行くのなら、男のほうはボクスターを運転したいでしょ？ ミスター・マッチョだから」

「たぶんな」テイラーが言った。「見てくる」彼は車のドアをあけた。

彼女もおりようとした。そして、ベルトからベレッタを抜いた。「いや、きみは車の中にいろ」

彼が言った。

「どうするつもり？」彼女は目を拳銃に向けたまま尋ねた。

「だから、きみには車の中にいてほしいんだ」彼が言った。「作戦を知られないためにも」

彼は車のドアをしめた。シェイの顔は月の光の中で青白く見えた。青白く、美しく、不安そうだった。彼はあいた窓から上体を入れて、彼女の唇にキスをした。冷たくて、ほとんど情熱のないキスだった。

「大丈夫だ」彼が言った。

彼は彼女が「気をつけて」とか言うのを期待していた。もしくは、「必要がなければ撃たないでよ」とか。

だが、彼女はこう言ったのだ。「ちょっとでも厄介なことになればね、ハニー、あの野郎を撃ってちょうだい」

彼女は紛れもなく稀に見る女だ。


家の左側は峡谷の岩壁から数インチしか離れていない。反対側では、木製の高いゲートが裏に続く細い小道らしきものを防御している。そのゲートには錠がおりていた。残るは、階段の上のドアだ。

テイラーは足早にそっと重厚な木製の階段をのぼった。入口ドアに近づくと、音楽が聞こえた。サンバかもしれない。ドアは一インチほどあいていた。彼は銃口を使って、ドアをさらにあけた。

ライトが家の奥のガラス壁を通して漏れてきた。安い枝編み細工の家具をいくつか置いた部屋を明るくするには充分なライトだ。二脚の椅子、揃いのテーブル、黒かミッドナイト・ブルーかもしれない暗い色のクッションを置いたソファ。床にカーペットは敷いていないし、壁には何もない。人間の存在をほのめかすものは、パンク娘の安い蘭の香水のにおいと、それよりもっと不快なもののにおいだけだ。

テイラーはコンクリートの床の上を慎重に静かに動き、家具が一つもない一段下がったスペースにおりた。ガラス壁は明るく照らされた中庭に面していて、その中庭にはウッド・デッキと、珊瑚礁《さんごしょう》に似せて作った小さく暗いプールがあった。峡谷の岩壁から続いているように見える人工滝から、水がそのプールに流れ込んでいる。音楽はデッキの中型オーディオ・プレイヤーから聞こえていた。そのプレイヤーは二脚の安いローン・チェアのあいだにあった。ビールびんがプレイヤーのそばで倒れている。

プール付近に人気《ひとけ》がないことを確認して、テイラーは右のほうへ向かった。細長い廊下が薄暗いベッドルームに続いている。においが強烈になってきた。枯れゆく蘭のにおいとセックスのにおいとそれをも圧倒するにおい。便と尿の有毒に近い悪臭だ。息をとめたまま、テイラーはベッドルームのドアロに立ち、中にはいる前に、レイアウトをさっと把握した。

あいたガラスのスライド・ドアを通して、中庭のライトがその部屋にはいってくる。家の中で、人が住んでいるように見えるのはその部屋だけだ。衣服があたりに放り投げてある。男ものも女ものも。ゴミ箱は洗濯屋の袋と包み紙であふれている。ベッドはよく使われているように見えた。黒いシルクのシーツらしきものがしわくちゃになって、下のマットレスをのぞかせている。テイラーのいる場所からは、ひどいにおいの原因が見えなかった。

ベッドの足側の近くに、一千ドル紙幣の山と、まだ銀行の帯封がついた一束の紙幣があった。もし略奪金がまだあるとしたら……

テイラーはベッドルームに一歩はいると、すぐに後悔した。部屋の隅から裸の腕が拳銃を彼のほうに向けているのが周辺視野に見えたのだ。

テイラーは一瞬凍てついたあと、ゆっくりと両手をあげた。指を拳銃のトリガー・ガードから抜いたが、拳銃を落とさなかった。ほかにどうしていいのかわからなかったのだ。強盗が命令するだろうと思った。もしくは、撃つだろうと。

だが、静寂が流れただけだった。

彼は脅威的に見えないようにと望みながら、ゆっくりと首をまわした。

拳銃を持ったその男は、銀行強盗をして彼を辱めたのと同じ男だった。顔色がそれほどよくない。裸のまま、隅で丸まっていた。皮膚は蠟のようで、青味がかっている。拳銃を持つほうの腕は枝編み細工のテーブルの上にある。頭は壁にもたれていて、瞬きしない無表情の曇った目は何も見ずにドアロのほうを向いていた。

その男が死んでいることをテイラーはかなり確信していたが、それでも弾道からそれるように横に一歩動いた。慎重に裸の男に近づくにつれ、目は悪臭のせいで潤《うる》み、胃がむかついた。その銀行強盗の胸と腹にあいた三つの穴から流れ出した血は、今では凝固していた。その男は自分自身の便の上にすわっていたが、そのすわり心地の悪さを気にしているわけではなかった。

テイラーはテーブルに手を伸ばし、裸の男の拳銃の銃口をつかんだ。だが、指を骨折させずに拳銃をもぎ取ることはできなかった。男の首に脈はない。間違いなく死んでいる。そのくそいまいましい拳銃がそれほど大切なら、持たせてやろう。

テイラーは首にそよ風を感じ、さっとうしろを向いた。

シェイがハンカチーフを鼻に当てたまま、ベッドルームのドアロに立っていた。もう一方の手には拳銃を握っていた。近頃は誰でも拳銃を持っているらしい。

「わたし……心配になったのよ」彼女は拳銃を下におろした。「死んでるの？」

「これ以上は死ねないほどにね」テイラーが言った。

「聞こえなかったわ……あなたが……？」

「撃ったのかって？　いや、こいつはしばらく前に撃ち殺されたんだ。もう死後硬直を始めている」彼は彼女に近づいた。「ここから出よう」

「あの化け物がこいつを殺したのにちがいないわ」

「たぶんそうだろう。さあ、行こう。おれに放り出されないうちに」

「あのお金を見てよ」シェイがハンカチーフのむこうから言った。

「ああ。腹に弾をくらったのに、あの女が金をつかむ前に、怖がらせて追っ払うことができた」

「そういうことだったと思うの？」

テイラーがうなずいた。「ここから出よう」

「あの金を残しておくのは、もったいないわ」彼女はベッドルームの中へはいった。ハンカチーフをポケットに押し込んで、束になっていない紙幣を手につかんだ。

紙幣はすみれ色の小さいものをおおっていた。

テイラーは瞬きをしたが、すみれ色の物体は消えなかった。その日の朝テイラーがシェイに贈ったプリンセスだった。

彼女もそれを見た。「ええい、くそっ」彼女は拳銃を彼に向けた。素敵な小型ワルサーだと彼は気づいた。いい選択だ。「あなたのそれを捨てたほうがいいわよ、テイラー」

彼女は金を山の上に放り投げ、彼のベレッタをつかみあげた。そして、それぞれの手に拳銃を持って言った。「中庭で話し合いましょう。ここは少し息苦しくなってきたわ」

シェイはテイラーのあとから中庭に出て、暖かい夜気に触れた。サンバの音楽と偽物の滝のごぼごぼという音がかに聞こえてきた。普通に呼吸をして、鼻の穴から悪臭を取り去ることができて、気持ちが楽になった。

「ひゅう」彼女は肘を使って、スライド・ドアをしめた。「デルがでたらめな男だってことはずっと知ってたけど、これほどとはね」

「何があったんだ、シェイ？　あいつがあのパンク娘と一緒にいるところを見つけたのか？」

「その音楽を消してくれない？」彼女が言った。「今はマンボなんか聞きたくないわ」

彼がオーディオ・プレイヤーのスイッチを見つけるのに、しばらくかかった。

「さあ、すわってよ、テイラー」彼女が言った。「話し合う必要があるわ」

「おれたちがデルの死体のそばにいるところを見つかったら、まずいことになるぞ」

「ここは近くの家からかなり離れてるわ」

「あの漂着ゴミ娘が戻ってくるかもしれない」

「戻ってきてほしくはないわね」彼女が言った。「三人は多すぎるから。すわって」

彼の体重を支えるローン・チェアの脚がデッキをこすった。

「横になってちょうだい」彼女が言った。「そうしたら、あなたが馬鹿げたマッチョな行動を起こさないかしらと心配せずに話せるから」彼女はもう一脚のローン・チェアの縁に腰かけた。「まず、わたしはデルを殺してないわ。あのいかれたアマの仕業にちがいない。あの女が車で帰るところを見たもの」

「きみはデルの女房かい?」

「まさか。わたしたちは少し遊びまわったわ。三年ほど前に、わたしはまだアリゾナのある銀行で低賃金の正直な出納係だった。デルはバーでわたしを引っかけた。あいつはわたしをファックして、二人でその銀行を襲ってやったの。そのあと、ほかの銀行も襲ったわ。一度なんか、わたしは少し賢くなって、あいつがどんな男なのか気づき、男女関係を断《た》ったのよ。世間には命にかかわる病気が多すぎるからね。あいつはアレをアンダーパンツの中にずっとしまっておけないし、コンドームを使おうとしないの。それ以来、わたしたちはただのビジネス・パートナーだった。わたしは銀行で仕事を見つけ、あいつは強盗をした」

「あの漂流ゴミ娘はどう関わってくるんだい?」テイラーが尋ねた。

彼女は肩をすくめた。「わたしの見当では、あいつがきょうあの女を引っかけたのね。これから襲おうという銀行の前であばずれ女を口説くなんて、あいつらしいわ」

「じゃあ、どうしてあの女はあいつを撃ったんだい? 痴情のもつれかい?」

「誰にもわからないわ。もしかしたら、あの女はあのお金を見て、あいつを殺そうとしたけど、失敗したのかも。あいつは自分の銃をつかんで、あの女を追っ払うことができたのかも」

彼は首をかしげて、妙な笑みを浮かべながら、彼女を見ていた。はったりをかまされているんじゃないのかと、彼は疑ってるみたいだわ。デルの体に穴をあけたのはわたしじゃないかと。わたしの顔に何か書いてあるのかしら？　もしかしたら、デルが予想したよりも早くわたしが銀行を出て、クルーカットのあばずれ女が車で帰るところを見たとか書いてあるのかしら？　このいまいましい家は蘭のにおいと、あの二人のセックスのにおいがぷんぷんにおっていたとか。くそったれデルは服を着るときも、シーツを替えることもしなかったとか。

デルがセックスに飽き足りない野郎で、まだ湿っているベッドの上にわたしを押し倒しファックしてから、それまで飲んでいたビールを飲むために中庭に出たことを、テイラーはわたしの顔から読み取れるのかしら？　わたしが自分の服を着て、あのお金とデルの数挺ある拳銃の一つを見つけ、「ベッドルームに戻ってきてよ」と甘い言葉であいつを誘い込んだことを、テイラーはわたしの目から読み取れるのかしら？

デルは気取った表情を浮かべ、アソコを勃起させたまま、中庭のドアロに立っていた。そのとき、彼女は二発撃った。

でも、あの野郎は倒れなかった。あいつはよろよろと彼女のほうへ近づいてきて、彼女は正気を失った。お金を落とし、もう一発撃った。あいつはベッドに倒れ、彼女はそれで最期だと思った。でも、彼女が落ちたお金のほうへ近寄ると、あいつはベッドの上でくるっと転がった。その手には拳銃が握られていた。あいつといつも一緒に眠っている拳銃が。

彼女は現金を持たずに、よろめきながら後ずさり、部屋から走り出すときに、もう一発撃った。

息を切らしたまま、入口ドアの近くで立ちどまり、状況を検討した。あいつは何発撃ったかしら？　三発か、もしかしたら四発かしら？　あいつの体じゅうの血がすべて流れ出すまでどのくらいかかるかしら？

ベッドルームからは何の音も聞こえてこない。中庭のくそったれラジオからの音楽だけが聞こえる。

「ねえ、デル」彼女が呼んだ。「調子はどう？」

「ここへ見に来いよ、ベイビー」

くそっ。あいつの声はそれほど弱々しく聞こえない。だから、何なの？　あいつよりも長く待つことができる。それから、盗んだお金をつかんで、遠くへずらかればいい。でも……デルがカリフォーニアじゅうの銀行の貸金庫に隠してある四十万ドル以上のお金に比べたら、あそこの現金なんかわずかな額だ。おれは金を盗んでるんじゃなく、ただ一つの銀行からほかの銀行へ動かしてるだけだと、あいつは冗談を言ったものだ。彼女はそれらの銀行の場所と、あいつが使ったいろいろな偽名を覚えておく役目を引き受けた。それに、あいつの筆跡をかなりうまく真似ることができる。でも、あいつの代役は務まらない。デルの代役を務めてくれる男が必要だった。

そのとき、テイラーのことを思い出したのだ。

彼がこう尋ねたとき、彼女は少しぎくっとした。「どうしておれのアパートメントへ来たんだよ、シェイ？　おれはここで何をしてるんだ？」

「正直に言うわよ」彼女が言った。「銀行じゃ、あなたは充分に素敵な男性だと思ったけど、わたしにとってはどうでもいいことだった。そして、デルがあなたをコケにした。あんな姿のあなたを、目が見えなくて苦痛を訴えてるあなたを見て、わたしの気持ちは……いいえ、どういう気持ちなのか自分でもわからないわ。でも、何か……別のものを覚えた。親近感を」妙なことだが、彼女は厳密には嘘をついていなかった。

「いいことなのかい？」

「ええ、親密感はね。わたしがずっと失っていたものなの」

「信じやすくなるんだがな」テイラーが言った。「きみがその銃をおろしてくれたら」

彼女は一瞬ためらったが、考えた。ええい、構うもんか。彼が必要だったし、彼の協力が必要だった。彼が彼女を見つめるときの一種の恋に悩む目つきを考慮に入れると、拳銃は必要ないと思った。彼女は二挺の拳銃をデッキの上に置いた。「これでいい？」

「ずっといい」彼は前に屈んで、彼女のワルサーをつかみあげた。銃口のにおいを嗅ぎ、笑みを浮かべた。「悪いが、確かめる必要があったんだ」

「わかってるわ」彼女が言った。彼女が使った拳銃はデルの持っていたたくさんの拳銃の一つで、今頃は峡谷の底に眠っている。彼女はゆっくりと立ちあがった。「もしかしたら、わたしの持ち物を集めてから、少し片づけて、ここを出たほうがいいかもね」

「急ぐことはない。きみが言ったようにね」彼女がすわれるスペースを作るために、彼は脚を動かした。彼女は彼のむかいにすわった。彼の気分をはっきりと読み切れないので、心地悪さを少し感じた。でも、自分の性的魅力を堅く信じていた。デルの隠し財産を回収するのに手を貸してくれるように、彼を誘惑できるものと確信していた。手を彼の腕に置いた。「あのあと……きょう銀行であったあの出来事のあと」彼女が言った。「あなたが元気を取り戻すあいだ、そばにいたかったわ。でも、シルヴィアとあの警備部長が一緒に来るようにと言い張ったのよ」

彼女はやさしく彼の首についた赤い斑点の一つに触れた。彼は目をとじ、彼女の手の感触を楽しんでいるようだった。

「きみが銀行を出てから何があったんだい？」彼が尋ねた。

「ここまで車で来たの」

「デルは生きてたのかい？」

「ええ。パートナーをやめることにしたと話したわ。あいつは喜ばなかった。わたしが荷作りをしてると、あいつはわたしをつかんで、家の前まで引きずって行ったの。わたしを放り出して、二度と戻ってくるなと言ったわ。わたしは自分のものを持っていきたいと言った。あいつは笑った。ドアをばたんとしめて、鍵をかけた。ほかにたいしてすることがないので、わたしは車で走り去ったわ。坂道の下に着くと、あのパンク娘が坂道をのぼるところだった」

「どうしてもっと前にこの話をしなかったんだ？」

「わたしは……自分が強盗に関わってることをあなたに知られなくなかったのよ」それはほんとかしら？　いい嘘はいつもちょっとした真実を秘めているものだ。彼女は彼を失いたくなかった。お金以上のものかしら？　そうかもしれない。「あなたがわたしを放り出すんじゃないかと思った」

「そんなことは絶対にしない」

彼女は彼に体を押しつけ、頭を彼の胸の上に休めた。彼の腕が彼女の肩にまわった。「愛してるわ、テイラー」彼女が言った。「うまくいくかもしれないわ、あなたとわたし」

彼の体がリラックスした。彼は彼女の耳にキスをしようと、手で彼女の髪を脇に寄せた。「きみとおれか」彼がささやいた。

紛れもなく何かが彼女に起こっていた。彼女はもはや彼をだましていなかった。彼を恋し始めていた。もしくは、自分自身をだましていた。

「おれたちのあいだに秘密はいらない」

「秘密はなしよ」彼女は同意した。今は彼が何を言いたいのか知りたかった。

「おれをコケにしたクウェート人のことをきみは訊いたよな」彼が言った。「その話を聞きたいか？」

「あなたが話したいのならね」

「七年前のペルシャ湾でのことだ。おれの最後の軍務期間中だった。夜の八時頃に、地元の可愛い娘がカジマの町の近くで手を振っておれのジープをとめた。ボーイフレンドに腹を立てられ、その道に置き去りにされたんで、クウェート・シティーまでヒッチハイクするはめになったんだ。その女は石油会社で秘書をしていると言った。すべては嘘だった。罠だったんだ」

「何のための罠だったの？」シェイが尋ねた。

「おれの相棒のジェブ・クーリーとおれは、その夜陸軍の倉庫を警備することになっていた。おれとその女が……そのう、女の家にいるあいだ、女の恋人と仲間たちがジェブの頭を鉛管でぶん殴り、倉庫の中のものをすべて盗み出した。武器とか医薬品ほど重要なものじゃない。ウィスキーやワイン、ビール、コカ・コーラ、マカダミアン・ナッツの小さな袋とかいうような、どうでもいいものだが、そのあたりの間に合わせの士官クラブに配達することになっていた。十万ドル強相当の酒とスナックだが、クウェートの闇市場ではその三倍の値打ちがあった」

「あなたは厄介なことになったんでしょうね」

「いや。タイアがパンクしたんだと、おれはみんなに言った。もちろん、みんなは疑って、しばらくおれを責めやがったが、おれは実際に強盗にかかわっていないので、何の証拠も見つからなかった。それでも、疑惑は残っていた。おれと兄弟みたいに親しかったジェブは新しい相棒を求めた。それでおれの軍隊でのキャリアはおしまいになった」

「どうしてほんとの泥棒たちをつかまえようとはしなかったの?」彼女が尋ねた。

彼は残念そうな笑みを浮かべた。「それがこの話の素晴らしいところなんだ。もしおれが盗みを企てたクウェート人を当局に突き出せば、おれと女の話が知られてしまう。盗みの件では非難を逃れられるが、職務怠慢の咎《とが》めを受けただろう。嘘をつきとおすことで、おれは少なくとも名誉除隊になり、軍人年金をもらうことができたんだ」

「それで、強盗を働いた男は無事に逃げおおせたわけね」

「少し違うな」テイラーが言った。「おれはそいつを見つけ、自分の腕が動かなくなるまで、拳銃の台尻で殴ってやった。そいつは意識をずっと取り戻さなかった」

「殺したの?」彼女はショックを受けたようだ。

「当然の報いだとは思わないかい? そいつはおれの名誉と自尊心を奪い、おれが気に入っていた唯一の仕事をやめさせたんだ」

「ああ、ハニー」彼女は彼を抱きしめた。そのとき、ある疑問が頭に閃いた。考えずに、彼女の口が動いた。「どうなったの、そのおん——」彼女はそこで口をつぐんだ。

だが、もう遅かった。「その女か?」彼が尋ねた。「その女はどうなったのかって?」

「そう。その女にまた会ったの?」

「もう一度な」彼が言った。「あの男については——おれが拳銃で殴り殺したやつについては——個人的な恨みはなかった。おれはそいつの企みにとって邪魔だったから、そいつはおれを脇にどかした。だが、あの女は——べらぼうに個人的なものにした。ほかに仕方がなかった。そうするしかなかったんだ」

シェイは顔をしかめていた。知りたくはなかったが、気がつくと、こう尋ねていた。「その女に何をしたの?」

「するべきことだ」テイラーが言った。「こうしたんだ」

そして、彼女のワルサーを彼女の引き締まった腹に向けた。

　彼が引き金を絞る前に、彼女はなんとか口に出した。

「そんな」

　テイラーはシェイの死体を椅子にすわらせた。キスをしたとき、彼女の頬はまだ暖かかった。彼は涙を押しぬぐった。そして、ワルサーをぬぐった。オーディオ・プレイヤーのスイッチもぬぐった。あの銀髪の化け物が強盗と彼の侮辱に関わっていないことを喜んだ。人の命を奪っても楽しくはない。

　彼は立ちどまって、シェイに最後の一瞥をくれた。「きみとおれか」

　不快なベッドルームにもう一度はいり、シェイのワルサーを乱れたキングサイズ・ベッドの上に放り投げた。息をとめたまま、デルの拳銃の銃身から自分の指紋をぬぐった。

　ドアのほうへ向かう途中、現金の山を見て、足をとめた。三万五千ドル以上ある。かなりの額の拾得金だ。だが、盗まれた金だ。汚れている。名誉と高潔さを自慢する男をそそのかすことはなかった。

　テイラーは屈んで、紙幣のあいだにある枯れたすみれ色の花をつかみあげた。そして、それだけを持ち去った。ラミネート加工をしてもらおうと思った。札入れの中に携帯しよう。赤い着色剤と火傷《やけど》が消えても、シェイを思い出すための形見になるだろう。

五等勲爵士の怪事件
The Incident of the Impecunious Chevalier

リチャード・A・ルポフ　関麻衣子訳

リチャード・A・ルポフ（Richard A. Lupoff）は、一九三五年生まれ。ミステリ、SF、ホラー、ファンタジイ、文芸といった多様なジャンルで五十作以上の作品を発表してきた。わが国では『神の剣 悪魔の剣』（一九七六年／創元推理文庫）や『コミックブック・キラー』（一九八八年／ハヤカワ・ノヴェルズ）などが邦訳されている。名探偵の元祖オーギュスト・デュパンを主演させた本作は、ホームズ・パスティシュのアンソロジー *My Sherlock Holmes* に収録された。

私は昔ながらの石油ランプのもとで本を読んでいて、いまだに最新式のガス灯を取りつけることができずにいる。そのことに気づいたのは、街なかをそぞろ歩いているときに、レボン氏の発明したガス灯を目にしたからだった。なかでも、ヴェルスバッハ氏の考案によるトリウムとセリウムを使った発光体《マントル》を改良したものは、華やかなまばゆい光で私の心を魅了した。しかし、こう懐が寒くては、住まいの設備を新しくすることなどは諦めざるを得なかった。

だが、今宵、乾いた流木の上で小さな炎が踊る暖炉のかたわらにすわり、灯りのもとで膝の上に本を拡げて、私は心からくつろいでいた。年寄りの愉しみはほんのささやかなもので、やがて人生の苦難から解き放たれてこの世を去る身なら、これ以上は何も望むことはない。眸《ひとみ》を永遠に閉じる刹那に、主はいかなる宿命を与えたまうのか。ただ思いを巡らせて待つばかりである。司祭らは、最後の審判の日がやって来ると声高に叫ぶ。神智学者らは、万物は何者も業《カルマ》から逃れることはできないと説く。私にとっては、世界はそれほど広大なものではなく、パリという都邑《とゆう》においてそこに住む人々に取り囲まれて暮らすだけだった。

とつぜん、扉を叩く大きな音が響き、身体がびくりと動いた。意識は本の頁から離れ、心は哲学的な物思いから覚めた。本から手を離し、目を見ひらき、思わずうめき声を漏らした。

やっとの思いで立ちあがり、暗く冷たい部屋を横切って、訪問者を出迎えに行く。扉の脇に立ち、昼は通りからの視線を、夜はパリの冬の冷たい湿気を遮るためのカーテンをあける。扉の外にはひとりの小僧が立っていた。伸び放題の髪に、頭には帽子を妙な角度で被り、片方の手に紙くずのようなものを握り、もう一方の手で扉をやかましく叩きつづけている。

私は無頼漢の襲撃にそなえて扉の脇に置いてある鉄の棒をつかんだ。扉の掛け金には鎖をつけてあり、わずかな隙間しかあかないようになっている。掛け金と鎖を外し、扉をもう少しあけて顔を外に出す。

戸口に立っている小僧は十歳にも満たないように見える。ぼろを身にまとい、顔は薄汚れている。通りの薄暗い灯りが映る小僧の目を見てみると、どうにも怪しい感じがする。しばらくの間、私も小僧も黙ったまま、扉の隙間から相手の様子をうかがった。ようやく、なにゆえ物思いのひとときを妨げるのかと私は問うた。小僧はそれには答えず、私の名前を口にした。

「そうだ、私だ。まちがいない。もう一度訊くが、なんの用で訪ねてきたんだね」

「伝言をことづかりました」

「誰から?」

「名前は聞いていません」

「伝言の内容は?」

小僧は手に握ったものを差しだした。見れば、それは折りたたんで封蠟が施された手紙で、しわくちゃになり、薄汚れていた。もしかしたら、小僧があたりの溝に落ちていた手紙を拾ってきて、駄賃を騙し取ろうとしているのかもしれないと訝ったが、思い直した。このような浮浪児が私の名前を知りうるはずはないからだ。

「おいら、字が読めないんです。その旦那にこれを渡されて、ここまでの行き方を教えられました。数字はちょっとは読めるから、なんとかたどり着けたんです」

「よかろう。手紙をもらおうか」

「駄賃をいただかないと渡せません」

いささか困惑をおぼえたが、小僧が務めを果たしたのは確かなので、払ってやることにした。伝言をことづけた謎の紳士も駄賃を払ったのかもしれないが、そこまでは私にもわからない。その場で待つように小僧に申しつけてから、扉を閉めて部屋へ戻り、わずかな所持金のなかから硬貨を数枚取りだした。

それから戸口へと戻り、硬貨を渡して手紙を受けとってから、小僧を去らせた。暖炉と石油ランプがほのかに照らす部屋へと戻りながら、封を破り、便箋を拡げてみると、揺れる灯りのなかに見えたのは、なじみ深い、しかし久しく見ていない筆跡だった。短くぶっきらぼうな言葉も相変わらずだった。

〝いますぐ来訪願う。急を要する〟

たった一文字、〝D〟という署名が入っている。

私はあとずさりをして、古い椅子に腰を下ろした。その椅子の上で数十年にわたって、私は安らぎの時間を過ごし、隠遁生活を送っていた。身につけているのは、室内履きにゆったりとした寝巻き、寝帽だった。質素な夕食をすませ、一時間ばかり読書をしてから小さな寝台で眠りにつくはずだったのだが、そうはしなかった。私は立ちあがり、戸外の寒さにそなえて身支度をはじめた。ふたたび所持金をかきまわし、ひとにぎりの硬貨を手に取る。すぐに私は部屋をあとにし、玄関の扉を閉めて鍵をかけ、軒先の石段に足を踏みだした。

手紙に住所は書かれておらず、あたりには迎えの者の姿もない。つまり、私の旧友は、はるか昔に私と共に暮らした館にいまも住んでいるということだ。

歩いて行くには遠すぎたので、通りかかった馬車を呼びとめて、御者に行き先を告げた。怪訝な顔をされたので、もう一度、郭外《フォブール》サン・ジェルマン、デュノ街三十三番地と告げた。御者に運賃を支払うと、ようやく鞭がふるわれた。

夜も更けていたので、酩酊した道楽者どもも帰路についたようだった。静まりかえった街には、ときおり彼方で怒鳴り声や煩悶のうめき声らしきものが響くばかりである。

馬車が停まると、私は降りて通りに立った。目の前には、友と私が長きにわたって暮らしていた石造りの古い館がある。しばし、それを眺めて立ちつくした。背後にいた御者は、これほど辺鄙な場所に来るのが奇異に思われたのか、何かぶつぶつとつぶやいている。やがて鞭をふるい、蹄の音と木の車軸がきしむ音を響かせながら、三十三番地をあとにして石畳の道を走り去っていった。

館の窓の向こうに灯りが見えた。人影を探してみるが、見えなかった。やがて、灯りが近づいてきたので、誰かが玄関へと向かっているのがわかった。私も急いでそこへ近づく。閂《かんぬき》を引く音が聞こえ、扉が大きくひらかれた。

目の前に、私の旧友であり、かつての偉大なる諮問探偵でもある、五等勲爵士C・オーギュスト・デュパンがあらわれた。鋭い顔つきと鍛えあげられた肉体の持ち主だったのだが、長い年月を経てその姿は大きく変わり、私は戸惑いを禁じえなかった。デュパンは老いていた。身体の肉はたるんで骨から垂れ下がっている。見おぼえのある古めかしい黒の色眼鏡が手で押しあげられると、そこからのぞいた目は、かつての鋭さを失って濁りつつある。鋼鉄の棒のごとく頑丈だった腕は、弱々しく震えている。

「呆けたように突っ立っていないで、入りたまえ。入り口がわからないわけでもあるまい」

デュパンがそう言って踵を返したので、私は館に足を踏みいれた。ふたりの絆が強かったころには、ここはかけがえのない住まいだった。デュパンは昔と同じように、むっつりと黙りこんで先を歩いている。私は背後で扉を閉め、重い鋼鉄製の閂《かんぬき》に手をかけた。昔、デュパンの身を滅ぼそうとしていた数々の敵のことが頭に浮かんだのだ。だが、そんな輩がまだ生きているとは考えにくいし、危害を加えるほどの力が残っているとも思えない。デュパンに言わせれば「そのような可能性は皆無」なのだろうが、ともかく私は閂をかけた。

デュパンは書斎へと私を案内した。ほどなく、数十年の時が戻ったような錯覚をおぼえた。デュパンは若かりしころの活力を取りもどし、私もかつての熱意を取りもどしたように思えた。黴臭い本を手に、毎日のように身体をあずけていた長椅子も変わらずにある。そこに私が腰を下ろすのを待たずに、デュパンは自身のお気に入りの椅子にどさりとすわりこんだ。椅子の肘掛けに、ひらいた本が頁を下にして置かれている。デュパンはそれを手に取った。

「これを知っているかね」デュパンは不機嫌な声で言い、本を振りかざした。

私は身を乗りだし、薄暗がりのなかで目をこらした。

「知らないな。新しい本のようだが、近ごろは稀覯本の類を好んで読んでいるので、よくわからない」

「そうかい。思ったとおりだ。では、これがいかなる本か教えよう。もともとは英語で書かれた本で、私が読んだのは仏語に翻訳されたものだ。書名は *Une Étude en Écarlate* といってね。何章かに分けて書かれている。そのなかで、大胆にも〝推理の科学〟と表題のつけられた章をこれから読むとしよう」

ひとたびこうと決めたらデュパンは決して止まらないので、私は長椅子に腰かけることにした。心地よい部屋で旧友とともに時を過ごせるのであれば、それも悪くない。

「著者の前口上は割愛しよう。特に肝心なところだけ抜粋して読むことにする。しっかり聞いてくれよ。〝ぼくの考えでは、デュパンの能力はたいしたことはない。十五分ものあいだ黙りこんでから、友の考えを遮って自論を述べるというやり方は、いかにもわざとらしい。少々の分析能力があることにまちがいはないが、ポオとかいう作家が考えるほどの天才とはとても思えない〟」

デュパンは憤懣やる方なげに薄い本を放り投げた。それは書棚に当たり、頁がぱらぱらとめくれて床に落ちた。ポオというのは、デュパンと私のもとを幾度か訪れた米国人作家の名前で、デュパンが解いた謎を小説として出版した者だ。ささやかながら、私自身もデュパンの力になれた証だと誇りに思っている。

「君はこれをどう思うかね」デュパンは訊いた。

「ひじょうに悪意に満ちている。こんな書き方では誤解を招きかねない。確かに、思いかえせば――」

「友よ、そのとおりだ。思いかえせば、君の思索を破ってまで、君の考えていることを言い当ててみせたことは確かにあった」

「そう、確かにあった。たったいま君がしたように」そう言ってから間を置いたが、何も言葉は返ってこないので、私は話を続けた。「誰がこのくだらない批評を書いたんだろう」

「著者の名前なんかどうでもいいさ。それよりも、この文章を実際に口にした人物が問題なんだ」

「じゃあ、その人物とは一体誰なんだい」

デュパンは天井を見あげた。そこにはすきま風で吹きあげられた暖炉の煙が、不吉に渦を巻いている。「その男と出会ったのは数年前のことだ。君がこの館を去ってからだいぶあとのことだよ。そのころ、私は探偵業から退いて何年も経っていた。私の評判はそれよりも以前に海を越え、英国にまで伝わっていた」

デュパンは語りの旅に発とうとしている。私は最後までじっくりと話を聞くために、長椅子にいっそう深く身を沈めた。デュパンは語りはじめた。

あのころ、我が国は動乱のさなかにあった。街のどこの角にも危険が潜み、郵便などの日常業務すら滞ることも珍しくなかった。そんな状況のなかで、海峡の向こうからの手紙を受けとったとなれば、興味を惹かれたことは言うまでもないだろう。

手紙の主は若い男で、私の功績をたたえ、推理の手法を学ばせてほしいと記していた。それを生かして、自国で実績を積み、自らの評判を高めようと考えているという。当時、そういった類の手紙は山ほど届いており、私は一様に同じ返事を書いていた。すなわち、推理学は観察と推論にのみ重きを置いているのであり、男女を問わず並みの頭がある者なら、備わっている能力を最大限に使えば私と同じ手柄を立てられるはずである、ということだ。しかし、この男は自分が依頼を受けたある件について書き記しており、それを読むと、私の好奇心は否応なくかき立てられることになった。

おや、その顔はどうやら、君もこの話の顛末が気になるようだな。では、先を話して聞かせよう。

手紙には、宝石と黄金からなる途方もない価値の財宝について書かれていた。伝説上では三世紀まえに失われたことになっていたが、手紙の主はそれがいまでも実在すると信じていた。それもこの国に、いや、もっと言えばパリの郊外にあるというのだ。見つけだすことができれば、莫大な富を手にすることができるらしい。その上、探しだすために力を貸してくれたら、私にもその分け前をくれるというのである。

ご存じのとおり、私は名家の出でありながら、長らく貧しさにあえいできた。だから、先祖が失った富をふたたび手にできるという考えに惹かれた。手紙の男は詳細を記していないので、私は財宝についてさらなる情報を求める旨を書き送ったが、それ以上の有益な情報は得られなかった。ほどなく、私は男を招くことにした。そう、この館に招くことにしたのだ。男が変わり者であることは最初から明らかだった。今日、君がやって来た時間と同じくらい、遅い時間に訪ねてきたのだ。満月の前夜のことだった。空気は澄みわたり、空には月と満天の星が浮かび、真昼に近いほどの明るさであたりを照らしていた。

男は君がいま座っているところへ腰を下ろした。いやいや、立ちあがって長椅子をあらためる必要はないよ。君は相変わらず愉快な男だ。古い長椅子からわかることなど何もないさ。

男は年若い英国人だった。長身で筋肉質の身体に、鷹のように鋭い顔立ちをしており、際立った観察眼を持っているように見えた。服には煙草の臭いがしみついていた。だが、落ちくぼんだ目を見ると、煙草以上に依存性の強いものを摂っているようにも見えた。立ち居ふるまいを見ると、拳闘の心得があるように思えた。また、ほかにも東洋の謎めいた格闘技を身につけているようだ。ちなみにそれは、近年、パリやベルリン、ロンドンで広まっており、はるか遠くの米国メリーランド州のボルティモアにすら伝わっているらしい。

その英国人が非凡な才能の持ち主であることはすぐにわかった。いずれは私に負けるとも劣らぬほどの卓越した推理力を発揮するであろう。我々は互いの国の政治や、国境や海峡を越えて増え続ける犯罪、両国で発展している科学と文学などについて語りあった。私はまじまじと見つめられ、値踏みされているようだった。私も同じように相手を見ていた。

その英国人のひととなりは十分につかめたが、ここへ訪ねてきた理由であるはずの用件がなかなか持ち出されないので、次第にいらだちがつのっていった。とうとう私は、一時間ものあいだお喋りをしただけで、どのような事件に助言を必要としているのか話す気がないのなら、館から立ち去ってほしいと言った。すると英国人は答えた。

「わかりました、お話しいたしましょう。私が探しているもの、それは鳥なのです」

それを聞いて、私はつい吹きだしてしまった。しかし、英国人の真摯な顔つきを見て、すぐに笑いを引っこめた。

「まさか、君は雷鳥や七面鳥を見つけるために、危険を冒して荒れ狂う海峡を越えてやって来たとでも言うのかね」私は言った。

「そのような鳥ではありません。私が探しているのは黒い鳥なのです。文学にも様々なかたちで出てくる鳥で、鴉《からす》にも似ていますが、実際は鷹の姿にいちばんよく似ています」

「鷹の羽は黒くはないぞ」

「おおせのとおり、鷹の羽は黒くはありません。この鷹には羽毛が生えておらず、それでいて黄金色をしているのです」

「私を馬鹿にしているのかね」少々腹が立ってきた。

「なぜそんなことをおっしゃるのです」英国人は大きく目を見ひらいた。

「訪ねて来たかと思えば、君の言うことはまるで子供相手の謎かけではないか。羽毛が生えておらず、黒いけれども黄金の鷹だとは。要点をはっきりと話せないのであれば、出て行ってもらおう。さっさと故郷に帰るがいい」

英国人は片手を挙げて謝罪の意をあらわした。

「気分を害されたのでしたら、申し訳ありません。これは謎かけではないのです。どうか、もう少しお付きあいください。これから、私の探している奇妙な鳥の素性と歴史をつまびらかにいたしましょう」

私はとりあえず話を聞くことにした。

「それは鷹の彫像なのです。ロードス騎士団の団長であるヴィリエ・ド・リラダンが、腕利きの金物工と宝石職人とトルコ人の奴隷に作らせたものです。一五三〇年に作られ、ロードス島から船でスペインへ運ばれ、神聖ローマ帝国皇帝であるカール五世に贈呈されました。彫像の高さは、大人の手首から肘までの長さと同じほどです。鷹の立ち姿なのですが、確かに鴉《からす》にも似ています。純金製で、色とりどりの最高級の宝石がちりばめられています。当時でさえ、その価値は莫大なものでした。いまでしたら、とても値がつけられないでしょう」

そこで言葉が途切れ、英国人の目が部屋を一巡した。黄金色の体、エメラルドの目、ルビーの爪をした鷹の姿を思い浮かべているのだろうか。私は英国人がふたたび語りだすのを待った。

ところが英国人は語ることをせず、跳ねるように立ちあがり、部屋をせわしなく行きつ戻りつしはじめた。奇妙な行動だが、いかにもそんな振る舞いをしそうな男ではあった。なにゆえ態度を一変させるのかと私が訊ねると、英国人は振りかえった。その表情は驚くほど変わっていた。顔の筋肉は引きつり、ひらいた口からは白い歯がのぞき、目は野生の豹のようにぎらついていた。

「いますぐ薬屋に行かなくてはなりません」英国人は声を張りあげた。

「何をそんなに急いでいるのだね。薬屋なら、ここから歩いてすぐのところに、たいへん評判のいい店がある。それにしても、つい先ほどまで貴重な鷹についてじっくりと聞かせてもらっていたというのに、いきなり薬屋に行きたいとはどういうことだ」

「なんでもありません。すぐに落ち着きます」英国人の様子はなんとも奇妙だった。

英国人はふたたび椅子に腰を下ろすと、落ちくぼんだ目を両手で強く押さえ、深く息を吸いこんだ。

「話をつづけるかね」私は訊いた。

「ええ。ですが、葡萄酒を一杯いただけないでしょうか」

私は立ちあがり、棚から埃に覆われた葡萄酒の罎を取った。持っているなかで二番目に高級なものだ。君も知っているとおり、昔もいまも、召使いや下働きの者を雇わずに自ら家事を行うのが私の性には合っている。葡萄酒を注いでやると、英国人は水でも飲むかのように一息で飲み干し、またグラスを差しだした。私が二杯目を注ぐと、英国人はしばらくグラスを眺め、ひと口飲んでから、近くのテーブルに置いた。

「話をつづけたいかね」

「ええ、お許しいただければ。急に取り乱したりして申しわけありません。実はあまり体調がすぐれないのです」

「何か入り用なら、薬剤師のコンスタンティニディス氏の店へ行くといいだろう。あそこには、あらゆる病気に対する特効薬がそろっている。もう遅い時間だから、店じまいして家に戻っているだろうが、なんなら呼びだしてやってもいいよ」

「どうもありがとうございます。でも、もう大丈夫です。お心遣いに感謝します」そう言って、考えをまとめるかのような間をおいてから、英国人はふたたび語りはじめた。「黄金の鷹がたどった軌跡をすべてお話しすると、時間がいくらあっても足りませんので、やめておきましょう。つまるところ、近年その鷹は、スペインのカルリスタ戦争のさなかにカルロス党員らの手に渡ったのです」

それを聞いて、私はうなずいた。「王位継承戦争にはうんざりさせられるよ。でも、ああいった争いごとはいつの世にも絶えることがない。バスク地方の民を率いるマロト将軍が、あれだけ長きに渡って不屈の闘志を見せたにもかかわらず、しまいには譲歩したとは驚きだね」

「さすが、よくぞご存じで。バスク地方のカルロス党員はあのような運命をたどりました。すでにご承知かとは思いますが、それでもラモン・カブレラ将軍はカタロニアで戦闘を続けてきたのです」

「だが、やはり苦境に立たされている」

「そのとおりです。イサベル二世陛下は、父であるフェルナンド七世に王位継承権を与えられて以来、ここにきてようやく実権を握ろうとしています。ところで、こんな話は退屈ではありませんか」

「いや、むしろ好奇心をかき立てられているよ。君はロンドンからはるばるやって来て、伝説の鷹の遍歴からスペインの王位継承戦争へと話を転じて終わらせるわけではあるまい。そのふたつはどう関わっているのだね。そこが焦点なんだろう。そろそろ本題に入ってもいいのではないかね」

「ごもっともです」英国人は一礼した。「ここフランスに、ドン・カルロスの支持者が存在することは周知のとおりです。しかし、カブレラ将軍が使者に負わせた危険な任務のことは、ほとんど知られていません。険しいピレネー山脈を越えて、フランスに住む支持者の屋敷に鷹を運びこませたのです。その支持者とは、ラニー公爵にほかなりません」

「ラニー公爵ならよく知っている。光栄にも、ご本人にも夫人にも紹介していただく機会があった。あの屋敷の立派なたたずまいも印象深かった。しかし、公爵がカルロス党の支持者だったとは、まったく知らなかった」

「それは驚くに値しませんよ。公爵は秘密主義者として知られています」

英国人はそこで葡萄酒をひと口飲んだ。

「黄金の鷹は、正統な王の象徴であり証でもありました。カルロス党の大敗を予感したカブレラ将軍は、イサベル二世とその支持者の手に鷹が落ちるよりも、ラニー公爵に託すことを望んだのです」

「つまり君は、ラニー公爵の屋敷から鷹を取りもどすのに、手を貸せというのかい」

「そうです。あなたに助力を求めるよう命じられました」

「ということは、君はイサベル二世に雇われているのかね」

「雇い主の名は明かすことはできません」英国人は立ちあがった。「この国の田園地帯ともなると、地理も文化も私にはよくわかりません。ですから、あなたが力を貸してくだされば、報酬として鷹の値段の何割かにあたる金額をお支払いします」

「私が公爵の屋敷まで君に付き添って、そこにある伝説の鷹を君とともに受けとるというわけだね。公爵がすんなりと手放すだろうか」

「その点は大丈夫です。公爵は、私の雇い主の身元を明かす証拠を見れば、喜んで鷹を差しだしますよ」

「そんな証拠を君は持っているのかね」

「ええ、持っていますとも。ですから、絶対に鷹が手に入ると請けあえるんです」

報酬という魅力にはあらがえなかったし、たったいま聞いた夢想的な物語に惹かれたこともあって、私はラニーまで同行することに決めた。先ほども言ったように、英国人が着いたのは常識はずれなほど遅い時間で、おまけにその雄弁な語りを聞くうちに数時間が過ぎ、ようやくこの同意にいたったころには朝も近いものと思われた。

私はその場を辞して、表に近い居間に行った。窓のカーテンをあけると、やはり思ったとおりだった。空は白みはじめ、朝が訪れつつある。なぜか、いつもの習慣を忘れて明るい時間に出かけたくなり、私は英国人をともなって外へ出て、玄関の扉を閉めて鍵をかけた。それから歩いてコンステンティニディスの店に行った。そこで英国人は、とある薬を買いもとめ、自ら静脈注射を行なった。

私は興奮剤や鎮静剤が人体に与える効果を知らないわけではないが、それでも、やつれていた英国人がみるみる活力を取りもどしていく様を見ると、驚かずにはいられなかった。またたく間に陰鬱な雰囲気は消え、顔つきはそれまでよりも、ずっと明るく親しみやすくなった。英国人はコンステンティニディスにたっぷりと上乗せした代金を払い、私のほうを振りかえると、ラニーへ発とうと言った。

旅はそれほど骨の折れるものではなかった。貸し馬車をつかまえて、ラニー村までの運賃を御者に掛けあって決め、英国人が支払いをしてから、パリから東に向かって出発した。一度だけ、とある宿屋で馬車を停めた。そこで英国人と私は御者とともに、挽肉料理とチーズと葡萄酒の食事を取った。そしてふたたび出発した。

ラニー村に近づくうちに、太陽は我々の背後で沈みつつあった。村を抜けてからは、昔の記憶を頼りに、公爵の屋敷までどうにか道案内をした。それは古めかしいゴシック様式で、高くそびえる大きな建造物だった。屋敷に近づくと、夕日が小さな炎のように壁を照らしている。私と英国人は馬車を降りると、御者には村へ戻って明朝迎えにくるように申しつけた。

「旦那がた、めしと寝泊りの金はどなたが払ってくれるんでしょう?」御者が言った。不躾ながら、陽気で憎めない男だ。

「もちろん我々が払うとも」英国人はそう答え、ひとにぎりの硬貨を御者席へと差しだした。御者はそれを受けとり、鞭をふるって去って行った。

ラニー公爵邸からは、年月と退廃が滲みでているように見えた。立ちつくして正面口を眺めていると、英国人がこちらを向いて言った。

「耳をすましてごらん」

唐突な馴れ馴れしい言葉に、気分を害してもよかったのだろうが、そうはせず、質問に取りあうことにした。私は耳をそばだて、屋敷から何か音が聞こえてくるのを待った。

「何も聞こえない」私は言った。

「おっしゃるとおりです」英国人は声高に言った。

「どうしてそんなことを聞くんだい」

「この夕暮れどきなら、何かしら生活音が聞こえてきてもおかしくはないでしょう。厩《うまや》にいる馬のいななきや、使用人たちがかけあう声、あるいは酒盛りの騒ぎなどが聞こえてきてもいいはずです。でも、まったく聞こえません。なんの音も聞こえません。すべてが死に絶えたような、不気味な静けさだと思いませんか」

そのときばかりは、英国人に一歩出しぬかれたことを認めざるを得なかった。だが、私が師匠で英国人は教えを乞う弟子であることに変わりはない。英国人は、私を出しぬいたことを喜ぶ素振りは見せずに、ただ黙っていた。私もあえて何も言わなかった。

我々は腕を取りあい、屋敷の玄関口へと続く小道を歩いた。英国人は持っていた流行の杖を振りあげ、大きな木製の扉を力強く叩いた。使用人が迎えに出てくる気配はまったくなく、驚いたことに、叩いたせいで扉がゆっくりとひらいた。我々は、屋敷の玄関の間に拡がる石造りの床に足を踏みいれた。ひとの姿は見当たらないが、しばらくすると、まがうことなき死臭が鼻をついた。我々は無言で目を見あわせ、それぞれハンカチーフを取りだし、鼻と口を覆って頭のうしろで結んだ。帽子を被って顔を隠した英国人の姿は、まるで盗人だった。だが、私も同じく怪しげな姿をしているにちがいない。

最初に目にしたのは、仕着せを着た従僕の死体だった。屋敷内に殺人者が息をひそめているかもしれないので、私は英国人に注意を呼びかけてから、従僕の死体をかがみこんで見た。死臭もさることながら、その身体のありさまを見れば、死んでいるのは一目瞭然だ。後ろから殴られたために、うつぶせに倒れ、後頭部はひしゃげている。そこから流れでた血だまりには虫がうごめいている。

死臭から逃れるように一度顔をそらし、きれいな空気を吸ってから、手がかりを求めて着衣を探ってみたが、何も見つからなかった。

屋敷内を歩いていくと、家政婦や料理人、洗濯婦、そしてこの屋敷の執事らしい初老の男の死体が次々と見つかった。いったいどういうことなのだろう。そして、屋敷の主《あるじ》である公爵はどこにいるのだろう。

屋敷の裏手にある厩で、数人の馬丁の死体に囲まれて、公爵の死体が横たわっていた。何度かお会いした、温かい人柄の高貴な方が、見るも無残な姿に変わりはてている。手ひどい拷問を受けたのは明らかだった。両手は後ろで縛られていて、顔はところどころ色が変わっており、焼きごてを押しつけられたことをうかがわせる。例の黄金の鷹のありかを聞きだすためであることは、容易に想像できる。身体にもおびただしい数の焼きごての痕がある。腹は真一文字に切り裂かれて内臓が露出し、それが致命傷となったことは明らかだった。あたりは血の海になっている。

公爵夫人も似たような扱いを受けていた。そのむごたらしい仕打ちをここで述べることは控えておこう。夫人の繊細な身体が早くに力尽き、たとえわずかでも公爵ほどは苦しまずに、死の慈悲深い懐に抱かれたことを願うほかない。

馬や犬も、屋敷の住人と同じように惨殺され、あちこちに転がっていた。

「カブレラ将軍とその一派の仕業だろうか」私は言った。

「いえ、イサベル二世の手下ではないかと思います。殺された人々と家畜はたいへん気の毒ですが、いま考えるべきことは鷹のありかです」

英国人は死体を次から次へと、家畜の解剖を見学する医学生のように見てまわっている。

「見たところ、鷹のありかは漏れなかったようですね」しばらくしてから英国人は口をひらいた。

「公爵は拷問を受け、最初に殺されました。なぜなら、高貴な方が、夫人にあのような仕打ちを許すはずがないからです。夫人も、鷹のありかはご存じではなかったのでしょう。公爵が殺されてしまったら口を割ってもかまわないのに、そうはできなかったのでしょうね。もしかしたら、夫人は賊の姿を見たのですから、夫を殺された復讐を果たすために、なんとか生き延びようと試みたのかもしれません」

なんとも驚いたことに、英国人はこれだけの死体を前にして、冷酷なまでの平常心を保っている。これが、そもそも冷淡だと言われる英国人の気質なのだろうか。あるいは、たとえいくばくかの哀れみや憤怒を感じていても、隠しているだけなのだろうか。ともあれ、気にするのはやめることにした。明日、御者が戻って来てから、ラニー村長に事件のことを報告すればいい。この血も涙もない人殺しどもは、捕らえられて裁きを受け、断頭台の下に消えてしまえばいい。しかし、英国人の言うとおり、我々がここに赴いたのは、例の鷹を探しだすためにほかならなかった。

ここにあるのならば、探しだして手に入れてみせよう。

「黄金の鷹を探すとしよう。誰の目にも留まるほど、きらびやかな姿をしているのだろう」私は言った。

「いや、そうではありません。その鷹について、実はあなたにひとつだけお話ししていない歴史上の出来事があるのです」

それはなんなのかと訊ねたが、英国人はすぐには答えずに語りだした。

「鷹の姿ですが、さきほどは黄金でありながら黒くもあるとお話ししました」

「確かに。だが、おかしな話だと言っただろう。そこを納得させてほしいんだ。いまが一番いい機会だと思うがね」

「わかりました。その鷹は、捕らえられて奴隷となったトルコ人の職人につくらせたものです。純金製で高価な宝石がちりばめられているので、いつ盗人に狙われるかわかりません。そのため、正確な日付はわかりませんが、鷹は黒いタールのような塗料に厚く塗られてしまいました。いまは、鷹の姿に彫りあげた黒檀の彫像に見えることでしょう」

「なぜ、それがいまでもこの屋敷にあると思うんだね。公爵と夫人が鷹の隠し場所を漏らさずに死んだとしても、賊が屋敷じゅうをあさって見つけだしたかもしれないだろう。まわりを見てみたまえ。死体が転がっているばかりでなく、ずいぶん室内が荒らされているではないか。とことん探しまわったということだよ。それに、どうして君は鷹のありかを知らないのかね。君の雇い主が教えてはくれなかったのかい」

「私の雇い主も知らないのです。隠し場所を決められたのは公爵ご自身です。それも、鷹を送り届けた使いが去ったあとのことです」

「やはり、鷹は奪われたと考えるべきではないかね」

「そんなはずはありません」英国人はかぶりを振った。

「いまが冬だということを考えても、この死体の状態なら、犯行は四日以上まえのものだと思います。そのころ私はまだロンドンにいました。鷹が盗まれれば知らせが来ることになっていました。ですから、賊はこんな恐ろしい殺戮のすえ、収穫を得られなかったということです。鷹はこの屋敷にあると考えてまちがいありません。問題はどこにあるかです」

「わかった。それでは考えてみよう。我々が見たところ、屋敷のなかと厩などの外の建物はひどく荒らされていた。家具は壊され、絵画や掛け布は壁から引き剝がされていた。公爵の図書室もひどいありさまで、貴重な古文書や稀覯本が引き裂かれ、紙くずと化していた。古代の甲冑も、台から引き倒されてばらばらになっていた。賊はかなり荒っぽい輩だが、その徹底ぶりはすさまじく、一箇所の見落としもしていないと見える」

そこで私はひと呼吸置き、英国人が自説を述べるのを待ったが、なんの言葉も返ってこない。目をこらしてみると、英国人はひどく汗をかき、痙攣を起こしているかのように、しきりに拳を握ったりひらいたりしている。私はふたたび口をひらいた。

「鷹がこの敷地内にあり、かつ屋敷内や外の建物にないとすれば、論理によってその場所を探るしかあるまい。考えてみたまえ。鷹のありうる場所の多くは除くことができた。

となると、残る場所にこそ、謎を解く鍵があるにちがいない。さあ、この推理の先をつづけて話してみたまえ」

痙攣らしきものがおさまり、英国人は落ちついていた。懐から布を取りだし、額の汗をぬぐう。どうやら、私の推理に異論はなさそうに見える。

「私には、推理の先が思いつきません」英国人が言った。

「それは残念だ。まあよい。ついて来たまえ」

屋敷の玄関口まで戻り、外へ出て石畳へと足を踏みだした。さらに、露に濡れて青々とした芝生に足跡を残しながら歩いた。満月が昇り、ラニー公爵邸から見あげる夜空は都会のそれよりも美しかった。

「屋敷を見あげてみたまえ」私は弟子である英国人に言った。

英国人は私の隣で屋敷を見あげた。月明かりに照らされて、屋根のすぐ下の壁には淡い影ができている。

「何が見えるかね」私は尋ねた。

「ラニー公爵邸に決まっています」

「そのとおり。ほかには何が見えるかね」

英国人はいらだった様子で唇をすぼめている。「それだけです。厩と離れは屋敷の陰に隠れて見えません」

「そのとおり」私はうなずいた。それ以上は何も言わず、英国人の言葉を待った。長い沈黙が流れる。

ようやく、英国人は口をひらいた。「屋敷の前には芝生があります。あたりには森が拡がっています。月と星が出ています。南西の空に小さな雲があります」その声音にはいらだちがこめられている。

私はうなずいて言った。「よろしい。ほかにもあるはずだ」

「一体全体、これ以上何が見えるというのですか」

「探しもとめるものに大きく関係するものだよ」

英国人はふたたび屋敷を見あげて、ふと動きを止めた。

「屋根の端に、鳥が列をなしてとまっています」

「よくぞ気がついた。ようやく推理のなんたるかがわかってきたようだな。いまからは、ただ見るだけで満足してはならないよ。観察し、観察し、ひたすら観察してその結果を言ってみるんだ」

英国人はしばし沈黙を保っていた。我々が立っているのは、くるぶしに届くほど深い、露に濡れた芝生の上だった。近くには屋敷に出入りする馬車のための小道がある。我々の馬車も先ほどそこを通り、明朝には迎えのためにふたたび通るのだろう。このあと、英国人はなかなかの知恵を見せてくれた。

小道へ歩み寄ると、英国人はそこの砂利を手につかんだ。腕を自由にするためにマントを後ろへ払うと、屋根の端にとまっている鳥めがけて投げつける。その力強さと投擲《とうてき》の正確さはたいしたものだった。

激しい鳴き声をあげて数羽が飛びたった。その姿は、満天の星が輝く澄みわたった夜空に、ひときわ濃い影となって浮かびあがった。一羽はまばゆい満月の前を羽ばたいていった。輝く月を背後に翼を拡げた姿は、天馬のように大きかった。

英国人と私は、その場で空を舞う鳥たちを見つめていた。ばらばらと音を立てる小石に、鳥は怯えるというよりも戸惑っているだけのようだ。けたたましい鳴き声と羽ばたきの音を響かせながら、すぐにみな元の位置に舞い戻ってきてしまった。

英国人はふたたび砂利を手につかみ、鳥に向かって力をこめて投げつけた。またしても激しい鳴き声があがり、ほとんどの鳥が飛びたった。いまや、消えた鷹の謎を解く鍵は我々の目に明らかだった。

「よくぞやった」私は褒めの言葉を述べた。「ただ見ることと、観察とのちがいを知り、目的を果たすのには観察こそが必要なのだとわかっただろう」

英国人の口角がかすかに上がり、喜びが顔にわずかに滲んだ。言葉を返すこともせずに、英国人は芝生の上に腰を下ろし、靴と靴下を脱ぎはじめた。私は何も言わずに、英国人が屋敷の外壁に歩み寄るのを見ていた。

私はてっきり、屋敷のなかに戻って階段か何かで屋根まで登るのだろうと思っていた。だがそうではなく、英国人は蔦の這う石造りの壁をしばし眺めたあと、力強い手先と猩々《しょうじょう》のような足先を使って、なんと壁をよじ登りはじめたのだ。マントが風になびき、あたかも大きな翼のように見える。

屋根に近づくと、英国人はそこにとまっている鳥に向かって何やら叫びはじめた。それは聞いたこともないような奇妙な声だった。英国人が登ってくるのを見た鳥たちは、翼を拡げて飛びあがると、黒々とした森のなかへと飛び去ってしまった。しかし、たった一羽だけ残っている。輝く星空を背に、ぴくりとも動かない一羽の鳥の影が見える。

まるで獣にでもなったかと思うほど奇妙な変貌を遂げた英国人は、残っている一羽の隣にたどり着いた。目もくらむほどの高みにおり、ひとたび足を滑らせたらまっ逆さまに落ちてしまう。英国人はもはや叫び声をあげることはやめており、怖じ気づいている様子もない。

動かない鳥が持ちあげられ、しばらくして上着の下に消える。おそらく、革の帯か紐のようなものを上着の下に携えていたのだろう。

なんとも驚いたことに、やがて英国人は屋根の上に寝そべり、端から手を伸ばし、石造りの壁に手をかけて、頭を下にして壁を這うように降りはじめた。鳥は上着の下に携えたままだ。どうであろう、その姿は言わば巨大な蝙蝠《こうもり》だった。

地面の芝生に達すると、英国人は立ちあがり、鷹を取りだした。「心よりお礼を申しあげます。あなたが観察と推理の道しるべとなってくださったおかげです。こうして鷹を手にすることができました」

そう言って、英国人は鷹を私へと差しだした。黒く塗られているとはいえ、羽の形も爪も嘴《くちばし》も眼も見てとることができた。模範的な芸術作品と言うにふさわしい彫像だ。英国人が靴と靴下を履くあいだ、私は鷹を手に持って待った。その重さは相当なもので、これを身体にくりつけて壁を降りてきた英国人の身体能力に、あらためて一驚を喫した。

それからは、惨劇に見舞われた屋敷に残っていた松明を灯して、室内をさらに調べてまわった。だが、新たに見つかるのは、公爵と公爵夫人、そして使用人たちを惨殺した賊のさらなる蛮行の痕ばかりだった。それも結局は徒労に終わり、賊の求めていた鷹は英国人と私が手にしている。

朝になると御者が戻ってきた。そのころには我々も疲れ果て、ひどく神経が磨り減っていた。ラニー村へ向かうように申しつけてから、馬車の荷物入れに鷹を隠し、御者に口止め料をはずむことを約束した。それからラニー村長のもとへ赴き、鷹については触れることなく、屋敷で見た酸鼻を極める光景について詳しく話した。屋敷を訪ねた理由としては、私は公爵とは古くからの知己で、英国からの客人を紹介するために訪れたのだと話した。それは決して嘘ではなかった。

ラニー村長と憲兵長は、我々の話を聞いて心底怖気をふるっていた。捜査を進めるにつれて、それ以上の情報や協力が必要な場合にはまた訪れるという条件で、我々はラニーを発つことを許された。

やがて、馬車は郭外《フォブール》サン・ジェルマンの私の住まいに着いた。馬車を降り、うっすらと雪が積もるなか、滑らないように気をつけながら石畳の上を歩いた。一昼夜動きつづけて疲れ果てた身体で、鍵をまわし、英国人とともになかへ入れるように大きく扉を押しあけた。すると、そこには思いもよらない光景が拡がっていた。室内が荒らされているのだ。家具は倒され、抽斗《ひきだし》は床に裏返しに落ちている。絨毯は、ゆるんだ床板や隠れた物入れを探るためか、引き裂かれたり剝がされたりしている。

絵画は一枚残らず壁から外され、床に投げだされている。敬愛する友人、偉大なるヴィドックの肖像画も例外ではなかった。そのありさまに嘆きと怒りをおぼえながら、室内を見てまわり、被害の度合いを調べた。長い探偵業で得たかけがえのない記念の品々が壊され、やりきれない思いがこみあげる。頭を抱え、かろうじて怒りの爆発を抑えた。

ようやく少しばかり気分が落ち着いた。何か会話でもすれば苦痛が和らぐかと思い、振りかえってみると、英国人は忽然と姿を消してしまっていた。

戸口へと急ぎ、外へ飛びでる。馬車はとっくに走り去っていたが、積もりたての雪に黒い足跡が残っている。滑って転ぶ危険も顧みず、私は足跡を追ってデュノ街を駆けだした。やがて、コンスタンティニディスの薬屋の戸口にたどり着いた。呼び鈴を何度も鳴らしたが、返事はない。扉を叩いてみても、灯りもひとの動きも見えず、誰かが出てくる気配もまったくない。

ただちに、私はすべての出来事の意味を苦悩のなかで悟った。英国人は薬に溺れた中毒者で、コンスタンティニディスが薬を与えて意のままに操っていたのだ。いかにして鷹の逸話を知ったのかは謎であるが、首謀者はカルロス党員でもブルボン王家でもなく、コンスタンティニディスなのである。

その首謀者本人が私の家を荒らしたのだろうが、それは英国人が鷹を店へ届けるあいだ、注意をそらしておくためだけのことにすぎなかった。あれからさほど時間は経っていないが、いまごろ英国人もコンスタンティニディスも、鷹とともに郭外《フォブール》を抜け、パリの郊外から去ってしまったのだろう。

鷹や英国人やコンスタンティニディスの行方は、何年ものあいだわからないままだった。だが、ついに英国人が積んだ業績を目の当たりにする機会が訪れ、教えを授けた私が嘲笑われていることを知ったのだ。


デュパンは語り終えた。私は友であり師である者の屈辱をともに味わっていた。デュパンは非情な言葉が綴られた薄い本を手にしている。その姿はまるで、短剣で自らの命を絶とうとしているように見えた。語りを聞いているあいだ、私はデュパンが若く最も活躍していたころに引き戻されていた。しかし、現実に戻ったいま、年老いたデュパンは弱々しく、日々を暮らすのがやっとのように見える。

「鷹はどうなったんだい。消えてそれっきりなのかい」

デュパンはうなずいた。「コンスタンティニディスの薬屋は、甥が継いでいる。当人については行方が知れず、家族は知っていても漏らすつもりはないようだ。その甥に、コンスタンティニディスと英国人と鷹の行方を尋ねてみたが、いずれについても何も知らないと言われてしまった。店は二代にわたってギリシャ人一家が営んでおり、その秘密は——秘密があるとすれば——一家によって固く守られているんだよ」

私はうなずいた。「それで、君が教えを授けた英国人からはなんの音沙汰もないのかい」

デュパンは本を振りかざした。「これだよ、君。あの男はこのとおり、新たなデュパンになったというわけさ。その名は海を越えて、世界中に知られつつある。ほんのわずかでも、私に対する感謝の念をあらわしてさえくれれば、ほかには何もいらないんだ。旧友である警視庁のG総監が取り計らってくれた年金のおかげで、生活に困ることはない。思い出もたくさんあるし、君が事件を記録してくれたおかげで、少々の名声も手に入れることができたのだから」

「デュパン、私には書くことしかできなかった。あとはすべて君の力だよ」

重い沈黙が垂れこめる。私は友の哀れな姿を見つめるしかなかった。やがて、デュパンは落胆をこめて大きなため息をついた。

「願わくば」そこでまたため息をついて、「願わくば、研究心に富む者が、まだ知られていない私の功績から学んでくれれば、幸いというものだ」

私はかぶりを振って言った。「私がすべて書き記したではないか、デュパン。モルグ街の殺人事件や、盗まれた手紙、みごとに解決したマリー・ロジェの怪事件などだろう」

「そういった事件のことではない」デュパンはつぶやいた。

「それですべてのはずだろう。もちろん、今宵聞いた事件は別だよ」

私の言葉を聞いて、デュパンはこれまでに見たことのないような笑みを浮かべた。「ほかにもたくさんあるのさ、友よ。実にたくさんある」

なんということだろう。私はどんな事件があるのかと問うた。

「ロシア皇帝の贋エメラルドの謎や、米国の銃密輸人ウェイドの冒険、アルジェリアの香草の謎、バハマの逃亡者と熱気球の事件、それに君主の僕《しもべ》の悲劇などだ」

「デュパンよ、ぜひとも私に著述させてくれないか。それですべてなのかい」

「まさか、とんでもない。これらはほんの序の口だ。確かにほかの事件も書き残しておけば、若き探偵たちの活躍の裏で、老いて忘れ去られる苦悩を和らげられるかもしれない。君も原稿料で懐が少々潤うのは悪くないだろう」

「確かに悪くはない」私は認めざるを得なかった。

「だが」デュパンは本をふたたび振りかざした。「この侮辱は胸にこたえた。ヨモギのように苦々しく、両刃の剣のように鋭く、私をさいなむのだよ」

「デュパン、君は決して忘れ去られることはないさ。このいけ好かない英国人は君の二番煎じに過ぎないし、記録を取らせる助手を置いているのも、完全に私のことを真似しているんだよ。人々が理にかなった考え方をするなら、五等勲爵士C・オーギュスト・デュパンは決して忘れ去られることはないさ」

「決して忘れ去られることはない——そうだろうか。私が教えを授けた弟子はその名を永遠に轟かせるというのに、師匠である私自身は、推理学の歴史上ではほんの少し引用されるだけにすぎない。ああ、我が親愛なる友よ。我々の生きる世とは、なんと理不尽なものなのだろう」

「確かに、君の言うことはもっともだ。この世は常に理不尽なものだよ」

ドール――ミシシッピ川の情事

Doll: A Romance of the Mississippi

ジョイス・キャロル・オーツ
井伊順彦訳

本シリーズの常連作家ともいえるジョイス・キャロル・オーツ（Joyce Carol Oates）は、次年度版ではいよいよゲスト・エディターをつとめる。本作は《ゲティスバーグ・レビュー》誌に掲載された。

アイラ・アーリーとその（継《まま》）娘かわい子《ドール》とのあいだに何があったのか。それは長いこと二人だけの秘密だった。この秘密がもとでX《エックス》人の男たちに何が起きたかについては、いくらか世間も知っている。

かわい子《ドール》って、きみの本名なのか（と、よく聞かれる）。ドールはうなずくように教え込まれている。そうよ。でも好きなように呼んでちょうだい。ほかの子の名前で呼びたければどうぞ（ドールはくすっと笑う。ほっそりした肩にかわいらしく乗っているお下げ髪の端っこを、そっとかじってみせる）。

事実はどうか——ドールというのは通称だ。ドールは自分の洗礼名をなかなか思い出せない。なにしろ十一歳になるまでのことがはっきり頭に浮かんでこない。十一歳になってからずいぶん時が経っている。だからそれ以前の日々については、かつて観るともなしに観ていたテレビ映画の内容と同じく、思い出すのが難しい。ところどころの記憶しかよみがえってこない。どうしてだろう。

ドールはくよくよ悩む子ではない。面倒な事柄の扱いはすべて（継《まま》）父アイラ・アーリーに任せている。

アーリー氏は気に病むたちだ。よくこんなふうにぼやいている。昔は黒髪がたっぷり生えていて、雄鶏のとさかみたいに、おでこにさっとかかっていたのが自慢だったのに、白髪《しらが》がみるみる増えて、ぶざまなほど艶のない髪が細長い列をなしてゆき、今ではこんなションベン色の髪になったうえに、頭のてっぺんにはグレープフルーツほどのハゲができる始末だ。こうなったのは何をしでかすかわからんドールのせいだ。

トルのせいだ。とにかくいったん暴走しだすと、歯止めが利かなくなるじゃじゃ馬だからな。

アーリー氏はため息をもらし、ぶるっとからだを震わせる。薄くなりかけた髪に指を走らせ、ごわごわのあごひげをなでる。一九五〇年代のテレビのホームドラマではおなじみの、幼い子に振り回される薄ぼんやりしたオッサン、人のよいジイちゃん、独り者の伯父さんといった役柄を割り振られている。自身は理屈をわきまえた男、人の信頼に値する男ながら、じゃじゃ馬に変身した娘の暴走にはなすすべなしというわけだ。

(今夜のドールはあの気分なのかな。アーリー氏は心配だ。最後にドールが暴走してから何週間経っただろうと指を折ってみる。一、二、三……週間半か？　いやな予感がするな)

古いながらも立派な外観のセダン、ラサール・ラクシャリーのふかふかした座席に座り、ドールが戻ってくるのを待ちつつ、この場は飲まずにゃいられんとばかりに、アーリー氏は冷やした魔法瓶《テルモス》から酒を注ぐ。好みにぴったり合うよう、ぐっと辛口《ドライ》にしたマティーニだ。小さなカクテルオニオンがグラスのなかで浮き沈みする。アーリー氏は小指を曲げてオニオンを器用に掬い上げる。ドールは意地悪い笑みを浮かべて（継《まま》）父を見やる。今のしぐさはアルコール依存症の初期症状に違いない。これは昼過ぎのテレビ番組で仕入れた知識だ。だがアーリー氏もそれほど馬鹿じゃない。

氏はごくりとやり、満足げにうなずく。うーむ、これが飲みたかったんだ。

貫禄はあるが遺物のような車が十二月の強風に揺さぶられている。凝固した腸を思わせる嵐雲の大群が、時おり不気味な月明かりをさえぎりながらはるか頭上を流れてゆく。アーリー氏は寒さに身震いする。ここはどこの町だ。ミシシッピ川の東岸か、西岸か。

(子どもっぽいところもむろん持ち合わせているドールは、

アメリカを代表する大河からあまり遠く離れたがらない。ふだんは無表情な小ぶりの顔をしかめて言う、いいじゃないそんなこと。知ってどうするの。アーリー氏の問いかけをわずらわしく感じると、よくこんな返事をするようになった）

（おれたちを裁くとは、あんた何さまのつもりだ。どんな権利があって自分がおれたちより上の人間だと思ってるんだ。こんな具合にアイラ・アーリーはどこか公の場で自分を弁護するさまを想像する。まぶしい光を浴びていよう。あるいは手錠をかけられ足かせをはめられているかもしれない）

ドール現わる！　ドールは今まで（料金を前払いしてもらった）X氏といっしょにいたが、その後にパパと自分のために遅い夕食を運んできたのだ。小柄なからだ。ニシキヘビのようなほっそりした脚に、十センチほどもあるスパイクヒール付きのひざまで届く白いレザーブーツをはき、あちこち凍った歩道を子どもらしく無造作に駆けてくる。トウワタのようなお下げ髪が小さな頭の後ろでぴょんぴょん跳ねている。アーリー氏はウィンドーを開けて声を張り上げる。ドール、気をつけろ！　転ぶぞ！

ドールはきれいな子だが、もろいのだ。

そうよ、あたしたち、旅しながらお金をためてきた。この暮らしを始めて何年にもなる。一つの町で二、三日過ごして次の町へ移る。たまにあたしはお行儀悪いまねもする。もしかしたら今度の旅でも同じことをするかもしれない。そしたらすぐ次の町へ移らなきゃ。一晩過ごして少しからだを休めることもないままに。あたしたちはたいがいミシシッピ川の北と南を行き来する。お宅の投資物件はなんですかって、パパに聞く人もいるかもしれない。

最初のうちは、車の後部座席の陰に身を潜めている（継《まま》）父の姿が、ドールの目にはほとんど入らない。丸々したお腹、虫を狙うクモみたいに娘を待ち受けているオデブさん。やだ、パパったらあ！　脅かさないでよ。

　ドールはアーリー氏のために寿司（ゲッ！）を、自分用にはフライドポテトとコールスローを添えた（すっごくおいしい）タコバーガーと、蠟引き容器の大型ペプシを持ってきた。ちょっとパパァ、早くドアを開けてよ。あたしがなんでもやれちゃう子だと思ってるの？

　ほいきた、アーリー氏はドアをさっと開ける。

　この子はやたらいばるなあ（死んだ母親そっくりだ）。

　ドールの食べ物の好みにはアーリー氏はむろん感心できない。タコバーガーも油たっぷりのフライドポテトもよくないが、ドールはもっとひどい物を食うこともある。今のうちは神経組織の新陳代謝が活発だからカロリーを燃焼できるだろう。まだほんの子どもだから。だがこれから何年かして大人になったら、いったいどうなるんだ。でっぷりしたドールの姿を想像したアーリー氏は心配になり、顔をぐっとしかめる。ヌガーのようになめらかな肌がぽちゃぽちゃぷくぷくしてゆき、きっと男どものなかでも不見識なやつや下品なやつの気を惹いてしまうだろう。

　風がびゅーびゅー吹き荒れ、川のにおいを撒き散らしている。アメリカの某大都市での週日の一夜。

　そう、あたしたちは今インターネットをやっている。パパは無我夢中だ、もう何年も前から。金融投資に没頭してるみたいな感じ。パパ、背中を丸めてかわいいわ。ぬいぐるみのクマさんみたいよ、抱いてあげたくなっちゃう。でもぴりぴりしてるわね。

　腹が減っているときには食べ物が喜びの源だ。のどが渇いているときの飲み物と同じく。アイラ・アーリーと（継《まま》）娘ドールはテイクアウトの食糧をがつがつ食い、飲料を大事そうにちびちび飲む。同じとき、ここから三キロほど離れた〈イージー・エコノミー・モーテル〉の22号室で、（料金を前払いしてもらった）次のお相手が、曇りの取れぬ鏡で自分の顔をまじまじ見ている。あせた赤毛をした男の肌はウジが湧いていそうなほど青白い。溺愛してくれた（亡き）母でさえ嘆いていた。男は良心ある人物だ。

ともかくそう自覚しようとしている。鏡に映る自分の顔を見つめながらぼそっとつぶやく。ヘンタイ野郎め。わたしたちも次第に事情がつかめてきた。

ベッド脇のテーブルに置かれた燃え跡のある電話が鳴る。

とがった爪に毒々しい赤のマニキュアを塗った娘のすばやい指の動きを、アイラ・アーリーはじっと見る。ドールは携帯電話の番号をぽんぽん押している。このあきれるほど小さな新型機器（遠近両用メガネをかけたアーリー氏にとって、たいていの〝超小型〟電気機器の新製品とやらは、まるで機能しないで世の不評を買えばいいのにと、ほのかに意地悪な期待を抱かせる代物だ）には、いつ見ても驚かされる。これ、ほんとに使えるんだな、ふつうの電話みたいに。

パパの言葉にドールはけらけら笑う。そりゃそうよ、何言ってんの。ふつうの電話だもん。

（だが携帯電話ってのはラジオじゃないのか？　一種のラジオだろ。アイラ・アーリーは気分屋の娘と言い争うほど無分別じゃない）

自分が教えた番号を打ち終えたドールの手から、アーリー氏は小型電話をひょいと抜き取る（指が太すぎて自分では打てないのだ）。咳払いし、対人用のしかめつらをし、話しぶりを変える。

あー、もしもし。こちらは——。

X氏を相手に（継《まま》）父が場所と時刻と時間を決めているが、ドールはろくに聞いていない。今まで何度も（何百回も？）聞いてきたから。川沿いにあるこの歴史の古い中西部の都市では、二人はすでによい結果を得ている。これからもそうだろうという気がする。昨日、今日ときて、今晩だ。アーリー氏は車を走らせる前に三日目の予定を調整する。ドールはタコバーガーのにおいのする手を口に当ててあくびをする。

いや、あくびじゃない。ドールは油でぎとぎとの口を拭っている。ぼんやり一点を見ている目がバラクーダのようにぎらつく。電話を切ろうと苦労しているアーリー氏が、そのぎらつきを目に留める。または留めたかに思う。

おいドール、今夜だいじょうぶだよな。

ドールはふくれっ面で肩をすくめる。いつものとおり、すねたようにからだをくねらせる。このしぐさは当たり前よの意味にも逆の意味にも取れる。

今アーリー氏は残りの寿司と格闘している。箸で寿司をつかもうと四苦八苦している（継《まま》）父をドールはからかう。箸なんてどうでもいいじゃない、パパ。あたしたちアメリカ人よ。ねとっとした生のマグロや、つかみづらいお米。お米って、ズボンの股のあたりにぼろぼろこぼれて、なんだかしなびた茶色のアリみたい。

アイラ・アーリーが心配性の人間なのは完璧主義者だからだ。完璧主義者なのは物事がうまく進まぬことをひどく恐れるからだ。物事がうまく進まぬことをひどく恐れるのは、他人にとって物事がうまく進まぬさまを、ずいぶん前から、しかも毎日のように、目の当たりにしてきたからだ。ときにはかなり深刻な事態を見てきた（〈イージー・エコノミー・モーテル〉の22号室にいるX氏にとって、どんなひどい事態が訪れることか、アーリー氏には知るよしもない。ただ、バラクーダのようなドールの目がちらりと視野に入って、いやな予感がしただけだ）。

それでも〝おさわり厳禁〟の方針を掲げているからまだ安心だ。ドールと各地を回り始めるにあたり、この方針を立てたのはうまい戦略だ。おさわり厳禁（インターネット上では〝おさ禁〟）とすることで、見識あるひいき筋を確保できる。年齢は十一歳とした。思春期前の幼い子となるが、幼すぎるわけではない。お付き合いする（男の）相手は、年代こそ様々ながら中流もしくは上層中流に属し、高い教育を受けた人々だ。学歴はたいてい大卒以上。一般教養は問題なし。そんな人種にとっては、〝おさ禁〟は心惹かれ、目新しく、ほっとできる方針なのだ。

おいドール、道を指示してくれ。そろそろ行くぞ。

ドールはすねたように答える。ちょっと待ってよ、まだ食べ終わってないんだから。あたしがパパみたいに早く食べられないの、知ってるくせに。

地図を見て方角を読み上げてくれよ。約束の時間まであと十五分なんだぞ。

向こうは待ってくれるわよ、うるさいわねえ！

もう十一時近い。夜空に浮かぶ月が傾いていることが、いやでもわかる。長いこと続くまたたきのように。

アーリー氏は車を南へ、あるいは南と思える方角へ走らせ、市街地に入る。迷路のように入り組んだ出口専用レーンや出口ランプ、クローバー形立体交差点、ぎらつく信号。高速道路は大嫌いなアーリー氏も、ここを通るほかない。ひざのあいだに置いたペプシが倒れぬよう気をつけながら、助手席のドールが地図を見て方角をいちいち指示する。頭の回転が速くて抜け目がない娘ながら、ドールは二音節以上ある単語や、なじみのない字の入った単語をよく読み違える。

ランプのセンバタ。右手に出口あり。

なんだって？

ランプのセンバタ——。

そりゃ、先端だろ。センバタってのはセンタンって読むんだ。

ドールはふてくされる。あたしにわかるわけないじゃない、ずっと不登校なんだから。

パパみたいなぼんやり男は気づかないだろうけど、あたし、ブーツのなかにしっかり研いだカミソリを仕込んである。足を切らないようにアルミホイルで包んで。ひょっとするとひょっとするかもって、今は思ってるんだ。

セントルイスでの出来事の後、もうずいぶん長く各地を回っている。

ねえパパ、ちょっと聞いて。あたしクリスマス用にオストリッチのブーツがほしいの。ニューオーリンズで少し日光浴もしたいし。

〈イージー・エコノミー・モーテル〉で男は顔や前腕や脇の下や手を洗う。相手の娘をおさわりするつもりなどない（ぜったいに！）けれど。一面に吹き出物ができているかに見えるほどウジ色の皮膚は赤々としている。三十七歳ながら十七歳の少年ばりにニキビが目立つ顔。基礎代謝に問題があるに違いない。

せっかく仮シャクでシャバに出てこられたのだから、今後はこの点を改善しないと。

二年前まで、アーリー氏と当時はマーガレット＝アンだった（継《まま》）娘ドールとは、お上《かみ》いうところの住所不定者ではなく、ミネアポリスの由緒ある高級住宅地に建つ亡きアーリー夫人所有の一戸建てに住んでいた。その後、家庭生活にごたごたが生じたわけだが、車で各地を走るうちにおおよそ解決できた。

好奇心が強くて利発なこの子を不登校児にするのはつらかった。だがおれもおれなりにいろいろ学ばせている。二人で毎日のように自然史博物館や蝶の巣や開拓村を見学しているんだ。プラネタリウムもだ。

はるか昔、シンシナティ男子学院《アカデミー》でラテン語や数学や世界史を学んだアーリー氏は、今でも各地の古書店や蚤の市を巡り歩くほどの勉強家だ。愛車ラサールのトランクには、ブリタニカ百科事典だの、ウェブスターの無削除版大辞典だの、リーダーズダイジェストの縮刷版作品集だのが積み込まれている。ドールだって、少なくとも以前は驚くほど正確な記憶力を発揮していたし、今でも女子高生ふうの声で様々な事柄を一気に暗唱してX氏たちの度肝を抜いている。たとえば歴代のアメリカ大統領や知名度では劣る副大統領の名や、様々な経済理論（コンドラチェフ提唱による長期景気循環波動、計量経済学、マネタリズム、新ケインズ主義）の骨子や、百年戦争から第二次世界大戦までのヨーロッパにおけるおもな戦争の名称。おもな脳神経や動脈の名称も。

あたしが好きなもの？　頸《けい》動脈ね。

おれたちだって努力したんだ！　ほんとだぞ。だけどマウントカーヴ通りでの家庭生活にはなじめなかった。

ママが他界したとき、ドールは、そう、二つか三つだった。ともかく世間ではアーリー夫人は他界したとされているが、実のところ遺体はまだ見つかっていない。あんな〝陳述〟なんてあたしは信じないと、いつだかドールは吐き捨てるように言った。父が自分の妻でありドールの母である女性を殺害し、遺体をばらばらにして、ミネアポリスのミシシッピ南岸に沿った地域五十キロ近くに埋めてゆき、地表に出てこないよう大きな石を重しにしたなんて。そんな話、ドールは信じない。

ドールは言う。あれはまだうちにケーブルテレビも携帯電話もないころだった。パパのことはあたしがいちばんよく知ってる。どんなにいやな相手にだって危害を加えるような人じゃない。

あいつらのなかの一人から、変な裸のゴム人形《ドール》を見せられて、きみはお父さんにいじめられているのかと聞かれたとき、あたしは答えたんだ、ううん、これはあたしじゃないって。そして大声で鼻歌を歌いながら左右にからだを揺らしてやった。

あたし、パパが大好き（これは本当だ。アイラはドールの実父だ。（継《まま》）父ではない。本人たちはそう仲間や何人ものX氏に語っているが。アーリー氏の幅広い付き合いにおいても、ある種の振る舞い方とは一線を画す方針が貫かれている。客商売をする者なら尊重したほうが賢明といえる方針だ）

（ずいぶん前のことだって？　一九七〇年代初期だという説もあれば、一九五三年だという説もある。それどころか、二人はあの恐慌のあおりを食った一九三〇年に旅回りを始めたんだと言い張る者もいる。これにはドールも困ってしまう——あたし、もう七十年以上も十一歳児なの？）

きみ、いくつなんだ。X氏はきっと聞いてくるだろう。〈イージー・エコノミー・モーテル〉の22号室にいるX氏が、ミシシッピ川沿いに点在するモーテルのX氏と同類ならば。今までに何回同じこと聞かれたかな。いい加減にしてほしいわ、いらいらしちゃう。

パパは言う。向こうに調子を合わせてやれよ。ありがたい（なにせ次から次へと現われるんだから）お客さまなんだぞ。

パパは言う。筋書きどおりやれよ。十歳じゃ連中は尻込みするぞ。

でも十二歳だと、いやがるんだ。十三歳じゃなおさらだ。暗黙の了解ってものがあるんだよ。

〝おさ禁〟は今までうまくいったよな、ほんとに。ま、だいたいは。

マウントカーヴ通りの家では二人も努力した。しなびたサクランボみたいな顔とジェロー（ジェネラルフード社のフルーツゼリー）みたいな目をしたバアさまも同居していたのに。この人はママの母親だ。ドールもこの人を好きになろうとがんばったが、だめだった。バアさまの腕に抱かれると、息を止めるのだが、思わずにおいを吸い込んでゲエッとなり、あわててバアさまの胸を押してからだを離す、そんなことの繰り返しだった。まだ若いのにやもめとなり、ぐっと悲しみをこらえて生きていたパパは、ある日のこと、まだ黒々としていた自分のあごひげを引っ張りながら言った。マーガレット＝アン、おまえはあの人の子じゃない、おれの子なんだぞ。おまえがおれの遺伝子を受け継いだのは宿命なんだ。パパは真剣な顔つきでからだを震わせた。あのとき初めて父性愛を自覚したのだ。

それでも二人は何年も（具体的に何年だったか？）、〝正常な〟――〝ふつうの〟――〝人から後ろ指をさされない〟生活をしようとがんばった。ママが通っていた教会にも時おりながら顔を出した。

ほとんど無駄な努力だったが。

いつもモーテルか簡易宿泊所だ（そう、中西部の田舎には、いまだに旅行者用簡易宿泊所がある）、ロビーのあるホテルとは縁遠い（が、たまにはアーリー氏とドールも、高速道路沿いのマリオット・ホテルを利用することがある。各地を旅している父娘として、いろいろ名前や立場を変えて）。X氏やY氏やZ氏は、どこかの大都市にやって来て二人と知り合い、高いホテルに泊まることを望んでも、

〈イージー・エコノミー・モーテル〉のたぐいに部屋を取るはめになる。スパイクヒールの白いレザーブーツをはき、紫のスエード革ジャケットを着て、頭の後ろで結んだトウワタのようなお下げ髪が、お人形《ドール》のように愛らしく髪を整えた頭の後ろでぴょんぴょん跳ねている状態で、人の出入りが激しくて照明の輝くロビーに現われないですむことが、ドールにとっては好都合なのだ。

アイシャドーを塗った目と、なまめかしいピンク色の唇と、紅を差したほおをした十一歳の親なし子。どうなってるんだ、これは。

二人はしかるべき理由でミネアポリスを離れた。追い出されたといってもよい。しつこく責め立てられた。あの悪夢のような日、呼びもしないのに〝公衆衛生〟検査官がいきなり家にやって来た。ファシストさながらの権力を持ったお役人で、アイラ・アーリーに対して、当局に〝通報〟して保護者責任遺棄の罪で逮捕してもらいますよと脅した。

まあ、いろいろ警告はなされていたようだ。マーガレット＝アンの通うべき学校から何通も届いたアイラ・アーリー宛の書留郵便、マウントカーヴ小学校の校長からひんぱんにかかってきた電話。だがアーリー氏は軽く考えていた。マーガレット＝アン・アーリーは六年生の名簿に載っていますが、今どこにいるんですか。なぜこうも欠席が多いんですか。たまに登校しても授業中は寝てばかりですね。なぜこうも成績が悪くて態度が反抗的なんですか。

虐待の跡があるかどうか検査された。跡は皆無だった。

〈イージー・エコノミー・モーテル〉の22号室では、X氏だの（ほどなくドールがふざけて命名するはずの）人間ハツカダイコンだのと、いろいろに呼ばれる男が、曇りの取れぬ浴室の鏡に映る自分の顔をじっと見ている。薄くなりかかり色あせた赤毛の髪を両手でかきむしりながら、湧き出てくる不安と狂おしいほど熱く燃える欲望とを、ふだんはいくぶん充血しているものの平凡な目のなかに認める。まだ今なら手遅れにはならんだろう。予約を取り消すことも可能だ。このまま部屋を出ていけばいいんだ。

根はまともな男だ。過ちを犯してしまったが、もう二度と同じ過ちは犯すまい（と、自ら信じている）。

股間がむずむずしている。心地よい高揚感を覚えるが、嫌悪感もあふれ出てくる。おさわりは厳禁だぞ。

男は念のためにトイレの水を流してから部屋に戻り、しみだらけで赤茶けたコーデュロイのベッドカバーを両手で整える。今は午後十一時。ひょっとすると子どもは来ないかもしれん。

なるほどもう十一時だが、アイラ・アーリーをせかすことなど誰にもできない。たとえ遅れそうだと自らわかっていても。実際けしからんことにこの男は、いつも速度制限より十五キロ余り遅く車を走らせる。どうにか元どおりに修理した一九五三年型のポンコツ車に乗り、今ふうの生活を見下す高齢者らしく、細かいことにこだわりながら走ってゆく。これもアーリー氏流の紳士的生き方の一部だ。この男が信頼できる根拠にもなっている。スリーピースを着て、時代遅れのネクタイを締め、太めの鼻柱に縁なし遠近両用メガネをかけている。白くなった髪とあごひげのせいで、見た目は親しみの持てるサンタクロースのようだ。いや、あるいは、変人にして天才のアルバート・アインシュタインが連想されるかもしれない。遠近両用メガネの奥で学校の教師を思わせるほど冷たく鋭く光る目、あいまいに浮かぶ笑み、肉食動物並みに大きくがっちりした歯を覆うように、ぎゅっと結んだ口。バーテンダーも、ホテルの支配人も、アーリー氏の仲間や知人の大半も、先入観を捨てられない――このおやじは人畜無害だ。

センバタの次はなんだ。

これは――都心かな？　左へ出る。

見苦しい街が迷路のように入り組んでいるこの某大都市は、アイラ・アーリーにはなじみの場所だ。以前ここに住んでいたから。ドールにとっても同じだ。いつのことかは覚えていないが。市街地の事情は中西部のどの都市の場合とも同じだと誰もが気づくだろう。かつて栄えた都市の中心部が次第に廃《すた》れてゆくという際限なく繰り返されるありさま。市街地は吸引用の管《くだ》のように二人を吸い込んでゆく。

髪の毛が詰まっているせいでいくぶん通りが悪くなった排水口に、派手な音を立てて汚水が渦巻状に流れ込んでいるようだ。

（なぜドールはそれほど意地悪なことを考えているのか。くねくね動く小さなピンク色の舌が真っ赤な唇を湿らせている）

左だってば、パパ！　右へ行ってるよ。

おまえは左って、違った、右って言ったぞ。

左って言ったじゃん、クソおやじ。

こら、調子づくな。

あたし、おなか減ってるんだよ。ドールは怒鳴るように言い返す。これがすんだらアイスクリーム買ってよ。ファッジリップルぐらい好きに食わせろ、ジジイ。

おい、調子づくなと言ったろ。

調子づいてるのは自分でしょ、パパさん。ヘンタイ男のくせに。

（ドールはいつの間にか不機嫌になっている。タコバーガーはチーズを食べているも同然だった。今回はたぶん頸動脈を狙ったりしないだろう。それじゃあんまり安易なやり方だ。最後にやった土地はセントルイスだった。少なくとも八カ月前のことだ。けっこうやりがいがあった。パパにはゴムみたいに弾力のあるおみやげを持ち帰った）

（怖いとか気持ち悪いとか、そんなそぶりは見せられない。ともかくアーリー氏は、ホンモノの変態よろしく、こういう冒険の戦利品を保存している）

目抜き通りよ、パパ、わかる？

当たり前だ、目がついてるんだから。

〈イージー・エコノミー・モーテル〉の駐車場でドールは化粧を直す。せっかちでわがままな娘のわりには意外なほど器用に顔を作れる。なかでも目のまわりについては。同じころX氏は落ち着かぬようすで上気した顔をなでまわし、頭の角度をいろいろ変えて鏡に映る自分の姿を見つめている。

しかし、これがおれか？　それともおれって人間をここへ引きずり込んだヘンタイ野郎か？

アーリー氏はドールに付き添って22号室の前まで来る(室内では電気が灯り、カーテンが引かれている)が、大型ゴミ容器《ダンプスター》の陰の位置までそっと後ずさる。ドールがドアをノックすると、ドアが開く。

口のなかでつぶやく、じゃ、気をつけてな。

パパはそばで見守ってるぞ。

(気難しい思春期前の娘だが、おまえのハンドバッグのなかを見せてみろと言えばよかったか。ジャケットのポケットやセクシーなレザーブーツのなかも。ああ失敗した、そのつもりだったのに忘れてしまった)

ドアは用心深そうに開く。ドールはなかに招き入れられる。込み上げてくる笑いをこらえようと下唇をかむ。そう、今まで会ったこともない人物を怖がりなどしない――はずだ。

もうアイラ・アーリーの(継《まま》)娘じゃない。ドールじゃない。

男を見たドールの頭に、ぴんと立った赤い野菜が浮かんだ。人間ハツカダイコンだあ!

男も緊張した面持ちだ。そわそわしている。ドールの前に立ったままだ。ぴくぴく動いている指、気持ち悪いほどてかてか光っている顔。ドールみたいな子は今まで見たこともないようすだ。どう相手にしたらよいのか決めかねているふうだ。だが本来の落ち着きを取り戻し、ドアを閉め、鍵をかけ、さらに鍵をかける。

笑みを浮かべようとする。虫みたいな唇をなめる。

ド、ドールか。それ……本名なのか。

ドールは肩をすくめる。どうかしらね。

で、きみは――ハツカダイコン氏はどもるのか?――じゅ、十一歳な、なのか。

ドールは肩をすくめ、らしいわとつぶやく。無口で内気でしたたかで性悪。いろんな面を合わせ持つ魅力的な娘。ばさばさ上下するまつ毛。体内ではハードロックのビートにも似た反逆者精神が脈打っている。人間ハツカダイコンは見とれ、口をぽかんと開き、ほおをゆるめ、長い指を曲げる。

口を開く。すんなりとは言葉が出てこないが。な、なんだか十一よりふけて見えるな……だけど、す、すごくきれいだよ。ドールだっけ。な、名前はどうでもいいや。

ドールはぼそっと言う。ふん、それはどうも。肩をさっとくねらせて紫のスエード革ジャケットを脱ぎ、ベッドの上に落とす。いかにもさりげない動作。頭の後ろでお下げに結ったこわい髪をぶるっと振り、こちらをじっと見ている人間ハツカダイコンのようすを目の片隅でうかがう。

〝おさわり厳禁〟と決めてからずいぶん経つけど、必ず守んなきゃいけないのかな。

おや、アーリー氏はむっつりしている、落ち込んでいる。こういう生活はよくないかもしれん。時おり迷いが生まれる。夜空に月がくっきり浮かんでいる、神の眼のように。すべてを見ながら許してくれるのか？　無理かもしれんな。

テルモスの中味を空にしたアイラ・アーリーは、表通りに建つこのモーテルから一ブロック離れたところの〈キズメット・ラウンジ〉へ行くことにする。ドールには内緒だ。ほんの四、五分だからな、ごめんよ。

今日のX氏は中学校の教師で、凶暴になる恐れはない。べたべたおさわりなんかするまい。さわってもノミみたいなもんだ。

テレビのリモコンはどこ？　ドールの視線は薄汚い部屋を一周する。

ハツカダイコン氏はしきりに話をしたがる。ええ、いいけど。ただし、しつこくいろいろ質問したって返事なんかしないからね。だいいち話を聞く気もないわ。ドールは自分のやるべきことをやる。機械仕掛けの人形《ドール》みたいに自分のネジを巻いてゆく。いつもどおり一回、二回、三回、四回と。だがまったく自然の動作だ！　顔の筋肉を動かし、交互に片目をつぶる。かわいい笑顔の見せ方、微笑みの仕方の研究。いじらしい目の伏せ方も。くねくね動くピンク色の舌で唇を湿らせる。ほおを染める予行演習。そんな場面があればの話だが。ドールは少しこの男にむかついている。十一歳よりふけて見えると言われたからだ。うるせえや。そりゃ十一より上に見えるだろうけど、ふけてなんかない！　侮辱されたと感じている。このクソ野郎の頸動脈をすぱっとやって、どくどく血が流れるところを見てやろうか。でも今回はほんとにやらない。返り血なんか浴びたくない。服にかかるのもいやだけど、お下げの髪にかかったら、もうサイアク。

いやな夜ですね、なんだか悲しくなる。白くなりかかった髪を後ろに束ね、頭のてっぺんがはげかかっているバーテンダーがそう言葉をかける。アイラ・アーリーと話したげなようすだ。この場末の店内がひっそりしているから。アーリー氏は白い髪やあごひげにさっと指を走らせる。まるで意識そのものをこするように。そうだな。聖書を読むときに似た口ぶりでアーリー氏は答える。たしかに悲しい。人の運命だ。

前世紀の一時期に現われたヒッピーを思わせるように髪を束ねたバーテンダーは、勢い込んで言う。悲惨じゃありませんか？

アーリー氏は手にしたグラスをじっと見る。あからさまな真実がそこに宿っている。

いや、ただ悲しいだけだね。悲惨てのは大げさだ。

ハッカダイコン氏は咳き込んでいるような笑い声を上げる。相手の注意を引くやり方としては不器用だ。直立した屍《しかばね》を思わせる風体ながら、なれなれしく話しかける。ド、ドールと呼ばれてるってことは……つまり本名は別なのか？

ドールはベッドに腰かけ、からだを弾ませる。古くてくさいコーデュロイのカバーがかかったベッドはぎしぎし音を立てる。ドールはきゃっきゃと笑う。まるで六歳児みたいだが、相手の期待に応えているわけだ。ハッカダイコン氏は申し分ない観客だ、口を半開きにして視線を釘づけにしてくれている。まさか立ったまま眠ってしまったわけじゃあるまいな。

ドールは肩をすくめる。どうかしらね。

なんだよ、教えてくれてもいいだろ。

ドールはテレビのリモコンを見つける。ベッド脇のテーブルに置かれた《USAトゥデー》のせいで半分隠れていた。子どもバレリーナばりにベッドからうまく身を躍らせ、さっとリモコンをつかむ。

お、おれの名前は——。

ドールは聞いちゃいない。この男は危ないやつじゃないなと見て取る。ださいおっさんだ、ぼろぼろの靴、古いブラシみたいなあせた赤毛の髪、せわしなくしばたたいている犬みたいな目。こんなオヤジには思わず同情しそうになる(しそうになるだけだが)。何歳なのかな。大人の年ってわかんないわ。子どもじゃない人間はひと括りだ——〝オバン〟、〝オジン〟と。白シャツ姿のハッカダイコン氏は袖を捲り上げており、毛深い前腕がむき出しだ。だが疥癬《かいせん》にでもかかっているのか、毛はところどころ抜けている。はいたまま眠っていたのかと思うほどしわくちゃのズボン。くたびれ切った編上げ靴。たるんだからだ。猫背。背筋を伸ばせばアイラ・アーリーと変わらぬほどの長身なのに。だがいわゆる威厳や貫禄に欠けている。おまけに体臭がする。

う、くさい。さかりのついた男が発するあのげっそりするにおいだ。それに加えて襲ってくる不安と屈辱感。ミネアポリスのマウントカーヴ通りの家を出て以来ずうっと、こういう部屋でかいできたにおい。

今はテレビを観たい。でもハッカダイコン氏はドールのまわりを半円状にせかせか行ったり来たりしながら、がらがら声を上ずらせてクソつまらぬ話をし続けている。スパイクヒールで踏み潰してやりたいような話を。

ド、ドール。きみらみたいな連中はどういう人種なんだ。

うーん、わかんない。

あの男……電話でぼくが話した男だけど……ほんとにきみの義理の父親なのか。

ドールはものうげに答える。義理のパパよ。

な、なんてやつだ、まったく!

ドールはテレビをつける。めんどくさそうにもっともらしい返事をする。

ほんとに義理の父親だな？　それでもきみにこんなことをやらせたのか。

（ファッジリップルが食べたい。今なら食べる権利ありだ）

（こいつ、のどを掻っ切る価値もない。ただの哀れなスケベ男だ。股のあいだのモノも、いや、ぶら下げていればの話だが、ちょん切るまでもない。今夜はやらなくていい）

だけど、なあ……どうしたわけで……きみの暮らしは……

……こんなふうになったんだ。

ドールはうんざりしながら答える。わかんない。ただこうなっただけ。

学校には行っているのか。というか……教育は受けているのか。

ハッカダイコン氏はそわそわとズボンのポケットに手を突っ込み、ベッドに腰かけているドールを立ったまま見つめ、苦しげに肩で息をしている。

ドールは開き直ったようにふんという顔で答える。あたしは自宅学習をしてるの。

自宅学習！　ハッカダイコン氏はいきなり人にからだを摑まれて、ぎゅっと股間を握られたかのように、ギャハハと笑う。

ほとんど人気がなく暗い〈キズメット・ラウンジ〉で、アーリー氏は二杯目のマティーニをちびちび飲んでいる。意気消沈のていだが、ほら、時は流れているぞ。十分後には〈イージー〉に戻るつもりでいたのに、その十分はもう過ぎている。

実のところアイラ・アーリーは傷ついていた。自慢の（継《まま》）娘から、ヘンタイ男と蔑まれた。これはあんまりだ。あいつ、おれのことをヘンタイ男だって笑ってたな。

とはいえ、ああ言われたのも無理ないかもしれない。ドールがアーリー氏に渡したあの戦利品――どこかの〈イージー〉でドールが不機嫌だったことの表われ――を、なんとこの男はすぐに捨てなかった。どういうわけか、できなかった。ドールいうところの〝おみやげ〟は証拠だ。目印なのだ。どういう意味なのかは難しい。だがとにかく意味がある。

ほらね、パパ、言われたとおりやったわよ。

なりゆきだろ、べつにパパはやれなんて言ってないぞ、おまえ。

警察の手入れがあるとまずいからと、神経の細い輩はそういう証拠を〝処分〟するものだが、アイラ・アーリーは独特の個性の持ち主だ。うわさの娘ドールより個性的だとも評せよう。

中西部の犯罪記録を参照したところで、アイラ・アーリーの心の奥底を推し測ることは不可能だろう。アイラやドールの顔見知りでさえ、両者についてはどうにも語りえまい。

アーリー氏がウィスキーの瓶に入れたホルムアルデヒドの溶液に浸けてある戦利品。全部で五つ、六つ……いや、七つか?……瓶は各所の貸しロッカーに保存してある。北はミネソタ州ミルラクスから、南はミシシッピ州グリーンヴィルまでの広い地域に。いくつもの変名で。一つたりとも〝ナントカ〟・アーリーはない。将来ドールが成人になり、さすがにかわい子《ドール》では通らなくなったころ、当時のことを振り返ったアイラにとっては感傷をそそる記念品となりそうな代物。今のアーリー氏は泣きたいような気分だ。

お代わりをお出ししましょうか。髪を後ろで束ねたバーテンダーが声をかける。

アーリー氏はサンタクロース頭を振り、やめとくよという意志を示したが、口ではこう言っていた。そうだな、じゃあもらおうか。

ドールはセクシーな白いスパイクヒールのブーツをはいたまま、相手を挑発するようにベッドの上でねそべっている。黒いサテンのミニスカートがずり上がり、ぽちゃっとした太ももがむき出しだ。スパゲッティストラップ付きの上着は金色のクラッシュトベルベットで、そそるような小娘の胸が浮き出ている。あるいはパッドを入れているのか。触れてみると髪質の硬さにびっくりするかもしれないが、かわいいお下げが小ぶりの頭から伸びている(ハッカダイコン氏の不埒千万の夢がかなった。あるいは氏は、目の前の魅力あふれる少女を犯して殺すか、殺して犯すかして、激情に突き動かされるままに遺体を始末し、自らも命を絶つことになるのだろうか。だが現実的に考えて、ハツカダイコン氏が自害などするか？　劇的な言動とは無縁なこの手の男が）。

ドールはテレビのクイズ番組を観ている。どうやら《ミリオネア》らしい。キャーキャーワーワーいう声、おおっというどよめき。やたら元気な司会者は、よく見るとアイラ・アーリーに似ている。そのうちあきて別のチャンネルに替える。何カ月も何年も（継《まま》）父と各地を転々としてきたせいで、ドールはこらえ性のない娘になっており、同じテレビ番組を五分と続けては観られず、まるでメリーゴーランドに乗るように、1チャンネルから99チャンネルまでぐるぐるチャンネル巡りをしたがる。もしそんなところをアーリー氏が見たら、有無を言わせずリモコンを取り上げるだろう。テレビは脳には有害だというのが氏の信念だ。だが氏はここにはいない。いるのは、ドールに目を奪われ、手を触れたりなどしそうにないハツカダイコン氏のみだ。魔法使いの杖のようにリモコンをテレビに向けて突き出している娘を凝視している。

ドールはコマーシャルが嫌いなのだが、今は月経前症候群《PMS》の予防に関するものをじっと見ている。ドールはゲッケイマエショウコウグンなる言葉を小声で口にしてみる。そんなこと、おまえには起きないよと、以前パパには請け合ってもらった。毎日、錠剤を渡されている。思春期という不快な時期の訪れと無縁でいられる方法はほかにもある。

チャンネルを《愉快な動物ビデオ》に切り替える。哀れっぽい表情のバセットハウンドと、髪の生えそろわぬ長細い頭の赤ちゃんとが、同じ一本のオレンジ・アイスキャンディを食べ合っているようすを、家族の者たちが涙を流すほど大笑いしながら見ている。ドールもつられて笑うが、気持ち悪くなる。ゲッ！　犬の口がバイキンの巣だってことぐらい誰でも知ってるのに。

ハツカダイコン氏はシャツの胸元をぐっと開ける。まばらに赤い毛が生えた吹き出物いっぱいの胸があらわになり、ドールは思わず目を背ける。ハツカダイコン氏はまだ一人でべらべらしゃべっている。酔っているのか、鎮痛剤を飲んで興奮しているのか。だけどパパが言ってた気がするわ、〈イージー〉にいる今度のやつは、中学校の教師だか教育者だかで、理想を追い求めるような人間らしいぞって。

つばをぐっと飲み込み、ハッカダイコン氏が声をかける。ド、ドール、聞いてるのか？　こんなことしてほんとに自分が情けないんだ、ぼくは。きみはきれいな子だ。こ、心もきれいなはずだよな。義理の父親の仕打ちはよくない。きみにはもっとましな暮らしがふさわしいんだ。こんな……ザマよりも。

ドールは肩をすくめる。そお？

氷のように無表情のドールは、つまらぬ説教なんか取り合わない。テレビ画面を食い入るように見つめながら、壁を這うトカゲのように、さささっとチャンネルを切り替えてゆく。クレオパトラを思わせるドールの瞳には、もっと面白い番組をやっていないかなと、次々にチャンネルを替えてゆく子ども特有の貪欲さと生気のなさとがうかがえる。冷たい怒りを抱きながらドールは思う。たぶんハッカダイコン氏の膨らんだ頸動脈を切り裂きもしなければ、飛び出た目をえぐり出しもしないだろう。横柄なオザーク地方のトラック運転手のヘソ付き硬貨大の厚切り肉を持ち帰って、アーリー氏を驚かせたことがある。ヘンタイジジイ、びっくり仰天してたっけ。ドール、おまえがここまでやるのはおれの血筋のせいじゃないぞ、ぜったい。

ハッカダイコン氏はうわ言のように繰り返す。どうすりゃ、きみを救ってやれるんだ。きみみたいなきれいな子を。

それはどうも。だけどあたし今でも救われてるわよ。

(ドールは時計を見る。やだ、まだ十一時半にもなってないじゃない)

い、祈ろうかな、ぼくら二人のために。祈りの力ってのはすごいぞ。

せっかくだけど、いいわよ。

きみの義理の父親みたいな男はな、ハッカダイコン氏はあえぎあえぎ言う、天からの硫黄の火（創世記第十九章第二十四節）で焼かれなきゃ、目が覚めないんだ。せめて警察に突き出さないと。

ドールは聞いていながら聞こえぬふりをする。

ま、いいか、言いたいだけ言わせてあげよう。これも料金のうちだから。やりたいことも好きにやったらいいわ、ただし自分自身を相手にしてね。ドールはちらりとも視線を向けてやる気にならない。このスケベ男が自分のつばをのどに詰まらせようが、顔色がゆでだこみたいになろうが、知らん顔してやる。

だがもし、ある衝動にかられたら、こう声をかけるかもしれない。おじちゃまぁ、もうドール、お風呂に入る時間かしら。

あるいは、はすっぱ娘独特の笑みを浮かべ、チョウチョが羽を動かすようにまつ毛をばさつかせて、風呂に入りたいと言うかもしれない。じゃ、そろそろ始めましょ！

〈キズメット・ラウンジ〉では、アーリー氏が時計を見てぎょっとする。もう十一時四十六分じゃないか。こんなに長居するつもりじゃなかったのに。こんなに飲む気はなかったのに。しまった！〈イージー〉に戻ったときに、愛娘がパパ助けてと泣き叫んでいたらどうしよう。

まだそんな事態は起きていない。ともかくアーカンソー州エルドラドでの不幸な一夜の後は。当時はアイラ・アーリーも（継《まま》）娘ドールも、ずぶの素人として恐々《こわごわ》と冒険の旅に出ていたのだ。

おじちゃま、裸なのぉ？　こっち見ないでよ。

湯気がもやもや上がっている浴室から、ハッカダイコン氏がしわがれ声で答える。ああ。

ドールも裸になり、下唇をかんで笑いをこらえつつ浴室のドアを押し開ける。ハッカダイコン氏は注文どおりにしてくれているようだ。

ハッカダイコン氏にとっては、最後の二十分間は遊戯《ゲーム》になるだろう。

風呂に入るのだと氏は聞かされた。ドールのほうは獲物《ゲーム》を思い描く。

（あの朝、あたしはいけないことをしてしまったみたい。

あるモーテルの部屋にあった新品のカミソリの刃を、強力な瞬間接着剤《クレージーグルー》でボールペンの先につけて持ってきちゃった。セントルイスを離れてからはパパに禁じられていたのに。この刃、すっごく鋭い）

ひと昔前の本物の人形《ドール》並みにドールは華奢だ。ぺちゃんこな胸に温かそうな茶色の小花を思わせる乳首がついており、フォークみたいに細い脚にはうなじの産毛と変わらぬような毛が生えている。脚は長い。なんだか、さっと動いて、たちまち相手の手の届かぬところへドールを運んでゆける感じだ。ただし、感心できぬ動きもしそうだが。じめじめした浴室のなかで、ドールのヌガーみたいな柔らか肌がほんのり赤らみ、大きな瞳は何かを期待するように輝いている。こわい毛のお下げ髪はきっちり頭にピンで留められ、〈イージー〉のサービス品である安っぽいビニールキャップをかぶせられている。アーリー氏がいれば、おまえまた機嫌が悪いんだなと言われそうだが、今ドールは笑っている。

本物の十一歳児よろしく恐々《こわごわ》と声をかける。お風呂のお湯、どう、熱くない？

熱いぞぉ。うむ……熱い。

ハツカダイコン氏は、相手を見るべからずという遊戯《ゲーム》の規則《ルール》に従いながら、両手をお椀形にして湯をばちゃんと跳ね飛ばす。不健康なほど青白いくさび形の胸や刈りそろえたあせた赤毛がドールの目に入る。ねえ、あんまり熱くないんでしょ。

ああ。ちょうどいい。

ゆでだこになったらやだから。熱いお湯は好きだけど。

ド、ドール、ちょうどいいってば。つ、つま先を入れてみろ。

ねえ、石鹸ある？　あたし、たっくさん使いたいの。

ほら、ここにある。よく落ちるぞ。ぼくの手のひらぐらい大きいだろ。

こっち見ないで！　わかるんだからね。

においもいいぞ。象牙みたいだ。

ハツカダイコン氏が失礼にも肩越しに自分を覗きだしたといいたげに、ドールはしかりつける。おじちゃま！　あっち向いて。目も閉じてよ。

閉じてるよ。ほんとだ。

哀れ、ハツカダイコン氏は湯につかりながら落ち着かない。ぼろぼろのシャワーカーテンが舞台の幕のように引かれてゆき、冷やかし混じりの少女の目に氏の裸体がさらされる。ドールは〝ドールの怒り〟に燃えだす。カミソリの刃付きのボールペンを握った右手を後ろに回して尻に当てる。熱気を帯びたからだのなだらかな盛り上がりを手に感じる。男の薄い胸にむき出しの毛深いすねが引き寄せられているさまを目にして、脳裏にアイラ・アーリーの姿が浮かぶ。ある男の姿も。こいつ、服を着てるときはがっちりした感じなのに、服を脱ぐと肉にしまりがなくてずんぐりしてる。すぱすぱすぱっと切ってやりたくなる。

ドールの瞳が、光を反射しているかのように、きらきらした緑のガラス玉に変わる。

おじちゃま、約束守ってね。あたしが浴槽に入るまで、あっち向いてるのよ。

寝室ではテレビがつけっぱなしだ。我慢できぬほどうるさくはないが。〈イージー〉はまずまず安心できるモーテルだ。客は他人のことなど気にかけない。ドールはしっかり時刻を確認する。十一時四十八分。いいころだ。気弱なパパも、一杯引っかけるつもりで外へ出ていったにせよ、もう帰り道を急いでいるだろう。ハツカダイコン氏はしわがれ声で人生最後の返事をする。ああ、わ、わかってるよ、み、見やしないから。男が期待に心を震わせている浴槽にドールは忍び足で近づく。そうして首めがけて一回！　二回！　三回！　のこぎりで木を切るおなじみの要領で正確にカミソリの刃を動かす。四回！　五回！　その勢いたるやすさまじい（市の殺人課の刑事たちもあきれるだろう）もので、犠牲者の頭はほとんどからだから切り離される。

ドールはやさしくささやく。ね、わかった？

まずい、もう真夜中過ぎだ。アーリー氏は息を荒らげ後悔しながら駐車場に入る。ドールはどこだ。まだモーテルの部屋から出てこないのか。胸騒ぎがする。娘の身に何かあったら、死ぬまで自責の念にかられるだろう。

夜空をちらりと見上げると、〈イージー・エコノミー・モーテル〉の背後にかかる月が夜空の途中まで動いており、破れたクモの巣を思わせる切れ切れになった雲がその前をゆっくり流れている。

パパ。パパのことは怒ってないよ。

アイラ・アーリーの予定よりも三十六時間早く町を出て、州間高速自動車道55号線を南に走る。アイラは憤慨と動揺で言葉を失っている。そんな父を見てドールは笑うばかりだ。車に乗り込むや、父のひざに薄い札束をぽんと放った。クレジットカードはなかった。アーリー氏はクレジットカードには手を出さない。証拠となる恐れ大だからだ。ドールは鼻歌を歌いながらお下げ髪を解き始める。ああ頭皮が痛い。髪の付け根も。髪全体が。それに、お腹がすいた。ミズーリの州境を越えると二十四時間営業の食堂で車を停める。目立たぬようにさりげなく隅の席に座る。アーリー氏は髪の毛を隠すために炭鉱夫の帽子をかぶっているが、サンタクロースひげは隠しようがない。ビールを注文する。のどがからからだ。だが気が落ち着かず食欲がわかない。ドールは平気な顔でファッジリップルのサンデーをぱくぱく食べている。そのうちようやく、きゅっと結んだ口を拭って父に話しかける。アーリー氏がそのときをむずむずしながら待っていたのは百も承知だ。ね、パパ、あたしおみやげ持ってきたんだ。

おい、何言ってるんだ、やめろ。

パパが喜ぶ物よ。

くすくす笑いながら、〈ギャップ〉で買った紫のスエード革ジャケットからアルミホイルに包んだ何かを取り出し、テーブルの下で父に手渡す。アーリー氏は、こんなものいらんと、娘のひざにそれを押し返そうとしたのだが、指が勝手に動いてつかんでしまう。中味はなんだろう。柔らかい肉のような感触だが。まだ温かい。もう、ヘンタイジジイなんだからぁ。ドールは意地悪そうに笑う。全部あげる。

パパはな、おまえとパパが世間からどう思われるかが心配なんだ。このまま二人で暮らしていけるのか。

いちいちうるさいなあ! 誰も気にするわけないじゃな

い、あたしたちのことなんて。

そうかね。ごわごわのあごひげをなでながらアイラ・アーリーもそう思い込もうとする。

アーリー氏は食堂を出る前に、長く愛用しているア《A》メリカ《A》自動車協会《A》発行の地図——もうよれよれになっている——を取り出し、テーブルに広げる。次の行き先を決めるのはドールの役目だ。ただ、ときには活動の実利性の点からアーリー氏も口をはさむのだが。ドールの赤くとがったつめが地図の上をさまよう。今度はどこにしようかな。

ドク・ホーソーンの家から盗む

The Swag from Doc Hawthorne's

ジャック・オコネル　松下祥子訳

ジャック・オコネル（Jack O'Connell）はマサチューセッツ州生まれ。一九九二年の『私書箱9号』（ミステリアス・プレス文庫）や『妨害電波』（ミステリアス・プレス・ブックス）などで高評価を受けた。本作は《ファンタジイ&サイエンス・フィクション》誌に掲載された。

ヤク・タングはダーシーのパートナーをもって自任している。それを知ったらダーシーはむせかえるだろう。彼がヤク・タングといっしょに働いているのは、ほかの知り合いがみんな西か南へ移ってしまったからだ。ヤク・タングにはコネがある、というのも理由だ。なんでも——テレビや宝石から、絵画、珍しい切手、貴金属に至るまで——一週間以内に売りさばける男を、彼はリトル・アジアの中で一人ならず知っている。しかも、ヤク・タングは六割四割の分割でダーシーが六のほうを取るのに同意している。

ダーシーは本能的にヤク・タングを嫌っているが、先週、しらふでうんざりした気分だったとき、あいつはいい相棒だと内心で認めた。二人そろうと、まるで一個の鋭い脳と六本のすばやい手があるみたいに、すいすい仕事ができるのだ。ヤク・タングには犬のようににおいを嗅ぎつける生来の才能がある。どんな家のどんな部屋だろうと、窓から顔を入れて一嗅ぎすると、こいつはだめだと判断を下せる。ヤク・タングが注意を怠ったり、予想外の行動に走るのをダーシーは見たことがない。腕時計にセットした十五分経過のブザーが鳴れば、たとえ開いた宝石箱を前にしていたって、彼は平然と立ち去るだろう。

ダーシーのほうは、自分が利口で主導権を握っていると考えている。そもそも、この家が留守なのは住人がバハマ諸島で一週間の休暇を楽しんでいるのか、それとも葬式に出るので三時間外出しているだけなのか、それをつかんでいるのは彼の友人たちだ。こういう友人たちに対してダーシーは気前がいい。金を渡し、できるだけ時間も割いてやる。たとえば、ばかばかしいほど高額を取る犬舎で犬の美容師をつとめる妹のいる男。賞を取った有名造園師のもとで働く若い男。それにスキャリー。彼は地元で繁盛している防犯火災警報会社の新入り電気技師だ。

ダーシーはこういう人々によく注意を払う。ホテルでポーカーのゲームをじっと観察するように、かれらを見る。かれらが何に反応するか、こちらの示す友情を固く信頼してもらうには何が必要か、ダーシーには例外なくわかっている。かれらからの電話にすぐ答えられるようにと、彼はポケベルを買った。好みのレストランを把握していて、毎月いいテーブルを予約しておく。くだらない映画に連れていってやり、そのあとコーヒーを飲みながら、なんとかその映画のことを話題にする。最近、彼はスキャリーが義歯を入れるのにかなりの金を払ってやっていた。

努力のかいはあった。手を抜いたり、欲に駆られたりすることなく、ヤク・タングとダーシーは山ほど金を貯めてきた。ヤク・タングは故国にいる恵まれぬ親類に大金を送ってやった。ダーシーがドル札をたっぷり詰め込んだトランクは一個にとどまらない。今は幸福なときだ。長時間働くわけではなく、気を揉むことはめったにない。なんといっても、不安材料がごくわずかなのがいちばん大事だ。タイミング、気配り、計画がきちんとしているから、危うい目にあうのはまれだし、ふいに町を離れる必要にも迫られない。

ダーシーとしては、またクインシガモンドを離れなければならなくなるのはいやだ。過去にそんな経験はあるが、そのたびに胸の張り裂ける思いを味わう。たとえマイアミやバミューダへ行くときでさえそうだ。気温は九十度、そよ風に吹かれて、きれいな浜辺に何時間も寝そべりながら、彼は〈ミス・Q・ダイナー〉のコーヒーとミートローフのにおいを夢見る。誰にも秘密にしているが、本心では彼はしばらくおとなしくして、そのあとで合法的なビジネスに乗り出したいと思っている。バー、いやもっと正確にはクラブ。上品でしゃれていて、客はドレスアップし、決してやかましくならない、そんな店。ときどき、スキャリーと電話で話しながら、ダーシーはクラブの様子をいたずらがきで絵に描いてみる。天井には扇風機。長いバー。自分の事務室は階上のロフトにあり、裏から向こうが見える鏡が壁になっている。

ヤク・タングにも、他人には教えない彼なりの計画がある。漠然としているが、こちらも事業経営術が必要なものだ。レストランを開こうかと考えたことがある。あるいは、武道映画専門の貸しビデオ屋のフランチャイズ。いちばん望ましいのは輸入衣料品店だ。女性用サテンのドレスやシルクのスカーフ。安く買い付けて、うんと高く売れる。困窮した親類がいるために、彼はダーシーほど現金を貯めてこられなかった。それは恨んでいないが、六割四割の分割は不満だ。だが、彼の選択肢は限られており、運転のできないアジア系移民といっしょに働こうという、信頼できて頭のいいパートナーを見つけるのは一苦労だとわかっている。

二人とも、つまらないパートタイムの仕事を持っている。今ではそんな必要はないのだが、儲かりだす前からの仕事だし、わけのわからない恐怖感から、やめずにいる。人が規則正しく仕事に出かけるのを見ていれば、近所の人たちはよけいな関心を持たない。それに決まりきった生活があるからこそ、裏の仕事に出る前の数日間、ふつうにすることがあって、落ち着いていられるのだ。

ヤク・タングはメイン・サウス通りの老人ホームで看護助手をしている。ダーシーは〈実験生化学センター〉でシャトル・ヴァンの運転手をしている。ヤク・タングは週に二十時間、カートを押してまわり、小さなカップに入ったジンジャー・エールやりんごジュースを麻痺した手に持たせてやる。眠り込んだ人の口から火のついた煙草を抜き出し、椅子から床に滑り落ちてしまった人を持ち上げる手伝いをする。ダーシーは製造後二年の銀色のフォードのヴァンを運転し、二十分おきに同じ退屈な並木道を往復して、人を降ろしたり乗せたりする。彼には知るよしもないが、ひょっとするとこの人たちは世界的有名人なのかもしれない。みんな大判の茶封筒を持ち、天気のことを訊く。そんなつもりではないのに、人を見下した態度があるのだ。九割くらいはアジア人なので、ダーシーは愉快に思うと同時に苛立ちもする。おかげで彼は裏の仕事の最中にさえ、ついヤク・タングをへんな目で見てしまうことがある。

このところ、ヤク・タングとダーシーはつきまくっている。幸運が安定している。何をやってもうまくいかないことがないように思える。家の繁みに隠れた側の窓から雨戸がなくなっている。浴室の化粧台にロレックスの時計が置きっぱなしになっている。百ドル札十枚、すべて新札を束にまとめたものが、十三インチのトリニトロンを台から外したとき、その下から偶然見つかる。街灯が切れている。犬は死んだか、フロリダへ送られた。あまりにぞうさないので、こわくなるほどだ。

それから、ウィンザー・ヒルズの弁護士の家で、こんなことが起きる。ずっとうまくいってばかりだったので、ダーシーとヤク・タングはヒルズにまで手を伸ばしていた。ヒルズでの仕事には一カ月の限定枠を設けようかと話し合った。この弁護士の家へ行く道々、二人はいろんな数字をああでもないこうでもないと論じた。ヤク・タングは単純に、三十日間にこの地域でやる軒数を設定しようと言った。将来のクラブが頭にあるダーシーは、総額を定めて、そこに達するまで仕事を続けるほうがいいと考えた。結局、二人はなにも決めず、最後の一ブロックを走るあいだは黙っていた。

この家のことを聞かされたのは二日前だった。弁護士のベネット夫妻は空港へ行く途中、エイヴォンデール動物ホテルに立ち寄っていた。ダーシーは仕事帰りにベネットの家の前を車で通り、チェックリストを埋めた。次にヤク・タングを連れてもう一度通り、そのあとグリルで軽い夕食を食べながら、二人でしばらくその件を話し合った。どちらも自分から認めるつもりはないが、この仕事に必要な注意を払わなかったことは確かだ。しかし、なんでもこう楽楽はかどっていると、つい気が緩むのもしかたない。分け前を求めもしない泥棒の守護天使がついているようなものなのだから。

仕事にかかり、巨大なメディア・センターとなっている壁のくぼみから東芝のテレビを取り外そうとしている真っ最中に、ダーシーのポケベルが鳴り出す。心臓が止まりそうになって、彼はテレビを取り落とし、それは木の床に落ちて壊れる。二階の寝室から駆け降りてきたヤク・タングは、戸口から彼をにらみつけると、親指を動かして外へ出ようと示す。二人は盗めたはずのものの半分を残して立ち去る。車――修復した古いMG――の中で、いつも口数の少ないヤク・タングは「ちゃんと気を配ってないんだ」とだけ言う。ダーシーは大声で言い返す。「うるせえ、このブルース・リー。電話ボックスを見つけろ」

黙り込んだ二人のあいだに緊張が高まる。ヤク・タングはついこのあいだ、ブルース・リーは自分にとって真の精神的英雄であり、夜にはダーシーなら祈りと考えるかもしれないものをブルース・リーに捧げるのだと、ダーシーに告白したばかりだった。運転席のダーシーは、つきがまわってきてから初めてしくじったと自認する。大きな失敗ではない。二人とも怪我はなく、つかまりもしなかった。だが、仕事場にポケベルを持ち込むという愚行に、彼はほとんどパニック状態だ。仕事ですべきことぐらい、自分の名前同様、呼吸のしかた同様に知り抜いているというのに。

ダーシーはドラッグ・ストアの駐車場にぐいと乗り入れ、店外の公衆電話を使う。連絡してきたのはスキャリーで、興奮してしどろもどろだ――情報がある。ダーシーが興味を持つかどうかわからない。また聞きの内報だ。すこし金が必要だ。ここ二日間なにも食っていない。熱があると思う。今夜、飛行機でエンセナーダかブエノス・アイレスへ発つ。

ダーシーは相手を鎮めるのに受話器に向かって叫ばなければならない。彼はスキャリーに二十分後に〈メナード・ダイナー〉へ行っていろと命じると、すぐ車に戻り、ヤク・タングに相談もせず〈メナード〉へ向かう。ヤク・タングはふだん人を憎んだり暴力を振るうような男ではないが、やたらとスピードを上げて会合場所へ向かう車の中で妄想する――ブルース・リーがダーシーを頭上高く持ち上げ、おびえるダーシーの体は地面と平行になる。ブルース・リーの両腕は緊張して筋肉が太くなり、この不注意な泥棒を今にもぽきっとまっぷたつに折ってやろうと構える。

〈メナード〉はクインシガモンドに数多いダイナーの中でも最高の部類だ。いつも清潔で、混んでいることはほとんどない。二人は出入り口に近い木製のブースに一時間近くすわり、コーヒーの飲みすぎでぴりぴりしてくる。ダーシーは話がしたいが、そうするとヤク・タングはこちらが詫びを入れた、弱みを見せたと受けとめるのではないかと考える。ダーシーが子牛のカツ・サンドイッチを注文すると、一種の和解が成立する。ヤク・タングは割り勘ぶんの金をテーブルに置いて言う。「あんたの友達は来ないみたいだな」

ダーシーはうなずき、金をヤク・タングのほうへ押し戻す。

「どっちみち、そいつの出してくるようなものにおれたちは飛びつきやしなかったろう」ヤク・タングは言う。

「今のところ、なんとも言えないな」ダーシーは言い、指の関節をぼきぼき鳴らすが、すぐに後悔する。「おまえが肉を食うとは思わなかった」

「融通のきく人間なもんでね」ヤク・タングは言う。

ダーシーはまたうなずき、覚悟を決めて言う。「さっきのポケベルのことだけどな……」

「話し合う必要はないだろう」ヤク・タングは言う。「違うか?」

「そうだな」ダーシーは言い、ブースからするりと出るとカウンターへ行き、サンドイッチをせかす。

カウンターの端、左側のいちばん奥の席に、それまで目につかなかった老人がすわっている。見ると、盲人なのかもしれないと彼は思う。男の目はまったく動かずに前を見つめているからだ。男はスープの入ったスプーンを口元から一インチのあたりに掲げているが、さまそうと吹いているのでもなく、すこしずつ飲んでいるのでもない。ダーシーは男に話しかけたくなるが、その衝動を抑える。

フライ係がカツを揚げ油から引き出し、ダーシーの舌が湿る。ラージ・サイズのミルクを二つ注文しようとすると、盲人、彼が盲人だと思う老人が言う。「ミスター・ダーシーですか?」すぐ隣にいる人に話しかけるような小声だ。訛りがあるので外国人なのは明らかだが、それ以上具体的にはわからない。

ダーシーが肩越しに振り返ると、ヤク・タングは二人のあいだの合図みたいに、てのひらを下に向けて右手を突き出す。ダーシーは老人のほうに向き直り、まるで教皇の前に呼ばれたかのように、通路を静々と歩いていき、隣のスツールにすっとすわる。

「そうです。ダーシーです」彼は言う。

「わたしはジョージ・ルイスです」老人は言い、口をつけないままのスプーンをスープ皿に戻す。名前は外国人のように聞こえない。相手がこちらを向くと、ダーシーはなぜこの男が盲人だという印象を持ったのだろうといぶかる。

「お会いしたことがありましたっけね、ミスター・ルイス？」ダーシーは訊く。

「あなたには確かに見覚えがありますよ」ルイスは言う。「しかし、おたがいに知り合いだとは思いませんな。わたしは何年もクインシガモンドに来ていなかった。実は今夜も通りすがりでしてね」

彼はダーシーの顔を見て、話を続けようと決める。「わたしは偶然にことづけをお届けする役になったまでです」彼は言い、レインコートのポケットから長い白封筒を引き出す。

「あなたのお友達、だと思いますが」彼は言う。「ミスター・スキャリーというかたです。出ていかなければならなくなったとお伝えして、これをお渡しするよう頼まれました」

封筒は折ってあり、表には稚拙な筆跡で〝ダース〟と書いてある。

「おれはかなり前からここにいたんですがね」ダーシーは抑揚のない、だがきつい声で言う。

ルイスはどろっとしたオレンジ色のスープをかきまぜ、しばらくして言う。「ええ、その、あなたはお友達が説明してくれた風貌とまるで違うので」

今夜はどうもうまくない。あのいまいましいポケベルをうちの小だんすの上に置いてくるのを忘れさえしなけりゃよかったんだ、とダーシーは思う。ポケベルのことを失念したのは長く連なったドミノの最初の一個で、それが倒れたような気がする。スキャリーは二個目だ。こういう目と声をしたジョージ・ルイスは三個目なのかもしれない。

ダーシーはジョージ・ルイスに向かってうなずき、口だけ動かして〝どうも〟と言う。彼はあとずさりし、ポケットから金を出して右側のカウンターに置く。ヤク・タングはブースから出てきて、自分の金をダーシーのに混ぜると、フライ係に礼を言う。サンドイッチを皿から取り上げ、わきからトマト・ソースが垂れる二切れを片手に一つずつつかむと、ダーシーについて〈メナード〉を出る。

車の中で、しばらくすわる。二人ともややびくついている。気持ちを鎮めるために、ヤク・タングはサンドイッチをまるで正餐のようにグラブ・ボックスの蓋の上に並べはじめる。あちこちのドライブスルー・レストランからもらってきたナプキンを見つける。塩と胡椒の小袋、ケチャップとマスタードのチューブもある。ダック・ソースの容器にいきあたると、窓からそっと捨てる。

ダーシーは封筒をあけ、一度読んでから無表情にヤク・タングを見ると、手紙を渡す。ヤク・タングは親指のトマト・ソースを舐め取り、読む。

ダース

やばいことになった。例の二百を渡せなくてすまない。わかってくれると思う。あんたとブルース・リーは慎重にやれよ。もう時間がない。南へ行く。おれのことで聞き込みがあったら、どう言えばいいかわかってるだろう。時間を割いてくれてありがとう。新しい歯もな。おれがいなきゃ縁のなかったああいうホラー映画をあんたに見せてやれてよかった。じゃ、がんばって。

スキャリー

追伸

二百ドルよりいいのがある。アッシャー・ドライヴ九九番地。ウィンザー・ヒルズ。医者夫婦。犬はいない。船旅に出ている。けちな連中だ。ディスカウント・ストアで買った警報装置（たぶんもう電池切れ）。いい収穫になるかも。注意して特殊アイテムをさがせ。ごめんよ。

ヤク・タングは手紙をまるで裁判の証拠品であるかのようにダーシーに返す。注意したつもりなのに、やっぱり赤いトマトのしみがついてしまった。ダーシーは手紙を何度も折りたたみ、シートから腰を浮かして、紙をバック・ポケットに押し込む。

二人は黙ってすわり、オービス・アヴェニューを走る車を眺めるが、やがてダーシーは言う。「あのチビ、いったいどうしたんだと思う?」

ヤク・タングはじっと前方を見つめ、すっと息を吸って言う。「あんたの友達がどうしたのかなら、わかっていると思う。おれたちはそろそろ引退を話し合ったほうがいいな」

ダーシーは手を伸ばし、グラブ・ボックスの蓋から自分のカツ・サンドイッチを取る。ヤク・タングのことは無視すると決め、声に出してひとりごちる。「あいつ、いったいどうやっておれより先に〈メナード〉へ行ったんだ? 何にでも遅刻するあのチビが。今日に限って、おれが近づきもしないうちに、店に行き、ちゃちゃっと手紙を書いて、カウンターにいる妙な爺さんに渡し、逃げ出した?」

まじめに受けとめてもらおうとして、ヤク・タングはささやくような小声になる。彼は言う。「無視したいならすればいい。かまわないさ。だが、問題があるのはおたがいにわかっている。あんたの友達のスキャリーはなにかにすっかりおびえて、とうとう逃げ出した。あんたはそれが何なのかわかるまで、ほんとにぐずぐずしていたいのか?」

ダーシーは唇の中央を舐め、ごくりと唾を呑み込んでから、ヤク・タングに言う。「まず第一に、あのチビを友達呼ばわりするのはよしてくれ。ぞっとする。おれの友達だって。けっ。第二に、いいか、あんなぼんくらのチンピラが難問にぶつかって、南アメリカを旅しようと決めたからって、こっちはあわてて逃げ出しゃあしない。冗談じゃないぜ」

「休みを取ったっていい」ヤク・タングは言う。「ほんのしばらくさ」

カツとパンで口をふくらませたダーシーは顔を向けて言う。「さっきのポケベルだな? あれのせいでおまえはぶるっちまったんだ。まったく、なんだよ」

二人は暗がりでもぐもぐ食べる。店の上のアパートで明かりがついたり消えたりするのを見守る。サンドイッチを食べ終えると、ヤク・タングは自分が変えることも理解することもできないものには従うしかないと腹をくくったかのように、おとなしく言う。「じゃ、このアッシャーの仕事、したいのか?」

ダーシーはこれが挑戦なのかどうか確信がないまま、言う。「ああ、そうとも」

また静寂が訪れる。あるとき、二人は同時に体を動かし、〈メナード・ダイナー〉の窓の中を見る。どちらもなにも言わない。ジョージ・ルイスはスープとスツールから離れ、ダイナーから歩いて出ていってしまった。

〈天使の母ホーム〉で、ヤク・タングは戸惑うことばかりの一日を過ごしている。患者移動の要請メモを二つもらったのに、その部屋に行くと人違いだった。アンモニアのびんが入った新しい箱が備品戸棚からなくなった。三一九号室のミスター・バーナード・クーパーをさんざんあちこちさがしまわったあげく、新入りのナースからミスター・クーパーは昨夜死んでなどいないとはっきり言われた。ヤク・タングは強力タイレノルを六錠飲んだが、頭痛はひどくなるばかりのようだ。胃の具合が悪く、昼食にマカロニ・グラタンなど考えたくもない。今夜のことでは、いろいろいやな予感がする。

団欒室で古びたペイパーバックを配りながら——ミスター・アッシュにはゼーン・グレイのウェスタン、ミセス・ウィクリフにはハーレクイン・ロマンス——勤務がすんだら電車に飛び乗ろうか、と彼は考える。ダーシーには電話しない。説明しない。だが、ミスター・ケリガンに『テックス・バックリーの待ち伏せ』の冒頭のページを読んでやるあいだに、彼はそんな考えを頭から追いやる。いつものように、彼は卑劣なことはしない。今夜は働き、物事が起きるにまかせる。アッシャーの仕事をして、あとは運命に従う。

ヤク・タングがナース休憩室へ行くと、誰もいないので、一休みしてお茶をいれることにする。ドアを閉め、何度か深呼吸する。情報の裏を取るのに二日くらい時間があればいいのにと思う。二、三の事実を二重チェックし、ストップウォッチとクリップボードを持ってウィンザー・ヒルズを車で走ってみる。だが、アッシャーの仕事をやるとすれば、どうしても今夜だ。理由はいろいろあるが、二人とも勇気が失せてきている、というのがその一つだ。

部屋の隅、コーヒー・メーカーを置いたテーブルの横に、古い金属のコート掛けがある。ナースの制服、膝丈のシンプルな白いワンピースが三、四着掛かっている。ドリーンのものだろうと彼は推察する。ドライ・クリーニングから返ってきたばかりで、糊がきいて、しみ一つない。一着ずつ針金のハンガーに掛け、セロファンで覆ってある。ヤク・タングはいちばん手前の制服にかぶせたセロファンを引き上げる。ドレスを鼻に近づけ、新鮮な洗濯物のにおいを吸い込む。コート掛けからはずし、襟元を見てサイズを確かめる。彼は制服を自分の体の前にあて、伸ばした腕に沿って袖を上げ、長さをくらべる。

そのとき、パイプ煙草のいいにおいに包み込まれる。振り返ると、戸口に肌の浅黒い、背の高い男が硬直したように立ってこちらを見つめている。年齢不詳。男は仕立てのいいビジネス・スーツを着ている。健康で敏捷で、心身に不自由はないようだが、それでもなぜか〈天使の母ホーム〉にいる誰にもひけをとらない高齢ではないかと、ヤク・タングは思いたくなる。男にひげはない。片手にパイプを握っている。白いパイプ、おそらく象牙だ。なにかの形に彫ってあるが、何なのかヤク・タングには判然としない。ヤク・タングは制服をコート掛けに戻し、ふだんの礼儀を忘れて言う。「ここはあんたの来るところじゃない」

男は左手に革のスーツケースを提げているので、ドクター・ブローフィーをつかまえようとしている製薬会社のセールスマンではないかとヤク・タングは察する。スーツケースは重そうだが、男はそれをずっと片手に持ち、わきにつけている。男は休憩室につかつか入ってきて言う。「ミスター・タングですか？」

考えもせず、ヤク・タングはスモックのポケットに手を突っ込み、タイレノルをさがすが、一つもない。彼はまた言う。「ここはあんたの来るところじゃない。誰かに用があるんですか?」

男はヤク・タングの向かい側の青いプラスチックの椅子の一つにすっと腰かけ、言う。「わたしはミスター・エストラーダです。お会いする予定だったでしょう?」

ヤク・タングの胃が収縮し、ヤク・タングは吐きそうになる。奥歯をかみしめ、首を振って否定する。

ミスター・エストラーダは動じない。「まあいいでしょう」と言い、初めて休憩室の中を見渡す。その目を最後にヤク・タングに戻すと、彼は言う。「やっとお目にかかれてよかった。購入の件でまいったのです」

ヤク・タングが黙ったままでいると、ミスター・エストラーダはバック・ポケットに手を伸ばし、ハンカチを取り出す。額を軽く拭いて、彼は言う。「いつ取引ができるか、教えていただけますか?」

ヤク・タングは相手の言葉を繰り返す。「とりひき」

ミスター・エストラーダは目を閉じ、人差指と親指で鼻梁をつまむ。目をあけると、今にも怒り出しそうな様子だ。彼は言う。「念を押しますが、わたしは流動的です。それに、こうぎりぎりになって値段の交渉をしようとはいたしません。お約束します。書籍評価額の三倍、払い渡しはダイアモンド、金塊、そちらの選ぶ通貨で均等に三分の一ずつ。もっとも、わたしの依頼人は通貨をディナールにさせてもらえないか、うかがうようにと言っています。明らかに、そのほうが手早くて便利ですから。しかし、それはおそらく受け入れていただけないだろうと、わたしからあらかじめ警告してありますので、ご心配なく」

ヤク・タングはなんと言っていいか、見当もつかない。この薬品セールスマンは実はジョークだったのよと、ナースたちが笑いながらぞろぞろ入ってくればいいのにと思う。

彼は言う。「すみません、ちょっと混乱してしまって」

ミスター・エストラーダの顔がこわばる。それから口が横に広がって微笑になり、短く吠えるような笑い声が上がる。「商売ご繁盛のようですな」と彼は言い、ヤク・タングはいっしょになって笑う。ほっとするが、混乱は変わらない。

ミスター・エストラーダはテーブルの上で両手を組み、

静かに言う。「どうやら連絡が通じていなかった部分がありますね。たいへん申し訳ない。わたしの依頼人はとくにベルグラーノ本に興味を持っているのです」

「ベルグラーノ」ヤク・タングは言う。

「ええ。ベルグラーノ本です」ミスター・エストラーダは言う。「こういうことをお教えしてはいけないんですがね、今回それなりにうまくいけば、将来あなたとミスター・ダーシーにまた依頼することもありうる、という話は出ています」

ダーシーの名前に、平手打ちをくらったような気がする。ヤク・タングは言う。「人違いじゃないでしょうか」恐怖にめまいがしてきそうだ。

ミスター・エストラーダはすぐには反応しない。しばらくして立ち上がり、うなずいて、ささやく。「わかります」彼はスーツの上着のポケットから名刺を取り出し、テーブルの上をヤク・タングのほうへ滑らせる。きちっと向きを変え、休憩室から出ていく。

ヤク・タングは名刺を取る。白い紙にはなにも書いていない。裏返す。ごく小さな手書きの活字体で、こうある——

——〝ベルグラーノ　五五二‐七二六三〟

粘り強くがんばり、慎重に計画を練ったおかげで、ダーシーはこの一カ月のあいだに、昼間の仕事を手の込んだおもしろいゲームに仕立て上げていた。これが必要だと思ったのは、センターのあちこちにある実験所のあいだを時速二十マイルで五分走っては止まるの繰り返し、という仕事に内在する倦怠要因のせいだ。ゲームを始めるにあたって、まずは立ち上げ経費がかかった——ディスクマン一台、あれこれのCD多数（ほとんどはディスカウントの箱から選んだ一九五〇年代のコレクション）、文具、それに、本当はいらないのだが、分厚いロックンロール百科事典。

ダーシーはセンターの敷地内を一日に三十周する。その日の最後の一周で、彼はよく「焼きがま《オーヴン》行き最終バスです」と言い、医師たちをいぶからせる。医師たちは実験所のあいだの短距離くらい、その気になれば簡単に歩ける。敷地内は美しく、花壇に挟まれた歩行路が通っている。だが、シャトル・ヴァンは貴重な時間を節約するとされ、そのための予算が組んである。ダーシーとしては、不平を言うつもりはない。気に入った仕事だ。彼はこの単調さを頼りにするようになっていた。単調さからゲームが生まれ、ゲームはしだいに本領を発揮してきた。それは成長し、拡大し、さまざまな可能性を利用しはじめた。

もともと、ゲームには基本的なポイント制度と三つの試験カテゴリーがあった。カテゴリー1は、短距離をきっかり五分で運転すること。速すぎるか遅すぎれば、その秒数のポイントが引かれる。カテゴリー2は、紙袋からランダムに取り出したCDの歌詞をすべて正確に知っていること。ダーシーはサム・クックのCDから始めたところ、はまってしまったので、二週間このアーティストを続け、シーズン前のエキシビションということにした。カテゴリー3——彼のお気に入り——は、乗客がシャトルをつかまえようとしているとき、ヴァンを止めずに行き過ぎることが一日に何度できるか。先月、無作為の瞬間的判断による達成に、彼はボーナス・ポイントを加えることにした。近ごろでは、状況はまるで手におえなくなってきている。今ではサブカテゴリーやハーフポイントがあり、ヴァンのタイヤ圧力やガソリン一ガロンで何マイル走るかに関わる挑戦もある。スコア計算は代数学的になってきた。曜日や時間にも新しい複雑な意味が加わった。ダーシーは分厚いスパイラル・ノートに長く入り組んだスコア、成績、格付けを記録するようになった。勤務が終わると、彼はそのノートをヴァンの運転席の下に残していく。

今日、オーヴァンの最後の停留所でみんなを降ろし、数分かけて最後の一周のスコアを書き込んだあと、彼はサム・クックをプレーヤーに入れ、音量を上げる。センターの車庫へ行くまでのあいだ、彼は《チェーン・ギャング》に合わせて声を張り上げ歌う。歌が終わる前に駐車し、エンジンをアイドリングさせたままでサム・クックといっしょに歌い終える。それからエンジンを切ってキーを抜き、後ろのスライディング・ドアをロックしようと振り向いて手を伸ばすと、いちばん奥の席にいる男が言う。「こんにちは、ミスター・ダーシー」

ダーシーの腕がステアリングにばしっとぶつかり、ホーンが鳴る。

「こんちくしょう」彼は叫ぶ。

男はすまなそうに片腕を前に出して言う。「申し訳ありません、あの……」だがダーシーはまた「こんちくしょう」と言う。

一瞬、二人とも黙り込むが、やがてダーシーは呼吸を整え、ようやく頭を上げて言う。「馬鹿野郎、あやうく心臓発作を起こすところだった」

男は詫びようとする。「あの、まことにすみません」その声は奇妙で、鎮静効果がある。

ダーシーは腹が立つと同時に恥ずかしくなる。「こんなところで、いったい何してるんだよ？　オーヴァンで全員降ろしたと思ってたのに」

「オーヴァン？」男は訊く。

ダーシーは顔を拭き、だんだん落ち着いてくる。

「くそ」彼は言う。「死ぬかと思った」

二人はヴァンの最前部と最後部から見合う。男は雨に備えて厚手のトレンチ・コートを着ている。ボタンをすっかりかけ、襟を立ててある。ダーシーはふいに、こいつは居眠りしていたのかもしれない、と考える。こわい顔ですわり、相手の言い訳を待とうと決める。

「驚かせてしまって、お詫びします」男は言う。単語の強勢のつけ方がおかしいところがある。「二人きりでお話しするのがおたがいのためになると思いまして。わたしが来るのを待っておられたかと思ったんですが。わたしはミスター・ロシェールです」

ダーシーは黙ったまま、窓から車庫に目をやり、考えようとする。ようやく彼は言う。「いや、うん、ついびっくりしちまって、失礼。音楽を聴いてたもんでね。ああ、驚いた」彼は言葉を切り、ミスター・ロシェールを横目で見る。「じゃ、閉めさせてもらいますよ」

ロシェールはヴァンを降りる意図があるという素振りをまったく見せない。ここを自宅と決めたので、立ち退くものかと思っているみたいだ。彼は言う。「あなたが最近手に入れられたものに、非常に興味を持っている人たちがいるのです」怒っているふうではなく、ただ熱心な様子だ。

ダーシーはヴァンから飛び出そうかと考えるが、思い直して言う。「すみません、なんの話かさっぱりなんですがね。実験所まで送ってほしいんですか？　居眠りして乗り過ごしちまったんですか？」

ミスター・ロシェールは戸惑い顔になる。彼は靴に目を落とし、それから顔を上げてダーシーを見ると言う。「ミスター・ダーシー、ここにはほかに人がいるんですか？　なにか問題がありますか？」

ダーシーはいらいらを抑えられない。彼は言う。「問題があるのはそっちでしょう。おれたち、知り合いじゃないですよ」

ミスター・ロシェールは軽い調子で口をはさむ。「おっしゃるとおりです」

ダーシーは言う。「じゃ、これで。おたくがヴァンの中で一夜明かしたいんなら、かまいませんよ」彼はドア・ハンドルを引く。ルームライトがぱっとつく。

ミスター・ロシェールはぴくりともしない。彼はダーシーをひとしきり見つめ、それからコートのポケットに手を入れて、なにか取り出す。手が大きいので、その物をすっかり覆っている。ダーシーは軽い吐き気をおぼえる。ミスター・ロシェールは手の中のメモ・カードだか写真だかをじっと見てから、ポケットに戻す。彼はため息をつき、微笑して言う。「ミスター・ダーシー、プロらしからぬ態度ですな。どうぞすわってください」

ダーシーはヴァンのドアを閉める。

「金の問題ですか、ミスター・ダーシー？」ミスター・ロシェールは訊く。「心配は無用とおわかりのはずでしょう。わたしの依頼人は、安い買い物には興味がない。かれらの求めるのは……」窓の外を見れば適切な単語が見つかるかのように、視線をわきへ逸らす。その目をダーシーに戻し、「蚤の市ではないのです」はっきり言う。

彼は微笑する。自己満足し、ダーシーも満足してくれたろうと思っている。「かれらがどこまでするつもりがあるかは、充分ご存じと思います」彼は言う。「もちろん、無理のない範囲で、ですが」

ダーシーは相手の言葉を繰り返す。「もちろん」

ミスター・ロシェールは続ける。「簡単に申しますと、わたしの依頼人は、あなたとミスター・タングから購入したい。最近あなたがたがドクター・ホーソーンの自宅から取り去った、ビカネル本をです」

ダーシーの息が荒くなる。自分とヤク・タングが同じセンテンスの中で触れられたのが気に食わない。これがあのチンピラのスキャリーと、〈メナード〉でもらった彼の手紙に関係したことだというのは、二人ぶんの命を賭けたっていいくらい明らかだ。それから、彼は手紙を思い出す。一語一語。

アッシャー・ドライヴ九九番地

ウィンザー・ヒルズ

医者夫婦

スキャリーめ、くそくらえ、と彼は思う。あのポケベルも、くそくらえ。

ダーシーは立ち去りたい、ヴァンから、車庫から。クインシガモンドから。彼は言う。「パートナーといくつか話し合わないと」

ミスター・ロシェールはまたため息をつき、それから「いいでしょう」と言って、ヴァンの前のほうへ移動する。小さなカードをダーシーの手に押しつける。サイド・ドアから出て、車庫の暗がりに消える。

アッシャー・ドライヴは袋小路だ。クロムウェル通りから分かれて、文明の短いねじれた腕のように、キングズタウンの森に割り込んでいる。キングズタウンの森はよく手入れされた保護林で、ウィンザー・ヒルズの境界をなし、地区を周辺のすべてのものから切り離している。まるで自然がヒルズの住民に専用緩衝地帯をプレゼントしたかのようだ。

アッシャー・ドライヴはヒルズの中でいちばん遠く、孤立した通りだが、それでも完全にウィンザーの一部となっている。必要条件をすべて満たしているのだ。家がウィンザー・ヒルズの一部となるには、特権階級らしい堅固な外観を見せていなければならない。このあたりの家はどれも大型のコロニアル様式だ。がっちりしたレンガ造りで、その多くは壁に蔦が這っている。寝室は五部屋以上。ガレージは車三台から四台入るもの。レンガか板石敷きの歩行路が長くうねうねと伸び、完璧な芝生がなだらかに下った先には根覆いの樹皮を撒いた花壇。

ダーシーとヤク・タングはレンタカーのジャガーに乗り、ヒルズのふもとで待つ。いったん境界線を越え、坂をのぼったら、それまでだ——狙った家へ行き、実行し、出る。時間は、ことにウィンザー・ヒルズの仕事では、ふだんよりさらに重要な要因になる。時間がすべてだ。

MGは置いてきた。めずらしい行動で、ダーシーには気になる。ジャガーのスピードとパフォーマンスは疑っていないが、MGなら精通しているのだ。猛スピードを出すには、いつどうしたらいいかわかっている。MGを運転しているときは、本能のクッションに守られている。だが、ヤク・タングが調べ出したのだが——いい考えであることはダーシーも認める——ドクター・ホーソーンのよそにいる息子はオリーヴ・グリーンのジャガーを運転している。オリーヴ・グリーンのジャガーはホーソーン家の車寄せによく駐車してあるから、これなら近所の人が見てもなんとも思わない。

ダーシーとヤク・タングはヒルズのふもとにすわり、こんなところにいたくないと二人で思っている。白砂の海辺で分厚い外国の銀行通帳を懐に、むずかしい外国語を勉強しているほうがましだと思う。気持ちを集中できない。冷静さがまったくなくなってしまった。かつてはごく自然に落ち着けたのに。

ヤク・タングはふだんから信頼できる人物数人を通して、あれこれ確認していた。その情報をダーシーに教える。男は外科医だ。定年退職が近づいている。金持ちの旧家出身。——父親も外科医だった。長らく結婚している。子供は一人、息子で、ジョンズ・ホプキンズ大学病院で研修中。親父は家じゅう埋まるほど賞を取っている。世界を旅行し、とくに中東に興味がある。へんなところにけち——高級レストランには行かない、同じ服をずっと着続ける、それに、大当たり、こっちに関係があるのはこれだ、警報装置に金をかけようとしない。

だが、ドクター・ホーソーンがなにかのコレクターだという噂はまったくない。ヤク・タングがいくらか金まで出して聞き込んでも同じだった。骨董品、絵画、コイン、切手、ワイン、なんの噂も出てこない。ぜんぜん。だから、二人は予備知識なしに行くのだ。何をさがせばいいのか、どこから調べればいいのか、見当もつかない。それもあり、時間的要因もありで、楽な一夜ではない。いつものように手際よく、慎重で、プロらしい仕事はできないと、わかっていて行くのだ。

ホーソーンの家はアッシャーのほぼいちばん奥にある。ウィンザー地区の家は古いので、敷地はそれぞれほんの半エーカーだ。おかげで隣家が近く、目につきやすい。音と光は最小限にとどめなければならない。二人は夜があまり更けないうち、九時を実行時刻と決めている。レンタカーのジャガーを訪問中の息子の車に見せかけるためだ。

家は九九番地。大きさは中くらい。レンガ造りで、窓には黒い鎧戸。金のあるニューイングランド人の屋敷としては標準的なものだ。たとえ実情を知らなくても、一目見れば医師か判事の家だとダーシーにはわかっただろう。上等だが、派手ではない。巨大な玄関ドアの上に黄金の鷲。

〝警報装置により警戒中〟と書いた偽のステッカーが正面の窓の隅に貼りつけてある。これでは休暇中ですとネオン・サインを出しているようなものだ。人気のあるラジオ局で通勤時間にお知らせを出しているようなものだ。ついている明かりは一つもなく、窓という窓のカーテンはしっかり閉じてある。家は墓のように見える。

ゆっくり車寄せに乗り入れ、エンジンを切る。ヤク・タングは歩いて玄関前の通路に入り、郵便受けから輪ゴムで束にした郵便物を取り出すと、立ったまま、気楽な様子で辛抱強くぱらぱらと見ていく。薄いゴム手袋をはめていて、その感覚を無視しようと努力する。外国の消印の手紙が何通もあり、一つの差出人住所は外国の文字で書いてある。アラビア語か、と彼は思う。

ダーシーは急いで家のいちばん目につかない側に移動する。伸び放題の繁みの陰にうまく隠れた場所を見つける。窓の外側の網戸から網の部分を切り取り、繁みに立てかける。セーターの下から紙おむつを取り出し、窓にあてる。ウエストに挟んであった懐中電灯を取り、窓ガラスを割ると、手を差し入れ、気をつけて上に伸ばし、警報装置のプラスチック・カバーをはずす。一瞬警報が鳴るのを体を押しつけて消し、それから電池とカバーを繁みの下に捨てる。彼はダイニング・ルームに入り、深呼吸して気持ちを落ち着けると、目が暗さに慣れるのを待つ。

リビング・ルームを抜け、玄関に出るが、ドアに安全錠がかかっているのがわかり、緊張する。ドアのむこう側でヤク・タングの神経が尖ってくるのを感じとれる。本能的に、ドアのわきのコート掛けのそばに置いてある子供用の籐椅子のクッションをダーシーは持ち上げる。鍵が見つかる。太いエールだ。それを使って警報装置を切り、プラスチックの紐でドアノブから下がっている装置の箱をはずして、ヤク・タングを入れてやる。

薄暗いロビーで二人はにらみ合う。どちらも相手がびくついて、ドアを抜け、ジャガーに戻ろうとするのではないかと待ち構える。とうとうヤク・タングは床に目を落とし、ダーシーは咳払いする。いったん中に入ったら、手分けして別々の部屋をやろうと、漠然とした計画を立てていたのだが、今ではそれは無益な計画のように思える。

「よし、じゃ、始めようぜ」ダーシーは言い、ヤク・タングは即座にその場を離れ、ホールから階段をのぼる。ヤク・タングはばかなことをしているとダーシーは思う。狙っているものは家の一階から見つかると、彼の本能は教えている。リビング・ルームに入り、巨大な革張り椅子の横にあるサイドテーブルにのったスタンドをかちっとつける。弱い明かりだ。電球はきっと四十ワット程度だろう。倹約なドク・ホーソーンを思って、彼は内心で笑う。家のどこかのデスクに向かう老外科医の姿がふいに頭に浮かぶ。妻が捨てようとした食料品買い物リストの裏にペンを走らせている。四十ワットの照明の下で目を細め、胆嚢だか扁桃腺だかをいくつ切り取れば一年分の電気料金に相当するか、計算しているのだ。

自分が何をしているのか、なるべく考えまいとして、ダーシーは革張り椅子にそっと腰かける。ゆったり背をもたせ、脚を上げておそろいのオットマンにのせる。かけ心地がいい。すわったまま、寝たり食べたりできそうだ。二階でヤク・タングが引出しを次々と調べている音がする。立ち働かなければ、動きながら考えなければ、とわかっているが、これは新式のアプローチだと自分に言い聞かせる。すわって、〝特殊アイテム〟がいちばん見つかりそうな場所を一つ選ぶならどこか、考えるのだ。こんな新式アプローチを考えついたのはおそらくパニックのせいだということも、ここ五、六年、たとえ最悪の状況にあっても、仕事でパニックを感じたためしなどなかったということも、頓着しない。

彼は革張り椅子がおおいに気に入り、これを持っていかれないのが残念だと思う。自分のアパートのここぞという場所に置いたところを想像できる。二階ではなにかガラス製のものが落ちて壊れ、ヤク・タングも同じくらいがたついているとダーシーにわかる。

ダーシーは時間をかけて部屋を見まわす。すべてふつうに見える。暖炉、ソファ、額におさめた肖像写真、フロア・スタンド、いくつかある小テーブルにはベルや写真や小さなクリスタルの人形が所狭しとのっている。部屋のむこうのほうには小型のアップライト・ピアノが壁に押しつけてある。あれをまともに弾けるやつはこの家にはいないだろう、とダーシーは思う。ここ、彼のまわり、簡単に手の届くところに、盗んでいけば一日で金に換えられるものが何十とある。だが、そのどれも彼がここまで盗みにきたものではない。

おれはここに住めるだろうか、と彼は考える。ドク・ホーソーンの家に。おれがドク・ホーソーンの息子だったらどうだろう。息子は親父に電話して、むずかしい症例について技術的な質問をする？　彼は二人を頭に描くことができる。けちなやつら。夜遅く、電気料金が安いとき、二人で暗い部屋にすわって、自分たちが切り開いた人間、その中に見つかったものについて、話し合っている。

その考えに、ダーシーははっとする。なんとか椅子から立ち上がり、つま先立ちでかかとを上げたり下げたりしながら、部屋を見まわす。ポケットからスイス・アーミー・ナイフを取り出し、刃を出すと、椅子のシートを切り裂く。仕事でこんなことをした経験はなかった。泥靴で家に入ったり、煙草を捨てたことすらないのに。気持ちがうわついて、自分でもどうしていいかわからない。ひとところでぴょんぴょん跳び、アーミー・ナイフを片手で投げたり取ったりする。向きを変え、壁に掛かった家族の肖像写真に唾を吐く。クリスタルの人形を二個取り、濡れたハイウェイで衝突する車みたいにぶつけてやる。ソファのわきのテーブルに読書用の眼鏡があるので、かけてみる。部屋がゆがんで見える。眼鏡をはずし、しゃがんで、それをカーペットに置くと、踏みつける。レンズが粉々になり、つるが折れる。彼はブーツのつま先でその残骸をぐいぐいと踏みつぶす。

二階からヤク・タングの声がするのを待つが、動きが聞こえるだけだ。引出しがあき、物が床に落ちる音。ダーシーはピアノに近づき、鍵盤の蓋をあけると、演奏を始めようとするかのように、スツールにすわる。鍵盤を眺め、指を軽くのせる。音がしない。もう一度鍵盤を押してみようかと思うが、ためらう。それから、ふと思いつく。スツールから立ち上がり、ピアノのわきへ行く。てっぺんをあけて中を覗いてみようとするが、蓋はびくともしない。もう一度、もっと力をこめてやってみると、ピアノのこちら側が壁からさっと離れる。反対側は壁に蝶番でとめてあり、全体が巨大な、分厚いドアになっているのだ。

ダーシーは口に手をあて、考えようとする。本心では、ヤク・タングをつかまえ、すぐ車で南へ向かいたい。間道を走る。ドライブスルーの食べ物。ジャガーをどこか南のうっそうとした森に乗りすて、なにかありきたりだが速い車に替える。どうしてかすぐにはわからないが、彼はスキャリーをつかまえて、新しいまっすぐな歯をすっかりへし折ってやりたいと思う。

ピアノの後ろの壁には穴があいている。合板のウォルナット材で縁取りがついているので、奇妙な低い窓枠のように見える。縦横ほぼ三フィート、暗くて中に何があるかは見えない。

ダーシーは時間がどんどん過ぎていくのを感じる。些細な決断が下せない。ふいに、この家の一階の間取りを思い出せなくなる。リビング・ルームの壁の反対側は広々したホールではなかったか？　睡眠不足だといって、脳が彼を罰しているかのようだ。〝特殊アイテム〟はこのドア、この窓のむこうにあると、大金を賭けたっていい。ここに誰か第三者がいて、指示を与えてくれればいいのに。ミスター・ロシェールが厳しい口調で話しかけてくれれば。おれに金を投げつけ、あの穴から中に入れと命じてくれれば。

それから、命令を受けたかのように、彼はあわてて動きだす。ぐらりと床に身を投げ出すと、開口部から中に入る。凍るように冷たい水の中に飛び込み、深さの見当がつかないような感じだ。よつんばいのままで、心臓がばくばくするのが止んでくれればいいと願うが、無駄だ。これからの数分間に起きる可能性の数々が意識にのぼり、泰然自若としていられるはずがない。うまくやるには、考えを広げないこと、決意を固めた動物か、まったく狂いのない機械のように動くことだ、と彼は思う。うまくやるには、それよりむしろ、自分がなぜ、どういう経緯で、こんな立場に陥ったのかを考えないのがいちばんだろう。

ポケットから懐中電灯を出し、親指でスイッチを入れる。本が見える。

ここは小部屋、金庫室といってもいいだろうが、そこに本がどっさり詰まっているのだ。彼が壁に沿って上下にすばやく光を走らせると、本の並んだ無数の棚が見える。膝立ちになってくるりと一回転すると、呼吸がゆっくり戻ってくる。部屋はほぼ六フィート四方の箱で、側面にはどこもかしこも厚い金属の棚がついている。そして、棚はすっかり埋まっている。本また本。ほとんどはとても古い本らしく、背の文字が外国語のものもある。かびくさいかと思うが、そんなにおいはしない。彼は姿勢を変え、瞑想を始めるかのようにあぐらをかいてじっとする。

ヤク・タングを呼んでくるべきだとはわかっているが、そうしないことに決める。あたりを見まわし、この金庫室に慣れよう、できるだけいろいろ目にとめようとする。本のほかに、いくつかの物がある――黄金の鉢、いや、かつては黄金に見えたろうが、今では光沢が曇ってがらくたのように見える鉢。その中には手紙や葉書、それに拡大鏡が入っている。懐中電灯の光がなにかに反射して目に入り、どきっとして、光線を壁と天井の境目の角まで目で追うと、そこにはごく小さな窓がある。ほんの半ドル硬貨ほどの大きさで、丸い。よく見ようと、彼は気をつけて立ち上がる。天井は彼の頭上一、二インチしか離れていない。丸い厚いガラスはシロップのような感じだ。ダーシーがガラスに片目をつけると、夜空が見える。星が輝き、月光が射している。

何を取っていくか、さっさと決めなければならないのはわかっているが、これには悩む。どうやって判断する？　また黄金の鉢の前にすわると、初めて、鉢の両側に凝った黄金の蠟燭立てに差した蠟燭があるのが目にとまる。自動的に彼はポケットからライターを取り出し、蠟燭に火を点す。金庫室は明るくなる。やや緊張がゆるむが、それからふいに、こんなにたくさんある本のすぐそばで火が燃えていると思い、ぎょっとする。しかし、蠟燭を吹き消す気になれない。

焦点を定めずに一方の壁の本を見つめる。ダーシーは読書家を自称するつもりはない。ときどきクロスワード・パズルの本に夢中になり、一語一語、一ページ一ページ、難なくばりばりとかたづけていくことはある。それにときたま、ルイス・ラムーアのウェスタン小説を読む。ミステリも読む。スパイ物。今ダーシーは理解する。おれは本についてろくに考えたことがなかった。本を動産だと考えたためしはない。おかしな蒐集品といえば、せいぜい切手やワインだとばかり思っていた。

彼はそばの棚に手を伸ばし、本を取り出して、足元に積み上げていく。どれも重い。思いがけない重さだ。ふつうに目にする本のような感じではない。表紙に絵がない。裏表紙に著者の顔写真がない。表装はどれもなめらかで冷たく、金庫室が冷蔵庫であるかのようだ。彼は本を取り、手に持って、表紙を撫で、背のタイトルを読めるものは読む。

白い薄い本が二冊ある――『ヴォーティガーンとロウィーナ』と『ヘンリー二世』。『食書症の診断と治療』と題したパンフレットがプラスチック・カバーの中に封印されている。ダーシーは封を切って中を見ようかと考える。これにはなにかおもしろい絵が入っていそうだ。彼は『使者の悲劇、その他のジェイムズ朝復讐劇』を取り上げるが、すぐにおろす。『続天文学研究、R・A・ロック&S・ジョン・ハーシェル』、オーベルピネル著『ラパッチーニのもう一人の娘』、『バソンのオグの生と死』、エルンスト・トラー著『新国家のための料理法とカクテル』をさっと見る。チェスタトン著『北アメリカの旅　クインシガモンド』にはしばらく目をあてるが、やがてわきへ捨てる。『バイティック文学史　第一巻』という分厚く背の高い本を抜き出し、膝にのせる。重さを手で測り、床へ滑らせる。その上に『バベル目録　アルゼンチン版、一八九九年』を投げる。彼は深く息を吸い、困惑し、吐き気を感じる。

ここにある本が秩序立って並んでいるのか、一つのカテゴリーに属するものなのか、ダーシーにはわからない。出版年も書かれている言語もさまざまだ。戯曲もあれば医学書もあり、歴史書もあれば料理本もあり、地図帳もあれば聖書もある。彼はしだいに憎悪に満ちた破壊的考えを抱きはじめる。たとえば、このいまいましい金庫室に放火する。ドク・ホーソーンの家全体に放火する。レンタカーのジャガーに乗ってハヴェロック崖から飛び降りる。ヤク・タングをトランクに入れてロックしたまま。

彼は黄金の鉢に入った拡大鏡を取っていこうと決める。手を伸ばしたとき、ぼてぼてした封筒がたくさん重なった下に、茶色の紙で包装した包みがのぞいているのに気づく。それを引っ張り出す。大きな茶色のレンガみたいに見える。ドク・ホーソーン宛てで、あけられていない。ダーシーは幾重にもなった茶色の包み紙を引きはがす。紙を引っ張っては破り、いらいらして緊張感が募ってくるが、ようやくあけると、中から本が出てくる。また本か。古い本で、あまりいい状態ではなく、布装だ。表紙は無地だが、背には〝聖書〟とあり、その下に〝ボンベイ〟と書いてある。

ダーシーはなぜ興奮しているのかよくわからない。彼は二本の蠟燭に近づき、唇を舐める。本を開こうとすると、背後でふいに大きな咳が聞こえ、一瞬、心臓と肺が機能しなくなる。横ざまに倒れ、妙な具合に体をねじる。本はまだ手にあり、震えている。

目の前、金庫室の開口部に、背をまるめ、膝立ちになったヤク・タングがいる。ダーシーは声が出ない。ヤク・タングは首を横にかしげ、薄明かりの中でダーシーにはその顔がさっきよりよく見える――ごってり化粧している。ロデオの道化師みたいだ。口紅、頰紅、マスカラ、つけまつげ。耳たぶからは長いダイアモンドのイアリングがぶらぶら下がり、肩には毛皮のストールらしきものを掛けている。

ヤク・タングは金庫室の中へ身を乗り出す。ダーシーが立ち上がろうとすると、ヤク・タングは腕をさっと振り出し、ダーシーの目の上を狙いをはずさず殴る。ダーシーはのけぞって倒れる。何が当たったのかわからない。なにか重い金属のもの。ダーシーの頭から顔へ、血が幅広い流れとなってどくどく流れだす。彼はなんとか動こうとし、倒れて本棚に寄りかかる。片目で見ると、ヤク・タングが金庫室から出ていく。リビング・ルームの明かりが狭まって消え、ピアノが壁にぴたりとくっついて、かちりと金属的な音が聞こえる。

今では血の流れが二本になり、ダーシーの右頰から口の端を通ってゆっくり競い合うように流れていく。彼は舌を出し、自分の血を舐める。最初はおずおずと、それから懸命に。舌はねじれ、あちこちを探り、赤い太い線をとらえようとする。頭蓋がずきずきしてきて、しばらくのあいだほかのことがすべて消えてしまうが、やがて和らぎ、めまいをさそうような絶え間ない痛みと困惑のこだまだけが残る。ダーシーは自分の声が聞こえるような気がしてぎょっとし、半身を起こして耳を澄ますが、めまいがして、また床に倒れる。

彼は重ねた本に頭をのせる。時間が過ぎていく。うとうとしては目を覚まし、すばやく夢を見てはもごもごと独り言を言う。目をぱちくりさせる。片目は断続的に新しい血にまみれる。わけのわからない、ぱっぱと変化する悪夢を見る――ヤク・タングとダーシーが洞穴の中に生き埋めになる。ヤク・タングとダーシーがレンタカーのオリーヴ・グリーンのジャガーの中に生き埋めになる。〈メナード・ダイナー〉の中に生き埋めになる。地震か土砂崩れで泥と岩が屋根の上、ステンド・グラスの窓にどっと押し寄せ、二人を閉じ込めてしまう。そして彼は一人、無力だ。すべてのエネルギーが体にあいた穴から流れ出てしまった。ジョージ・ルイスの腕に抱かれて荒れ狂う大海へと運ばれていく。眠る子供のように抱かれて、耳を聾するばかりの波濤の中へ。すると大海は形を変え、本や百科事典や辞書の海となってうねる。水は引いては盛り上がり、ぼろぼろになったダーシーを絶え間なく続く波の下へ呑み込んでしまう。

いいほうの目があき、閉じる。またあく。無理してそこにあるものを見ようとする。金庫室は暗くなってきたように思える。蠟燭の炎は縮み、揺らめいているようだ。彼は向かい側の書棚を見上げ、隅の半ドル窓を見る。青と白の光がくるくる回っているのが見えるように思う。光は丸く切り取られた空を明るくし、それから去っていく。

きっとすぐなにかが起きるはずだ。膝の上には〝ボンベイ〟から来た〝聖書〟がある。表紙を開くと、数ページが指の下を滑る。頭を傾け、目の焦点をなんとか合わせ、ばかばかしいほどの努力を払って読もうとする。ほとんど最高の時間つぶしだ。

いい男が勝つ
Best Man Wins

フレデリック・ウォーターマン　吉井知代子訳

元ジャーナリストでスポーツライターのフレデリック・ウォーターマン（Frederick Waterman）は、コネチカットやニューハンプシャーで働いてきた。その取材対象は殺人事件の公判からオリンピック、スーパーボウルにまで及ぶ。またボストンやニューヨークでは演劇批評家としても活躍している。本作はユナイテッド航空の機内誌《ヘミスフィアス》に掲載された作品。

パリ発ニューヨーク行き五八七便の機内。フライトアテンダントにチケットを見せ、いつも利用するファーストクラスを通りすぎ、うしろのエコノミークラスへ進む。二十二列目で足を止め、Aの席にすわっている男を見おろした。ここにいるのはわかっていた。この四ヵ月間わたしの妻と情事をかさねてきた男。

わたしはBの席に腰をおろした。

ジャン＝ルイ・ヴァションは顔も上げずに《ル・モンド》を読んでいる。乗りあわせた客にわざわざ会釈するような男ではない。九年ものつきあいだが、今回ばかりはどう振る舞ったものかわからなかった。五日前、自宅のコンピュータが誤作動を起こし、百件の削除ファイルを復活させた。妻がヴァションに送っていた言葉に疑いの余地はなかった。

どんな気持ちだったか？　激しい怒り、苦々しさ、戸惑い、吐き気がするほどの絶望感がかわるがわる心のなかをめぐった。気づいたということを妻には話さず、昼間はなんとか怒りを隠して過ごしたが、夜が来るたび、かけがえのない甘美な愛の思い出が悪夢にかわった。わたしがいるべきところにフランス人のこの男が現われるのだ。

いまは頭をすっきりさせて、いつものわたしにもどろうとしている。だれを責めればいい？　妻か？　ヴァションか？　おそらく両方だろう。復讐をしたいが、それよりも、とにかくこの問題に完全に終止符を打つつもりだ。

左手の結婚指輪はまだ古ぼけてはいない。パリ郊外の小さな石造りのチャペルで、電撃的かつロマンティックな結婚式を挙げたのは三年前のことだ。式のあとの食事の席で、わたしの付添い人《ベスト・マン》をつとめたヴァションが「実にねたましい。きみは世界一美しい女性と結婚するのだからな」と言ったのを思い出す。彼のねたみがこれほど深かったとは思いもしなかった。

横目でヴァションを見る。声をかけるのが遅くなると、わたしだとわかったとたんに不吉な予感を抱き、この席割りは偶然ではないと思うかもしれない。

大きく息を吸いこむ。

「ジャン＝ルイ！　新聞のかげで気づかなかったけど、ジャン＝ルイだろ？」

ヴァションがこちらを向いた。

「エドワードじゃないか！　この席なのか？　なんて運がいいんだ！」

いつもの魅力的な笑顔になるまえに、一瞬あらわれた動揺をわたしは見逃さなかった。罪悪感ではない。ヴァションはそんなものを持ちあわせてはいない。あれは動物的な警戒心だ。

「こんなところで会えるとは思わなかったよ、ジャン＝ルイ。久しぶりだな」

昨晩自分に問いかけてみた。寝とられ男が妻の愛人のとなりにすわったとき、どう振る舞うものなのだろう。幸福と無知を一対二の割合で混ぜ、愚かさでうっすらコーティングしてみる。

「ヴァション・ワインのできはどうだい？」わたしは明くたずねた。「この夏、プロヴァンスはよい天候に恵まれそうだし、二〇〇〇年の再来を夢みていると二人のワイン醸造業者から聞いたよ」

「だれだって二〇〇〇年の再来を夢みているよ。でもぼくたちが生きているうちにはありえないだろうね」ヴァションの英語は完璧だが、フランス語の響きは残っている。「ブドウを栽培する者はつねに自然に翻弄されるんだ」

わたしは憎い男に微笑みかけて言った。

「〈レ・ミレッテ〉の客はもはやワインリストなど見ないんだ。見たところで、〝ヴァション〟があるかどうか知りたいだけだからね。いっそ、貯蔵室にあるほかのワインをイースト川に放りこんでしまおうかと思うよ」

「決行日を知らせてくれれば、手伝うぞ。ライバルがいなくなるのはいつだって大歓迎だ。でもエドワード、きみみたいにすばらしいシェフなら、そんな問題とは無縁だろう。ライバルなどいないからな」

ヴァション、言葉遊びのつもりなのか。ライバルはきみだと、だれよりもわかっているはずだ。わたしは心のなかでつぶやきながら、彼がこっそり二重の意味をもたせて楽しむのを何食わぬ顔で聞いていた。

五八七便の最後の乗客が息を切らせて乗りこんできた。お決まりのアナウンスが流れ、機体はタール舗装された道を進み、滑走路の端で止まったかと思うとすぐに加速をはじめ、離陸し、上昇した。

ヴァションはたびたび合衆国を訪れては、わたしのレストランにやって来るのだが、この四カ月は顔を見せていなかった。そういうことだったわけだ。

「もう長いこと、〈レ・ミレッテ〉に顔を出してくれないじゃないか」わたしは寝とられ男らしい人の好さを見せた。「キャロリンはきみと会うのをとても楽しみにしているんだぞ」

ヴァションはわたしの無邪気な顔を見て、すっかり気をゆるめた。ばれていないと思っている。

「キャロリンを妻にするなんて、本当に幸運な男だよ。彼女に飽きたときは電話してくれ」

問題はそこだ。わたしは彼女に飽きてなどいない。

四年前、雑誌の表紙でよく見るブロンドで青い目のキャロリンが、わたしの知りあいたちといっしょに店に来た。一杯どうだと誘われ、わたしはキャロリンのとなりにすわった。言葉をかわすうちに、雑誌の写真を思い出した。化粧をしてポーズをとっていても、目からは「こんなのばかみたい」とでも言うような知性が感じられたからだ。

キャロリンは自分の美しさを遺産のように思っていた。つまり労せずして受け継いだ価値あるものというわけだ。〈レ・ミレッテ〉を訪れたたくさんのモデルのなかで、遠くの鏡に映る自分の姿をちらりとも見なかったのはキャロリンだけだ。

彼女はサウス・ダコタの出身で、わたしはブルックリン育ちだ。田舎と都会の違いはあれど、最初の夜から惹かれあうのを感じた。わたしが誘うと、次の夜、ひとりで店にやってきた。そしてその次の夜には厨房で食事をし、スタッフとおしゃべりして笑いあうほど打ちとけた。スタッフたちからは、もしわたしが彼女を逃がしたら、全員でここを辞めると脅かされた。

電撃的に結婚を決め、フランスへ旅立ったとき、わたしは三十四歳、キャロリンは二十四歳だった。その若さなら、歳の差も新鮮に感じられたにちがいない。

わたしには都会育ちならではの貴重な才能がある。だれとでも会話ができるのだ。レストランのオーナーとして成功するためには、厨房での会話だけではなく、さまざまな客との会話もこなさなくてはならない。とはいえ、妻の愛人と七時間も過ごすにはどうすればいい？　会話のはじまりはこんな感じか。「最近、どう？　仕事はどうだい？　妻はどう……」

やめろ！　心のなかで叫ぶ。しかし、怒りはあまりにも生々しく、声をもってささやきかけてくる。「やつはとなりにいるぞ！　殴れ！　いますぐに！」この距離なら一発で気絶させられる。フライトアテンダントにはあとでそっと言えばいい。「静かに。眠っているみたいだから」だが、意識を回復しそうになったら？　もう一度殴ってやる。夫ならだれでも望むことだろう？

自分とヴァションを比べずにはいられない。どちらがいい男《ベスト・マン》だ？　容姿は大差で相手の勝ちだと認めよう。ヴァションはハンサムで、それを自分で意識したおしゃれをし、品の良い物腰も身につけている。だれかが「王子とプロテニスプレイヤーを足して二で割ったような」と言ったこともあった。ヴァションは男たちがこうなりたいと望むような男で、わたしはそう望んでいる男たちのような男だ。洗濯機の修理に来そうな男とでも言っておこう。

だが似ているところもある。二人とも、気まぐれな嗜好を満足させるためには金を惜しまない人々を相手に、死にもの狂いで働いて金持ちになった。

十五年前、ヴァションは父親のブドウ園を相続した。自家のワインのよさも、不当に安値がつけられていることもわかっていたので、長年続いていたヨーロッパでの契約を打ち切り、合衆国へわたり、レストランだけを相手にワインを売りはじめた。父親のときの十倍の値段をつけた。そして大成功をおさめたのだ。

いまやヴァションン・ワインは高い評価を得て、一流レストランと二流店とを区別する基準のひとつとなった。ヴァションの名は広く知られるようになり、それを彼がどんなに喜んでいるかをわたしは知っている。

大西洋のはるか上空で、眼下の白い雲がまぶしい八月の太陽にきらめき、幻想的な不思議の国のように見える。しかし、いまは美しいものを愛でる気分ではない。

なにげなく結婚指輪をまわしながら言った。「きみがここにいるとは驚きだよ。なぜエコノミー席に?」本当のことを言えば、旅行代理店で予約を見つけたときにもうじゅうぶん驚いたあとだったのだが。

ヴァションは「どうしようもない」というように肩をすくめた。「今朝モンルージュで変更のできない会議があったうえに、夜にはニューヨークに着いていなければならなくてね。スケジュールに合う便はこれしかなくて、ファーストクラスは満席だった。きみこそどうしたんだ?」

「予約が土壇場だったんだ」これは真実だった――ある意味で。

昨日、〈レ・ティフ〉のオーナーから、ヴァションがパリから来ることを聞いた。わたしは副料理長を呼び、当夜の厨房を任せ、こまごまと指示を与えた。四時間後、わたしはパリを目ざして飛びたった。旅の目的は、ただ帰路にこの便のこの席にすわることだけだった。

なぜだ。心のなかでいく度となく問いかけた。なぜ浮気など? キャロリンとは喧嘩をしたこともなければ、会話がなくなったこともない。彼女を裏切ったことなどないし、彼女も裏切ったりしないと信じていた。

結婚して二年のあいだ、キャロリンは日帰りの撮影の仕事しか入れなかった。だが、わたしはほとんど家におらず、生活の中心はレストランにあった。最近の一年は、彼女も完全に仕事に復帰し、撮影のためにバリ、タンジール、リオと飛びまわるほか、ミラノやパリでファッションショーの舞台にも立つようになった。距離はずいぶん広がり、いくつもの夜を別々に過ごした。ただ二人がいっしょか、いっしょでないか、そんなとても大切なことを、わたしたちは見過ごしていた。

セールスマンは商品を売るのではなく、自分を売る。そういう意味でも、ヴァションは決して売り込みをやめなかった。女が耳元で愛をささやかれ、それが本当かどうかを見極められるだろうか。なんといっても女心を射止めるのがいちばん効果的なセールスの技なのだ。

「ジャン＝ルイ、きみは実にすばらしいよ。現地セールスマンも雇わずに、自分のワインを合衆国一有名なワインにするなんて、だれにも真似のできるものじゃない」

「最初の二年はがむしゃらに働いたよ。ワインを抱え、レストランを渡り歩いた。ディナーをはじめるまえの話だよ、もちろん」

レストランオーナーのあいだでは、ヴァションのディナーへの招待状は、ホワイトハウスへの招待状と同じぐらい価値があるとされている。毎年四月に、ヴァションは八回ディナーを開催する。東海岸で四回、カリフォルニアで二回、シカゴで一回、テキサスで一回だ。招待されるのは国でも選りぬきの高級レストランのオーナーたちだ。招待客はさらにひとりを招くように求められるので、みな喜んでだれかを連れてくる。なにしろ、料理は食通を満足させるものばかりで、どのコースもヴァションのワインが引き立つように考えつくされていた。

ディナーのとき、ヴァションはいつもヨーロッパ仕立ての黒いスーツに身を包み、どのオーナーの言葉にも熱心に耳を傾け、女性には適度な甘い言葉をかける。ワインの取り引きについては決して持ち出さない。ただの一度もだ。しかし一週間後、彼のスタッフがプロヴァンスから電話をかけてきて、注文をお考えですかとたずねる。一度あるオーナーが「注文はない」と答えたところ、それ以来プロヴァンスからの電話はなく、ディナーへの招待も来なくなったという。この話が真実かどうか定かではないが、あえて確かめる者はひとりもいない。

キャロリンとヴァションがはじめて会ったのはそのディナーの席だった。しかしそのときは言葉をかわすことはなく、気があった様子もなかった。席についたあと、キャロリンはいたずらっぽい笑みを浮かべて、わたしの耳元で気をひくようなその後の可能性をあれこれささやいた。新しい恋はとても想像的なものなのだ。

翌年のディナーのときにはわたしたちはもう結婚していて、キャロリンはヴァションをどんな人かと探るように見た。その後三人で話しているとき、キャロリンは胸のまえで腕を組んでいた。相手とのあいだの壁を表わすボディ・ランゲージだ。

そしてこの春のディナーのあと、わたしが三人のオーナーと話しているあいだに、キャロリンはヴァションと話していた。今度は腕を組んでいなかった。そして二度、笑いながら彼の肩に触れた。そのしぐさの意味も、そして、その感触もわたしは知っていた。タクシーに乗ってから、キャロリンはヴァションのことをひとことも話さなかったが、いつもより早口で、すこし声が弾んでいた。これは彼女が隠しごとをしようとするときの癖だ。しかし、そんな癖があることを本人は気づいていないはずだ。

この四カ月のあいだにキャロリンの声がとりわけ弾んでいるのを十回以上は聞いたが、わたしはいつも、プレゼントだの、誕生日だの、当面のことだの、見当はずれの理由を考えていた。もっと大きくとらえることができなかった。意外なことには思いいたらなかったのだ。

いまは夏で、パリとニューヨークの時差は六時間。十二時五十五分に出発した五八七便は、三時前に到着する。タイミングは完璧だ。

ヴァションとの会話は続き、やがて彼の仕事のこと、わたしの仕事のこと、最近のパリのストライキのことなど、幅広く、兄弟のように話していた。彼の面の皮の厚さには驚く。ベッドをともにしている女の夫を相手に、冗談を言って笑っているのだから。

機内映画はスリラーで、長いものだったのでほっとした。映画のあと、ヴァションの興味を引きそうなありとあらゆる話題——たった一つをのぞいて——を持ち出して、飛行機が午後二時五十九分にケネディ国際空港に着陸するまで会話を続けた。

飛行機を降りながらわたしは言った。「パリならいま九時。腹がすいたよなあ。ニューヨークにはレストランが山ほどある。いい店を探して、うまいものを食べようじゃないか」

「ああ、いい考えだ。きみはいつも人生を楽しむ時間を作るね。好みが同じで実に幸運だよ」ヴァションは言葉遊びをまたひとり楽しんでいた。

運転手と車がヴァションを待っていた。街に向かうあいだ、どのレストランに行くかを話しあった。たがいに十以上のレストランの名をあげ、〈バルトローズ〉、〈シェラレオネ〉、〈ジャッキー・エム〉にしぼりこんだところで、ヴァションが待ちに待った一言を口にした。

「エドワード、どの店もきみの店にはかなわないよ」

「それなら決まりだ。わたしが料理を作って、ヴァション・ワインを飲もう」

「完璧だな」彼も賛成した。

わたしは身を乗り出し、運転手に「レキシントン街五十四丁目まで頼む」と告げた。

ふたりで〈レ・ミレッテ〉に足を踏み入れたとき、営業時間外のレストランは、役者を待つ空っぽの舞台装置にそっくりだと、いつもながら思った。高い天井、大きな絵、金をあしらったクリーム色の壁は、ヴェルサイユ宮殿を思わせると一度ならず言われたものだ。あとはフランス劇の役者さえいればいい。

時刻はまだ四時前。最初のディナー客が来るまで二時間はある。あらかじめ厨房のスタッフには、三時半までに今夜の下準備を完了し、レストランの外で休憩をとるように指示しておいた。オーナー命令だった。

わたしに続いてヴァションも、十八世紀フランス風の豪華な店内を通り、ステンレス製品のならぶ、手術室のごとく清潔な厨房に入った。上からは鍋がぶら下がり、床は足に優しいゴム張り、冷蔵庫と冷凍庫がともに低い音をたてている。

わたしはシェフの白衣に着がえ、厨房裏の温度管理されたワイン貯蔵庫からヴァション・ワインを持ってきた。生産者がみずからそれを開け、わたしはふたりのワイングラスをステンレスのカウンターにならべた。

ウォークイン式の冷蔵庫から、平たいレキサンのポリカーボネート容器をとり出した。透明テープを二重に巻いてある。ブロック体でわたしの名前が書かれている紙をはがし、ポケットに入れた。テープをはがしながら、副料理長がとても忠実に指示に従ってくれたことに感謝した。

「アモンティリャードは飲んだことがあるかい？」わたしがきいた。

ヴァションはワインを注ぐグラスから目を上げなかった。

「スペイン産の希少なシェリー酒だろう？　一杯だけなんとか飲んだよ。それを持ってきてくれた馬鹿な女が美人だったものでな。なぜそんなことをきく？」

「一度読んだことはあるんだが、飲んだことがないんだ」

ヴァションがさし出したシラー・ワインのグラスを受けとり、小さくまわし、鼻に近づけた。果実と大地の香りが唾液腺を刺激する。そうしてじゅうぶん味わってから、口にふくんだ。

「いいね」わたしは後味も楽しんだ。もう一口飲み、三段階の異なる味を堪能し、グラスを置いた。そしてレキサンの箱から小さなプラスティック容器をいくつかと、ワックスペーパーに包まれたものをとり出した。

「きみはつねに人生を百パーセント楽しむことに成功してきたな」わたしが言った。

「生きてこその人生だ」ヴァションはワインの入ったグラスを頭上のライトにかざし、赤みがかった濃厚な紫色を見つめる。「死ぬときは笑顔を浮かべていたいものだ」

そうなれば驚きだ、とわたしは思った。

ヴァションは続ける。「だが、きみだっていい人生を送っているじゃないか。なんと言っても、アメリカ一のシェフだからね。料理評論家が書いていたよ。きみの料理は『十二の言語を理解し、それらの言葉を混ぜあわせ、自分しか話せないのにだれもが理解できるような新しい言語を作るみたい』だってね。きみの手にかかれば、食事はまるで世界一周旅行だ」

ヴァションはお世辞の達人だ。ならばわたしもその戦略を真似てやろう。

「ときどき思うんだが、みな、ディナーの席につくまえに

《ラ・マルセイエーズ》を一節でも歌うべきではないかな」

ヴァションが不思議そうに眉を上げる。

「もとをたどれば、極上のソース、ペストリー、ブイヨン、スープストックなどはすべてフランスで生まれた。そのうえ、フランスはどの料理にもぴったり合う最高のワインをもたらした。きみの国がなければ、おいしい食事は存在しなかっただろう」お世辞が過ぎて自分で気分が悪くなってはじめて、言われている相手がわたしを大げさだと思うものだとだれかに言われたことがある。

「ああ、エドワード、言葉が見つからないよ」ヴァションはまるでわたしのほめ言葉がこの三世紀を生きてきたシェフやワイン商にではなく、自分自身に向けられているかのように答えた。「フランス人は生き方を知っているだけさ。一度の人生、最良のものを堪能するんだ」

ヴァションが自国のすばらしさを語っているうちに、わたしは料理をはじめた。容器をあけて、ポークとヌードルのスープを鍋に注ぎ、シュリンプを入れて、弱火にかけた。

二つ目の容器にはポロネギとマッシュルームが入っている。茎つきのタイムから葉をとり、挽いたマスタードシードと四川胡椒に混ぜ、調味料を加える。料理を鍋に入れ、とろ火にかける。頭の上からつってある広い浅鍋を下ろし、オリーヴオイルを入れて火にかけ、下ごしらえをした材料を順番に入れてゆく。ニンニク、タマネギ、ピーマン、ナス、ズッキーニ、トマト、ハーブ、サフラン、そして最後にマツの実。ヴァションが賛成だと言わんばかりにうなずいた。「ラタトゥイユだね。これも我がプロヴァンスの偉大な輸出品だ」

わたしは包丁を取り出し、先端と刃の鋭さを確認すると、ワックスペーパーを開いて、ぼってりと平たい魚を出した。頭と尾を切り落とし、まな板の下にある清潔なゴミ箱に捨てる。はらわたを抜き、皮をはぎ、三枚におろして、フライパンで両面を焼き、熱いショウガ汁を表面にぬったあと、焦げ目をつけるために数分間オーブンに入れる。

店内に通じるドアに近い棚から、ふたり分の大きな皿とスープボウル、ナプキンを出し、ナイフやフォークなどの銀器も一揃え用意した。まずスープを出し、続いて料理もならべた。予想どおりのかぐわしい香りがたちこめる。

ヴァションはスープを一口飲んで、目を閉じ、「絶品だ！」と言った。もう一口二口飲むと、もはや待ちきれないというように料理に手をのばした。フォークを持ち、飢えているかのような速さで魚を食べ、続けてポロネギとマッシュルームを、最後にラタトゥイユを口に入れた。一口一口をじっくり味わうのももどかしそうに、急いでフォークを運ぶ。わたしは自分が作った料理を人が食べるところを見るのはいつもうれしいが、今回は格別だ。

ほんの数分で、ヴァションはどの料理も半分は手をつけていた。充分だろう。

「なあ、ジャン＝ルイ」わたしはふと思いついたかのように話し出した。「美しい女というのはなににも勝る創造物で、それが男に与える影響は計り知れない」

ヴァションは口を動かしながら、笑みを見せた。わたしは続ける。

「結局のところ、きみがいまだに独身でいるのは、そういう美しい女たちのせいなんだろう。どんな男も美しい女と結婚したいと思っている。だが、妻となったその女と教会を出れば、彼女がほかの男に対しても美しいままだということや、嫉妬という厄介なものがあることを忘れてしまう」

ヴァションの目に不安が浮かんだ。

「実際、男にとって嫉妬という感情の核はなにかと考えてみたら、実に基本的なところに行きつくと思うんだ」

言葉を止めて考えた。はたしてヴァションは嫉妬に苦しむほど女を愛したことがあるのだろうか。

「それで、男の嫉妬の原因はなんだと思うんだい？」ヴァションはさり気なく、面白がっているように言ったつもりだろうが、半オクターブほど高い声になっていた。

「何世紀ものあいだ、科学や実験なんてものがない時代から、数知れない男たちが子どもの顔をのぞきこみ、自分に似たところを探して、『本当におれの子なのか？』とききたい気持ちになったものだ」

ヴァションはいまや話に聞き入っていた。右手に持ったままのフォークのことなど頭にないようだった。

「さて、もしも妻が浮気をしているとわかったら、夫はどうするだろう。まず、心のなかで質問をくりかえす。だれのせいだ? どちらがせまった? 妻か? それとも愛人か? その愛人は、女たちを遊び相手としか見ない男だろうか? 女をうっとりさせ、求められている気持ちにさせるような愛を見つけたと女に信じさせるような、欠点のないロマンティックな愛を見つけた男なのか?

それから夫はどうするだろう? 怒る? 黙りこむ? 話し合う? 反応は人それぞれだろうが、なかにはこの問題にけりをつけようとする者もいるはずだ。永遠にね。どうやってかは、その男の得意分野によって違ってくる。たとえば大工なら、釘打ち機を持っているだろうし、建物の基礎にセメントを流し込む機会があれば問題解決だ。では、漁師だったら? 愛人を誘って舟に乗るだろうね。そして舟にはロープと岩と網を用意しておく」わたしは言葉を切った。「だが、シェフだったら? シェフならどうするだろう」

ヴァションはもはや口をきけずにいる。

「シェフはきっと、あらゆる料理本を調べて、注意書きのある食材をすべて選び出すだろう。そして妻の愛人を食事に招く」わたしはヴァションのまえの皿とボウルを見た。「たとえばスープに特別の材料を入れる。日本の高級食材、柄に白いつばのある毒キノコ、テングタケを出して、メニューの締めくくりはボツリヌス菌だ。この魚は美味だが猛毒があり、うまくはらわたを抜かないと食べた者に死をもたらす。ものすごく腹をたてている夫なら、抜かりなく事が運ぼう、一品と言わず三品とも妻の愛人に出すだろうね」

わたしは愛想のよい笑顔を見せた。「だが、きみのことは心配する必要はないね、ジャン=ルイ。きみはいい友だちだし、結婚式でわたしの付添人(ベスト・マン)をした男だ。きみがそんなことをするはずがない。キャロリンに手を出すわけがないんだ。さて、今夜の料理を作ったシェフとしては、きみが食べてくれるのがなによりの喜びなんだよ」

ヴァションはわたしを見つめたまま、恐怖に凍りついていた。

「たくさん食べてくれ」わたしは笑みをくずさない。「さもないと、妻とのあいだになにかあったのではないかと疑ってしまうよ」

ヴァションはわたしの皿に視線を落とした。魚も、ポロネギとマッシュルームも、スープにも手をつけていない。わたしが食べたのはラタトゥイユだけだ。彼はフォークを握ったままだったことに気がついた。フォークの四本の歯には魚が一切れ刺さっている。ヴァションはフォークを口に運ぼうとするが、手は数インチしか動かない。そのままフォークを皿に置いた。

「お腹がいっぱいだ」フランスなまりが強くなった。「わかるよ。急に食欲がなくなる。そんなこともあるさ。それじゃ、もうしばらくここにすわって、きみのすばらしいワインを楽しむとしよう。ワインは消化を助けてくれるからね」

ヴァションは廃残の人となっていた。立ち上がると、うつろな笑みを見せた。「もう行かないと。約束を思い出したんだ」そう言うと急いで厨房を出て行った。店の重いドアが閉まる音が聞こえた。

いちばん近い病院はベルヴューだ。十分もしないうちに、ヴァションはそこに着くだろう。わたしには胃洗浄の経験はないが、かなりひどい目にあうと聞いている。

目のまえの料理を見ると、食欲がもどってきた。フォークを持って、魚を大きく切り、ほおばる。うまい。フグは大好物だ。フグはフグでも、毒で有名なあのフグの遠い親戚にあたる安全なフグなんだが。

店内に通じるドアが大きく開いた。時計を見ると、ちょうど五時。妻はすばらしく時間に正確なのだ。

「エドワード！　いまジャン＝ルイがタクシーに飛び乗るのを見たわ。大声で病院へ行ってくれって言ってた。なにがあったの？」

「だれかに毒をもられたと思ったみたいだ」わたしはワインを一口飲んだ。

「でも、だれに？」

「わたしならするよ。もし彼が妻と浮気をしていると思ったらね」

彼女の目がはっと気づき、同時に安堵らしきものも浮かんだように見えた。時として、過ちのなかでもっとも難しいのはその終わらせ方である。キャロリンは長いあいだわたしを見つめていたが、やがて先ほどまで旧友がすわっていたスツールに腰かけた。そして食べかけの料理を見た。

「わたしの分もある？」彼女は静かにきいた。

わたしは首を振った。

「わたしには当然の報いだわ」

「そうみたいだね」

わたしは左手から金色の結婚指輪をはずすと、ふたりがはさんですわっているカウンターのうえのヴァション・ワインの横に置いた。キャロリンは、三年間わたしの指からはずされたことのなかった指輪を見つめていた。

「きみが決めてくれ。どうする？」

キャロリンはわたしを見、視線を落として指輪とワインボトルを見た。そしてためらいもなくワインをつかんだ。

わたしの心は沈む。浮気ではなかったのだ。

「考えるまでもないわ」キャロリンは背を向けた。そして手首をしならせ、黒い瓶を十フィート先のまな板の下のゴミ箱に投げいれた。

そしてこちらを向いた。

「ほかのワインはあるかしら？　アメリカ産のもので、告白にぴったりのものは？」

わたしは妻の顔をじっと見つめた。この先死ぬまで毎日見つめていたいと思えるその顔を。

「あるとも。赤にする？　それとも白？」

テディのこと
Something About Teddy

ティモシー・ウィリアムズ　吉田薫訳

ティモシー・ウィリアムズ（Timothy Williams）はケンタッキーで生まれ育った。南イリノイ大学カーボンデール校卒業。彼の作品は《グリーンズボロ》《シマロン》《テキサス・レビュー》といった雑誌に掲載された。まもなく短篇集と長篇デビュー作が刊行される予定だ。本作は《プロッツ・ウィズ・ガンズ》誌に掲載された。

雪がちらつき、解けかけの雪がたまる州間道路七五号線のデイトンとシンシナティの中ほどで、トム・レノックスはテディに秘密を明かしたことを悔いていた。テディは十九歳か二十歳で、脂っぽいブロンドの髪をひたいに押さえつけるようにニット帽をかぶり、近頃は普通の若者にも見られるとはいえ入れ墨やピアスをしていて、レノックスの秘密をゲームにしようとしている。

「彼女なんかどう」ホンダ・シビックを追いぬくときに運転席の女を見ながらテディは言った。「どうやって殺したい」テディはダッシュボードに両足を上げて下唇を舐めた。「やっぱ、まずは楽しむだろ。やるのはやってからだ」

レノックスはバックミラーで車間距離をはかり、ビュイックを右車線に戻した。リンダイト・ボーリング・ボールズのセールスマンとして二十七年旅回りをしてきて得たもの——二十ポンドのよぶんな体重、通信販売好きの妻を支えられるだけの収入、わずかな友人、慎重な運転。ビュイックが走行車線の流れに乗ると、レノックスはダッシュボードの上のテディの汚れたリーボックに目をやり、たたき落としたい衝動と闘った。

礼儀知らず。それは妻がテディのような若者を評するときに使う言葉だった。妻のミュリエルは彼らが住まうミシガンのポートヒューロンで幾何を教えていて、近頃の生徒は礼儀知らずばかりだと言っている。子供なんてなくてよかったと。だが、レノックスはそうと言いきれない。子供がいたら状況は変わっていたかもしれない。旅回りから家に帰る理由ができたかもしれない。ミュリエルの子宮は夫婦によく問題をもたらした。今もそれは変わらない。今日の午後、ミュリエルは腫瘍科医に予約を入れている。医者が何を言うか、ミュリエルもレノックスも知っている。もう手の施しようがないのだ。レノックスは旅を切り上げて付き添うつもりだったが、ミュリエルが許さなかった。そのことが腹立たしくもあり、怖くもあった。

「靴をどけてくれ」レノックスは言った。

テディは足を下ろして、歯のすきまから息を吸いこみ、にやりと笑った。「な、あの女だったら、殺っちまう前にやるだろ」

「レイプはしない」

「絶対にしないってことかい」テディは言った。

「レイプは一度もしていない」

テディは身を乗り出し、バックミラーのなかで見おさめをした。「おれはやる。女はけっこう好きなんだぜ、そういうの。読んだんだ」

レノックスはワイパーのテンポを上げて雪を払い、体の重心を移して痔の痛みをやわらげた。キャメル・ライトに手を伸ばす。あと十マイルはがまんできると自分に言いきかせ、結局は火を点ける。禁煙を試みたことはあるが、数カ月で挫折した。ニコチンパッチもニコチンガムも役に立たなかった。階段をのぼって胸に動悸を覚えたときはさすがに恐かったが、それでも禁煙はできなかった。レノックスは四十九歳で、大柄で、頭ははげかかっている。腹に付きすぎた肉も、高血圧も、高いコレステロール値も、ミシガンのサギノーからジョージアのヴァルドスタまで延々と伸びる七五号線を何十年と行き来するあいだに、道路沿いのレストランやサービスエリアでとった食事のたまものだった。遅かれ早かれ、半分詰まった動脈が完全に詰まるか、血栓が心臓を襲うかして、やり手のセールスマン、そこそこのカードプレーヤー、並みの夫のトム・レノックスはただの肉の塊となって介護を受ける身になるだろう。夜、ハイオの〈モーテル6〉や、ケンタッキーの〈コンフォート・イン〉や、テネシーの〈ラマダ〉のベッドに横たわり、その日が遅いよりは早いほうがいいと祈ることがある。あの家でミュリエルなしで暮らすことは考えられない。寝室が三つ付いた平屋造りの家はがらんと静まりかえり、テレビの音しか聞こえてこない部屋でひとりで食事をとる。それでは旅先と変わらない。

煙草を深く喫って、運転席の下の二二口径のことを考えた。銃口をテディの左耳にあて、引き金をひくところを想像する。それで不安は押しのけられる。子供の頃、寝る前に祈りを唱えれば悪夢を見ないで済んだように。

「次は原始家族フリントストーンだ」テディはとなりのミニバンの太った黒髪の男と赤毛の女を見ると言った。「腹を撃って、ちょっと苦しませてやるか」

「苦しませることが目的じゃない。わたしは頭がおかしいわけじゃない」

テディは片眉を上げて、座席にもたれた。レノックスは煙草をもみ消した。この若者に殺人の秩序と自制心をどう理解させたらいいのだろう。レノックスはサディストではないし、節度を守っている。年に一度。これまでに二十四件の殺人を犯している。一人目はケンタッキーのレキシントンの酒屋の裏で寝ていた路上生活者、最後はジョージアのドルトンの〈ワッフル・ハウス〉で旅行者に金をせびっていた十七歳の家出少年だった。レノックスは慎重に相手を選び、同一犯だと警察に気づかれないように方法に注意を払ってきた。

「命乞いはさせるのかい」テディは訊いた。

この若者には決して理解できないだろう。自分が理解できているのかもわからない。たまに人を殺し始めた理由を考えてみるが、満足のいく答えに行きついたためしがない。道のせいだと思うことがある。何年も同じ道を走り、同じ看板、同じ町並みを眺め、標識がオハイオの北部であろうと、ジョージアの南部であろうと、同じ松林と牧草地が続き、同じレストランで食事をし、同じ歌を十局以上のラジオ局で聴き、同じ宣伝文句をボーリング場の気のない支配人相手に一日十回以上繰り返しているうちに、人生が陸橋やトイレの壁の落書きと同じくらい無意味なものになってしまったのかもしれない。〝主は救いたもう〟や、〝サンドラはあばずれ〟と同じくらいに。年に一度の殺人は道をひた走る暮らしに理由を与えてくれた。この若者には決してわからない。この絶え間なくつづく無駄話と無礼な態度のせいで、殺人さえ無意味に思えてくる。

「やっぱりな。命乞いをされると快感なんだろ」テディは言った。

「うるさい」レノックスは声を上げた。自分で自分の怒りに驚いた。

テディは真っ青な目をしばたたいた。「怒んなくたっていいじゃないか。冗談だよ」

「それがうるさいと言ってるんだ」

テディはシンシナティのFM局やバドワイザーの看板に見入っているふりをしている。こんな若者に人を殺していることを打ち明けるべきではなかったし、なぜそんなことをしたのかわからなかった。ただ、テディには何か惹きつけられるものがあった。トレドの南のサービスエリアで公衆電話の前をうろついているテディを見たときだった。気がつくと、掟を破って、車に乗せていた。一月のこんな雪まじりの日に、だぶだぶのジーンズとウィンドブレーカーとニット帽という格好では凍えてしまうからだと自分に言いきかせたが、本当はひとりでいたくなかったのだ。世界が今日のように灰色で寒々としていて、ミュリエルもきっと病院の蛍光灯の明かりの下で同じように感じているときには。

五分後には車に乗せたことを後悔していた。テディはいやらしい目つきで顔を寄せ、フェラチオを持ちかけた。レノックスは体を引いて、道ばたに放り出されたいかと凄んだ。トム・レノックスはホモではない。結婚指輪が見えないのか。テディは肩をすくめ、怒ることはないと言った。ホモでなくてもフェラチオを断わらない男は大勢いるし、乗せてもらった礼をしたかっただけだ。十マイルを過ぎたあたりで、テディはいつもニット帽をかぶっている理由を語りだした。帽子を脱ぐと体温が逃げていく。それも困るが、熱と一緒に魂が抜けることがある。ゾンビになって歩き回るなんてごめんだ。言うことがまともではなかった。レノックスはぞっとした。だが、テディは全部冗談だと言うように笑った。ただのふりなのか、実際に頭がおかしいのか判断がつかなかった。二十分後、テディは武装強盗で五年間少年院に入っていた話をした。その間に少年ふたりをナイフで刺したが、誰も立証できなかったので、自由放免になったと言った。テディの何かがレノックスの心の鍵をまわした。テディが話し終えると、レノックスは自分の話をしていた。今、ドアにもたれているテディを見ていると、声を荒らげたことに罪悪感を覚えた。なぜかはわからない。ただ漠然とそうさせるものがあった。

「悪かった。気にしないでくれ」

テディは顔を上げて、断わりもせず煙草に手を伸ばした。

「いらついてるんだろ。ほんとにフェラはいいのかい」

レノックスは目を細めて雪の向こうにシンシナティに入ったことを知らせる高層建築や橋を見ていた。「ホモではないと言っただろ」

テディは煙の輪を吐いた。「おれも違うけど、してやるのは平気だ」

すると、テディはいい考えがあると言った。ふたりで誰かを殺そう。今日は特別ってことにするんだよ。確かに共犯になれば、レノックスの秘密は守られる。一緒にやるか、テディを殺すしかなかった。

「怒らせる気はないんだけど、あんた、おれの虜になってたと思うぜ」

レノックスは黙るように言った。車の流れが速くなり、路面が凍っている。運転に集中しなければならない。車はシンシナティを抜けて南に向かっていた。スノータイヤと規則的に振れるワイパーによって、ビュイックは最初に癌化した細胞のように流れに溶けこんでいった。

レノックスはケンタッキーのリッチモンドの少し南の〈ラマダ〉で車をとめ、テディを前の座席に伏せさせて、宿泊の手続きをした。食生活と喫煙を除けば、レノックスは何事にも慎重だった。今夜、なにか間違いが起きたとしても、自分とテディを結びつけられないようにしておきたかった。

空はかびが生えたような灰色で埋まり、町はずれの丘から吹き下ろしてくる風に雪が舞っている。駐車場の四分の三はすでにいっぱいで、あちこちの曇った窓ガラスに黄色い明かりが灯っている。

「いい部屋だな」レノックスがドアを開けるとテディは言った。

何の変哲もないモーテルの部屋だった——擦りきれたカ

ーペット、分厚い緑色のカーテン、ペイズリー柄のベッドカバー、クイーンサイズの堅いベッド、二脚のビニール張りの椅子、焼けこげの付いた書き物机、化粧箪笥の上の台にボルトで固定されたテレビ。レノックスが荷物をほどいている間、テディは部屋を歩きまわり、蛇口を開けたり閉めたり、ベッドの上で飛びはねたり、テレビのチャンネルを次々変えたりしていた。

レノックスはセーターを脱いで、ズボンにかぶるようにせり出した腹を見て嫌気がさした。東部標準時の五時半になっていた。ミュリエルはもう家に戻っているだろう。レノックスはスーツケースのサイドポケットからジャックダニエルの小瓶を取り出し、封を切ってプラスチックのカップにダブルで注ぐと、テディに瓶を差し出した。

「酒はやらない。ビールはたまに飲むけど。そんな酒を飲んでたら死んじゃうぜ。おれの親父に訊いてみな」

レノックスは酒を飲みほし、また指二本分をカップに注いだ。

「酔っぱらわないでくれよ」テディは言った。「量は心得ている」

テディはニット帽をいじりながら言った。「説教してるわけじゃないさ」

レノックスは飲んで、また注ぎなおすと、家に電話をかけるので静かにするようテディに告げた。ベッドに座ってダイヤルしながら、手が震えていることに驚いた。呼び出し音が四回鳴って留守番電話が作動した。

「電話に出てくれ」レノックスは言った。「わたしだよ。受話器をとってくれ」

時間切れを告げる音が鳴った。レノックスは受話器を置いた。ミュリエルはそばにいたのだろうか。たった一人で、明かりを消した居間で、死が迫っていることに怯えているのではないか。レノックスはもう一度電話をかけた。

「大丈夫だ。なにも心配しなくていい。だから電話に出てくれ」レノックスは留守番電話に話しかけた。

ミュリエルがレノックスを旅に送り出したのは、医者が言うことも、自分がすることもわかっていたからではないか。キングサイズのベッドに横たわっているミュリエルが見えた。目は閉じられ、枕元のテーブルに空になった薬瓶が置かれている。

「くそっ」

レノックスは受話器をフックにたたきつけて、もう一度かけ直した。

「ミュリエル、お願いだ、電話に出てくれ。力にならせてくれ」

返事はなかった。別の恐ろしい可能性を考えた。ミュリエルがレノックスを旅に送り出したのは、他に慰めてほしい男性がいるからではないか。

「わかった。明日の晩に帰るから、そのときに話そう」レノックスは受話器を握り、録音時間が尽きる寸前に思い出して言った。「愛しているよ」

人生でこれほど疲れたことはなかった。靴のひもを解き、シャツをズボンから引き出し、ベッドに寄りかかって目を閉じた。

「家に問題でもあるのかい」テディの声は穏やかで気遣いが感じられた。

レノックスは体を起こして、ベッドの端に腰かけた。テディに自分の話をした。話し終えたときには、体は空気の抜けた風船のようになっていた。肩は落ち、筋肉は震えていた。レノックスはベッドに倒れこんだ。目が熱くて、開けていられない。泣いているつもりはなかったが、泣いていたのかもしれない。

「楽にして、少し休めよ」テディは言った。

テディはレノックスにカバーを掛けた。そして立ち上がって伸びをすると、ウィンドブレーカーとテニスシューズを脱いだ。レノックスはテディがベッドに入ってきても驚かなかった。だが、テディは体を寄せて、肩に腕をかけてきた。レノックスの体に緊張が走った。

「触らないでくれ」レノックスは言った。

テディはレノックスの耳に口を近づけた。「冷たくするなよ。黙ってこのままにさせてくれ」

レノックスは目を閉じた。ウィスキーの酔いがまだ残っていた。世界が長い狭いトンネルの先に消えていく。しばらくして、レノックスは仰向けになった。肩が痛いからだと自分に言いきかせた。カバーの下でテディの手が動くのをレノックスは止めなかった。

「わたしはゲイじゃない」レノックスは小声で訴えた。

「力を抜けって。何にでもレッテルを貼ることはないんだ」

テディはベッドカバーをはぎ取った。レノックスは横たわったまま、テディのやりたいようにさせた。部屋に響くうめき声は窓に吹きつける風の音だと自分に言いきかせた。ことが済むと、レノックスはまどろみ、ドアが閉まる音で目を覚ました。起き上がって、馬鹿みたいに目をしばたき、窓に駆けよると、ちょうどビュイックの尾灯が駐車場を出ていくところだった。パニックで口がからからになった。車を盗まれた。財布も盗られているだろう。いったい何て説明したらいいのだ。ヒッチハイカーを拾った理由や、モーテルの一室で、ひとつベッドでしていたことを。

「オカマ小僧。ペテン野郎」レノックスは毒づいた。

ウィスキーを取りに行くと、瓶の下にテディの書き置きがあった。テディはレノックスの財布から百ドルを〝借り〟て、買い物に行った。レノックスはウィスキーを飲み、煙草に火を点けて、自分に誓った。ほっとしているのはひとに説明する必要がなくなったからだ。テディに二度と会えなくなるのが恐いわけじゃない。

酒を飲み終えると、バスルームに行って鏡の前に立った。太った顔に充血した目、毛細血管が広がった頰。電熱器で湯が沸くように徐々に自己嫌悪がつのってきた。それは目の下のたるみに始まり、毛深い腹から、しなびたペニスに向かった。男に触れられて硬くなっていたと思うとやりきれなかった。

「おまえはオカマだ」レノックスは鏡に向かって言った。

嫌悪感は去っていった。この手はテディに触れていない。ただの一度も。それはゲイではない証拠だ。ゲイなら触り返すだろう。カップにウィスキーを注ぎなおし、ベッドに腰を落ちつけた頃には、あんな状況では誰でも同じことをしたはずだと思うようになっていた。今夜、一緒に犠牲者を見つけ、その犠牲者を一緒に殺害したら、朝には別れを告げる。何もなかったことになる。テディとの別れを考えると胸に覚えるこの痛みはただの胸やけに過ぎない。量を過ごした煙草とウィスキーのせいだ。

レノックスはテディの指図に従って走った。ミシガンで長く冬を過ごしてきたので、雪の中の運転には慣れている。吹き寄せられた雪や凍った路面を巧みに避けて車を駆るうちに、ファストフードの店やショッピングセンターの派手な明かりはしだいに姿を消し、代わって緩やかに起伏する丘と一面の牧草地にぽつりぽつりと農家が見えるだけになった。テディは興奮していた。手を絶えず動かし、煙草に火を点けたり、レノックスの金で買った保温性のある狩猟用ベストをいじったり、ニット帽をかぶりなおしたりしている。

「楽しもうぜ」テディは数分おきに言っている。「これってすごすぎないか」

レノックスは適当に相づちを打ちながら、鹿がいないか道ばたに目を走らせていた。テディはウォルマートの袋を持ってモーテルに戻ってきてからずっと同じことを言っている。袋のなかには狩猟用ナイフ、新しい上着、粘着テープ、懐中電灯が入っていた。テディは子供がクリスマスの朝におもちゃを見せびらかすようにベッドの上に買ってきたものを広げると、ひとっ走りして、狙いをつけてきたと言った。その家は町はずれにあって人目を避けられる上に、幹線道路から遠くないのでさっさと逃げられる。テディは言い終わると両手をポケットに入れて、レノックスの許可を待った。

「次を右」

レノックスはハンドルを切った。雪の吹きだまりは高さを増し、道は湾曲していて狭い。

「あれだ」テディは言った。

ハイウェイから奥まったところに小さな農家が立っている。十字路の先まで他に家はなく、一番近い隣家でも四分の一マイルは離れている。うまい選択だった。レノックスはヘッドライトを消してゆっくり私道に車を進めてエンジンを切った。喉が渇き、こめかみが脈打っている。テディは笑みを浮かべて両手をこすりあわせ、目を異常なほど見開いている。レノックスはテディを降ろしたら、ドアをロックして走り去ろうかと思った。確かに人を殺す前に神経が高ぶることはあるが、それとは違う。テディは何をするかわからない。テディにはルールに従って行動することを約束させている。残虐な行為はしない。できるだけ恐怖を与えない。終わったら、何も盗らずに静かに立ち去る。テディは承知したが、もう目をぎらつかせ、筋肉を期待で震わせている。

「わたしの言うとおりにするんだぞ」レノックスは私道を歩きながら念を押した。

「あんたはプロだもんな」

テディはすっと暗がりに入ると、玄関灯の明かりをかわして扉のわきに立った。レノックスはまっすぐ扉に向かって歩いていった。息が切れ、雪が目に舞いこんでくる。片手はポケットのなかで二二口径を握っている。計画は単純だった。よそから来て吹雪で道に迷い、車が故障した。こんな時に限って運の悪いことに携帯電話の電池が切れてしまった。ロードサービスに電話をかけさせてもらえないだろうか。それで中に通してもらえたら、テディがあとに続く。

扉を一回ノックして、五秒待ち、もう一回ノックした。三十歳前後のやせた男が扉を開けた。角縁めがねをかけ、ケンタッキー大学のスウェットシャツを着ている。

「すみません。どうも道に迷ったらしくて、車も動かなくなって」レノックスは言った。

男は迷惑そうに顔をしかめた。誰が来たのか訊ねる女の声がした。男が答える前に、テディが暗がりから飛び出してきて、レノックスを脇に押しのけ、肩を扉にぶつけて中に入り、やせた男に殴りかかった。

「待て」レノックスは声を上げた。

やせた男は腕を振りかざしたが間に合わなかった。テディが男の脚にナイフを突きさし、顎に右のクロスを打ちこむと、男は床に倒れた。感じのよいブロンドの女がバスローブ姿で現われ、電子レンジから取り出したばかりのポップコーンの袋を床に落として叫んだ。テディは女を見てにっこり笑い、その夫の顔に蹴りを入れた。

「やめて」女は言った。

女は状況を悟り、コーヒーテーブルの上のコードレス電話に向かった。レノックスに選択の余地はなかった。拳銃を抜いて、止まらなければ撃つと女に告げた。すぐにテディが女を殴った。

「それでいい」女が血のついた口に手をやって叫ぶのをやめると、テディは言った。

半時間後、レノックスはソファに座って煙草を喫っていた。テディは部屋の中を行ったり来たりして、ナイフを振りまわしながら、ひっきりなしにゾンビや吸血鬼やブギーマンのことをしゃべっている。醜悪で秩序のかけらもないが、疲れすぎていて止める気にもならなかった。

夫婦が目で訴えてきても、レノックスは首を横に振って煙草を喫いつづけた。ふたりとも猿ぐつわをされて、キッチンの椅子に粘着テープで縛りつけられている。ふたりとも血を流している。夫は大量に出血している。まもなくショック状態に陥るだろう。テディのナイフが動脈を傷つけたのだ。だが、レノックスには〝この夫婦に子供がなくてよかった〟という思いしかなかった。

テディはキッチンに入り、バドワイザーとサラミソーセージを手に戻ってきた。「まったくごきげんだぜ」

テディはビールを飲みほし、マントルピースの上の鏡に瓶を投げつけた。そして、頭をかしげて耳障りな声を張り上げ、ターザンの物まねを始めた。レノックスは親が幼いわが子の振るまいを言いわけするみたいに、女にぎこちない笑みを向けた。ひざの上の二二口径に手を触れる。今すぐ決着をつけることもできる。拳銃を持ち上げて男の頭を撃ち、次に女の頭を撃つ。それで夫婦は苦痛から解放される。だが、そうするだけの気力が見つからなかった。

「こんなはずじゃなかった」レノックスは言った。

テディはサラミソーセージをかじって言った。「力を抜けって。ピリピリしすぎだよ」テディは口を開けたままソーセージを嚙んでいる。「ロックンロールだ、ベイビー」

レノックスはテレビを見た。夫婦は映画を観る予定だった。小さなおびえた少年がブルース・ウィリスに死んだ人を見たと言っている。テディはリモコンを取って映画を消した。

「二年前に観た。気味の悪い映画で、夜うなされちまった」

テディはレノックスの隣に腰を下ろし、ナイフで夫を指して言った。「あとどのくらいで死ぬかな」

レノックスは答えなかった。するとテディは次は腹を刺してもっと長引かせてやることにしようと言った。そして、頭をかしげ、女に向かって笑って舌なめずりをした。

「彼女どう思う」テディは訊いた。

認めたくはなかったがミュリエルに似ていた。髪も、あごの線も。レノックスはテディに女にかまわないように言った。

テディがせせら笑う。「妬くなよ。一緒にやろうぜ」レノックスに流し目を送る。「3Pでさ。女にはそういう願望があるんだよ」テディは身を乗り出して、女にナイフを向けた。「あんたも想像したことあるだろ。男ふたりにやられるところをさ」

女は目をむいて、泣きながら首を横に振った。レノックスは吐き気を覚えた。

テディが男に近づいていく。そして男に何か耳打ちすると、男はテープで固定された頭を振ってもがいた。見ていられなかった。レノックスは目を落として、伸びた爪を眺めていた。再び目を上げると、女はバスローブを大きく開かれ、テディは女の前に笑いながら立って感嘆の口笛を吹いた。

「おまえみたいなオタク野郎がどうやってこんないい女をものにできたんだか」テディは男に向かって言った。そして、男の肩をたたいた。「乱交パーティーだと思いな」テディは戻ってきてソファに腰を下ろした。「彼女やっちまおう。あれは抜けるぜ」

レノックスは目を閉じて首を横に振った。豆や人参を拒む子供みたいで情けなかった。テディは笑った。こざかしい笑い声に胸が悪くなった。

「ご勝手に。おれはやるから、見てるといいや」テディはレノックスの膝を探って強く握った。「そのあとで、あんたが好きなことをしてやるよ」

レノックスはテディの手に反応しないように意志の力を働かせたが、どうにもならなかった。夫婦の目の前で勃起したペニスをまさぐられ、汚辱を忍んだ。テディは手を離して、女のところに行った。腕と脚の粘着テープを切り、髪をつかんで椅子から引きずりおろした。女はもがいて、のたうち回ったが、テディに平手で打たれ、喉にナイフをあてられると、抵抗をやめた。夫は床を踏みならし、頭を上下に振って、椅子ごと倒れそうになっている。

「どうした、ハニー。嫌いじゃないんだろ」テディが女に言う。

テディは女を寝室に連れて行かずに、床に押し倒して、バスローブをはぎ取り、四つん這いになれと命じた。女は首を横に振りながらも言われた通りにした。

「ほら、ワン公だ。これが好きなんだよな、おれは」

テディは女の下着をはぎ取ると、ジーンズを下ろし、腕を女の首にまわして頭を固定した。女はじっとしている。静かに避けようのない事態を待っている。

テディは首を伸ばして、レノックスに笑いかけた。「気が変わったら、二発目をゆずってやるよ」

テディが向きを変えて女にのしかかろうとしたとき、レノックスは拳銃を持ち上げ、ゆっくりと狙いを定めて、引き金をひいた。血を浴びた夫はもがくのをやめて、信じられない様子でレノックスを見ている。テディの体が前に倒れ、その重みで女も床に崩れた。テディは起き上がろうともがいていた。起き上がりかけたところで、さらに一発撃ちこんだ。テディは女の体の上に倒れこみ、女はそれを振り落とした。

「あんなことはよくない」レノックスは言った。

自分の言葉に同意するようにうなずいた。自分でそう信じられるまで、何度もうなずいた。うなずいてもだめなら、テディを撃ったのは、女がミュリエルに似ていたからだと考えればいい。間違っても、引き金をひく一秒前に嫉妬を覚えたりはしなかった。

「あんなことはよくない」レノックスはもう一度口にした。

レノックスは女を立たせて、椅子に座らせ、再び粘着テープで縛り上げた。そして、正面の窓に歩いて行って外を見た。雪はまだ降り続いていた。

「すまない」振り返って夫婦にわびた。

レノックスはオーバーコートのポケットからジャックダニエルの瓶を取り出し、ソファに座って喉を鳴らして飲んだ。煙草に火を点けて体を前にかがめ、膝にひじをついて言葉を探した。どこから始めたらいいのかわからなかったが、一部始終を聞いてほしかった――前にも後にも道しかない道を何年も走り続けてきたこと、ひとりで目を覚まし、死が迫っている恐怖におびえたときのこと、オハイオのスケート場で初めてミュリエルに出会った日のこと、子供を授かるために守ったばかげた風習のこと、そのミュリエルが死が迫っているのに夫に背を向け、夫を追い払って、電話にも出ようとしないこと。話し終えたら、この夫婦をどうするか決めなくてはならない。ふたりを殺してまた道を先に進むのか、それとも今夜こそ無益な旅に終止符を打つのか。レノックスは深呼吸をして、窓に目をやった。レノックスはよく賭けをする。どうでもいいことを決めるために何百回とやってきた旅のゲーム――昼食はマクドナルドかデニーズかとか、このまま高速道路を行くか一般道に下りるかとか、途中で一杯やるかモーテルにチェックインするまで我慢するかとか。そうしよう。話を終えたときにまだ雪が降っていたら、夫婦を解放し、最後にバーボンを一口飲んで、銃をくわえる。雪がやんでいたら、できるだけ速く、できるだけ痛みを与えずにふたりを殺して、また道に戻る。

レノックスはふたりに向かって微笑み、床の上で死んでいる若者に目をやった。どこから話すかは決まっていた。

レノックスは話し終えると、窓辺に未来を見に行った。

エル・レイ
El Rey

スコット・ウォルヴン　七搦理美子訳

本作で『ベスト・アメリカン・ミステリ』シリーズに三年連続収録されるスコット・ウォルヴン（Scott Wolven）。すでに短篇集 *Controlled Burn* も刊行され、その評価は高まっている。彼はニューヨーク州キャッツキル育ちで、その体験が活かされた本作はウェブ・マガジン ***Lost in Front*** に掲載された。

メイン州の伐採業が廃れるまで、ビルは運材用の大型トラックを運転していた。稼ぎはたいていおれよりよかった。おれは鋸《のこ》を挽いていた。酒を浴びるほど飲んだ。稼いだ金の大部分は酒代に消えた。仕事柄、腕力には自信があった。ボールトン郊外のバーで、相手の男をすばやい右パンチでノックアウトし、二百ドルせしめたこともある。そのときはボクサーとしてやっていけるんじゃないかと思った。

ふたりでメイン州を転々とし、最後はヴァーモント州セントジョンズベリーにあるビルの母親の家に転がりこんだ。その前に先住民の居留地に立ち寄り、彼女への手土産に非課税の煙草を買った。おれたちが姿を見せたとき、彼女はうれしそうにも悲しそうにも見えなかった。ビルを抱きしめたりはしなかったが、煙草は喜んで受けとった。これは母の日のプレゼントかい？　ビルが煙草を差し出すと、母親はそう尋ねた。「そうだな、そういうことにしておこう」と彼は答えた。「代金を寄こせなんて言わないから、安心して受け取ってくれ」長年の貧乏暮らしで、彼らはそういうかたちでしか愛情を示せなくなっていた。

翌朝、おれはトンプソン製材所まで歩いていき、十五分後にはそこで働きはじめていた。鋸を挽くようになったのは去年の五月からで、背中をふたたび思いどおり動かせるようになるのに、ひと月かかった。体調がかなりいいときに始めたのが幸いした。そうでなければ、とても続かなかっただろう。背中があまりにも痛くて眠れない夜は、堅材の床の上で寝た。一日中チェーンソーを握っているせいで、仕事が終わったあとも両手が細かく震えた。背骨はまるで錆びついたかのように伸ばすことも曲げることもできなかった。あのころは、翌朝ベッドから起き出して仕事場まで歩いていくなんてとても無理だと思えたものだ。

一方ビルは、大きな製材所に雇われてケベックからトラックで丸太を運ぶようになった。ところが、その仕事を始めていくらも経たないうちに事故にあい、ぐしゃぐしゃにつぶれた運転席からなんとか助け出されたものの、全身が麻痺して車椅子での生活を強いられることとなった。それからは毎日、自分の部屋の窓から外を眺め、製材所で働くおれの姿を見守った。おれは彼に気づくたびに、手を振ったり合図を送ったりした。彼の身のまわりや食事の世話は、郡から派遣された看護人たちがやってくれた。訪れる人間をいちいち出迎えずにすむよう、母親は玄関のドアを開けっぱなしにした。彼の友人のトム・ケネディもときおり訪ねてきた。体は動かせなくても話すのに支障はなかったから、世話されているあいだ彼が看護人たちにさんざん悪態をついただろうことは、容易に想像がついた。他人に頼って生きるしかないことをビルは嫌っていた。いや、それ以上だった。

おれはほとんど毎日、チェーンソーで丸太を切り続けた。冬に備えてそろそろ薪を注文しようと人々が考えるようになると、注文に応じてつくるだけでなく、いくらか余分につくっておくようにした。日に十五件は注文が入った。自然乾燥させた薪と窯で乾燥させた薪を混ぜて一コード、自然乾燥させた薪を半コード、というように（コードは薪の体積の単位。一コードは四×四×八フィート）。おれの相棒はゲーリーという地元で生まれ育った小柄な痩せた男で、口ひげを生やし、〝アンバー〟という文字をハート形で囲んだ刺青を腕に入れていた。ゲーリーは油圧式割材機で丸太を薪のサイズに切り揃え、できあがった薪を錆だらけのダンプトラックに積みこんだ。彼は腕のいい働き者で、おれたちは日に八コード、前夜にどちらも深酒しなければ、十コードの薪を仕上げることができた。いずれにせよ、午前十一時になる前に暑さがアルコールを体内から追い出してくれた。おれたちはみな小屋の裏にまわって用を足し、その上に足でおがくずをかぶせると、すぐに持ち場に戻って働き続けた。丸太を積んだトラックは、毎日のように公道から正面の作業場へ入ってきた。フランス系カナダ人のドライバーたちは、自分たちのクレーンをつかって丸太を地面におろし、積みあげた丸太の上におりたつと、ハロルド・トンプソンが詰めている支払い小屋へ歩いていく。ハロルドはそこで電話に応え、自分の製材所に運びこまれた丸太を現金で買いとる。ある程度まとまった量であれば、その丸太がどこから運ばれてこようと、元の持ち主が誰であろうと気にしない。この業界では何よりもタイミングがものを言う。丸太の山を森のなかに長く放置していると、虫がついてあっというまに使いものにならなくなる。あるいは、伐採地の境界線を越えて何者かが侵入し、すばやく何本かくすねていく。丸太はハロルドの製材所に運びこまれたときから彼のものとなり、そのときの相場で引きとられた。だからフランス系カナダ人たちも、いつもまとまった量を運びこむようにしていた。ビルは一日中自分の部屋からそうした光景を眺め、おれが帰ってくると、製材所でのその日のできごとを話題にした。

「テレビをぼうっと見ているよりましだからな」それが彼の口癖だった。トムが立ち寄った日は酒に酔っているので、すぐにそれとわかった。トムはビールや、ときにはウイスキーのボトルを差し入れていった。「あいつのおかげで、そうしたければ朝から晩まで酔っぱらっていられるんだ」ビルに言わせればそういうことだ。そんな日はおれもしばらく彼の部屋にとどまり、一杯付き合いながら一日中働いていた製材所を窓から眺めた。

　暑さのせいか厳しい労働のせいか、あるいは酒のせいかよくわからないが、製材所で働いていると、どんな人間も気が荒くなった。八月のはじめごろ、昼飯を食べているときに誰かがゲーリーの妊娠中のガールフレンドについて何か言った。翌日ゲーリーは、納屋のそばに立っていたその新参者につかつかと近づき、いきなり殴りかかった。割材機で薪をつくる仕事に戻ったときには、鼻血が出て片方の目のまわりが黒ずみはじめていた。それから二週間ほど経ったころ、丸太を積んだ一台のトラックが作業場に入ってきた。丸太をおろし終えたドライバーが支払い小屋に向かうあいだ、おれはチェーンソーを動かしながらその男をゴーグル越しに見つめた。男は小屋に入っていきながら、おれに向かって中指を突き立てた。それを見ておれはすばやく行動に出た。チェーンソーのスイッチを切り、ケプラー製のオーバーズボンを脱ぎ捨てると、ヘッドホンをはずし、嚙み煙草を吐き捨てながらヘルメットを脱ぎ、ゴーグルをおがくずの上に放り出して小屋へ向かった。ドアの前までやってきたとき、男がちょうど出てきた。その顔面を拳で殴り、さらにもう一発お見舞いした。男が地面に片膝をつくと、小屋の壁に立てかけてあった斧の柄で、そいつの肩と脇腹と背中をめった打ちにした。男の体に柄があたったときの衝撃が手から骨にまで伝わるほど、ありったけの力を込めた。男がおがくずの上に横たわると、そいつのズボンの右前ポケットを探り、たったいま丸太の代金として受けとった金を頂戴した。そのあと誰かが男に手を貸してトラックのところまで連れていった。男はしばらくその場に座りこんでいたが、やがてトラックに乗って立ち去った。

その日の夜、おれは痛む右手で金を数えた。全部で五百ドルあった。それから角にある〈ガス・マート〉まで歩いていき、自分への褒美として冷えたビールを二ダース買った。ビル・ドイルの家の屋根裏のうだるように暑い自分の部屋に戻る前に、そのうちの三本を飲みほした。家に入っていくと、階上からヒューヒューと囃したてる声と笑い声が聞こえた。

「あのカエル野郎をたたきのめしてやったんだな」とビルが階上から声をかけた。彼の母親の部屋はドアが閉ざされ、下のすきまから明かりが漏れていた。おれは階段を上がった。ビルの顔は長年トラックを運転し続けたせいで、いまでも風焼けしてこわばっているように見えた。「おれもああいうことをやりたいって毎日思っているんだ。このくそいまいましい椅子から飛び出して、誰かを思いきりたたきのめしてやりたいってな」

おれは彼の部屋に頭を差し入れながら言った。「たたきのめしたはいいが、右手を痛めた」

「手なんかもうひとつあるじゃないか。たいしたことじゃない」と彼は答えた。「トムにも見せてやりたかったな」

「彼が訪ねてきたときに話してやれよ」とおれは言った。ビルはトム・ケネディを高く買っていたから、その彼と同類のように扱われるのは、じつに気分がよかった。

「そのつもりさ」と彼は答えた。「あいつは勝ちっぷりのいい喧嘩が好きなんだ」

ある日仕事から戻ると、いつものように階段の下から「ただいま」と声をかけた。返事はなかった。階段を上がってビルの部屋のドアを開けたとたん、吐き気に襲われた。ビルはもはやそこにはいなかった。ショットガンで吹き飛ばされた頭の大部分が壁に飛び散り、青みをおびた煙がうっすらと天井近くを漂っていた。車椅子には頭部のない胴体がもたれかかり、ショットガンは床の上にあった。何本ものビール瓶と安ウイスキーのボトルが一本、床に転がっていた。どれも空だった。これほど小さな部屋でこれほどすさまじい爆発が起きれば、何か物音が――残響か何かが――聞こえるはずだと思うだろう。だが、何も聞こえなかった。あたりはひっそりと静まり返っていた。彼の母親は葬儀をすませると、フロリダにいる妹と暮らすために家を出ていった。おれも間貸しをやっている別の家へ引っ越した。

八月の最後の週、きれいに磨かれた黒い四輪駆動トラックが二台、高速道路から入ってきて正面の作業場にとまった。窓には遮光ガラスがはめこまれ、ニューヨーク州のナンバープレートをつけていた。最初は、このあたりに家を買ってニューヨークシティから引っ越してきた連中が、冬に備えて薪を注文しにきたか、あるいは地所から木を切り払ってくれと頼みにきたのだと思った。が、そうではなかった。

最初のトラックからおりてきたのは、上から下までめかしこんだヒスパニックらしき男だった。サングラス、ゴールドのチェーン。ボタンを二つはずして胸元をはだけたシャツ。しわが寄った黒いドレスパンツ、先の尖った黒い靴。男の話し方はひどく訛っていた。ハロルドは腹まわりがはちきれそうなデニムのつなぎ姿で小屋から出てくると、男と握手した。おれたちは全員仕事の手をとめ、ふたりのまわりに集まって耳をすました。

「やあ」と男はおれたちに向かって言った。「メルヴィン・マルティネスだ。ボクシングの相手をしてくれる力自慢の男たちを捜している」訛りが強すぎて何を言っているのか、おれにはほとんどわからなかった。トラックからさらにヒスパニックが数人おりてきた。いずれも若く、筋肉質のがっしりした体格で、髪は黒く、揃いの青いウォームアップスーツを着ていた。

ハロルドはトラックの横に並び立った男たちに目をやった。「ここに来る前はどこにいた、ケベックか？」

「ああ」とメルヴィンは答えた。「ケベックの伐採場から始めてあちこち立ち寄りながら、ニューヨークシティへ戻るところだ」彼はボクシング用の赤いトランクスをはいた若者を指さした。「あいつがエル・レイだ」と彼は言った。「そろそろプロデビューさせようと考えているんだ」

「試合で勝ったことは？」とハロルドは尋ね、尻ポケットから取り出した赤いハンカチで額と首の汗をぬぐった。

「エル・レイはこれまで一度も負けたことがない」とメルヴィンは答えた。首のまわりのゴールドのチェーンが陽光を受けてきらめいた。左の手首にゴールドの太いブレスレットとゴールドの時計をはめ、指にもいくつか指輪をはめていた。

ハロルドはその言葉が意味することをしばらく考えてから尋ねた。「ウェイトは？　どの級《クラス》の相手を探している？」

「エル・レイは戦う相手を選ばない。グローブをはめ、リングの上でちゃんと決められたラウンドで戦えるのなら、相手が誰であろうと気にしない。ヘッドギアはつけない。キックは禁止。ほんもののボクシングだ」

ハロルドはあごひげをなでながらうなずいた。「なるほど。ところで、ふつうはメインイベントの前にひとつかふたつ別の試合をやるだろう？　試合をやりたがっているやつはほかにもいるのか？」

「ああ」とメルヴィンは答え、トラックの横に立っている男たちのほうを向いた。「ヘクターがやりたがっている。ふだんはエル・レイのスパーリング・パートナーをつとめているんだ」男たちのひとりが片手を上げ、ウォームアップスーツの上着を脱ぎはじめた。

「いいんじゃないか」とハロルドは答えた。「よし、それでいこう。その前にこっちもいろいろ用意しなきゃならんから、少し時間をくれ」彼は振り向いてゲーリーに言った。

「ハンマーと巻尺と小屋の脇に置いてある鉄柱を何本か持ってきて、ここにリングをつくってくれ」それからメルヴィンに向き直った。「どれくらいの大きさでつくればいい？」

「二十フィート四方が望ましい」とメルヴィンは答えた。「グローブはある。十六オンスとちょっと重めだが、手を保護するにはそのほうがいい。そっちも必要か？」

「ああ」とハロルドは答えた。「ここにはボクシング用のグローブなんて置いてないからな」

ゲーリーが鉄柱を支え、おれがそのてっぺんをハンマーでたたいた。鉄柱の先が地面にくいこむたびに、まわりのおがくずが宙に舞いあがった。おれたちは巻尺で二十フィート測り、次の鉄柱を立てる位置を決め、下げ振り糸をつかって鉄柱が垂直に立っているか確かめた。下げ振りの糸がぴんと張ると、糸についていた青いチョークの粉が暑い空気のなかを漂った。同じようにして四本の鉄柱すべてを立て終えると、そのまわりに白いロープを張りめぐらした。

ハロルドとメルヴィンは一台目のトラックのボンネットに腰をおろし、しばらくふたりだけで話し合った。そのあいだおれたちは全員支払い小屋の近くに立ち、リングを見ていた。やがて話がまとまったのか、ハロルドはこちらに向かって歩きながら髪を手で梳き、おれたちに話しかけた。

「こっちが勝つのに二百五十ドル賭けた。さてどうなることやら。ほかにも賭けたいやつがいたら、彼のところへ行ってそうするがいい」そう言ってメルヴィンを指さした。「オッズはなし、判定であれノックアウトであれ、どっちが勝つかに賭ける、それだけだ」さっそくふたりの男がメルヴィンのところへ行って金を渡したが、おれはもう少しようすを見ることにした。

ハロルドはヘクターの対戦相手にジョージ・ハックを選んだ。ジョージは大酒飲みの大男で、バーで飲むと相手かまわず喧嘩を吹っかけた。森林で伐採するときはたいてい木材牽引車を運転し、作業場ではいつも大型の鋸を挽いていた。セントジョンズベリー高校時代はフットボールの選手で、いまでもそのころのことをしょっちゅう口にした。そうした栄光の時代からもう何年も経っているものの、メイン通りにある〈スエドンズ・バー〉の用心棒ジミー・コンラッドをたたきのめして気絶させたのを、おれもこの目で見ていた。おれたちがリングとそのまわりのおがくずを態手でならすあいだに、ジョージは小屋のなかへ入っていき、出てきたときは、シャツを脱いでジーンズとワークブーツだけになり、十六オンスのグローブを両手にはめていた。腹まわりの贅肉がジーンズのベルトの上にのしかかっていた。一方、ヘクターはジョージより小柄だったが、余分な脂肪はまったくついていなかった。ボクシング用のトランクスと膝下までの編み上げ靴をはき、自分のグローブをはめていた。メルヴィンは最初のラウンドのレフリーをつとめるのを承知した。彼は首に白いタオルを巻いていた。

ゴングが鳴ると、両者はそれぞれのコーナーからおがくず敷きのリングの中央へ飛び出した。ジョージが先に大きなスイングを放ったが、空を切っただけだった。勢いあまってもう少しでよろけそうになった。すでに汗をかいていた。一方ヘクターは、相手のまわりをすばやく動きながら、二度続けて左のジャブをくりだし、ジョージの顔とボディに命中させた。そのあいだ、右の拳を体に引き寄せチャンスをうかがい、徐々に相手にプレッシャーをかけていった。ジョージの両手がヘクターの両手の動きを追うようになると、左耳に狙いを定め、引き寄せていた右の拳をくりだした。バシッ！　強烈なパンチがジョージの耳に命中した。ジョージはがくりと両膝をついて倒れこみ、おがくず敷きのリングにあたった頭が大きく跳ねあがった。意識を失ったにもかかわらず、両目から涙が流れ出ていた。男がふたりリングのなかへ飛びこみ、ジョージをひきずってピックアップトラックの荷台に運びあげた。仰向けにされたジョージの胸と顔と股間におがくずが張りついていた。股間が濡れていることから、頭に一撃をくらったときに失禁したのがわかった。

ハロルドがいきなりおれの腕を引き、支払い小屋の裏へ連れていった。「トム・ケネディをここに連れてこい」と彼は声をひそめて言い、おれに百ドル札を渡そうとした。

「引き受けてくれたらもっと払うとやつに伝えろ」

「エル・レイの相手はおれにやらせてくれ」とおれは言っ

た。

ハロルドは首を振った。「この賭けにはどうしても勝ちたいんだ」と彼は言った。「おまえだってこの前みたいに、斧の柄を持ってリングに上がるわけにはいかないんだぞ」口の端だけ動かしてそう言い、おれのほうを向いた。「それに」彼はおれをまっすぐ見た。「おまえにはトムのように命がけで戦う度胸はないからな」

おれは金を受けとると、製材所の裏手の境界線をなす小川沿いに歩いていってラングモア通りのはずれに出た。トムの家はそのひとつ先のハーチェル通りにあった。そこからは、土が凍って表面が盛りあがったひびだらけの歩道を南へ歩いていった。

トム・ケネディはトンプソン製材所の従業員で、高さ百フィート以上の木に登って枝を払う仕事をしていた。少なくとも、製材所ではそう言われていた。ただし、おれが製材所で彼を見かけたことは一度しかなかった。ほんとうのところは——ビルから聞いた話によれば——製材所に近づかないことを条件に、ハロルドから毎週金を受けとっていた。気性が荒く酒癖が悪いことは、セントジョンズベリーに来た当初から耳にしていた。その腕っぷしの強さから、地元の伝説的存在にもなっていた。トムにまつわるエピソードはビルからいくつも聞かされていた。それに、彼を一度だけ製材所で見かけたときは、雇い主であるはずのハロルドを怒鳴りつけていた。誰かがあんなふうに他人を怒鳴りつけるのを聞いたのは、初めてだった。彼がたちの悪い酔っぱらいなのは、その口調と言葉づかいからすぐにわかった。ハロルドに向かって「ケツでもくらえ」と言い放ち、その場にじっと立ってハロルドが何か言い返すのを待った。ハロルドは何も言わなかった。そんなトムがハロルドの頼みをすんなり引き受けてくれるものか、おれは不安だった。

彼は大きな自宅の玄関ポーチに座ってビールを飲んでいた。ビルから聞いた話によれば、トムの父親はアイルランド系の警官で、ボストン警察を辞めてセントジョンズベリーに法にもとづく秩序をもたらそうとした最初の人物だった。トムもしばらくは父親のような警官になろうと努めたが、どこかで何かがうまくいかなくなり、ほんのわずかなあいだ警察につとめただけで辞めてしまった。制服を着ることもパトカーを運転することも二度となかった。警官としての人生に幕をおろし、別の人生を送りはじめた。

あたりを駆けまわっている子供たちの何人かは彼の子供で、何人かは彼のガールフレンドの子供だった。まったく他人の子供も何人か混じっていた。これから十年後、いまここにいる子供たちのなかで、ケネディという名の人間と関わりを持ちたがる者はひとりもいないだろう、とおれは思った。そうした子供たちに囲まれながら、トムは木製のポーチに座ってビールを飲んでいた。おれはそのまま歩道を歩いていき、ポーチの一番下の段で足をとめた。

「やあ、トム」とおれは声をかけた。

「よお」と彼は答えた。「ハロルドのやつ、今度は何をやらせようってんだ？」彼は頭をのけぞらせてビールを飲みほすと、空き缶を脇に放った。陽光のせいで赤みがかった髪がブロンズ色に見えた。

おれはポケットから百ドル札を取り出して彼に渡した。

「ニューヨークシティからやってきた男たちがいま製材所にいて、ボクシングの試合をやりたがっているんだ」おれは金を指さした。「引き受けてくれたらもっと払うとハロルドは言っている」

「そいつらの人種は？」と彼は尋ねた。「ニガーか？」

「いや」とおれは答えた。「ヒスパニックだ。ニューヨークシティからやってきた」

トムは笑い声らしき音をたてた。「そいつらはこのあたりの生まれじゃない」と彼は言った。「つまり地元の人間じゃない。ヴァーモント州にスペイン系アメリカ人はいないからな」そう言って彼はおれを見た。「そいつらはどれくらいタフなのかな？」それから自分の頰に触れた。「黒人のなかには顔面がめちゃくちゃ固いやつがいる。殴ったほうの手の骨が折れることもある。それに、連中はまわりからしょっちゅう見下されているから、いったん火がつくと手に負えないほど凶暴になれる。ヒスパニックはそういうのとは違う」

「そいつらのひとりが、いまさっきジョージ・ハックを病院に送りこんだ」とおれは言った。「あのジョージをさんざん痛めつけた」

「ジョージ・ハック？」と彼は言った。「ジョージ・ハックはおれの妹とだって満足に戦えやしない」

「とにかく、強烈なパンチでジョージをノックアウトしたんだ」とおれは言った。ジョージの両目から流れ出た涙のことを思った。彼が小便を漏らしたことも。

「ジョージ・ハックをタフな男だと思っていたのか？」と彼は尋ね、ワークブーツの紐を結びはじめた。

「ああ、たぶん」とおれは答えた。

「ジョージ・ハックはただのデブさ」とトムは言った。「おれだったら、やつがベッドに寝かされている病院へ行って、そんなみっともない負け方をした罰に殴りつけてやるところだがな」彼が右耳に手のひらを押しあてると、軟骨がたてる音がおれのところまで届いた。「あいつがボクシングをやるなんて、最初から無理な話だったのさ」

「かなりひどくやられたのは確かだ」とおれは言った。

「おれの相手になる男はどれくらいのでかさだ？」と彼は尋ねた。

「かなりでかい」とおれは答えた。「体重はたぶん二百二十ポンド、あるいはもっとあるかも」

「世間じゃそういうのをなんと言ってるか知ってるか？」と彼は尋ねた。

「いや、なんだって？」とおれは訊き返した。

「犬同士の喧嘩で勝負を決めるのは体のでかさじゃない、闘志のでかさだ」と彼は答えた。

「へえ」とおれは言った。トムは立ちあがって両腕を伸ばし、また腰をおろした。「ところで、ビルが生きていたころ、ちょくちょく訪ねてくれただろう、あれには感謝しているんだ」おれは酒を差し入れてくれたことの礼も言った。

「おれたちの付き合いはずいぶん長かったからな」とトムは答えた。「昔はいい友だちだった。あいつはまだ生きていたころのおれの親父を知っていた。おれはあいつの母親が雪に閉じこめられて不自由していないか、ときどきようすを見に行ってた」それから手で振り払うようなしぐさをした。「このあたりじゃあたりまえのことさ」

「とにかくありがとう」とおれは言った。

トムは製材所のほうを指さした。「おれにそいつを倒せると思うか？」

おれは少し考えてから答えた。「いいや。あんたには倒せないと思う。やつがジョージ・ハックと戦った男より強ければ、絶対無理だ」

「凶暴そうなやつか？」とトムは尋ねた。

「わからない」とおれは答えた。

「いや、あんたならわかるはずだ」と彼は言った。「しばらく前に、斧の柄でどこかのカエル野郎をさんざんぶちのめしたんだろう？　ビルから聞いたぞ」

「ああ」とおれは答えた。

「ビルのことだが、気の毒なことをした」と彼は言った。

「だけど、そのほうがよかったんだ。あいつは生きてるとは言えなかった。おれたちだって似たようなものだが、それでもまだ自分の足で歩けるからな」

「そうだな」とおれは答えた。

「あんたは拳の使い方を学ぶべきだ」と彼は言った。「ボクシングのやり方を」

「ボクシングのやり方くらい知ってるさ」とおれは答えた。

彼は鼻を鳴らした。「おれがそのときの相手だったら、あんたの手から斧の柄をもぎとってケツに思いきり突き刺し、口から木屑を吐き出させていただろうよ。ボクシングについてちゃんと知りたいか？　だったらおれの試合を見ることだ。ほんもののボクシングとはどういうものか、きっちり見せてやる」彼は立ちあがって背伸びすると、通りを走りまわっている子供たちのひとりをじっと見つめた。「プラスティックのヘルメットとおもちゃの銃でいくら遊んだって、ほんものの兵士にはなれない」

「もうひとりの男がジョージ・ハックに何をしたかあんたも見ていれば、おれが言ってることもわかるんだろうが」とおれはくりかえした。

「やつは小便を漏らしただろう？」と彼は尋ねた。

「ああ」とおれは答えた。「どうしてわかった？」

「経験と勘からさ」と彼は答え、おれに右手を見せた。人差し指と中指の付け根の関節のあいだに、盛りあがった傷跡が見えた。「ある男を強く殴ったとき、そいつの前歯がここに突き刺さった」彼は左手で傷跡を示した。「歯の先が骨まで届いていた」と彼は言った。「パンチにひねりを加えたとき、そういうことが起きるんだ。おれがいま話しているのは喧嘩についてじゃない。ボクシングについて話しているんだ。おれの親父が昔教えてくれたように」おれたちは黙りこくって歩道を歩いた。道を曲がるとき、おれは彼の右手にもう一度目をやり、関節のあいだの大きな傷跡を盗み見た。

来た道を逆向きにたどって製材所にたどりついたときには、五十人ほどの男たちが小さなリングを取り囲み、自分たちのトラックを背にコーナーのスツールに座っているエル・レイを見つめていた。彼とヘクターはメルヴィンとスペイン語で何か話していた。

作業場に足を踏み入れたとたん、ハロルドが近づいてきて、握手しようとトムに手を差し出した。が、トムはそれを邪険に払いのけた。

「さっきのとは別にもう二百ドルだ」とトムは言った。

「承知した」とハロルドは答え、つなぎのポケットからしわくちゃの百ドル札を二枚引っ張り出してトムに渡した。

トムはショートパンツ一枚になり、ブーツをスニーカーに履き替えた。その背中の右側の肩胛骨に沿って、半分ほど仕上がった刺青が入れられていた。絵柄は、屍衣をまとい大鎌をかまえた骸骨と、〝死に神《グリムリーパー》〟というぎざぎざの文字を組み合わせたもので、色は腐植土のような色をしていた。トムはリングに入って自分のコーナーのスツールに腰をおろすと、反対側のコーナーのエル・レイに目をやった。

メルヴィンとハロルドの両人がリングに入り、互いに目を合わせたあと、メルヴィンが手をたたいた。あたりがしんと静まった。

「レディーズ・アンド・ジェントルメン、ただいまより一ラウンド二分、十二ラウンドの試合を行ないます」とメルヴィンは言い、エル・レイを指し示した。「こちらのコーナー、赤いトランクスのヒスパニック・パニック、二百二十一パウンド、不敗のキング・オブ・ノックアウト、ニューヨークシティ、ブロンクス出身、エル・レイ！」ほかのヒスパニックたちが指笛を鳴らし拍手をした。エル・レイは立ちあがってしばらくシャドーボクシングをやり、短いパンチをすばやくくりかえして締めくくると、その場で軽く跳ねるように足を動かしながら試合の開始を待った。メルヴィンがリングの外に出ると、ハロルドが咳払いをしてトム・ケネディを指し示した。

「こちらのコーナー、百八十五パウンド、プライド・オブ・セントジョンズベリー、トム・ケネディ！」

名前を呼ばれると、トムはスツールから立ちあがり、跳ねるように足を動かしながら上下左右に小刻みに体を動かし、軽めのパンチを何発かくりだした。おれたちは全員彼に声援を——ほんものの心からの声援を——送った。ウォーミングアップが終わると、彼もまたその場で軽く足を動かしながら、準備ができていることを示した。

ハロルドがグローブを触れ合わせるようふたりに合図し、ふたりがそうすると同時にゴングが鳴った。エル・レイがさっと前に出てトムに接近し、スイングをかけたが、空振りした。それに対し、トムはすばやいジャブを二度相手の肋骨にあててうしろへ退き、両手を体に引き寄せて奇妙な角度で構えた。足はそのあいだもずっと動かし続けていた。ふたりは同時に前に出ると、先にエル・レイが右手を体に引き寄せながら左手で一度二度とジャブをくりだし、さらに右手で大きなスイングを放った。が、そのときすでにトムはうしろに退いていて、さらに横に動いたあと、ふたたび相手の懐に飛びこんでバン！　バン！　と続けて二発、エル・レイの頭にすばやい右パンチをくらわせた。そこでゴングが鳴った。

トムは自分のコーナーに戻ってスツールに腰かけると、おれが差し出した水を口に含んでおがくずの上に吐き出した。エル・レイのコーナーでは、メルヴィンとヘクターがスペイン語で何やらわめいていた。トムは白いマウスピースを右手のグローブに吐き出すと、おれに声をかけた。

「おれの動きをよく見ておくんだ。そこから拳の使い方を学ぶがいい」そう言うと、マウスピースを口にはめこみ、エル・レイのコーナーをじっと見つめた。ゴングがふたたび鳴ると彼は立ちあがり、おれはスツールをリングの外に出した。

ふたりはリングの中央で向き合った。エル・レイは頭を左、右と揺らして相手を欺く動きを見せたあと、スイングを放った。トムは上体をかがめてそれをやりすごし、右、左とパンチをくりだした。どちらもボディにあたり、さらにくりだした二発のうち一発がみぞおちに命中した。そのときエル・レイの顔に浮かんだ表情を、おれはよく知っていた。彼が両手を下げて防御の姿勢をとると、トムはすかさずその右側頭部を激しく何度も殴った。血しぶきが飛ぶのを見て、おれはトムが攻撃の手をゆるめてうしろに下がるだろうと思った。が、彼はさらに前に出て接近すると、エル・レイの鼻に左パンチをくらわせた。エル・レイの体がぐらりと傾いたところで、ゴングが鳴った。

トムはスツールに座って荒い息づかいをくりかえした。全身汗まみれになっていた。おれたちがその汗をタオルでぬぐうあいだ、反対側のコーナーではスペイン語の甲高い声が飛び交っていた。トムはマウスピースをはずしたが、今度は何も言わなかった。その顔には狂気じみた表情が浮かんでいた。エル・レイのコーナーをじっと見つめながら、マウスピースを口にはめこんだ。ゴングが鳴ると、トムはロケットのようにスツールから飛び出した。彼から軽い右パンチを二度仕掛けられると、エル・レイは一歩退いた。トムはそこで前に出てさらに接近し、たて続けにスイングを二発放った。それはまるで、紙でできた的《まと》に弾丸で穴をあけるようなものだった——パンチが体をつきぬけるまで、エル・レイはわずかな衝撃すら感じなかっただろう。

次に何が起きたのか、おれにははっきりしたことがわからなかった。というのも、トムの動きがあまりにも速かったからであり、彼の背中に遮られてパンチがあたる場面をこの目で見られなかったからだ。おれに見えたのは、エル・レイの体めがけてパンチをくりだすたびに動くトムの背中の肩胛骨と、なんとか意識を保とうとしながらトムの肩越しにこちらを見つめるエル・レイの顔だけだった。いまやトムは攻撃の的をエル・レイの頭に絞っていた。右のパンチで一度、二度、三度と殴りつけ、エル・レイがリングに両膝をついてもなお殴り続けた。エル・レイの耳から血が流れ出し、おがくずの上にしたたった。やがてエル・レイは顔から先に倒れこんだ。続いて頭が地面にぶつかったとき、まわりのおがくずが跳ねあがるのが見えた。彼が目を閉じると、あたりはしんと静まった。次の瞬間、ヒスパニックの男たちがリングに飛びこみ、エル・レイの鼻の下に気つけ薬を押しあてた。が、彼はぴくりとも動かなかった。トムは自分のコーナーに戻ってスツールに腰をおろした。その胸には血が飛び散っていた。男たちはエル・レイを抱えあげてトラックの荷台に乗せると、おそらく病院へ向かった。

男たちがメルヴィンから金を受けとり、トムのところに立ち寄って祝福の言葉をかけるあいだ、あたりは奇妙な静けさに包まれていた。トムはそのときもまだ汗をかきながら、息を整えようとしていた。顔のパンチを受けた箇所に――いつ受けたのか、おれは見た覚えがなかったが――あざができはじめていた。胸の打たれた箇所が赤みをおびて熱を放っているように見えた。彼は歯をつかってゆっくりとグローブをはずした。

「何か手伝ってほしいことは?」とおれは尋ねた。

「いや」と彼は答えた。「いまはただ、ひと息入れたいだけだ」やがて彼はシャツを着てハロルドと言葉を交わすと、おれと一緒にきた道を逆にたどって小川沿いに自分の家へ帰っていった。

おれはいまでは別の仕事についている。州都モントピーリア近郊の会社で出荷と梱包を担当している。トンプソン製材所の前を通り過ぎながらそこで働く男たちを目にするたびに、それが自分でないことを心からありがたく思う。

昨夜は夜更かしすることにして――妻は一ブロックと離れていない母親の家に戻っていた――ビールを片手にテレビのチャンネルをESPNに合わせた。深夜に放送されるボクシングの試合にエル・レイが出るのを知っていたからだ。彼はいちだんと体が大きくなっていた。おれは試合が始まる前に角の店へ行って、ビールとスナックをもう少し仕入れることにした。十一月なかばとあって外は雪が吹き荒れていた。

店にはトム・ケネディがいた。彼はビールのような匂いを漂わせ、店の奥にあるビールが入った冷蔵ケースをじっと見つめていた。

「やあ、トム・ケネディ」とおれは声をかけた。「〝プライド・オブ・セントジョンズベリー〟」

彼は振り向いておれを見た。酔いがかなりまわった人間は、独特の表情を見せることがある。自分のまわりにかかっている靄をとおして現実の世界を眺めているような。こちらに向けたまなざしからすると、トムがその段階に達しているのは明らかだった。彼はおれが誰だかわからなかった。

「よお、ミスター」と彼は答えた。この寒さにもかかわらず、擦り切れたジーンズによれよれのフランネルシャツというったなりをしていた。

「今夜ESPNでエル・レイの試合があるんだ」とおれは言った。「うちに来て一緒に見るかい？」

「なんだって？」とトムは訊き返した。

「覚えているだろう、エル・レイだよ」とおれは答えた。

「トンプソン製材所であんたが打ち負かしたやつだ」彼は聴力もいくらか衰えているようだった。

「いまは誰とも喧嘩なんかしていない」と彼は言った。

「そうじゃない」とおれは答えた。「三年前の話だ」

彼はおれをじっと見た。「三年前だと？　三年前といまとどう関係があるっていうんだ？」

その問いは答えを得られないまましばらく宙を漂った。いまのおれには三年前のことを、テレビのことを考える贅沢が許されていた。あるいは、妻と喧嘩する贅沢が。「なんでもない」とおれは答えた。「あんたも興味があるかもしれないと思っただけさ」

「おれがいま興味があるのは、ビールを何本か手に入れることだけさ。なのに、あのどあほうはおれに売ろうとしない」彼はカウンターのうしろにいるアルバイトの高校生を指さした。「すでに酔っぱらっているからだとさ。そうだな？」トムは殺気をおびた目で若者をにらみつけた。

「いますぐ店から出て行かないと警察に通報するぞ」と若者は言った。「前にもそうしたことがあるんだ」と今度はおれに向かって言った。「そうするしかなかったからさ」

電話は彼のうしろの壁にかかっていた。そのとき、トム・

ケネディが冷蔵ケースにさっと近づき、瓶ビールの六本入りパックをつかむと、店から吹雪のなかへ飛び出していった。おれはカウンターの上に十ドル札を放って彼のあとを追った。彼はすでに歩道の先のほうを歩いていた。

「おい、トム」とおれは声をかけた。「ちょっと待ってくれ」

彼はさっと振り向いた。降りしきる雪をバックにくっきりと浮かびあがった顔の表情から、おれを思い出したのがわかった。

「おれがあいつを撃った」と彼は言った。「そうしてくれとあいつから頼まれたからだ。あんたらがいい友人だったのなら、あんたがやるべきことだった」

「なんだって?」とおれは訊き返した。

「あいつの頭を吹き飛ばしてやったのさ」とトムは言った。「生きていたくないのに生きていたって、なんの意味がある?」

「待ってくれ」とおれは言った。「あんたが言ってるのはビルのことか?」

「そうさ」と彼は答えた。「だけど、あれはあんたがやるべきことだった。あんたが引き金を引くべきだった」

彼は手にしていたビール瓶でおれの側頭部を殴った。おれは雪が降り積もった地面に倒れこんだまま、とぎれがちな意識のなかでパトカーのサイレンを聞いた。セントジョンズベリーではめったに聞くことのないその音は、深夜のひっそりとした通りと家々を駆けぬけ、かすかなこだまを響かせながら、ノースイーストキングダムの鬱蒼とした森とその向こうへ吸いこまれていった。

グリーン・ヒート
Green Heat

アンジェラ・ゼーマン　河野純治訳

アンジェラ・ゼーマン（Angela Zeman）はテキサス州コーパス・クリスティ生まれ。母親は彼女を図書館で育てたも同然だという。そのせいか、美術学校を出たものの、三十五歳で作家を志すことになる。最初の作品は《アルフレッド・ヒッチコック・ミステリ・マガジン》に掲載された。本作はフロリダへの自動車旅行の後で想を得た作品だという。ジェフリー・ディーヴァーが編纂したアンソロジー*A Hot and Sultry Night for Crime* に収録された。

　タイリー・ガルシアが町にたどりついたのは、もう午後も遅い時間だった。最後の二十マイルは、州道六号に他の車は一台もなく、最後の下り坂では、チェロキーの黒いヴァンのブレーキペダルに足を載せたまま、ラッシング・リヴァー・ホロウの全景を、思う存分眺めわたすことができた。町の西の境界線となっているらしいモービルのガソリンスタンドに車を入れ、給油機の前に停めた。オフィスの窓に貼られている、色あせてぼろぼろになった広告によれば、修理およびガソリン、タイヤ、ビール、ソーダ、タバコ、嚙みタバコの販売といったサービスを提供しているようだが、べたべた貼られた広告は、業務内容を告知するほかに、ガラス張りのオフィスを無慈悲な太陽から守る役目も果たしているようだった。

　細いアスファルトの州道は、そこを境に道幅が広くなり、町のメイン・ストリートになっていた。まるでわざとそうしてあるかのように、道はまんべんなく土埃に覆われている。運転席に坐ったまま、寝不足の目をこすりながら見ていると、ちらほらと行き交う歩行者が、道の真ん中を歩いているのに気がついた。土埃が舞いあがり、歩行者の足もとは焦げ茶色の小さな雲でかすんでいる。

　歩道を使わないのは地元の習慣だろうか。自分のチェロキー以外、車は一台も見あたらない。たぶん、ホロウが観光客でにぎわうのは春と秋、ひょっとすると冬もそうかもしれない。が、この暑さがふつうだとするならば、夏の暑い盛りには誰も寄りつかないにちがいない。それとも、脳みそがじゅうじゅう音を立てそうなこの暑さは、たとえば旱魃のような異常気象なのだろうか。わからない。ラッシング・リヴァー・ホロウのような、正真正銘の田舎町を訪れるのは生まれて初めてなので、何がどうなっているのか、さっぱりわからない。暑さのために、道の両側にあるコンクリート舗装の歩道から、陽炎《かげろう》が立ちのぼっている。焼け付くようなコンクリートの上を歩くより、土埃に厚く覆われた車道を歩く方が、足の裏に優しいということか。まったくわからない。

シカゴで生まれ育ち、喧噪と雑踏に慣れ親しんだタイリーから見ると、ウェスト・ヴァージニアという土地は、水晶のように澄んだ川の支流や、逆巻く急流、緑したたるなだらかな丘陵などがある、アメリカではないどこかの王国のように思われた。山の急な斜面にはちらほらと、何の塗装も施されていないむき出しの四×四インチの角材で支えられたあばら屋が見える。広大で豊かな手つかずの自然が残るパラダイス。だからだろう、AAAの地図によれば、土埃に覆われた道の先には、大きくて豪華なリゾートホテルがあるらしい。その〈パインブルック・リゾート〉というホテルでは、法外な料金を払いさえすれば、ハンティング、ゴルフ、テニス、スキート射撃、トラップ射撃、急流下り、ハイキングなどを楽しむことができ、なんとタカ狩りのレッスンまで受けられる、と、来る途中、何度も手に取って見た旅行会社のパンフレットに書いてあった。よそ者である観光客が、こんな贅沢な娯楽を楽しむのを見て、地元の住民たちは、自分たちの爪に火をともすような倹しい暮らしに引き比べて、嫉妬を覚えるのではないか。

タイリーはやっと長い脚を地面におろし、こわばった筋肉を伸ばした。長身で筋骨隆々だが、動きはゆったりとしている。

給油機のノズルに手を伸ばしたとき、二つある給油機のもう一つの方に、小さな看板が立てかけてあるのに気づいた（その給油機はディーゼル車用で、タイリーが車を停めたのは、ふつうのガソリンの給油機の前だった）。タイリーはその看板を見て、幸運の予兆と考えた。職業上、いつでも幸運の予兆を捜している。雨や風や強い日差しにさらされた看板は、ほとんど判読不能だったが、なんとか読めた。ラッシン・リヴァー・ホロウの人口。四二一という数字が線を引いて消され、三〇三が消され、一一二が消され、最後に四二七とあった。この町の豊かさのグラフだ。ミレニアムの到来とともに、ベビー・ブームが巻き起こったのだろうか。

そのとき、背が低く、がっちりとした体格の男が突然あらわれた。皮膚は荒れ放題で、首と顔が真っ赤に日焼けしているので、七面鳥のように見える。男は小走りにやってきて、給油機のノズルをタイリーの手からひったくると、チェロキーの給油口に差し込んだ。「ふつうのガソリンでいいんだね」動きは敏捷だが、しゃべりはのろかった。

タイリーはうなずいた。男は給油機のプラスチック製の四角いボタンを押してガソリンを入れはじめた。少し言いにくそうに、ちょっと裏に行ってたもんでね、とわびたので、裏とはトイレのことだとわかった。男はエミール・パワーズと名乗った。

「タイリー・ガルシアといいます」タイリーは小柄な男の頭のてっぺんにうなずきかけるように、礼儀正しく自己紹介をした。偽名を名乗る理由はなかった。こんな山の中の田舎町に、自分の噂が届いているとは思えない。

ただ会話のきっかけとして、タイリーは、町の人口の変遷が記されている看板について質問した。〝ラッシン〟となっているが、〝グ〟がないのはなぜか。〝グ〟があるのとないのでは大違いだ。

「ああ、それねえ」エミールは、ひどく困ったような声で言った。「でも、長い話は聞きたくないだろう?」

タイリーは、首を振りつつ眉をあげた。

「ほんとうは、ラッシング・リヴァーじゃないんだよ。もともとの町名はロシアン・リヴァーっていうんだ。モスクワからきたロシア移民の町だったからね。このへんは急流《ラフティ》下り《ング》が有名で、ホテルもそれを売り物にしてるだろう。それで、いつの間にやら、ごっちゃになってラッシング・リヴァーって呼ばれるようになった。そう呼びだしたのは、たぶん観光客だろう」幅の狭い肩をすくめ、給油機のノズルを揺する。「この町は観光でもってるんだから、正式に町名を変更すべきじゃないかって話もあるし、いいや、そこまでするべきじゃないって話もあって、町のみんなは決めかねてるんだ。だから、太陽のせいで〝グ〟の字が消えたときも、そのままにしておいた。事務所にある政府発行のちゃんとした地図にも、今ではラッシング・リヴァー・ホロウと書いてある。どうして間違った名前を使っているのか、誰も知らないし、気にもしちゃいない。この町を作ったロシア人たちをのぞいてね。ロシア人は頭にきているだろう。だけど」彼はあいている方の手で、はねつけるようなしぐさをした。「ジョーイとエバンはいなくなったし、生きてる連中もみんな百歳近い年寄りばっかだ。正式に名前を変えるころには、みんなくたばっちまってるだろう。だから、俺たちは気にしてない。看板そのものは――」

そこでエミールが大きなため息をついたので、タイリーはびくりとした。それからエミールは、ばつの悪さを隠すかのように、やけにかしこまった調子で、去年の春に商工会議所に看板を新しくすると約束したのに、まだそのままにしているのだと打ち明けた。約束は守る、かならず看板を新しくする！と、商工会議所のお偉方を相手にしているかのように、タイリーに強く約束した。タイリーは、この男に人種的偏見がまるでないことに驚いた。自分の肌の色が町の人間に不安を与え、場合によってはなんらかの支障を引き起こすだろうと覚悟していたのだ。なにしろウェスト・ヴァージニアという土地は、特に教育水準が高いとは聞いていない。そういう土地には、ふつう、差別や偏見があるものだ。ふと、この夏の酷暑と閑散とした通りを思い出した。八月の焼け付くような暑さで、観光客がほとんどいない季節だから、彼らには自分の肌の色がドル札の緑色に見えるのかもしれない。町にカネを落としていく、ただの収入源としか見ていないのかもしれない。

チェロキーの巨大な燃料タンクがガソリンでゆっくりと満たされていくあいだ、打ち解けた沈黙が流れた。エミールがチェロキーの横や後部の黒い窓ガラスにちらちらと目をやっている。車内に何があるのかを見たいという衝動をぐっとこらえているのがわかる。それを見てタイリーは思わず微笑みそうになった。何も見えるはずがない。車内には、改造ショットガン、9ミリ口径のセミオートマティック、357マグナムと予備の弾薬、赤い光で標的をとらえる357用レーザー・スコープ、抜き撃ちに適しているのでお気に入りのアークエンジェル社製ホルスターがある。

携帯電話に接続したラップトップ・コンピュータと携帯用プリンターは、衝撃吸収能力を備えたキャンヴァス製のバッグに収められている。単眼暗視スコープ、スタン・ガン、番犬から身を守る超音波発生器《ドッグ・ディザー》、様々な大きさの缶に入った催涙スプレー、デジタル・カメラと特殊レンズといったものも、コンピュータ同様、特別仕様のバッグに入っている。壁の向こうにいる人間の体温を感知できるゲーム・ファインダーという熱感知スコープも同様だ。愛車チェロキーも特別仕様であり、詮索好きな者の目から、車内に置いてある装備類を守るようにできている。それに、一般人に不安を与える必要はない。まだ、今のところは。

エミールはため息をつき、車内を覗くのをあきらめたが、かといって根掘り葉掘り詮索しようともしなかった。このため息で、タイリーはエミールに好感をもった。エミールはおっとりとした性格のようだ。タイリーはこういうのんびりとした姿勢が好きだった。いざ仕事に取りかかったとき、こういう人々が強い味方になってくれる。

すすで黒くなった建物が、通りの両側にちらほらと見え、かつては炭坑の町だったことがわかる。〈エドナの土産物店〉はレンガがところどころ崩れてちょっと傾いており、頑丈そうな隣の〈ウィレムのピザ屋〉の石造りの壁に寄りかかっている。高い柱のある赤レンガの建物は郵便局。高いけれども間口が部屋一つ分くらいしかない。郵便局と壁を接して建っている〈ミックの鉄道敷設人パブ〉という板張りの店も傾いている。通りの向かいには、〈炭鉱夫の娘ジャナの衣料品店〉というのがあり、これも、もとは似たような掘っ立て小屋だったのだろうが、壁には黄色い化粧漆喰が塗られている。といっても、素人がいい加減な漆喰を使ったのだろう、壁はぼろぼろにはがれていて、まるで汚い腫物《できもの》のようになっている。商店の前のコンクリートの歩道もひび割れている。よい年も悪い年もずっとこの町で暮らしてきた人々の運勢とともに、商売の方も傾いているらしい。

「どっから来たんだね?」エミールが訊いた。

「シカゴです」町の様子を眺めていたタイリーが上の空で答えた。「ここは観光がおもな産業ですか」タイリーは新しい友人エミールに訊いた。

「それがたった一つの産業だよ。炭坑はダメになったからね」エミールはタイリーの眺めている通りを手で示した。「店先をにぎやかにするために、どこもいろいろ苦心しているんだ」エミールは悲しげに首を振った。「ちょっと変わったものを、シアーズのカタログ販売で取り寄せたり、リッチモンドや州都のチャールストンから仕入れて、それを地元の手工芸品だと言って売っているのさ。それがおもな産業だ。責めるつもりはないが」

タイリーはうなずいた。

商店のポーチの手すりや仕切りには、ヴィクトリア朝風の凝った装飾が施されていて、世紀の変わり目に生まれて以来、その美しさは色あせていなかった。丸太小屋風のベンチがあちこちにあり、そのそばにはヒマラヤスギでできたプランターが置いてある。もっと涼しい時期ならパンジーやゼラニウムなどが咲き誇っているのだろうと、タイリーは推測した。まあ、園芸家ではないのでわからないが。花といえば、レイク・ショア・ドライヴか、ミラクル・マイルの街灯の柱からみずみずしい玉のようにぶらさがっている色鮮やかなものという印象しかない。ここのプランターには何もなく、太陽に焼かれて茶色くなった苔があるだけだ。鉄道の廃線跡のそばに並んでいる家畜小屋は改築されて金物店になっているが、経営者は客寄せ用の魅力的な〝装飾〟として、年老いた馬一頭と、いくつかの干し草の俵を置きっぱなしにしている。

エミールが問わず語りに教えてくれた。「町の東のはずれに公園を造ろうって話がもちあがってる。ホテルに行く途中の土地だ。ミズ・ドリー・ゼンドルが、家宝の大砲を寄付してくれるんじゃないかってみんな期待しているんだけどな。あの家には南北戦争で使われた鉄の大砲と砲弾があるんだ。ミズ・ゼンドルは旦那に先立たれて子供もいない。大砲は旦那の方の先祖がもってたもので、三代に渡って受け継いできたんだが、ドリーがそんなものもっててもしょうがないだろう。公園の目玉になると思うんだがなあ。かなり錆びてるけど、なんたって歴史的遺産だから。ここに歴史ありだよ。なにせ本物の大砲だからね！」

タイリーはうなずいたが、そろそろ新しい友人にうんざりしてきた。給油機の回転する数字に目をやり、一息深く吸いこんで苛立ちを抑え、ホテル以外に泊まれる場所がないか訊こうとしたとき、またエミールが話しだした。

「あの婆さんときたら！　町議会が、大砲を寄付してくれたら、白塗りの見晴らし台を作って、名前入りの銘板をつけると言ってドリーを説得しようとしたんだ。ドリーの大砲と、この通りの街灯だけは本物だよ。さっき言ったけど、ほかのものはみんなシアーズのカタログ販売か、よそから仕入れてきたものだ。だけどドリーは、大砲の見返りが、名前入りの銘板だけというのが納得できないんだな」

エミールが一息ついたところで、タイリーが口を挟んだ。

「どこか泊まれるところはないですかね。このあたりのホテルは、わたしのような懐具合の者には豪華すぎて」

エミールは骨張った肩をすくめた。「朝食付きの民宿ならいくつかあるよ。バスルームが共同ってのが気にならなければ」

タイリーは眉をひそめた。大いに気になる。「かまいませんよ」

「あ、ちょっと待った。ドリーのところが広くていいや。貸部屋の一つにはバスルームもついてる。今は誰も入ってないはずだ。いや、最近は人が減るいっぽうでね。おしゃべりな婆さんだけど、それさえ我慢できれば快適だよ。ところで、ここへ何しにきたんだい」

気持ちはわかる。だからこの小男を責めるつもりはない。好奇心とは抑えがたいものだ。「休暇です。まだハンティングの季節じゃないですよね」

「今はその季節じゃない」

「よかった。銃を撃つのは苦手でね」ほんとうだった。銃を撃つのは嫌いだ。「道を教えてください」

タイリーは道を教えてもらうと、チェロキーに乗りこんだ。今ほど柔らかいベッドに眠りたいと思ったことはない。ラッシング・リヴァーが歴史の町を目指しているのなら、マットレスには鳥の羽が詰まっているはずだ。もっとも、黒人はみんな昔は外で眠っていたのだろうが。エミール同様、ミズ・ドリー・ゼンドルも、自分の肌の色が緑色だと思ってくれることを願った。

タイリーは車をゆっくりと走らせ、町の観察を続けた。エミールのガソリンスタンドからは見えなかったところに、未舗装の脇道が何本かあるのがわかった。それから、痩せこけた小柄な老人が、ある店の前の歩道をほうきで掃いているのが目にとまった。と、突然、この老人がタイリーをまっすぐに見て叫んだ。「おい！　どうした？」タイリーは思わずそちらを見直した。老人は石の踏み段にほうきをばたばたと引きずりながら、急いで〈リトル・ベア・マーケット〉のスクリーンドアの向こうに消えた。

観察はあとにしよう。まずは車を停めて、痛む身体を休める場所を見つけよう。

ミズ・ドリー・ゼンドルは、干しぶどうみたいな小さな目を細め、しばらく黙っていた。タイリーの黒いTシャツ、ベルト、シルク・リネンの黒いズボン、高価そうな光沢のある黒いスニーカーを順に眺めて、頭のなかのカタログで値段をチェックしているようだった。タイリーは金の鎖やブレスレット、ピアス、指輪を置いてきた自分を祝福した。いかにも大都会の黒人といった格好はやめた方がいいと思ったのだ。そんな格好をしていたら、都会から流れ着いたならず者と思われかねない。金でできたものは何一つ身につけていなかった。腕時計はステンレス・スチール製で、多少、金を使っている部分もあるだろうが、ミズ・ゼンドルにはわかるまい。ミズ・ゼンドルは、やっとうなずいた。うしろでまとめている細い灰色の髪が、首の脂肪の固まりの上に乗っている鼠のように見える。彼女は、むこう数日間、タイリーの新しい家になる部屋に案内してくれた。ミズ・ゼンドルが身体を引っぱり上げるようにして階段をのぼるとき、意識の流れのままに何やらつぶやきはじめたので、耳寄りの情報があるかもしれないと、タイリーは耳を澄ませた。

ミズ・ゼンドルは背は低いが、体重はかなり重そうで、まるで歩く消火栓だった。しゃべりながら階段をのぼるとき、言葉と言葉のあいだに、激しい息継ぎの音が入る。エミールの言ったとおりだ、とタイリーは思った。家は広いが空っぽだ。階段は果てしなく続いているように思われた。

彼女の顔は真っ赤になり、汗が丸いほっぺたをつたって、波打つ胸の上にしたたり落ちた。幅が広く、曲線を描く階段は、白く塗られていたが、濃い栗色の毛足の長いビロードの絨毯で覆われていた。階段をやっとのぼりきったところで、彼女はぶっきらぼうに「朝食は別料金。卵はどうする？」と言い、答えを待った。急に言葉がやんだので、陶然と聞き入っていたタイリーはわれに返った。彼女のうしろをのぼりながら、半分眠っていたのだ。

タイリーは目をしばたたかせ、それから質問の意味を理解した。「卵は四つ、目玉焼きで、表も軽く焼いて。全粒粉のトーストはできるかな？」

「おいしいマフィンがあるよ」

「いや、トーストがいい」彼は断固として言った。「全粒粉のトーストで、バターはなし。それから、天然のフルーツジュース」

「わかった、天然ね！」ミズ・ゼンドルは怒ったように言った。「七時きっかりよ」

タイリーはうなずいた。それから、現金で前払いと言われていたので、その場で代金を渡した。ミズ・ゼンドルは、タイリーの財布の中をちらと覗いてから、すばやくきびすを返すと、身体を揺すりながら立ち去った。開いたドアの前にタイリーを残して。それは、タイリー・ガルシアよりも、社交界にデビューする若い淑女にぴったりの部屋だった。ダブルベッドに特大の白いレースの上掛けがかかっている。上掛けの裾はニス塗りの木の床にまで達していて、角のところは雪が積もったように山をなしている。上掛けは肌にちくちくするので、それを丸めて、いかにもご婦人の私室にあるような張りぐるみの椅子の上に置き、糊のきいたシーツの上に横たわった。足はベッドから突き出して、シーツに触れないようにした。くたびれ果てて、スニーカーを脱ぐ気力も残っていなかった。部屋の隅の窓が二つ開いていたが、淀んだ空気を冷やしてくれる微風はそよとも吹かず、純白のカーテンは完全に静止していた。

眠りながら、疲れた身体が柔らかなマットレスに癒される快感を味わい、朦朧とした至福の一時間を過ごした。身体を起こして仕事に出かけろという良心の叫びが聞こえたときは、なんともつらかった。だが、何もしないでのらくら過ごすためにここへ来たのではない。十八時間ぶっとおしで車を飛ばしてきたのは、新聞やテレビに嗅ぎつけられる前に仕事を片づけたかったからだ。マスコミが出てくると仕事がしにくくなる。

ちょっと早いが夕食をとることにした。元気づけに砂糖入りのコーヒーも飲もう。ふだんはめったにコーヒーは飲まないのだが、そんなことは言っていられない。

食堂はすぐに見つかった。通りを見渡したところ、食事のできそうな場所はそこしかなかったのだ。赤いシートの席に滑りこんだとき、前の客がこぼした蜂蜜の上に、あやうく肘をつくところだった。窓に設置されたおんぼろの空調装置が、勇猛果敢に店内の空気を冷却していたが、いかにも臨終まぎわといった感じのけたたましい音を発しており、これでは食事をしながらの会話は不可能だろう。タイリーは冷気を全身で味わった。

ケチャップの湖に漂うミートローフの表面には、どろどろのラードが付着していた。タイリーは、これを呑みこむという苦悶に満ちた試みをあきらめて、店でいちばん清浄と思われるパイを注文した。ウェイトレスは満月のような顔をしたティーンエージャーの女の子で、理科の標本でも見るようにタイリーの顔をじっと見つめてから去っていった。やがて大皿に載ったバナナ・クリーム・パイが運ばれてきた。それは清浄で、いいにおいがして、天国のような味がした。タイリーは、パイのお代わりを注文しつつ、もしも仕事が長引いて、ここでまた食事をすることになったら、ウェイトレスに別のお勧めの料理を訊いてみようと心に銘記した。それから、焦げたような味のコーヒーを流しこみ、ウェイトレスに五十パーセントのチップをはずんだ。

町の中心に向かってゆっくりと歩いているとき、自分が町の住人と同じように車道の真ん中の、土埃に覆われたアスファルトの上を歩いていることに気がついて、思わず笑った。それから、エミールやミズ・ゼンドルのような話し相手はいないかと、あたりを見まわした。〈エドナの土産物店〉の前に人が集まって話をしていたので、そちらの方に向きを変え、ゆっくりと近づいた。

ゆっくりと近づいたのは、ミズ・ゼンドルがしたように、彼らに自分の姿をじっくりと細部に至るまで観察してもらうためだ。タイリーは自分の肌が緑色に見えることを願った。そうすれば、大いに仕事がしやすくなる。

また幸運の予兆があった。エミールがいる。また一人でしゃべっている。タイリーが来たときの話を得々と語っている。タイリーは歩道にあがり、温かな笑みをエミールに向け、挨拶がわりにうなずいた。興奮気味でちょっと自慢げなエミールは、まるでいとこ同士のようにタイリーと挨拶を交わすと、みなに紹介した。名前と、シカゴから来たこと、ハンティングには興味がないこと、この土地が気に入ったらしいこと。「そうだろ、タイリー？」エミールが訊いた。タイリーはうなずいた。

あのおどおどした歩道掃除の老人もいて、頭をひょいと動かした。そしてまた、あのすっとんきょうな声で、「おい、どうした！」と言い、恥ずかしそうにあとずさりした。ほうきを脚のあいだに挟んでいたので、あやうくこけそうになる。恥ずかしさのせいか、深々と頭を垂れてしまった。

エミールが言った。「フランキーだ。誰にでも同じことを言うのさ。町のために、歩道の掃除をしてくれてるんだ。この時期、歩道は土埃でひどいことになってるから、助かるよ」

タイリーはうなずいた。しわだらけだったので老人かと思ったが、間近で会ってみると、見かけよりずっと若いことがわかった。何かの病気が原因で外見は六十歳だが、ほんとうは若者だった。「いい仕事してるね、フランキー」タイリーは言い、手を差しだした。フランキーは完全に固まって動かない。だが、頭を垂れたまま、上目づかいにタイリーと目を合わせ、じっと見つめていた。それからタイリーの手を握り、にこりと笑った。「やあ！」とフランキーは言った。

「やあ」とタイリーは応じた。フランキーの手は骨張っていて、華奢だった。皮膚は革のようだ。それからエミールが、年配の女性を紹介した。ミズ・ゼンドルと同じくらい太っているが、背はもっと高い。「こちらはミセス・バーストウ。ライル・バーストウだ。それから、美しい娘さんのウェンディ。ウェンディはルディー・スターンと結婚したばかりでね。ルディーは今日、遅番なんだ。ホテルで働いてる」とエミールは言った。「フロント係さ。将来有望だよ！」

タイリーは笑顔でうなずき、「それはよかった」と言った。娘はどう見ても十七か十八で、身重のようだったが、勘違いかもしれないので、そのことには触れなかった。この町でこれまでに会った女性は、みな肥満の傾向があるようだし、不躾な質問をできるほど親しくはない。

タイリーは娘の母親に顔を向け、軽く頭をさげた。「こんなに大きな娘さんがいるようには見えませんね！」年配のご婦人へのお定まりのお世辞だ、とタイリーは内心ため息をついた。しかし、驚いたことに、ミセス・バーストウはこのお世辞に照れ笑いしつつ否定するかと思いきや、とまどったような表情を浮かべて、じっと見つめ返すばかりだった。

彼女は出し抜けに言った。「車は借りたのかい。レンタカーには見えないけど。ふつう、レンタカーにあんな真っ黒なガラスははまってないよ。でも、ウェスト・ヴァージニアのナンバーがついてるね」

タイリーはうなずいた。「ええ。わたしも妙だと思ったんです。窓が黒いなんて。でも、ヴァンが好きなんでね。広いでしょう。わたしは身体もでかいし、脚も長いもんで」レンタカー会社の謎に肩をすくめ、真顔で、そしてとまどったような表情を浮かべてみせた。だが、ミセス・バーストウは説明を聞きながら、冷ややかな目でタイリーの顔をじっと見つめていた。疑っている。しまった。いつも州境を越えるときは、地元住民の注意を引かないようにナンバープレートを交換することにしていた。なのに、疲労のせいで町の触れ役エミールにシカゴから来たとうっかり漏らしてしまった。屋根に青い鶏がいると言われた方がまだましだった。

「空港から来たの？」ミセス・バーストウは訊ねた。

タイリーはうなずいた。

「どの空港？」

「なあ、ライル。勘弁してやんなよ」エミールが助け船を出した。タイリーは心のなかでエミールを祝福した。

「州都の方から来たに決まってるじゃないか。車の汚れぐあいを見たらわかるだろ」

「ふつうならグリーンヴィルの空港から来るんじゃないのかい」彼女は抗弁した。「そっちの方が近いもの。あすこには、大都市からの直行便があるんだよ。ホテルがあるからね」

「よしなよ、ライル。それだったら逆方向から来たはずだよ。あっちから来るのを、俺はこの目で見てるんだから」エミールは怒ったような調子で言い、モービルのガソリンスタンドの方向を指さした。「チャールストンから来たに決まってるじゃないか」

「それにしたって、ずいぶん車が汚れてるわね。まるでシカゴからずっと走ってきたみたい！」彼女は問いつめるように言う。「だいいち、レンタカーのステッカーが貼ってないじゃないの」

タイリーは、ラッシング・リヴァーの住民の知性を見くびっていたことを反省した。どんなに些細なことでも見逃さないようだ。「フロリダで観光客が銃撃される事件があってから、レンタカー会社はステッカーを貼らなくなったんですよ」と言いながら、タイリーは心のなかで、ウェスト・ヴァージニア州がフロリダと同じ方針をとっていることを祈った。えいくそ。ほかにどんなへまをしているのか。こうなったら、さっさと仕事を片づけて、この町とおさらばしたほうがよさそうだ。となると、今夜はゆっくり眠れそうにない。タイリーは憂鬱になった。

「ほらな、納得したかい、ライル？」エミールがタイリーの話を引き取って、ミセス・バーストウをなじりはじめた。

「わたしが何をしにここへ来たかわかりますか」タイリーは車から注意をそらすために言った。「友人がいるんです。今から二十年ほど前に、このあたりに越してきたはずなんですが」

「あんたと同じ黒人かい？」ミセス・バーストウがまったく邪気のない声で言った。

タイリーは邪気を感じた。「いや、あなたと同じ白人ですよ」不快感をこらえつつ言った。

「名前は？　連絡は取りあってるんでしょう、どこに住んでるの」

「それが、よくわからないんです」

ミセス・バーストウは首を傾け、くすんだ青い目で、タイリーの顔を見上げている。その目の色は、青みがかった銃身を思わせた。彼女は居丈高になってなおも言った。

「だけど、二十年前ってことは、つい最近越してきたわけじゃないわね。心当たりがないか、知り合いに訊いてみるから、ね？　名前はなんていうの。まだ聞いてないわよ」

「なあ、ライル。何もそんなにしつこくすることはないだろう」エミールが懇願するように言う。

そうだよ、ライル、とタイリーは心のなかで言った。時が過ぎるにつれて、ミセス・バーストウがどうしてこんなにつっかかるのか、不思議に思えてきた。「その友人の母親が亡くなったんです。たった一人の子供なのに、葬式にも来なかった。それはふつうじゃない。とてもすばらしい女性で、長い間、わたしにはよくしてくれていた。そして亡くなる直前に、息子はまだこの町にいると教えてくれたんです。だからこうしてやってきた。それに、今まで働きづめに働いてきたから、そろそろ休暇を取ろうと思っていたんです。休みのついでに、彼に何があったのか知りたいと思って」あまり説明しすぎるな、と自分に言い聞かせた。口からでまかせに細かいことを並べると、鋼《はがね》の蜘蛛の巣に絡めとられてしまう。そこで彼は肩をすくめた。「まあ、いなければいないでかまわないんです」土埃の町を取り囲む緑の山々を見渡した。「美しいところだ」風景を味わうように静かな声で言った。日が沈みはじめ、珊瑚色と藤色の光の筋が小さな商店街を照らし、新しい友人たちの顔を赤みがかった金色に染めはじめた。タイリーは、夜の八時か八時半ごろだろうと当たりをつけた。夏の終わりのこの時期は、九時半以降にならないと暗くならない。彼は心のなかでため息をついた。疲れた。しかし、今夜はゆっくり身体を休めている暇はない。

「ミスター・タイリー、どんな仕事してるの？」新しい柔らかな声が訊ねた。「シカゴで？」

声がした自分の右肘のあたりを見おろすと、そこには小さな妖精が立っていた。ぶかぶかのオーバーオールに黄色いワークブーツ、大きすぎる男物の白い袖無しシャツという格好だ。

「ああ、タイリー、こちらはわが町いちばんの荒野の案内人、ミス・エイミー・ベアクロー」エミールの声は誇らしげに一オクターブ上がった。

浅黒い肌の小妖精が微笑んだ。しかし、彼女の緑がかった瞳も、ミセス・ライル・バーストウと同じ金属のような光を宿している。長年、人を観察してきた経験から、彼女が人種の異なる者同士の結婚で生まれたことが、タイリーにはわかった。熊の爪《ベアクロー》？　先住民の名前のようだ。黒い髪は少年のように短いし、化粧もしていない。だが、どんなに男っぽい格好をさせても、男の子には見えないだろう。

「町いちばんの荒野の案内人？」タイリーは繰りかえした。

彼女はうなずいた。「父さんとわたしは、パインブルックと独占契約を結んでるの。わたしたちがいちばんだからよ。ホテルも、それで最高の水準を維持できると信じている」

臆面もなく自分を売りこんでいるところがおかしかった。

「外の人間、つまりホテルの客でなくても案内してくれるのかい？　ハイキングとか、川下りでもしようかと思うんだが」

彼女のまつげが半分さがり、タイリーの服装をチェックしているのがわかった。「ランプみたいにぴかぴかの都会者の格好しているけど、喧嘩は強そうね」

「よくそう言われる」彼女がそこにいる他の連中みたいに田舎臭い話し方でないのを不思議に思いつつ、同意した。

「争いごとは都会にもあるし、田舎にもある、そうだろ？」

彼女はそれには答えなかった。表情を見れば、争うのは愚かなことだと思っているのがわかったし、タイリー自身もそう考えていた。彼女は、もう夕食をすませたのかと訊いた。

「食堂ですませたんでしょ」とミセス・バーストウが言った。タイリーは彼女を見た。「窓から見えたのよ」彼女は肩をすくめて言った。

「あのパイは最高にうまかった」タイリーは言った。

「バナナ・クリーム・パイだろう?」エミールがもったいつけて言った。

タイリーはうなずき、完全に包囲されたような気分になりはじめた。

妖精が言った。「あれは母さんが作ったの。ホテルにも出してるのよ。うちでは野菜も作ってるわ。ホテルが自然食品の料理を出せるように。あなたの口には合わないかもしれないけど。身体の大きい人は、たくさん食べなきゃいけないわ。うちに夕食を食べにこない?」

軽いめまいを覚えつつ、タイリーは夜の計画をあっさり変更して、同意の印にうなずいた。妖精は颯爽とした足取りで、車道の真ん中まで歩いた。タイリーも急いで後に続いた。彼女は新兵訓練担当の鬼軍曹になれる、とタイリーは思った。そのとき、礼儀を思い出して振り返り、エミールたちに手を振って別れを告げた。フランキーがまたすっとんきょうな声で、「おい、どうした?」と言いながら、手を振っていた。ミセス・バーストウは、手を振り返すこともなく、きびすを返して歩き去り、その太い腕で娘を引っ張っていった。そうでもしないと娘に逃げられてしまうかのように。誰もがいったん道の真ん中へ出てから、それぞれの方向へ進んでいくのが、タイリーにはおかしかった。

ベアクロー家の夕食は、思いのほか豪勢だった。しかしタイリーは、もう何があっても驚かないようになっていた。この土地は、かつて経験したことのないことばかりだ。

ミセス・ベアクローは美しい女性だった。ほっそりとして、優雅で、背が高く、絹のように滑らかで淡い色の金髪を、うしろで編んでまとめていた。彼女は目が見えなかった。いや、少しは見えるらしいが、法律上は盲目だった。タイリーは仕事を手伝おうとしたが、エイミーに命じられて、キッチンに置いてあるペンキ塗りの小さな木の椅子におとなしく坐り、キッチンの少なくとも半分を占拠している、オーヴンを三つも備えた最新式の業務用コンロを駆使して、ミセス・ベアクローが、何種類もの料理を同時に作る様子を黙って見守った。芳しいにおいが、食堂で食べたミートローフの悪夢を吹き飛ばした。その芳しいにおいに惹きよせられるようにして、ミスター・ベアクローがまもなく帰宅した。小柄でひょろりとした華奢な体つきの男で、エイミーが美しい母親を小柄にして肌を浅黒くしたように見えるのは、父親の血のせいだとすぐにわかった。男たちは握手を交わした。エイミーの父はタイリーに、自分のことはデイヴィッドと、妻のことはリディアと呼んでくれと言った。料理がテーブルに運ばれてくると、エイミーがうなずいて、食べてもいいと命じた。

タイリーは自制しようとした。あまり満腹では、夜の仕事に差しつかえる。が、リディアの料理の腕前は、タイリーの自制を打ち砕いた。満腹のため息をついて椅子の背にもたれたとき、リディアが口を開いた。教育水準の高い東海岸で育った者の声で、誰を追ってきたのかと訊ねた。

タイリーは頭を垂れて、首を振った。「この町の人間はみんな超能力者か」

エイミーは、坐っている木の椅子をうしろに傾け、オーバーオールのポケットに両の親指を差し込んで、にやりと笑った。「いくら田舎者だって、賞金稼ぎに会ったことぐらいあんのよ」

「〝あんのよ〟はやめなさい」母が娘をたしなめた。

エイミーはそれには答えずに続けた。「このあたりを見てごらんなさい。警官や、DEAやFBIの人たちであふれてる？　保安官だっていないところなのよ。だから世界中からいろんな人がここに逃げこんでくる。コロンビアの麻薬業者、アトランタのごろつき、ニューオーリンズの殺し屋。ここは誰にも見向きもされない土地で、行方不明の人がいっぱいいる場所なの。ていうか、地元の人と知り合いになるまではってこと。それに、とってもきれいな場所でしょ。だからみんな気に入って住み着いてしまうのよ」

タイリーはエイミーの顔をまじまじと見つめた。

まるで、おつむの弱い相手に、自明のことを説明するかのように、エイミーは説明した。「ガソリンスタンドに寄ったのなら、町の人口の看板を見たでしょう。こんな小さな町では、みんながお互いのポケットを探るようなことをするものよ。ほかにすることがないから」あたりまえだとでも言わんばかりに両手を挙げた。

最後に「で、誰を追いかけてるの」と訊いた。

タイリーは父親の方を見たが、ただ肩をすくめるだけだった。それから母親に目を向けた。リディアは坐って黙然とコーヒーを飲んでいるだけだ。

タイリーはもぞもぞと身体を動かした。自分がエイミーの狙いどおりの反応をしているのではないかと思えた。

「でも、人口が急に増えてるじゃないか？　去年は一一二人から四二七人に増えてる。それとも、読み違えたのかな？」

デイヴィッド・ベアクローが、まるで怒りをこらえているかのようにきつく口を結んでうなずいた。「読み違ってはいない。ホテルのせいだ。商店や土産物屋が、ノミが増えるようにどんどんできた。三つのゴルフコースのあいだに。住民のためにもうひとつゴルフコースを造るという計画もあるし、プールもできるという。それで人が増えた」

タイリーは訊ねた。「それは別荘が増えたということですか、それとも永住する者が増えたということ？」

デイヴィッドはタイリーを見つめ返した。「どう違うんだね」

「永住者が増えれば、学校、郵便局、レストラン、下水施設、道路も整備しなきゃいけない。それに、雇用を確保できる産業も必要でしょう。永住する人間が増えれば、いろいろと新しいものを作らなければならない。それで町は潤うことになるでしょうが」問いかけるように一方の眉をあげた。

デイヴィッドは首を振った。「必要ない。そういう種類の繁栄など欲しくない」

タイリーは眉をひそめた。「警官が一人もいないというのは、ほんとうですか？」

エイミーがにやりと笑った。「ほんとうよ。でも、キジーがいるからだいじょうぶ」

デイヴィッドが静かに言った。「母のことだ。涙の旅路（一八三〇年代に強制移住させられた先住民たちが通った道）を逃れたチェロキー族の純血の子孫なんだ。先祖は政府に見つからないように身を隠していた」

タイリーはしばらく考えてから言った。「西の居留地に強制移住させられる途中で、三分の一が死んだと、何かで読んだことがあります」

デイヴィッドはうなずいて、目をそらした。

エイミーが引き取った。「だから、涙の旅路っていうんじゃないの」

タイリーは腕を組んで、デイヴィッドに言った。「で、あなたのお母さん、つまりエイミーのお祖母さんが、ここの法の番人だと?」

リディアが笑みを浮かべた。

エイミーがにやりとした。「キジーは魔法使いなの。一目見ただけで、何でもすぐにわかっちゃう。誰も逃げられない。見つかったら最後よ。無実の人を間違って撃ち殺すような警官なんかいらないわ。わたしは今、キジーからいろいろと教わっているところなの、いつかは跡を継がないといけないから。だからキジーは、わたしが一人前になるまで死ねないの」

タイリーは横目で小柄な少女を見つめた。妖精のように見えるが、なんとも誇らしげで、堂々としている。困惑が顔に出ないようにした。それからやっとため息をついた。

「きみを信じよう。誰を追っているかと訊いたね。今の名前はわからないが、以前の名前ならわかる。エドガー・ファロンという男だ」

沈黙。

「その男は何をしたんだね」デイヴィッド・ベアクローがやっと口を開いた。「シカゴで、そうだろ?」

「お父さん、そんなの麻薬か、女の人に暴力をふるったかに決まってるじゃないの」

タイリーは両手を挙げた。「ちょっと待った。まさかサビンスキー警部から、そいつに関する情報を知らせてきたなんてことはないだろうね」

リディア・ベアクローが微笑した。「慣れるまでがたいへんなの。ジャングルで使うドラムのように。キジーには……強い自然の力が宿っている。竜巻と同じ。エイミーもそうよ。まだキジーからは何の訓練も受けていないし、何も教わっていないのに」

「あなたはどこから来たんです?」タイリーが訊いた。

「マンハッタンのアッパー・イースト・サイド？」

「よくわかったわね」彼女が微笑みを絶やさずに答える。

タイリーはちょっと考えてから言った。「あなたも、ここへ逃げてきたんですね。何から逃げてきたんです」彼女を見つめながら、眉間にしわを寄せて考えた。「ここに来る前から目が見えなかったんですか。生まれたときから？それとも——」

「それは不躾な質問ね、ミスター・タイリー」リディア・ベアクローは言った。「礼儀をわきまえて。あなたは礼儀を知っている人だし、ふだんは礼儀正しい人だわ。だって、ラッシング・リヴァーに来てから、驚くほど自制しているじゃないの」

タイリーはうなずいた。「おっしゃるとおりだ。失礼しました。ご主人にも」と言って夫を見たが、夫はかすかに笑って肩をすくめただけだった。無口な男だ。

「それで、どうすれば？」その家の家族にというより、自分自身に問いかけた。

「何もかも話して」エイミーが強い口調で言った。「二十年前の話を聞かせて」

タイリーは悲しげな表情を浮かべてエイミーを見た。

「正確には、二十四年前のことだ。そいつは歳をごまかして——ほんとは十七歳だったんだ——シカゴで耳の聞こえない二十歳のポーランド系女性と結婚した。ところが予想外のことが起きた。女が妊娠した。家庭をもつには早すぎる、純真無垢な女だった。きれいなブロンドの娘だった。彼女は地元の食堂で一生懸命働き、男の方もタクシーの運転手をして働いていた。彼女は、二人で働いて金を貯めれば、赤ん坊を連れて、公営の狭いアパートメントから出られると思っていた。ところが、男は稼いだ金をぜんぶ自分の静脈に注ぎこんでいた。それでも女は男を信じた。そして、純真無垢な少女が、美しい男の子を産んだ。彼女はすぐに仕事に戻ったが、昼間に赤ん坊の面倒が見られるように、夜勤に変えてもらった。そのうち、家の中からいろいろなものがなくなっていることに気がついた。わかるだろう。男は麻薬中毒になり、二人分の稼ぎでは足りないほど、大量の麻薬を必要としていた。女は空き巣に入られたと警察に通報した。けれども、盗まれたものはどうでもいいようなものばかりだった。プロの空き巣が盗むようなものではなかった。地元の警官は、夫を一目見て、ほんとうのことを知った。そして女に伝えた。だが、女は信じなかった。ある日夫が、彼女のサイフから、給料の支払小切手を抜き取るところを目撃するまでは。大喧嘩になった。怒鳴りあいになった。そして静かになった。何時間かが経過した。哀れな女を心から気にかけていた隣の住人が、あんまり静かなので心配になって確かめにいった。ドアを押し開けると、女がキッチンで倒れていた。血だらけで、気を失っていた。その横には赤ん坊が横たわっていた。赤ん坊の側頭部はぺしゃんこに潰れていた。女の方はどこにも怪我はなかった。血は全部、赤ん坊のものだった」

「そいつはひどい」デイヴィッド・ベアクローがつぶやいた。

「警察は男を捕まえに職場へ行った。だが、男は何週間か前に、クビになっていた。タクシーの配車係の話では、エディは重症の麻薬中毒で、もう仕事を続けられなくなっていたそうだ。とにかく金が必要だった。売人はツケでは売ってくれない」タイリーは口を歪めて笑った。「麻薬が切れて、男の神経はぼろぼろの状態だった。そして、妻の財布から小切手を抜き取るところを見られた。妻が叫びはじめ、同時に赤ん坊も泣きだして、男は爆発した。赤ん坊を黙らせようとして放り投げたか、殺すつもりで床に叩きつけたかのどちらかだ。幸い、頭を殴られた妻は気絶しただけだった。発見したとき警官たちは死んでいるのかと思ったそうだ。エディは消えた。女は目を覚ましたとき、すでに正気を失っていた。完全におかしくなっていた」

ミセス・ベアクローが穏やかに訊ねた。「それが二十三年前の話ね。それで、どうしてあなたはここに来たの？　今ごろになって」

「医者がどんな治療を施したのかは知らないが、入院してから二十三年が経った今になって、かつて愛らしい娘だったその女性は正気を取りもどし、同時に記憶も取りもどした。医者たちが言うには、まだ衰弱しているけれど、一応の回復は見られたので、彼女の言うことは信じてもいいとのことだった。そして彼女は、当時何があったのかを語った。やはり、警察が考えていたとおりだった」

「でも、あなたは警官じゃなくて賞金稼ぎでしょ」エイミーが言った。「その人には賞金はかかってないみたいだし。どうして、ここに来たの」

タイリーはため息をついた。「運悪く、シカゴ市警殺人課のリー・サビンスキーという警部が、たまたま小学校、中学校、高校とずっとわたしと仲良しだったということさ。警部は今まで、わたしに対して借りを返さなかったことはない。そして今、わたしは彼に対して大きな借りがある。それに賞金稼ぎは警察と違って、捜索令状とか、身柄引き渡しの書類事務とか、そういう面倒な手続きが必要ない」

タイリーはエイミーの顔をじっと見た、まるで一対一の話し合いのように。タイリーの尖った頬骨が膨らみを帯び、笑顔に変わった。「そのうえ、わたしは凄腕ときている。警察はなんの手がかりも得られなかった。サビンスキーの部下たちも同様だ。イリノイ州の外に出たのかさえわからなかった。わたしは、特殊なコンピュータ情報の専門家と組んで仕事をしている。彼はその世界では天才だ。おそらく、きみのお祖母さんと会ってみるべきだろう。彼はまずエディの車から始めた。早い時期にどこかで乗り捨てたとしても、家から逃げだしたときは、自分の車に乗っていたことはわかっている。公営アパートで車を所有していた人間は数えるほどしかいなかった。

そのコンピュータの専門家は、エディが次から次へと乗りかえた車を根気よく追跡した。もちろん盗難車をのぞいて。盗まなかった車はすべて追跡した。すると、エディが車を買いかえるたびに、ちょっとずつ名前を変えていることがわかった。そうして二つの事実がわかった。ウェスト・ヴァージニアより向こうへは行っていないということ。そして現在は、ロイ・バーソウか、それによく似た偽名を名乗っているだろうということだ」

エイミーはうしろに傾けていた椅子を元に戻すと、父親と目を合わせた。父親は首を振って立ちあがり、テーブルの上の汚れた皿を流しに運んだ。

タイリーもさっと立ちあがり、自分の汚れた皿を手にとった。リディアが手を振ってそれを制した。「いいのよ、タイリー。エイミー、ミスター・タイリーを車までお送りして」

「まだ、車があればね」エイミーは同意した。デイヴィッドはうなずいて、大きな金属製の流しの中に洗剤を入れはじめた。

「早く行った方がいい」デイヴィッドは言って、タイリーから皿を引ったくった。

「なんだって？」タイリーは言った。

「早く」エイミーが言った。「人捜しは手伝ってあげるから、今日は帰って、明日までゆっくりお休みなさいよ」

「いや、明日では遅い。今夜でなければ。サビンスキーもわたしも、新聞がこのことを嗅ぎつけていることを知っている。どこかから警告が伝わらないうちに捕まえなければいけない。また逃げられたらやっかいだ。逃げることについては、やつは経験を積んでいる」

リディアが背を向けたまま肩をすくめた。

タイリーは、それまでとめていた息を吐き出した。言いようのない怒りがこみあげてきた。エイミーは彼の大きな手をつかんで引っぱった。「早くったら。もう遅いかもしれないわよ」

タイリーは車に向かった。

車のところまで来ると、そこはモクゲンジの木の暗い影の下だった。エイミーはタイリーをたしなめた。「こんなところに停めたの？　汚れちゃうじゃない。木からいっぱいクソみたいな物が落ちてくるんだから。スカンクの檻よりくさくなるわ」

彼女の言うとおりだった。黄緑色の小さなものが、車を一面覆っていた。

「きっとお母さんは、きみがクソなんて言うのを喜ばないと思う」

「わかってる。母さんの前ではなるべく言わないようにする」

べたべたするものを車から払い落とそうとしても、すでに覆っていた土埃の中を転がるだけなので、タイリーはクソよりひどい言葉を吐きたくなった。

「ほら」エイミーが後部ドアの窓を指さした。というより、窓があった場所にある黒い穴を指さした。ドアを開けるのにキーは不要だった。タイリーは早口の悪態をついたが、できるだけ声を押し殺した。エイミーに悪影響があってはいけない。割れた窓からチェロキーの車内に首を突っこんでみると、何もかもなくなっていた。

タイリーは怒りとともに振りかえり、エイミーを見た。「知ってたな!」

エイミーは肩をすくめ、まったく怯む様子もない。「そんな気がしただけ。帰って一晩ゆっくり寝た方がよさそうよ」

タイリーは目を細めて妖精を睨みつけた。が、すぐに緊張を解いた。「そうした方がよさそうだな。じゃあ、明日の朝」車を走らせミズ・ドリーの家に戻ると、裏口に通じる広く白い階段をのぼった。ドアに鍵はかかっていなかったので、そのまま中に入った。部屋に入るとすぐに明かりをつけ、あちこち歩きまわった。エイミーが下で見張っているにちがいない。明かりを消し、ベッドの上掛けをはいで、少しだけシーツの上に横たわった。瞬間、まるで温かい湯に浸かるように、全身が心地よい疲労感に沈んだ。が、こうしてはいられない。横に転がってベッドをおりると、窓にそっと近づき、下を見おろした。エイミーの姿は見えない。暗くて自分の車も見えない。月の光は弱く、ほとんど何の影も見えない。狩りにはもってこいの夜だ。雲の向こうに、細長い月が見える。思ったとおりだ。彼は坐って考えた。狩りをするにも道具がない。両手を見た。鍛えあげた武器はこれしかない。これでやるしかない。いずれにせよ、すべてをなくしたわけではなかった。

窓の下の壁に背を預けて、一時間だけ休んだ。横になったら終わりだ。あれほど憧れていた柔らかなベッドだが、今は信用できない。一時間だけ。一時間経ったら仕事にかかろう。

一時間が過ぎ、タイリーは思いきって立ちあがると、いくつかの柔軟体操を行ない、黒猫のように忍び足で階段をおりて裏口から外へ出た。ドアに鍵がかかっていないことに舌打ちをした。だが、この町はキジーとエイミーが守っていることを思い出した。

脇道を一つ一つ当たった。人口四百人のうちの多くは、ここではなく、ホテル周辺のこぢんまりとした家々で暮らしているだろう。このあたりの家だけなら、四十男を捜して一軒一軒、虱潰《しらみ》しにしていっても、一晩はかからないはずだ。男には、エイミーには教えていない特徴があった。左手の甲にナイフをかたどった入れ墨がある。刑務所で彫る入れ墨だ。素人が彫った青くぼやけたような入れ墨。彫ってから何十年も経っているので、ほとんど見えなくなっているかもしれない。ナイフの先端が左中指を指している。昔、少年院で人を刺した記念に彫ったものだ。少年院で人を刺したのは、求愛に対する拒絶の表明だった。敵を殺して、処罰を免れたことは、若いゴロツキにとっては大きな誇りだった。オカマを掘られて診療所を訪れた記録がなく、手の甲にナイフの入れ墨がある。エドガー・ファロンであることの証はそれだけだ。少年院の診療所で治療を受けなかった入れ墨の男というだけでは、法廷で証拠として採用されないだろうが、少年院ではそれがエドガーである証拠だった。そしてもう一つ。エドガーは左利きだった。

タイリーは頭を低くしながら、暗視スコープと熱感知スコープがあったらと思わずにはいられなかった。肉眼だけを頼りに、ホロウの町を這いずりまわった。姿勢を低くして家々を調べようとしたが、家の大小にかかわらず、ホロウの住人はみな異常に犬が好きだということがわかった。ある丸太小屋では、豚を放し飼いにしていた。豚は犬より頭がよくて、はるかに獰猛だと、どこかで読んだことがある。だから注意深く、豚には近づかないようにした。ついに空が白みはじめて、ステルス作戦を終了せざるをえなくなった。結局、どの丸太小屋にも、どの寝室の窓にも、どの四十男にも近づくことができぬまま、あきらめて引き返すことにした。「ちくしょう」背筋を伸ばして、地元の人がそうするように、大通りの真ん中に出た。

自分の部屋に戻って、柔らかいベッドに倒れこみ、まったく不愉快な気分で、緊張した夢のない眠りに落ちた。日が高くなって、窓から日差しが差し込む時間になって一度目覚め、朝食の時間を思い出したが、そのまま、また眠った。

やっと目覚めたのは、夕方の早い時間だった。埃っぽい汗で、シーツが汚れていた。ちょっとした汚れでも、おっかないミズ・ドリー・ゼンドルは激怒するにちがいない。熱いベッドから身を引きはがし、裸になって、美しい曲線を描く脚付きのバス・タブに足を踏み入れた。シャワーのノズルはひまわりのような形をしている。シャワー・カーテンは、ヒナギクの模様が入ったビニール製で、熱い湯を浴びていると、これが腿にへばりついた。自分の過ちを洗い流しながら、笑いを漏らした。誰もがみな同じだと考えていた自分は愚かだった。あらゆる手法がどこででも通じると思っていたのも愚かだった。この近くに住んでいる同業者に外注すればよかった。田舎には田舎のやり方がある。

清潔な服に着替えて階段をおりた。すると、下ではミズ・ゼンドルが立って待ちかまえていた。紅潮した顔に石のような表情を浮かべて、おりてくるタイリーを見つめている。タイリーは、自分がおりていく先には、家主ではなく、恐ろしい運命が待ちうけているような気がした。ミズ・ゼンドルの額を覆う脂ぎった汗は、この暑さからきたものか、朝食におりてこなかった自分への怒りからきたものかと、訝った。

「朝食の分はちゃんと払い——」と言いかけたところで、ミズ・ゼンドルがぽっちゃりとした手をあげてさえぎった。

「ミズ・ベアクローが話があるから来てくれってさ。エイミーもいっしょに待ってるよ」言うなり彼女は、もう用は済んだとばかりに、さっさと消えてしまった。

タイリーは眉をあげ、昨夜の失敗の記憶を振りはらいつつ、また道の真ん中を歩いてベアクローの家に通じる小道を目指した。

タイリーはふたたびキッチンの椅子に坐って待った。エイミーは何か言いたそうな顔をしている。愉快そうにこちらを見ながら、エイミーが訊ねた。「昨夜は何かいいことあった？」

「知ってるくせに」

彼女はリノリウムの床を一方の足の裏で叩いた。「もうキジーに会いにいける？」

　タイリーはそのことについて考えた。「どうして昨夜、会わせてくれなかったんだい」

「昨夜のあなたは、人の話に耳を傾ける状態じゃなかったから。あなたの望みは、他人に邪魔されないことだった。今はどう。キジーに会う準備はできた？」

　タイリーはため息まじりに言った。「ああ」

　数分後には坂道を登っていた。エイミーの案内がなかったら、とても見つけられそうにない道だった。小さな四角い丸太小屋が丘の上の高いところ、木々の頂のあいだに見えた。その家は、丘の斜面に突き刺さるようにして建っていた。エイミーはノックもせずにスクリーンドアを開けて中に入ると、タイリーを招き入れた。正面のドアは裏口のスクリーンドアと一直線に結ばれていて、微風が吹いただけでも、小さな家の中はとても涼しくなる。室内の空気が焼けた肌に心地よい。エイミーはソファの丸くへこんでいるところを指して、坐るように促した。模様の入った先住民の毛布がかかっている。彼は坐った。毛布は甘いカモミールのにおいがした。

　年齢の見当がまったくつかない老女だった。杖をついて、エイミーに付き添われて部屋に入ってきて、ロッキング・チェアに腰をおろすときも助けてもらっていた。ロッキング・チェアには、すごく分厚い詰め物がしてあり、まるで大きなキャッチャー・ミットのようだった。老女の禿げかかった頭は、裏のドアから差し込む日光を背景に、輪郭がくっきりと見えた。逆光の中に見える髪の毛は、細い産毛のようだった。タイリーは礼儀正しく立ちあがったが、老女は空気を叩くようにして、坐るよう促した。

「わたしがキジーよ。あなたのことはエイミーから聞いています。わたしのことはエイミーから聞いているそうね。だから、さっそく本題に入りましょう」

　タイリーは目をぱちくりさせた。「ええ、そうしましょう」

「エイミーは昨夜あなたにゆっくり休みなさいと言ったでしょう。ちゃんと言うことを聞いておくべきだったのに、あなたは聞かなかった」

「え、ええ、おっしゃるとおりです」

「すっかりくたびれてしまったんじゃないかい」

タイリーはため息とともにソファの背にもたれた。

「あなたの気持ちはわかるわ」キジーはうなずいた。「追いかけている坊やの話を聞かせてごらん」

タイリーは知っていることをすべて話した。今度は、入れ墨のことも左利きのことも。

エイミーが眉根を寄せた。「わたしには黙ってたのね」

タイリーは肩をすくめた。「悪かった」

キジーは杖の先で二回、床を叩き、エイミーを見て言った。「あの人をここへ連れておいで、エイミー。逃げられないうちに、急いで」

エイミーは言った。「エルロイなら一晩中わたしが見張っていたから、まだ町にはいるはずよ。でも、そう長くはいないかもね」

キジーはうなずき、手を振ってエイミーに行くよう促した。「さあ、走って」するとエイミーはドアに向かって駆けだしたかと思うと、すぐに見えなくなった。

「まさか、わたしがここにこうして坐っているあいだに、あの子が人殺しを連れてきてくれるって言うんですか」

「おや、それとも豚に食われたいのかい」

タイリーは口を閉じて、Tシャツの中の広い肩を揺すった。

キジーは微笑んだ。

エイミーは、〈バーストウの服地屋〉の今にも壊れそうなスクリーンドアを激しく叩いたり、板張りの床を踏み鳴らしたりせず、愛嬌のあるにこやかな笑みを作って声をかけた。「こんにちは、お元気ですか、ミセス・バーストウ？」

ミセス・バーストウは、さっきまでいた客のためにカウンターの上に広げていた花柄模様のコットン生地を、指先で大事そうに扱っていた。「あら、こんにちは、元気よ、エイミー。あなたは？」

「ええ、とっても、とっても元気です」エイミーはカウンターに寄りかかって、相手を不安がらせないように、気軽な調子で言った。

っぱった。「土埃がついてるでしょう」謝るように言った。「ご主人はいつもどおり帰ってくるの？」エイミーが訊ねた。

ミセス・バーストウは生地の表面をじっと見つめながら、それを巻きとった。「ええ、たぶん。いつもなら、もう帳簿つけをやってる時間なんだけど。今日は、ちょっと遅いわね、どうしたのかしら。でも、なぜ訊くの？」

「ご主人に訊きたいことがあるんです。かまわないでしょう？」

ミセス・バーストウはしばらくエイミーの顔を見つめていたが、また生地に目を戻して深いため息をついた。それから首を振り、エイミーに背を向けた。

エイミーはおそるおそるカウンターから離れた。「だいじょうぶ？」

ミセス・バーストウはエイミーを振り向いた。目が潤んでいる。「もっと前ならよかったのに。でも今はウェンディもいて、もうすぐ孫もできる。だから、わたしはだいじょうぶよ」エイミーはミセス・バーストウの腕をぎゅっと握って、それから裏口へ急いだ。ミスター・バーストウはいなかった。けれど、外の扉が半開きになっている。引き開けてみると、ミスター・バーストウは彼の古い茶色のビュイックに乗り、ゆっくりとバックさせているところだった。大きなハンドルを回して、大きな車を路地裏から通りに出そうとしている。

エイミーはつかつかと歩みよって、古い車のバンパーの前に立った。ギアを前進に入れようと前を見たミスター・バーストウの目に、エイミーの姿が映った。彼は思いきりブレーキを踏んだ。二人は見つめあった。ミスター・バーストウの左手が見える。ハンドルの上の方を握った手が、フロントガラスから差し込むまぶしい光に照らされている。大きな醜い傷がある。その傷は中指の上で終わっていた。

エイミーにとって、この傷は、何年も前から見慣れたものだった。以前には、この傷について、何も考えたことはなかった。傷のある人はおおぜいいる。ありとあらゆる種類の傷がある。

エイミーが車の後方を指さすと、ミスター・バーストウは、ただ無言で、うなずきもせず、いつも駐車している位置に車を戻した。後部座席にはいくつもの箱や、丸めた衣類が山と積まれていた。荷造りがへたな人だ、とエイミーは思った。シャツの山のあいだから、黒い長方形のナイロン製のケースが突き出て見えた。タイリーの荷物を質に入れれば、新しい人生を悠々とスタートさせることができただろう。

ビュイックのドアが軋みをあげて開いた。土埃と、古くなったせいで、ちょうつがいがかなり傷んでいる。運転席からゆっくりとおりてきたミスター・バーストウの右手を、エイミーがつかんだ。「キジーが会いたいって」

彼はうなずいた。

解説

好評の二〇〇二年版（『ベスト・アメリカン・ミステリ　ハーレム・ノクターン』ジェイムズ・エルロイ&オットー・ペンズラー編／木村二郎・他訳／ハヤカワ・ミステリ1768）、二〇〇三年版（『ベスト・アメリカン・ミステリ　ジュークボックス・キング』マイクル・コナリー&オットー・ペンズラー編／古沢嘉通・他訳／ハヤカワ・ミステリ1769）に続き、*The Best American Mystery Stories* シリーズの二〇〇四年版をお届けする。

「まえがき」にもあるように、本書に収録されているのは二〇〇三年にアメリカとカナダで発表された短篇ミステリから厳選されたものである。たいへんな数の中から選び抜かれた作品ばかりなので、その水準の高さには毎回驚かされる。なお、例年と同じくオリジナル版では二十篇の作品を収録しているが、本書では翻訳権の関係でそのうちの一篇、クリストファー・コークの"All Through the House"を割愛せざるを得なかったことをお断わりしておく。

これも前回にならって、本書と同じく二〇〇三年の作品を対象とした、二〇〇四年のアメリカ探偵作家クラブ賞の受賞作を紹介しておこう。最優秀長篇賞に、日本から桐野夏生の『OUT』がノミネートされて話題となったのは、まだ記憶に新しいところだ。受賞作はイアン・ランキンの『甦る男』（ハヤカワ・ミステリ1728）。最優秀新人賞はレベッカ・パウエルの『青と赤の死』（ハヤカワ・ミステリ1760）。最優秀ペイパーバック賞を受賞したのはシルヴィア・マウルターシュ・ウォルシュの『死、ふたたび』（ハヤカワ・ミステリ文庫）だったが、同賞の候補には本書に収録されたジェフ・アボットも挙がっていた。最優秀短篇賞はG・ミキ・ヘイデンの「メイドたち」（《ミステリマガジン》二〇〇四年九月号掲載）が受賞したが、アボットはこちらでも本書収録の「赤《レッド》に賭けろ」で候補になっている。

最後に、本書のエディターたちを紹介しておこう。

ネルソン・デミル（Nelson Demille）は、一九四三年ニューヨーク生まれ。ベトナム戦争に従軍したのち、大工、塗装工、保険調査員などの職を経て一九七四年に *The Sniper* で長篇デビュー。『バビロン脱出』（一九七八年）、『誓約』（一九八五年）、『将軍の娘』（一九九二年）などでベストセラー作家となった。

オットー・ペンズラー（Otto Penzler）は、前巻まででも毎回触れたように、書店主、出版人、編集者、作家、コラムニスト、評論家、アンソロジストなどさまざまな顔を持つ、アメリカ・ミステリ界の重鎮である。

（H・K）

HAYAKAWA POCKET MYSTERY BOOKS No. 1779

この本の型は，縦18.4センチ，横10.6センチのポケット・ブック判です.

検印
廃止

〔ベスト・アメリカン・ミステリ スネーク・アイズ〕

2005年12月10日印刷　2005年12月15日発行

編　　者　デミル＆ペンズラー
訳　　者　田村義進・他
発 行 者　早　川　　浩
印 刷 所　中央精版印刷株式会社
表紙印刷　大平舎美術印刷
製 本 所　株式会社川島製本所

発行所　株式会社　早川書房
東京都千代田区神田多町２ノ２
電話　03-3252-3111（大代表）
振替　00160-3-47799
http://www.hayakawa-online.co.jp

〔乱丁・落丁本は小社制作部宛お送り下さい
送料小社負担にてお取りかえいたします〕

ISBN4-15-001779-4 C0297
Printed and bound in Japan

ハヤカワ・ミステリ〈話題作〉

1763 五色の雲　R・V・ヒューリック　和爾桃子訳
ディー判事の赴くところ事件あり。中国各地を知事として歴任しつつ解決する、八つの難事件。古今無双の名探偵の活躍を描く傑作集

1764 歌姫　エド・マクベイン　山本　博訳
〈87分署シリーズ〉新人歌手が、自らのデビュー・イヴェントの最中に誘拐された。大胆不敵な犯人と精鋭たちの、手に汗握る頭脳戦

1765 最後の一壜　スタンリイ・エリン　仁賀克雄・他訳
〈スタンリイ・エリン短篇集〉人間性の根源に潜む悪意を非情に描き出す、傑作の数々を収録。短篇の名手が贈る、粒よりの十五篇！

1766 殺人展示室　P・D・ジェイムズ　青木久恵訳
〈ダルグリッシュ警視シリーズ〉私設博物館の相続をめぐる争いの最中に起きた殺人は実在の犯罪に酷似していた。注目の本格最新作

1767 編集者を殺せ　レックス・スタウト　矢沢聖子訳
女性編集者は、原稿採用を断わった夜に事故死した。その真相を探るウルフの眼前で、さらなる殺人が！　シリーズ中でも屈指の名作

ハヤカワ・ミステリ〈話題作〉

1768 ベスト・アメリカン・ミステリ ハーレム・ノクターン　エルロイ&ペンズラー編 木村二郎・他訳

R・B・パーカーの表題作をはじめ、コナリー、ランズデール、T・H・クックらの傑作二十篇を収録した、ミステリの宝石箱誕生！

1769 ベスト・アメリカン・ミステリ ジュークボックス・キング　コナリー&ペンズラー編 古沢嘉通・他訳

砂塵の荒野、極寒の地、花の都、平凡な住宅地……人ある所必ず事件あり。クラムリー、レナードらの傑作を集めたミステリの宝石箱

1770 鬼警部アイアンサイド　ジム・トンプスン 尾之上浩司訳

〈ポケミス名画座〉下半身不随となりながらも犯罪と闘い続ける不屈の刑事。人気TVシリーズをノワールの巨匠トンプスンが小説化

1771 難　破　船　スティーヴンスン&オズボーン 駒月雅子訳

座礁した船に残されたのは、わずかなアヘンと数々の謎……漂流と掠奪の物語を描く、大人版『宝島』。文豪による幻の海洋冒険小説

1772 危険がいっぱい　デイ・キーン 松本依子訳

〈ポケミス名画座〉必死の逃亡者が出会ったのは、危険な香りの未亡人。アラン・ドロン主演映画化の、意表をつく展開のサスペンス